全國高等院校古籍整理研究工作委員會直接資助項目

# 玉燕堂四種曲

評點本

—上册—

劉崇德　樊蘭　崔志博　輯校

黄山書社

**圖書在版編目(CIP)數據**

玉燕堂四種曲：評點本 / 劉崇德，樊蘭，崔志博輯校. —合肥：黄山書社，2021.5

ISBN 978-7-5461-8900-0

Ⅰ. ①玉…　Ⅱ. ①劉… ②樊… ③崔…　Ⅲ. ①古代戲曲－劇本－作品集－中國－清代　Ⅳ. ①I237

中國版本圖書館 CIP 數據核字(2021)第 095514 號

出 品 人　賈興權
選題策劃　湯吟菲
責任編輯　劉　春　張元婷
裝幀設計　私書坊_劉俊
責任印製　李　磊
出版發行　時代出版傳媒股份有限公司(http://www.press-mart.com)
　　　　　黄山書社(http://www.hspress.cn)
地址郵編　安徽省合肥市蜀山區翡翠路 1118 號出版傳媒廣場 7 層(230071)
印　　刷　安徽新華印刷股份有限公司
版　　次　2021 年 7 月第 1 版
印　　次　2021 年 7 月第 1 版印刷
開　　本　880mm×1230mm　1/32
字　　數　450 千字
印　　張　26.5
書　　號　ISBN 978-7-5461-8900-0
定　　價　128.00 圓

---

服務熱綫　0551－63533706
銷售熱綫　0551－63533761
官方直營書店(https://hsss.tmall.com)

# 前言

《玉燕堂四種曲》爲刊於乾隆二十三年（一七五八）的《夢中緣》《梅花簪》《懷沙記》《玉獅墜》四種戲曲傳奇，時稱『夢梅懷玉』。作者張堅，字齊元，號漱石，上元（今江蘇南京）人，生於康熙二十年（一六八一），卒於乾隆二十八年（一七六三）。雍正三年（一七二五）曾以生員資歷與沈德潛、楊潮觀等六十餘江南文士參加江蘇布政使鄂爾泰主持的春風亭文會。其詩文入選《南邦黎獻集》，擢居第三。其後終因『屢薦不售』遂『焚稿出游』，作幕於齊魯燕豫，晚年轉徙荆楚。乾隆二十五年（一七六〇），年八十猶入陝應幕，三年後委化於漢中。有詩文全集，其子曾囑袁枚點定，惜不傳。今僅存《南邦黎獻集》中所載及他人徵引之詩文三十餘篇。

張堅一生耽於戲曲，知音律，然僅以之爲文章之餘事，『適志怡情』而已。乾隆六年（一七四一）朝廷設律吕正義館，兼徵燕樂。有思薦者，張堅『耻爲伶輩之事，以希榮利』而婉拒。其所作傳奇四種，其奇思妙構，刻畫抒情，以及詞曲之雅贍，科白之生動，不僅爲士人案頭雅賞，且被教坊戲班稱爲『夢梅懷玉』，與湯顯祖之『四夢』相埒，於是流播於宫掖市井。《梅花簪》一劇於張堅生前曾被金陵太晟班易名《賽荆釵》搬演,其中《搶親》《聞嫁》等四折至今猶爲昆曲中傳統曲目。今存之《梅花簪》《玉獅墜》之升平署昆弋鈔本,證其曾爲清廷承應之戲。

南戲傳奇,宋元以來盛行餘姚、海鹽、弋陽之腔,明嘉靖以後一準於昆腔。清康、乾間梆黄之板腔體漸興,漸取代昆曲之官腔地位。初,張堅客燕京時,鞠部弋班欲購其《夢中緣》以弋腔(即京腔)演出之。張堅大恐,急索原本歸,曰:『吾寧糊瓿。』蓋其以昆腔爲正統,堅守崇雅黜俗之故。然其身後二百年來漸興之板腔俗曲并未對張堅之四種曲棄如泥沙。《夢中緣》在乾隆年間即被安慶梆子十字腔改編爲《彌勒笑》,至今京劇與皮影戲中之《雙鴛夢》亦出自《夢中緣》。《梅花簪》則成爲京劇、廣東潮劇、陝西皮影的保留劇目,至今搬演不輟。

《玉燕堂四種曲》原書僅存乾隆間刊本,藏者甚稀。河北大學古籍所於六年前着手整理此書,并獲全國高校古委會立項資助,完稿後又得黄山書社允爲出版,其間曾得李昌集、鮑恒二位教授支持幫助,僅此致謝。本書點校工作全賴樊蘭、崔志博之力。

劉崇德

二〇一六年十一月二十九於天津

# 凡例

一、《玉燕堂四種曲》僅存清代乾隆年間刊本，本書以河北大學圖書館藏清代乾隆刊本《玉燕堂四種曲》爲底本，參看清代昆曲劇本中的有關章折，擇善而從，着重改正底本文字的訛、脱、衍、舛。

二、原刊本中存在一些俗字、别字和不正規字，校勘時徑改爲規範字，不出校。

三、原刊本中特别體現時代特色或地方風俗的字，不按後世通行用法改動。

四、原刊本中出現許多簡化字，且經常繁簡字并用，保留以使讀者瞭解當時的語言習慣，不强求一律。

五、明顯誤字，徑改不出校。誤字，依别本正字善者改正，出校説明。無别本參照者，或别本亦誤者，徑於其後方括弧内添正字，不出校。

六、原刊本漏刊字，又無别本參照者，徑於其處設尖括弧内添正字，不出校。原刊本文字缺損、漫漶、辨識不清，又無法根據别本參校填寫的，按照原缺格數填以□。

七、原刊本眉批和間批的評點部分，按照標注順序，統一置於每齣文末。

八、評點部分，除原刊本中評語外，另選取曲話、曲論、筆記等相關記載對其進行評價。

九、對原刊本叙跋中出現的人物、時間進行注釋，以便於讀者瞭解更多當時曲壇發展情況。

十、爲保證曲詞的連貫性和審美性，將原刊本《懷沙記》穿插在曲詞中注解屈原辭賦的部分，按照標注順序，統一置於每齣文末。

十一、清代中葉昆曲作家作品，歷來甚少關注，實爲戲曲研究之憾事，今著者在整理張堅作品之外，還編寫了《張堅年譜》，置於書末，以期學界同好，相與切磋。

# 序

唐英[一]撰

余陶榷西江二十年，其往來珠山湓浦間，無民社之責、案牘之勞，故樂與文人學士相晋接咏，則静處一室，嘆優游往事於筆墨，知我者或目爲老秀才。余則夙聞有江南一秀才之稱，因張子漱石先生也。喜爲同調，思以禮羅致之。先生挾其經，蕩游於四方，久之不得以求。己巳[二]聞其在浙，遣使往迎，乃欣然來潯。公餘之下，分韵聯吟，殆無虚日。余性嗜音樂，嘗戲編《笳騷》《轉天心》《虞兮夢》傳奇十數部，每張燈設飲，取諸院本置席上，聽伶兒歌之。先生爲擊節嘆賞，亦自出其填詞《夢》《梅》《懷》《玉》四種屬。予覽則結構新奇，文辭雅艷，被諸絃管，悦耳驚眸，風流絶世。其《夢中緣》一種，抹煞登臨，寄情深遠，所謂好色不淫，怨悱不怒，誠堪與莊、列并傳，非蘇、辛所得而匹偶也。先生著作頗富而不自收拾，携以出游，時人得其片語隻字，遂襲而珍之，曰《江南一秀才稿》。而《夢中緣》尤膾炙人口，余俱輾轉抄録，未能廣遍，欲代爲開雕，公諸同好，以垂不朽。而會有調任粤海之命，先生以道遠憚於仳往，復應接任九江惠公聘。余匆匆就道，遂不及登梨。然知其書將不久於韞櫝，而青萍結緑之藏，終必騰輝於文明之世也。序而歸之。庚午春暮〔三〕，蝸寄唐英題於潯陽江琵琶亭舟次。

**注　釋：**

〔一〕唐英(一六八二—一七五六)，字俊公，號叔子，又號蝸寄老人。長期供奉内廷，雍正元年(一七二三)授内務府員外郎，六年(一七二八)被派駐景德鎮督榷陶務，乾隆初調任九江關監督。唐英嗜好戲曲，久慕張堅才名，乾隆十四年(一七四九)春將其邀至幕中。唐英與張堅雖是幕主與幕客的關係，但是他將張堅引爲同調，共同探討戲曲。

〔二〕己巳，即乾隆十四年(一七四九)。

〔三〕庚午，即乾隆十五年(一七五〇)。

# 目録

## 上册



### 夢中緣

## 梅花簪

# 下册

## 懷沙記

## 玉獅墜

# 夢中緣

金陵張潄石填詞
同里楊古林評點

# 序

## 楊楫[一]序

臨川云：師言性，予言情。是知情不能已，則發爲咏歌。勞人思婦之詞，皆意有所托。詩有六義，而比物起興更深以摯也。漱石青年負雋才，多奇氣，乃扼於時命之不偶，閑居無事宜，其情之抑鬱而不伸者，必有所托以自鳴。故詩、古文藝之外，嘗戲編填詞四種，而以《夢中緣》爲第一種。漱石昔受知於西林相公[二]，作古樂府，選入《南邦黎獻集》，由是知名。然爲文立意孤而取神遠，不趨時好。舉於鄉，屢薦不售，因作《江南一秀才歌》以自嘲。既乃窮困出游，隱而爲人捉刀，以試行其志學，然落落終無所大遇。庚午秋暮自潯陽歸，執余手嘆曰：『秀才老矣。』余與漱石髫齡交，齒相若也，聞言亦黯然。索觀其著作益富，而填詞四種名流頗多題贈，因勸其梓以問世。漱石以卷帙繁重一時不能盡刊，爰取《夢中緣》一編，囑余點定以先付剞劂。夫『臨川四夢』，評者謂：『《牡丹》，情也；《紫釵》，俠也；《邯鄲》，仙也；《南柯》，佛也。』今漱石四種，則合女烈臣忠，配以義俠，參之仙佛，而總基於一情〔三〕。觀其夢寐可以感通死生，莫肯逾忒。履患難而不驚，處污賤而不辱。雖天龍神鬼物類，無知而情之所在，莫不效靈，咸爲我用。嗚呼！異矣！然他種皆極情之變，而《夢中緣》祇道其常，則情之正而根於性者也〔四〕。余謂識得《夢中緣》旨，而他種之情皆可以此一種推之。即天下萬世之凡有情者，無不可以此一種盡之矣。是爲序。愚銘弟古林楊楫濟川氏題於北山草堂。

附江南一秀才歌漱石自嘲：

原是江南一秀才，十年壯志幾曾灰。任來天下無難事，祇道黃金復有臺。
霜堆兩鬢漸堪哀，原是江南一秀才。目到闈中迷五色，筆花何自向人開。
致君堯舜匡時策，誰道不從書裏得。原是江南一秀才，奈何長作諸侯客。
柳發新條梅有苔，邵園陶徑許重開。歸來課子燈窗下，原是江南一秀才。

注　釋：

〔一〕楊楫（約一六八一—一七五一以後）：字濟川，號古林。有文名，爲方苞所賞，與潘震、吴猗南和李仞千爲北山四友。楊楫與張堅自幼相交，感情深厚。

〔二〕西林相公：即鄂爾泰（一六七七—一七四五），清滿洲鑲藍旗人，西林覺羅氏，字毅庵。康熙舉人。任内務府員外郎。雍正元年（一七二三）八月，鄂爾泰出任江蘇布政使，下車伊始，觀風拔取。次年（一七二四）正月爲延訪真才，以詩、文及古學諸體試江南文士。雍正三年（一七二五）六月，舉行『春風亭文會』。

〔三〕評點曰：『數語已貫四種之義，而歸重《夢中緣》爲得情之正是主。』

〔四〕評點曰：『回應起句。』

## 徐孝常〔一〕序

憶昔庚寅歲〔二〕，余與漱石同受知督學使者海寧楊先生〔三〕。訂交始，見其所著填詞《夢中緣》，凄清哀怨，思致纏綿，泪點血痕，瑩瑩紙上，怪問之曰：『子豈真夢耶？非耶？果真夢，而以爲非夢耶？抑非夢，而乃自以爲夢耶？』漱石笑曰：『吾烏知其是夢非夢也。如謂是夢，緣於何生？謂爲非夢，緣於何滅？天地茫茫，不知何以有此一日，不知何以此日有我，不知我何忽而伸紙摇筆，成此滔滔四十六齣，填詞留之天地，則謂我夢中作之，子夢中讀之，亦奚不可？』〔四〕因相與嚯笑不止。漱石富於才華，磊落不可羈紲，爲文不阿時趨尚。試於鄉，幾得復失者屢屢。乃窮困出游，中間不相聞者十餘年。己未〔五〕，余幸舉進士，以庶常散館居稼部。值漱石亦由汴入都，一見相驚愕，各蒜髮種種矣。是時，好友如芮子仙洲、伍子紹南、龔子茹千咸客京師。暇則歡飲聚談，共道兒時事，痛曦光如過隙，或唏噓泣下。詢及漱石《夢中緣》，則猶珍笥底也。長安梨園稱盛，管弦相應，遠近不絶，子弟裝飾備極靡麗，臺榭輝煌。觀者叠股倚肩，飲食若吸鯨填壑，而所好惟秦聲囉弋，厭聽吴騷，聞歌崑曲，輒閧然散去。故漱石嘗謂吾：『雅奏不見賞，時也。』或有人購去將以弋腔演出之，漱石則大恐，急索其原本歸，曰：『吾寧糊瓿。』會天子方重典樂，念清廟明堂，祭饗朝會。諸樂章務盡美善以悦神人聽，而舊辭多不可用，欲重製新聲，設樂部，開音律館，命大臣爲總裁，募海内知音者勷其事。有思薦漱石者，余亦勸其往應召，漱石嘆曰：『吾幼讀先人遺書，不能以科第顯，今老矣，顧乃以伶瞽之事進而希榮利，竊耻爲之。』余亦慨然。甲子秋暮〔六〕，余以病將告假旋里門。漱石來餞余，飲酣，余亦勸漱石謀歸計。漱石曰：『吾歸恐無以自遣，行將取《夢中緣》傳奇付諸梓人，售書賈，取其值，以供杖頭野飲資，亦可與二三子優游娛歲矣。子曷爲我叙之？』余曰：『可。』乃就席取其書筆之以弁其端，遂黯然而别。東田徐孝常孟端氏題於燕邸之凌雲書屋。

**注　釋：**

〔一〕徐孝常：　生卒年不詳，初名昪，字孟端，號東田。徐家世代書香，其祖父徐必遠爲順治八年（一六五一）辛卯進士，官至廣西桂平道，其父徐時盛爲貢生。徐孝常與張堅於康熙四十九年（一七一〇）訂交，成爲同窗好友。

〔二〕庚寅：　即康熙四十九年（一七一〇）。

〔三〕督學使者海寧楊先生，即楊中訥。考《清代職官年表》知，海寧楊中訥於康熙四十八年（一七〇九）正月至四十九年十月任江南學政。

〔四〕評點曰：　『列子文章。』

〔五〕己未：　即乾隆四年（一七三九）。

〔六〕甲子：　即乾隆九年（一七四四）。

# 陳震[一]序

夢，幻境也，然古者占夢有官。湯臨川云：『理之所無，安知非情之所有。』是故，情不一而夢多怪。昔余讀漱石《夢中緣》傳奇及其自爲序，頗怪之。漱石笑曰：『屈子求宓妃，宋玉賦神女，文人固多寓言，子何惑焉？』歲戊戌[二]，予計偕入都，與太史嚴東聚、學博譚天球讌集，偶話及唐牛僧孺方爲秀才，宿薄太后廟，會見明妃、玉環及石家緑珠，相與歌樂，明妃以太后命薦秀才寢，羨其冥緣奇合。予曰：『鬼神雖渺茫，然明妃必無失身，此獠事。』或曰：『載在傳記，君能没其文乎？』予曰：『明妃不從小單于，而吞藥以死，冢草猶青，少陵詩史可證也。』斷斷[三]久之而散。是夜，夢游雁門中一廢祠，有女侍胡妝引見，明妃謝曰：『文人孽筆可畏，嚮非君言，妾冤幾不白矣。』爲指示前後因，甚晰：『會當有權貴相招，誡勿應。』既寤，异之。俄而，果有以余籍通某府，欲禮羅入幕者。予悚然憶夢，所謂權貴，此殆其是邪，遂遁迹南歸。未幾，其事敗，同行者咸配遣，余獲免，明妃德也。余與漱石齒相若，各以飢驅末由聚首數十年。今年歸，相見已老，漱石案頭《夢中緣》詞猶存，覆讀之，曰：『君夢不如吾夢之有徵也。』語以前事，漱石亦愕然。夫漱石憫浮生之如夢，假仙鬼以覺世人。蓋以幻筆寫空境而終無姓氏之可指，讀其自叙一篇，則與傳僧孺事者，其用心固已別矣。吾恐後人誤認漱石之夢，且感余夢脱禍於機先，懷之數十年未敢告人者，微此書，無以發吾之覆也。於是乎序。丁卯〔四〕夏五同學弟陳震伯謙氏拜書。

## 注　釋：

〔一〕陳震（約一六八　—一七四七以後）：　字伯謙，張堅的同學好友。康熙五十六年（一七一七）舉於鄉，次年（一七一八）赴京參加會試。

〔二〕戊戌：　即康熙五十七年（一七一八）。

〔三〕齗：《説文》：『齒本也。又齗齗，辯争貌。』《史記・魯世家》孔子曰：『甚矣魯道之衰也！洙泗之閒齗齗如也。』『徐廣曰：《漢書・地理志》曰：「濱洙泗之閒，其民涉渡，幼者扶老者而代其任。俗既薄，長者不自安，與幼者相讓，故曰齗齗如也。」……故齗齗争亂，所以爲道衰也。』

〔四〕丁卯：　即乾隆十二年（一七四七）。

## 吴定璋[一]序

太上無情,非無情也,能不墮於情之魔境耳。夫千古至人莫非情種。周公《東山》之詩曰:『其新孔嘉,其舊如之何?』非深於情者,能作此語乎?彌勒佛不立文字,開口便笑,必大有情根,乃得作如是歡喜。故情者,聖人之所不禁,惟貴人善用其情而不爲情所用。蓋情之苗起於毫忽而放之可彌六合,熱於星火而熾之勢堪燎原。苟無把握,即入痴迷,如墮夢境,慧心人解此,則真境可視爲幻域,囈語可轉爲法言。色空空色,一片虚明,絶無障礙,情亦何足爲累哉?漱石先生負絶代之才華,居金陵之勝地,所著詩、古文、詞無一不臻其妙。《夢中緣》傳奇一種,則其少時作,以發乎情者,止乎禮義,借兒女之幽懷,寓莊、列之妙理。無异鶼籠書生,搬弄吐納,層層奇變,莫可端倪,真耶幻耶?正自索解人,不得請於風清月白,酒緑燈紅時候一按板歌之。倘至人不死,當必擊節嘆賞,曰:『是吾輩語,醒人也。』洞庭同學弟吴定璋又篁氏題於桃葉渡河舫。

**注　釋：**

〔一〕吴定璋：字友篁，江蘇吴縣人，太學生。與沈德潛、陳祖範等交好。著有《七十二峰足征録》。

## 韓縉〔一〕序

昔寶卿家兄自天中〔二〕歸，語予曰：『金陵有名士張漱石先生，吾得晤於汝寧〔三〕郡守費榆香〔四〕署中。讀其著作甚富，即填詞《夢中緣》一種亦絶唱也。』趙子丹五亦嘗爲余言，并道先生長君晉九兄〔五〕博學多才。余心識之，思見其人不得也。歲戊申〔六〕，余以諸生膺保薦歷任四川龍安、彰明縣令，晉九兄偕其同里羅江令坦齋王寅兄〔七〕入蜀，一見如故交。晉九兄蕭疏豪放，負磊落不可一世之，概見晉九兄如見先生矣。晉九兄尋爲郡守李公延入幕，時龍屬四邑，參謀皆乏人，晉九兄兼理之，裕如也。與余尤親昵。每至彰明必流連多日，暇則論文，分韵雄談，動輒達旦。余索讀先生之詩文，則盡出其奚囊中隨帶者，如西林相公爲蘇藩時觀風拔取全卷，詩、賦、文、策共六十三篇。海鹽俞太史〔八〕提學江南月課時古二十四藝,皇皇大文,洵一代巨筆。及讀《夢中緣》,則清新雋逸,跌宕風流,恍聽緱嶺瑶笙,湘靈仙瑟,絶非凡響。蓋十餘年懷之不置者,一旦如獲珍寶。既而嘆曰:『使先生少壯得遇於時,則出其經濟以大展其猷爲,當不僅以文詞顯。而今老矣,雖然,蓄之極者,發必奇,晋九兄以幹濟之長才,值有爲之歲月,學問淵源俱堪共信。先生既自以文詞顯,而凡志有未竟者必將有所寄。因狂呼大叫,執晋九兄之手而拊其背曰:『是子之責也夫,是子之責也夫!』甲子嘉平〔九〕歸安愚銘侄韓縉紳垂氏拜題。

## 注釋:

〔一〕韓縉:字紳垂,曾任四川龍安、彰明縣令。

〔二〕天中:今河南駐馬店。

〔三〕汝寧:今河南汝陽。

〔四〕費榆香:即汝寧知府費謙流。查《河南通志》知,費謙流曾於雍正八年至十年間(一七三〇—一七三二)任河南汝寧知府。

〔五〕先生長君晋九:指張堅兄長,其生平不可考,晋九當爲字或號。

〔六〕戊申：　即雍正六年（一七二八）。

〔七〕王寅兄：　即王嘉會。王嘉會，生卒年不詳，字履安，號坦齋，江蘇上元人。雍正十年（一七三二）壬子科舉人，十一年（一七三三）癸丑進士，任四川羅江知縣，乾隆十九年（一七五四）任陝西西安知府。

〔八〕俞太史：　即俞兆晟，字叔穎，浙江海鹽人。康熙丙戌進士，官内閣學士。雍正二年（一七二四）俞兆晟以翰林院侍讀學士的身份出任江南提督學政。

〔九〕甲子嘉平：　即甲子年臘月。甲子年爲乾隆九年（一七四四）。

## 朱奕曾〔一〕序

蓋聞大地皆緣，浮生若夢。或因緣而成夢，夢本非真；　或以夢而生緣，緣終是假。驢鳴飯熟，寤枕上之游仙；　鹿隱蕉亡，作隍中之囈語。描來妓女，下自屏間；　擔去書生，變呈籠内。若彼鈍根年少，甘墮孽不醒迷途。是以慧業文人，借譚空而爲解脱。如金陵漱石先生者，烏衣白下，地占草堂；　紅板青溪，居鄰桃葉。雄文特起，悉鑄史而鎔經；　逸興遄飛，每坐花而醉月。乏龍虎風雲之遇，才雖富而韓窮，爲東西南北之人；　經未傳而伏老，傷美人之遲暮。不諱言情，怨公子之輕離，慣能譜恨。五花轉爨，托優孟以詠諧;一韵偷聲,假詞章爲游戲,易莊語而姑綺語。幾嘔李賀之心,非畫工而實化工;疑見楊雄之臟,歌凝雲遏競觀。則四國如狂,物换星移,傳誦定千年不朽。即使臨川四夢放出一頭,直令湖上十編投來五體。吁嗟乎,蠶雖老而絲存,鵑欲啼而血盡。花魂月魄,無地相招;雨約雲期,何堪中斷。驅五丁而鑿穿情窟,吐辭若霏玉噴珠;持一管以掃盡愁魔,琢句則驚天泣鬼。要識枝非連理,何關羅刹罡風;但願花是并頭,自有菩提甘露。幻亦真而真亦幻,勿徒歌《白雪》三終;空即色而色即空,已勝讀《南華》一部。錢江弟朱奕曾桂亭氏拜題。

注釋:

〔一〕朱奕曾:字慰先,號桂亭。雍正乙卯舉人。官嘉興教諭,有《桂亭存稿》。

## 金門詔〔一〕序

先生一代作手,即《夢中緣》傳奇一部,已足空前超後。覺若士四編,猶是一知半解,安能通古今、徹上下，打透夢覺關頭？如是耶，總由風流道學，坐破蒲團，生此智慧。故借談空，包羅萬有，使須彌世界，萬想千情，一齊收入錦囊，供其游戲。此才人之極筆，佛子之妙諦，勿僅作塵凡演劇觀也。由此以推，十部百部皆在個中。識者自能賞之，何事老人更從饒舌乎？東山野史金門詔拜手。

注　釋：

〔一〕金門詔（一六七二——一七五一）：號東山，江蘇江都人。著有《金東山文集》《華鄂集》《全韵詩》《補遼金元三史藝文志》。

# 題詞 依贈言先後爲序

## 苕溪張廷樂儀九氏

今古浮生一夢中，良緣何在恨無窮。新詞製就傳千古，直使狂奴拜下風。

## 秣陵姚瑩〔一〕玉亭氏

游仙一枕夢初酣，采鳳文鴛得指南。若使菩提真好事，從今彌勒願同龕。
兩姓婚姻一夢通，隍中蕉鹿雪中鴻。無端漏却春消息，清茗香羅意總同。
陡起風波易姓名，此中離合費經營。分明一幅天孫錦，幾許心思織得成。
水中見月原非月，鏡裏看花不是花。識得浮生皆屬夢，終篇只似讀《南華》〔二〕。

注釋：

〔一〕姚瑩：生卒年不詳，字文潔，號玉亭，江寧人。工詩善畫，著有《環溪草堂集》。張堅早年與姚瑩就有較爲密切的交往，乾隆九年（一七四四）歸里後，與其交往更加密切。

〔二〕評點曰：『逼真元白。』

## 江寧劉紹庭〔一〕前昭氏

此生生自憐，鍾情曷有極。西方彼美二，可望不可即。

緣幻因情現，須知同夢奇。自今紅板下，不數杜娘痴。

一念憐才重，花間誓并頭。無瑕情更永，名教自風流。

狡獪真可兒，義俠更誰伍？莫以美婢輕，繪入無雙譜。

崆峒何有山，彌勒本無相。非色亦非空，一笑清魔障〔二〕。

**注　釋：**

〔一〕劉紹庭：字前昭，江寧人，雍正元年(一七二三)貢生。劉紹庭是吴中詩壇的重要人物，與上元李蘇、吴九思、陳薦英、馬純士稱『詩社五友』。

〔二〕評點曰：『字字確切渾成。』

## 白門白德馨〔一〕香山氏

我友江南一秀才，浩氣凌雲才玩世。勘破乾坤一劇中，古今人物俳優戲。真真假假是耶非，蒼狗須臾變白衣。筆可鏤空花幻彩，慣從艷語泄禪機。洞庭才子情痴極，化蝶雙雙春有迹。巫山境渺苦追尋，别岫野雲迷不得。依稀風景似秦淮，彼美同夢還相識。丫鬟巧舌傳心事，一片絞綃柔情織。當前絶色忽有雙，一是傾城一傾國。玉鏡無媒私自憐，茗香夜半浮甌碧。未諧并蒂旋别離，秋宵暗誓兩心期。難將好夢輕説與，婉轉教猜帕上題。東床偷卧胡爲者，一擒一縱如同耍。惟恐誤來假混真，誰知反誤真爲假。良媒易絶可奈何，人事天心反覆多。真從假姓登龍榜，假冒真名陷雉羅。更苦嬌姿悲失路，一身落泊如飄絮。賺入朱門憂變喜，二美相憐不相妒。堪嗟禍福常倚伏，轉換都非真面目。奴全主義險如夷，女代男婚看不出。將假配假亦何憂，真還作假逞風流。少時讀此銷魂久，今尚頤開忘白頭。幻中生幻緣未了，崆峒本是無人道。情至何須問假真，夢長夢短和天老〔二〕。

**注　釋：**

〔一〕白德馨：字上聞，號季子，又號香山，江寧人，居鷄籠山側。著有《藏山亭洗硯齋稿》。

〔二〕評點曰：『括盡全部，一唱三嘆，宛然長恨之歌。』

## 江寧焦逢源鏡川氏

此恨憑誰説，倩霞箋彩筆，代他喉舌。二美衹今何處也，泪滴幾番成血。讀未竟，衷腸寸裂。我亦愁人痴未了，打不透一縷情，千叠翻覆，此添凄切。　風流自古多磨滅，總不如天涯雲水，消閑歲月。慾海愛河明有岸，接引道人心熱。燕子忽來春又去，任一般

詡詡穿花蝶。漆園境,誰參迭。《金縷曲》〔一〕

注　釋:

〔一〕評點曰:『亦是蘇辛一流。』

## 無錫鄒升恒〔一〕訒齋氏

多情天賦,彩筆空題腸斷句。宋艷班香,一種新聲繞畫梁。　知音何在?玉茗堂前剛一派。色色空空,勘破塵緣一夢中。《減字木蘭花》

注　釋:

〔一〕鄒升恒(一六七五—一七四二):原名登恒,殿試改爲升恒,字泰和,號慎齋,江蘇無錫人。康熙五十七年(一七一八)進士,選庶吉士,館試第一,授編修,雍正十一年(一七三三)任河南學政。

## 桐城姚孔鋠〔一〕範治氏

詞人老去奈春何，醉拍紅牙自按歌。奪得文通夢中管，意花開處比江多。幻處歡然幻處愁，全憑慧劍破温柔。便當玉茗筵前奏，未必推他作趙州。滴粉搓酥二十年，蘇辛姜柳辨媸妍。興闌拋却諧聲譜，歸去山中片石眠〔二〕。見獵如何喜又生，推敲坐見月三更。檐箏風鬥宫商叶，似代鵾笙象管聲。

**注釋：**

〔一〕姚孔鋠：字範治，安徽桐城人，清初刑部尚書姚端恪公文然之孫，大學士張廷玉長婿，雍正十一年（一七三三）癸丑進士，授翰林院編修。

〔二〕評點曰：『即此想見三崧先生高曠風流。』

## 桐城王洛〔一〕中涵氏

秋滿蕭齋葉嘯風，一天霜氣壓征鴻。調聲忽撇寒窗懶，對此如譚釋氏空。
風月方佳漏點催，無憑好夢亦懷開。一雙漢浦仙人佩，解爲狂生繾眷來。
潦倒詩書士價輕，可憐闤闠獨馳聲。不知何事干天忌，遣入羊腸坂上行。
桃葉空勞打槳迴，簫聲雅負不凡才。宮商兩部憑揮麈，抵得維摩一笑來〔二〕。

**注釋：**

〔一〕王洛：字仲涵，號懷坡，一號慕庵，安徽桐城人。雍正四年(一七二六)丙午科舉人，雍正十一年(一七三三)癸丑進士，累官至吏部稽勳司郎中。

〔二〕評點曰：『高者。』

## 渠邱曹涵巨源氏

仙骨珊珊异，風流興自豪。窗前研月露，座上響雲璈。句艷渾如宋，情深宛似騷。浮生都勘破，塵夢亦奚勞。

## 吴趨凌鎬□□氏

月白霜寒更漏遲，挑燈閑讀柳郎詞。分明一枕游仙夢，休更揚州妒牧之〔一〕。
玉茗風流詎足誇，酒闌燭跋按紅牙。想君長嘯揮毫日，定夢江郎五色花。
萬事勞形一夢中，盼來依舊夕陽紅。涅槃妙諦無多語，勘破方知色是空。

**注釋：**

〔一〕評點曰：『清新雋逸，庾鮑不能專美於前矣。』

## 昌平張管叙須舟氏

大夢誰從未覺窺，茫茫夢裏足歡悲。今時月冷孤懸影，何處蓮開并蒂枝。緣到空時方識幻，情於真處便成痴。風流老子偏常醒，多少人間覺後疑。

## 宛平管霈晴川氏

悲歡離合百年身，夢裏偏能學笑顰。煉去睡魔成醒眼，説來妙語類痴人。紐空作結綄綃案，湧地生花菡萏因。莫與世間兒子讀，尚疑蟻穴醉眠姻。

## 昌平張霖□□氏

白雪音中寄渺茫，纏綿曲意九迴腸。夢來夢去情深淺，緣少緣多恨短長。鳷鵲樓頭春正暖，鳳凰枕上月初凉。筆同慧劍魔先退，讀罷還教滿頰香。

## 山陰王彭懷祖氏

遠皋木落澹寒溪，試倚新聲寶瑟齊。多少幽懷多少恨，畫眉卷髻付雙栖。
岷峨江上有啼鵑，誰念西陵松柏緣。眷此清風殊静好，渾疑龍駕與鸞驂。
黛青粉白迴超塵，流水胡麻天一津。些子關心年少事，卷中人是夢中身。

## 上元王嘉會履安氏

月窟還憑玉斧修，誰言道學不風流。羡君一曲江南好，消盡千秋萬古愁。
閑親筆墨爇名香，悟得緣空夢亦凉。曠代逸才人不識，翻從歌袖顯文章〔一〕。

注　釋：

〔一〕評點曰：『讀之泫然。』

## 錢塘夏綸〔一〕惺齋氏

一笑相逢齊白首，數調尋宫十種平分久。自愧巴詞徒獻醜。輸君戛玉敲金手。　説夢譚空真諦剖，更羨懷沙古艷誰其偶。請付開雕貽不朽。休教丁甲潛偷走。《蝶戀花》〔二〕

注　釋：

〔一〕夏綸（一六八〇—一七五三以後）：字言絲，號惺齋，浙江錢塘（今杭州）人。乾隆元年（一七三六）舉博學鴻詞科不就，歸隱山林，以著述自娱。六十歲以後，開始創作戲曲，有《無暇璧》《杏花村》《瑞筠圖》《廣寒梯》《南陽樂》和《花萼吟》六種傳世。

〔二〕評點曰：『惺齋先生亦現有五種傳奇行世。』

## 雲間顧引鎬雍京氏

如梭駒隙老蒼顔，悟得浮生若夢間。幾許悲歡眼底事，最難打破是情關。

心似摩尼不染塵，無端幻出色中身。古今大夢誰先覺，惟賴先生筆有神。

## 華亭馬德和廷掄氏

一部新詞一夢鄉，五雲燦處筆花香。倩誰細按紅牙拍，十八輕盈小女娘。
世事幾多悲缺陷，媧皇煉石豈虛傳。筆尖能奪天工巧，補得人間夢裏緣。

## 石城張沂樂川氏

一樣宫商出玉金，彩毫今信錦成林。自來才美情偏重，那識緣慳恨自深。白雪無知羞韞匵，紅兒有分抵鳴琴。狂心擬約靈槎近，會向雲端學弄音。

## 晉安鄭袞大章氏

一幅天孫鬥色絲，井邊争唱柳郎詞。吴儂自有江南好，不數巴山歌竹枝。

衡門細語落花多，花底聲聲喚奈何。一曲銷魂建業水，風情恰受雪兒歌。
譜入秦淮玉笛聲，桃根桃葉總關情。銷魂更有西泠女，不許人間説姓名。

## 秣陵潘□□叙揆氏

古往今來，千情萬態，化工游戲文章。任妍媸老少，次第登場。雲霞幻彩霓裳變，天籟鳴、一種新腔。雷霆鼓板，雨敲絲竹，風弄笙簧。　才人些子疏狂。甚生來緣短，若個愁長。似蜃樓海市，起滅何嘗。置身傀儡逢場戲，逞風流、自點宫商。此情誰見，紅兒按節，素女施妝。《金菊對芙蓉》〔一〕

注　釋：

〔一〕評點曰：『目空宇内，語出心裁。』

## 錢塘柴才[一]次山氏

願作鴛鴦不羨仙，盧照鄰。於今重説恨綿綿。張籍。鶯春雁夜長如此，鄭谷。碧樹紅樓自宛然。温庭筠。想到恩情却是夢，趙承祐。積來孤憤合長眠。黄滔生。千迴赴節填詞處，李太玄。留與工師播管絃。湯悦。

注　釋：

〔一〕柴才：字次山，生平無考，乾隆十六年（一七五一）與張堅相遇於吴山十二峰道院，兩人一見如故，恨訂交之晚。

## 江上女子

拾得新詞第一編，携來妝閣晚風前。囊追賀錦才尤麗，筆吐江花句欲仙。自是有情偏有恨，幾多無夢亦無緣。背人愛把丹鉛點，獨自閑吟獨自憐。辛卯[一]余宿錢塘酒家，見燈下老嫗夜縫裳，蟹筐内針綫簿一本，丹鉛粲然。取觀之，則鈔余《夢中緣》稿本也。詢其由，云主人有幼女，能讀魯論及毛詩，頗嫻吟咏，愛誦是編。嘗與嫂賭記其詞，輒以手畫空作圈，摇頭若老生狀。年十六，以瘵死，此其遺也。今作策藏針綫矣。視其書已殘缺，内有前詩一首。嫗終不言其姓氏，乃以一金易其本以歸。明年再過其處，則酒家、老嫗俱無矣。余心感焉，賦一章吊之：憐才獨爾愛新詞，况是深閨未嫁時。勝讀江東猶取貌，似空冀北尚餘痴。亭園香冷花魂碎，環佩聲銷月影遲。落落知音塵世寡，欲封文冢傍墳堆。漱石偶記。

**注　釋：**

〔一〕辛卯：即康熙辛卯年（一七一一）。

# 《夢中緣》自叙

《夢中緣》，感於夢而作者也。己卯〔一〕仲春，予游南郊，歸憩嘯月齋，隱几假寐，倏若置身巒岫間，藍瀋浸睫，雲氣蕩胸，下瞭塵人蠕蠕而動。旁一道士告余曰：『此華山也。』水鳴於澗，循石磴東行數百步，至一洞府，絶壁千仞，芝芷蘡薁，肆蔓岩谷，宔樓丰室，盤鬱霄漢〔二〕。雙闕闢啓，一童子來迎，曰：『仙子待君久，奚暮也？』前導余，排朱闥數重，歷玉階，直抵殿上。天樂三闋，珠簾徐啓，金碧煥然。异香自流蘇噴出，氤氲若烟雲。衛士持戟鉞，雁羅墀下，諸女侍嫈嫈窔窱，各司其物。二仙子上坐，戴金鳳芙蓉珠冠，服卷龍金縷絳綃氅，腰繫積翠五彩暈花八寶錦裙，耳垂明月璫，胸前金鏁纓絡寶璐佩環，足趿雲霞履，神姿妖麗，光可鑒物〔三〕。予將下拜，二仙子齊起立笑曰：『此禮豈爲郎君設？』左右携余手遍游諸宮。飛閣翬翔，長廊虹亘，富麗清幽，絶非凡境，供設儀仗儼如王者。俄聞空中輕雷隱隱，一甲士奇形𥕢礌，旳睔目而前曰：『此小崆峒山鼓聲闐鞈也，聞令客在此，將毋劫之而去耶。』余問：『小崆峒山爲誰？』曰：『兹山之鄰，請討之。』〔四〕予欣然承命，作檄千言，付甲士持去，都不能記。少焉，雲雷如墨，大雨霔霔，砯磅〔五〕霶霈，如金戈鐵馬之聲。前甲士自雲端下,曰:『崆峒破矣。』雨霽,宴於蕊珠殿。二仙子翼予,并坐泥金七寶床,案設龍文鼎百餘具,璠璵環列,琥璜交錯,果脯怪异,不識其名。諸女侍近前爲壽,歌霓裳羽衣之曲以侑觴。仙漿甘冽,沁人心骨,予初悚敬,不敢仰視。須臾,款洽謔諧,情頗腴昵。其長者,修容綽汋,季者則丰膩端妍而靨輧靚妝,星眸曼睩,玉顔鮮潔,神采欲飛,皆非人世所見也〔六〕。詢其姓氏,不答,惟言:『予昪姓姊娣,元時同避亂入山,遇异人得授長生術。明時,上帝勑封於此。師言星輪屠維單閼〔七〕,斗指東方卯,當有桂籍仙官來會,此君其是耶?』予愕然。間挑以微詞,二仙子配〔八〕然。久之,泪數行下,曰:『郎君非仙緣,安至是?雖然,此清虚之境,豈得如人間樂事?君自有佳婦,妾與君緣盡於此矣。』乃作歌曰:『雲霳寥兮天階,迴塵埃兮洞府。目既成兮情不終,女静好兮空房處。』又歌曰:『恨漫漫兮沉愛河,魚兩兩兮隔清波。右羅浮兮左巫峽,惜流光兮樂只多。安得此情兮與天無極,可憐無極兮奈此情何〔九〕。』歌竟,兩仙子泣,予亦泣,遂罷宴,命童子送予還。行數步,悉失所在,第見雙鶴翔空,峗礒澒溶,天光雲影,瀲灩射人。蘧然驚起,日方正午,心甚駭异〔一〇〕。因思天地之大,何所蔑有。人仙神鬼,變幻非常,一切怪誕鄙穢之事,至於夢而安可窮極乎?語云:太上無情,故至人無夢;其下不及情,故愚人亦無夢。然則夢之所結,情之所鍾也〔一一〕。欲賦其事,則恐張皇幽渺,蔑瀆仙靈,乃另托人世悲欣離合之故,游戲於碧簫紅牙隊間,以想造情,以情造境,自春徂秋，計填詞四十六齣。一夢始亦一夢終，惟情之所在，一往而深耳。雖然，情真也，夢幻也，情真則無夢非真，夢幻則無情不幻。夫固烏知情與夢之孰爲真而孰爲幻耶？金陵漱石張堅齊元氏叙。

## 注　釋：

〔一〕己卯：　即康熙三十八年（一六九九）。

〔二〕評點曰：『叙次古艷。』

〔三〕評點曰：『渲染生動。』

〔四〕評點曰：『幻筆匪夷所思。』

〔五〕砯：　音乒，水擊岩石聲，《廣韵·蒸韵》：　『砯，水擊山岩聲。』

〔六〕小小結束，愈見精神。

〔七〕單閼：　十二支中『卯』的别稱。《爾雅·釋天》：　『太歲在卯曰單閼。』

〔八〕音逆：　《玉篇·面部》解爲『愁面』；《字彙·補面部》解爲『憂愁』。

〔九〕評點曰：　『凄婉哀切，一往情深，不殊樂府風調。』

〔一〇〕評點曰：　『詞之藻麗，仿佛六朝，而筆氣疏古渾灝，直是蘇、韓。』

〔一一〕評點曰：　『點破。』

# 《夢中緣》目録

## 上本目次



## 下本目次

# 第一齣　笑引

〔西江月〕〔末扮布袋和尚，笑上〕情種無生無滅[一]，因緣是色是空。一靈咬住不銷融，枉被天公磨弄。世事漁歌樵唱，浮生暮鼓晨鐘。呵呵大笑悟無窮，今古情場一夢。吾乃姑蘇虎邱寺内一尊彌勒古佛是也，俗稱布袋和尚。一生好笑，因以喜作佛事[二]，得成正覺。自從南朝建寺以來，數千年法身不壞，這殿後邊塑有五百尊阿羅漢，雖則胚胎土木，却也采受精華，多歷歲時，頗通靈慧，因此長在寺中，和他游戲。今夜月白風清，正好到彼洒落一番也。〔下〕〔雜扮衆羅漢舞上，坐介〕〔末笑上〕〔雜〕彌勒師，笑甚麽來？

【南吕一枝花】〔末〕俺笑那開天的枉自勞，闢地的非爲巧，弄得東南多缺陷，西北不堅牢。引的那痴情漢愁種心苗。真認做石成五色填來妙。生盻殺女媧窑。扯不住兔走烏飛，拗不過天荒地老[三]。

〔雜〕彌勒師，則怕你笑不得許多呢。

【梁州第七】〔末〕俺不笑弄虚脾唐虞事業，俺不笑没結果湯武勛勞。那笑他長城萬里秦難保。又不笑漢晋的日月，唐宋的山河，都止似浮雲過了，大古來幾個昏朝。〔雜〕你端的笑着誰？〔末〕笑笑笑，楚重瞳忍不住虞兮泪落。笑笑笑，漢赤帝救不得人彘冤消。笑笑笑，李三郎踐不的長生密約。還笑那後庭花歌來渺渺，帳中魂望裏飄飄。更堪憐塞外琵琶青草，反不如長門買賦耽煩惱。拚熱泪，英雄吊，恩愛當年没下梢。祇落得千載恨滔滔〔四〕。〔雜〕想他肉體凡胎，怎當得情字苦惱，何不擺脱了人間魔障，早尋個天上逍遥呢？〔末〕你道天上的神仙無情？俺説與你聽者。

【牧羊關】有一個漢女貽仙佩，有一個天孫駕彩橋，有一個衙城洞裏玉清逃，有一個采藥仙郎把天台路繞，有一個杜蘭香被謫下雲霄，有一個害相思張果老，説不盡天上蹊蹺〔五〕。〔雜〕還是俺釋門中清净。〔末〕你道佛祖無情？俺説與你聽者。

【罵玉郎】却不道觀音鎖骨連環套，他也曾離水月度塵囂。又不道紅蓮冤債前生造，守着那月明來把柳翠招。笑笑笑，笑殺他輪迴果報。〔雜〕既具人形，罔非情類，除是萬劫成空，一靈俱渺，那時方可斬斷情根也。〔末〕咳，人無情而不生，鬼有情而不死〔六〕。

【哭皇天】不見那粉骷髏埋荒草，兀自個鴛冢上連理交。有幾個向冥中偕燕爾，有幾個誓泉下續鸞膠。笑笑笑，笑着那再生再生奇巧，似漢宫人重出家，離魂女得更招，一般的烟凝露合，影動胎牢。還有那移屍借體斷魂飄。數不盡龍宫鬼府，祇多少月怪花妖〔七〕。

〔雜〕自古道天地絪緼，萬物化生。男女搆精，萬物化形。可知天地間都是這情根種滿呢。〔末〕咳，天下都是般蟲蟻兒蠢動，鍾情的能有幾人？

【烏夜啼】休休休，休題那薄情兒，枉自把風情鬧。那顧他千金白璧無價寶。且過今宵，莫管來朝。這個墻頭一任野花飄。那個路人硬把蕭郎叫。霎時間翻雲覆雨，那些個似漆如膠〔八〕。

〔末哭介〕〔雜〕彌勒師方纔大笑，忽又大哭，却是爲何？〔末〕想古來多少有情人，做下那無情事，好心傷也。

【煞尾】休道俺慣嬉嬉不住的逢人笑。但提起千古傷心底本漫迷哭漸高，不由人痛鶯鶯，悲燕燕，惜真真，憐小小。更有那水心亭，西施吊，天門街，蓮花落。都一樣無情有恨，枉替他泪盡腸焦〔九〕。〔末大笑介〕〔雜〕彌勒師方纔大哭，忽又大笑，却是爲何？〔末〕笑笑笑笑一個初上場的傀儡又輪到了〔十〕。

〔雜〕誰？〔末〕便是這殿旁讀書的秀才，到是個真情種。他一生的分緣，俺已慧眼兒覷定。待説與你聽者。〔沁園春〕吴下鍾心，緣生夢裏，忒煞情痴。竟訪遍金陵，奇姿果遇，香羅手帕，疊和新詞。釁結京江，投親淮上。玉鏡乘機誓自私。錯中錯，奸徒假冒，好事偏遲。堪悲。忠因讒陷，又斷送嬌娃兵燹離。幸賺入朱門，惺惺共惜。侍兒代禍，姊妹同帷。更姓登龍，改妝調鳳，就裏機關儘教疑。淒涼煞，禪堂再夢，醒後難追。

夢易醒醒又夢夢醒不辨，真當假假冒真真假難明。

姊救妹女裝男皆由俠氣，帕作媒花設誓總是痴情。

天已大明，俺們各自歸位，那鍾心早出來也。〔齊下〕

## 評　點：

〔一〕情是開口第一字。

〔二〕喜字反映愁字，蓋情每多愁，遣愁之法無過於笑，故以笑和尚作楔而寄情於空，旨微哉。

〔三〕起便新奇，那得不拍案叫絶。

〔四〕上下千古，一口咬定情字，縱横如意，悲壯淋漓，直似搏球獅子放出百道金光。

〔五〕寫得情字分量滿足，透徹之甚，即仙佛亦逃不過。

〔六〕至理創論。

〔七〕括盡一部情史。

〔八〕撇却此意，方是情字上乘。

〔九〕勝讀文通《恨賦》。

〔十〕千里來龍，到此結穴。

# 第二齣　幻緣

【中呂引子】【滿庭芳】〔生儒服，丑隨上〕浩氣凌雲，雄才捧日，風流不讓蘇仙。音希調古，白眼待嬋娟。早是春深庭院，長安遠花看何年？滿懷着，千般幽怨，都付與霞箋〔一〕。

〔集唐〕雕鶚程期在碧天，豈容華髮待流年？孤高堪弄桓伊笛，壯志仍輸祖逖鞭。舊事悠悠不可問，春愁黯黯獨成眠。榮枯盡寄浮雲外，願作鴛鴦不羨仙。小生姓鍾名心，字青士，姑蘇洞庭山人。忝宦室之後裔，作黌門之領袖。班香宋艷，飽學千箱。曾瑟顏瓢，家餘四壁。雖到不得真風流，却羞爲那假道學〔二〕。審時觀變，羨蘇眉山竊喜談兵；感遇興悲，嘆陸劍南不非射虎〔三〕。只是小生還有一種痴心，嘗想伉儷之間，實我輩鍾情之地〔四〕。怎奈佳人難得，目見雖多，心賞絶少。寧教雙足空留，不覺念年虛度。邇來爲避塵俗，與同窗賈俊才讀書虎邱僧舍。昨崑山文老先生，有文到縣觀風〔五〕，因縣令楊公，乃其會試取中門生，是以托彼代考。那楊公又與我世誼交好，送題在此，不得不做，賈兄那裏？

【引子】【菊花新】〔副净上〕青氈刺股怪相連，辜負春光在眼前。〔背指生介〕你便三載不窺園，甚來由將人冤絆。

學生賈俊才，被鍾青士拉來虎邱僧舍讀書，原不過名色而已，誰知這書呆認真價詩云子曰起來，好不可厭。鍾兄請了。〔生〕賈兄，觀風題目在此，趁今天氣晴和，正好搆思，小弟已將筆硯安排候教。〔副〕兄又來取笑了，小弟何曾幹過這般把戲？這是你們做名士秀才的觀風月課，都要觀光，案發之時，摇頭擺腦誇口道：某名士，某秀才，又蒙某大宗師，考取首卷了。小弟其實不耐煩，小弟其實不耐煩〔六〕。〔生〕這是何話？大家同做，方纔有興。〔丑磨墨，生强副净同做介〕〔副作苦態諢介〕

【過曲】【好事近】〔生〕精理發名言，肯畫臙脂供他時眼。漫道韓潮蘇海，也自把鐵硯磨穿。〔副偷下〕〔生〕賈兄，賈兄，原來不做而逃了，且自由他。咳，那有才之人，譽滿天下，何足爲奇。除是閨閣中，得個知己。如古云彈琴對文君，春風吹鬢影，纔算得千古風流。所以小生常常想來，館中做課，怎比得帳底談文，枕上聯吟，煞强似社壇分韵。今日這兩篇文字，不知那文老先生可是識貨的，怕不枉費心機也〔七〕。何年，投至得關關相應，要知音除是雙鴛。生凝盼謝庭香艷。卷子做完，似此寂寞春光，好難消遣，且聽那斜陽亭外，小鳥啼烟。

信步踏來，又到彌勒殿前了。你看這笑和尚張着口再也合不攏，怎俺窮秀才蹙着眉再也放不開？

【前腔】看他今古笑容閑，信極樂西方來不遠。彌勒佛呵，你手中布袋不知裝了古今多少老骨董，則怕還抵不過俺這一袋愁煩呢〔八〕。說甚麽囊兒雖小，把乾坤載入。寬然無邊，怎不將去我窮愁貯滿。教書生耽病年年，空目斷慈雲冉冉。盼不到天龍八部，喜殺枯禪。〔睡介〕〔丑〕相公做了半日文章，無聊無賴，不覺盹睡去了，我且乘空寺外一戲，有何不可？正是由他春夢長和短，任我頑皮忙也閑。〔下〕〔末扮布袋和尚笑上〕夢裏孰知身是幻，痴來誰解念生魔。適見秀才，向我金身絮聒了一會，回到書齋，竟自沉沉睡去了。我看他日後婚姻，雖有兩番奇遇，一個是翰林院學士文岸之女文媚蘭，一個是淮揚總鎮陰紅之女陰麗娟〔九〕。但可惜姻緣簿上，注定淺薄，止有三生一笑之緣，難免百折千磨之苦〔一〇〕。今已一點情痴，墮入魔境，不免略示靈奇，成其好事。先將他夢魂，引入金陵秦淮堤畔文小姐園中，使他二人歡會也〔一一〕。〔末引生魂繞場立介〕〔隨引旦魂上〕〔末下〕〔生〕好一天風景也。

【雙調過曲】【忒忒令】聽鶯聲吹來半天，繞玉砌水流花泛。這好似昔年科舉的貢院前邊，秦淮堤畔了。一座花園，門兒半掩，不免挨身而進。〔見旦驚介〕呀，四顧無人，一個女子在此，好不標致也。喜名園獨自，恁如花美眷。〔生揖，旦羞避介〕〔生〕看他迴蓮步，整花鈿，嚲香肩，溜波眼，半晌還腼腆〔一二〕。

〔生扯旦，旦笑推覷生低問介〕秀才那裏來？〔生〕小生姓鍾名心，今與姐姐相逢，豈非天乎〔一三〕？

【江兒撥棹】【江兒水】你看草細鋪茵軟，待來前，與你輕鬆鸞帶尋歡忭。〔生摟旦，旦不語介〕嬌羞側過芙蓉面，纖腰倚定香雲散。風過處翠裙微綻。【川撥棹】兩下裏水兒般潑新鮮，這滋味破題兒异樣甜〔一四〕。

〔丑扮地方官領從上〕〔旦避下〕〔生驚介〕

【臘梅花】〔丑〕是誰驀地到文園，携雲握雨花臺玷。〔捉生介〕甚麽人？〔生〕生員。〔丑笑介〕此時還説甚生員呢？〔打介〕〔一五〕你生員那值錢，俺輕輕贈老拳。一般捉賊并拿奸〔一六〕。

〔老旦扮内官，雜捧冠帶隨上〕

【園林好】報風流天恩狀元，齊捧着花冠耀眼。休得無禮。〔雜打丑，衆下〕〔老〕請狀元冠帶。〔生冠帶介〕原來是報録的。請問公公，這冠披因何而來？〔老〕俱是聖恩所賜，留待君妻。〔生〕這等美人有封誥了，且住，一個美人，爲何有兩副花冠？難道錦重重喜逢雙艷〔一七〕？〔老〕狀元快赴宴去。〔生〕待尋他美翠娟，催赴宴且揚鞭。

〔生走馬下〕〔老〕看他竟自去了，正是夢短夢長俱是夢，年來年去是何年。〔俱下〕〔末引生魂上，卧介〕〔末下〕

【引子】【玩仙燈】〔小生冠帶領二從上〕召父清廉，數不到洛陽花縣。

下官吴縣縣尹，姓楊名彀，字令修，京畿人氏。昨奉座師文老先生之命，觀風吴下。因這學中有一名士鍾心，與下官舊有年誼，送題與他，諒已做就。聞他近在虎邱僧舍讀書，特來一訪。此間已是，左右外厢伺候。〔二從下〕〔小生入介〕〔生夢語介〕美人那裏？〔小生笑介〕這也可笑，鍾兄醒來。

〔生驚醒，揖介〕不知大人駕臨，有失迎迓。〔小生〕弟聞大禹聖人，不寶尺璧而惜寸陰，吾兄呵！

【過曲】【二犯五供養】【五供養】殘篇斷簡，正當映雪吹藜，曉夜鑽研。休花柳迷情轉，鶯燕惹魂牽。〔生〕領教了。〔小生〕今早有報，小弟蒙恩行取，只候新任交代，便要與吾兄相別了〔一八〕。〔生〕恭喜榮陞，尚容趨賀。〔小生〕這也不消，衹是潭水桃花別泪漣，望你公車北上重相見。長安雖望遠，着先鞭。【月上海棠】莫悵離情，賓鴻音斷。

試卷就否？〔生〕在此，請教。〔小生閱介〕字字珠璣，待小弟袖回，一同解送，告辭了。文章千古事，燈火十年心。〔二從上引小生下〕〔生〕呀，小生方纔朦朧之際，恍忽到一園中。遇見一個美人，相與歡會。正在情濃，不想被人驚散，受了許多惡氣。恰好報中狀元，又待尋那美人，誰知楊公到來喚醒，竟是一夢。天那，想起這夢來，好不僥幸也。

【懶畫眉】恰朦朧何處覯名園，剛見花點風迴似眼前。喜天台夢裏遇神仙。將情兒打熱心兒戀，好會臉揾香腮摟定肩。

想夢中兩副花冠，明明道小生當有二美，爲何那時又止見一個〔一九〕？

【前腔】這個虛飄飄雲影夢來牽，那個待夢繞雲山在那邊。怪鸞顛鳳倒會難全。怎花冠兩副分明現。何日了却蟻媒兩處緣。

咳，就是這一個美人，此時亦不知何處也〔二〇〕。

【沉醉東風】空對着影雕欄紅深翠偏，牡丹臺春護芽兒淺。夢兒裏，人已天邊。暗想像，還記起多嬌艷。〔做摹擬介〕是恁般帶笑含顰羞面，是恁般軟綿，是恁般輕喘，好着我黯銷魂不可言[二一]。

一時想像起來，怎一時又忘記了[二二]。

【前腔】正思來，龐兒儼然。再思去，緣何不見[二三]。也罷，待小生一面想像就一面描寫出來，時時相對，豈不强似這空裏摹擬。〔欲描又止介〕咳，又怕這塵世丹鉛，兀的把仙容輕玷。似飛瓊名落人間賤。那更我心懸意懸。怎描得他神全貌全。痴痴的想去，誰知筆倒拈。

止好伏在几上，再去夢他一會便了[二四]。

【川撥棹】剛閉眼，早玉人立地生香艷。呀，美人來也。〔急起視介〕是分明環佩躚躚，是分明環佩躚躚。呸，原來是風敲畫簾。聽花宮梵語傳，透禪燈一點圓[二五]。

我想今日此夢，甚非偶然，小生走遍天涯，必要尋着這夢中人爲配纔罷[二六]。

【尾聲】問天天何處與人方便，且把這没打算的相思病暗添。美人呵，知你可惹春愁也，向紗窗半晌眠[二七]。

夢回春色自飄揚，劉滄。静掩書齋覺晝長。王昌齡。

神女忽來容易散，許渾。飛花依舊斷人腸。蘇頲。

評　點：

〔一〕總括全部。

〔二〕道學何嘗不風流，特患其假耳。

〔三〕伏筆。

〔四〕一語孤峰特起。

〔五〕伏脉作串。

〔六〕爽極趣極。

〔七〕對面，與遴才反照生情。

〔八〕又以愁字回映笑和尚生波，真灰綫草蛇之筆。

〔九〕雙提。

〔一〇〕已伏一篇之局。

〔一一〕單落。

〔一二〕偏與《還魂》故意犯重，又偏較《還魂》别樣出色。

〔一三〕夢中通名固屬奇事，然天地之大，何所不有，情真思至鬼神通之理，或不誣也。

〔一四〕化俚爲雅，寥寥數語足該《西厢・酬簡》一篇。

〔一五〕可傷。

〔一六〕隱隱爲全部作照。

〔一七〕伏麗娟只須如此，蓋文章疏密一定之法，俗筆爲之，不知費如許氣力矣。

〔一八〕伏。

〔一九〕妙。

〔二〇〕曲折入妙。

〔二一〕傳神化境。

〔二二〕妙。

〔二三〕妙。已入魔境。

〔二四〕妙。

〔二五〕回顧僧舍，并點暮景，胡思亂想已經一日。

〔二六〕一部書俱從此句生出。

〔二七〕精透。

# 第三齣　遴才

【仙呂引子】【小蓬萊】〔外〕懷淡金章紫綬，忤當朝愛卜山幽。典衣沽酒，携琴放鶴，拽杖調鷗。

〔集唐〕白髮如絲日日新，不親權勢正因循，塵冠却挂渾閑事，野鶴高飛避俗人。下官姓文名岸，字樂川，本貫崑山人也。原任翰林學士，只因劉瑾亂政，疏乞歸來。爲愛金陵秦淮之勝，别構一園，喬居於此。不幸夫人去世，未得奔喪旋里，就在南郊普德寺後山，卜地淺葬，已過三年〔一〕。單單遺下一女，名唤媚蘭，貌同花艷，才并雪妍，下官最所鍾愛。只思得一佳婿，足慰餘年。但必須呼鳳之才，方可稱乘龍之配。久欲歸至里門，大開屏選。因有聖旨，仍召還朝，雖復表求終放，未奉綸音，行止不定。恰好有一門生楊令修，現任吴縣縣尹，前已托他代爲季考，借觀人才。且等試卷解來，細細遴選。道猶未了，女兒早出來也。

【引子】【番卜算】〔旦上〕夢裏識春愁，夢斷魂厮耨〔二〕。〔貼隨上〕小姐這幾日懨懨不自由，怎忘了花開候？

〔見介〕〔外〕我兒，你看天氣晴和，庭前文杏大放，不可不賞，院子看酒。〔末暗上稟介〕酒筵齊備了。〔貼〕請小姐把盞。

【過曲】【皂羅鶯】【皂羅袍】〔合〕燦爛屏開錦綉。正輕寒輕暖，日淡風柔。入盞惟聞暗香浮，開簾怕逐東風瘦。【黄鶯兒】倒金甌，笑無端九十，都只爲春愁。

【前腔】嘆百歲烏飛兔走。要逢場歡笑，遇景清謳。屐齒何須覓山邱，對庭前花發如逢友。醉方休，人生樂事，何必定封侯。

【前腔】〔外嘆介〕提起教人眉皺。嘆伶仃膝下，誰續箕裘。似伯道無兒自生愁，喜倉公有女還聰秀。俺只願得一佳婿足矣。〔旦低頭介〕〔外覷旦，笑介〕選鸞儔，何日把乘龍快婿，招贅在秦樓。

【前腔】〔旦〕承覷千金嬌幼。似珠憐玉惜，寶愛無休。爹爹，你鬢點星霜莫添憂。孩兒呵，願瞻依膝下長相守。〔泪介〕俺那母親何處呵！泪珠流，白雲幾處，何處盼荒邱〔三〕。

〔雜捧文卷上〕埋頭幾見讀書子，瞎眼難寃考試官〔四〕。大叔有麽？〔末出問介〕〔雜〕蘇州楊老爺差人送觀風試卷在此。〔末禀介〕〔外〕來人，重賞遣回，卷子留下。〔末應，同雜下〕〔外〕我兒，這是我托楊令修觀風，送來考卷，酒酣無事，正好和你遴選一番。〔旦〕謹領爹爹嚴命。〔外〕撤過酒筵。輕雲，安排筆硯過來。〔貼〕小姐，筆硯在此，俺且看房中去也。自言行樂朝朝是，願得如花歲歲看。〔下〕〔外旦同看卷介〕

【一封羅】【一封書】〔外〕晴光挂碧鈎，影湘簾、試卷稠。不須月下紅絲争繫耦，單看簾内朱衣暗點頭。【皂羅袍】翻來覆去，出乖露醜。才疏學淺，胡思亂謅，問誰筆尖花能入英雄彀。

〔旦笑介〕果然這些秀才，也没有一個通的〔五〕。

【一封歌】【一封書】文章一筆勾。笑窮經，枉白頭。陳言刺不休。料雄才豈易求。〔見生卷，驚介〕呀，此卷甚好。則見他筆吐西川雄八斗。這纔是價重南金第一流〔六〕。〔送外看，贊介〕清新雋逸，兼參軍、開府之長。我兒賞鑒不差，且看他是何名姓。〔啓彌封介〕吴江縣學廪膳生員鍾心。〔點頭介〕原來就是此人〔七〕。〔旦背驚介〕呀，果然有個鍾心〔八〕。爹爹，此人是誰？〔外〕此當今少年才子，楊令修曾向我講來〔九〕。細觀其文，果然名下無虚。且聞他擇配未娶，真可爲吾佳婿矣。【排歌】才難量，學獨優，妙手堪修五鳳樓。放過一邊，再看别卷便了。〔旦背坐，不語介〕〔一〇〕〔外〕你看，文千卷，遜一籌，方信壓倒群英，他居最上頭。

如此文者，竟無二卷，真奇才也。就修書托楊令修爲媒，有何不可〔一一〕？欲得王郎爲坦腹，獨教宋玉擅才華。〔下〕〔旦痴坐介〕〔貼上〕露濃香徑和愁坐，風惱花枝不耐頻。老爺已進去了，小姐怎獨坐在此？

【賺】四寶纔收，誰被仙娥許狀頭。小姐，卷子看完，還在此作甚？閑清晝，趁日長宮綫還添綉，便春滿蘭房好覓鈎，怎眉輕皺。全非是盈盈不解愁如舊，敢來相叩。〔旦〕漫來相叩。〔貼笑介〕小姐不言不語，到像有甚心事的。〔旦〕輕雲，我正要對你説。那日偶然午睡，得了一夢，好不稀奇。〔貼〕小姐，夢有甚麽稀奇呢？〔旦〕我夢到花園游玩，忽然見一書生。〔貼〕哦，見一書生。妙嗄，小姐可知道他是誰？〔旦〕他説叫甚麽鍾心。〔貼〕叫甚鍾心。〔旦〕方纔閲卷，果然有個秀才叫作鍾心〔一二〕。〔貼驚介〕果然有個鍾心？如此真個奇了！小姐，他文章好麽？〔旦〕許多卷子，獨有他好。老爺甚加贊美。〔貼笑介〕如此説，老爺一定要招他爲婿。小姐，你怎到先夢見他來〔一三〕。

【天香滿羅袖】【皂羅袍】信道姻緣天授，原來把鍾郎名姓夢裏先留。【桂枝香】小姐，你見他時怎的開言，醒將來可記得那人肥瘦？〔旦〕想龐兒那般，想龐兒那般，眉清目秀。〔貼〕他見了小姐便怎麽〔一四〕？〔旦笑介〕這話提他作甚〔一五〕？〔貼笑介〕小姐，又没一人在此，便説與輕雲知道何妨〔一六〕？【皂羅袍】〔旦低唱介〕那書生呵，倚着他風流旖旎，言輕語柔。一會家迷離没亂，眉挑眼丢，不由人芳心脉脉情微逗〔一七〕。〔貼笑介〕後來？〔旦〕痴丫頭，羞人答答的，還要問〔一八〕！〔做羞態下〕〔貼笑介〕呀，小姐。〔住口介〕〔一九〕

【羅江怨】怎知你偷趁高唐雨不收，審分明，誰把這情緣叩。恁痴魂，先引起幻中由。怕柔腸乾惹下相思日，還愁你，嫩蕊嬌香，早倦倒巫山岫。虧殺你，盼書生，臉怎羞。會情郎，心怎投。可也破瓜時〔二〇〕，一霎兒難禁受〔二一〕。

我想，那個不做夢，誰似他夢的這般活現來。

【二犯滴滴金】閑拖逗，睡魂中委實風流。雖則是，空裏綢繆，問蜂黄而今在否？還不曾有交親比目和同，誰信這，没指證鴛鴦交媾。則問你，枕花陰怎不把金釵溜？倒蒼苔怎不把湘裙皺？摟腰肢，褪不下芙蓉袖。揣酥胸，擺不脱丁香扣。任眠花藉草把雨雲羞。還嗔鶯怪燕怕風情漏。有一日，燭影摇紅配好逑。少不的，漫凝眸，看可是夢兒中那人依舊〔二二〕。〔内唤輕雲介〕〔貼〕來了。

【尾聲】多情何事通媒媾，止索一枕游仙偕鳳友。還比那影兒裏的情郎得自由〔二三〕。

謝朓新裁錦綉成，李郢。何時開閣引書生。錢起。

夢中無限風流事，劉言史。難得金閨記姓名。司空曙。

評點：

〔一〕伏下南郊。

〔二〕藕斷絲連，文心極細。

〔三〕伏下祭掃。

〔四〕公論。

〔五〕當得笑殺。

〔六〕生卷必經小姐賞拔，方覺情文兼至。

〔七〕好照應。

〔八〕妙。

〔九〕補筆。

〔一〇〕寫媚蘭不再看别卷，入情。

〔一一〕應前作串。

〔一二〕問答傳神，如聽鶯聲嚦嚦。

〔一三〕一語蕩起無限文心。

〔一四〕問得妙。

〔一五〕答亦妙。

〔一六〕輕雲真乖真賊，讀之寧不銷魂？ 問更妙。

〔一七〕羅浮山色忽然一現。

〔一八〕妙。

〔一九〕傳神至此，筆有化工。

〔二〇〕注：袁枚《隨園詩話》云：《古樂府》：『碧玉破瓜時。』或解以爲月事初來，如瓜破則見紅潮者，非也。蓋將瓜縱横破之，成二『八』字，作十六歲解也。段成式詩：『猶憐最小分瓜日。』李群玉詩：『碧玉初分瓜字年。』此其證矣。

〔二一〕不讓西厢。

〔二二〕妙，於輕雲口中描寫一番，遂覺情外生情，色上起色。而才情横逸，真如倒峽源流，峻坂馬下，一時接納不住。詞家有此，石甫、臨川均當拱手而讓。

〔二三〕直射《辭姻》《誤訪》，掩映生情，結亦淡蕩。

## 第四齣　痴尋

【字字雙】〔副净上〕呼盧醉酒欠成人，厮混。錢財費盡買衣巾，撑棍。讀書提起便頭疼，没分。一心止想俏佳人，同困。

學生賈俊才，連日看花吃酒，不曾得到書房，今日無事，且去少做周旋。鍾兄那裏？〔連呼不應，笑介〕平時專慣説嘴，一般悶不過，頑去了。〔翻書介〕這個没牢坐天殺的。幾日不見面，歪詩歪文益發的多了〔一〕。

【剔銀燈引】〔生帶丑上〕底事悶懷如穽。怕緑鬢暗更明鏡。夢裏花冠，意中紅綫，甚國色，堪來冒領，拚教成病。止把這不着實的東床坦定〔二〕。

〔副净〕待我猜一猜。

〔副净見，驚介〕鍾兄，幾日不見，這般清減了。〔生〕小弟連日神思困倦，茶飯無心，不知爲何？〔生〕都猜不着。〔副净〕都猜弗着，罷哉。且問兄從何而來？〔生〕楊縣尊行取入京，前去一送。〔副净嚷介〕兄忒勢利得緊，帶其病而送其行，可謂通聲氣而走名之極乎〔三〕？〔生〕小弟豈是這般人？只因楊公要替小弟執柯，小弟不允，親去覆他，甚麽走名，甚麽聲氣〔四〕。〔副净〕做媒是極妙的事，爲何不允？且問是那一家？〔生〕就是前日觀風的崑山文老先生。〔副净頓足介〕可惜小弟不曾抄得兩篇文字同送去，單單便宜了兄。做了翰林院大學士嫡親親簇新新女婿。恭喜恭喜，造化造化〔五〕。〔生〕賈兄到休如此勢利。這親事，小弟已經回絶了〔六〕。〔副净〕謊也，謊也，這是甚麽意思？〔生〕賈兄，隨他甚宦家小姐，怎比得俺那……〔住口介〕〔副净驚介〕難道兄竟相交了個

【過曲】【剔銀燈】莫不是看花早，曉風寒禁？莫不是愛夜月，衣單露冷？〔生〕不是。〔副净〕前日做文勞神了，莫不是錦囊佳句嘔得心肝罄？莫不是效鑿壁，神疲力逞？〔生〕也不是。〔副净〕閑評。一定爲緣慳晋秦，因此上傷春病成。

知心人不成？〔生〕豈有此事。〔副净〕方纔明明説，怎比得俺那，請問那人者何人也？〔生笑不語，副净催介〕〔生〕不瞞兄説，小弟曾夢見一個美人。〔副净〕夢見個美人？〔笑介〕兄，像這等春夢，小弟一夜也不知多少，怎麽認起真來，活跳跳的美人，替你做媒，反推辭不允，豈不可笑〔七〕？

【前腔】〔生〕賈兄，休説是化蝴蝶飄飄無定，恨不得栖鸞鳳沉沉不醒。怎能肩兜舁轉烏衣徑。重把這春風盟證。小弟還要尋着這夢中人爲配纔罷〔八〕。〔副净摇頭笑介〕呆了，呆了。〔生〕盈盈。天然媚生。思量起，愁懷頓增。

〔副净〕閑話休講，今日文期，拈個題目做做。〔生〕那個耐煩！〔副净〕不做文，講書。〔生〕也没心講。〔副净〕這等到是都來做夢罷。〔生〕小弟正有一言奉告。那淮陽陰都督，乃是家姑父，昨有書來接我，意欲趁此盤纏，尋訪那夢中人一個下落，無論翠館紅樓，窮山幽谷。邀天之幸，倘得相逢，方不負此一段奇緣也〔九〕。這些書籍并詩文拙稿，煩兄代爲收存，就此告别〔一〇〕。〔副净〕這話是真是戲？一個夢中人如何尋得見的？不久宗師要考，不是當耍。〔生〕咳，有了俺夢中美人，這一個窮秀才值得些甚的〔一一〕！〔副净〕阿呀，怎麽一時説起這樣瘋話來。〔生〕主意已定，頭口都雇下了，書童就收拾行囊，隨我前去。〔丑〕天色已晚，明日起行罷。〔生〕休得多言！〔副净〕好笑得緊，這是甚麽意思？〔生出門上馬介〕〔集唐〕迢遞尋芳路已迷，出門腸斷草萋萋。此時愁望情無盡，欲駐殘陽怪馬蹄。你看一望茫茫，從何處尋起？則索信着馬兒行去也〔一二〕。〔生加鞭，丑背包隨下〕〔副净做留不住介〕轉來，轉來。〔笑介〕好阿呆，好阿呆。一個夢中人，竟認真去尋他起來，豈不真個的夢了〔一三〕。且住，這些詩文稿子到要替他收好。趁此三春麗景，我也去白相白相，再做道理。只是好笑老鍾那阿呆，出得門去，頭也不回，揚着鞭兒，哼哼唧唧一聲道你看一望茫茫，從何處尋起？則索信着馬兒行去也。則索信着馬兒行去也〔一四〕。〔笑下〕

【雙調新水令】〔生帶丑行上〕一任俺喚真真流血似啼鵑，怪難將香魂叫轉。美人呵，你雙輪應熱透，我十指掐來偏。待打個鴛鴦笞在那邊，見只見鎖山河愁一片〔一五〕。

【駐馬聽】日影晴川，緑浸扁舟人去遠。春迴野店，紅深幽谷鳥聲閑。那顧得横波問渡雨連船，懸崖策馬風吹面。縱饒他客路三千，怎敵俺愁腸一綫〔一六〕。

【攪箏琶】想當年十二巫峰遠，他可也朝朝暮暮雨雲偏。纔博得小梁清謫下天曹，怎便教董雙成輕歸月殿，只落得捕風影向天邊。且住，前日楊公做媒的文小姐，雖一時回絶了，他，倘或就是我夢中美人也未可知。我如今到有些放心不下了〔一七〕。怕就是夢中人錯過當前。况夢中許我二美〔一八〕，或者那小姐呵，也則是石上三生分明現，同注就好姻緣。

【沉醉東風】衹爲他嬌隱幃中不見，怎怪我絲留幕底難牽。雖則是假意兒滯雨尤雲，少不得真個去尋芳覓艶〔一九〕。怕還是夢中神女容窺面，難叫那玉天仙降下人間〔二〇〕。行了一會，到底往那一處去是好〔二一〕？心如箭，不覺又遲遲勒馬難前。想那夢境中，仿佛似金陵秦淮一帶風景，如今竟先到那邊，有何不可？

【鴛鴦煞】分明是秦淮烟水迷離現。怎能勾蓮花托出觀音面。難道眼睜睜紫玉化爲烟？枉了我急孜孜鐵鞋踏遍。茫茫似針撈大海，摇摇般月捉沉淵。怪只怪痴魂未斷，夢西樓真是冤牽。呀，便做道武陵源，也拚着撞蹺蹊入地鑽天。定把那夢兒中人兒都尋見〔二二〕。
踏遍蒼苔入徑深，司空曙。碧雲初斷信沉沉。劉禹錫。
可知劉阮逢人處，許渾。不辨仙源何處尋。王維。

評 點：

〔一〕伏筆自然。
〔二〕嘔出心肝語。
〔三〕逼肖。
〔四〕補叙應前。
〔五〕意便不良。
〔六〕楊公爲媒并辭親不允，俱於白内叙明，省許多筆墨。
〔七〕有賈生之科白，襯，而鍾生之痴情益顯，此烘雲托月手法。

〔八〕又提一筆,不特極形其痴,正見全部樞紐。

〔九〕本是寫這邊,却預先伏下那邊,筆墨玲瓏之極。

〔一〇〕詩文伏後。

〔一一〕真情痴語。

〔一二〕痴境。

〔一三〕此後又以詩文作綫。

〔一四〕好關目,加一句,形容絶倒。

〔一五〕高渾。

〔一六〕黄絹幼婦,外孫齏臼。

〔一七〕事後之悔,人情往往有之,此對面正照之文,周匝之至。

〔一八〕照應二美,更周匝。

〔一九〕提明辭親不允原故,語極明净鬆活。

〔二〇〕又用反照。

〔二一〕出門纔問路,寫盡急情痴境。

〔二二〕力透紙背,并照二美。

# 第五齣　題帕

〔場設爐瓶、筆硯、妝臺、帷幔，旦暗上，卧介〕

〔集唐〕〔貼上〕珠箔輕明出玉墀，數教鸚鵡念新詩。流蘇帳曉春鷄報，正是女郎眠覺時。奴家輕雲是也。俺小姐自閲卷之後，以爲夢裏書生果有其人，十分思慕〔一〕。不意老爺前托楊爺作伐，那生反以寒薄爲辭。難道小姐夢見那生，那生竟不知有小姐〔二〕？幸喜老爺雅重其人，今又親自訪他去了。只是小姐這幾日來，精神恍忽，宴起遲眠，又增得許多情態，比往常大不相同了。

【商調過曲】【山坡羊】雖則慣漫騰騰曉妝心性，幾曾恁悶懨懨貪眠怕醒。一任他韵悠悠鳥弄金鈴，早則是顫巍巍曉日移花影〔三〕。〔旦帳中呻吟介〕〔貼〕夢初驚，鶯聲寂又輕。〔開帳介〕看他含潮粉暈紅偏潤，堆枕香雲緑更明。小姐起來罷。〔扶旦起，復坐介〕待睜，昏迷迷眼倦睜。待行，軟台台步懶行。

〔貼〕請小姐梳洗。〔旦起介〕〔集唐〕滿眼春愁倚象床，武陵何處訪仙郎。侍兒扶起嬌無力，洗盡鉛華隔宿妝〔四〕。

【前腔】對紗窗明羞日影，畫春山愁拖青鬢〔五〕。〔貼〕看他意沉沉，燕懶鶯慵。兀自嬌怯怯，柳倦花如病。〔旦梳頭又止介〕〔貼〕梳又停，翠鬟權代整〔六〕。小姐，怎麼忘點了臙脂？〔旦〕罷了。〔貼〕想怕粉脂掩却天然俊，不如本色梨花柳黛青〔七〕。琮璜，花簪八寶横。輕盈，湘裙八幅輕。

〔旦執鏡左右照介〕

【集賢聽黄鶯】【集賢賓】〔貼〕看他菱花斜托態娉婷，似花枝招颭簾旌。小姐，恁地風流，不知那夢中人可消受得起〔八〕？〔旦〕噤聲。道甚麽閨閣風流都占盡，舞青鸞俏影低横。怎知我，一聲長嘆，早不覺暈生明鏡。【黄鶯兒】影兒呵，和你艷妝成，怕紅顔對惜，祇似我和卿〔九〕。

〔旦悶坐介〕〔貼〕小姐這般没情没緒的怎好？

【鶯啼序】〔旦嘆介〕那留人好處只暫停，到不如幽夢無醒。想着那片刻温存，到做了百種凄清。空對着冷冥冥梨花弄影，静悄悄竹梢風定。〔貼〕這般身子不快，請個大醫看看罷。〔旦〕心自省，誰參透這腌臢病？

【攤破簇御林】【簇御林頭】〔貼〕你三春病，一點情〔一〇〕。【椓木兒】似醉如呆叫懶應。小姐針綫慵拈，看看書兒消悶者。〔旦〕誰耐煩看他？〔貼〕往常間愛檢牙籤，怎今日呵，對瑶編，愁悶偏增？這般情思無聊，何不吟詩一首，稍遣悶懷？〔旦〕我則怕染霜毫，鼓不動臨池興。展霞箋，攄不盡傷春咏。也罷，取一幅花箋過來。〔貼〕那要甚麽花箋？就題在這羅帕上到好〔一一〕。

〔旦舉筆嘆介〕咳，俺文媚蘭縱有新詩好句，止落得自吟自咏也。【簇御林尾】韵拈成，笑塗鴉自賞。說甚麽詩對會家吟〔一二〕。

〔寫介〕香閨寂寂奈何春，不見花前夢裏人。底事含羞輕未吐，斷腸名姓卷中真。崑山文媚蘭感題。〔貼〕小姐，你又爲那夢中人傷感也。

【黄鶯兒】你好忒痴情，早又吐春愁，把好夢吟〔一三〕。嘆惺惺，没個惺惺應。不知那夢裏秀才，可常來相會兩遭兒？他不怕花陰月明，又不管星前吠聲。可飛來枕畔常相并〔一四〕？

〔旦〕那有此事。〔貼〕難道悄難憑，似虹橋鵲影，一片彩雲沉〔一五〕。

小姐，且早膳去來〔一六〕。

【尾聲】〔旦〕則怪俺塞飢腸，愁味先如梗。〔貼〕若要他精神掙挫呵，除非風流人療風流病。

小姐，將這帕兒袖好了。〔旦袖帕長嘆介〕天呵，怎能倩誰把香羅寄那生〔一七〕。

〔旦〕驚回好夢一聲鶯，王維。〔貼〕猶憶喁喁細語情。崔塗。

〔旦〕吟罷倚欄倍惆悵，韓偓。〔合〕海棠時節又清明。和濟〔一八〕。

〔旦〕正是清明已近，欲往夫人墳上走遭，老爹又不回來，如何是好？〔泪介〕〔貼〕小姐不必悲傷，祭掃大事，便着老院子同去一走何妨？〔旦〕且到那時再看。〔仝下〕

## 評點:

〔一〕一對情種。
〔二〕妙。妙語解頤。
〔三〕春睡、曉妝、對鏡、題詩,恰好四幅美人圖。
〔四〕先洗後妝,宛然有序。
〔五〕眼尚羞明,是初睡起光景。此緊接上洗字來,下文纔是梳妝。
〔六〕寫出一段嬌慵,正見春情無限。
〔七〕因忘點臙脂,并帶出不施粉而自白,不掃黛而自青,乃顯得天然俊美。
〔八〕錐心刺骨語。
〔九〕影兒對惜,與才人不遇知音者同一傷心!
〔一〇〕好接落,好醫家。
〔一一〕特點羅帕。
〔一二〕反逼下文。
〔一三〕頂上情字,落到夢字,針綫密甚。
〔一四〕字字是夢,故妙。

〔一五〕詞意高潔。

〔一六〕接入早膳，朝來之事方畢。

〔一七〕又透起拾帕。

〔一八〕渡下無痕。

## 第六齣　雌反

〔場設山形，上書『崆峒山寨』，衆脚色循環扮兵將，排隊走馬，從山洞出，繞場下〕

【雙調引子】【夜行船】〔三旦戎妝出洞上〕花面魔王雄莫比〔一〕，排營陣暗合兵機。任是男兒，休誇伶俐，難出我崆峒險地〔二〕。

雉尾貂翎絶點塵，戰裙低簇錦袍新。身輕漫道能馳馬，不數當年掌上人。〔貼〕自家崆峒公主是也。〔旦〕自家賽百花是也。〔小旦〕自家勝木蘭是也。〔貼〕俺家本姓陳氏，曾祖友諒公公，與明朝争奪天下，大志未遂而終。那時友諒公公有一愛妾，因鄱陽戰敗，懷藏金寶，逃匿此山，遺腹生子，取名難兒。長大多材好勇，招集四海流亡，潛據於兹，已歷三世〔三〕。父親崆峒大王，無子早喪，生俺姊妹三人，并坐稱雄。真個掀翻日月，叱咤風雷，好威武也。〔二旦〕二妹不知此山起自何時，望姐姐告我知道。〔貼〕聽我道來，此山名爲小崆峒，一拳結穴，兩股分沙。胎自福州，脉通齊下。巒頭丰厚，芃芃草木常青；　洞口巉岩，活活泉流不竭。　點點滴滴，青溪一綫接桃源；　窈窈冥冥，赤壁千重通鳥道。　柳營緊閉，誰能深入不毛來；　蓮幕分開，豈懼雄兵塵戰進〔四〕？〔二旦〕此山天然險塹，俺姊妹得此，非容易也。〔貼〕咳，你看俺髮束銀冠，貌比觀音尤麗。　那知俺腰懸寶劍，行同羅刹還凶。　好笑那男子漢上陣時摇戈躍馬，敵不過娘子軍下場頭軟骨酥觔。　直弄得壯士魂消，端的令英雄膽喪。　連日大開圍場，演武比試，且喜各隊頭目，大小嘍囉都已武藝精强，止有隨身三千女子兵，尚須簡練，就此開操。〔三旦上坐〕〔衆女兵從洞中上，舞刀比試介〕〔二旦〕練兵如此，真可勇敵萬夫，姐姐真女中英杰也。〔貼〕我意欲以借糧爲名，先往鄰近州縣，擄掠一番。　觀其動静，察其虚實，一面買馬招軍，共圖大事，以復先人之志。　不知二妹意下如何？〔二旦〕姐姐言之有理。〔貼向鬼門傳令介〕今乃黄道吉辰，大小嘍囉，就此起兵，殺出山去。〔内吶喊應介〕〔三旦領女兵行介〕

【過曲】【二犯江兒水】愁雲四起，昏慘慘愁雲四起。　虎爲軍龍作騎，更憑着險窟天成。　奇巒地湧，一片稱雄壘，翠影挂旌旗。　長川馬鬥嘶，喊得天低，叫得風悲。　密扎扎斧和槍刀共戟。　金笳亂吹，響嗚嗚金笳亂吹。　常山合圍，齊攢攢常山合圍。　逞雄威，則待搶江山，方是美。

【清江引】風流女帥天然麗。　寄語須回避。　梨花槍漫摇，偃月刀齊起。　算你好男兒，也困在垓心裏。

軍中殺氣傍旌旗，岑參。一劍橫當百萬師。王維。
蕩海吞江制中國，張鼎。安能辨我是雄雌？韋元甫。

評點：

〔一〕開口四字便怕人。
〔二〕着眼。
〔三〕信筆寫來，如有實據。
〔四〕雅謔。

## 第七齣　餌姻

〔外扮院子上〕踏破鐵鞋無覓處，得來全不費工夫。自家京江左都督蔡老爺衙中院子便是。爲何道此兩句？只因當今有個名士鍾心，姑蘇人氏，老爺聞其少年才美，欲招爲婿。着俺賫了金幣，聘請前來。不期訪到虎邱僧舍，偏又不在寓中。説也可笑，竟爲夢見甚麽美人，不知何處尋訪去了。

原來天地間竟有這般痴子。及至回報老爺，又不肯信，着俺四下找尋，定要知他下落。誰知事有湊巧，那鍾心恰又來到京江，寓於甘露寺内，方纔得知，不免報與老爺，憑他作主[一]。咳，我想那秀才既恁痴情，一定嚴於擇配。怎奈俺小姐儀容醜陋，則怕落花有意隨流水，流水無情問落花[二]。〔下〕

【大石引子】【烏夜啼】〔净冠帶，四雜隨上〕虎帳談兵坐，幾年慣威福偏多。奸雄舉動難窺破。縱貪婪笑駡肯由他？

一鎮京江數十秋，不輸騎鶴上揚州。雨雲翻覆真閑事，反道英雄足智謀。下官姓蔡名節，字南山，七世祖京，曾爲宋朝太師，與楊戩、童貫赫赫一時。下官乃其嫡派苗裔也，官拜左軍都督，出鎮京江。所喜地饒民富，足飽私囊，未免民困兵驕，難逃公議。下官目不識丁，胸偏有甲[三]。雖則官非權要，也須廣布腹心。只因見薄儒流，恨不重興黨禍。一向正室久虚，單生一女，名唤如花。因無膝下之駒，愛比掌中之玩，現成金屋。人都道顔愧阿嬌，選就玉堂，俺偏要快稱佳婿。聞得吴下有一才子鍾心，少年擇配。前差院子具禮去請，説他夢見甚麽美人，竟往各處尋訪，不知去向。〔笑介〕既然有此痴情，正好行我詭道。若果浮踪可得，何愁好事難成？已着院子各處訪求去了，待他回報，自有道理。家丁，吩咐中軍官，今日不坐大堂，可將各路文書，匯送内衙。後堂備宴，擊雲板，請小姐上堂。〔雜應，請介〕〔小丑扮蔡如花，老扮家婆，副净扮梅香隨上〕

【引子】【醜奴兒令】一天醜福鍾於我[四]，面刺蜂窩，色似燒鵝[五]。粉動斤稱不勾駝，身如橄欖偏裩襶，胸兒張羅，背兒支鍋，珠翠叢中掩拙多。〔見介〕〔净〕我兒，看你鬢雲散亂，黛粉横流，又在何處頑耍來？〔小丑笑介〕在後樓打鞦韆來也。〔净〕那後樓三面凌空，外人窺見不雅，此後切宜少到〔六〕。〔小丑〕孩兒乃千金小姐，誰敢失眼瞥見，采到樓中，剥去衣服，將皮鞭緊緊抽起，腦箍套上幾套，夾上幾夾，叫他腦漿似鼻涕長流，没口的叫饒纔罷。〔净〕胡談。〔小丑使性背坐介〕〔净〕我兒，今日衙中無事，且和你宴飲一番，多少是好。〔老〕請小姐把盞。〔净〕坐下了罷。〔同飲介〕

【過曲】【念奴嬌序】畫堂春晝，見晴雲飄渺，東風下半垂簾幕。九十芳蕪，傳杯斝，莫把好景耽閣。如昨，香露銀屏，烟絲曲檻，梨花低映秋千索。須念取繁華如夢，及時行樂。

【前腔换頭】領略，嫩陰如削。倏飛花墜舞筵前。鶯聲似諾，虬尾香濃。闌杆外，青一縷晴波燕掠。重酌，舞遍霓裳。莫教春去，楊花糁徑櫻桃落。須念取繁華如夢，急時行樂。

〔外上〕佳婿從天降，深閨待月圓。〔叩見介〕小人奉命尋訪鍾秀才，事有凑巧，那秀才爲訪夢中美人，剛來到此，寓在甘露寺内，離老爺衙中不遠。適纔探得下落，特來稟知〔七〕。〔净喜介〕有此巧事？莫非天賜姻緣也？我想那生如此痴情，若非夢中之人焉肯爲配？有計在此。老家婆過來。〔老〕小婦人有。〔净〕你可同院子前去講親，只説小姐夢見書生，姓鍾名心。老爺艱於子嗣，只生一位小姐，爲此留心尋訪，欲招爲婿。適聞相公名姓相同，特遣小人前來作伐。哄進衙中，自有道理。〔老〕小婦人理會得。〔净〕你二人聽我吩咐。

【插花三台】道夢裏書生會合，喜注就天緣不訛。享百年華堂富貴，配千金小姐婀娜。〔看小丑愁眉介〕我的兒忒也醜的凶。那秀才腹兒中錦綉山河，不敵你臉兒上爛斑邱壑〔八〕。祇要他莽頭兒没的推托。鍾生呵，也是你太痴狂惺惺自魔。

〔小丑瞅净做惱介〕好爹爹，左也説俺醜，右也説俺醜。俺不是你娘爺養的嗎？不要理他，且往後樓中要去。〔唤梅香先下〕

【前腔】〔外老〕承鈞命權充媒妁，敢停留兩脚似梭。這機謀休教識破，管姻緣一言定妥。

〔背介〕縱憑俺口若懸河，還仗他心如夜壑。肯不肯堂前在我，合不合房中聽他。

〔净〕小苑西齋爲客開，李郢。〔老外〕明朝修刺孔融來。劉禹錫。

〔净〕共歡天意同人意，王維。〔合〕托乘還招鄴下才。賈曾。

〔分下〕

---

評　點：

〔一〕説白簡净明晰，停頓得神，全是左史手筆。

〔二〕先做一影。

〔三〕一味驕傲，豈有實意憐才？
〔四〕造語新奇。
〔五〕能鍾醜福者何可多得？
〔六〕伏下窺見之根。
〔七〕自家訪夢中美人不遇，却被假夢中美人訪着，真堪絶倒。
〔八〕奇文强對。

## 第八齣　誑脱

【越調引子】【霜天曉角】（生病容，丑扶上）美人何處？　身共愁魔住。　懊恨窮途因病阻。　天，這没影兒的相思害殺吾〔一〕。

回首巫山枉斷腸，一帆春水抵丹陽。　無端旅病添愁重，欲訪秦淮恨路長。　小生爲尋夢中美人，一水之地，先到鎮江，本欲就往金陵，不意途中感冒，一病經旬，只得權寓甘露寺内。　日來雖覺稍痊，尚難行走，又不知那夢中美人，端在何處，好不煩悶人也。（外同老上）莫道堂前無采喝，管教月下有冤伸。　來此已是，不免竟入。（見介）相公恭喜。（生）你二人何來？（外、老）聽稟。

【過曲】【祝英臺】鎮京江左都督，現掌着兵符。（生）原來是都督府中，差你到此何幹？（外）

爲年老嗣艱，一女如珠，共君家喜偕鸞卜，真豪富。〔生〕小生已有親事，不敢有勞了。〔老笑介〕相公怎忘了夢裏鶼鶼，生賴做野鴛爲侣[二]？〔生訝介〕呀，這一句猜頭兒料非無故。媽媽，你説話有心，甚麽夢裏鶼鶼？快告我知道。〔老低語介〕此話止可相公知道，俺小姐呵。

書生，姓鍾名心。〔生驚介〕住，住了，你你小姐夢見書生姓鍾名心？〔老〕俺小姐夢見書生姓鍾名心。因把他夢裏姓名念綻櫻桃，險些兒害殺嬌姝。〔生狂喜笑介〕妙哉妙哉，謝天地，原來夢中美人就在這裏！媽媽，小生便是夢裏書生，姓鍾名心，特爲尋訪小姐而來[三]。〔老〕俺老爺也爲相公，各處尋訪。適聞相公到此，十分之喜。快請同進衙中，婚姻可望。

【前腔換頭】偷渡，漏春光來夢裏。良夜同牛女。〔生〕你小姐想做甚夢來？〔老〕俺小姐夢見道這姻緣天注。〔生〕奈小生一介寒儒，無物爲聘。〔老、外〕不消多慮，俺老爺情願倒陪妝奩，與相公成其好事。〔生〕小生明早便往衙中進謁。〔外、老〕相公不可錯過，休將這錦片般前程耽誤。作主，把千金許配才郎。説〔生〕小生却爲何來？焉肯錯過！〔外、老〕既如此，告退了。一番巧説合，兩地錦團圓。〔下〕

〔生笑介〕小生這病體早輕健也[四]，那媽媽明明説小姐夢見書生，姓鍾名心，這小姐不是俺夢中美人是誰？書童，快將我大衣打點停當，明早往蔡都督府中求親去也[五]。〔丑〕相公，不知那都督幾位小姐[六]？〔生〕方纔那媽媽説，艱於子嗣，單生一女。〔丑〕如此説，敢怕相公夢的美人還不是他[七]。〔生〕難道小姐夢的書生也不是我[八]？〔丑笑介〕若是那位小姐，不知相公夢中如何便看上了〔九〕。〔生〕狗才，那小姐容貌蓋世無雙，你那裏知道！〔丑〕相公夢中美人，書童不得知道。若是都督小姐，書童早偏相公見過了。〔生〕又來胡説。〔丑〕那都督衙中後樓，三面凌空，緊在寺後山旁，小姐每日必到樓中戲耍，故此書童得以窺見。〔生急問介〕你既然看見，那小姐容貌如何？〔丑〕那小姐容貌果然蓋世無雙，只是美人二字，却當不起。〔生呆介〕有這等事？〔丑〕相公不信，等那小姐上樓，潛去一窺，便知分曉。〔生〕説得有理。你快去守着，等小姐上樓便來報我。

〔丑應下〕〔生悶介〕

【前腔換頭】踟躕。不由人愁思如麻，依舊自潛吁。想那一種丰神，切切親親，夢兒中領略偏殊。無據。怪温柔鄉内浮踪，早隔斷南柯仙路。唤不出他印板似龐兒，對證在一處〔一〇〕。

〔丑急上招生低唤介〕小姐上樓來了，快去，快去。〔生急行介〕山前遥望紅妝滿，樓下偷窺緑樹藏。〔内笑語聲，小丑帶衆婢上樓介〕〔生望介〕許多婦女，不知誰是小姐。〔丑指介〕那些都是梅香打扮，這滿頭珠翠，倚窗而立的不是小姐是誰？〔生見驚介〕呀，這這就……〔住口介〕〔一一〕〔丑低笑介〕就是夢見相公的小姐〔一二〕。〔生不語回身急走介〕〔一三〕〔呆坐介〕〔一四〕〔丑漫行見介〕〔一五〕相公，大衣打點停當了〔一六〕。〔生〕那個還要大衣？〔嘆介〕呀呸，我那夢中美人何等標致，那是這奇醜女子，一場空喜好没來由也〔一七〕。

【前腔換頭】驚阻，險冤殺夢裏嬌姝。被他擲果污潘車，莫不是愁魂渺渺誤入酆都。莫不是爲情痴惹動妖魔。莫不是色眼睇睽，辨不出西施嫫姆。書童，真虧了你也。孽緣除，且把你探鬼窟奇功親注。

〔丑〕自古道，墻有風，壁有耳。相公爲了夢中美人，各處奔尋，叫不絕口，以致都督窺見痴情，做成圈套。如今親口許下姻親，如何退悔？〔生急介〕正是。那媒人明早逼我進衙，怎生是好？咳，蔡都督，蔡都督，你此計坑殺小生也。

【憶多嬌】你好事圖，我何罪辜。就裏機關九尾狐，比那秦政坑儒禍有餘。〔丑〕相公不須着急，三十六着走爲上着。〔生〕也説得是，待我寫下一書，留與寺僧，回覆那兩個媒人。只説淮揚陰都督是我姑父，差人來接我，連夜開船去了。婚姻之事，再做商量〔一八〕。就是都督知覺，止知往水路追來，我却從龍潭句曲直到金陵，便可無慮。〔丑〕事不宜遲，待書童收拾起行李來。〔合〕投餌驚魚，投餌驚魚。避冤親如同債逋。

【前腔】〔生寫書介〕俺計不疏，他願已虛，留下辭姻一紙書。枉了魚目無端混入珠。〔合〕急便登途，急便登途。那怕他追兵夜呼。

〔生〕書童，將此書交與寺僧。〔丑向内語介〕〔起行介〕

【尾聲】〔生〕好笑。俺多情反做無情婿，拚把夢裏良緣一席虛。怎肯缺了青天將石補。

惱人情事在高樓，丁仙芝。匹馬今朝不少留。張謂。

東去伯勞西去燕，岑參。春山無伴獨相求。杜甫。

評點：

〔一〕新思穎句，與『把不着實東床坦定』語同一切當，不可移於他本。

〔二〕頂門一針。

〔三〕傳神絶倒。

〔四〕結過旅病一層。

〔五〕急情痴境。

〔六〕問的奇。

〔七〕語更奇。

〔八〕痴語反成慧語，絶妙機鋒。

〔九〕此時鍾生情如火熱，而書童妙以一路冷語投之，真堪絶倒。

〔一〇〕心力强入。

〔一一〕妙。

〔一二〕妙。

〔一三〕妙。

〔一四〕妙。

〔一五〕妙。

〔一六〕妙。

〔一七〕介白無一不妙，真白描好手。

〔一八〕禍根。

## 第九齣　報警

【中呂引子】【青玉案】〔浄〕青年才子風魔慣。喜不外吾成算。門近乘龍光彩煥。玳筵酒美，玉爐香篆。早備下留甥館〔一〕。

下官留意鍾生，欲招爲婿，略施小計，果叶良緣。聞他今早來謁，已着院子去請，待他來時，自有道理。〔外急上〕一夜婚姻陡變，嬌婿作逃不見。幾乎笑破朱唇，還怕嗔生鐵面。稟老爺，鍾秀才不、不見了。〔浄〕怎麽講？〔外〕鍾秀才，不、不見了。〔浄驚介〕不、不見了，你昨日説甚麽來？〔外〕那秀才昨日親口許下來見。方纔審問寺僧，説淮揚都督陰老爺是他姑父，差人來接，連夜開船去了，留下一書，奉上老爺。〔浄拆書看介〕婚姻之事，再做商量。這分明辭親之意。〔惱介〕咳，鍾心，鍾心，你此行好無理也。

【過曲】【念珠子】細思量堪憒憹，小覷我擁纛分藩。做門楣只爲你千軍才冠。斗膽敢輕人如卵。識破這機關，便西江掬盡，怎洗羞顔。

我今手握重權，不能得一窮酸爲婿，反留此話柄，遺笑於人，焉肯甘心便罷〔二〕？不免自領親兵五百，趕去拿回，倘或不從，就問他個夢兒中風流罪過也不爲枉。衆家將速駕輕舟，隨我前去。〔衆將上，駕船趕介〕

【前腔换頭】風帆，走洪波巨湍。日影江心亂。早飛過數點尖山。厮趕，俺這裏鷹呼鶻搏，他一似驚鴉竄。肯輕輕放過，薄福窮酸。

〔末扮報馬跑上〕〔三〕

【駐雲飛】馬奔江干。船中老爺是誰？急轉輕舠接羽翰。〔净住船問介〕報何事的？〔末〕海上崆峒叛，野外黎民亂。嗏，炮響震天關，旌旗在眼。〔净〕山澤小寇，何事驚惶。〔末〕那三員女寇，猛烈非常，業已反出山東，逼近徐州地界了。密邇鄰災，固守焉能緩？免胄回軍衆志安。

〔跑下〕〔净望介〕又一起報馬來也。

【前腔】〔丑〕殺氣迷漫，反出崆峒海上山。〔净〕岸上報馬何來？〔丑〕反了崆峒山草寇也，唇齒罹災患。老爺請回。犄角休遲慢。嗏，烽火野烟繁。羽書飛汗，要會東南。莫使人心涣，保障江淮急早還。

〔跑下〕〔净〕軍情緊急,不免回船,我有道理,只説營中缺少參謀,竟將一角文書,到淮安陰都督處,坐名要這鍾心,諒他也不能回我〔四〕。衆家將且轉船歸去。

【麻婆子】報道報道,干戈起,連天鼙鼓寒。轉船轉船,風力緊長帆落下難〔五〕。烟波渺渺夕陽殘。愁雲低壓濤聲晚。惟願妖氛靖,依舊保平安。

【尾聲】則怪他書生輕薄羞生汗。教我倚棹中流去住難,少不得月下長絲遠繫還。

北海陰風動地來,常建。黑山峰外陣雲開。張子容。
非關使者徵求急,杜甫。自有西征作賦才。孫逖。

---

評點:

〔一〕太備早了。
〔二〕老羞變怒,自然不肯甘心。
〔三〕布局緊。
〔四〕從此大作波瀾。

〔五〕落下難，照應前曲『風帆』二字，此等處亦細密不苟。

# 第十齣　奇逢

〔末上〕主人甘隱遁，院子也清閑。自家文府中老院子是也。俺老爺吴門訪婿未回，今已清明，小姐要往夫人墳上祭掃，着俺備了祭禮同來。車夫們，快些走動。〔旦、貼乘車，雜挑酒果同行上〕

【仙吕過曲】【皂羅袍】林樹嬌鶯鳴清晝。繞横塘曲澗，水帶花流。撲面芳塵景清幽。提壺挈盒人馳驟。香車駿馬，紛紛陌頭，王孫公子，翩翩勝游。望墓頭青草孤雲覆。

〔末〕已到墳前，請小姐拜奠。〔車夫下〕〔旦哭拜介〕我那親娘。

【前腔】當日個翠閣珠帷消受。痛而今晨風暮雨，三尺孤邱。問你穩睡泉臺可心憂？撇下失慈哺弱質怎厮守。頻頻哀叫，雙雙泪流。草隨腸斷，香和怨浮。娘呵，怎再不來紗窗午課勤教綉〔一〕？

〔末叩頭，貼跪哭介〕夫人那夫人，你在生時節，與小姐寸步不離，止願他招一個好姐夫〔二〕，誰知你一去呵。

【羽調排歌】盼不着喜婿過門，嘗不着執羔獻酒。可聽得一聲聲傷情弱女啼紅袖。夫人有靈呵,向陰空保佑他諧佳偶,便泉路寬心得瞑眸。〔末〕請小姐焚帛。〔合〕椒漿奠,泪共流。

紙飛蝴蝶挂松楸。堪嘆生如夢,不到頭,落得凄凉地下獨含愁。

〔末〕家童收過祭禮。〔雜撤酒果下〕〔旦哭,貼勸介〕小姐休要過傷,看損了身體。

【前腔】〔旦〕有幾個寒食沉烟,幾回來清明薦酒。白楊花落空回首〔三〕。〔末〕此地幽僻無人,

小姐請漫漫游玩一會,小人們山下等候便了。〔末先下〕〔貼〕小姐,那一帶緑柳依依,俺耍子去來。

〔同行介〕原來凄凉古徑也春光透。一般花自芳菲水自流。松徑窄,鸞帶鈎,蜻蜓飛上玉

搔頭。人語静,鳥聲幽。遠山殘翠未全收〔四〕。

〔旦扶貼下〕〔生上〕花面微紅柳眼青,旅愁春恨兩難禁。早知今日醒難夢,翻悔當時夢易醒。小生

前因蔡都督哄就婚姻,幸而知覺,逃至金陵。將一座秦淮堤踏破,也不見夢中人一些形影。今乃清

明佳節,郊外士女如雲。好笑,這些游玩女子却也比蔡小姐都差不遠〔五〕。我想佳人淑女,大都性

厭繁華,情耽幽静,天台洛下,何必不在人間。須是水盡山窮,别有洞天仙境〔六〕。且檢冷僻之處,

漫漫踅將前去。

【香遍滿】青郊游遍,早望見長干塔影圓。過了長干里,又是普德禪林,且轉到後山一望。剛繞

過梵王鍾鼓琉璃殿,只見青山數點尖,水流花放遠。〔旦、貼上〕腰細病同纖柳緑,黛殘愁共遠

山青。〔做見生避下〕〔七〕〔生驚介〕呀,垂垂緑樹邊,驀忽的雲英現〔八〕。

峰迴路轉，忽睹奇姿，人耶？仙耶？

【懶針綫】【懶畫眉】好 似若耶溪畔遇神仙〔九〕。不由人癢入心窩魂半天。似曾相識漫俄延。〔點頭驚認介〕呀，兀的不就是夢中美人來〔一〇〕。分明夢中偷識春風面，覷嬌姿風流越顯，淡梳妝掩映霓裳淺〔一一〕。又不是出現蟾宫雲彩偏。空林畔，却怎生霞光籠定？兀的不引得人眼花旋〔一二〕。

待小生再近前去看他如何。〔虚下〕

【劉衮】〔旦、貼上〕絳紗遮，絳紗遮，怕見生人面〔一三〕。〔覷生驚認介〕呀，這分明夢裏書生恁般活現。〔貼驚介〕呀，原來小姐就夢見這生！〔笑介〕真好俊秀人兒也，可知你鎮朝昏印來心坎，今日呵，又不是幻影成橋，恰雙雙魂飛野塹〔一四〕。

小姐，待輕雲問他一聲姓鍾不姓鍾〔一五〕。〔旦〕痴丫頭，被人看見成甚模樣？老院子等急，快下山去罷。〔集唐〕薄暮空潭曲，清明烟火新。〔貼笑介〕小姐，你相看兩不厭，俱是夢中人〔一六〕。〔旦回顧同貼下〕〔生上〕那美人好不留盼小生也。

【大勝高】【大勝樂】美人呵，不記得夢兒中半晌歡眠〔一七〕。爲甚麽顧仙郎還靦腆？看他眉間隱約春如綫。【節節高】嬌又軟，俏偏妍，香還艷〔一八〕。秋波轉處開紈扇，翩躚雅態驚鴻燕〔一九〕。〔内〕請小姐上轎。〔生望介〕呀，看看他竟竟自上轎去了，怎生發付小生也。只見長松鴉噪夕陽烟,武陵一座登時變〔二〇〕。

美人美人,我爲你費盡神思,找尋到此,剛剛相遇。不能勾如凌波仙子遺佩江皋,怎一似藐姑山人潛身雲外。叫我寂寂空山,茫茫離恨,不知何地再得與你相會也。

【東甌蓮】【東甌令】遥天暮,芳徑閑。美人呵,到又撇下相思事半天,反不如夢中歡會多留戀〔二一〕。終無奈謊桃源,莫不今日還是夢呢〔二二〕? 這分明,穿花鶯燕影翩翩。【金蓮子】一陣陣麝蘭香飄送遠,蓮步草芊芊〔二三〕。

且住,那美人淡妝素服,必因祭掃而來。看上面一座墳塋,并無碑碣。天色已晚,且到明日詢問土人,這是誰家墳墓,便可知那美人下落了。

【尾聲】尋歸路足倒顛,今日呵,不枉把空花盼殺眼兒穿。謝天天那夢模糊,怎敵得今番這一見〔二四〕。

閨中環佩度空山,戎昱。幾許幽情欲話難。魏扶。

陌上相逢遽相識,盧照鄰。碧桃何處更驂鸞。薛逢。

評點：

〔一〕《還魂記》夫人哭女，此則女哭夫人，同一慘惻。

〔二〕顧旨。

〔三〕沉着悲涼。

〔四〕原來二字神吻，與《還魂》『不到園林那知春色如許』同一感慨，然彼於園林熱鬧處見春光之爛漫，此於山水冷落處見春色之幽閑，俱各極其妙。

〔五〕映帶前事，反照後文。

〔六〕用意深而吐詞秀，如此士女相逢自饒一種韵致。

〔七〕寫旦見生避下，略作一頓。

〔八〕珊珊而來，胡然天帝，那得不令人驚魂蕩漾。

〔九〕先見美人。

〔一〇〕次認夢中美人，有層次。

〔一一〕霓裳句照應祭掃。

〔一二〕《文選》云：『零白雨而飛絲，結紅冰而凝片』，可以想其文心。

〔一三〕絳紗句顧前『見生避下』，亦有層次。

〔一四〕到是兩下分明，寫來痕迹俱泯，惟見筆香墨潤，化作一片烟雲。

〔一五〕愈憨愈乖，逼肖其神。

〔一六〕全部集唐俱佳，此尤一串驪珠。

〔一七〕直頂《幻緣》寫來，好思路，好筆力。

〔一八〕九字一氣讀下，方見其妙。

〔一九〕更見全身神采。紈扇二語，直從『絳紗遮』句生出。蓋紈扇一開，纔見其秋波之轉，而驚鴻旋變，仍是怕見人面之態。寫媚蘭真是靈巧，真是貴重，文心之妙，八面玲瓏。

〔二〇〕物在人遐，收拾極好。

〔二一〕不脱夢字詞意，自移於他本不得。

〔二二〕妙極。

〔二三〕寫去後情思尚恍忽不定。

〔二四〕結得透。

## 第十一齣　訪誤

【南吕過曲】【一江風】〔外執鞭，净隨上〕霧空濛含露朝如蓋，人影移天外。下官因愛鍾心文才，前托楊令修作伐。那生竟以寒薄爲辭，爲此益加敬愛，親自前來，看他如何人物，恁般抱負。只是楊令修業經行取，如已進京，就當面一言爲定，諒那生也難固却。來此丹陽地面，好一派春景也。破烟霾。只見野杏山桃，夾道青簾。早望見昆陵界。憐他紙貴才，憐他紙貴才。揚鞭洛下來，馬蹄聲雜着花聲賣[一]。

前面來的好似楊令修。

【前腔】〔小生執鞭，丑隨上〕望宸京一騎紅塵邁。呀，原來是文老師。〔同下馬，見介〕〔外〕聞賢契行取榮升，想就此北上了。〔小生〕門生早離吴門，因常州謁見撫臺，候領咨文，方纔就道。適在途中見報，老師仍起任宗伯，何不打點進京，却來到此[二]？〔外〕學生耽於泉石，無復功名之志，前又具表陳情，懇恩終放。〔小生〕老師原來不知，聖上已有旨不准辭官了。〔外〕却是爲何？〔小生〕竊聞寧藩，久蓄异謀，又兼東南海岱，盗賊横行，逆瑾授首。朝内空虚，故此聖上追念老臣，以圖致治。老師呵，補衮功難貸。詔親裁。要你架海金梁，整頓乾坤。堯舜中天再[三]。〔外〕學生只爲鍾生姻事，親訪前來。打從華陽道上，一路覽勝尋幽，出門已久，尚不知有此命[四]。如此説，回去也要打點進京了。但不知那生家在何處，可能一會？〔小生〕此生家住洞庭，近在虎邱僧舍讀書。向日蒙委姻事，不知何故執意堅辭，有方尊命。今又蒙不棄，親訪前來，此生可謂非常之遇了。這是書生福分該，書生福分該。紅絲親繫來，笑我蠢冰人，只從旁喝聲采。

〔外〕學生此去，就携他一路進京，少不得還仗賢契爲媒〔五〕。〔小生〕一到京中，自當領命。但今欽限已迫，不得奉陪，如何是好？〔外〕既知其地，學生自會尋訪，就此分路去罷。莫將别泪彈青陌。〔小生〕且把丹心共紫宸。〔分下〕

【香柳娘】〔副净上〕聽宗師發牌，聽宗師發牌。魂飛不在。這頭巾可得牢牢戴。好笑好笑，昨日宗師牌到，小鍾不見回來，單剩學生恄慄，我老賈這個秀才，原是半典半租的。如今宗師要考，少不得兩件事。第一件保等，第二件抱佛脚〔六〕。〔笑介〕且住，有了第一件，學生之事到已無憂。只是小鍾早也是夢中美人嗄，晚也是夢中美人嗄，誰知爲訪美人，一去無踪。如今一個臨場規避，這實丕丕的秀才，豈不斷送在這虚飄飄的美人身上了。這也由他，且自料理場事要緊。〔向内諢介〕〔外上〕訪春風静齋，訪春風静齋。深徑蝶飛回，小鳥鳴花外。一路問來，此間已是。〔敲門，副净出，見介〕老先生何來？〔外〕學生姓文，崑山人也。爲訪鍾兄到此。〔副净背介〕那竅兒來也。老先生可是尋鍾青士諱心的麽？〔外〕正是。〔副净〕尋他有何見教？〔外〕爲聞名到來，爲聞名到來。羨他冠世雄才，風流可愛。

〔副净背介〕恰好鍾心不在，何不冒認下了。或者天緣湊巧，亦未可知。〔外〕請問鍾兄何在？〔副净打恭介〕晚、晚生便、便是。〔外驚介〕尊兄便、便是？〔副净〕便、便是〔七〕。〔外背介〕怎麽那等奇才，如此陋相？楊令修還道是貌比潘安〔八〕，今日見甚麽來？

【前腔】把儀容暗猜，把儀容暗猜。丰姿何在？却不道車填瓦石投張載。待我再考他一考。鍾兄，前讀佳文，足徵宿學，想詩賦一定兼長，都要請教。〔副净背介〕小鍾的文稿詩稿都現存在此，一發借他用用，有何不可[九]？〔取送，外看贊介〕好，看新詩句裁，看新詩句裁。仿佛謫仙才，老杜焉能邁。〔背介〕此生貌雖不揚，才實難得[一〇]。异日必當大魁。便招爲婿，也不辱没俺女孩兒[一一]。鍾兄，學生一女待字，前托楊年兄作伐，吾兄何見棄之深也？〔副净〕一介寒微，恐辱大人門第。〔外〕吾兄世家子弟，具此英才，定當高發。就此一言爲定，不知尊意若何？〔副净喜揖介〕如此多謝大人。〔外〕快簫吹鳳來，快簫吹鳳來。女貌郎才，天緣有在。

學生蒙恩起用，意欲約兄同到京中。大小登科，總在學生爲兄完備。〔副净〕小子何幸，深荷栽培。候過場期，自當晋謁。〔外〕學生舟次揚州，隨差人來接便了。正是緣分不乖終有分。真才難得解憐才[一二]。〔外下，副净打恭送介〕〔副净笑介〕這是那裏説起，那老兒一進門來，我就道有些竅頭，誰知弄假成真，把小鍾一頭現成親事，生辣辣揪將過來，好燥脾，好燥脾。

【前腔】這姻緣快哉，這姻緣快哉。將人喜壞。道旁苦李到把甜桃代。笑盈盈美懷，笑盈盈美懷。羊肉自天來，狗口張開待[一三]。小姐，莫嫌我蠢材，莫嫌我蠢材。像貌雖歹，那風情自在。

且住，我既假了小鍾名字，少不得費些手脚，且替他告一游學，將名留住。但文公約我進京，設或那楊令修看出破綻，如何是好[一四]。我有道理，一到京中便催他擇吉完姻。那時小姐到手，便辨出真假，也不怕他了〔一五〕。

與君相見便相親，王維。不遣蜂媒暗度春。許渾。

李杜才名真忝竊，杜甫。依稀分得夢中身。崔珏。

評點：

〔一〕點景，與祭掃時照應。

〔二〕伏下恩科主試。

〔三〕問答帶叙時事，寧藩虚寫，伏下出使。『盜賊』句實指崆峒。『逆瑾授首』，又結過第一齣内劉瑾亂政一筆，結搆針綫，俱極嚴密。

〔四〕已過清明。

〔五〕又作伏筆。

〔六〕形容醜絶。

〔七〕原不歉意。

〔八〕補筆。

〔九〕應前。

〔一〇〕略貌取才，總是憐才之極。
〔一一〕論文眼力自是不差。
〔一二〕有才而不憐，總是不解真才難得耳。
〔一三〕『羊肉』二句，自己寫照，與『輕人如卯』句同一發趣。
〔一四〕反帶一筆，周匝之甚。
〔一五〕喪心語。

## 第十二齣　拾帕

【雙調引子】【花心動】〔生上〕擬犯仙庭，奈槎迴碧落雲歸〔一〕。翠嶺遥望，見花影沉沉，燕語生生。野卉疏葩，點朱門寂静〔二〕。小生自昨遇見美人，果與夢中不差半點。細細訪問，誰知就是文府小姐，清明祭掃，游戲山間。原來文公祖籍崑山，喬居省會。則怪楊公前日爲媒，不知細底，辭却婚姻。如今他又行取進京，無人作伐，如何是好？小姐，小姐，我和你有緣夢裏相逢，怎生又當面錯過？兀的不是好事多磨也。來此秦淮堤畔，這是文府花園。你看門兒半掩，寂寂無人，不免進去一看。呀，這園中景致就與俺夢中所見一般〔三〕。好奇怪也。看曲檻朱闌相遮映，似重過羅浮仙境。〔内〕小姐，你看門關静院飛紅雨，簾捲空階冷緑苔。〔生驚介〕這嬌滴滴聲音，莫不是小姐出來了? 隔院聽,想向花陰幾處,款款閑行。

〔生尋下〕〔旦貼上〕

【過曲】【風雲會四朝元】【五馬江兒水】〔旦〕重臨青鏡,蘭房午睡醒。怕薰香獨坐,怎奈閑行又悶。香羅愁泪縈〔四〕。輕雲,那秀才好不活現也〔五〕。〔貼〕呀,那裏秀才〔六〕? 〔旦笑介〕便是那……〔住口介〕〔七〕〔貼〕那? 〔笑介〕〔八〕小姐,真個有恁般活現的夢? 只是那生現在此間,不知老爺又往何處去尋來〔九〕。〔旦〕正是。老爺辭官不允,昨有報到家中,依然起用。今往吳門訪他不著,回來就要進京,可不兩下又不能彀相值了。〔貼〕小姐放心,那生如果就是夢中之人,今既尋到此間,自有道理。〔旦嘆介〕這也由他罷了。【桂枝香】〔旦〕想丰神無异,想丰神無异。【柳摇金】枉自向空裏尋思。還則待天外游偵。那知這邯鄲盧生,重現在荒郊野徑〔一〇〕。【駐雲飛】看他對面遥覷定。嗏,一似夢裏笑龐迎。則怪風蕩閑雲,抓不住巫山境。【一江風】〔貼〕小姐,你姻緣一夢生,想他夢中也知情〔一一〕。【朝元令】怕不愁牽恨惹,思思想想,也教成病。

〔仝下〕〔生隨上,覷旦,呆介〕呀,妙也。

【前腔】玉容妝靚,對春輝越艷增。一番相見,一番魂不定。看他闌杆幾處憑,似柳欹花嚲〔一二〕,似柳欹花嚲。半晌嬌痴,無限春情。這滿擔兒相思,想你也分些承領。欲待還親近。嗏,怪他侍女傍肩行。不與我偷得空閑,把夢裏盟重訂。小姐回身來了。不免躲在假山石後，飽看一會。他娉婷繞砌行，我潛身定情睛。任領略花嫣柳媚，嬌嬌滴滴，今番獨勝〔一三〕。

〔旦貼上〕〔生轉身顧旦，漫退下〕

【前腔】〔旦〕櫻桃紅映，池塘春草生。燕泥點砌，蛛絲墜井。風飄蝶翅輕。恨都來眼底，恨都來眼底。添得春愁搖漾心旌。〔貼笑介〕小姐，可記得夢中和那生歡會是那答兒來？〔旦嘆介〕提他怎麽。你看冷落花階，單則見砌胭脂香露冷。〔貼〕欲把風情證。嗏，花鳥定知情。則怕芳草香泥，印下鸞釵影。〔合〕蒼苔一片青，香魂何處停？怎這雲踪雨迹，清清冷冷，風流無剩〔一四〕。

〔旦遺帕介〕〔扶貼下〕〔生上〕

【前腔】彩雲無定，蘭香草際生。〔拾帕介〕一方手帕，香氣襲人〔一五〕，想是小姐方纔遺下的，上面小字數行。〔念介〕香閨寂寂奈何春，不見花前夢裏人。底事含羞嬌未吐，斷腸名姓卷中真。崑山文媚蘭感題。〔驚喜介〕原來小姐也爲夢中之事有感而作，真好香奩佳句也。小姐，小姐，祇道你容顏嬌倩，那知你才思秀穎。這帕呵，都是相思泪染成，謝提心在口，謝提心在口。一字中含萬種幽情〔一六〕。〔一面吟哦，一面贊介〕〔貼上〕倦游纔共歸香閣，覓帕重來繞翠苔。小姐園中游玩，將一幅香羅帕兒，不知遺落何方。因上有題詩，怕人瞧見，命俺尋取。〔見生驚介〕呀，恰好那邊一人拾去了。〔細認介〕這便是郊外那生。敢又做夢來也〔一七〕。〔連喚介〕秀才何人？到此何幹？〔生藏帕，驚，揖介〕小生吳下鍾心，久慕名園，斗膽輕造。〔貼驚介〕呀，你果然就是鍾心？〔生笑介〕如何得假〔一八〕？〔貼〕罷了，小姐方纔游園，遺下香羅帕兒，適見相公拾得，快乞見還。〔生〕帕兒在此，但小生有緣拾得，甚非偶然。必須小姐自來，待小生雙手親自奉還，還有話說〔一九〕。〔貼〕相公是何言語？他是相府千金，語和言，須三省〔二〇〕。〔生〕既如此，小生告退〔二一〕。〔貼〕且住。還了帕兒再走。〔生〕小姐帕上之詩，原是贈小生的，小生對此羅帕便如對小姐一般，焉肯還你〔二二〕？〔貼怒介〕秀才如此胡言，倘小姐知道，禀過老爺，決不和你甘休〔二三〕！〔生〕小娘子不必過慮，小姐已曾會過小生來，必不見怪的。〔貼〕只怕是做夢。〔生笑介〕夢是夢，却夢的有些不同。〔貼〕咳，笑你痴狂甚。嗏，賣弄那春情有影無形，落個空傒幸。相公既系鍾心，俺老爺已到吳門奉訪。但前日楊爺作伐，爲何不允？〔生頓足介〕小生那知小姐就是夢中之人？還止一心痴守，不肯別聘。特地尋訪前來，幸而相遇〔二四〕。今欲先與小姐面定鸞盟，隨後進京，重托楊爺作伐。望小娘子轉達。〔貼背介〕此言雖則有理，但小姐睡夢中也罷了，青天白日裏如何肯出來厮會，設或佯羞假怒道：『小賤人、小賤人，這是甚麽話？在我跟前胡說來〔二五〕。』那時呵，秋風劈面迎，由他假撇清。〔生揖介〕此事全在小娘子身上，作成〔二六〕小生不忘大德。〔貼〕呀，看他，深躬淺唱，謙謙者者，恁央承叫人怎應〔二七〕。

也罷，你將帕上和詩一首，待俺送與小姐，看他有何言語，隨機替你轉達便了〔二八〕。〔生喜介〕多謝姐姐。〔貼〕隨我到玩花亭上來，筆硯在此。〔生寫介〕何幸尋春得遇春，天涯同是夢中人。巫山有約今重訂，緣合何須問假真。洞庭鍾心敬和。〔生遞帕，貼接介〕

【尾聲】〔貼〕則見他賣弄才高倚馬成，端的好聯吟，夜永鴛幃興〔二九〕。此時園門已閉，管園的老院子吃醉睡去了，你且坐此亭上，少刻就來回復你。〔生〕全仗姐姐俺盼佳音，只把你撮合山姐姐來專等。

〔生〕丞相門闌不覺深，杜牧。〔貼〕誰知才子忽相尋。李端。
〔生〕縈迴謝女題詩句，劉禹錫。〔合〕遠隔天涯共此心。李商隱。

評點：

〔一〕起得高老。
〔二〕是主人不在家園子。
〔三〕寫夢甚奇，總要與《還魂》特异。
〔四〕點出香羅手帕，後文方纔有根。
〔五〕心頭口頭。

〔六〕故作不解。

〔七〕妙。

〔八〕又故做方解，妙。全於吞吐間逼肖神吻。

〔九〕回照誤訪。

〔一〇〕曲曲折折，無不盡妙。

〔一一〕思入精微。

〔一二〕欹，同『敧』，意爲依、倚。宋趙長卿《荷花》：『半斂半開，斜立斜敧，好似困嬌無力。』嚲，音躲，意爲下垂。《字彙補身部》：『嚲，垂也。』唐岑參《和刑部成員外秋寓直台省寄知己》：『竹喧交砌葉，柳嚲拂窗條。』

〔一三〕直從前齣『霓裳』句落想到題，高絶妙絶。蓋前繫淡妝，今則艷飾，玉容屢變，而生情亦屢移，用意方不犯重。

〔一四〕字字凄婉，數語已該盡《還魂・尋夢》一折。

〔一五〕先聞香，後見帕，接落無痕。

〔一六〕此驚此喜更出意外，蓋不意小姐亦同此夢，真正奇絶。然此時止贊其才美，止謝其情深，而并不别出一語。總是痴到極處，竟以同夢之事爲固然而安之若素，妙！妙！

〔一七〕妙。妙語解頤。

〔一八〕中有所恃，故直吐姓名不諱。而輕雲聞言一驚，竟以鍾心名爲熟識者，鍾生又急急自認，俱妙。『如何得假』又映帶訪誤。
〔一九〕痴語皆情語。
〔二〇〕初見，不得不作此冠冕語。
〔二一〕亦賊甚。
〔二二〕説得通極。
〔二三〕要知此怒亦是假做作，故可一語自轉。
〔二四〕如此痴情，豈不動人心感？
〔二五〕慮得老到，故下文打動小姐全以機勝。
〔二六〕裁定作成的好。
〔二七〕本色語，天然雅秀。
〔二八〕早有主意。
〔二九〕此兒亦大是憐才。

## 第十三齣　帕訂

【正宫引子】【喜遷鶯】〔旦上〕玉梳斜挂，倚紗窗獨坐。媚柳烟濃，鐵馬叮咚，軟簾風送。

禁春寒杏子衫紅。〔貼上〕儘着俺梅香説合,管教那佳婿乘龍。這帕呵,料想他個中人一見,心兒自懂。

〔見介〕〔旦〕輕雲,你怎恁時纔回?〔貼〕小姐,羅帕兒被人拾去了〔一〕。〔旦驚介〕這却怎了?〔貼〕你道是誰〔二〕?〔旦〕是誰?〔貼〕便是那〔三〕……〔旦〕那〔四〕……〔不語介〕〔五〕〔貼笑介〕〔六〕

【過曲】【玉芙蓉】他尋來香暗通,巧被風吹送。一霎時風魔贊嘆,險些兒膝屈腰躬。〔旦〕他看了道些甚麼〔七〕?〔貼〕道小姐聰明自負無人共,道和他一樣傷心染泪紅〔八〕。小姐,他果然姓鍾名心,也夢見小姐來〔九〕。〔旦驚介〕有這等奇事?〔貼〕真同夢〔一〇〕,早摶得半宵陪奉。可知似司空見慣把情鍾。

〔旦〕不知老爺之意,他爲何不允〔一一〕?〔貼〕我問他道來。

【前腔】向巫山覓舊踪,肯弄玉聯新寵?那知這簫聲夜月,正是他雨窟雲叢〔一二〕。〔旦〕這生好不情痴〔一三〕。〔貼〕説起來還情痴的緊〔一四〕。拿着一方羅帕,便如活寶一般。對我道:『必須小姐自來,待小生雙手親自奉還,還有話説。』又道:『小生見此羅帕,便如見小姐一般。』抵死不肯放手〔一五〕。小姐呵,你道這叨叨絮絮成何用,誰憐他惺惺枉意濃。少不得生斷送這多情孽種〔一六〕。他又將帕上不知寫些甚麼。不由人蚕蚕筆下走蛇龍〔一七〕。

被輕雲奪將過來一看,原來是一首和詩。小姐,且看他做的如何〔一八〕?〔旦念前詩介〕字字清新雋永。鍾郎，鍾郎，真才人也，真情人也〔一九〕。

【朱奴插芙蓉】【朱奴兒】羡他，詩思敏，還香凝墨濃。一字字訴説情衷。不由人，一點靈犀暗已通。〔貼〕他還在花園，要等小姐回話〔二〇〕。〔旦嘆介〕也説不盡心頭萬種，止叫他多珍重，莫相忘夢中。【玉芙蓉】〔貼〕小姐，要知心除非還憑彩筆寄詩筒。

〔旦〕也説的是。〔展帕寫介〕聞道瓊林宴早春，夢中人是看花人。題橋若遂相如志，博得鸞凰自有真。媚蘭再和。輕雲，你叫他努力功名，婚姻之事，在此無益。老爺已到吴門奉訪，快去還求楊爺一書到來爲媒，不可有誤。〔生〕楊幺也行取入都，我自在房中，等你回話。正是眉黛不開山淺淺，星河無夢夜悠悠。〔旦下〕〔貼接帕行介〕便將此手帕，乘着月色，再到花園走一遭也。亭上静悄悄的，秀才那裏〔二一〕？〔生上〕風飄玉笛梅初落，月上青林人未眠。姐姐，信人。〔貼〕鍾郎怎樣謝我？〔生〕金銀玉帛，姐姐那裏稀罕。若小生有緣得侍小姐，异日小姐而外，少不得就是姐姐了〔二二〕。〔貼笑介〕既如此，快跪了迎接聖旨〔二三〕。〔生笑介〕小姐有何話説？

【傾杯賞芙蓉】【傾杯序】〔貼〕他轉和新詞意更濃，寄語多珍重。怕你惹恨耽愁，日暮途窮。爲這怨粉愁鄉，誤了綉虎雕龍。【玉芙蓉】有一日名題雁塔袍新緑，休教他夢冷鴛幃燈不紅〔二四〕。盼泥金莫將人作俑，只望你天街游罷喜重重〔二五〕。

〔遞詩介〕就此一方羅帕，訂就百歲姻緣。你休等閑覷了也。〔生接帕向月下讀前詩介〕小姐如此錯愛，小生當奉爲至寶。

【尾聲】詩更和，韵疊通，這絞綃兩下幽情共。〔貼笑介〕休忘了拜謝良媒花與紅〔二六〕。

〔生笑介〕小生怎肯忘姐姐。〔貼〕俺老爺辭官不允，昨已報到家中，奉旨起用。今去吴門訪你，你又在此流連，不能相遇。只怕回來就要進京，你快求楊爺一書到來爲媒，不可有誤。〔生〕楊公也行取入都，我回到吴門，恐遇你老爺不着，不如徑到都中，去尋楊公爲媒便了。〔貼〕如此甚好，待我開了園門，送你出去。〔生〕且住，講了半日話，不曾請問姐姐芳名。〔貼〕我叫做輕雲。〔生〕原來是輕雲姐姐，小生夢裏與小姐相會時，怎没見姐姐來〔二七〕？〔貼笑介〕傻秀才，你要想夢俺還早呢，夜深了，回去罷〔二八〕。

〔生〕天譴多情不自持，韓偓。　詞中有誓兩心知。白居易。

〔貼〕好携長策于時去，譚用之。　莫遣佳期更後期。李商隱。

---

評　點：

〔一〕先用一語驚之。

〔二〕妙。

〔三〕妙。

〔四〕妙。

〔五〕妙。

〔六〕妙。神情逼肖，且與前文遥遥相應。

〔七〕心動。

〔八〕字字入情，自然動聽。疊下兩個『道』字，不知不覺將兩人捏合一處。

〔九〕出語有力。

〔一〇〕『同夢』二字，用來恰合一路鑽心刺骨之言，小姐安得不墮入個中？

〔一一〕吃緊一問。

〔一二〕字字雅切。

〔一三〕自己情痴亦和盤托出。

〔一四〕接句更有力。迎機直入，真可兒也。

〔一五〕字字挑動，鐵石亦爲心軟。

〔一六〕舌有青蓮，蘇張避舍。

〔一七〕自推不知，駡之却是贊之。妙人妙舌。

〔一八〕機巧勝紅娘多矣。

〔一九〕已入彀中。既繫夢中相親，故不嫌以郎呼之。

〔二〇〕一席話拿穩小姐，陡地竟討回話，竟是大智大俠人舉動。後文之《巧逐》《代拘》《戲圓》皆極力寫其作用也。世有其人，吾當下拜。

〔二一〕亭上静悄，暗寫出鍾生有心閃避人，見月雖已上，而鄰笛有聲，人猶未寢，故遲歸無礙。文心極細。

〔二二〕讀此，知金帛謝紅娘語真無味。

〔二三〕一戲收科，可遮羞臉。

〔二四〕對偶工整。

〔二五〕長卿以文心入琴心，知文君所重不僅在色，此亦猶是情耳，而出輕雲之口，更覺婉轉情深。

〔二六〕莫誤認尋常索謝語。

〔二七〕亦痴亦趣。

〔二八〕妙語丟情，令人想殺。

## 第十四齣　敗陣

【黄鐘引子】【玉女步瑞雲】【傳言玉女】〔净領衆戎妝上〕冉冉征雲，旋得眼花生暈。【瑞雲濃】久不到牙門排陣。

將軍最喜太平時，閑抱歌兒醉玉巵。今日潢池閧盜起，只愁斷送老頭皮。自家左都督蔡節是也。只因崆峒反叛，直犯中都，奉旨命下官領兵進討。前曾差人下書淮揚帥府，去請鍾心。一來爲小女姻事，二來就聘入幕中，只望資其謀略，助我軍功。怎奈陰紅那厮，只回鍾生未到彼處，不肯放還，好生可惡〔一〕。今喜有個投軍莽和尚，自稱住居杜陵州小佛寺下，生得蛇頭蛙口，紫色烏鬚。身纏數條青蟒，頭上常戴一個箍兒。天生只得一隻眼，因此名爲獨眼龍〔二〕。果然本事剛强，慣能鏖戰。只是疲軟之時，不堪任用。須是當場激動他那火性，一霎時挺身暴跳起來，睁怪眼，竪虎鬚，真個誰能奈何得這條鐵漢也。適已唤在轅門，不免授以先鋒之職，就此交兵。左右，唤獨眼龍帳前聽令。

〔唤介〕〔丑扮獨眼龍，垂頭聳肩拖杖漫行上〕來也。

【北黄鐘點絳唇】玉筯長垂，雄心未退〔三〕。〔伸頸挺身介〕昂臧起，百煉餘，威火首，金剛體。

小僧稽首。〔净〕崆峒女寇，抗拒天兵。今授爾先鋒之職，去奪頭功。可將你本事，細述一遍，與俺聽者。〔丑〕聽俺道來。

【混江龍】俺雖曾摩頂受偈，把嬰兒姹女配來奇。羞説那參禪入定，削髮披緇。有時節，似屈蠖無能甘胯下，有時節似神龍得勢躍天池。你道俺怪刺刺形骸蠢，鏖戰果粗雄。那知俺骨渌渌腦漿寒，不顧頭皮碎。但肘後先鋒印挂，管洞中女帥魂飛〔四〕。

〔丑殺下〕〔净〕先鋒已殺上前去，俺自領大軍，隨後接應便了。〔齊下〕

【越調過曲】【水底魚兒】〔三旦戎裝上〕草澤稱王，他年做女皇。要求歡暢，多招美少郎。

〔貼〕俺自反出崆峒，殺過山東地界，直至中都。探得京江都督蔡節奉旨迎敵，那先鋒乃是一個莽和尚，名爲獨眼龍，最能耐戰。今與交鋒，不可輕敵，俺有一計在此。〔二旦〕姐姐計將安出？〔貼〕我聞此間不遠有一三岔路口，四面高峰，中間低陷，名曰毛兒嘴〔五〕，此地草木叢生，最利於火。俺自帶領隨身女兵三千，備下火車火炮，埋伏其中。二妹可領兵交戰，引他深入。那和尚雖能久戰，怎經得烈火熬煎，怕不筋酥骨化也。〔二旦〕此計甚妙。〔貼〕大小嘍囉，速分兵迎敵前去。〔衆喊行介〕

【前腔換頭】烈火乾柴，英雄到此埋。嘴兒低隘，誰能出得來，誰能出得來。

〔净領衆上，調陣，丑跳上，二旦次第交戰，佯敗下〕〔净〕賊已敗逃，先鋒可追上前去。〔行介〕

【前腔】拚命頭陀，深深入賊窩。穿心直過，顛狂奈我何？

〔旦突上交戰，净驚走先下。四雜扮女兵，推四火車上，繞場圍丑介〕〔旦下〕〔場上烟火炮響，丑敗走，焚死下〕〔三旦上〕獨眼龍已經焚死，蔡節敗逃，窮寇莫追。俺且收兵回寨，再作道理。

【前腔換頭】任爾英雄，怎當烈火烘。和尚斷送，誰憐獨眼龍，誰憐獨眼龍。

〔三旦領衆下〕〔净領殘兵急上〕俺中計也，俺中計也。可憐先鋒獨眼龍陷陣身亡，三軍折其大半，戰守兩難，如何是好？不免一面奏聞求救，一面仍到淮揚陰都督處，坐名兵敗，立候參謀，務必將那鍾心請至幕中，再做道理〔六〕。

【尾聲】修書再向淮揚下。陰紅，陰紅，你莫使盡長風喬作衙。鍾心，鍾心，你親事不願也罷，難道這參軍一席也不屑相就？好笑你富貴婚姻總見差。

風急天高猿嘯哀，杜甫。自來征戰幾人回。王翰。

青山盡是朱旗繞，土維。日暮沙場作劫灰。常建〔七〕。

**評　點：**

〔一〕認定陰紅不放鍾心，爲下文《仇陷》張本。

〔二〕有崆峒一賦，自應有獨眼龍一傳，雖係游戲，亦具婆心。

〔三〕吐詞大方。

〔四〕聰明絶頂語。

〔五〕又撰一地名發趣。

〔六〕特作重複之筆，以伏釁端。下文大作風波，讀者方不訝其過甚。文之苦心，如是如是。

〔七〕切火焚。

## 第十五齣　假謁

【商調過曲】【吴小四】〔副净上〕性兒刁，嘴又嘵，白眼花言舌帶鍬，偷得才名尖又巧。現成落個貴妖嬈，姻緣事，落地桃。

〔笑介〕我賈俊才恁副不作人嘴臉，凑着這一竅不通的肚腸，莫説才貌佳人，今生不敢作此好夢，便是略有幾分聰明顔色的，料想也難下顧了，不想竟有一樁送上門來喜事。如今小鍾一去無踪，文公又差人來接，説他舟泊揚關相候。更可喜者，聽得楊父母一到京中，隨又出使寧藩，無人辨識真假。有甚難題考我，又有小鍾救命詩文，不免大了膽子，竟往前去〔一〕。全憑竊玉偷香膽，學做鷄鳴狗盗人。〔下〕〔内鳴鑼吹打，二雜開船上〕

【商調引子】【繞地游】〔外上〕君恩未報，又買朝天棹。盼東床甚時方到。〔旦貼上〕春歸恁早，問江上落紅誰掃，映香腮，梨花帶潮〔二〕。

〔末上，稟介〕江都縣迎接大老爺。〔外〕請回。〔末回介〕〔外〕已到揚關，分付水手住船。〔末分付，内鳴鑼吹打，住船介〕〔二雜下〕〔外〕我兒，我已差人去接鍾生，約定在此相會。但前在吴門，見其詩文俱絶，可謂名下無虚，止恨人物中平，才勝於貌。〔旦貼相顧暗驚介〕

【過曲】【猫兒墜】〔外〕他東吴名盛，俺僧室暫知交。羨文似江湖筆吐潮，奈風流人物欠風標。休焦。敢效他感賦登樓棄才取貌。

【前腔】〔旦背唱〕流連白下，吴下怎相邀？怕五柳門前誤認陶，况妍媸迥别豈分毫。〔貼〕正是，且等他來到呵偷瞧。是誰什咏江東有才無貌〔三〕。

〔末稟介〕岸上鍾相公到了。〔旦、貼避下〕〔外〕就請上船。〔副凈上〕膽怯最憂行步亂，心虚尤懼禮儀疏。〔上船見介〕晚生葑菲陋質，大人閥閲名門，幸辱絲蘿，感同泰岱。〔外〕足下獻賦才高，弱女紉針技淺，得諧伉儷之歡，實切門楣之慶。〔旦、貼暗上，窺見驚介〕〔暗下〕

【前腔】〔副凈〕深蒙作養，提挈上青霄。〔外〕此去千里宸京，得兄同舟拈韵，一大快事也。〔副凈驚介〕不敢，風雨途中慰寂寥，漫雲山觸景賦登高。虚勞。布鼓雷門，向大巫貽笑。

【前腔】〔外〕暫辭林下，同上玉京遥。詩酒江湖有定交，便雙星還待鵲成橋。飄蕭。似伊家坦腹高懷，奚輸逸少。

〔末〕稟老爺，桃源驛徒夫换縴。〔外〕就此開船。〔内鳴鑼吹打開船，副凈、外、末齊下〕〔旦貼上〕馬脚露時難自檢，獸頭藏處被人窺。輕雲，方纔簾兒之下，窺見那厮，果非鍾郎，但不知何人假冒來此，怎生是好？〔貼〕小姐，看他鬼頭鬼腦，好不可厭殺人。

【紅衲襖】〔旦〕則見他蠢書傭鬼面焦，不由人百忙中驚一跳。那裏是兩情濃締就詞中巧，那裏是宿緣深和他一夢交。而今老爺已被瞞過，聞得楊爺又出使寧藩〔四〕，真假莫辨，設落奸人之手，惟有一死而已。〔泪介〕只落得背人前泪暗抛，不能够向爹行言輕告。爹爹，你平日最善物色人材的，怎如今也這等大意了〔五〕。他便咬文兒扭捏做名流也，那裏是逞風流意氣豪〔六〕。

【前腔】〔貼〕小姐，休爲他愁瘦了楊柳腰，休爲他憔悴了梨花貌。俺這裏轉秋波渾如秦鏡皎，那怕他逞狐形全憑色膽高。幾曾見莽天台錯把阮郎招，管把那賈平章笑得葫蘆倒。怕有時隱身符破現出山魈也。枉了他巧琉璃碎不牢〔七〕。

〔旦〕除非思一良策，破其奸謀纔好。〔貼〕且到京中，再做道理。

〔旦〕賈生才調更誰倫，李商隱。〔貼〕何意飄飄托此身。杜甫。

〔旦〕映竹認人多錯誤，皮日休〔八〕。〔合〕獨餘無語泪空頻。項斯。

---

評　點：

〔一〕出使用虚寫，詩文用明點，俱是要緊灰綫。

〔二〕景中有情，詞秀而雅。

〔三〕王粲、羅隱俱以貌不見取，二曲引用二事，最當。

〔四〕照顧出使，亦用虚寫。

〔五〕以『大意』二字爲文公誤認洗脱，甚好。

〔六〕真識得才人氣概語。

〔七〕現成語拈著便來，文有化境。

〔八〕切簾下窺見。

## 第十六齣　起師〔一〕

【黄鐘引子】【點絳唇】〔末冠帶四雜執刀擁上〕一片丹誠，數莖白髮承恩大，坐擁貔貅，政肅軍民化。

〔集唐〕騂弓在臂箭横腰，惟有捐軀報聖朝。青海祇今聞飲馬，夜來冲斗氣何高。下官姓陰名紅，字君奭，諸暨人也。少以武科出仕，現任右軍都督，奉旨加英武大將軍，出鎮淮揚。夫人鍾氏，子嗣維艱，女兒麗娟，年方待字。有一内侄鍾心，少年才美，頗擅文名。聞他尚未議婚，意欲效温家故事，前曾有書去接，原説不日就至，可怪京江都督蔡節，又差人到此，請他入幕。説他已從鎮江起身前來，如何久不見到，未免挂懷。又聽得蔡節奉旨進討崆峒，正在徐州拒敵，連日未見捷音，已着人打探去了。且看今日升帳，有甚軍情。〔副净扮中軍持文書上〕〔送末看介〕禮部一本，奏爲聖教宣明，人才蔚起，奉旨鄉會場外，特啓恩科〔二〕。毋論舉監生員，山林隱逸，凡有奇才宿學，俱赴禮部投名，照例取用。行令文武衙門，示諭軍民，一體遵照。〔末〕此真洪恩曠典，多士之幸也。出示曉諭。〔副净應介〕〔丑報門上〕京江都督府差官進。〔叩見，呈書介〕〔末看，驚介〕呀，原來先鋒獨眼龍，被賊火攻焚死。官軍大敗，賊勢倡狂，如何是好？但要聘請鍾生參謀軍務，怎奈鍾生并未來此，前已有書回復，如何又差人來？〔丑〕俺帥主呵！

【過曲】【玉胞肚】只爲先鋒火化，震軍心怎生彈壓。待參謀借箸前籌，道儒生智略堪誇。求將軍早發鍾生前去，念同袍一樣爲天家，莫教師中望眼賒。

〔末怒介〕哇，你道同袍一樣爲天家，難道本帥有甚私心不成〔三〕？

【前腔】狂言絮聒激得人冲冠怒發。那鍾生知留戀何處天涯。教本帥呵，怎生捏形兒捉影償他。〔丑〕俺帥主道，秀才言行必端，説在將軍此處，一定不謊。〔末〕哇，難道本帥到謊？敢道俺虚言慣把口皮喳。〔丑〕若是没有鍾生，小官也不敢回見帥主。〔末〕咳，莫不叫本帥替你回話去？似恁抵死胡纏語益差。

左右，將這厮亂棍打出。〔衆推丑下〕〔内吹打掩門，衆下〕〔末轉堂坐介〕

【引子】【海棠春】〔老旦上〕華堂富貴春無價，伴嬌女晨妝纔罷。〔小旦上，净扮奶娘隨上〕欲待出深閨，又把眉兒畫〔四〕。〔見介〕〔老旦〕相公今日退堂，爲何怒容滿面？〔末〕還爲蔡節那厮，聘請鍾生，前已有文回覆，今又差官前來，出言不遜，好生可惱。〔老旦〕妾聞蔡節爲人奸險，只須好好回他，何必與他動氣。但他説鍾生業已前來，爲何久不見到？老身到也爲此憂心。

【過曲】【江兒水】一水程途近，三旬人影遐。莫不是孤舟濤浪躭驚怕，莫不是隻身宵小難禁架，莫不是少年風月來牽挂。欲放此懷難下。〔末〕適見部文，朝廷特起恩科，想早聞知北上了。〔合〕便赴京華，爲甚音希信寡？

〔副净急上傳梆介〕〔外扮院子上問介〕〔副净〕有緊急軍情報到。〔外禀介〕〔末看報介〕兵部一本，奉聖旨，崆峒反寇猖狂，前着京江都督蔡節，領兵進討，先鋒獨眼龍被賊火攻焚死，朕心驚恐。今着淮揚都督陰紅，移兵合剿。部文一到，立刻起師，不許違誤。〔末驚介〕軍情緊急，聖旨森嚴，院子分付中軍，傳諭各營將校，齊集教場聽點，明日五鼓祭旗起師，不得有違。〔外分付介〕〔副應下〕〔老旦〕只願相公此去，早早得勝回來。〔末嘆介〕夫人！

【二犯五供養】軍聲正嘩，我只待掃盡妖氛，肅静天涯。〔老旦泪介〕相公晚歲興戎，叫妾身那裏放懷得下。軍馬紛如織，矢石亂交加。便晚來枕戈還卧甲。〔小旦哭介〕爹爹保重，似你星星兩鬢怎支架。提起沙場事泪如麻。夢繞魂驚，目斷雲遮。

【川撥棹】〔末〕休憂詫，把丹心敢自誇。便捐軀爲國忘家，便捐軀爲國忘家。做微臣心安意愜，猛拚着委塵沙，只愁伊受波渣。

設或淮城有警，你可同女兒竟回諸暨。

【前腔換頭】〔老旦〕我漫整歸裝輕似霞，順清淮駕小槎。怕伊行怒鼓頻撾，怕伊行怒鼓頻撾。老殘生雄心更奢。〔末〕受皇恩敢違差？〔老〕洗干戈，早還家。

〔末〕下官就此告別。〔老旦、小旦同哭介〕

【尾聲】這的是君王命，不宿家。夫人、女兒，你覷方便莫把征人挂。〔老旦、小旦〕只望你得勝旌旗返舊衙〔五〕。

〔分下〕〔四雜扮戎妝上〕西望愁雲障碧天，將軍勒馬定中原。兵強虜騎飛難渡，好笑淮陰壘未堅。奉元帥之令，祭旗起師，在此伺候。〔末戎裝領衆行上〕

【六么令】大纛旗先挂，花腔鼓後撾。聽將軍傳令嚴裝罷，一隊隊軍行寂不嘩。

〔四將打恭接介〕〔末〕壯氣橫秋舊姓班，陣雲移處日沉山。君恩欲報情難盡，不斬樓蘭誓不還。下官陰紅，今奉聖旨，進討崆峒。你看甲兵鮮耀，步伍森嚴，衆三軍好不揚威也。〔將稟介〕吉時已至，請元帥祭旗。〔丑扮禮生上，贊拜介〕〔末〕大小三軍，聽吾號令，吾今奉詔討賊，誓必掃蕩崆峒，廓清宇內。爾等將士，各宜戮力王家，違令者斬，退縮者誅，賞不爾吝，罰不爾寬，若食吾言，有如此酒。〔灑酒介〕就此起師。〔衆吶喊行介〕

【紅綉鞋】刀紋影漾明沙，明沙。貂翎箭插狼牙，狼牙。騰虎豹，走龍蛇，排一字，粲六花。

過疏林驚起鳴鴉，鳴鴉。

【尾聲】綉旗飄緲紅雲挂，聽刁斗聲連應暮笳。〔末〕衆三軍，我的兒，則要你奮勇争先，切莫輕縱他。

分麾三令武功宣，駱賓王。江上旌旗拂曉烟。李白。
天子金壇拜飛將，賀朝清。何時返斾勒燕然。劉長卿。

評　點：

〔一〕此齣特起波瀾。

〔二〕又伏一案。

〔三〕彼此鉏語逼肖神吻，蓋下文大難原非易發。從來邪之傾正，亦事勢使然，讀史者可勝三嘆。

〔四〕寫出女兒家愛好心情。

〔五〕末句反照《途失》《陷忠》數齣，都非閑語。

# 第十七齣　見妹

【引子】【意難忘】〔生帶丑上〕水遠山長，爲香羅〔一〕情重。匹馬奔忙，夢魂翻跨鳳，醒眼誤求凰。今日個繫人腸，客底更堪傷。一任俺峥嶸壯氣，撑不起這空囊〔二〕。

〔集唐〕落花飛絮正紛紛，人向秦淮兩處分。悵是一帆江上客，夢來何處更爲雲〔三〕？小生爲文小姐姻事，急欲進京，重懇楊公作伐。誰知昨在金陵見報，楊公一到京中，隨即出使寧藩，不知幾時復命回來，好生焦躁。只得順到淮陽，一來探看姑母，二來借些盤纏以作都門之計。方纔離了夜行船，登岸前來，你看天還未曙，趁此月色星光，趲行幾步。〔嘆介〕天那，似此客況凄凉，長途寂寞，只得文小姐一方手帕，伴我孤征，好不凄惶人也〔四〕。

【過曲】【勝如花】將他隨身帶，貼肉藏，權當作柔滑香肌相傍。嗅輕綃儼接幽芳。咏新詞似聆清唱。好教人難丟難放〔五〕。想夢中許我二美，若像他如此才貌，便一個也儘够了〔六〕。恨孤窮蕭條异鄉，盼多嬌迢遥一方。舉目凄凉，思量起滿懷惆悵。何日裏名題天榜，早雙雙花燭蘭房，早雙雙花燭蘭房。

天已大明，望見淮安城郭了。

【前腔】村鷄唱，野鷺翔。見林際紅輪初上。客帆聯浪拍天高，樹烟低濤隨堤長〔七〕。且把這障淮陰戍樓遥望。小生一路行來，豈無所見，雖不盡是蔡家醜女，那再有似文小姐那般美貌來〔八〕。映珠簾晶晶寶妝，拂青樓翩翩袖長。粉艷脂香，論本色都非停當。方信道玉人無兩。願天天早結鸞凰，願天天早結鸞凰〔九〕。

來此已是都督衙門，書童可上前通報一聲。〔副净扮中軍上〕雪戟流光天欲曙，翠旗遮影日常昏。〔丑〕敢煩通報，蘇州鍾相公求見。〔副净〕俺老爺奉詔出師，不在衙内。〔丑〕俺相公乃老爺内親，要見夫人的。〔副净〕如此且請轅門少坐，待傳梆稟入後堂，自請相見。〔生〕多勞了。整衣欲肅堂前禮，拂帽先除陌上塵。〔仝下〕

【引子】【宴蟠桃】〔老旦上〕冷署凄凉，故園遥望，陣雲飄處牽腸。

相公出師半月，喜得報到平安。適纔外面傳梆，稟説鍾生已到，分付院子去請，想必便來。〔外領生、丑上〕親從雲外至，喜自畫堂生。〔生〕姑母請上，待侄兒拜見。〔老旦〕常禮便了。〔生拜介〕久别慈顔，時行夢寐，今喜頤養冲和，侄兒不勝欣慰。〔老旦扶生起介〕昔猶總角，今喜成人，得叙骨肉之情，又動家園之感。看坐。〔生告坐介〕〔丑〕書童叩頭。〔老旦〕起來罷。前日京江都督移文在此，要聘賢侄入幕，説賢侄已到淮安，不知何處羈留，叫老身好生懸念。〔生〕説也可笑，那蔡節有一女兒，儀容醜陋，欲招侄兒爲婿，只得托言探看姑母，逃奔前來。後又繞道金陵，途中耽閣，是以來遲。〔老旦〕原來賢侄果然擇配未娶〔一〇〕。且問你一向在家好麽？〔生〕姑母聽稟。

【正宫過曲】【刷子序】家園盡荒，空守定遺書數帙，讀向螢窗。〔老旦〕讀書之暇，消遣如何？〔生〕問水尋山，無非是酒債詩償。思量，每對雲山叠叠，憶慈顔有路茫茫。恭喜姑父姑母呵，鎮淮陰羞説韓侯，輔皇猷固保金湯。

〔老旦〕俺二人呵！

【前腔】春月秋霜，嘆桑榆冷落，蘭桂凄凉。你姑父呵，薄福鳶肩，空落得白首從王。思量。一樣雲山悵望。家園遠，骨肉情傷。且喜賢侄英年偉器，少不得占秋闈桂子攀高，奪春元杏苑尋芳。

〔生〕麗妹别來數年，不知可好，請出一見〔一一〕。〔老旦〕奶娘服侍小姐出來。〔内〕小姐不曾梳妝。〔老旦〕至親兄妹，見有何妨？〔内〕來了。

【引子】【夜行船】〔净扶小旦上〕學試新妝雲再綰，聞低唤步出蘭房。翠帶香飄，佩珠聲顫，怎教我羞顔相向〔一二〕。

〔生起，更衣，見驚介〕呀，我則道天下止有一個文媚蘭，誰知此地又有一個標致似他的〔一三〕。俺鍾青士相思又索害也。

【過曲】【不是路】瞥見紅妝，偏不讓帕上題詩窈窕娘。如天降，鸞尖緩蹋金蓮穩〔一四〕。蟬鬢輕籠玉笋長。〔净扶小旦拜，生答拜介〕低聲唱，他那裏嬌羞無力肩難起，我這裏撩亂多情手易忙〔一五〕。倩誰掌，腰如弱柳風前漾，許多情況，許多情況。

〔老旦〕孩兒陪哥哥少坐。〔生〕我死也。

【前腔】仔細端詳，作止風流態自莊。雖未敢凝睛望，早則見青拖柳黛羞萱草，紅入桃腮妒海棠。難親傍。這本是蓬萊仙子離塵地，怎不做南海觀音救苦場。魂飄蕩，銀屏宛對如天樣。又遭魔障，又遭魔障〔一六〕。

〔老旦〕院子，取鍾相公行李，送在花園内安歇。看酒筵中堂伺候。〔外〕酒筵齊備了。〔老旦〕奶娘，伏侍小姐回房。賢侄，隨我中堂筵宴來。〔生〕多謝姑母。〔生回顧，隨老旦下〕〔小旦起身不語介〕〔一七〕〔净笑介〕小姐，平日只聽説鍾家相公，原來果生得一表人材也。〔小旦點頭微笑介〕〔一八〕

【九回腸】則見他挂儒冠神清氣爽。着春衫骨秀年芳。更堪憐雙瞳轉滑把人偷相〔一九〕。看他舉止輕狂，言談俊雅，絶非流俗之人。少不得長染翰侍君王。一聲雷動騰龍榜，萬里風摶起鳳翔〔二〇〕。〔净笑介〕看來鍾相公竟與小姐一般樣標緻〔二一〕。〔小旦嘆介〕女兒態，怎比他玉堂人物風流樣〔二二〕。〔净〕但不知可曾聘親〔二三〕。〔小旦〕管他怎麽，怕没有占河陽果擲潘郎〔二四〕。〔净〕老爺擇婿多年，若鍾相公不曾定親，與小姐真好做一對兒，待老身與你做媒如何？〔小旦〕休胡説。怕籠中鸚鵡言輕吐，對樹上荼蘼春自芳。早回到香閨裏，悶無言，一任他蝴蝶舞雙雙。

衛玠風流性自强,韋渠牟。知親筆墨善文章。令狐楚。

再三憐汝非他意,白居易。計日應追鴛鷺行。錢起。

評　點:

〔一〕帶定香羅,承上《帕訂》説來。

〔二〕『空囊』句正見生痴尋久客,本意順借盤纏以圖急急進京,絶不意復有麗娟之流連也。勿作英雄落魄語看。

〔三〕反照麗娟。

〔四〕帕訂之後,不可少此一番描寫。

〔五〕絶頂情語。

〔六〕題前反逼。

〔七〕『客帆』二句點景貼切,不可移於他處。

〔八〕又用一反,則下文麗娟之見,真出自意外。而筆墨盤旋左縈右拂,極手揮目送之樂。

〔九〕歸到急欲進京,本意輕輕煞住,逼下更覺有力。

〔一〇〕留心語。

〔一一〕始止淡淡請見，乃不意麗娟亦係天人。

〔一二〕自有身分。

〔一三〕直從媚蘭寫入，何等筆力。

〔一四〕『如天降』，此寫纔一瞥間，驚魂蕩漾，不能自主。

〔一五〕此從香房款步堂前，全是眼角側面窺之。

〔一六〕此時纔得正面一觀，然猶不敢凝睛注目也。『態自莊』三字畫出千金小姐，『蓬萊』一聯寫出急情，收句映帶媚蘭。步驟針綫俱極綿密深細。讀者宜嘆賞其文章，豈可僅以傳奇忽之。

〔一七〕『不語』，寫入神。

〔一八〕奶娘亦有心人語，『點頭微笑』，更寫入神。

〔一九〕分明四目相窺。

〔二〇〕亦於麗娟心日中極力寫鍾生人物風流，少年丰采，蓋補上所未及也。

〔二一〕賊。

〔二二〕賞心極矣。

〔二三〕更賊。

〔二四〕妙。越推開越情熱，又映帶媚蘭，文心之妙一至於此。

# 第十八齣　送茶

【引子】【風入松漫】(丑扶生醉態上)重重奇遇喜非常，奈添思量[一]。問天天可遂今生望。拚琴心再去調凰。方應道夢裏雙鸞先兆，花冠兩副輝煌[二]。

(痴坐介)(丑送茶，生不理介)(丑連喚介)相公，茶在此。(生)誰送來的?(丑)夫人分付當值的送來。(生吃茶不喜介)這茶不中吃，可換好茶來[三]。(丑)此時衙内人俱安寢，那討好茶?(生)既如此取過罷。(丑下)(生)咳，小生爲文小姐姻事，恨不得插翅飛入京中，怎奈來到此間，又撞着個嬌滴滴引人魂的妹子。我想楊公出使未回，此時去京無益，何不少留數日。如果機緣湊巧，竟合着夢中二美之兆也未可知。只怪他瞥然一見，便爾潛身，使小生望眼將穿，痴魂欲化。天那，那席上既没俺妹子在坐，小生有甚心情筵宴來。

【過曲】【解三酲】我則道恁烹龍庖鳳都謊，對瓊筵怎慰飢腸[四]。問可餐秀色人何往，因此上愁進酒强持觴。想着他遞來眼角含情遠，空教我嵌入心窩斂恨長。説不盡風流況，千般裊娜，百合幽香。

麗妹、麗妹，我和你既有緣相逢，你何不也似文小姐先來夢中會我一遭兒[五]?

【前腔换頭】怎夢中故把閑雲障，不與我并識春風一樣狂。相逢恨晚增惆悵〔六〕。今夜呵，少不得憑好夢到伊行。只慮他重門静鎖魂難度〔七〕，好着我半枕虚留月自凉〔八〕。驚回想，怕已有香偷韓掾，眉畫張郎〔九〕。

〔净捧茶上〕月上一窗煎正好，風生兩腋味偏濃。鍾相公，老身送茶在此。〔生〕有勞。媽媽可是小姐乳母麽？〔净〕正是。〔生〕這等失敬了〔一〇〕。〔净〕好説。〔生吃茶介〕如此好茶，那個叫你送來的？〔净〕相公猜一猜〔一一〕。〔生〕想是夫人？〔净〕不是。〔生〕就是媽媽的美意。〔净〕也不是。〔生笑介〕〔一二〕難道是……〔住口介〕〔净〕是那個？〔生低語介〕是、是小姐？〔净笑介〕着猜着了〔一三〕。〔生喜介〕猜、猜着了？竟、竟是小、小姐。〔狂笑介〕呀，妙嗄。

【前腔】説甚麽竹爐風響，分明是玉液瓊漿。感多情念我炎宵況。〔净〕這茶葉兒都是小姐親手自下的〔一四〕。〔生嗅介〕我道爲何這般香的緊。可知道經玉指越生香。相如渴病雖能減，宋玉相思更覺長〔一五〕。還痴想，怎能勾紅綃翠袖，試從他手内親嘗〔一六〕。

媽媽，你小姐受聘不曾〔一七〕？〔净〕還早。〔生〕爲何？〔净〕只爲老爺夫人呵！

【换頭】似明珠無價時擎掌，怎捨得白璧拋同瓦礫雙。甚如龍得把蟾宫傍。〔生〕必須何等人材，方纔中意？〔净〕若像相公才貌，自然中意的。〔生〕休得取笑。〔净〕相公不知老爺夫人猶可，那小姐，語言之際，眼力更高。從没有堪挂眼俊兒郎。便潘安還笑説村難掩，縱子建偏嗤他水易量。鍾相公，今夜此茶非同容易，若不是心相賞，怎得這金莖玉露，來慰你月寂雲涼〔一八〕。

〔生〕小姐如此用心，叫小生怎生消受這茶呵。

【前腔】本閨中易安清況，偏憐念陽羨他鄉。這葉兒好似妹子，愛他玉芽金縷向春風長，小生怎得似此水呵。有日烹同雪碗伴清香〔一九〕。媽媽，你替我多多拜謝小姐，道添來午夜神開爽，潤去三焦齒沁涼。好一似甘霖降，叫我越貪越愛，這滋味偏長〔二〇〕。

〔净〕老身理會得，告辭了。窗前人一個，樓上月三更。〔下〕〔生〕據纔奶娘之言，妹子仍然待字，有此機緣，焉肯錯過？咳，麗妹，麗妹。

【换頭】誰叫你千嬌百媚人無兩，怎怪得選貌量才配少雙〔二一〕。小生呵，也怕凡胎未敢把仙娥傍。剛一面福難償，就是那文小姐，模糊夢裏酣春態，急遽花前覷遠龐。怎似這親親切切挹盡嬌模樣，僥幸煞一杯香茗越添得萬種思量〔二二〕。

【前腔】那姻緣尚成虚謊，這孽塊又挂柔腸。魂銷不盡重飄蕩〔二三〕。文小姐，你須恕我太癲狂。休道是奇貪溺愛情偏濫，則怕也并寵相憐妒轉忘。只是世間尤物得一尚恐難消，薄福書生，豈可更生他望。心悒怏，問可得奇葩并植，异蕊聯芳。

【换頭】得隴又蜀雖痴望，怎當他絶色如今竟有雙。少不得相思續起從前帳〔二四〕。有日與文小姐同在一處呵，好着我，費評章。這個如脂琢就還多韵，那個似雪團成别有香〔二五〕。空成想，獨對着晶簾夜月，怎耐這冰簟銀床[二六]。

輕盈裊娜占芳華，劉禹錫。可許仙郎又泛槎。靈一。

深荷良宵慰憔悴，譚用之。一甌香沫水煎茶。韓偓。

**評點：**

〔一〕是第二番情思。

〔二〕仍以夢兆貫串作主。

〔三〕先做一襯。

〔四〕文忌起句易平，此真高唱入雲也。

〔五〕總不放脱媚蘭。

〔六〕靈幻至此，筆欲仙去。

〔七〕一句是我夢難往。

〔八〕一句是彼夢難來。

〔九〕此一回想，安得不驚？

〔一〇〕爲小姐，先要敬奶娘，絶倒。

〔一一〕猜便妙，寫奶娘亦賊。

〔一二〕先笑，妙。

〔一三〕傳神之技。

〔一四〕極寫麗娟賞心之至。

〔一五〕對偶切當。妙語從何處得來？

〔一六〕此想真痴。

〔一七〕吃緊一問。

〔一八〕一片深心已被奶娘窺破。味旨而詞亦腴。

〔一九〕妙義層出。

〔二〇〕字字雙關。

〔二一〕誰教你，怎怪得，真輕憐痛惜之語。

〔二二〕筆筆寫這邊，却筆筆關照那邊，正如雙龍飛舞，上下盤旋，令人眼光不定。

〔二三〕一折一妙，愈轉愈深。

〔二四〕詞實絕唱無雙。

〔二五〕雙收應前，絕好章法。

〔二六〕結歸時景。

# 第十九齣　蓮盟

【南吕引子】【步蟾宫】〔小旦上〕香腮悶托鷩新瘦[一]，深院静蟬聲翠柳。捲珠簾雙燕踏銀鈎，早一點痴情微逗。

【如夢令】春去落花飛片，夏木黄鸝聲變。風静午香清，蕉影凉生冰簟。誰見，誰見。獨擁新愁無限。奴家陰氏，小字麗娟。盈盈一貌羞花，淡淡雙眉妒月。疏刺綉而喜親筆墨，薄脂粉而雅重丹鉛。雖不敢比絶代佳人，也自希爲女中學士[二]。前日鍾家哥哥到來，看他風流倜儻，自是太白、相如一流人物[三]。想爹爹爲我擇配多年，得婿如此，足矣。但不知我兩人緣分何如耳。〔悶坐介〕〔净上〕每伴看花起早，常陪玩月眠遲。小姐，今日心下好些麽？〔小旦〕也不見得。〔净〕夫人問小姐端的是甚麽不好。〔小旦嘆介〕咳，我曉得是甚麽不好？

【過曲】【梁州序犯】【本調】幽懷自遣，奈日長清晝，景撩人，觸處生愁。〔净〕便是鍾相公在此，也只叫不好[四]？〔小旦〕知他因甚，病懨懨也自多憂。一任沈腰瘦損，潘鬢成絲[五]。這客底誰相叩。〔净笑介〕方纔老身對夫人説，小姐與鍾相公到好一對兒。誰知夫人正有此意，要等老爺回衙，便議及此事了[六]。〔小旦羞介〕誰叫你説來？夫人還説些甚麽[七]？〔净〕夫人請小姐寬懷〔八〕。〔小旦恚介〕咳，恁般話好没來由。難道俺驀地傷懷鸞鳳儔？【賀新郎】偶然間，放不開眉兒皺。值甚麽尋瘢索綻生疑竇。【本調】總是你胡開口〔九〕。

〔净〕老身説甚麽來？這是夫人記念小姐之病，還説道花園内并頭蓮開了數朵，叫老身伴小姐消悶去〔一〇〕。〔小旦〕原來如此，我和你去看來。〔净〕請行。

【漁燈兒】〔小旦〕繞過這雕闌畔，翠竹丹榴早望見。斜陽外柳岸花溝，果然的香馥馥蓮開并頭〔一一〕。此花托自靈根，天生情種，奴家最所鍾愛。奶娘，你與我好好摘來，養在房中賞玩。〔净〕曉得。〔摘介〕〔小旦〕呀，剛驚起一對對鴛鴦栖宿，不由人悄心兒自覺含羞。

〔净取花付小旦介〕小姐自漫漫消遣一會，老身且回去看看夫人，就安排下花瓶净水便來。〔净下〕

〔小旦倚闌執花長嘆介〕〔生上〕相思吃盡愁中苦，好合安能錦上花〔一二〕。小生自與麗妹相遇，看他眉目之間大有留情之意。天那，這復爐的相思病好不害得我益發凶惡也。書房獨坐無聊，不免花園閑步。呀，那荷花池畔，倚闌而立的，正是麗妹。且喜四顧無人，兀的不是天賜機緣也。

【前腔】則見他倚闌杆萬種風流，獨自個撚花枝似笑如愁〔一三〕。一會家玉臂斜舒枕鳳頭。側湘裙微露凌波瘦。渾疑是洛川前神女私游〔一四〕。

〔見介〕賢妹拜揖。〔小旦〕哥哥何來？〔生〕特來看并頭蓮。〔小旦〕小妹已摘得在此。〔生笑介〕小生最喜的并頭蓮，原來賢妹亦有同心。可喜，可喜〔一五〕。〔小旦笑介〕兄如鍾愛，小妹何惜此花不以贈兄〔一六〕？〔小旦遞花，生接花笑介〕呀，妙也。

【喜漁兒】他把這嬌花贈與偷花手，情兒厚。〔揖介〕妹子呵，多謝你賜同心許結雙頭。〔小旦羞介〕呀，小妹無心之贈，哥哥休得多疑。〔生笑介〕那些兒參不透，遞春心總在秋波溜。儘調戲褻語輕投，意綢繆，分明是因蓮得藕，不由人魂兒被勾〔一七〕。

妹子，草木尚且有情，可以人而不如物乎？今日這一枝并頭蓮，便是你我兩個了。〔生摟，小旦驚避介〕〔一八〕哥哥休得無禮！〔叫介〕奶娘，奶娘。〔生背介〕我死也。

【錦漁燈】恰纔個偎粉頰櫻桃微逗，百忙裏摟纖腰軟觸雞頭。〔小旦泪介〕〔一九〕〔生〕則見他泪珠流。〔揖介〕妹子呵，謝唐突，求將好願酬。〔小旦不理走介〕〔生攔介〕妹子少留。〔小旦怒介〕〔二〇〕哥哥是何道理？〔生背介〕妙嗄。便是這帶微嗔含薄暈越嬌羞〔二一〕。

妹子息怒。〔小旦〕小妹自以哥哥讀書君子，十分愛敬，不意顛狂一至於此，到是小妹不知人了〔二二〕。〔生慚謝介〕一時狂惑，望勿介懷。但小生自見賢妹之後，生死已不復知。今幸天假良緣，豈肯當面錯過？不識賢妹何以發付小生？〔小旦不應介〕〔生〕佳會難逢，良緣不再。賢妹不肯見憐，定索我於枯魚之肆矣。〔小旦〕妹雖女流，頗知禮法。青蠅白璧，關係終身，兄若有援琴之挑，妹則效投梭之拒〔二三〕。負兄深情，惟有赴清流以謝耳。〔生慌止介〕既蒙正喻，頓釋邪心。但小生一點痴情無由上達，何不借此太湖石上，與賢妹坐談片刻。倘蒙鑒納鄙衷，死亦瞑目〔二四〕。

〔小旦〕哥哥可言則言,何須言重。〔生〕念小生呵!

【錦上花】三冬富,萬卷優,懷珍寶,待遇投。須有日平登天闕占鰲頭〔二五〕。〔小旦〕哥哥曠代奇才,妹所夙仰。〔生〕怎奈年虛度,二十秋,傷孤寄,作浪游。《關雎》吟罷夢河洲,輾轉動人愁。

〔小旦〕却不道書中有女顔如玉。〔生〕賢妹所言雖是,但自小生看來,大凡才子佳人相逢不偶,必有一番投合至情,幾許風流韵事。所以一言一動,千古皆飾爲美談。小生嘗讀《崔徽記》,不覺神移屢日。今小生雖非君瑞之才,賢妹實有鶯娘之貌,豈可泛泛相逢,貽笑於崔張輩也。〔小旦〕鶯娘含羞自薦,見絶于人,妹所深痛。張生始亂之而終棄之,此豈復有人理?哥哥奈何齒及〔二六〕?〔生〕然則賢妹之意何取?〔小旦〕若依小妹之見,必須慎始慎終,一言爲定,千金不移。何必鑽穴逾墻,致譏流俗。情果特鍾,天必從願。緣如終吝,之死靡他。則名教之中自有風流樂地〔二七〕。不識哥哥以爲何如?〔生〕賢妹見教極是,何不就趁今日定下鸞盟?待小生僥幸成名之後,隨向姑父姑母求親。不識賢妹肯容納否?〔小旦〕垂愛如此,妹之願也。但婚姻之事,大節攸關,非同兒戲〔二八〕。〔生〕也罷。待小生對此花前發下誓來。〔跪介〕天呵,小生鍾心與陰氏麗娟前世緣深,今生情重,以心膠心,如蜜拌蜜,不願爲假兄妹,但求做真夫妻。誓花并蒂,生死不移。有逾此盟,身隨花滅,皇天鑒之〔二九〕。〔扯小旦仝跪拜介〕〔净暗上窺介〕

【錦中拍】携素手把香肩漫勾,也似這花開并頭。齊拜倒對天稽首,惟願得早偕婚媾。咳,奈歡娱未酬，怕相思更稠。挨不盡更長漏長，耽不了花愁月愁。客館雲流，紙帳風颼，這凄凉怎獨守〔三〇〕？

〔净暗笑下〕

【錦後拍】〔小旦〕定驚情，整雲鬟，暈難收。悄結鸞盟自含羞。哥哥，願痴情共守。〔生〕願痴情共守。〔合〕莫忘了今日裏憑肩私呪。把相思撇下玉京游，名成就，博一個天長地久，比着那竊玉偷香情不朽。

〔小旦〕聞朝廷特啓恩科，哥哥具此鴻才，何不進京應試？〔生〕小生實有此意，但與賢妹幸會不久，何忍遽别？〔小旦〕功名早遂，大事方成。何必作此兒女之態？〔生〕如此，待秋凉擇吉起身便了。〔小旦〕那時，小妹還要與哥哥一話〔三一〕。

【尾聲】則望你上林花看罷歸來驟，長對着這并頭蓮相聚久。〔生背介〕還願那夢裏花枝也并頭〔三二〕。

妹子，盟已定矣，早早成就小生罷。〔小旦正色介〕哥哥又來了〔三三〕。〔生〕待小生跪求。〔生跪介〕〔小旦佯驚介〕快些，那邊奶娘走來了。〔生慌起望介〕在那裏？〔小旦急走避介〕〔生低叫介〕轉來，轉來。〔小旦回顧摇手下〕〔三四〕〔生嘆介〕小生又是一番僥幸也。不意天地間竟有這般靈夢。只是文小姐得知，如何是好，如何是好〔三五〕？〔生執花欲下，净攔上諢介〕鍾相公做得好事。恁一朵并頭蓮，竟被你想着了[三六]。〔生驚揖介〕望媽媽遮蓋。小生不敢相瞞。此花實乃小姐所賜，又蒙親口許下姻親，還求媽媽在夫人面前幫襯。〔净〕夫人已有此意，若相公得中回來，待老身做媒便了。

〔生〕豆蔻花紅十二春，陳陶。鴛鴦怕捉夢難親。白居易。
〔净〕莫憐幽會心期阻。高適。金榜高懸姓字新。袁皓。

評　點：

〔一〕寫托香腮纔知新瘦，文心細膩之至。
〔二〕文小姐有《題帕》一齣，陰小姐未得以詩見長，故特寫此一聯。
〔三〕不愧識英雄俊眼。
〔四〕忽然插入鍾生，奇絶，妙絶。
〔五〕關心疼痛語。
〔六〕忽又插入議親，更奇更妙。
〔七〕問語關心。
〔八〕此句更奇，安得不恚？

〔九〕心虛自疑，不撩不亂，絮絮叨叨，情事宛然，如話如畫。

〔一〇〕借此輕輕一渡，固奶娘乖巧，自覺失言，連忙支飾，然亦文家明修暗度之一法也。

〔一一〕清詞不麗，麗詞不清，此則清而麗矣。

〔一二〕又帶定那邊。

〔一三〕『似笑如愁』四字畫出美人情態。

〔一四〕切荷花池畔。

〔一五〕調情都雅。

〔一六〕觀後『無心』一語，則麗娟鍾情純是至性。

〔一七〕字字尖穎。

〔一八〕避的好。

〔一九〕極尖亦極韵。

〔二〇〕洎好，所謂發乎情止乎禮義者。

〔二一〕白描妙手，非個中人焉能道得如此親切？　漱石真現美人身而爲説法矣。

〔二二〕是。

〔二三〕正而不剛，到底情重。

〔二四〕語亦軟款哀切動聽。

〔二五〕忽而自譽，絶倒。

〔二六〕千古之鑒。

〔二七〕至論不刊，是乃情字真諦，可惜千古以來無人道破。

〔二八〕是極。

〔二九〕誓詞真摯古雅。

〔三〇〕文生情，情亦主文。

〔三一〕伏下夜别。

〔三二〕仍以并頭蓮作結，并顧媚蘭，何等筆力。

〔三三〕又作餘波收場，總以文情忌直也。

〔三四〕關目好。

〔三五〕點醒前夢，如回龍顧祖。

〔三六〕無端插入奶娘一諢，蓋爲《夜别》一齣瞞他不得，亦撇他不下也。

## 第二十齣　巧逐

【引子】【臨江仙】〔旦上〕曾記年年三月病，而今緑已成陰。〔貼隨上〕惜花無主爲花疼。生憎鶯亂啄，閑繫小金鈴〔一〕。

〔旦〕輕雲，那廝假冒鍾郎，無人辨識。喜得老爺到京，就爲崆峒反寇猖狂，朝廷多事，無心理及婚姻，但恐終落奸徒圈套，如何是好？〔貼〕小姐，輕雲早躊躇定了，乘今夜老爺宿朝不歸，就將他哄進中堂，取笑一番。着衆丫鬟扮作家丁，將他做賊拿住，待我再用幾句言語，打發他遠走他方，有何不可〔二〕？〔旦〕設或弄出事來怎了？〔貼笑介〕漢家自有調度。〔旦〕如此須要小心。人安香餌皆求釣，我設矰羅只用驅。〔旦下〕〔貼〕别過小姐，到書房走一遭也。

【過曲】【水紅花】蘭湯浴罷整香雲，露如銀。輕調薄粉，染纖纖和月搗金盆〔三〕。閉重闉，銅壺漏緊。悄悄行來書院，款款叩聲門。只見射窗紗燈影未全昏也囉。

〔貼叩門介〕

【前腔】〔副净上〕玉人咫尺隔重闉，黯銷魂。欲眠不穩，聽輕輕誰個夜敲門。漏疏痕，薇花月影。我賈俊才自隨文公到京，恰好楊令修出使寧藩，冒名之事，鬼也弗知。只無奈文公朝政少閑，婚姻耽擱，未免害些木邊之目，田下之心。炎夜難寐，隱隱似敲門之聲，不免開來一看。〔開門見介〕呀，原來一位小娘子。〔貼萬福，副净答禮介〕〔貼〕請問相公尊姓？〔副净〕小子賈……〔住口背驚介〕〔貼〕假甚麽？〔副净忙介〕姓鍾，姓鍾。只道小娘子問我的家，故此説家。〔貼〕相公尊諱可是鍾心？〔副净〕不差。小娘子何以得知？〔貼笑介〕當今才子，誰不知名？〔副净〕豈敢。才子到是真的，并不敢假冒〔四〕。且住，聞得小姐身邊有個輕雲姐是個妙人，不知可是小娘子？〔貼〕正是奴家。

〔副净〕久仰久仰。輕雲姐寅夜而來，必有妙事。請裏面坐。〔貼〕俺奉小姐之命，特來奉請。〔副净喜介〕原來小姐請我。益發妙了。輕雲姐，我説小姐也等得弗耐煩哉。〔貼〕休胡説，一去便知。〔副净〕説的是。便去，便去。〔背介〕且住，誠恐小姐作怪，有甚題目考我，不免把小鍾詩文帶兩本進去，有備無患。〔做急藏詩文介〕[五]〔貼催介〕〔副净〕來、來了。輕雲姐，我爲小姐呵！捱不過沉沉清晝，獨宿怕黃昏。想今宵歡慶定生春也囉。

〔貼〕來到内堂，相公且住，待我禀小姐一聲。〔下〕〔副净〕看此光景，一定有些竅頭，一定有些竅頭。〔貼上〕未識佳人面，先磨俗子心。鍾相公，小姐道久仰大才，這花箋上有詩，請教和韵一首。筆硯現成在此。〔副净背笑介〕何如？被我預先算着了。輕雲姐，小姐要我做詩，何不出來一會？〔貼〕小姐身子欠安，不能出來。〔副净〕小姐不能出來，待我進去便了。〔貼〕休胡行。詩成了，小姐自然相會的。〔副净笑介〕如此説，小姐有甚欠安？不過試試我真才實學，纔肯約我進去成親。這不難，你站開些，讓我好搆思。〔貼〕我在此也無礙你事。〔副净〕我做詩是要獨自静静思想的，走開，走開[六]。〔貼遠立諢介〕〔副净背介〕小鍾的詩文帶着了。〔取出偷看驚介〕呀，這兩本都不像是詩。咳，屋内昏暗，又被他催的慌忙，單單摸着兩本文稿帶來，怎處？怎處[七]？〔叫介〕輕雲姐，我帶了出去做來罷。〔貼〕小姐分付就在此做。〔副净沉吟忽作肚疼介〕不，不好了，恭急的緊，出去出了恭就進來。〔貼〕出恭也就在此院墻邊，外面門俱上鎖了。〔副净急介〕有這等事？〔背介〕咳，我只道進來有些好處，誰知竟弄這累頭來磨我。如今抄又没的抄，怎麽好[八]？

【金梧繫山羊】【金梧桐】裙釵主試尊，欠學檀郎困。侍女監臨，防範風檐緊〔九〕。待我耍他一耍。輕雲姐，做完了，拿去罷。〔遞箋介〕〔貼接看介〕這還是原韵，你和的在那裏？〔副净〕也在上面。〔貼〕好笑，在那裏〔一〇〕？〔副净白眼賴介〕明明交在你手中，是你接過就掉落哉〔一一〕。〔貼〕花箋現在此。〔副净〕想是寫弗牢，單落子個詩哉。〔貼笑介〕那有寫在箋上會落的？搗這樣鬼話。〔副净笑介〕是哉，那有寫在箋上會落哉？〔想介〕哦，有了，我與小姐做夫妻，原是分拆不開的，想是詩也駝在一處了〔一二〕。〔貼〕休胡説，快些和了韵，我好回話去。〔副净〕且住，方纔説要做詩，如今又説要和韵，請教還是做詩，還是和韵？〔貼笑介〕呀，和韵便是做詩了。〔副净〕和韵便是做詩。這等説，做詩也便是和韵了。益發請教明白，還是從上面和了下去，還是從下面運了上來〔一三〕？〔貼〕怎你讀書人，連和韵也不曉得？〔副净〕你不知做秀才的最怕分心，只曉得個八股。書生善屬文，詩賦原無分〔一四〕。待我把小姐的詩哼一哼，引他出來。〔副净念别字，貼笑介〕咳，我們這名士眼都是近覷，月下看不分明〔一五〕。輕雲姐老在行，就煩念念我聽罷。〔貼念介〕小窗人静杜鵑啼，風護嬌紅月已西。寄語癲狂蜂與蝶，休思權借一枝栖〔一六〕。〔副净背介〕一字弗懂。便照樣寫他一首。還有許多難字寫弗來，怎了？怎了？這筆似千金。只好做没字碑同諢。雖然如此，還要假意思索思索。

【山坡羊】如蚊，亂摇頭眼欲昏。如焚，怕機關露與人。

小子平日也極有興做詩的，爲何今日的詩興都不見來了？〔貼催介〕〔副净佯怒介〕咳，纔想起一字，又被你攪亂了。〔貼〕是個甚字？〔副净笑介〕是，是一個詩字。〔貼〕啐！〔背介〕想那有才之人，提起筆來，何等風流瀟灑〔一七〕。這無才的，便做出恁些醜態來。

【前腔】笑伊枉費神，曳白何須問。一會家抓耳撓腮，一會家默默如雷震〔一八〕。〔副凈〕且住，只管想到甚時是了。〔嚷介〕輕雲姐，你請我進來，原説與小姐相會，爲何小姐不見面，反將這詩來作弄我？這詩可是强人做得的？〔貼〕呀，你不會做詩，怎到會耍騙？〔副凈〕不是耍騙，天下豈有妻子要考起丈夫來之理？〔貼〕羞也，羞也〔一九〕。〔背介〕看他言談出口村，面目天生蠢。做作安排，難掩喬身分。斯文，怎許他冒名兒硬入群？佳人，怎許他恃機謀强結姻。

〔副凈陪笑介〕輕雲姐，不要見怪。大凡做詩要有興，如今小姐不見面，便弄得没興在此。你引我到小姐房中一走，那詩便乘着興頭，骨渌渌一總溜將出來了。〔副凈欲進，貼攔介〕好胡説，小姐卧房尚遠，你站在此處，不許動身，待我回過小姐，便領你進去。〔副凈〕你莫進去不出來，我便自己進來了。〔貼〕休胡行。〔副凈〕轉來。若小姐不肯，就是你來替小姐一弄兒也罷〔二〇〕。〔貼〕少胡説。〔背介〕事不宜遲，不免唤衆丫鬟出來，將他拿住，再做道理。〔叫介〕有賊，有賊。衆家丁快來，快來。〔貼下〕〔内喊介〕〔副凈慌介〕爲何一時喊起賊來？輕雲姐，快送我出去。〔望介〕不好了，那邊人都走來了。且躲在這花臺底下，讓他過去。〔四丫鬟男扮執棍上〕忽聞梁上客，驚醒被中人。那花臺傍邊，有個人影閃過，快去尋來。〔衆拿副凈細打諢介〕〔副凈叫介〕莫打，莫打，是我，賈，是、是鍾、鍾、鍾……〔衆作看介〕既是鍾秀才，爲何在此？〔副凈〕説不得，一時眼花，失足在此。〔衆〕胡説，這是内宅裏面，誰許你失足進來？俺只綁你在此，候老爺回府發落便了。〔衆諢下〕〔副浄叫苦介〕〔貼上〕鍾相公，鍾相公。〔副浄〕輕雲姐，快來，我在這裏。〔貼見笑介〕怎麽這樣嘴臉？〔副浄〕晦氣，被衆家丁做賊拿住，綑打了一頓，快來救我〔二一〕。〔貼〕原來賊走了，到將你拿住。則怕你的罪還比賊重呢。〔副浄〕怎麽説？

【春鎖窗】【宜春令】〔貼〕又不是穿簾燕，怎比得入幕賓？ 誰許你潛身内堂向夜昏。少不得送官司詳問。〔副浄〕若問我時便招出你來。〔貼〕噤聲，那有與人相約，又叫人拿他之理？ 縱花言巧語誰來信〔二二〕。〔副浄〕我是他女婿，也不好難爲我。〔貼〕好女婿嗄。〔羞副浄介〕那顧你没巴鼻嬌客怎禁。 現把這有對付赤繩繫緊。【瑣窗寒】還思忖甚麽好姻親，問乘龍體面何存？

你放心，到明日受罪時，我再來看你〔二三〕。〔副浄慌介〕輕雲姐轉來，救我一救。〔貼〕我怎麽救你？〔副浄〕我自好端端坐在書房，是你哄我進來的〔二四〕。〔貼〕你還埋怨誰？

【前腔】你若詩早成，豈但禍離身，此會呵，好向巫峽陽臺行雨雲〔二五〕。〔副浄〕小子也不望此。只求姐姐放我出去罷。〔貼〕我若放了你，明日衆家丁禀知老爺，可不連累我？ 這事兒教人難隱，少不得潛逃私放。 做知情論，你不知而今法律，寅夜入人家，打死勿論〔二六〕。 他倚着泰山威，待斬草除根，你挨着至公堂，受三推六問，生嗔苦打要招陳。 縱饒伊有口難分。

〔副浄〕咳，你老爺縱不難爲我，我也無面相見了。 姐姐只當救人一命放了我，我自會他方逃避〔二七〕。〔貼〕看你苦苦央求，却不道惻隱之心人皆有之。也罷，我將繩頭放鬆，則道你掙脱逃去。只要躲得乾净，休連累我。〔放副净起唤痛介〕〔貼〕休作聲。待我送你打後門出去罷。〔副净隨貼行介〕好了，已出得後門。輕雲姐，替我拜上小姐一聲兒〔二八〕。〔貼〕不消，你到好生埋頭縮頸，别處去利市利市罷。〔副净諢下〕〔二九〕〔貼笑介〕這厮竟自倉惶而去了。俺回房説與小姐呵！

【尾聲】則落得綻朱唇一場閑笑哂，全虧我七擒七縱著功勛，須信道才子佳人自有真。

且待天明老爺回府再做道理。〔下〕

【引子】【顆顆珠】〔外退朝上〕紫閣帶彤雲，罷朝歸第，檢點露痕新。

〔坐介〕〔貼上〕禀老爺，昨夜三更時分，小姐聽得中堂響動，只疑有賊，唤起衆丫鬟，四下照看，并無影響，天明時，只見書房門開，鍾秀才不知何往。〔外大驚介〕有這等事？〔沉吟介〕小姐不曾着驚麽？〔貼〕小姐着了一嚇，心中不快，尚未起來。〔外〕且服侍小姐去。〔貼下〕〔外嘆介〕這是下官一時誤認，只愛其才，未窺其品，後來細細相對，見其舉止言談頗不慊意〔三〇〕，不期果然如此。想必一時妄意胡行，又恐無面相見，故此遠遁。〔想介〕還怕外人聞之不雅，就是楊令修回京，倘然提及爲媒，也不便説明其故，只渾淪一言回絶他便了。至於女兒姻事，且待來春恩科榜後再做道理〔三一〕。

玉釵思合兩無緣，劉禹錫。　静想文章亦枉然。張謂。

欲了向平婚嫁事，白居易。　帝城春榜謫靈仙。許渾。

## 評點：

〔一〕新也。

〔二〕主意已定。

〔三〕時序點景，一絲不亂。

〔四〕妙。

〔五〕寫出忙中有錯。

〔六〕放心大膽，只爲有夾帶在身，誰知天下事，不然不然。

〔七〕文稿又伏下，作關鍵。

〔八〕惡極。

〔九〕分派都當。

〔一〇〕故作無情之諢，總無可奈何之急著也。

〔一一〕白眼混賴，情景宛然。

〔一二〕頗似《西游記》中八戒語，想見急情苦境。

〔一三〕極其醜詆。

〔一四〕此等秀才正恐不少。

〔一五〕果然時下學做名士的先要學近覷。

〔一六〕詩好。

〔一七〕又想起老鍾。

〔一八〕又爲賈兄做小照。

〔一九〕羞得有理。

〔二〇〕如此方肖花面語。

〔二一〕惡極。

〔二二〕亦賊。

〔二三〕激的妙。

〔二四〕明白了。

〔二五〕故意嘲之，妙甚。

〔二六〕輕雲亦混引律例，横絶。

〔二七〕已上輕雲之算。

〔二八〕賈生亦有情痴語，絶倒。

〔二九〕已結《訪誤》之案，誰知又生出别樣波瀾。

〔三〇〕補漏。

〔三一〕伏下《媒阻》，并伏《賜元》。《媒阻》一番波折，其根即起於此，亦情理之必至者。然讀者未閲至此，恐亦驟難料及，勿謂輕雲謀之不臧也。

# 第二十一齣　夜别

【大石引子】【碧玉令】〔生上〕相逢難把佳期盼，爲功名又成抛散。害相思兩次三番。這别離愁到不曾經慣〔一〕。

小生自與麗妹訂盟，又早新秋，想楊公出使將回，誠恐文小姐姻事遲遲，或生他變。就是麗妹這邊亦望我早奮龍頭，好求鳳侣。恩科期近，今早已禀明姑母，擇於明日起身。又蒙麗妹相約，今夜親到書房，與我話别。麗妹，麗妹，不料你多情如此，叫小生如何割捨得去也。只是媚蘭小姐之事，幾遍欲對他講明，又恐他一時着惱，親還未做，怎麼到使他吃起醋來。今宵臨别，益發不好提起，只好等成親之日，向他們兩個大大的請罪便了。你看花間月上，萬籟無聲，已先打發書童去睡，不免掩上書齋，静候則個。正是今宵有約嫌更永，明日將行喜漏遲。〔下〕〔小旦上〕虚閣凉生月到遲，紅顔薄命日驚疑。年年亦有傷秋意，不似而今怨别離。奴家自與鍾家哥哥相遇，私結姻盟，不知月下老人，果肯撮成其事否。恩科期近，聞他明日起身，爲此私備一樽，與他餞别〔二〕。只是不好對奶娘説的，適纔着他問候母親安寢去了，带他回時再做區處。〔净上〕珠衱佩囊三合字，寶釵横髻兩分心。小姐，夫人安寢了。〔小旦〕奶娘，你可知鍾相公明日起行？〔净〕老身怎麽不知？〔笑介〕小姐，你那日在花園雙雙發誓，老身早已窺見〔三〕。我看夫人亦有聯姻之意，只等老爺回來作主。小姐何不乘此静夜，潛往一别，就叮嚀他早去早回，以圖大事。〔小旦羞不語介〕〔净〕小姐，你日間備下酒果，正好携了同行。〔小旦嘆介〕你言雖善，只是女孩兒家，怎好静夜與他相見〔四〕。〔净〕有老身相伴何妨？〔小旦不動介〕〔净催介〕前後静悄悄的，快些去來。〔小旦行介〕

【北仙吕八聲甘州】轆轤聲斷，見月影横窗，惹動愁煩〔五〕。烏雲罷綰，插金釵懶拂雙鸞。秋到碧梧人未寢，露滴銅壺夜已闌。無語出蘭房，寶鴨香殘〔六〕。

【混江龍】銀燈還燦，玉鈎簾下掩雕闌。相思萬種，又怎經離恨千般〔七〕。苔冷綉鞋清露濕，香消羅袂晚風寒。繞花陰人影宿鵑啼，步芳叢月過流螢暗。悄悄的，徐開朱户。輕輕的，怕拽響金鐶〔八〕。

【油葫蘆】俺爲甚月下行來心自慘，又不曾共鴛幃相親慣〔九〕。不由人背地泪偷彈，比着那夫妻一夜還難分散。問天公肯把佳期判？知他可盟抱堅，我枉自意未安。怕則怕，今生難作鴛鴦伴，空結就恨漫漫〔一〇〕。

〔净〕鍾相公書房門兒虚掩在此。〔生上〕雲影似從天上至，佩聲疑向月中來。〔見介〕〔小旦〕哥哥明日登程，功名大事，不好相留，聊備一樽，少伸心曲。〔生〕小生何以克當？〔净〕這是小姐送的盤纏〔一一〕。〔生謝介〕〔小旦〕奶娘，取酒過來。〔仝飲介〕

【天下樂】細聽得四壁蟲聲燭影殘，闌也波闌，夜氣清寒，掩朱扉把金樽對面談。〔小旦送生酒介〕我把這一巵權當梁鴻案，却原來酒未斟時先泪滿，怕飲下還成泪，又涓涓不斷彈〔一二〕。

【元和令】他日個杏苑香濃把御酒乾。暢好是休忘了這番。不愁你而今去，只問你甚日還。猛然間防人看〔一三〕，只落得低頭無語潛吁嘆。涕淫淫泣損羅衫。

〔净〕你二人深叙一叙，待老身書房門外打一個盹去〔一四〕。〔净下〕〔小旦〕哥哥此行，小妹别無他囑。高第科名，係君囊中之物。只願早去早回，共圖大事，切莫耽誤盟言，致生他變。〔生〕小生一有寸進，即便來此求姻，但恐小生去後，姑父將妹另許他人，却將奈何〔一五〕？〔小旦〕既蒙不棄，定當誓死相待。只是哥哥此去，亦不可别有所娶，使妹悔前盟之多事也〔一六〕。〔生〕小生豈敢。縱使事非得已，异日珠冠霞帔，少不得一樣相看的〔一七〕。〔小旦驚介〕呀〔一八〕。

【鬥鵪鶉】你是必休提起一樣相看，俺只願一絲牢繫，怎許你重牽彩綫，别趁巫山。你却休背盟言將人閃，惹恨多端。自古道一隨一唱，幾曾見匹馬雙鞍？

〔生背介〕文小姐那事怎處？〔小旦〕妹有一言，望兄垂聽。我二人既有一拜之盟，自當金石不易，若肯早惠佳音，前盟得踐，妹之願也。若謂盟言可棄，何難另選高門，則今宵一別，後會無期。妹即飲恨終身，亦不復見於君前矣〔一九〕。〔泪介〕〔生爲小旦拭泪介〕小生焉肯背盟，賢妹何必如此凄慘，益令人衷腸欲斷也。

【石榴花】〔小旦〕但願你名魁蕊榜唱金鑾，早成就誓蓮花那樁公案。雖不曾衾裯學抱陪宵旦，休等做陌路相看。若是哥哥見棄呵，怕不做蓮房露泣悲零亂。心比秋蓮心更苦，拚向那黃泉下月冷烟寒。任愁魂化做啼鵑喚，少不得覓君家帶血繞江干〔二〇〕。

〔小旦哭介〕〔生泪介〕賢妹不必多疑，只是數旬虛度，一旦輕離，便是鐵石爲心，亦難堪此。

【小梁州】〔小旦〕雖則相廝守，依然怨影單。煞强似這離別悲酸。透羅襦點點非紅汗，都則是血和泪相拌，影潸潸〔二一〕。

兄有所帶瑤琴，待妹撫成一曲，聊代新詩，贈君遠別。〔生〕如此甚好。〔生取琴付小旦鼓介〕

【么】我這裏纖纖漫把瑤琴按，說甚麼流水高山，都則是泪萬行，愁千段。那知操縵，只多少別恨指頭間。

【上小樓】一字字猿啼鶴唳，一聲聲露冷風寒。休猜做鳴雉朝飛，莫認做孤鳳求鸞。單則是三疊陽關，那更意兒煩，心兒懣。又不覺宮商錯亂，呀，則落得撥冰絃，這柔腸俱斷。

【琴歌】秋宵漏永兮玉繩低，別酒未斟兮別泪垂。兩情私誓兮不敢語，君不歸來兮長別離。銀塘水竭兮并蒂萎，鴛鴦何時兮得雙栖。一心皎皎兮能終古，此恨漫漫兮無盡期〔二二〕。〔生〕哀音繚繞，更益悲凉。小生縱欲一和，怨不成聲。賢妹，且罷彈者。〔小旦放琴起長嘆介〕

【滿庭芳】曲罷一聲長嘆，嘆宵光何限，共倚雕闌。到明朝，蒹葭霧鎖雲程斷，空對着影珊珊，月映琅玕。慘凄凄樹咽秋蟬，冷颼颼落葉聲殘。泪眼孜孜相看，頃刻裏離愁兩地，何日接幽歡〔二三〕。

〔小旦再奉生酒介〕哥哥再飲此一杯殘酒。〔生〕小生心領。〔小旦吁介〕

【耍孩兒】我便打精神，含泪擎金盞，怎能勾狼藉杯盤。料想他水漿未入愁先絆，從今後都備着廢寢忘餐〔二四〕。〔生〕小生去後，妹子好尋消遣，莫過愁煩。〔小旦〕你叫我有甚心情去消遣，一任我香消綉壓肩難起，塵掩妝臺髻自殘。捲珠簾倚遍南樓看，見只見殘楊敗柳，愁只愁緑水青山。

〔小旦移坐近前介〕哥哥須博個狀元及第回來，拖帶奴家者。〔生〕托賢妹之福。

【五煞】〔小旦〕且把雲宫桂早攀，休憂綉幕絲遲綰。你與我，下心機定把鰲頭占〔二五〕。那時呵，明偕金屋情偏永，强似這，偷度銀河膽自寒。顯得俺識透英雄眼。仗着你錦心綉口，值甚麽玉馬金鞍。

〔净上〕小姐，好時候了，請回房去罷。〔小旦不語介〕〔生〕賢妹，可還有甚話説與小生？〔小旦〕

叫俺説甚的是好。

【四煞】情深話轉難，未語魂先斷。哥哥，你只莫另求凰，别向鄰西絆〔二六〕。〔生〕妹子放心。决不到負你之情〔二七〕。〔小旦〕非是俺只管疑你，比不得姻成六禮心難悔，我則怕盟結三生口易乾〔二八〕。你人兒伶俐風魔慣，此去呵朱樓翠閣，少甚麽玉貌花顔。

〔生沉吟介〕〔二九〕小生有手帕一方，留與妹子，權爲表記。妹子你聰明人自不用小生細説，只是寬懷相待，切莫煩惱〔三〇〕。〔生背取帕，遞，小旦袖藏介〕

【三煞】你將來泪已紅，我接着啼痕染。香羅一幅愁千萬。從今呵，我這裏霜寒雁足無書寄，你那裏月暗鷄聲有夢還。兩下裏，一樣肝腸斷〔三一〕。還慮你此去比不得俺在家裏，我兀自有人調護，你莫更自己摧殘〔三二〕。

〔净催介〕小姐，快回房去罷，怕夫人醒來曉得。〔小旦〕哥哥，小妹不能久留，你路上好生保重者。

【二煞】你心兒休爲我愁，咳，我容兒自因他减。哥哥，向前途强自加餐飯，斜陽古道秋風冷，野店孤村夜月寒，趁鷄鳴早起衣須暖，要小心朝行暮宿，休大意涉水登山〔三三〕。

〔生〕我送妹子一步。〔携手行介〕

【一煞】樹白星移户，天青月轉闌。聽空庭蟋蟀吟聲亂。來時節，玉階茉莉香初放。到歸去，金井梧桐露已殘。步兒留戀心兒懶。閣不住泪盈秋水，推不去恨壓春山〔三四〕。

【結尾煞】静悄悄門半闔，冷清清深夜還。〔浄〕鍾相公請回罷。〔小旦住介〕最銷魂兩下難分散。〔低語介〕哥哥明日起身之際，恐怕悲傷被人看破，我到不敢相送，止此爲别便了。〔生點頭共泪介〕〔小旦〕一任你馬首西行，我自藏泪眼〔三五〕。〔小旦掩泪同浄下〕〔生〕是别離的好苦也。自與媚蘭小姐相遇，也不曾受過這般凄慘〔三六〕。你看天已漸明，不免唤起書童，收拾行裝，拜辭姑母去也。

兩心婉轉夜燈前，王佐。牢落星河欲曙天。張泌。
丹桂一枝年少事，許渾。夜蟾寒沼兩嬋娟。薛逢〔三七〕。

評　點：

〔一〕精透。
〔二〕即此一句便是《夜别》張本。
〔三〕應前説明，以便陪往。
〔四〕千回萬轉纔見小姐身分。
〔五〕題是《夜别》，故切定夜起。

〔六〕香已殘燈未滅，是簾外回頭復顧之景。

〔七〕重提離恨一筆，作詞中樞紐。

〔八〕從房中步出直至花園書室，有情有景，運意則深沉婉摯，吐詞則流麗清新。石甫之後一人而已。

〔九〕提明。

〔一〇〕夜別本意真寫得透快淋漓。

〔一一〕盤纏亦不可少。

〔一二〕舊意翻新，比《西厢》更深一層。

〔一三〕又照顧奶娘在側。

〔一四〕知趣。

〔一五〕此段是賓。

〔一六〕此段是主。

〔一七〕意中尚有一人，珠冠霞帔之語妙從夢境中來。

〔一八〕滿懷疑慮乃復來此，不入耳之言，那得不驚？

〔一九〕《夜別》正文盡此。數語較《會真記》鶯娘之書更覺凄楚動人。

〔二〇〕抱定蓮盟，凄清哀怨，婉轉情深。

〔二一〕總與他本送別不同。

〔二二〕琴曲古雅，堪作樂府讀。

〔二三〕老氣横秋。

〔二四〕飲者懶，勸者先懶，纔是別酒，纔是離情。

〔二五〕一樣期許，常語添『你與我』三字便有無限深情。

〔二六〕有前番一驚，不得不再四叮嚀。

〔二七〕『到』字妙，有含蓄。

〔二八〕吃緊語，醒極，透極。

〔二九〕好。

〔三〇〕字字有意。

〔三一〕工穩。

〔三二〕雖從《西厢》脱化出來，而用意自别，更深一層。

〔三三〕好句。

〔三四〕雜入唐聯，亦稱絶唱。

〔三五〕通首摹仿《西厢》，工力悉敵，真堪對壘，世之能事，詞家當不以余言爲謬也。

〔三六〕又顧媚蘭。

〔三七〕詩亦雙結。

# 第二十二齣　姑餞

【雙調引子】【秋蕊香】〔老上,净隨上〕静夜砧聲纔罷,晨光迴雲伴朝霞。一片清秋真無價,知何處柳陰調馬〔一〕。

奶娘,鍾相公今日起程,儀酒可曾備下?〔净〕備下在此。夫人,你愛上鍾相公人才,要將小姐許配他。若京師得第,怕另有人家議親,何不趁今起行,一言定下,多少是好。〔老〕婚姻大事,須待老爺回來作主。我今只微露其意,叫他御試一中,隨即來此便了。

【引子】【謁金門】〔生上,丑隨上〕囊裝罷,看紅日已穿簾罅,一夜離情難盡話,懶將鞍馬跨。〔見介〕〔老〕恭喜賢侄此行定應高選,些少盤纏,就請收下。〔生謝介〕〔老〕取酒過來。

【過曲】【玉胞肚】匆匆命駕,餞榮行,只有這,香浮緑斝。愧清貧宦篋無餘,不能够,助行裝客路風華。願你冲天寶氣鑒無差,此去長安好看花。

【前腔】〔生背介〕泪珠偷灑,再難逢玉人一話。怪催人馬弄金銜,只得强低頭拜别登車。妹子,怕你傷心遥憶馬蹄賒,别泪也應濕絳紗。

〔老〕賢侄恭喜一中，即便來此，你姑父還有話説〔二〕。〔生〕侄兒領命。

【尾聲】〔老〕休得意，戀京華，待他歸别有衷腸話。〔生〕俺怎肯久别慈顔惹嘆嗟。

〔老〕明朝相憶路漫漫，賈至。〔净〕文似相如貌似潘。崔峒。

〔生〕韞櫝自擬珠待價，錢起。〔合〕不思身便入長安。雍陶。

〔老仝净下〕〔丑挑行李隨生分下〕

---

評點：

〔一〕下云『婚姻大事，須待老爺回來作主』，今老爺未回，鍾生欲去，故輾轉於懷，而有何方調馬之思也，并非湊句浮詞，細心人自能默解。

〔二〕所謂微露其意。

# 第二十三齣　回探

【引子】【玩仙燈】〔末戎裝領衆上〕戈戟林森，料山澤螻蟻敢近？

下官陰紅，奉詔與蔡節合剿崆峒。奈彼自遭戰敗，觀望不前。下官聞徐州失守，率衆來援。賊寇膽寒，堅壁不戰，只得兩壘相拒，不覺夏去秋來。昨又差細作探其虚實，待他回時，自有分曉。〔雜扮探子上〕銅墻鐵壁身能入，鬼計神謀探得真。已到轅門，不免竟入。〔見介〕探子叩頭。〔末〕探得賊情虚實若何？〔雜〕帥爺聽禀。

【過曲】【六么梧葉】【六么令】俺宵行晝隱，把崆峒虚實，探得分明。他無心對陣逞輸贏。移兵暗向淮城進。〔末驚介〕賊人潛兵赴淮是欲使吾有内顧之憂矣。如今城中還有何人？【梧葉兒】〔雜〕空城静。不過老弱凋殘夜守更。

〔末〕他兵向何路而進？〔雜〕他揚言兵返崆峒，却繞道膠州出洋，直趨淮安城下。〔末〕去有幾日了？〔雜〕方纔兩日。〔末〕知道了，領賞去罷。〔雜謝下〕〔末〕且住，賊人若陷淮城，夫人、女兒必遭其害。雖下官義不顧私，亦非兵家之得也。想他海道紆回，風波險阻，未能按定時辰。我這裏飛報日行五百里，由山僻小路而去，不須兩日，可到淮城。一面修書寄與夫人女兒，叫他改妝出城，竟回鄉土；一面檄令守關將吏，固守城池。我自回兵與他接戰，斷其歸路，一鼓可擒。〔修書介〕左右，唤轅門飛報伺候。〔丑上〕計日千程近，追風萬里遥。飛報叩頭。〔末〕限你一晝夜將此書投到淮安衙内，自有重賞，不得違誤。〔丑〕曉得。〔丑下〕〔末〕衆將官連夜回兵去也。〔行介〕

【前腔】鐃他計精，俺旌回旆轉，倍道兼程，争先依舊據淮城。叫他師勞掠野屯難定。揚鞭迅，正紅滿千山萬馬鳴。

【尾聲】兵機神速渾無定，崆峒崆峒，怎知俺警報淮城備已成。且看俺這斷後追擒一枝生力兵。

萬里烟塵昏戍樓，張子容。漫勞旌旆夜悠悠。許渾。
更催飛將追驕虜，嚴武。鐵馬横行古渡頭。高適。

## 第二十四齣　醋詩

【憶王孫】〔小旦上〕病起纖腰力不支，王孫秋草半天涯。蓮花贈罷贈將離，笑情痴，又綰新愁到兩眉。奴家自與鍾家哥哥話别之後，只爲夜間風露，又值感傷，一病經旬，卧床懶動。今早雖覺少痊，强起梳頭，又覺精神厭倦。天呵，從來秋氣爽人，怎我陰麗娟偏生恁地無聊也。

【北粉蝶兒】纔綰青螺，又伏定綉衾偷卧。待朦朧盹不到這愁魔。推枕起，重拂拭妝臺清閑坐。簾兒外秋意偏多，贏不得愁城一個〔一〕。

前日鍾家哥哥别時，與我一方羅帕，因連日卧病藏過一邊，趁此無人，不免取出一看。

【脱布衫】對着這軟絲絲一幅香羅，怎奈他遠迢迢越歷山河。未展開泪珠已多，都是些離愁包裹〔二〕。

帕上小字數行。〔念介〕香閨寂寂奈何春，不見花前夢裏人。底事含羞輕未吐，斷腸名姓卷中真。崑山文媚蘭感題。呀！這不是鍾家哥哥所作，到像個閨閣中女娘口氣。

【小梁州】那裏是字挾風霜老句磨，則揣那小名兒，一定是閨閣吟哦。多管他夢情人唱不出情人和，比俺這愁和恨不差多〔三〕。

〔又念介〕何幸尋春得遇春，天涯同是夢中人。巫山有約今重訂，緣合何須問假真。洞庭鍾心拜和。呀，好奇怪。

【么】女喬才只合香閨作，秀才家有甚干科？怎等閑間能拾着。廝和得這般停妥，又遞與儂怎麽。

〔又念介〕聞道瓊林宴早春，夢中人是看花人。題橋若遂相如志，博得鸞凰自有真。呀，這首又是那女娘所做。咳，我曉得了。

【上小樓】原來他悄向人間別有嫦娥，瞞着我藍田先種，騙的我赤綫重牽，顛倒把新詩早和。就是如此，何不對我説明。這猜來知他是麽，何妨言破，多管怕添得我泪珠偷墮。怪道與我手帕之時，對我道：『妹子你聰明人，不用小生細説，休要煩惱。』又説道：『縱使事非得已，也勢必一樣相看的。』這句句都已有意了。〔泪介〕

【么】他將這甜話兒將人籠絡，啞謎兒要人猜破。咳，我枉自對他喏多話説。再休提花前相誓，燈前相訂，星前相托。叮嚀他莫情多休行錯，又把那閑花偷卧。那知他恁心邪早勾了別個。

【四邊静】思量起，羞難躲，悔不了輕托終身事果訛。反無端壘個愁窩。料從今好事成耽擱〔四〕。鍾生，鍾生，你把這美前程結果了他，兀的不下場頭撇開了我。

〔老旦持書仝净急上〕羽書一騎飛來急，故國千程望去遥。〔小旦急袖帕起見介〕母親何事這等慌張？〔老〕孩兒不好了，那崆峒潛兵來取淮安，你爹爹着飛報寄書前來，叫我們作速收拾出城，扮作民間婦女，竟回家鄉。事不宜遲，奶娘，快快收拾同行。〔小旦驚哭介〕有這等事，孩兒病體纏痊，如何是好？〔老旦哭介〕兒，這也説不得了。

【結尾】〔小旦〕聞言不覺魂驚墮，滿路裏干戈怎躲？天那，休道俺薄命女生小合流離，怎教你爲官婦到老還遷播。

〔老〕孤城落日鬬兵稀，高適。〔净〕賺得佳人出綉闈。元凛。

〔小旦〕怕是有家歸未得，杜牧。〔合〕明朝應做斷蓬飛。王之涣。

評　點：

〔一〕纔起復卧，既卧復起，悶極無聊。情景如畫，詞亦秀折清圓，濯濯可愛。

〔二〕如抽藕絲，如剥蕉心，且字字本色諦當，逼真元人風味。

〔三〕此時猶是平心之語，故用自己并説，妙。

〔四〕始終無一懈筆。

# 第二十五齣　媒阻

【南吕過曲】【懶畫眉】〔生上，丑背包病容隨上〕兩擔愁緒一肩挑，一點痴魂兩處飄。那厢含醋這厢焦，宫花何日分頭報，做個品字吹簫把鳳招〔一〕。小生前與麗妹相别，見他無邊愁緒，只怕我負彼蓮盟，另婚他姓。所以文小姐之事，不便明言，只得將那香羅帕兒，留爲表記。料他明人自解，以爲异日兩全之地。但未知别後醋意何如耳。且喜到京，訪問楊公出使已回，文公起任春官，一同在此，豈非姻緣輻輳乎〔二〕。來此已是楊公私宅，門上有人麽？〔雜上問介〕〔生〕小生姓鍾，江南到此，敢煩通報。〔雜〕老爺有請。〔小生上〕彈冠莫道無人慶，倒屣須知有客來。誰在此？〔雜〕江南鍾相公求見。〔小生〕快有請。〔雜請生入見介〕恭喜大人出使皇華，君言不辱，只是莫非王事，我獨賢勞。〔小生〕弟乃職分當然，何勞過譽。而今恩科特啓，吾兄宿學奇才，此來定膺高選矣。〔生〕這還在次，到是文府姻親，一時狂悖，辜負盛心，還望始終玉成，必當厚報[三]。〔小生〕正要問兄，昔年文公親來奉訪，相待如何？〔生〕那時小生已往淮揚探看姑母，未曾會面。〔小生驚介〕這又奇了。〔生〕大人爲何如此？〔小生〕文公前在毗陵，途遇小弟，還托爲兄作伐，所以回京即向提起，誰知後來呵！

【仙侣過曲】【桂枝香】把卦來變了[四]，反心煩意惱。好姻緣一筆勾消，惡語言將人譏誚。怒沖沖太驕，怒沖沖太驕。難參難料，敢怕中萋菲舌巧[五]。〔生沉吟介〕〔小生〕吾兄具此雄才，豈無佳配？任妝奩待你千金賦獻添榮耀。少甚百寶妝賠果富豪。

〔生背介〕文公如此光景，莫非夢兒中香羅事發也[六]。〔生驚介〕有這等事？且問他譏誚些甚麼？〔小生〕道吾兄有才無行，却又不肯明言，

【前腔】怎把這空花幻泡，真認做鸞顛鳳倒。休道俺太痴狂罪業難消。小姐，還慮你素清白名兒污了。小生此事除天知地知，止有小姐自知，不過把新詩訂交，把新詩訂交，盟言先照，又不曾夜走臨邛道。太蹊蹺。我恨没崑崙技把紅綃盗。文公，文公，豈不聞賈午香應韓壽招。

〔小生〕當初文公托我爲媒，吾兄再三推辭，如今文公不允，又何繫情之深也？〔生〕事已至此，不敢相瞞。小生向曾夢一美人，結爲夫婦。醒來一點痴情，必欲求得夢中之人爲配。所以不敢漫結姻親，致方尊命。後來尋到金陵，剛剛得遇文府小姐，誰知竟是我夢中美人[七]。〔小生〕不信有這

等奇事？〔生〕大人還不知道，那小姐也夢見小生。〔小生〕這更奇了。且住，小姐之夢，吾兄如何曉得〔八〕？〔生〕那文府花園就在秦淮堤畔，小生偶見門開步入，恰好小姐園中游玩，只見一幅香羅，剛剛落下，小生拾來一看，帕上題詩一首，就爲夢見小生有感而作。〔小生〕這也湊巧。那小姐見兄如何？〔生〕小姐已歸房去，只見一侍兒出來，尋取羅帕。小生因和詩一首，求他寄與小姐。小姐又叠前韵，轉贈小生，就將香羅爲記，定下鸞盟。〔小生不語，想介〕哎呀，據兄所言，雖係才士不羈，亦非學人所重，文公含怒不言，莫非稍稍知覺〔九〕？這婚姻竟難再提了。〔生〕如果其事不成，小生即情願終身不娶，以報小姐此情便了。〔泪介〕〔小生〕兄且莫悲，小弟還有一計在此。〔生〕計將安出？〔小生〕文公東床之選尚未有人，如今恩科之詔，不論舉監生員，山林隱逸，一體收録〔一〇〕。吾兄何不棄此黌門，改一姓名，小弟現任禮部郎官，替你入册赴考。大魁之後，再去求親，諒無不允〔一一〕。〔生喜介〕此計甚妙。就改姓齊名諧，連籍貫亦改入金陵便了〔一二〕。

【前腔】蒼天暗禱，願青雲步早。那夜與麗妹相別時節，止愁金屋小難貯雙嬌，姊妹行多生妒惱〔一三〕。又誰知漲藍橋水高，漲藍橋水高。火焚祆廟，怎心灰罷了。恨難消，且待禹門雷動騰三級，少不得銅雀春深鎖二喬〔一四〕。

請問御試，准在何時？〔小生〕旨意原在冬間，如今又改在明春了〔一五〕。〔生〕爲何？

【前腔】〔小生〕爲崆峒兵擾，怕山河失保。待蒼茫麟閣功成，權耽擱鳳池春老。〔生〕崆峒小寇，已有蔡、陰二都督提兵合剿，自然不日奏功，爲何朝廷如此震恐。〔小生〕吾兄原來不知，那陰紅向徐州進發，誰知崆峒不與交戰，潛兵暗襲淮城，故此淮揚告警，聖主憂心。〔生驚介〕呀，淮城一破，陰都督家眷定陷賊手矣。〔小生〕這還未見報到。〔生〕陡教人暗焦，陡教人暗焦。他安危難料。這禍灾非小。我想文小姐之事，此時在京無益，若麗妹遭此亂離，焉可坐視？繫心苗，孱孱弱質怎經慣，脉脉驚魂未可招。

大人，試期尚早，今姑母現困淮城，意欲到彼一探，方纔放心〔一六〕。〔小生〕亂軍之中，如何可去？〔生〕小生自會相機而行，只是書童一路來，感受風寒，未能隨往，意欲權留大人身邊，未知可否？〔小生〕這却何妨？小弟冬間府道兼掣，不久也要出京〔一七〕，就叫他住在我家，候兄回京便了。〔生〕如此甚好。

【尾聲】烽烟警，至戚遥。〔小生〕莫誤了臚頭高唱誇街早。〔生〕大人，還留心割斷紅絲與我再續膠〔一八〕。

〔小生〕可是漂漂愛浪游，鄭谷。知君兩地隔離憂。權德輿。

〔生〕自緣今日人心變，鄭谷。結得同心又種愁。李益。

## 評點：

〔一〕如花鮮艷，似玉玲瓏。

〔二〕先作滿心暢意，反入有勢。

〔三〕想見急情。

〔四〕四字直似半空霹靂。

〔五〕暗合的妙。

〔六〕疑的妙甚。

〔七〕小小結束，令前後關節俱醒，如行龍之有腰結。

〔八〕問的好。

〔九〕恰合前情，安得不亦錯認？

〔一〇〕窮秀才值得甚麽，不意其言應於此處。

〔一一〕又伏下。

〔一二〕《莊子·齊諧》志怪者也，取名亦有意。

〔一三〕實寫這邊，又回映那邊。

〔一四〕天然妙對。

〔一五〕前文頓住，此下又起一波。

〔一六〕前尋夢中美人，等不到次早，今聞麗妹急難，待不得僕痊，俱寫出急情痴境。

〔一七〕伏下杭州知府。

〔一八〕歸本題。

# 第二十六齣　勸順

【黄鐘引子】【點絳唇】〔末戎妝領衆上〕殺氣横秋，黄塵掩日。寒風嘯，矢志精忠，何日除腥臊。

【集唐】日日風吹虜騎塵，隔河征戰幾歸人。胸中别有安邊計，虎鬥雌雄勢已分。下官回兵淮上，恰與賊遇，喜得夫人、女兒得信東歸，城池固守無恙。下官就在城外扎營，以爲犄角，連交數陣，未見輸贏。昨又打下戰書，約定今日會戰。左右將官，聽吾號令。〔外、小生、净、丑上〕衆將打恭。〔末〕左營將官聽令。你領一支人馬，青盔青甲，青馬青旂，按左青龍埋伏路東，遇賊攔殺，不許放過，違令者斬。〔外應下〕〔末〕右營將官聽令，你領一支人馬，白盔白甲，白馬白旂，按右白虎埋伏路西，遇賊攔殺，不許放過，違令者斬。〔小生應下〕〔末〕前營將官聽令，你領一支人馬，朱盔朱甲，赤馬赤旂，按前朱雀埋伏路南，遇賊攔殺，不許放過，違令者斬。〔净應下〕〔末〕後營將官聽令，你領一支人馬，皂盔皂甲，黑馬黑旂，按後玄武埋伏路北，遇賊攔殺，不許放過，違令者斬。〔丑應下〕〔末〕大小三軍，排成陣勢，就此交兵。〔三旦戎妝領衆上調陣介〕〔小旦、旦戰敗先下〕〔末衆圍貼，貼破圍殺奔下〕〔末〕賊已敗逃，可追上前去。〔末衆下〕〔貼奔上〕好殺也。

【北醉花陰】正撞入地網天羅，似銀墻架。小么兒分開兩下，俺雖是一捻腰叉，但比着男兒漢没的争差。〔内鳴金喊介〕〔貼〕呀，一時間金鼓連天炸，你那裏點三軍列似麻。俺可也據征鞍全不怕。

〔末衆上，貼交戰，敗走，末追下〕〔生背包行上〕

【南畫眉序】没時多，滿目干戈生奇禍，爲痴情不下。敢憚奔波，蹈虎口探看姻親，走羊腸，尋覓嫦娥。一路問來，果然兵打淮安，猶喜城池未破，但不知麗妹如何。驚惶，好生憂念，過了黄河渡口，已近淮城，怎敢亂進。看鬧環叠石似層巒錯，料人情險窄也無過〔二〕。

〔生下〕〔外上〕奉元帥之令，埋伏路東，果見賊人來到也。〔貼上交戰，外攔住鬼門下〕〔貼望介〕呀！

【北喜遷鶯】一字兒鐵錚錚明盔亮甲，一片地亂篩篩怒鼓哀笳，一會家叫喳喳兩邊伏發。好教俺血路冲開日已斜。坐下馬腰下鸞弓挂，血涔涔劍染霜花。

〔貼下〕〔小生上〕奉元帥之令，埋伏路西，果見賊人來到也。〔貼上交戰敗走，小生追下〕〔生行上〕

【南滴滴金】路迢遥趕不上紅輪墮，籠西山幾處愁雲鎖。繞孤村一帶寒烟抹〔二〕。〔内喊介〕〔生驚介〕呀，忽聽得吆吆喝喝，唬得我潛潛躲躲。驀地裏驚魂着地摩，是何方兵到也，難生活。

〔急奔下〕〔貼奔上〕呀！

【北刮地風】殺得俺氣冲冲怒轉加，刮喇喇走石飛沙。説甚麼惡狠狠牛頭夜叉，威凛凛烏喙獠牙。便是這槍挑的拖開兩下，刀斫的剁作三花，也不讓催命判勾牌夜發。只見那一個個披肩帶臂，一聲聲覓子尋爺，好叫俺染征袍血點凌波襪。作不得假慈悲低眉的女菩薩，也不比慣猙獰怒目的母羅刹〔三〕。〔貼欲下，净上，攔介〕賊婦休走，俺奉元帥之令，在此等候多時了。〔貼不答，交戰敗走，净追下〕〔生奔上〕

【南滴溜子】猛然間，猛然間，干戈齊作，滿路裏，滿路裏，屍横血潑。叫我前難進，後怎脱。趁黄昏轉過亂山坡。舉目烽烟，何方住托？

〔急奔下〕〔貼丑對殺上〕〔貼〕來將何人？擋我去路。〔丑〕俺乃陰元帥麾下後營將軍，等在此取你首級，快下馬受死。〔貼〕休得饒舌，放馬過來。〔貼戰敗，丑擋住鬼門下〕〔貼〕呀！

【北四門子】自從日初升到月又斜〔四〕。殺殺殺，殺得來體倦麻。軟酥酥，難將寶劍拿。金蓮小，怎將雙鐙踏，柳腰酸，怎把雕鞍跨。透征衫香汗和塵灑。喘吁吁，背上盤龍挂〔五〕。

〔内呐喊,貼急望介〕呀,他那裏殺騰騰旌旗四野變龍蛇,俺這裏急茫茫單人獨馬來山下。〔末、外、小生、净、丑齊上,圍貼次第交戰介〕〔雜扮彌勒佛上,引貼下〕〔六〕〔末〕呀,一霎時,狂風大作,走石飛沙,四處黑霧迷天,崆峒走脱,不知去向,且各自收兵回營,再作計較。〔衆齊下〕〔生急奔上〕

【南鮑老催】何方住托?何方住托?此間一所古廟,且進去將門掩上,上面一位金身,黑暗中不知是何神佛,則願佑庇些個。〔拜介〕念書生怎慣這閑兵火,叩尊神早脱離奇灾禍。〔貼奔上〕好殺也。不期今日敗陣,二妹不知下落,止俺一人一騎,冲鋒而逃。方纔狂風大作,黑霧迷天,前面一道金光現出一條大道,俺便隨着光亮,直逃到此,原來是所古廟〔七〕。〔作推門入介〕呀,上面一尊彌勒佛。〔拜介〕原來我崆峒,多蒙佛力慈悲脱此大難,异日重修廟宇,再塑金身。〔做倒地困睡介〕〔生出張見驚介〕〔又四望復回看點頭嘆介〕這,這分明戰敗逃來,困倒在此。看他打扮妖嬈,青春年少,喜得霧開雲散,月色微明,待俺仔細一看〔八〕。〔細視介〕原來是員女將。聞得謀反的,正是甚麽崆峒公主,自然是個女人思麽。女元戎飛來不錯。咳,月光之下,一表非凡,是好一個女子,怎造下這彌天罪孽來〔九〕。看他臉桃花星眼朦朧合,血模糊鸞帶纖腰鎖〔一〇〕。此時若遇官兵,有誰憐惜?早斷送女英雄,無結果。〔貼醒,見生,驚起,拔劍欲殺介〕那漢子漫來。〔生急避摇手介〕女將軍不必動手,小生避兵在此,并非歹人。〔貼〕原來是一秀才。〔生〕女將軍莫非就是崆峒公主麽？爲何隻身至此？敢是臨陣失機了。〔貼〕然也。〔生〕咳，我看你容貌端妍，英風卓犖，若能歸順朝廷，何愁富貴？奈何兵弄潢池，身投法網，况今天兵雲集，一騎潛逃，倘被擒拿，有誰憐惜？還須三思。〔貼背介〕這生真有情之言也〔一一〕。方纔昏睡之時，若遇他人，必遭擒害，吾命休矣。

【北水仙子】呀呀呀，非是他閑嗑牙。險險險，險斷送臂似輕猿貌似花。幸幸幸，幸金光接引到水雲家。嘆嘆嘆，嘆殘生已棄剛留下。秀才姓甚名誰？何方人氏？〔生〕小生姓鍾名心，姑蘇洞庭山人。不瞞你説，那淮揚帥府是我姑父。你若果投降，我可一力保全，不失富貴。〔貼嘆介〕秀才句句良言，但大明與我祖父敵國之仇，奚忍反顔臣事？况纔重圍之内，若非佛力慈悲，顯現金光，引我至此，焉得保全性命？還想甚人間富貴。不如跳出紅塵，脱離色界，天涯海角，了此殘生，却不是好？俺俺俺，悔從前一念差。你你你，似菩提點化咱。也罷，我還有兩個妹子，他不知我存亡，必然負固不服。我今將戰袍割下半幅，咬破指尖，血書數句，與你帶回淮揚帥府。不必興師動衆，只消遣一偏裨，將此斷袍血書送到我崆峒山寨，交與二妹，彼必率衆歸降。只要秀才一力保全，切勿傷其性命〔一二〕。〔生〕如此甚好。〔貼割袍咬指寫書付生介〕再再再，再不教螳螂逞臂怒當車。早早早，早戰袍蘸血把降書寫。你看這寺中有僧家遺下現成衣帽在此，待我改换衣妝，分途去罷。笑笑笑，笑收場結果一領舊袈裟〔一三〕。

〔貼改妝介〕鼙鼓厭聽聽發鼓，戎衣不着着緇衣。秀才請了。〔下〕〔生〕呀，看他竟自去了，好一個血性女子〔一四〕。不免收拾了戰袍，往姑父營中去也。

【南尾聲】從今後崆峒洞裏干戈罷，則被俺片言規正女嬌娃。直教他收拾心猿和意馬。

甲兵無處可安居，郎士元。終見降王走副車。李商隱。

天子預開麟閣待，岑參。不知功業是誰書。高駢。

評點：

〔一〕暗照《餓陷》一筆。

〔二〕詞中有畫。

〔三〕伏崆峒善根。

〔四〕極寫鏖戰。

〔五〕轟雷掣電，亦復舞鳳翔鸞。

〔六〕亦用彌勒作引，天然串合。

〔七〕幻筆生動。

〔八〕隨手照應，絶不費力。

〔九〕憐惜處便覺有情。

〔一〇〕忙中艷語。

〔一一〕情能動物如此。

〔一二〕後來奏請朝廷，赦免其罪，正是不肯失信於崆峒。

〔一三〕好收場，好結果，人能拋却，崆峒自成歡喜佛相，那得不長笑呵呵耶。

〔一四〕拂袖歸禪，實非血性不能。

# 第二十七齣　許姻

【仙呂引子】【番卜算】〔末領衆上〕半壁作藩籬，慚愧郊生壘，將軍八面仗天威，怖得妖氛退。

下官昨日一陣，賊人將次就擒，又被單騎逃脱。今早探子來報，賊已由海退歸崆峒。淮城圍解，本欲移會左軍都督蔡節，一起乘勝，搗其巢穴。奈猶未知虚實。且我軍屢戰勞疲，未可輕進，只得收兵進城，權且休息，别作良圖。〔外扮中軍上〕稟元帥，城外有一秀才，口稱姓鍾名心，有機密事求見。〔末〕快請進來。〔外引生上〕兵戈密密深如海，炮石層層吼作雷。〔見介〕〔末〕恩科期近，已聞賢侄上國觀光，淮城危地，忽睹文旌，令人驚喜交集。〔生〕前番侄兒晋謁，正值姑父奉詔出師，蒙姑母留住署中，及至拜别赴京，不意恩科又改在明春了。〔末〕却是爲何？〔生〕只爲淮城受困，聖主憂心，故此暫停文試，期奏武功。

【仙吕入雙調】【過曲】【四塊金】待把勤王策施，曠典權中止。侄兒呵，天涯遠思，冒險輕來此。黄昏震鼓鼙，潛身避古祠。只見一員女將，戰敗逃來，口稱崆峒公主。侄兒大着膽子，竟將幾句言語，説他投降。他忽省悟前非，改邪歸正，情願出家雲游。又將戰袍割下半幅，咬破指尖，血書數句。叫侄兒送上姑父，不須興師動衆，只消遣一偏裨，將此送至崆峒。叫他兩個妹子，率衆歸降。但求保奏朝廷，赦彼之罪。〔末〕如今崆峒安在？〔生〕他見廟中僧家遺下袍帽現成，隨即改换衣裝，不知何往。〔末〕有這等事？〔生呈戰袍末看介〕這血書果然寫得懇切。我今就差一裨將，送至崆峒，一面奏明，請旨招安。賢侄之功不小矣。雖是他轉意回心，須得你伶牙俐齒。好言詞，抵過文章，博得金紫。

〔生〕淮城被困，姑母、妹子未免受驚，願求一見。〔末〕我前探知賊人潛兵赴淮，隨着飛報來此，叫他們自回家鄉去了。〔生驚介〕侄兒一路來，聞得江南盗賊横行，他婦女如何行走？〔末〕我亦甚是挂懷。

【前腔】只爲披堅在兹，怎遂寧家志。遭時亂離，遠望多愁思。〔生〕也罷，待侄兒一路打探前去。徑到諸暨，看他回與未回，省得放心不下。〔末〕如此關切，足見至情。我一向欲將麗娟孩兒與你爲配，只因王事在躬，無從議及，今欲就此軍中一言爲定，意下如何？温家前事師，良緣訂在兹。〔生喜介〕若蒙錯愛，生死不忘。侄兒還有一言，敢先向姑父請罪。〔末〕但説不妨。〔生〕侄兒昨到京中，已蒙宗伯文老先生許及姻親。但求姑父破格垂慈，容侄兒兩存其美，姊妹相稱，并無差別〔一〕。〔跪介〕〔末〕罷了，一言既出，駟馬難追，只是日後休要虧了小女。〔生〕若有异心，皇天不佑。姑父請上，待侄兒拜謝。〔拜介〕蒙异日許納雙媛羨，今日叨居半子，喜孜孜，親上加親，美中遇美〔二〕。

【尾聲】〔末〕風流果是吾家婿，〔生〕喜公私兩件俱全美。〔合〕方信道一語强如十萬師。

〔生〕山川龍戰血漫漫，胡曾。楚水吴山道路難。賈至。

〔末〕少婦不知歸未得，盧弼。憑君傳語報平安。岑參。

評　點：

〔一〕預爲文小姐地步，是極。

〔二〕清脆。

# 第二十八齣　鏖陷

【黄鐘引子】【玉女步瑞雲】【傳言玉女】〔净上〕怒種心頭，起殺機不禁眉皺。【瑞雲濃】略洗却當年顔厚。

畫虎未成君莫笑，安排牙爪好驚人。下官蔡節，奉旨與陰紅合剿崆峒。昨探得陰紅一陣殺得崆峒大敗，只剩一騎而逃，恰遇秀才鍾心游説，他便割袍血書爲誓，交鍾心送與陰紅，差人到他山寨，招服餘從，一并歸降。那公主早已不知去向，又聽得鍾心、陰紅，已有婚姻之約，想起前情，可羞可惱。況今彼既有功，我豈無罪？爲此心生一計，已着心腹家將，帶領輕騎趕上，將他差官殺了，斷袍取回藏過，再假作陰紅私書一封，説他與賊勾通，斷袍爲誓，暗獻淮城〔一〕。一面飛奏朝廷，一面將陰紅拿問，連鍾心一并煅煉成獄，方可出俺之氣也。且待家將回來，自有道理。

【過曲】【三段子】〔丑扮家將領衆背包上〕風馳雨驟，奉親差神機密謀。星飛電流，逢狹路人驚鬼愁。〔見介〕小將奉令，兩日兩夜將陰紅差往崆峒偏將一員，趕上殺了，取得首級，并血書斷袍呈上。〔開包呈上首級斷袍介〕這是淋漓一顆差官首，這是斷袍半幅襟和袖。血字親書一并投。

〔净喜介〕幹得好，快當，可將斷袍藏過，首級埋了〔二〕。就着你爲前部帶領人馬，和我同到淮城，將陰紅拿下，回來一并領賞。〔丑〕得令。〔行介〕

【滴溜子】陰紅的，陰紅的，通連反寇。奉聖旨，奉聖旨，拿來嚴究。這機謀休教泄漏。都只爲前讎，將没作有，有隙堪投，怎甘罷休。

〔衆〕已到淮城，陰都督快出城迎接，有聖旨到。〔末領衆上〕〔净〕聖旨已到，跪聽宣讀。詔曰：陰紅奉旨討賊，乃將就擒賊首，縱令潛逃。又令女婿鍾心來往勾通，斷袍爲誓，暗獻淮城，大逆已極。着左都督蔡節將陰紅、鍾心立刻拿問，家屬監禁候旨，其右都督印務即着蔡節兼理。謝恩。〔衆拿末，上刑具介〕〔末〕聖上、聖上，俺陰紅赤心報國，怎説與賊勾通？兀的不屈殺微臣也。

【降黄龍】自總兵戎，忝皇恩未報，此志無窮。誓長繩繫虜，不戰成功。奈天朝不察愚忠。空空。出師未捷先禍到，英雄堪痛。〔净〕鍾心安在？〔末〕久已不在此間。〔净冷笑介〕如今奉旨拿人，不比聘請入幕，怎説個不在便罷？〔末背介〕這厮前釁未忘，吾命休矣。這冤家相逢狹路，拚一命血染青鋒。

〔衆哭介〕軍士送老爺。〔末泪介〕衆軍士呵！

【前腔】冲冲。再休題劍倚崆峒，和你們同甘共苦，汗馬論功〔三〕。〔衆〕老爺忠心貫日，猶被奇冤，我等衆軍，尚有何望？〔末〕生死自有大數，你們都要盡忠報國，切莫以我爲念。休念我含冤負痛，須博得閣上麟封。〔净喝衆軍下〕〔净〕家將過來，鍾心既已在逃，可即畫影圖形，沿門搜捕，并提追陰紅家屬，監禁候旨。〔丑應介〕〔末嘆介〕下官猛拚一死，以報國恩，只是連累夫人、女兒無辜也。斷送怨魄凄魂，向夜月西風含痛。説甚麽命夫命婦，怕不做囚首飛蓬。

〔净〕左右將陰紅上了囚車，帶回京江，再行勘問。〔衆應，行介〕

【黄龍滚】檻車坐在中，檻車坐在中。四面兵戈擁，巡視謹提防，這是通連反案休寬縱。只見滚滚風悲，冥冥雲曹。霎時間印綬解，兵符送。

【尾聲】平生志，一旦空。嘆英雄到此成何用？直教人回首恩讎心暗恐。輸贏須待局終頭，白居易。讒謗潛來起百憂。翁綬。無罪見誅功不賞，王翰。丈夫俱合等閑休。楊牢。

評　點：

〔一〕陰森。

〔二〕伏。

〔三〕悲壯。

# 第二十九齣　復寇

【商調引子】【繞地游】〔小旦、旦同上〕風飄雁影，挫得雄威罄。小崆峒無人定鼎，拚把窠巢再整。只怕他天涯亡命，但思來教人泪零。

〔旦〕吾乃賽百花。〔小旦〕吾乃勝木蘭。〔旦〕三妹，俺們前被陰紅一陣，殺得大敗虧輸。大姐忽然冲散，未卜存亡，我二人逃得性命，帶領敗殘人馬，由海道遁歸崆峒。連着嘍囉打聽大姐消息，并無影響，如何是好？〔小旦〕二姐，俺昨又着嘍囉打探去了，待他回來，再做道理。〔旦嘆介〕想俺姊妹們起兵以來呵！

【過曲】【猫兒墜】崆峒雖小，據險可揚兵。〔小旦〕便是那莽和尚恁般耐戰，也教烈火烹來一命傾〔一〕。誰知前日一敗，好不羞人。〔合〕這番鏖戰幾曾經，魂驚，只落得唤死聲聲，險些兒軟兀剌昏迷不醒〔二〕。〔雜扮嘍囉上〕天地未開留殺氣，朝廷多暗損元勛。稟上二位女將軍，小人奉令，直至淮安，周圍五百里内細細打聽，并無公主下落。到探得一樁喜事，特來報知。〔二旦泪介〕姐姐并無下落，這却怎了，探子，你探得甚麽喜事？快快説來。

【黄鶯兒】〔雜〕只見飛旨到淮城，把元勛一旦傾。〔二旦〕難道陰都督奉旨拿問了？爲着何事？〔雜〕道他與俺通同叛逆，暗獻淮城，就教蔡節將他拿問，統領其軍。〔二旦〕這又奇了，莫非就是蔡節忌其功勞，將他讒害？喜干城自損兵難勁。那蔡節如何舉動？〔雜〕聞他奏明朝廷，只教固守城池，不可輕動。絶闐闐鼓聲，冷遥遥旆旌，再無人敢向崆峒境。〔旦〕三妹，陰紅既去，蔡節是俺手下敗將，不足爲慮〔三〕。你可領兵由海道直打淮安，我由陸路攻掠徐揚，兩路打聽大姐消息，同會金陵便了。〔小旦〕二姐言之有理。〔合〕漫潛形，養精蓄鋭，磨刃再相争。

【尾聲】分兵去，會秣陵，還待尋則天皇帝，把坤乾定〔四〕。蔡節、蔡節，則叫你敗將聞知吃一驚。

干戈未定各爲君，張子容。北望衡陽雁斷群。沈佺期。
休説艱難但酣戰，杜甫。漢家自失李將軍。李祐。

評　點：

〔一〕映帶前文，都有意味。
〔二〕字字雙關，令人絶倒。
〔三〕特着蔡節之罪。
〔四〕『坤乾』二字，典雅切當。

## 第三十齣　途散

【南呂引子】【一枝花】〔老旦、小旦、净背包仝上〕自憐生命蹇，兵燹罹灾變。風餐并水宿，誰經慣覆地翻天。步步心驚戰，迢迢行路遠。夢到家園，又被野樹西風叫轉〔一〕。〔踏莎行〕〔老〕亂離時，深秋節，人到衰年，難把關山越。〔小旦〕狼狽一身愁萬疊，回首爹行，已是閑雲隔。〔净〕草初黄，霜漸白，似雨如烟，四野風悲咽。〔合〕最怕黄昏人影絶，戍鼓頻催，鬼魅聲相接〔二〕。〔老〕孩兒，我和你自離淮城，一路兵馬紛馳，侍從逃散，只得奶娘一人相隨不捨。行了月餘，走不出儀揚地界，但聞盗賊益發猖狂，總不知你爹爹消息，真是一日千思，寸腸萬斷。〔小旦〕母親，孩兒想起爹爹晚歲興戎，杳無音信，看着母親衰年行路，難替艱辛，心緒千迴，愁腸百結。〔抱哭介〕正是當年那識生離苦，今日方知行路難。

【過曲】【二犯香羅帶】〔老〕寒山衰草連愁雲幾片，刺骨秋風冷更尖。孩兒，你嬌羞從未出人前也。今日拋頭面，受苦煎，摧殘弱質向誰言〔三〕。〔合〕早不覺形疲力倦，空只把泪珠彈。破雲烟，何處是家鄉故園？

【前腔】〔小旦〕花容只自憐，行行氣喘，再休題嬌養從來在畫閣前。母親，你殘軀病骨早衰年也。待我相扶襯，足危顛，時乖一様受迍邅〔四〕。〔合前〕

【前腔】〔老、小旦合〕漁陽鼙鼓喧，柔腸寸剪，怎放下戎馬沙場一老年。聽風聲鶴唳早心懸也。盼不着凶和吉，信音傳，干戈何日靖狼烟〔五〕。〔合前〕

〔内喊殺介〕〔老、小旦、净齊望驚介〕呀，前面喊聲大震，一隊人馬殺來，向何方躲避是好？〔抱哭介〕

【前腔】兵戈來半天，風沙撲面，骨軟筋酥步不前。同拚一命葬平原也。魂和魄相依戀，身無兩翼怎生全。〔合前〕

〔雜扮逃難男女亂奔上〕〔老、净、小旦冲散各相叫，齊下〕〔旦領兵上〕吾乃賽百花，自聞陰紅拿問，依然反出崆峒，分兵南下，直至丹陽。孩兒們快前進也。〔殺下〕〔老哭上〕我兒那裏？〔净哭上叫小姐介〕

【仙吕過曲】【長拍】〔老〕人馬喧闐，人馬喧闐，孩兒不見，向人深處都尋遍。兒只愁你鞋弓襪小，怎生教摩嶺盤川。那知道拆散無邊，落後與奔前，教我前難進退又難轉，叫得來氣短喉乾悲自咽。猛聽得唤娘聲在那阡。急跟尋盼不着嬌兒面，只落得愁腸慽慽，血泪涓涓〔六〕。

【短拍】母子零丁，母子零丁。怎生割遣。兒閃下你流落荒原，何日尋伊見，痛此去山遥水遠，望天涯存亡未保，到不如我先一命赴幽泉。

〔老叫兒、净叫小姐，仝哭下〕〔小旦哭上〕

【仙吕入雙調】【嘉慶子】鬧炒炒兵戈來不遠，急茫茫逃生勢湧泉，亂紛紛失散慈親面。心兒墜，泪兒懸，纔顧後，又瞻前。

【尹令】娘，我和你手兒相攣，我和你衣兒相牽，剛擠脱影兒不見。天昏地暗，兩下分離痛怎言？

【品令】風催雲捲，人亂語聲喧，叫娘千遍，知他在那邊。料他行也難聽見。那更路途行不便，腰肢酸又軟，慌的來打個磨旋，蹴損金蓮。一霎時不辨東西跌向前〔七〕。

【江兒水】只見霧鎖疏林暗，起暮烟，凄凉四野風兒旋。待栖身投向誰家院。怕孤身撞着男兒面。娘嗄，你那裏尋兒兒不見，望眼連天，怎奈我呼娘又遠。

【川撥棹】空嗟怨，漫行來怯又單。呀，遥望見野水平川，遥望見野水平川。獨自個女孩家怎生進前。且住，我今獨赴前途，倘逢强暴，如何是好？〔哭介〕罷罷罷，步入在此河中尋個自盡罷。要全貞一命捐，莫時乖錯上船。

【前腔换頭】欲赴長流心自轉，痛從此爹娘暮景單，現凄其膝下誰憐，現凄其膝下誰憐。只一個女孩兒枉然。便是鍾家哥哥呵〔八〕，料今生難再圓，要相逢是夢邊。

【倒拖船】〔丑女扮背包上〕維揚人氏家緣蹇，家緣蹇。爲媒度日生涯遣，生涯遣。衣包獨背逃兵變。天已暮，足快前，趕村坊，投古院。呀，哭聲兒何處恁凄然。

老身姓嚴，揚州人氏，因兵荒逃難出來，遠聞啼哭之聲，原來一位小娘子在此。

【園林好】隱隱的容嬌貌妍〔九〕，相生來定非貧賤。端的是誰家宅眷，因甚的恁顛連，身痛倒在河邊。

【前腔】〔小旦〕念奴家名門淑媛。〔丑〕是小姐，請問尊姓芳名？〔小旦〕奴家陰氏，小字麗娟，父親現任淮揚都督。〔丑驚介〕爲何在此？〔小旦〕母子們家園共轉。〔丑〕令堂爲何不見？〔小旦〕人亂裏分離去遠。〔丑〕可憐，可憐。請問小姐家在何方？欲投何處？〔小旦〕奴家諸暨人氏。〔哭介〕媽媽，身獨自怎歸旋，拚自盡在沉淵。

〔丑〕小姐不須啼哭，老身姓嚴，也是逃難到此。小姐如慮孤身，何不同老身一處。此間瓜州地面，聞賊兵已過江南，小姐歸途有阻，不若沿江北去，待干戈平静，送你回家，意下如何？〔小旦〕若蒙携帶，感若重生。〔丑〕天色已晚，且向人家尋宿去。

【尾聲】〔小旦〕謝相携恩不淺。〔丑〕看寂寂林間燈火燃。〔小旦哭介〕痛今宵拆散俺娘兒兩下眠。

〔小〕角聲孤起夕陽樓，杜牧。〔丑〕岐路空歸野水流。司空曙。
〔旦〕今日亂離尋不得，杜甫。〔合〕烟波江上使人愁。崔灝。

評　點：

〔一〕句法蒼老。

〔二〕畫出亂離時景象。
〔三〕此母憐女。
〔四〕此女痛母。
〔五〕此母女同憶征人，一詞一意，絶不犯重。
〔六〕真切，無一浮詞。
〔七〕更寫得悲痛淋漓，有聲有泪，如此過接文字，亦復不苟。
〔八〕并顧鍾生，逼真情理。
〔九〕隱隱二字切暮景。

# 第三十一齣　緝誤

〔净、外仝上〕官府作事威，書差個個肥。官兒清寡辣，衙役都飢殺。自家杭州府快手是也。這新任太爺姓楊名穀〔一〕，到任以來，刑寬政簡。那些當門户的白不能討得一差，今日忽然發下天大一件公事，奉旨緝拿通連反寇同謀欽犯一名鍾心，拿獲者官給賞錢五十貫，哥不知可有這造化呢。〔外〕你不知道，天下十三省，都有榜文圖形緝訪，怎合巧在你杭州城？〔净〕正是。昨日太爺分付，拿到時先送内衙審問，不許聲揚，又不知甚麽意思〔二〕。〔外〕管他鳥事，將告示張挂起來，在此

坐地便了。〔做張示虛下〕

【商調過曲】【山坡羊】〔生雨傘背包上〕白漫漫雲深樹杪，亂紛紛風狂雪攪。寒颼颼背折腰駝，急茫茫不顧頭和腦。吼松濤，難撐破傘梢。〔跌介〕原來堤深雪積堆難掃，石裂冰寒凍不消。蕭條。比似俺戰兢兢僵卧倒。多嬌。虧殺你冷侵侵怎打熬。

〔浣溪紗〕柳絮迎風着地輕，六花飛出碧天明。碎瓊踏處玉留痕，作客經年如斷梗。尋人終日等浮萍，却愁無路覓多情。小生因放麗妹不下，自淮城別過姑父，追趕前來。到了諸暨，訪他舊宅，只見重門封鎖，尚未歸家。必是行路多艱，途中有阻。只得取路回來，沿途細訪。又遇一天大雪。〔嘆介〕咳，怎知文小姐婚姻陡變，麗妹又遭此亂離，兩樁現成親事，如今都音信茫茫。好心憂也。説話之間，早是西湖之上。

【前腔】我只見雪霏霏西湖白了，似褪紅妝衣來素縞。古人云，若把西湖比西子，淡妝濃抹也相宜。小生今日看來，果與我兩個美人一種皎潔容光，不相上下。儼秋波瀲灩含嬌，似粉黛朝來剛淡掃。黯魂飄。遲遲過六橋。寒潮一抹湖光耀，野霧千層寺影遥。心焦。覓佳人音信杳。非喬。甚心情問濁醪〔三〕。

這雪越下大了，且在這官亭上躲避片時，再做理會。〔見告示介〕杭州府正堂爲抄奉部文事，照得犯官淮揚都督陰紅，通連反寇，已奉聖旨拿審在案。其同謀女婿鍾心一名，在逃未獲，通飭一體嚴緝，等因到府。〔住口呆介〕這、這是那裏説起，莫非朝廷不准招降，因而見罪？到是俺陷害姑父了〔四〕。

【三段子】你冤怎了，望丹宸愁高怨高。我灾怎逃？對蒼天魂消魄消。聖上聖上，你枉將伊霍爲奸操，枉將夷惠爲凶盗，徒壞了萬里長城誰障保。

〔净外暗上見介〕這人看了告示，大驚小怪，一定知情。〔鎖生介〕〔生驚介〕爲何拿我？〔外〕你就是通連反寇的鍾心。在此自言自語，敢説我們不知道〔五〕？〔生冷笑介〕我自姓齊名諧，是個飽學秀才〔六〕，恩科御試禮部册上現有名字。我和你官前去講。〔净外慌介〕阿呀，原來是位相公，快放去。〔去鎖，生不伏介〕〔净〕小人有眼不識，求相公恕罪。〔生〕罷了。若同到官，該問個凌辱斯文，也不爲過。〔去鎖介〕〔外〕哥，我到底還有些疑惑〔七〕。〔净〕罷罷罷，相公是惹他不得的，一窩蜂專會放賴騙人。休淘氣，且往村店中嗑酒去。〔仝諢下〕〔生〕唬殺我也，喜得都哄退了。路上行走不得，不免回到京師，左右姓名籍貫已改，倘恩科得中，便可白此奇冤了。

【歸朝歡】形和貌，形和貌，怕他認着。疾忙去潛身住了。名和姓，名和姓，誰人得曉，單指望傳臚唱早。少不得，策終再上陳情表，新恩定把沉冤掃。那時再來找尋麗妹下落。便是文府姻親，亦可成就。兀的不合奏秦臺雙鳳簫。

〔生下〕〔副净上〕

【引子】【繞地游】出乖露醜，好事難成就。但提起相思依舊。學生賈俊才，自文府出醜逃歸，在家存留不得，流到杭州，無可度日。喜得那晚帶了小鍾兩本文集在身，却也作怪，但到處都知道有個才子鍾心。若是他詩文，求之不得，被我依舊假裝做他，將文出賣〔八〕。又恐人當面識破底裏，益發做個名士派頭，杜門謝客，但有來求文字者，一兩一篇，頗能獲利〔九〕。雪中無事，且到西湖之上，沽飲一壺，少擋寒色，有何不可。〔浄做醉態上〕夥計，擾擾了。〔外内應介〕漫漫行，等我算了賬一路走。〔浄〕夥計，我團團止見青天轉，腿硬行高地上軟，長街直豎我胸前，帽兒鞋兒都不管。〔撞副浄跌介〕〔副浄〕跌殺哉，跌殺哉。〔浄揪副浄滚地介〕〔外急上〕叫你漫漫走，只待要撞倒人。〔扶副浄起介〕〔副浄嚷介〕了弗得，了弗得。撞了我鍾相公一交哉。叫地方。〔浄慌亂爬介〕罷了罷了，又撞着相公了〔一〇〕。〔外背介〕且住，這人方纔明明稱甚麽鍾相公，聲音恰又是吴縣人〔一一〕。〔與副浄賠禮介〕相公休怪，因此間有個才子鍾心，本府太爺要聘做西席，命俺二人訪他寓處。天寒飲了一杯，行路匆忙，多有得罪。〔副浄喜介〕你太爺要訪那鍾心做西席，此話可真〔一二〕？〔外〕怎麽不真？相公如果相認，指引小人，謝儀一定均分的。〔副浄〕多少束脩〔一三〕？〔外〕一百二十兩，還有四季衣服。〔副浄揖介〕學生便是，敢煩大哥引進。〔外〕太爺自請那有名的鍾心相公，誰要你？〔副〕學生正是那有名的鍾心。〔外〕怕假。〔副〕秀才無假，現有文章發賣〔一四〕。〔外〕慚愧。五十貫賞錢到手了。〔鎖副浄介〕〔副浄背慌介〕不好了，文小姐家事發了〔一五〕。大哥，爲何拿我？〔外〕同到府中便見明白。〔浄起笑介〕夥計，這五十貫賞錢是我一頭撞倒拾着的。〔仝諢下〕

【前引後】〔小生上〕關心良友，偏不效沿門儉走，頓教人心中暗愁。

下官楊穀，自禮科給事，出任杭州府正堂。到任未久，可怪前日奉到部文，陰紅反叛一案，内中竟有鍾心同謀。适纔衙役來回，已經緝獲在外。咳，鍾生鍾生，好端端不在京御試，探得好親，惹下這場大禍，如何是好？〔尋思介〕有了，那鍾生爲文府姻事，改名齊諧，又入了金陵籍貫。係下官代爲入册，那報名日期好在未經犯事之先。不免唤入後堂，叫他只認齊諧名字，不認鍾心，便好作主，與他分剖脱禍了〔一六〕。〔净外帶副净上〕〔小生背驚介〕呀，這人那是鍾心，只是面龐好生厮熟。是了，他名叫賈俊才，俺曾在鍾生齋中，會過一面。不知何故，竟做鍾生拿來。〔副净偷見小生暗驚介〕呀，原來就是楊父母升任來此，益發是那事發作，還有何顔分辨，只俯伏認罪便了〔一七〕。

【過曲】【榢木兒】〔小生〕這機關怎參透，看他無語低頭甘忍受。左右，這鍾心如何獲着的？〔外跪介〕他自稱有名的鍾心，還有文章發賣。〔小生背介〕是了，此人素行不端，一定假冒他名字，盗刻他文章。我如今將他竟做鍾心解到問官處，那鍾生倒可鬆脱了。〔喝介〕鍾心，你知罪麽？〔副净叩頭介〕生員自知有罪，只求大人開恩〔一八〕。〔小生〕你休要呆裏裝呆，我也待彀中藏彀〔一九〕。本府且不動刑，待做下文書，解你到承審衙門勘問便了。左右，這事關重大休疏漏，敢徇私賣放同拿究，少不得回到官前受一秋。

〔小生退堂下〕〔外净喝介〕死囚走動着。〔副净〕大哥，此處官府不發落，難道還解到京中文老先生那裏去〔二〇〕？〔外〕那個文老先生？這是京江都督蔡題參陰紅反叛一案。你不見内中同謀女婿鍾心，奉旨就發京江都督，同巡撫會審。你直到鎮江府堂上，受些刑法去。〔副净慌介〕呀，此事我一些不知道〔二一〕,大哥。

【前腔】我將文章假,詩賦偷,抄賣人問權度口。〔外〕這廝真像要做西席的,謙起文字來〔二二〕。〔副净〕便是這鍾心名字呵,止借他竊玉偷香,肯替他披枷帶杻。〔净〕這賊都説些甚麽?〔副净〕煩大哥再替我回聲。小子還有分辨。〔外〕你當堂自認下來,誰敢代回?胡賴時,到承審衙門一頓撥指夾棍,不怕你不招。〔副净哭介〕怎了怎了,正是花星打脱灾星透,痴情未了寃情凑。一定是小鍾狗骨頭做的事,如今不知逃去那裏了,反叫我弄假成真不自由。〔净〕死囚搗甚麽鬼話?〔副净〕大哥,我當真不姓鍾。〔净〕不姓鍾姓鼓?〔副净〕我自姓賈。〔外〕這廝方纔自稱有名的鍾相公,怎麽又得假?〔副净〕大哥,你不知而今這些名士相公都是些假的。

故着浮槎替入舟,杜甫。無端歡喜却成愁。元稹。

鴛鴦有伴誰能羨,女郎咸。空戴南冠學楚囚。趙嘏〔二三〕。

## 評　點:

〔一〕應前『冬間府道兼掣』語。

〔二〕楊令修有心救鍾生，乃用虚筆預伏於此。

〔三〕妙句與古人争勝。

〔四〕應前渾的妙。

〔五〕故作險筆。

〔六〕前已棄此黌門，偏又口稱秀才；前云秀才值得甚麽，今偏能以秀才脱此大禍。可見世間從無頂真情事，才人又豈有刻板文章哉？奇絶妙絶。

〔七〕又一頓，好。

〔八〕一之爲甚，豈可再乎？

〔九〕此名士派頭，近時頗多。

〔一〇〕連上發科，反作鬆筆。

〔一一〕好接落。

〔一二〕偏自尋事。

〔一三〕謀館先生，讀之當發一笑。

〔一四〕可謂勦襲文章之戒。

〔一五〕亦誤認的妙。

〔一六〕特寫楊令修爲友熱腸，不知已爲鍾生安然入場地步矣。文有寫一處而數處兼至者，此類是也。

〔一七〕誤認更巧更妙。

〔一八〕彼此糊塗到底，弄假成真，令人絶倒。

〔一九〕詞亦空靈鬆脆。

〔二〇〕趣甚。

〔二一〕賈生半日之夢，此刻方醒。

〔二二〕映帶都佳。

〔二三〕碎錦忽成全璧，恍若自吐珠璣。

# 第三十二齣　庵留

【引子】【玉蓮蓬】〔貼道扮上〕三千法界，三千色界，總是空無礙。問佛何在？便屠兒刀頭堪解〔一〕。

〔集唐〕數聲鷄犬白雲中，似隔仙源無路通。此外俗塵都不染，心持半偈萬緣空。自家崆峒公主是也。從那日戰敗，感蒙佛力慈悲，逃得性命，又虧書生良言勸説，省悟前非，屏除殺念，來至滁陽萬山之中，結就一庵，焚修懺悔。近聞亂信，轉覺猖狂。莫非二妹不聽吾言，依然反叛。但我一心持戒，外事絶不與聞，這也顧他不得了。且喜每每入定之中，便見一笑和尚，手携布袋念珠，向我現身點化。因而萬慮皆空，頗有慧悟，故此題爲彌勒庵，法名慧空。昨日入定，又見彌勒道，今有忠臣之婦到庵，叫我好生留住，以結後來一段未了公案。且看有誰到此。正是迷途一綫行難出，慧業千層悟即通。〔下〕

【引子】【顆顆珠】〔净扶老旦哭上〕嬌女挂心懷，重重奇禍，痛極病難挨。

奶娘，我自小姐亂離，痛心如割。又聽得紛紛傳説，老爺爲通同反寇，奉旨拿問，還有我家侄兒同謀，在逃未獲。這場冤禍，不識因何而起，兀的不痛殺我也。〔哭介〕〔净〕夫人且莫悲傷，此事不知是真是假。那鍾相公業已赴京，那有此事？又稱甚麽女婿，豈不奇怪？〔老旦〕只怕就是蔡節記念前仇，故將他們謀害。如果事有不測，我還要此性命怎麽。〔倒介〕〔净〕夫人醒來。咳，你連日感冒風寒，病體十分狼狽，怎經得這等傷心？且勉强掙扎一程，再做道理。〔扶老旦起介〕〔老旦〕咳，我其實行走不動，尋個宿頭歇了罷。〔净望介〕夫人，方纔行路失迷，錯過宿頭，竟走到山谷之中。天色已晚，并無歇店，如何是好？〔老旦望介〕前面茅簷數間，像是人家，且扶我到彼，借宿一宵也罷。〔净扶老旦行介〕呀，一座茅庵，上面有字『彌勒庵』，如此更好。〔叩門介〕〔貼上〕松風爲梵語，曇月作禪燈。〔開門見介〕二位何來？小尼稽首了。〔老旦〕原來一位女師父。老身因逃兵難，迷失路途，欲求寶刹借宿一宵。〔貼〕如此請進。〔净扶老旦進坐介〕〔貼〕看你言談舉動，不似小户人家。這般落魄，却是爲何？〔老旦〕姑姑聽禀！

【雙調過曲】【孝南枝】遭時亂，值運乖，女孩兒中途生拆開。〔貼〕原來失散了令愛。〔老旦〕

年老更龍鍾，一病多狼狽。實難布擺。月黑山深，驚起上方休怪。可憐氣喘噓噓，恕我深深拜[二]。〔貼〕咳，看你容顔悲慼，神色驚惶，想來還有别情，乞道其詳[三]。〔老旦哭介〕姑姑，你休相問，教人實愴懷。我自吞聲，總是無之奈。

〔貼〕你若果有别情，何不對我説明，就在此庵中權時避避也好。〔老旦〕若得姑姑相留，恩當重報。如今只得實説了。老身丈夫，便是淮揚都督陰紅，不知朝廷爲何説他通連反叛，奉旨拿問，好不冤枉殺人也。〔哭介〕〔貼驚介〕原來就是陰夫人，如何都督忽然有此一變？請問夫人，還有個秀才鍾心，如今安在？〔老〕那鍾生是我侄兒，聞得也爲此事，在逃未獲。〔貼泪介〕原來如此。

【前腔】思往事，實可哀，果然忠臣身受灾。〔老旦〕姑姑爲何下泪？又怎麽曉得鍾生？〔貼〕夫人，俺非别人，即崆峒公主是也。〔老旦驚介〕爲何出家在此？那作亂的又係何人？〔貼〕夫人不知，那日俺因戰敗，一騎潛逃，到一古廟，遇見那生，虧他良言勸順，俺便悔悟前非，又感佛光顯化，情願出家，不敢再反。因將斷袍半幅，寫作血書，交那生呈上都督，差人送至山寨，叫我兩個妹子一并歸降。俺就雲游到此焚修了。罪業猛除開，便富貴何心愛。因此上僧冠忙戴，雲水逍遥，早脱離軟紅塵外。〔老旦〕這也難得。想是侄兒聞亂依舊回來，今日同遭此禍。一定朝廷不准招安，因而見罪。〔貼〕如此説來，到是俺害了他們也。〔老旦〕這是邪佞相讒，暗把忠良害。〔貼〕咳，都督雖被奇冤，聖明在上，諒有敢言之士，代爲剖白。夫人，且在小庵住下，漫漫打聽他們消息便了。要回天須得敢諫才，一陳情自把奇冤解。〔老旦〕多謝姑姑。
〔老〕雙袖龍鍾泪不乾，岑參。楚天極目恨漫漫。司空曙。
〔貼〕經聲夜息聞天語，沈佺期。獨閉空山月影寒。顧況。

評點：

〔一〕切當。
〔二〕詞到直實處，便是元人難事。
〔三〕只因彌勒有言，故而盤問。

## 第三十三齣　瞀賣

【雙調過曲】【普賢歌】〔小丑扮瞀目上〕天生瞀目强摩挲，講命爲生没奈何。子平談的訛，五星差的多。年老孤貧無結果。

小老姓卜，雙名由人。本是尤者過也，只因講命爲生，常言道，由命不由人，遂順口叫了這倒甲之由了。祖籍姑蘇人氏，進京投親不着，流落多年。這斜對門便是禮部尚書文府，因是同鄉，和他府中人講命談星，往來甚熟〔一〕。昨日有個嚴媽媽帶着一位甚麽官家小姐，也是下路人，兵亂回家不得，來到京師。租我後邊半截空房同住，已經半月，今日打點，向他要些房錢。天色尚早，且往街上走遭回來再講。正是萬事不由人算計，一生都是命安排。〔下〕

【南呂引子】【小女冠子】〔小旦上〕隨風飄絮驚魂墮，傷弱體，受奔波。親骨肉不見依誰個。天涯獨坐愁難破。

〔荷葉杯〕又是惱人時候，春晝，回首故園非。異鄉花鳥總堪悲，愁鎖眉。奴家自與母親失散，幸遇嚴媽媽挈伴同行。聽得賊兵已過江南，歸途有阻。因念鍾家哥哥在京御試，來到都門。怎奈一時尋訪不着，只得權且住下。喜得房主人年高瞽目，獨自一身。今早除下一股金釵，與嚴媽媽糴些柴米，尚未回來。〔嘆介〕想我千金之軀，一旦流離至此，爹媽何處，奶娘何處，好傷感人也。

【過曲】【太師引】吃緊的歸路賒，又拆散娘親夥。痛乳燕啾啾離窠，每日價影隨形伴。到晚來夢少愁多，將泪洗殘妝界破，還説甚髻綰青螺。〔泪介〕爹娘嗄，知你的安危若何，可怎生天南地北拋開我。

前着嚴媽媽打聽，恩科正在此時。怎麽鍾家哥哥杳無音信。不知是京師地廣，難以尋求，又不知是爲那題帕〔二〕之人，他方留戀。咳，則怕他功名得意，也未必屬意於我。我這番打聽，好没來由也〔三〕。

【紅芍藥】羞殺人，并頭訛，貪他甚折桂朵。則怕近天沓，別自有嫦娥。反叫我相思咫尺如天澗〔四〕。前日若非嚴媽媽相遇，已不知死在何方，料今生也不能和他相見了。算來算來此事難存活，假若是途路裏有些差錯。鍾生呵，怎知俺一堆怨骨委荒坡。縱死恨難磨〔五〕。〔丑急上〕身孤灾更至，心急步偏遲。小姐，快開門。〔小旦開門見介〕媽媽何事慌張？〔丑〕你每日叫俺尋甚鍾心秀才，幾乎惹出禍來了。〔小旦急問介〕有甚禍事？〔丑〕老身纔往市中糴米，見一出場相公，扯住問他，場中可有個蘇州鍾心秀才？那人咄得一聲道：『這婆子好大膽，你不見那邊挂着告條麽？』老身吃了一驚，果見十字街頭，一張告示，許多人看。有的念道，淮揚都督陰紅，正是你家老爺名字。〔小旦慌介〕俺爹爹便怎麽？〔丑〕原來通連反寇，奉旨拿問了。〔小旦驚哭介〕有這等事？俺那爹爹嗄。〔痛倒介〕〔丑〕小姐醒醒。

【大石過曲】【催拍】〔小旦〕痛爹行無風起波，矢忠誠竟都成禍。誰把奇寃代剖，乃煢煢弱女，阻隔山河。〔丑〕如今正在出示緝拿家眷，小姐休要聲張，不當穩便〔六〕。〔小旦哭介〕爹爹既已被禍，奴家何用生爲？縱遂緹縈，敢讓曹娥，恨不得同葬泉窩，忍獨自求生活。

且住，此事與鍾心有甚相干？〔丑〕告示上寫的明白，同謀女婿一名鍾心，原來就是小姐尊夫呢。〔小旦驚介〕這等益發奇了。鍾生如何不在京御試，反去俺爹爹軍前，又稱甚麽女婿。這起禍根由，不知爲着何事？

【一撮棹】聽説罷叫人越驚咤，這壁厢鰲頭上奪巍科，那壁厢虎口内忿干戈。怎拖牽一謎裏陷冤河。當日輕分手，何時東床臥。難猜度，只落得泪如梭〔七〕。

〔丑〕小姐，且住啼哭，莫要使人知覺，連累老身〔八〕。

【尾聲】〔小旦〕媽媽，似這等慘嗑嗑吊下全家禍，料不定流落天涯事若何。天，怎不把薄命奴身代折磨。

〔小丑上〕要知心腹事，但聽口中言。小姐，不須傷悲，老爺暫時受屈，久後自明。只是目今要拿家眷，此處房卑屋淺，難以藏身。小老有一兄弟，在相府中做些勾當。除是那邊可以暫避，不知小姐意下如何？〔小旦〕奴家一介女流，焉有借住人家之理。〔丑〕急難中怎説此話，況有老身作伴，不必多疑。〔小旦〕如此全仗媽媽。〔小丑〕小姐快請收拾，待小老同嚴媽媽前去説明，便好同去。〔小旦哭下〕〔小丑扯丑介〕先生怎麽説，捏手捏脚的起來？〔小丑笑介〕有一宗財物要和你商量。〔丑〕財物在那裏？〔小丑〕小老那有甚兄弟，到聽得文府中要討個精細丫鬟，説了許多，都不中意。據你常説，這小姐人物齊整，諸般伶俐，何不將來賣與他家。一則得了銀子，二則脱了干係，却不是好？〔丑〕則怕使不得。〔小丑〕甚麽使不得，事成之後，和你逃往他方便了。〔丑〕既如此，我先安伏下他，你自往文府講價便了。正是翻手爲雲覆手雨，兩人歡笑一人愁〔九〕。〔丑下〕〔小丑〕行行去去，已到文府門首，怎静悄悄的？〔聽介〕〔净上〕朝内三公位，門前七品官。這是卜瞎子，在此何幹〔一〇〕？〔小丑〕原來是李大叔，聞得府内要討丫鬟，小老到有一個十分精細，相煩大叔作成，自當重謝。〔净〕要便要，却是難得中意。〔小丑〕這是包管中意的。〔净〕多少銀子？〔小丑〕

但憑吩咐。〔净〕銀子不少與你，竟是一個元寶，除下十兩做我的謝儀。〔小丑〕再除十兩，也存在大叔這裏。〔净〕爲何？〔小丑〕是小老偏手。〔净笑介〕這瞎子到是積慣。〔末上〕關防無字入，笑語有人來。瞎子亂撞些甚麽？〔小丑〕小老有個丫鬟，煩李大叔賣入府中。〔末〕老爺主試入闈，關防嚴緊，如何使得〔一〕？〔净〕這是老爺一向吩咐過的，值甚恁大驚小怪〔二〕？〔末〕吩咐不吩咐，怎偏偏要在此時？既如此，不許聲張，夜晚悄悄領來送進府中便了〔三〕。〔小丑〕這等一邊交人，一邊領銀罷。〔净〕使得。

〔净〕偷入須從月下移，吴融。〔小丑〕浮雲流水自相隨。朱放。〔末〕院門晝鎖回廊静，李商隱。〔合〕若問旁人那得知。崔灝。

## 評　點：

〔一〕預先叙明。
〔二〕原文作『怕』，『怕』當爲『帕』之誤，現據文意改爲『帕』。
〔三〕又映帶《醋詩》一齣。
〔四〕曲折入情。
〔五〕凄楚不忍卒讀。

〔六〕嚴媽此刻尚有良心。

〔七〕鬆快俊爽，明白如話，又無一點村俗寒傖之氣，填詞至此，遇當行家亦自有真賞識也。

〔八〕漸怕連累。

〔九〕嚴媽至此爲瞎子所惑，然後利令智昏。然麗娟到底虧其携帶，故得銀遠遁亦似有以報之。而瞎子白做夯活亦差快人意，文人之筆本乎天道，豈不信然？

〔一〇〕是往來相熟説話。

〔一一〕就於此處順出主試，絶不費力。

〔一二〕主人不在，花面家人怎不弄出事來？

〔一三〕頗似避難情形，所以麗娟爲其騙入。

# 第三十四齣　美合

【仙呂引子】【黄梅雨】〔貼上〕懊恨弓蛇，反把多才棄，又風影天涯愁繫。怎得他杏花紅狀元及第。更博個小登科雙賀喜。

奴家輕雲是也，自用計驅逐那假鍾生，原待那真鍾郎成其好事，誰知老爺始既認假爲真，後復以真當假〔一〕。前日楊爺出使回京，提及爲媒，老爺反對，説鍾郎有才無行，怒而不允。所以小姐十分憂慮，無計可施。又聞淮揚都督陰紅反叛一案，内有同謀一名女婿鍾心，竟認作鍾郎捨此另婚，并罹其禍，益發驚疑未定，愁悶轉深。老爺今爲恩科主試，奉詔入闈，只得輕雲和小姐二人相對，百般勸慰，難解真愁。天呵，兀的不斷送人也。説話之間，小姐出房來了。

【引子】【鵲橋仙】〔旦上〕淡月初斜，輕寒欲退，又早是撩人天氣。〔貼〕小姐，你傷春滋味慣些兒，怕不似這番憔悴。小姐，方纔院子來説，買了一個丫鬟，少刻便送進來〔二〕。〔旦〕由他罷了。

〔貼〕今日好月色呵，小姐何不向階前一步，少遣悶懷。〔旦〕咳，你好不曉我心事也。

【過曲】【勝如花】嗟緣斷，悲禍隨，平白地風波疊起。眉堆着萬種深愁，都變作兩行珠泪，點兒心寸絲兒驚碎。〔貼〕鍾郎之事，虚實未知，你好好恁般愁悶，豈不負此良宵？那嫦娥敢笑人也。〔旦〕咳，這衷腸良宵怎題，暗傷懷嫦娥自知。鍾郎此間失望，自然另結朱陳。叛案牽連，未知虚實，這聯婚陰氏一定無疑了。薄幸人兒，他只顧紅絲別繫，誰想陷鴛鴦羅畢。羞殺人訂前盟，枉自心痴。

〔貼〕小姐，天下姓名同的儘多，安知不就是假冒那厮〔三〕。若據我看，那鍾郎呵！

【前腔】心如醉，意似痴，一靈兒咬定這良緣夢裏。縱鼠牙雀角難逃，忍燕侶鶯儔重覓。你何須蹙愁眉死臨侵地。那晚輕雲付他手帕之時，他説隨即進京，尋楊爺作伐。既有恩科之便，豈不静候御試，反去淮揚兵火場中，做甚麽來〔四〕？怎放着鳳凰池輕輕遠離，反陷入虎狼穴惶慳自迷。莫恁驚疑，他是個多情班輩，假饒你化夢裏望夫山石，枉了他守陽臺半世孤幃〔五〕。〔净帶丑同小旦上〕隨我這裏來。

【正宮引子】【縩山月】〔小旦〕事急且相隨，媽媽，昏夜裏去投誰？〔净丑耳語介〕〔小旦〕他瞞神唬鬼我心自疑。〔丑暗下〕〔净〕輕雲姐，新來的姐姐在此，領見小姐去。〔小旦驚介〕呀，這聲息不好也，嚴媽媽那裏？〔貼出見暗驚介〕好個標致丫鬟，過來見了小姐。〔小旦萬福介〕〔旦見驚介〕是好一個女子，你既賣入府中，爲何不知規矩？〔小旦〕阿呀，俺爲避禍而來，怎説賣入你家？快叫嚴媽媽問他。〔叫不應哭介〕痛時乖又罹奸計。〔旦、貼相顧驚介〕原來被人拐賣的，唤院子過來。〔净〕小人在此。〔旦〕這女子被拐來的，快着原人帶回。〔净〕禀小姐，那原人已經得銀去遠了。〔旦〕休胡説，快去趕來。〔净佯應下〕〔小旦背哭介〕只落得孤身無主，血泪空垂。〔旦〕那女子且自耐煩，看你言詞舉止，非係下賤之人，方纔説避禍而來，端的爲着何事？〔小旦哭介〕小姐！

【過曲】【雁過聲】衷腸事怎提？〔住口介〕〔旦〕但説不妨。〔小旦〕爲兵荒途路慈親失。〔旦〕那嚴媽媽是你何人？〔小旦〕他鄉邂逅相依倚。〔旦〕你家鄉何處？〔小旦〕望諸暨有翅難飛。〔旦〕姓甚名誰？父親何等樣人？〔小旦〕暗吞聲欲言又已。〔旦〕你若有甚冤情，諒我相府之嚴，豈難相庇？快快説來。〔小旦哭介〕罷罷，不如索性説明，與俺爹爹同死一處罷。小姐，奴家陰氏，小字麗娟，父親曾任淮揚都督，進討崆峒，不知爲何奉旨拿問。〔旦貼驚介〕〔小旦〕説將來，腸斷矣，他行素係忠良輩，誰料丹心遭禍危。

〔旦起介〕原來就是陰都督小姐，快看坐來。〔同拜坐介〕〔旦〕請問小姐，這案内有個同謀女婿鍾心，想必就是小姐尊夫了〔六〕。〔小旦背介〕這女婿二字，竟不識何從説起？〔旦背介〕呀，看他含羞不語，此事益發無疑了。〔貼〕待輕雲細問他一問。

【前腔】聽啓。那鍾生家居那裏，生何業農工未知？〔小旦〕洞庭人是舊門第，吴江學試屢魁。〔貼〕年紀多少？人物如何？〔小旦〕論儀容年方二十，端的是風流人物美，則怕天涯淪落多憔悴。不似當年那整齊〔七〕。

〔旦、貼背驚介〕如此説來，果然竟是鍾生了。

【前腔】〔旦〕堪悲。似公冶包羞忍耻，枉教儂背妝臺暗卜佳期。枉教儂盼殺早折蟾宫桂。小姐，你和他何時會，甚日離？定然是做夫妻恩情滿美〔八〕。〔小旦〕奴與鍾生中表兄妹，自去秋一别，直至於今，并不知有婚姻之事。〔旦〕説那裏話，誰管他輕狂忒浪子，既是你天緣注就成佳配，又何事人前佯未知〔九〕。

〔小旦〕小姐再三詢問，不知何以認得鍾生？〔旦面紅不語介〕〔一〇〕

【前腔】〔小旦〕堪疑。和他甚瓜共蒂，直恁的關心事頻將口提，更聲聲似有含酸意〔一一〕。

奴家一時昏昧，不曾請問小姐貴姓芳名，大人官居何職？〔旦〕奴家文媚蘭，父親忝任禮部，現今主試恩科。〔小旦背驚介〕呀，那帕上題詩的正是甚麽文媚蘭。聽他語言大是有心，原來就是此人了。怪道他泪偷垂，話兒裏藏頭露尾。原來是有心人同一會。我待把情詞勘出風流罪，少不得贓坐香羅未許推〔一二〕。且住，我今初次相逢，不知他如何情性，設或含羞不認，豈不弄出事來？况我一身落難，且自消停。〔貼扯旦背語介〕〔一三〕難得陰小姐來到府中，設或鍾郎日後事定，竟有异心，先將他留下做當，豈不是好。〔旦點頭介〕小姐，你今孤身遇難，何不權在此間一避。待令尊事體平静，送你回家，意下如何？〔小旦〕多謝小姐。

【尾聲】難途中幸遇蒙恩庇。〔旦〕且寬懷不棄相依倚。〔小旦背介〕我也待就便乘機冷眼窺〔一四〕。

〔小旦〕只緣恐懼轉相親，杜甫。却恨橋頭賣卜人。李商隱。
〔旦〕薄幸兒郎芳信斷，王之涣。大家相對各沾襟。劉長卿〔一五〕。

評　點：

〔一〕楔子所謂假冒真，真當假，真假不辨者，乃一篇之大穿插，大結搆也。今於輕雲口中乃特作提綱挈領語，使通身眉目一現，骨節俱靈。真具千鈞筆力，又複弄題如丸。如此賓白即臨川、笠翁集中亦所罕見。

〔二〕略作一引。

〔三〕疑的妙，又暗合的妙，本地風光拈來便巧。

〔四〕先以叛案牽連作襯，以見鍾生必無另婚之事，然後再以牽連未確，婉轉寬慰小姐，輕雲妙舌，先生妙文。

〔五〕精思妙語，直欲嘔出心肝。

〔六〕吃緊一問，妙絶入神。

〔七〕字字打入媚蘭心裏。

〔八〕忽問到如此田地，真乃情不能禁，真乃自不可解。

〔九〕更奇更妙，令人絶倒。

〔一〇〕詰的妙甚，自是難以回答。

〔一一〕寫得兩邊神情俱到，妙絶妙絶。

〔一二〕二人各有心事，各難出口，真道子寫生之筆。

〔一三〕輕雲處處有作用。

〔一四〕二位小姐機巧亦自相當。

〔一五〕各字有味。

# 第三十五齣　瞽首

【縷縷金】〔小丑瞽目急行上〕雙目瞽，黑似陰，行行都不辨。夜深沉，逃出荒郊外，由他是怎，天教老運發多金。落個人同寢，落個人同寢。

俺卜由人哄了陰小姐，賣與文府，兑了三十兩雪花官銀，還有十兩偏手。在家不敢停留，隨同嚴媽媽連夜出城，行了四五十里。嚴媽媽拖在後面，想放子水哉。我想我是鰥的，他是寡的，到好做對老夫妻。且等他上來，挑撥幾句，看他如何。

【前腔】〔丑急行上〕憑瞽目，昧初心，冤憖輕擺脱。獲多金，暗想豪門内，知他是怎，一邊行路一邊驚。嘖嘖難厮禁，嘖嘖難厮禁。

卜先生，卜先生，〔小丑應諢介〕〔丑〕行了一夜，東方漸漸白了，這裏鄉村僻静，一個土地廟，進去歇歇。〔小丑〕罷哉。〔同進坐地介〕〔丑〕銀子在那裏？取來分了罷。〔小丑〕喏，一大包在此。但是有句話，冲撞媽媽，休見子怪。小老今年八十八，媽媽今年七十七，你無夫我無婦，到好一對老夫妻，這銀也弗用分開，和你携往他方，做起人家，却不是好？〔丑〕休得取笑。

【駐馬聽】〔小丑〕話説知心，和你老做夫妻共枕衾。〔丑〕這老兒瘋了。老身不知見過了多少，怎老來偏看上個瞎子？〔小丑〕咳，這是補鍋鍋補，端的蓋合油瓶，恰好瞽瑟瞽琴〔一〕，料你婆娑不似海棠陰，休怪梨花壓得些時墋。〔抱丑摸介〕憑着咱瞎搗深深，呀，早摸着濕淋淋。老蚌把襠兒浸。〔丑叫介〕〔小丑放手介〕媽媽老自老，到還是水的。〔聞介〕啐，是方纔放子個溺哉。

【前腔】〔丑〕老賊痴心，笑你上眼難將下眼尋，只好頭鑽袴底，鼻對陰聞，口被毛侵，怕不龍鍾跌倒在墻陰。問穴中窺得些兒甚？便是那話兒，癱瘓麻淋，一似公鷄打水多寒噤〔二〕。

〔小丑笑介〕媽媽到像經過小老手段的，恁般打趣盡情哉。〔丑〕呸。〔背介〕這老兒不是好人，不免哄得銀子到手，將他撇卜，竟回家鄉。卜先生，你要俺做夫妻，俺一日要早魚晚肉的享用，你可依得麼？〔小丑〕依依依，做那銀子弗着儘子你吃罷哉。〔丑〕俺一身要夏羅冬絹的穿扮，你可依得麼？〔小丑〕依依依，做那銀子弗着儘子你穿罷哉〔三〕。〔丑〕俺們老自老，一夜三次要會戰，不許你挂免戰牌，不許你上陣便求饒，你可依得麼？〔小丑〕依依依，拚這老命弗着個盡子你弄罷哉。〔丑〕既如此，你脱了衣服。〔小丑脱衣掉銀介〕〔丑〕甚麼響？〔小丑陪笑介〕這是小老的弗是，打子個偏手，如今送與媽媽做見面錢，好麼？〔丑〕也罷。神前一領破拜席，你放下銀子，先去睡下。待我關了廟門，省得有人看見不雅。〔小丑〕媽媽老在行，弗差個。〔睡介〕〔丑〕大小兩包銀子，都取來放在腰裏。此時不走，更待何時。正是俺便宜得來千個喜，直叫他奸謀使去一場空〔四〕。〔丑做扣門下〕〔小丑催介〕〔叫不應介〕〔披衣起聽慌介〕弗好哉，走哉走哉。〔摸介〕大小兩包銀，都被拿去哉。活氣殺哉，活氣殺哉！

【越恁好】財爻一夢，財爻一夢。失去好傷心。一天好事難成就，枉貪淫。憑咱瞎呼瞎叫瞎跟尋，將人撒吞。渾身氣得如冰禁，渾身氣得如冰禁。

〔小丑撞門不開叫屈介〕〔生、老扮校尉上〕靴白慣如鷹爪利，巾紅常得虎頭懸。俺們錦衣衛堂上校尉，奉令出城公幹。這是土地廟，裏面何人叫屈。〔開門見介〕是個瞎子，你被何人所騙，這般叫屈？〔小丑〕列位爺，我瞎子姓卜，有一婆子姓嚴，拐帶了陰都督女兒來京，央我賣與禮部文府。〔生、老〕這是奉旨緝拿的欽犯眷屬，如今那婆子何在〔五〕？〔小丑〕他許我同做夫妻，誰知來到此間，將我撇下，銀子盡行拐去。氣他不過，要到官前出首，煩列位携帶則個。〔生、老〕這拐賣之事一定是你同謀。又老没廉耻，思量勾搭那婆子，反被那婆子所騙了。

【前腔】笑伊短見，笑伊短見。作拐望分金，小騙逢大騙。無珠眼被欺侵，貪財戀色枉勞心。不曾落甚。快公堂出首憑官審，快公堂出首憑官審。

〔老〕夥計，趁早將那婆子趕回來便好。〔生〕那裏去趕？依我説，陰紅的女兒到要緊，不可走泄風聲。將瞎子帶到錦衣衛堂上，回過本官，去文府提人到是好大一差呢。〔老〕説得有理。

【尾聲】這是招魚餌，度綫針。〔小丑〕俺情願自首免罪把仇讎譖。〔合〕休教他驚鳥聞風竄遠林。

〔生老〕鬢毛白盡興猶多，司空圖。〔小丑〕白口相思可若何。李商隱。
〔生老〕得意事爲失意事，杜甫。〔小丑〕春風還爲起微波。温庭筠。

評點：

〔一〕瞽瑟瞽琴與《還魂記》女爲君子儒同一弄巧。
〔二〕詼諧都雅，大方家數，不同庸俗。
〔三〕是窮漢暴得財口氣。
〔四〕結嚴媽媽。
〔五〕過渡。

# 第三十六齣　閨叙

【引子】【帝臺春】〔旦上〕梨花夜月，堆起一簾春雪。挑盡了殘燈燁，恨擁翠衾難貼〔一〕。
〔小旦上〕紅粉飄零如斷梗，親骨肉生離死別。〔貼上〕看他一種愁腸，兩下都千回萬折。

〔青玉案〕〔旦〕年年青草王孫路，怕目斷芳塵去，憔悴春華誰與度。〔貼〕雲開翠野，月明朱户，盡是傷心處。〔小旦〕此懷畢竟憑誰訴，痛殺萍踪相與聚。不爲多情便多醋。〔合〕無聊心事，無邊愁緒，各把金錢卜。〔貼〕夜色已闌，二位小姐安置罷。〔旦〕夜長難寐，你可烹些茶來，我還與陰小姐燈前一叙。〔貼〕如此待輕雲就去。銀蒜押簾春寂寂，銅壺滴漏夜沉沉。〔下〕〔小旦〕小姐，奴家身在難途，幸蒙恩庇，情同骨肉，犬馬難酬。但日來細看小姐神情，不住長吁短嘆。古人云春宵一刻值千金，怎對此花陰月色，歡無半點，愁有千般。却是爲何？〔旦嘆介〕咳，我心上有事的人，怎比得你來。〔小旦〕呀，小姐，你反説了奴家呵！

【過曲】【三仙橋】一自關河播越，似絮隨風，遭磨滅。萱堂撇下，那更嚴親冤未雪。嘆异鄉風景劣。便是這睡夢裏魂難貼。苦苦不過我生離别，痛痛不過我罹冤業，愁愁不過我虚飄飄一身孤又怯〔二〕。怎比得宰相你親爺，向羅綺叢中共歡悦，少甚麽狀元郎，須有日一雙雙同住在鴛鴦舍〔三〕。〔旦〕小姐，止知其一，不知其二。

【前腔】雖則你時乖運拙，偶然間被拋撇，須有日重逢骨肉，聖明冤易雪。吃緊的好夫妻歡愛别。你道我華堂中愁來較可些，怎知我恨茫茫無休歇，思悠悠不斷絶，急煎煎這衷腸對着誰説？〔小旦〕奴家交淺言深，你我女孩兒家，有甚説不得的話〔四〕？〔旦〕説將來和你有干涉，怕不是女孩兒家勾當也。〔小旦〕小姐，這話好不明白〔五〕。〔旦〕你休絮叨叨問分明，越教人撲簌簌泪珠惹。

【前腔】〔小旦〕看他話在口又藏舌，小姐，我猜來非爲別。〔旦〕猜甚麼？〔小旦〕有個人兒是伊心挂惹。〔旦驚介〕有甚麼人？〔小旦〕他姓鍾，是我中表雁行列。〔旦急介〕呀，此話從何説起？〔小旦出羅帕介〕小姐，你看這是甚東西〔六〕？〔旦呆介〕〔小旦笑介〕這供狀分明瞞不迭，則問你咏香羅是何時節？圖好夢有誰幫貼？小妹妹情願讓你做姐姐〔七〕。〔旦背介〕這事兒叫我痴呆絶，羞答答對着他怎説？小姐，此事果是瞞你不得了。但你説不曾與他成親，這帕兒如何得到你手中來？若還是兄妹們比夫妻隔，知情話怎説得恁親熱〔八〕？

〔小旦羞不語介〕〔旦嘆介〕〔九〕我想這方羅帕，當初付他之時，何等珍重，只道他謹慎收藏，始終如一。誰料好事多磨，徒留話柄。彼既棄之如遺，我亦何顏苟活？想起來好恨人也。〔泣介〕

【越調過曲】【憶鶯兒】羞不迭，悲自咽，這事兒如何人前輕漏泄。好似路柳思攀旋棄絶，菱花被跌，鸞釵竟折。料難破鏡重圓釵再接。非饒舌，你夫妻着痛熱，只休將醜名兒把我下鍬钁。

〔小旦〕小姐休要多疑。我和他也只私下一盟，其實聯姻之事，連我也不知是何緣故。這帕乃臨別之時，他不好將小姐之事明對我説，遂將此羅帕付我，叫我細看便知，意欲兩全其美。想他爲小姐費盡心機，安忍抛棄，你真個錯怪了他也。

【前腔】你休怨別，他心用絶，這香羅遞來費委折，莫把春占枝頭埋怨妾。腸牽影蛇，姻聯夢蝶，多情一樣同多缺。〔旦點頭嘆介〕原來如此。〔合〕雲山叠，心灰泪血，誰把安危諜。

〔小旦〕奴家感小姐相待之情，生死不忍背負鍾郎。事體一明，自是同偕所願，倘遇禍生不測，相見無期，即當以死自誓，爲女終身。不知小姐意下如何？〔旦〕我和他形雖未接，夢已相親，若使永抛琴瑟，安忍另結鸞凰。今你我既有同心，則和你長守閨中，做一對無伴仙姑，逍遥一世，却不是好？〔小旦〕既然如此，我二人何不就今宵一拜盟心，結爲姊妹，生死不離。〔旦〕説得有理，請問小姐青春多少？〔小旦〕奴家一十七歲，七月初五日子時建生。〔旦〕奴家也是一十七歲，四月二十六日酉時建生。〔小旦〕這等小姐居長，姐姐請上，妹子有一拜。〔旦〕愚姊也有一拜。〔仝拜介〕

【鬥黑麻】拜倒雙雙，星前誓設，從今後心腸，休教各別。生一室死共穴，願早遇才郎，同心并結。花殘月缺，蘭房甘寂滅。綉佛長齋，綉佛長齋，塵緣斷絶〔一〇〕。

【前腔】〔貼捧茶上〕花影頻移，泉香正熱。見窗下喁喁，把情腸細説。二位小姐，你愁一縷，情千叠，莫姊妹談心把梅香硬撇。方纔梅香聽得多時，既是二位小姐情願共守鍾郎之盟，永無异志，輕雲亦願服侍二位小姐終身，不知肯容納否？〔旦〕你與我自幼相隨，焉肯離你〔一一〕？〔合〕餐冰茹雪，柔情堅似鐵。遥憶天涯，遥憶天涯，驚魂暗掣。

【意不盡】〔合〕烹泉閑話春庭月，早香爐羅幃清漏徹。〔小旦〕姐姐，你和鍾郎相遇的事情，妹子還不知其中詳細。〔旦〕咳，若提起此事根由，待枕上和伊悄悄說〔一二〕。

〔旦〕愁雲怨雨盡成羞，魚玄機。〔小旦〕萬事風波一葉舟。李商隱〔一三〕。

〔貼〕舊恨新愁相接續，戴叔倫。〔合〕雙雙孤夢擁香篝。李端〔一四〕。

## 評點：

〔一〕出口便韵。

〔二〕字字柔膩香甜，小窗中兒女喁喁，宛然如見。

〔三〕輕輕一挑。

〔四〕又輕輕一探。

〔五〕媚蘭心事已在口頭，故麗娟迎機直入。

〔六〕急出香羅，如老鷹之擒狡兔，即使他展動不得。

〔七〕無一字不自然，無一字不雅韵。

〔八〕妙絶。此如拳家借人之勢還跌人法。

〔九〕詞曲介白各肖其神。

〔一〇〕詞簡意該，的真老手。

〔一一〕不漏輕雲，前後俱有照應。

〔一二〕結省無限筆墨，非高手不能。

〔一三〕雲雨妙切夢中，一葉舟則麗娟之漂蕩無歸也。

〔一四〕舊恨新愁總括前後。雙雙孤夢直接『枕上』句來，回顧本旨又見鍾生遠在天涯。如此集句宛若天成，即詩文專家亦難得如是。細密深婉，攧撲不破，若僅以傳奇讀之，粗淺極矣。

# 第三十七齣　代拘

【越調過曲】【水底魚兒】〔四雜扮校尉帶小丑上〕令出威嚴，錦衣堂上籤。窩藏眼點，知情有藖髯，知情有藖髯。

俺錦衣衛堂上校尉，這瞎子出首了陰紅的女兒，賣在禮部文府，奉令特來拘提。此間已是，門上有人麼？〔末上〕絕异門如市，真同雀可羅。列位何來？〔雜〕你府中收藏着犯官陰紅的女兒，俺錦衣衛奉旨來拘，快去通報！〔末驚介〕俺老爺主試入闈，關防嚴緊，誰曉得甚麼陰紅女兒！〔小丑〕大叔，便是前晚那丫鬟，婆子拐了來賣的。如今小老出首了。〔末〕呀，那丫鬟便是這瞎子引進，俺府中曉得甚麼陰紅不陰紅。他今反行出首，莫非要圖騙俺府中不成？〔打小丑介〕〔雜攔介〕這是奉旨的，動手不得。快喚那女子出來便罷，淘甚麼氣！〔末〕既如此，列位少待，俺喚他出來便了。〔雜〕這個纔是。〔帶小丑下〕〔末〕咳，那晚不聽吾言，果然弄出事來〔一〕，則怕老爺出場，許多埋怨。這且休題，且去報知小姐，喚那女子出來，交與來差帶去，再做道理。輕雲姐，快請小姐出來，院子在此禀事呢。〔内〕來了。

【越調引子】【霜天曉角】〔旦上〕花飛萬點，紅泪妝臺染〔二〕。〔小旦上〕愁的來翠裙寬展。〔貼上〕心内事上眉尖。

〔末〕小姐不好了，前日買的那女子，竟是犯官陰都督小姐。如今那瞎子出首了，錦衣衛奉旨來拘。請小姐速速作主。〔旦、小旦、貼齊驚介〕呀，這等如何是好？〔小旦哭倒介〕〔旦貼扶起唤介〕妹子醒醒。

【過曲】【綉停針】〔小旦哭唱〕禍事頻添，唬散驚魂血泪淹。這場冤恨誰憐念。爹爹嗄，到不如困守窮檐，圖甚麼蕭曹貴顯，反做了絳灌髡鉗。可知道功名世路風波險，到而今摧殘骨肉盡冤沾，拚同向黄沙命掩〔三〕。

【前腔】〔旦〕聖旨森嚴，待把他抄没全家老少殲。奇灾忽下如飛焰。〔哭介〕妹子，你弱質纖纖，怎經得無情枷鎖，生斷送柳腰輕春筍柔尖。伏公堂無計遮羞臉。好叫我心如刀刃泪空潸，怎捨得將伊拋閃。

【望歌兒】〔小旦〕猜嫌，我和你萍水相遭没半點，實指望寂寞蘭閨，同了却今生荏苒，從此分離難再睹，身投深塹。〔哭介〕姐姐，你妹子此去，决無生理。异日鍾郎之事，若蒙恩赦，你二人永遂前盟，可對他説道，妹子今生不能報他之情，倘死而有知，願以來世〔四〕。但願他覓歡娱共你諧久遠，切莫要廢寢食把我來悲念。

【前腔】〔旦〕情黏，我若待由伊去，心兒痛轉添。若待要救你安全，又無計將伊遮掩。父在闈中，俺女孩家怎扶危濟險〔五〕？院子，可有甚計策，打發那公差回去。〔末急介〕小姐説那裏話。這是叛案家屬，收留在家，還怕與老爺有礙。早早把陰小姐送到官前，保得無事便好。怎反要回起那公差來？〔旦〕這等如何是好。那壁厢怕爹行驀生生冤罪染，這壁厢爲姊妹痛煞煞心情欠〔六〕。

〔末催介〕〔小旦哭介〕罷罷，奴家便到官前也是一死，不如早早尋個自盡罷。〔小旦撞地旦抱哭介〕

妹子且休要如此。

【亭前送别】看他氣息已奄奄，功令又炎炎。〔小旦哭介〕姐姐，我今生生望少，泉下反甘甜。我那爹爹嗄，冥途渺渺兒先占，到省得血染鋒銛〔七〕。

〔旦哭介〕妹子，我和你前盟未遠〔八〕，今值此危難，莫能相救，有何顔面立於天地之間。况你我事同一體，你若决意自盡，不如與你同死罷〔九〕。〔小旦哭介〕姐姐，我死是當然，你着甚麽來？

【前腔】〔旦〕妹子，我和你義重更情兼，共死有何嫌。忍堂前歡會寡，拚泉路冤魂添。凄涼燕家同時殮，好齊諧地下鶼鶼〔一〇〕。

〔旦、小旦抱哭各欲投地介〕〔末慌止介〕小、小姐，這、這個斷然使不得。〔貼慌抱旦跪哭介〕小姐，不必尋此短見，待輕雲替了陰小姐去罷〔一一〕。〔旦哭介〕雖是你一片好心，只是我怎生捨得你？〔貼哭介〕輕雲自幼相隨，蒙小姐恩養，名雖主僕，情若同胞。小姐今願捐生，輕雲何敢畏死？輕雲此去，一則可救陰小姐之危，二則可以全小姐之義。但求小姐開恩割愛便了。〔末點頭嘆介〕難得輕雲姐如此仗義，且喜那婆子在逃，瞎子不知真僞。小姐，就依了輕雲姐也罷〔一二〕。

【道和】〔貼〕念奴命輕如塵點，幼把恩沾。每日價侍湘簾同將針綫拈。更閑話清宵對夜蟾。眉顰色笑都無厭〔一三〕，忍教你輕生一命殲，坐視多危險。〔小旦〕輕雲姐，我的事情如何累你，這個斷然使不得。〔貼〕小姐休如此說，但願二位小姐同心共守鍾郎之盟，輕雲棄此微生，死而無怨〔一四〕。〔末催介〕事不宜遲，小姐快依了輕雲姐主意去罷。〔旦抱貼哭介〕也罷，我今日將你割捨，實非得已。你此去好覷方便，等老爺回來，少不得設法救你〔一五〕。〔合〕要重逢何處也。從今後晚妝成再不見你扶花靨，夜香深再不見你陪孤焰。愁只愁離魂冉冉，願早遇清廉，叫你早離冤塹〔一六〕。

〔貼〕小姐請上，待輕雲拜辭。〔貼拜旦扶起同哭介〕

【包子令】珠泪盈盈千萬點，千萬點。情難割捨握葱尖，握葱尖。〔小旦〕輕雲姐，你是我恩人，請上受我一拜。〔貼〕説那裏話。〔同拜介〕〔小旦〕羨你雄稱巾幗無遺欠，叫我死生銜結將伊念。〔末〕輕雲姐就隨我出去罷。〔貼行介〕〔旦、小旦上前，末攔介〕二位小姐不消出來了。〔旦、小旦、貼相望叫哭介〕只落得分離兩地恨重添。〔旦、小旦哭下〕〔四雜小丑上諢介〕

【尾聲】〔貼〕朱門辭出罹艱險，笑天壤義俠裙釵占〔一七〕，怎能似去燕重歸語畫檐〔一八〕。〔四雜鎖貼帶小丑同下〕〔末〕原來陰小姐和俺小姐結爲姊妹，如此相投，虧了輕雲姐一段俠腸，這也難得，這也難得。

有感中來不自由，杜牧。安危須共主分憂。李商隱。
堪爲烈女書青簡，劉禹錫。不啻秦人怨隴頭。胡宿。

---

評　點：

〔一〕小小亦有照應。

〔二〕點綴時景，俱極秀逸天然。上齣梨花春雪妙切夜景，此紅泪字又暗照代拘，下語都有意味。

〔三〕可爲世道一哭。

〔四〕情深意苦，那得不爲感動？

〔五〕亦自委折動人。

〔六〕勢處兩難，迸出血泪。

〔七〕語語悲切，一步緊一步。

〔八〕照應前盟，是極。

〔九〕媚蘭至性過人，實爲難得。

〔一〇〕『齊諧』二字於此一露。

〔一一〕何等爽快，自是天生俠腸，非可强致。乃偏於小婢見之，文人風世寔具婆心。

〔一二〕讀至此處，方知上文布局之細。

〔一三〕『都無厭』三字寫絶心腹小婢。

〔一四〕胥長公一流人物。

〔一五〕周匝。

〔一六〕此小姐哭輕雲，與《還魂記》春香哭麗娘一般悲慘。

〔一七〕愧殺鬚眉。

〔一八〕結句飄逸。

# 第三十八齣　賜元

【雙調引子】【謁金門】〔外上〕文星聚,同會五雲深處。萬里鵬程齊振羽,鰲頭誰獨步。下官禮部尚書文岸。奉旨恩科主試,考選天下奇才,進呈御覽。今乃三月良辰,御筆親點狀元,大開金榜,不免就此俯伏。〔内〕階下俯伏何官?〔外〕禮部尚書奉旨恩科主試,臣文岸謹奏。臣考取那士子呵。

【過曲】【鎖南枝】羞藏匱,待價沽。天人奏來真大儒。〔内〕誰可狀元?〔外〕選得金陵士子齊諧。宿學鴻才,可魁天下。微臣不敢擅專,伏乞聖恩面試。東海獲遺珠,荆山豈埋玉。〔内〕中式還有何人?〔外〕微臣謹體聖意,務得經濟之才,不取浮靡之士,僅得一十八人。一同進呈,候旨裁奪。螢窗下都曾讀异書侍經筵,正合瀛洲數。

〔内〕聖上有旨,即宣金陵士子齊諧,冠帶入朝見駕。〔外〕領旨。〔向鬼門傳旨介〕〔生冠帶捧笏上〕策隱懷中扶聖世,雲生足下步天衢。金陵草莽臣齊諧見駕。願吾皇萬歲萬萬歲。〔内〕聖旨道來:『朕聞明君必賴良佐,爾乃南國奇才,東吴名士,可將治國安邦之策,一一奏來。』〔生〕臣聞木從繩則直,人從諫則聖。又曰盤圓水圓,盤方水方。若上有堯舜之君,則下有皋夔之佐。惟願聖上親賢遠佞，則國泰民安矣。

【前腔】那些都和咈，都是古鏡模。修齊治平有萬卷書。〔内〕方今賊勢猖狂，生民塗炭，治之之術，何者爲先？〔生〕臣啓陛下，崆峒反寇，不過女子三人，烏合之衆。只緣承平日久，民不知兵。軟弱者望風而靡，豪强者乘間作横。今惟一面征討，一面招降〔一〕。不順者臨之以威，就撫者綏之以德，則亡城可復，賊勢自孤。逆命顯天誅，投誠要招撫。賊平之後，急須招徠流亡，使安故業。憐顛沛，須觀鄭俠圖。謀治安，須讀賈誼疏。

〔内〕聖旨道來，朕覽齊諧對策，言言經濟，果是奇才，欽賜狀元及第，即就館職。餘着分送各部觀政，量材授官，欽哉謝恩。〔生〕萬歲！〔丑上〕殿上衮衣明日月，階前幟影走龍蛇。錦衣衛臣陳力，奏聞陛下，今有陰紅之女，即鍾心之妻陰麗娟，被人拐賣文岸宅中爲婢，經臣拿獲，現在朝門，請旨定奪〔二〕。〔生大驚介〕有這等事？〔外急跪介〕臣適奉詔入闈，并不知情，望陛下恕臣失於覺察之罪。〔内〕恕卿無罪。陰麗娟即發錦衣衛審明收禁。〔生急跪介〕臣啓陛下。陰紅忠義素著，鍾心文學知名。今反形虚實未定，伏乞聖主寬仁，還當宥其妻女。

【前腔】昆蟲化，草木蘇，古來罪人都不孥。臣今孑然一身，并無家室，情願捐軀報國。乞假臣兵三萬，誓必掃蕩妖氛，以贖二人之罪，倘不成功，同甘斧鉞〔三〕。臣略曉誦孫吴，他逆豎心應怖〔四〕。〔内〕聽旨。齊諧文武全才，以身許國，朕心嘉悦。今仿漢朱買臣、司馬相如故事，即命巡按江南，兼督各路總兵，進討崆峒。賜與上方寶劍，勑書一道，將印一顆，便宜行事，功成另叙〔五〕。陰麗娟免發錦衣衛，即交司禮監暫養内廷，俟叛案審明之日，仍賜鍾心爲配。齊諧年少未婚，該部議擇大臣之女，以定好逑。欽哉謝恩。〔生〕萬歲。〔外〕臣啓陛下，臣有一女，年方待字，合配狀元。伏乞聖恩准奏。他年和貌，恰相符。臣敢冒天顔，求作主〔六〕。

〔内〕准奏。齊諧賜婚文氏，先行拜允，奏凱完姻。欽此，退班〔七〕。〔外〕萬歲。〔生喜揖介〕多謝恩師、岳父大人。〔丑〕狀元喜也〔八〕。文老先生，聖上主婚，帶挈下官做個副媒何如？〔外〕這個當得。〔生〕那陰麗娟即求早早釋放。〔丑〕一時送入内廷交與司禮監公公便了〔九〕。〔外〕狀元且請游街。明早拱候，纔瞻旭日辭金殿。〔丑〕又引春風入玉堂。〔外、丑先下〕〔四雜執爪旗上〕請狀元爺上馬。〔行介〕

【前腔】遭逢异，遇合殊。天邊御香新惹裾，春色滿皇都，馬頭杏花路。這狀元何足爲榮，只可喜文小姐竟御賜爲婚，又救了麗妹之禍，好僥幸也。那羡金鑾上榜開龍虎圖，喜得翠幃中締結鴛鴦譜。

策名飛步冠群賢，劉禹錫。又泛鴛鴦水上天。王維。
報主獨來須盡敵，胡浩。藍田日暖玉生烟。李商隱。

評　點：

〔一〕仍帶招降，好。
〔二〕打局圓緊。
〔三〕救语懇切。
〔四〕照應初上場之白。
〔五〕伏。
〔六〕更捷更緊，文章全此亦有水到渠成之妙。
〔七〕偏如此容易快當，俗筆爲之，必猶有求婚一齣。
〔八〕果然喜極。
〔九〕伏。

## 第三十九齣　窺宴

【雙調引子】【新水令】〔外上，末隨上〕驚心瑣事勾消罷，喜佳婿門庭先踏。彩結垂鴛瓦，准備着獸爐香，沸沸笙歌迓。

下官爲誤買陰紅之女爲婢，事發被獲，幸蒙聖上寬仁。及歸細問其詳，竟係輕雲妮子，代被拘去。此事益發聲張不得，只好將麗娟認爲己女。若鍾心事體得明，請旨完配，那時對他説知，連輕雲也一并歸他便了〔一〕。〔笑介〕可喜者，狀元女婿門生益加親熱，又是天子主婚，非常榮遇，真不枉吾一向擇婿苦心也。今他一來進謁，二來拜允，已吩咐備下鼓樂酒筵。院子，狀元到門，即便通報。〔末應仝下〕

【引子】【海棠春】〔旦上〕孽緣天賜頻驚詫。〔小旦上〕怪鸞帖偏訛月下。〔合〕心事對誰言，泪滴香羅帕〔二〕。

〔旦〕妹子，我爹爹好没分曉，忽求聖上爲媒，將我賜婚甚麽齊狀元。你道此事如何是好？〔小旦〕姐姐，那齊狀元不知與我們有甚相干，竟將輕雲姐救下，又肯捐軀赴敵，代贖俺爹爹和鍾郎之罪。我心中到有些疑惑起來〔三〕。〔旦〕那狀元素與令尊、鍾郎交好，亦未可知。如今聖上既有寬仁，異日輕雲回來，那姻緣少不得還你正主。只是我孽緣强合，辜負前盟，倘事不諧，惟有一死。〔哭介〕鍾郎，鍾郎，我和你既恁無緣，便不該做那好夢，既做那般好夢，爲何又恁地無緣也〔四〕。〔小旦〕姐姐且免愁煩。

【過曲】【錦堂月】〔旦〕愁泪如麻，怪良緣夢裏，真變作南柯虚話。鍾郎，一幅春紗，可記得苧蘿山下，我猛拚着玉碎香消，你肯守定鸞孤鳳寡。妹子，奴甘罷，放着恁蕭郎，讓你鸞妹獨嫁。

〔小旦〕姐姐説那裏話，妹子受姐姐大恩，就是鍾郎有日相逢，怎敢偏背姐姐。

【前腔】非假，俺怎肯銀河獨駕，也拚向空門祝髮，同消受紙帳梅花。等那狀元到來，且和姐姐偷去一看，再做道理〔五〕。〔旦〕看他怎麽？〔小旦〕看他，象簡烏紗，雖則是荷衣欣挂，問何如夢裏人兒，出落的風流俊雅〔六〕。〔旦〕妹子此言益發好笑，便風流俊雅待怎麽？〔小旦〕姐姐，閑游耍，且休要覓死尋生，痛腸無那〔七〕。

〔旦哭介〕〔小旦勸下〕〔丑上〕書童年紀雖小，奴婢隊裏爲高。自幼相隨伴讀，挑燈洗硯勤勞。服侍他登科及第，早把俺帶挈風騷。革退了書童舊號，簇新新大叔銜標。自家非別新陞大叔，仍管書童事是也。自相公淮安探親，留我在京，楊老爺又已外轉，我在他家住下。前日聽得陰老爺反叛案内，竟有相公同謀，老大吃驚。誰知他竟逃回京師，改名御試，中了狀元。那皇帝老兒主婚，又將文府小姐，賜與爲配。恰好是他夢中之人，豈不是轉禍爲祥，天從人願。今日一則游街，二來拜允，命俺做個頭導，先往文府中投遞喜帖，好不興頭。你看相公隨後早到也〔八〕。〔生簪花騎馬領四雜執爪旗上〕玉鞭嬌馬踏香塵，簇簇宫袍柳染新。記得嫦娥相贈語，夢中人是看花人〔九〕。下官改名齊諧，恩科欽賜狀元，游街三日。且喜麗妹得蒙恩赦，暫養内廷，文小姐又欽賜爲婚，數載相思，一朝如願。今者一來拜謁老師，二來登門謝允。明早就往江南赴任，進討峪峒。倘得成功，辨明冤枉，請旨將麗妹迎歸，與文小姐一齊完配，可畢我生平之願矣。左右就打道往文府走一遭也。

【紅林檎】桃花浪暖魚龍化，只聽得一聲頭踏。向御街攔縱，委實風華。下官姓名已改，那兩位美人如何知道，誰料這黄卷青燈，早换過紅纓白馬。且住，麗妹見我羅帕，已知道有文小姐，偏又被拐賣入他家，不知如何氣苦。若文小姐窺破麗妹之事，可不也要撚酸，不知彼此相共，情性如何？意如麻，知他可一見相憐，那醋意争差〔一〇〕。

〔到門，丑投帖介〕〔執事下〕〔内鼓樂，末隨外上迎生介〕〔生拜介〕忝爲桃李，兼辱絲蘿，皆大人再造之恩，實小子三生之幸。〔外〕狀元英姿卓越，文學淵深，小女何能，得親箕箒。看坐。〔生告坐介〕〔外〕狀元奏對天廷，條晰當今時事，明晝周詳，不意衡文之士，又善談兵，可愛可敬。〔生〕門生識陋才凉，過蒙老師相栽培，私心感戴，抱愧殊深。〔末跪禀介〕酒筵齊備了。〔外〕狀元請花廳少坐。〔内細樂，外携生手下〕〔末隨下〕

【前腔】【换頭】〔旦、小旦仝上〕堪嗟，問天公何故推聾啞，既是姻緣寡，又何必魂牽夢惹。〔小旦〕花廳上鼓樂之聲，想必狀元已經上席了。咳，狀元呵，桃源咫尺，怎知他哭哀哀，懶飯胡麻。姐姐，這也怪不得你。說不得薦香衾幻若朝霞，怎辜負新詩羅帕。〔合〕如戲耍，難道浪蕩雲頭又飄别峽〔一一〕。

〔内吹打，旦、小旦内窺介〕〔小旦驚指介〕呀，你、你看那席上坐的，分明是鍾家哥哥，那見甚麼齊狀元。〔旦驚介〕果然就是鍾郎，好奇怪。

【醉公子】見他暗地裏彩鸞偷跨，莫非相貌相同，隔簾看不明白〔一二〕。〔小旦〕姐姐，再細細看個明白，據妹子想來，鍾郎因事在逃，一定改名赴考，故此爹爹被他瞞過〔一三〕。況此齊諧二字，分明寓意於你我二人，不必多疑了〔一四〕。〔旦笑介〕這也想得有理。你看他今日呵，玉帶低橫，金花斜插，越顯得風流煞〔一五〕。〔小旦笑介〕更氣吐眉揚，料不似夢裏偷從花徑踏。〔旦〕妹子又來取笑。〔小旦〕姐姐恭喜賀喜，方纔個彈珠泪，一會家改笑開顏，憂愁畢罷。姐姐，如今你事已成，妹子還不知如何結局呢〔一六〕？〔旦〕鍾郎既已得志，你還愁怎麽？

【前腔】〔小旦〕泪灑，他怎知俺在銀屏這答？〔旦〕正是，只認你果在内廷呢。恨不得紅葉傳情，向御溝題罷。〔小旦〕牽腸煞，更累他受怕耽驚。恁弱怯書生，怎去親戎馬〔一七〕？〔合〕但願早奏凱歸來，大家歡恰。

〔集唐〕〔小旦〕天緣種就豈尋常，〔旦〕春望逍遥出畫堂。〔小旦〕閨閣不知戎馬事，〔合〕一般離恨繫心腸。〔旦〕妹子請回房去罷。〔小旦〕姐姐請。〔仝下〕〔内細樂，外携生手，四雜隨上〕〔生背介〕方纔飲宴時，那綉屏後似有女子行動，莫不就是小姐。

【六么】偷將眼斜，似風飄環佩，香透窗紗。只恨珠簾掩映綉屏遮。小姐呵，可知天台還是劉郎踏，懷怎達，空對着一樹紅梨日影斜。

〔外〕狀元何事自言自語？〔生驚介〕門生醉後失儀，望老師恕罪，告辭了。〔外〕説那裏話，院子，就移樽花下，與狀元盡此一日之歡。〔内細樂，安席坐飲介〕

【八聲甘州】〔衆〕亭臺静雅，凉雨過，潤荼蘼香生滿架。翠禽飛下，叠青錢已發蓮芽，風吹游絲捲落花。畫舫烟波浸晚霞。堪誇，宴瓊筵人物風華。

【前腔】【换頭】偏佳，春光羸綉榻，把金尊痛倒，酒泛流霞。陽春雖溥，饒他富貴人家，玉鈎閑珠簾長不挂。惟有風點梨花香亂灑。堪誇，宴瓊筵人物風華。

〔老扮内官捧旨急上〕一封丹誥銜來急，萬里金城寇起多。〔做闖入介〕狀元快接聖旨。〔生跪介〕〔老〕聖旨道來，崆峒兵困金陵，羽書緊急，即着狀元齊諧馳驛赴任，尅期進師，毋得遲誤。欽此謝恩。〔生〕萬歲。〔老〕聖旨嚴切，狀元作速起程，咱家自回旨去也。人間歌宴罷，天上使星回。〔下〕〔生〕門生就此告别。〔外〕左右掌燈，送狀元歸第。

【尾聲】〔生背介〕提兵去，歲月賒，怕冷落香閨人盼嗟。〔外〕狀元，只望你奏凱歸來錦上花。

〔生辭下〕〔外〕下官一向意中止有一個鍾心，却又有才無行，果然弄出事來。誰知這狀元更高十倍，後來楊令修提及爲媒，喜得不曾依允〔一八〕。不然，豈不到錯過這文武全才的風流佳婿也。

相如擁傳有光輝，武元衡。才德雄名遠近知。張籍。

年少功成人最美，楊巨源。和鳴雙鳳喜來儀。蘇頲。

## 評點：

〔一〕處置亦妥。

〔二〕《閨叙》齣麗娟已取出羅帕，嗣後二女同居，此帕自應仍歸媚蘭之手，但上文未及提明，故特補此句。

〔三〕疑的是。

〔四〕四語總括一部全旨。

〔五〕《代拘》齣麗娟情詞悲慘，媚蘭輒爲激切捐生，此齣媚蘭腸斷心灰，而麗娟情似淡淡者，何也？總緣心中疑惑。一語已伏其根，故急欲偷看以釋疑，且不暇即做傷心語也。

〔六〕要知此是飾詞。

〔七〕『閑游耍』三字一轉活甚。

〔八〕書童久未登場，故亦須略叙。

〔九〕照應有情。

〔一〇〕此想亦恰在人情中，豈知皆是反照文字。

〔一一〕借與談心早哄到花廳背後，寫麗娟有心又極乖巧，如此妙文，豈粗淺人所能窺見。

〔一二〕又作一宕，好。

〔一三〕早已疑惑到此,但不好驟信爲然耳。

〔一四〕聰明語。

〔一五〕讀者亦爲神往,何況二位小姐。

〔一六〕麗娟心裏一定有此一轉。

〔一七〕想起駕前捨身力救之情,感極生悲,那得不泪。而戎馬一句,則父親、夫婿,婉轉柔腸真兩下做人難也。文情曲盡。

〔一八〕照應前文,俱有意趣。

# 第四十齣　靖亂

【引子】【燕歸梁】〔旦戎妝領衆上〕金陵鼙鼓震天寒,閫内警且回山。〔小旦戎妝上〕獨踞崆峒緊閉關,疲癃卒,入來難。

〔旦〕三妹,俺二人分兵兩路,齊打金陵,聞得朝廷差了狀元齊諧前來征討,直取崆峒,只得回兵到此。想他一介書生,焉知兵法,必料我遠歸疲頓,彼自不設提防,只消夜劫其營,必獲全勝。〔小旦〕二姐言之有理,就此分兵兩隊前去。〔仝殺下〕

【引子】【破陣子】〔生戎妝領衆上〕四子兼通,七子將壇換却文壇。投筆班超年未老,挂印淮陰鬢豈斑。軍中也號韓。

〔集唐〕天塹長江勢若分，那堪青海漫生塵。書生亦有平蠻策，欲斬樓蘭報國恩。下官奉旨巡按江南，兼督各路總兵，進討崆峒草寇。探得賊兵圍困金陵，我却兼程倍道，直取崆峒，此乃伐魏救趙之計也。前已檄令諸將，來此會戰。中軍，傳諸將進營相見。〔雜扮四將上〕風吹鼉鼓山河動，日掩龍旂草木昏。衆將打恭。〔生〕賊人已歸巢穴，金陵圍解。想彼狡猾异常，必料我因其遠歸疲頓，不設提防，今夜定來劫寨。可分兵四面埋伏，只聽軍中炮響連珠，伏兵盡起。須多設金鼓火炬，駭亂其軍，則賊衆一鼓可擒矣。〔四將〕元帥言之有理。〔生〕衆將官聽我吩咐〔一〕。

【北醉太平】趁星明夜闌，把將伏兵安。聽連珠炮響震天關，齊殺出沒遮攔。〔衆〕得令。〔四將下〕〔生升高坐介〕〔內發喊火起介〕〔生〕呀，果見賊人來到也。俺機謀謹把孫吳按，他痴迷竟把空營犯。掩旂息鼓漫偷看，料功成在這番。

〔旦領兵殺上〕

【南普天樂】陣雲高，西風晚，馬枚銜，人甲袒〔二〕。提刀鐧，提刀鐧，斬落重關。管書生夢膽生寒。呀，一座空營，俺中計也。孩兒們快退。見無人壁壘，旗槍插數竿。〔內炮響喊殺介〕〔旦驚介〕猛聽得四圍喊殺，喊殺，海沸江翻。

〔四將扮前後左右四營，各帶燈火齊上交戰，擒旦跪介〕

【北朝天子】〔生〕看烟明火繁，喜軍威馬閑，喊連天伏起雄兵萬。長槍大戟，似貔貅一般。小崆峒怎挂眼。賊將何名？〔旦〕小將乃崆峒公主之妹賽百花是也。〔生〕你姐姐將斷袍寫下血書，與陰都督遣人招降，你爲何不早早投順〔三〕？〔旦〕小將至今不知姐姐下落，并不知甚麽血書戰袍，也没見都督遣人招服。〔生驚介〕這就奇了，且與我監下。這機關怎參，豈虛言囈談。小蠻小蠻小小蠻，怪早不牽羊肉袒。上囚車知罪晚，上囚車知罪晚。

〔拿旦下〕〔生〕衆將官，賊兵既來劫營，必有大兵隨後，你與我按九宫八卦，擺下一個鴛鴦陣者〔四〕。

〔衆〕得令。〔走陣介〕

【南普天樂】白虎分，青龍按，元武明，朱雀燦。風雲布，風雲布。奇正更番，甲丁排凶吉旋還。把休生傷閉驚開景死安，羨妙算神機不枉，不枉拜將登壇。

〔小旦領兵殺入陣中，衆擒跪介〕

【北朝天子】〔生〕覷花枝女蠻，旋摘離錦鞍。鴛鴦陣，葬盡英雄漢，騰騰殺氣，髮森森影寒，被擒來增愧赧〔五〕。賊將何名？〔小旦〕小將崆峒公主之妹勝木蘭是也。〔生〕你姐姐將斷袍寫下血書，與陰都督遣人招降，你爲何不早早投順？〔小旦〕小將至今不知姐姐下落，并不知甚麽血書戰袍，也没見都督遣人招服。〔生〕也與我監下。連擒二寇，已獲渠魁，掃蕩崆峒，在此一舉。衆將官可盡力殺上前去，快乘時飽餐，望崆峒遠關，飛趕飛趕飛飛趕。入虎穴休生退懶，掃妖氛如轉盼，掃妖氛如轉盼。

〔衆殺下〕〔老旦、净仝上〕

【南普天樂】離茅庵，下山坂，走長途，揮塵汗。赤烏行，赤烏行，火爇龍盤〔六〕。更心懷疑懼多端。老身蒙姑姑留住多時，今又將我引到海濱，道不久親人相遇，骨肉團圓。説罷飄然向西而去，想他定是奇人，不免在此等候。向緑陰深處，且潛身試看，只見四圍沙白，沙白風影迷漫。

〔下〕〔生衆上〕

【北朝天子】鎖愁雲遍山，染疏林血丹。切生頭滚地如瓜剷。〔四將〕禀元帥，崆峒已破，賊衆悉平。〔生嘆介〕咳，若果依了下官，招服衆賊，早早歸降，豈不免此一番殺業。可怪那血書斷袍爲何不知下落。這其間好難猜度也。思量起往事，猛教人泪彈。女英雄堪扼腕。前營將官過來，你將此令箭傳諭各營，凡遇賊兵投降，准其歸誠，毋得恣行殺害，違令者斬。〔將應下〕〔生〕左營將官過來，你將此令箭，招撫流民，各安故業，敢有動民間一草一木者，立即梟首示衆。〔將應下〕〔生〕右營將官過來，你將此令箭，把賊人所掠男婦，一概放還，各着親人認領，不許殺害奸淫，違者軍法從事。〔將應下〕〔生〕後營將官過來。你將此令箭，把賊營輜重，分賞衆軍，敢有兼并劫奪者，綁赴轅門，請令發落。〔將應下〕〔七〕〔生〕令軍中數番，曉黎民盡安。請看請看請請看，齊打叠鞭敲鐙返。歌太平免塗炭，歌太平免塗炭。

〔將上禀介〕禀元帥，小將奉令安撫黎民，只見兩個婦人，口稱陰紅家眷，要見元帥。現在營外，請令定奪。〔生〕快請進營相見。〔將應下，領老旦同浄上〕霜侵短鬢家鄉遠，草掩長戈古道荒。〔將下〕〔生見介〕果是姑母。〔老旦〕原來是我侄兒。〔共悲介〕〔浄〕鍾相公已做了官，好造化。〔生〕不知姑母爲何在此？

【南普天樂】〔老旦〕返家園，罹兵患。〔浄〕鍾相公，可傷小姐中途失散了〔八〕。〔老旦〕痛嬌兒，遭離散。〔生〕姑母休悲，麗妹現在無恙。〔老旦〕賢侄何以得知？〔生〕姑父招撫崆峒，原是侄兒將其勸順。蒙姑父不棄，已將麗妹許配侄兒。後因朝廷見罪，侄兒改名齊諧，恩科得中。恰遇麗妹被逮入朝，隨於駕前救下，蒙恩交司禮監暫養内廷。待侄兒破賊功成，即赦案内諸人之罪。但侄兒又蒙賜婚文氏，必須回朝面聖，將前事一一奏明，方可一齊完配。〔老旦喜介〕原來如此。〔生〕但不知姑母向在何方？怎生到此？〔老旦〕我因逃難迷失道途，忽至滁陽山内，見一彌勒庵，叩門求宿。有一年少女尼，説起你姑父，他便感慨悲傷，留我住下，原來就是那崆峒公主。〔生驚介〕這女尼今在何處？侄兒正要見他。〔老旦〕他將與你相遇，勸降之事已一一對我説知。前日入定醒來，忽説道崆峒劫運已終，一月後當有故人相訪，但我道行將成，不便相見。因寫下五言八句頌子，將我送至此間，説道大兵平定，即當骨肉重逢。他遂飄然向西而去，不知何往了。真堪羨，真堪羨。月貌雲鬟，勝男兒義膽忠肝。〔生〕這女子果是奇人。頌子安在？〔老旦取出，生念介〕不負斷袍約，蕭然雲水中。蒲團輕似甲，錫杖便於弓。殺業隨花雨，塵緣逐曉風。乾坤都是夢，何處有崆峒〔九〕。呀，此女大有根基，可惜不能重會。且住，那崆峒二妹被擒時，我問他血書招服之事，他一字不知，連姑父遣去之人，至今亦無下落。這其中必有原故。〔老旦〕那蔡節前爲聘請賢侄，與你姑父種下冤仇，如今又聽得是他題參拿問，此事益發可疑了。〔生躊躇介〕如此想來，必係這廝探知消息，把去人中途短下，匿起血書斷袍，故將我們誣陷〔一〇〕。也罷，侄兒如今巡按金陵，隨將蔡節拿問，抄他衙内，如將血書斷袍搜獲，即可究出真情，奏明聖上。〔老旦〕如此甚好。料天王明聖，奇冤雪不難。那時節重逢骨肉，骨肉。一慰愁顏。

〔生〕姑母且請後營安息。〔老〕罷了。

【尾聲】〔生〕笑雲臺畫上又添個書生扮，從今後踢倒崆峒不見山。公主呵，〔老合〕則問你月冷雲閑何處鸞〔一一〕？

劍光横雪玉龍寒，工初。談笑論功耻據鞍。羊士諤。

儒將不須誇却縠，薛能。萬方臣妾一聲歡。薛逢。

評點：

〔一〕《敗陣》《勸順》大作戰場，則此番靖亂自不得草草了事。然陣法數變而文章亦數變，極盡能事矣。

〔二〕人甲袒,見六月交兵,又料其不設提防也。

〔三〕照應。

〔四〕鴛鴦陣本之戚繼光,此處取名甚妙。

〔五〕醒人語不在多。

〔六〕特點出炎天時候。

〔七〕《勸順》齣以四營作起,此齣以四營作收,遥遥相應作章法。

〔八〕要緊心上一言,仍稱鍾相公,亦好。

〔九〕此一小結。

〔一〇〕竟似料敵之智,言言皆中,果是奇才。

〔一一〕一結悠然不盡。

# 第四十一齣　鬧審

〔丑扮獄卒上〕痴愚偏不入,智巧此中存〔一〕。自家京江府監中獄卒是也。今日督撫司道齊到都督衙門會審陰紅一案,二鼓已發,不免帶齊人犯,到彼伺候。陰老爺走動。

【北新水令】〔末枷鎖上〕福堂含怨隔丹霄，仗忠誠夢魂飛告。悲風疑鬼哭，淒雨動冤號。

〔丑〕都督府二鼓已發，還這等慢騰騰的，快走。〔末嘆介〕失勢英豪，對提牢卒也只得低陪笑。

〔仝下〕〔净上〕欲展屠龍手段精，自來恩怨最分明。無情只爲多情種，不許多情便寡情[二]。下官參劾陰紅，因候拿獲鍾心對質。前據杭州府緝獲解來，奏聞聖上，奉旨着與巡撫司道一同勘問。又因金陵被寇，下官與巡撫領兵守城，無暇及此。今聞狀元齊諧奉旨巡按江南，督師進討崆峒，金陵圍解。爲此約定今日會審。且等衆官到來，自有道理。〔内鳴鑼呼道，雜扮執事衙役隨衆官上〕

【南步步嬌】是是非非多顛倒，何處論公道？風波各自招。作個緘口漁翁，鷸蚌由他鬧。膽量没分毫，葫蘆提小意把功名保[三]。

〔外〕下官欽命巡撫鄧清是也。〔小生〕下官按察使司金國祥是也。〔小丑〕下官鎮江府提刑史古度是也。〔見介〕〔净〕今日之事，只須盡法嚴刑，反情自然可得。〔外〕是非自有公論。〔小生、小丑打恭介〕大人見諭極是。〔各入公案坐介〕〔丑帶末報門上〕犯官進。〔生帶副净報門上〕杭州府解犯人進。〔衆喝堂介〕〔點名介〕〔外〕陰紅，你身爲大將，受國弘恩，爲何通同反叛？今日有何分辨麽？〔末〕列位大人在上，念犯官呵！

【北折桂令】荷皇恩仗節持旄。誓把這忠孝名留，清白名標。只知道陷陣衝鋒，援枹抱鼓，斬將追逃。〔净冷笑介〕這不過門面話兒。你現教女婿鍾心與賊人割袍爲誓，縱令逃脱，這還不是通同反叛麽？〔末〕此乃招安之計。〔净〕你招的安在那裏？〔末〕咳，便做道無計算難將敵料，有差池易把安招。也不曾誤了兒曹，背了天朝。待一謎兒除腥臊，敢半點虚囂？〔外〕且帶下去，叫鍾心。〔末暗驚介〕如何又有一鍾心。〔雜唤副净不應介〕〔雜喝介〕老爺唤鐘心，這厮妝呆討打。〔副净慌爬上介〕小人不是鍾心，爺爺。〔外〕這厮好胡説，杭州府公文上明明的寫着自供真寔。連年貌都開注明白，如何道不是鍾心？〔净〕老先生休聽這厮胡言。〔喝介〕鍾心，你今日一般也有來見我之日麽？還敢花言巧語，不説事情欠真，反道姓名都假，還似從前戲弄下官，好生可惡，掌嘴。〔雜掌嘴，副净叫屈介〕〔四〕〔净〕你招也不招。〔副净〕小人不知招甚麽。〔净〕不打不招。〔丢簽打介〕

【南江兒水】〔副净〕似鐵心難禁，如爐法怎饒。爺爺，念無知入井寃誰告〔五〕。便是俺鬧鶯花敢把天朝鬧，盗鸞儔敢把山河盗，冒名兒反被名兒冒〔六〕。〔外〕這厮不知説些甚麽。〔净冷笑介〕想是又來説夢話了。且待我替你醒一醒夢〔七〕。左右撈起來。〔撈介〕〔副净〕受刑不過，招了罷。〔哭介〕天，屈打成招，下場頭風流業報。

〔外〕這厮既招，鬆了刑具帶下去。〔净〕陰紅若不動刑，如何肯認？帶陰紅。〔末上跪介〕〔外〕陰紅，你將已獲賊人，縱令逃脱，分明通同反叛，如再不招，也要動刑了。〔末〕大人在上，陰紅只因誤聽賊人，欲其全夥歸順。若是與賊通同，便不應殺他片甲無存了。那日與他交戰呵！

【北雁兒落帶得勝令】只剩他伏征鞍一騎逃，儘教些斷頭屍埋路草。俺原待洗干戈把巨賊招，也强似仗威靈把餘孽掃。〔外〕如今賊人未降，你却難以借口了。〔末〕咳，招降之書，去猶未回，則無奈朝廷見罪過早〔八〕。假饒他始終不服呵。那怕狼子心忒浪佻，只消設機謀彰義討。〔外〕則怕那時又遲了。〔末〕便教這一靈兒陣上飄，少不得爲厲鬼把君恩報。鐵錚錚寶刀，他也曾斬樓蘭殺氣高，血漫漫戰袍，他也曾染腥膻把赤膽包。

〔雜扮報人急上〕秣馬臨郊甸，軒車近會城。按院大老爺前站已到金陵，請衆位老爺各回本衙，料理迎接。〔衆官齊驚介〕按院督兵海上，進討崆峒，捷音方纔幾日，如何來得恁快？〔雜〕那按院馳驛巡按江南，好不利害。〔小丑〕怎見得利害？〔雜〕朝廷道他文武全才，十分寵信。賜他上方寶劍一口，凡有貪官污吏，先斬後奏〔九〕。一路來不知殺了幾千百顆首級，盡都馱了獻與皇帝。〔外〕胡説，這是獻俘。〔小丑〕我們都要小心些。〔小生〕正是。〔外〕且將陰紅、鍾心收監，另期再審，各自回衙准備便了。〔役帶副净末下〕〔外〕大官供宿膳。〔小生、小丑〕小吏護朝衣。〔各騎馬下〕

〔净〕且住，按院如此利害，倘將陰紅之事看出破綻，如何是好？不免着緊再加嚴刑，料他受刑不過，自然成招，隨即覆旨定罪，便是鐵案難移了。我有道理。左右，單將那鍾心吊出監來。〔役帶副净上跪介〕〔净〕鍾心，你罪在不赦，我今有救你之處，你可依得麽？〔副净叩頭介〕求爺爺案下超生。〔净〕陰紅反叛，連你也是死罪。你若咬定陰紅，叫你如此這般，便分了首從，自有出脱你處。〔副净〕小人理會得。〔净〕帶陰紅覆審。〔役帶末上〕〔净〕陰紅，你女婿鍾心，我已拷出真情，你還胡賴怎麽？〔末〕誰是俺女婿？〔净〕帶鍾心過來。〔副净跪上介〕岳父，你叫我下書崆峒，暗獻淮城,與他斷袍爲誓。我受刑不過已招了,你也快快招了罷。〔末怒介〕一派胡言,誰認得你這光棍!〔浄〕好笑,連女婿也不認了。

【南僥僥令】〔副浄〕他半幅袍親割,你一封書寄遥,許你功成定取封王號。先把小小淮城獻賊巢。

〔末氣介〕這光棍怎敢如此胡言。咳,我曉得了,蔡節、蔡節,都是你一群奸黨,陰謀串合,陷害忠良。氣殺我也,氣殺我也。〔浄拍案怒介〕〔衆喝堂介〕

【北收江南】〔末〕呀,怎知你安排下巧計呵,真魍魎活山魈。〔浄〕死囚好大膽,拶起來。〔拶介〕〔末〕罷了,罷了。爲私嫌平地起波濤,把無端禍招,把無端禍招。奸賊,也不顧青天湛湛不相饒。

〔浄〕與我着實敲。〔役敲拶末呼聖上介〕〔内鳴金外領兵上繞場圍下〕〔役急報介〕不好了,按院大老爺遣兵圍住衙門,差官進來拿人了。〔浄驚介〕有這等事?〔外持令箭上〕現奉當權令,來提負屈人。俺奉按院大老爺之令,提取陰紅一干人卷,并拿犯官一名蔡節,赴轅聽審。衆軍士放了陰紅手拶,將蔡節拿下。〔拿浄介〕〔外〕蔡節,你知罪麽?〔浄慌介〕小官不知罪。〔外〕左右快往内衙搜來。〔衆軍應下〕

【南園林好】〔外〕暗難欺冥冥鬼曹,明怎避青青鏡皎,枉使盡謀奸計狡。惹火焰自身燒,惹火焰自身燒。

〔衆上禀介〕禀將軍，適在蔡節卧内，搜得血書斷袍在此。〔净暗驚介〕〔外〕就發與陰紅一認。〔末見驚介〕呀，這正是那血書斷袍，原來竟被這厮暗地短下，怪道賊人不即投降。且問你，送書差官何在？〔净〕小官不知道。〔外〕好胡説，難道這血書斷袍會飛進你衙中來？〔末〕咳，將軍不須再問，那送書差官一定被他謀殺了。〔外〕蔡節，你奸謀已露，此時不招，還想要受那大刑麽？〔净急介〕罷罷罷。事已至此，没的分辨了。將軍，那送書差官，果係被我殺害，首級埋在衙後夾墻内。只求爲我方便，開一綫之恩便了。〔外〕左右快去刨來。〔衆應下〕〔末〕天網恢恢，我陰紅奇冤得雪。奸賊奸賊，你下得好毒計也。

【北沽美酒帶太平令】謝神天同鑒昭，謝神天同鑒昭。奸賊你枉自施凶暴，險教我六月冤霜向大地飄，這一點精誠偏不杳，幾無地把冤號。今日呵，幸不做未央宫奇功莫報，風波亭精忠不保。雷州驛遭讒難料，汨羅江孤魂誰吊？俺呵，一般的天高聽高，喜愁消怨消，早博得莫須有覆盆冤照。

〔衆持人頭上〕禀將軍，後院墻根下，掘得一顆人頭在此。〔末〕果是俺遣去裨將模樣。你看顔色如生，并無損壞，真奇事也。〔外〕就將斷袍首級，連蔡節一干人犯，解赴按院衙門聽審便了。

【北尾】〔末〕笑一場威福空囉唣。俺好似籠中鳥逝釜魚逃。罷罷罷，再莫把宿世冤仇又種牢〔一〇〕。

〔末〕土埋冤骨草離離，儲嗣宗。〔外〕却是同袍不得知。李商隱。

〔末〕衹以直誠天自信，陸龜蒙。〔合〕莫矜纖巧鬼難欺。韓偓。

## 評點：

〔一〕十字喚醒一切。

〔二〕此等事亦脱不得情字，寫來甚奇。

〔三〕居官者大概如是。

〔四〕句句應前，吞吐間神吻畢現，只是賈生何處叫屈。

〔五〕各有心病，語語絶倒。

〔六〕弄巧不讓臨川。妙。

〔七〕妙白。

〔八〕暗照前文。

〔九〕爲便宜行事，一點做拿問蔡節張本，又妙在映前靖寇。

〔一〇〕結意更深。

# 第四十二齣　訊假

【玩仙燈引】〔生上〕儒將風流，雙印挂代天巡狩。

下官巡按金陵，已將蔡節拿問。搜獲血書斷袍，并差官首級。此案情節已明，但不知如何又有一鍾心，好生奇怪。書童，快請陰老爺更衣，進衙相見。〔丑仝末上〕餘生一綫依塵蟻，壯氣千尋貫斗牛。〔見介〕原來却是賢侄，老夫萬死一生，今乃如夢方覺矣。〔生〕姑父受害，侄兒已經奏明，想不日就有旨下〔一〕。但此現獲鍾心，不識又係何人？〔末〕莫非蔡節買出奸黨，扶同硬證。〔生〕這却未必，此係杭州府緝獲解來。那知府楊令修與侄兒舊有世誼，其中必有緣故。也罷。姑母現在後堂，姑父且請到裏面相會。待侄兒將他傳進一訊，便見分明了。〔末〕原來夫人亦在此處，正是百年塵世三生幻，萬里萍蹤一見親。〔下〕〔生出堂吹打開門介〕〔衆役上〕〔净扮首領官捧文卷報門上〕〔生〕蔡節帶去收監，候旨發落〔二〕。將鍾心一名帶審。〔役帶副净報門上〕〔生望驚介〕呀，如何竟是賈俊才，好奇怪。〔喝介〕欽犯重罪，不許抬頭。〔副净爬上介〕〔生〕鍾心，我看你原招之內，稱冤不是鍾心。但如何被獲解來，從實招明，赦爾之罪。倘若半字支吾，看夾棍伺候。〔副净〕爺爺，小的叫做賈俊才，乃鍾心之友，是個假鍾心。〔生〕爲何做假？〔副净〕這原是小人不是。〔生〕任你不是，總没有謀反的不是罪大了。快實供來，有我作主。〔副净〕爺爺聽稟。

【仙呂入雙調過曲】【雙玉供】【玉抱肚】只爲希圖婚媾，冒名兒兔羅雉投。〔生〕從頭細說上來。〔副净〕小人向與鍾心，同在虎邱讀書。因崑山文學士要與鍾心爲婚，親自來訪。恰值鍾心不在寓中，就被小人冒認下了〔三〕。〔生暗驚介〕後來如何？〔副净〕文公約我進京，到也瞞過。不料小姐眼色利害，看出破綻，和那輕雲丫頭，作成圈套，將我哄進中堂，作賊拿住，又作好作歹，放我逃走，親事不曾到手。誰知那真鍾心犯罪在逃，竟將小人這冒名的拿去頂缸了。〔哭介〕爺爺嗄，不過是小慫尤假騙私情，偏認做大來頭真賊公謀。〔生背嘆介〕不料賈生如此奸險。怪道楊公後來爲媒，文公忽有一變〔四〕。喜得文小姐靈心俏膽，驅逐這厮，不然可不誤了大事。〔喝介〕鍾心，你抬起頭來，認我一認。〔副净抬頭見生驚介〕呀，羞也羞也。【五供養】機關盡漏悔對着真人失口〔五〕。〔生〕賈俊才，我和你朋友交好，爲何生此歹意，騙我婚姻？今有何顔在我案下〔六〕？〔副净叩頭介〕好朋友老爺，念春風依舊鎖秦樓，我空竊南冠代楚囚。〔生〕當初蔡節將他女兒蔡如花，假作夢中美人，騙我成親，以致搆成奇禍。今蔡節雖應正法，但他女兒無罪，我便將那假美人配你這假鍾心，到是天生的一對〔七〕。去罷。〔副净〕多謝好朋友老爺。〔生退堂掩門下〕〔副净〕慚愧慚愧〔八〕。喜得保全性命，又得了一個美人。咳，你看他做了官，不像那叫夢中美人的模樣了〔九〕。

幾許悲歡并一身，劉長卿。寵隨辱後定須勻。羅隱。

共知世事何嘗定，張說。不道西方有美人。高適。

評點：

〔一〕一筆點過。
〔二〕結過蔡節。
〔三〕招得爽快。
〔四〕應前點明。
〔五〕賈生少有人心，此時定當入地。
〔六〕特寫與天下稱好朋友者一看。
〔七〕非非想，奇絶妙絶。
〔八〕『慚愧慚愧』四字，省却無數筆墨。
〔九〕應前，好極。

## 第四十三齣　牝綱

〔小丑扮蔡如花，四旦扮丫鬟隨上〕兩行綉棒女排衙，預整牝綱待破瓜。世上若無獅子吼，男兒没命也貪花〔一〕。奴家蔡如花是也。父親京江都督，只因參劾陰紅，反被按院拿問，性命雖亡，家財未散。那按院年少風流，可憐奴孤身未嫁，差人傳命，教配鍾心〔二〕。我想那鍾心向年夢見美人，痴心遍訪，俺爹爹屈意相招，他到底昂然而去〔三〕。今雖奉行上令，畢竟非其本懷。倘或痴情不斷，依然舊態復萌。祆廟火焚，燒不壞五靈六府；藍橋水漲，淹不殺七魄三魂〔四〕。縱有緝捕軍兵，難勦滅槐安之境。豈乏風雷號令，怎禁得巫峽之雲。除非縛其心猿，必貴收其意馬。憑咱威福，制彼風魔。打麵杖權爲棒喝〔五〕，猶如那斷酒除暈；頂蠟臺代作傳燈，急須要讖冤悔過。俺父親在日，因怕俺嫁丈夫拴不住他莽男兒，胡行步履，已趁俺爲女子，教下些醜丫頭，布作爪牙。就今日嬌婿登堂，即便使英雄入彀。爲此大開營壘，須教拜伏轅門。先與他約法三章，纔保得春風一度。丫頭們，新郎到時，即忙通報。

【北紫花撥四】笑人生一味胡談，動不動佳人才子把妍媸鑒。喚不醒痴情漢，夢境沉酣，怎得俺整牝綱，代把愁魔斬。

〔內鼓樂〕〔雜持燈副净簪花披紅上〕〔丫鬟報介〕〔小丑〕喚儐相唱禮。〔净扮儐相上贊禮，副净、小丑交拜介〕〔副净見小丑怕介〕〔雜下〕〔小丑〕丫鬟掌燈入房。〔小丑坐介〕〔副净背介〕好一個夢中美人，這一假竟假的離格了，都是那好朋友作弄我〔六〕。如今走又走不脫，怎處怎處？〔小丑喝介〕丫頭們，將那禽獸綁過來，看刀斧伺候〔七〕。〔四旦綁副净大叫跪地介〕小人無福，不敢服侍小姐，望饒狗命去罷。〔小丑〕你如今還想要去麼？丫頭們，先替我掌嘴。〔四旦掌副净嘴諢介〕

【胡撥四犯】風流罪犯，可知你風流罪犯。〔副净〕小人怎敢冒犯小姐？都是那好朋友作成的。〔小丑〕咳，呆打孩，誰知你敢也那不敢。禽獸，俺父親好意招你爲婿，有何虧你？爲甚麽輕薄把人彪。我待把夢中舊案從新勘問。今番何處駕雲驂。惱得俺氣冲冲惡膽。但提起老大羞慚。〔副净〕這是那裏説起，必是那小鍾作的孽。又叫我頂名的受罪了。小姐，這事須不干小人之過。〔小丑〕你兀自口强麽？丫頭們，取我賠嫁的家法來，與我細細拷問者。〔四旦各取花棒上〕〔小丑持棒喝介〕禽獸，快從實招來。夢兒中將何動憚，夢兒中着甚勾談，夢兒中怎生慣雲尤雨滯，夢兒中怎慣這蝶戀蜂貪，夢兒中怎酥痕雙透、香沾蓓蕾，夢兒中怎惺紅一點、露滴菡萏，夢兒中誰針將綫引的批風抹月，夢兒中誰天和地久的證女盟男〔八〕。雖然是隍中蕉鹿逢來暗，昏騰騰别樣諳，將一個没影響兒人心上坎，將一個没底囊兒恨肩上擔〔九〕。倩誰把心猿就縛，怎教那意馬停驂。〔副净〕這是那真鍾心做的夢，小人是個假名兒。此事與小人無干。〔小丑喝介〕有甚麽真的真，假的假，誰和你争折白賭道字也胡喃。〔副净背介〕晦氣，當初文小姐那雙伶俐眼，教我要真不得真。而今撞着個鶻突柴，偏生要假又不得假了〔一〇〕。小姐，小人叫賈俊才，并不敢作甚胡夢，求小姐詳察。〔小丑怒介〕這廝初會，便恁調謊，欺哄老娘。丫頭們，與俺着實打者。〔齊打，副净叫屈介〕〔小丑〕呀，一聲聲雖冤銜怨銜，一心心實魂貪夢貪，虚飄飄風月把人眈。道是你痰也不痰，憨也不憨。笑殺人鬼病把朱顔減。便富貴呵憎厭，縱好色呵難甘。也罷，俺也不管你是真是假，你既入我之門，便當守我之法。自古道妻綱不整，夫行易邪〔一一〕。俺已定下科條，禽獸你跪過來，聽俺分付者。天天天，你且去按刑名把三千條新律從頭覽。今日個逢恩赦將一萬重往業大包含。你若是重犯，重犯也難堪。〔副净〕拙夫謹遵條約，不敢有違，小姐妻綱，但求饒恕。〔小丑〕則見他謹遵依，謹遵依。收拾起如天膽，收拾起如天膽，再莫效吐絲終老自纏蠶，急早把楚天雲影函。諳也不諳，祛魔君蜜様甘。你今既然猛省呵，我和你紫簫吹，青鸞并驂，噤着口往事丢談。再餓眼休貪，涎口兒休饞。對秋静寒潭，望雲起山嵐，覓海上香楠，向天外優曇，似合掌閒參〔一二〕。投至得死灰不暖，止水波涵。呀，那時節憑慧刀纔把這愁根盡斬〔一三〕。

丫頭，放了綁，請姑爺起來相見。〔副净起揖謝介〕謝小姐不殺之恩。〔小丑携副净手陪笑介〕鍾郎

【賺尾】有造化好夫妻，儘自兩情耽。没下梢假姻緣，莫把天公憾。要曉得畫餅雖圓不療飢，現放着家常茶飯休嫌淡。

〔副净〕小姐吩咐極是。

〔副净〕粗糲亦足飽我饑，韓愈。長年方悟少年非。韋莊。

〔小丑〕我叱奴人解其縛，杜甫。朝朝相守莫相違。白居易。

## 評點：

〔一〕奇論，極爽極透。

〔二〕情之所鍾，推廣及物。

〔三〕又一番錯認，妙極。

〔四〕奇文妙理，自古未聞。

〔五〕無异棒喝婆心。

〔六〕甚矣，好朋友之不是，信也，然此還是以直報怨。

〔七〕一語先奪其魄，此女亦大有孫吴梟姬氣概，不可以蔡節女花面輕之。賈語恰與《誆脱》齣合，故妙。

〔八〕點出許多夢字，正如亂墜天花。

〔九〕寫得有理。

〔一〇〕妙白真堪絶倒。

〔一一〕自我作古，八字居然訓典。

〔一二〕亦暗與笑和尚相照。

〔一三〕儼然棒頭生悟。

# 第四十四齣　代迎

【引子】【憶秦娥】〔末冠帶上〕封章上，天顔喜動恩光盎，恩光盎。撥雲睹日孤忠無恙。下官陰紅，虧鍾家内侄翦滅崆峒，辨明冤枉。下官内陞兵部，鍾心特授翰林，崆峒赦罪爲民，蔡節依律正法〔一〕。真是九重湛露承恩日，萬户昇平賀聖時。爲此先與夫人一同進京，面聖之時，龍顔大悦。但不意麗娟孩兒，遭此變難，暫養内廷，現奉有旨，着下官帶領鍾心引見，請旨迎親。我想鍾心業已改名齊諧，又蒙賜婚文氏，那得又有一個鍾心請旨親迎？因與夫人百般商議，漫無主張，如何是好？

【前引換頭】〔外上〕朝回隊隊辭天仗，絲綸閣下同歡暢，同歡暢，修文掩武，太平有象。〔役上禀介〕禮部文老爺拜。〔末起迎介〕〔末〕小女恩蒙豢養，尚未趨謝，何辱先施。〔外〕小弟一來賀年兄之喜，二來報令愛之信。乞退左右，以道其詳。〔末〕迴避了。〔役下〕〔外〕年兄，可曉得當日奉旨查拿，今交司禮監收養的是誰？〔末〕正是小女。〔外笑介〕咳，那是令愛？〔末〕怎麽不是？

【過曲】【懶畫眉】〔外〕那是女中丑父走齊王，他比誑楚功勛紀信强。令愛呵，好似避秦人在武陵藏。〔末〕呀，難道奉旨拿時，竟有人替了小女，又説甚避秦人在武陵藏，難道小女現藏別處？此言甚是糊塗，乞年兄明道其詳。〔外〕令愛一到舍間，小女即與結爲姊妹，兩意相投。那日錦衣衛奉旨來拿，令愛迫欲自盡，小女不忍，遂將侍婢輕雲，代被拿去。今日呵，同心二美相依傍。若是鍾郎請旨完配，少不得鵲自還巢鳩讓將〔二〕。

〔末喜介〕有這等事，小女蒙令愛如此周全，真乃再生之德矣。年兄可曉得奉旨迎娶小女的鍾心是誰？〔外〕小弟早已見過，如何不曉〔三〕。〔末笑介〕咳，年兄向日見的那是鍾心？〔外驚介〕怎麼不是？

【前腔】〔末〕那是無鹽粉飾貌毛嬙，那知施氏西村別有妝，到是年兄今日呵，暗中摸索配鸞凰。〔外〕呀，難道小弟初時所見竟是假鍾心，又説甚暗中摸索配鸞凰，難道聖上賜婚的齊狀元到是真鍾心不成？此言益發糊塗，乞年兄明道其詳。〔末〕年兄初到吳門訪婿，鍾心適往小弟署中，却被同窗賈俊才，竊其詩文，假冒前來，年兄竟被瞞過。〔外〕有這等事？〔末〕那真鍾心因爲避禍改名齊諧，得中狀元，如今令愛奉旨賜婚的就是此人。年兄回府，只看其中式文章，與觀風試卷，筆氣相同，便見明白。看他雄才妙筆真無兩。你莫錯認劉郎作阮郎〔四〕。

〔外點頭嘆介〕我就道那鍾心文才天下，那有第二個。但是一件，鍾心改名齊諧，蒙恩十分寵信，聖上又宣鍾心面駕，更將何人承旨。誠恐種種欺君其罪不小。倘朝廷見疑，從根追究，不但年兄們辨枉除奸總皆虛誑，就連小弟的衡文取士亦屬黨同，怎生是好〔五〕？〔末〕小弟正爲此事大費躊躇。〔外沉吟介〕據小弟想來，如今到要個假鍾心面聖請旨，將輕雲娶回便可無事矣。〔末沉吟介〕此事豈可謀之外人，除非竟叫小女改扮男妝，前去一將輕雲迎回，隨即借言歸省，上表辭官，以滅其迹。〔外〕如此甚妙。還怕齊郎回京，在路風聞此信，一時着急，又要多出事來〔六〕，何不就將令愛迎送上前，説明就裏，方纔十分全美。〔末〕這也使得。但小女承令愛大恩，焉有占先之理。〔外〕也罷，小弟既屈令愛爲女，亦將小女拜在年兄膝下，就煩年兄年嫂主婚，將他姊妹二人一同送去，省得先後大小，彼此又相推讓。〔末〕這却甚好。令愛大德，老夫婦亦須面謝。左右快搭轎接二位小姐到來。〔役上應下〕〔外〕小弟也告辭了。

【隔尾】〔合〕真真假假非虛謊，敢故將疑陣誑君王，則怕那月下人兒也費審詳。

〔外下〕〔末〕快請夫人。

【玩仙燈引前】〔老旦上〕奇怪文章誰解得，翻新花樣〔七〕。

〔見介〕老身聽得多時，不勝之喜。〔末〕我差人去接兩個孩兒，想已就好來到也。

【引子】【風入松】〔旦、小旦仝上〕香車相并入華堂，湘簾啓風透羅裳，朱闌贏得秋光滿，海棠低桂子飄黄〔八〕，親結就一雙姊妹，同認取兩姓爹娘。

〔净出迎入見介〕〔老旦、小旦各相抱泪介〕〔旦、小旦〕爹媽請上，待孩兒們拜見。〔末、老旦〕常禮罷了。〔拜介〕〔旦〕念孩兒幼失慈顔，望爹媽撫同親養。〔末、老旦〕我孩兒賴爾周全，愚夫婦不勝感謝。〔净〕奶娘見禮。〔小旦〕奶娘一向好麼？〔净〕自從小姐失散，老身與夫人那一日不哭着思量，恭喜二位小姐歸來。正是失了一個得了一雙。〔末〕閑話少説，我兒，方纔與文年兄相商，欲着你女扮男妝，前去面聖請旨，將輕雲迎娶回來。想你義不容辭，你可知道麽？〔小旦〕孩兒已知其詳，願從嚴命。〔末〕事不宜遲，就着姐姐替你改了妝，冠帶起來。我先與文年兄入朝接應，須要小心。正喜隆恩聯彩鳳，還思巧計釣金蟾。〔末下〕〔老旦〕奶娘，取鏡臺冠帶，送在二位小姐房中去。

〔老旦下〕

〔净〕二位小姐，鏡臺冠帶在此。〔旦爲小旦改妝介〕

【過曲】【九疑山】〔旦〕我與你洗却臙脂净粉龐，説甚麽蛾眉淡妝把宫花斜插帽檐光。果翩翩年少勝過郎君也。〔小旦〕諸般可扮，只是這綉襪弓鞋如何是好？蓮尖鸞步强。〔旦〕喜宫袍綉襖長。妹子，你若果是個男兒，那更有如花玉女能相仿，便是那鍾郎呵，怕不也憐才貌委實心降。〔小旦〕姐姐休得取笑。〔對鏡介〕重對菱花自端詳，羞臉難將翠袖藏。〔旦〕妹子出重些纔好。〔小旦〕怕威儀全没個男兒像，便嬌羞躲不過男兒相。〔旦〕你而今不怕男兒相了。則怕玉鞭裊裊銀鞍上，反惹得紅裙争看緑衣郎〔九〕。〔内鼓樂、花燈，衆擁小旦下〕〔旦〕你看妹子竟自去了。花燈夾道揚，爆竹連天響，樂奏霓裳。同甯匐在朝堂，只願聖主多情，早判就鴛鴦榜。就是輕雲回來呵，少不得背銀缸穩坐垂鴛帳，雙雙只道牛女共成行。那知是女裴航代搗玄霜〔一〇〕。〔内鼓樂、花燈，衆擁小旦攜貼上〕〔旦扯小旦，貼交拜笑介〕〔貼背坐介〕〔旦〕妹子恭喜，果然全璧而回了。〔小旦〕姐姐替妹子換了梳妝罷。〔旦笑止介〕你休佯，快歸洞房。〔小旦笑介〕姐姐，我那慣温存絮語，蝶浪蜂狂，向燈前做盡風魔狀。〔旦笑介〕難道祇待郎行惜玉憐香，自不會温香暖玉權偎傍。略討些便宜供笑腸，休迂樣，良宵怎誤却風流況。麝蘭芳，管對此也魂飄蕩〔一一〕。

快些進房去，權代鍾郎叫他幾聲妹子，看他如何回答你。〔小旦〕片時游戲何妨，只是姐姐休要見笑。〔旦〕那個笑你？〔小旦笑立不動介〕〔旦笑推小旦入房介〕〔旦立門外偷覰介〕

【東甌令】〔小旦〕銀河耿，夜未央，香燼羅幃人倚床〔一二〕。〔小旦除貼蓋頭，貼低頭介〕妹子，往日凄凉，今宵歡慶，對此花燭爐香，恍若蓬瀛仙境也。謝風流天子從人望。〔貼不理介〕〔小旦〕你且把愁眉放，千金一刻豈尋常，我和你同夢到高唐。

妹子，夜深了，請睡罷。〔貼〕你且移燈過來，細認一認，可是你妹子不是？不要認差了〔一三〕。〔小旦〕不是妹子，還有何人？〔貼〕呀，難道除開你妹子，便没有你心上之人了？

【潑帽落金甌】怎便把良緣夢裏人抛漾。〔小旦〕那夢中之人，此時提他怎麽？〔貼〕可記得遞情詩虧殺誰行？向花陰曾許下風流帳〔一四〕。〔小旦暗點頭笑介〕下官一時忘懷了。〔貼惱介〕可又來甜言媚語都成謊。薄幸是兒郎。

〔小旦笑介〕别人的話不要管他，且和妹子安寢罷。〔貼〕那個是你妹子？你自尋你妹子去。難道連人也認不得了？〔小旦笑介〕下官怎麽認不得人。到是妹子移燈過來，細認一認，可是你哥哥不是？也不要認差了〔一五〕。〔貼驚介〕難道又一個假冒的不成〔一六〕？〔旦推門入笑介〕妹子游戲的也彀了。〔小旦笑脱冠帶介〕〔貼驚介〕原來是二位小姐。

【東甌蓮】看他除紗帽，褪紫裳，早露香雲一撮光。好似彩雲開，忽現嫦娥相。〔旦扯小旦近貼笑介〕待伊行先打三千杖，問可再弄虚脾薄幸輕狂。〔貼羞介〕小姐休要見罪。〔旦〕彼此游戲，何罪之有？〔合〕閨閣事，恁風流，須記取，輕話與那兒郎。

〔貼除鳳冠介〕輕雲不知此計因何而設？〔小旦〕鍾郎改名齊諧，恩科及第，奉旨與你小姐定下姻親。如今又有旨，着鍾心面駕完姻。怕他雙名難認，故設下此計，娶你回來。〔貼喜介〕原來那齊狀元就是鍾郎，怪道那般關切。二位小姐可謂恰如所願矣。

【尾聲】可喜的，金屋英皇齊受享〔一七〕。陰小姐，把奴婢學做的夫人想讓。〔旦、小旦〕少不得合璧雙輝，也讓你星在傍〔一八〕。

〔净上〕閫外功名文變武，閨中游戲女爲郎。夫人請二位小姐。〔净見貼笑介〕這就是輕雲姐姐了，果然名不虛傳。〔貼〕媽媽是誰？那個夫人？這所在怎不似我家？〔旦〕此乃陰老爺府中。這媽媽便是奶娘。此間夫人、老爺，我已拜做爹媽，一同在此。〔貼笑介〕二位小姐，真乃是通家侍教生了。

〔小旦〕佩聲歸到鳳池頭,王維。〔貼〕雲嶼晴花隔彩旒。徐彦伯。〔旦〕寄語世間兒女子,吴融。〔合〕何嘗得見此風流。李頎〔一九〕。

## 評點:

〔一〕四語總結從前,省得聖旨一道繁文。
〔二〕好詞。
〔三〕忽用比偶成文,更奇。
〔四〕更自然。
〔五〕見得到慮得周,誠欲不代迎不可。
〔六〕更慮得是,又生出奇妙文章。
〔七〕作者自道。
〔八〕點綴秋景,正回思夜别後即遭亂離,今始重逢,幾多情致。
〔九〕一字一珠。
〔一〇〕又揣度輕雲一番情景。

〔一一〕一對頑皮小姐，游戲風流，讀之令人消魂欲絶。

〔一二〕新做親時光景可想。

〔一三〕好白好目。

〔一四〕先争小姐，次及自己，亦見輕雲有禮。

〔一五〕即用前語一轉，絶妙章法，絶妙文心。

〔一六〕又映帶賈生一筆，文心處處靈動。

〔一七〕用成語恰合。

〔一八〕結句完全。

〔一九〕詩更結到題外，妙趣天然。

## 第四十五齣　後夢

〔外扮和尚上〕大千世界火中蓮，那識蓮花九葉全。空色色空空不辨，回頭苦岸即西天。自家景州城外净業寺住持，法名獨醒〔一〕。此地東光驛，離京三百里，來往官員，車馬不絶。遠望塵頭起處，一隊人馬，且近前一看。〔下〕〔生領衆上，丑隨上〕

【過曲】【走山眉】凱歌齊唱，凱歌齊唱。滿旗風任捲舒，正秋明别浦，打咚咚得勝鼓。早銜山日晡，早銜山日晡。聽韵悠悠隔林兒砧聲夜孤，冷清清月明，響颼颼落葉兒驚飛宿烏。雜遝遝馬歡騰，原上嘶禾黍。望皇都將近，越逞英武。

〔衆稟介〕前面東光驛，天色已晚，林邊一座大寺，儘可駐扎。〔生〕軍士四外扎營，俺自到寺內，隨喜一番者。〔衆軍下〕〔生帶丑行介〕竹塢一灣流水急，松陰滿地白雲多。〔外上迎介〕〔生〕和尚，此寺何名？〔外〕乃當今勅建淨業寺。〔生〕俺每日軍中勞頓，可有靜室，借宿一宵？〔外〕這彌勒殿後有一養心堂，幽深清靜〔二〕。〔生〕你自迴避。〔外〕没底籃兒盛皓月，無心鉢子貯清風。〔外下〕〔生〕未脱征衣怨别離，長安門外暮雲低。夜深欲睡還無睡，坐待西林月上時。我今夜在此獨對這輪明月，想文小姐閨中和麗妹宫內也是這月。月呵，不知何時纔照俺三人同在一處也。

【引子】【步蟾宫】挂疏槐寒月昏黄吐，聽沉沉雲堂暮鼓。怪天邊一個團圓，怎照俺愁分三處〔三〕。

〔老旦扮内臣捧旨上〕十里芙蓉金勒馬，一營楊柳木樨軍。聖旨下。〔生跪接介〕〔老旦〕跪聽宣讀。詔曰，爾江南巡按挂大將軍印齊諧，掃蕩崆峒，廓清宇內，功莫大焉，朕心嘉悦。今遣司禮監內臣，賫奉玉音，郊迎三百里，仍勅駐師郭外，朕將親率諸王大臣、文武百官，燕勞南征諸將士，晉伊侯爵，親迎入朝，以著凱旋之盛。欽哉謝恩。〔生〕萬歲。〔起見介〕〔老旦〕君侯文武全才，舉朝欽服。〔生〕天恩如此，微臣何以克當。請問公公，那陰麗娟在内廷好麼？〔老旦〕那陰小姐已經翰林鍾心請旨迎去了。〔生驚介〕〔四〕公公此言何來？怕此時還没得鍾心來迎娶。〔老旦〕怎麼没得？

就是前月十五夜，聖上親御五鳳樓，傳旨着鍾心面駕，迎去成親。烘動了合京城人人喝采，連萬歲爺龍顔大喜，便是俺内裏三宫十六院也没個似新郎那般標致的，與陰麗娟天生一對美夫妻〔五〕。〔生背氣介〕有這等事？且住，那陰都督在京，知也不知？〔老旦〕就是陰都督帶着女婿引見的，怎麽不知〔六〕。〔生急介〕此話可真？〔老旦〕怎麽不真，這陰麗娟就係咱家收管，親自交他迎去的。〔生大驚介〕這等益發奇了。〔老旦背介〕怎麽聽了此話大驚小怪。且自由他。聖上立等回旨，告辭了。〔生不語打恭送介〕〔老旦〕月明解轡弓留影，風冷挑燈劍落花。〔下〕〔生呆介〕呀，聽那公公之言，不知是真是假。如果係奸徒假冒，怎麽引見的就是俺姑父。這其中緣故好難猜度也。〔丑上爲生换便衣介〕〔丑下〕

【過曲】【懶畫眉】〔生〕好一似晴天霹靂震人蘇，教我閉口含冤没地呼。盤旋無定如蟻行釜。咳，假使麗妹果有此變，俺便棄此功名，拚了性命，少不得見個明白。與這厮勢不干休。怎肯把并頭密誓來辜負。枉了他死怨琵琶别調孤。

〔嘆介〕俺鍾青士爲這兩個美人，不知受幾番磨折，歷幾遍風波，怎如今好事將成，還有這傳聞怪變。天嗄，兀的不作弄殺人也。

【前腔】也待紅塵撇下見真如，怎奈鬼病纏身未許逋。思量净業業偏餘，便養心怎絆得心猿住〔七〕。〔欲睡又醒介〕甚麽響呀？原來鐵馬敲風和木魚。

〔睡着介〕〔内打更生魂起介〕好一天月色也。

【仙吕油葫蘆】葉落霜紅點翠臺，掩清秋一夕晚風催。冷晶晶銀月横金界〔八〕。想文小姐和麗妹此時呵，多應是静悄悄，睡眼欹衾側，還怕也悶懨懨獨坐無聊賴。對一天星斗漫疑猜。静夜長街，早驚起卧花陰小犬吠人來。

信步踏來，已是文小姐花園門外，你看裏面好不熱鬧也。

【後庭花】爲甚的懸燈結彩，爲甚的仙音一派。〔丑扮儐相上〕牽絲憑月老，撒帳待冰人。今日文府招贅狀元，還不見到，且往裏面討碗酒嗑去。〔下〕〔生〕方纔那人明明説文府招贅狀元，想知我奏凱而回，准備在此。念書生離别情懷，早成就一宵歡愛。覷着可憎才，兀的不活觀音般頂戴，鋪陳下鸞衾鳳枕，翠繞珠排。投至得九天玉女下瑶階，臉揾香腮，汗貼酥懷。美融融笑整金釵〔九〕。你看這，銷金寶帳垂，好一似，擺下風流寨〔一〇〕。

呀，一行人馬鼓樂前來，且上前一看。〔副浄簪花披紅，鼓樂花燈入内介〕〔生驚介〕呀，這、這、這分明是賈俊才騎着馬，插着花，竟入文府去了〔一一〕。待我快打上前去。〔末上喝介〕誰人大膽，在相府門前這般胡鬧。〔生〕我且問你，下官奉旨與你小姐成親，今日你家爲何招贅了賈俊才，莫非差了？〔末〕一些不差，這是俺老爺親向吴門訪來的，誰認得你來〔一二〕？〔生怒介〕這是何話？

【青歌兒】聽説罷，魂飛魂飛天外。把婚姻霎時霎時胡賴。烏鴉鸞鳳争相對。小姐，你只顧合巹杯酒自篩。那知俺對孤檠苦自挨。頓忘了香羅帕上盟言在。路阻天台，春隔陽臺，月冷秦臺。早難道硬喚蕭郎陌路來，真無奈。

〔内叫院子末下〕〔生〕我鍾青士顛來倒去，無非爲這兩個美人，如今兩處婚姻，一處也不能成就，好緣慳也。

【鴛鴦煞】那一個連理暗移開，這一個比目明分拆〔一三〕。滿肺腑愁堆怨塞，再休題花下情懷，月下詩懷。拚一個泪滴心灰，只落得冷清清月射書齋〔一四〕。傷情處，聽幾聲寒雁帶秋來。嘆今生分乖，信前生業該〔一五〕。罷罷罷，莫種下孽冤牽，還留與再生挨。

〔生大哭醒介〕〔丑急上〕老爺好好睡在此，怎大哭起來？〔生〕陰小姐被人娶去，文小姐又改配他人，好心傷也〔一六〕。〔丑笑介〕説那裏話，想又在此做夢哩。老爺呵，你只爲當初一夢，惹恨至今〔一七〕。怎麽還作不醒來？〔生不應復睡介〕〔丑〕又睡着了。難道定要作個好夢纔罷。老爺，老爺，只怕你夢到好時，醒來依舊成空也〔一八〕。

【清江引】嘆人生逃不出華胥界，管甚麽成和敗。愁從夢裏來，夢醒愁還在。到不如不做夢的，不把閑愁買〔一九〕。

天色尚早，且由他睡睡。俺也再去困了罷。正是不到鷄鳴呼不醒，黄昏都是夢游人。〔下〕〔集唐〕

〔小旦上〕陽臺無路可追尋，閑踏宫花獨自吟〔一九〕。終日相思却相怨，斷絃收與泪痕深。一徑尋來，此間已是〔二〇〕。〔叩門介〕〔生魂起介〕誰？〔開門見驚介〕原來是麗妹，你在那裏來？〔小旦〕俺被那厮假冒你的名兒，奉旨迎娶，虧我矢志不從，被他拘禁。今聞你奏凱回京，故乘此静夜，逃出重關，和你厮會。想起來好傷感人也。

【得勝令】好笑你，統雄兵百萬來。顧不得，患途中一女孩。誇竊玉被竊轉移開，慣偷香反被人偷在〔二二〕。

〔生〕下官少不得與這厮見個明白。〔小旦〕你可知我的心兒。

【得勝令】我爲你夜難將鴛枕挨，我爲你朝不到妝臺側，我爲你沿路兒問破人前口，我爲你順風兒踏綻鳳頭鞋。喘嘘嘘到來。你與我静悄悄把門兒帶，急攘攘情懷，我和你笑吟吟會晚齋。

〔小旦指介〕你看這一池好花中間開着一朵并頭蓮，正合着俺定盟時佳兆。〔生見喜介〕當日定盟，并頭花放，今宵相會，花有重開，豈非天乎？〔摘玩介〕

【雁兒落】〔旦上〕恰纔個晚妝罷離鏡臺，早來到披離荒郊界，冷冥冥白露點蒼苔，鬧吟吟促織鳴秋籟〔二三〕。

〔生、小旦笑語介〕〔旦立聽介〕

【得勝令】呀，聽嬌音何處美人來，硬抵着門兒在。好叫我漫徘徊着意猜。瞥眼兒驚還怪。裙釵。厮陪着不志誠薄幸才。怎該。止不住怒紛紛恨滿懷。

〔推門入見介〕〔生、小旦驚起介〕〔生〕原來是文小姐，小姐一向好麽？〔旦不理介〕〔小旦〕那個文小姐？〔生笑不語介〕〔小旦嚷介〕我曉得了，必是那帕上題詩的文媚蘭，俺正要和他講話。〔旦〕鍾郎，你既有你妹子，便不該又定妾身，今日反叫我做小不成？

【收江南】呀，不記得咏香羅盟定呵，怎教我《白頭吟》就愴心懷。但説着伏低做小未曾該。鍾郎，〔生〕小生有。〔旦〕快將他拆開，快將他拆開，好和你雙雙鴛侶自和諧。

〔小旦急介〕怎到説將我拆開？哥哥，我當初和你説甚的來？

【前腔】呀，你道硬將俺拆散呵，却不道花間曾誓并頭來。説不得伏低做小我偏該。哥哥，〔生〕小生有，〔小旦〕快將他拆開，快將他拆開，好和你雙雙鴛侶自和諧。

〔旦奪花擲地碎介〕這是甚麽好東西？羞也不羞！〔生慌介〕呀，好一枝并頭蓮拆散了。可惜可惜。〔小旦怒介〕你那羅帕兒到不羞人！〔取帕撕碎擲地介〕〔二四〕〔生慌介〕羅帕兒也扯碎，怎了怎了。〔二旦各背泣介〕〔生向旦揖介〕小姐且休煩惱。〔旦不理介〕〔生向小旦揖介〕妹子忍耐些罷。〔小旦不理介〕〔生作忙介〕怎麽樣處？〔貼上〕好事一天早，堂前雙吼多〔二五〕。〔生〕輕雲姐來得正好，二位小姐在此合氣，你替我勸勸轉來。〔貼笑介〕可知是要氣也。小姐呵！

【雁兒落】雖然他另重婚玉鏡臺，但提起你和他情原在，少不得不偏背事共諧，也不索使性子將人怪。

〔向小旦介〕

【得勝令】我這裏謹躬身禮數該。你休得背銀燈全不采。姊妹行休氣乖。惡心頭須善解。喬才。自將您兩下裏齊眉待。休呆。怎使得一人兒生拆開。

鍾郎，都是你不是，你過來跪着，我吩咐你。〔生笑不肯介〕〔貼扯生跪介〕

【收江南】呀，總是你兩三番忒弄乖。要從今兩下同恩愛，切莫心偏惹出是非來。〔向旦介〕把憂愁放懷。〔向小旦介〕把憂愁放懷。好夫妻，姊妹共相諧[二六]。〔旦、小旦笑扶生起介〕〔老旦扮内臣捧冠帶上〕奉聖旨，狀元與二位夫人冠帶成親[二七]。〔内鼓樂齊冠帶同拜介〕〔老旦指介〕不好了，狀元快走。那崆峒山兵馬又來也。〔老下〕〔内鳴金，雜扮三女帥領兵繞場下〕〔旦、小旦、貼齊下〕〔生驚介〕小姐、妹子，快些逃難去。呀，一個人也不見。四面林木高山，早則是崆峒險地，如何是好[二八]？

【殿前歡衮】猛然間喊如雷，兵戈重叠殺奔來。纔轉眼幻出崆峒界。〔末扮布袋和尚急笑上〕鍾生，還往那裏走。〔生〕呀，一位老師父。不知我兩個美人今在何處，望師父指我前去。〔末〕咳，那前邊的路去不得了，快隨我轉來，指你一條大路去罷。〔末引生行介〕使不着威凛凛挂印登臺，見只見凄慘慘雲暗連天黑。鬧炒炒士馬喧林外，急孜孜快逃出重圍一帶。霎時間匹練如銀天一色，險些兒戰兢兢唬吊人魂魄[二九]。

師父，好景致也。〔末〕豈不聞蘆花兩岸雪，江水一天秋〔三〇〕。鍾生，此時不醒，更待何時？〔末笑下〕〔三一〕〔生叫介〕師父，師父〔三二〕。〔内鳴金，生驚醒呆介〕呀！

【離亭宴帶歇拍煞】俺則見天空露潔流光彩，助人愁秋聲無賴。〔嘆介〕咳，你看滿地霜華，半窗殘月，小姐何處？妹子何處？天那，怎生俺三人止不過此夢中之緣也。〔三三〕怪不得夢中彌勒笑人呆：錦前程，鏡花水月；巧姻緣，海市蜃臺；枉墮落情淵孽海。論鍾情，豈在形骸〔三四〕；縱無緣，情根自栽。從今後任晨鐘敲破魂游界，猛驚回，倦眼慵開。韵悠悠鷄聲林外。碧熒熒曉色盈階。俺呵，攄愁腸宫商漫排，添一種新聲可愛。問知音來也不來，只落得倩雪兒歌出沿門賣〔三五〕。

〔丑上〕老爺醒了〔三六〕，天已大明，就請起來梳洗罷。〔生起介〕

〔生〕方丈蕭蕭落葉中，戴叔倫。秋波不動簟紋融。韓偓。

〔丑〕浮生已寤莊周夢，張泌。得喪悲歡盡是空。温庭筠。

評　點：

〔一〕寺名净業，僧名獨醒，見滿前業障皆夢中人也。

〔二〕前後以彌勒作關鍵。養心莫善於寡欲,寺名佳,堂名更佳,總是大夢將覺之候矣。

〔三〕頓挫沉鬱。

〔四〕一驚不小。

〔五〕重述一遍,寫得麗娟真正出色,令人回想風流,猶有餘慕。然却是激起下文,又帶寫出輕雲美麗。

〔六〕又故設一疑陣,令鍾生於快意中偏惹出煩惱。蓋行文忌直,且從前層波叠出,亦不得不作縈回曲折之筆以爲收煞也。

〔七〕再將堂名寺名一點。

〔八〕是寺中秋夜之月,又恰是夢中對月。

〔九〕真夢語。

〔一〇〕風流寨又切方奏凱而回。

〔一一〕賈生在夢中還作一影。

〔一二〕内臣一言陰麗娟已變生意外矣,此又就夢境中將媚蘭之事亦生變异,皆作者深文微意。故用哭醒後【清江引】曲以終其旨。蓋此段夢境與内臣傳信一段,情事相對,而後半截夢則又特起一峰,以爲全篇收束也。此一夢中兩夢不同處。

〔一三〕承上傳信作雙收。

〔一四〕身眠僧室，魂在書齋。
〔一五〕竟似頭陀讖悔。
〔一六〕看他總用雙收，可知章法之妙。
〔一七〕前後兩夢，文自相應。
〔一八〕一語又透出後半截夢。
〔一九〕至語可參。
〔二〇〕幻筆。
〔二一〕【清江引】一曲已爲全篇之結穴矣，然必更起更結者，如千里行龍，收束不住，必重重江水鎖之。故天下奇山自非一目可了，世間至文又豈一筆能盡哉？
〔二二〕另起一筆，將前夢隔斷。此結麗娟。
〔二三〕此結媚蘭。
〔二四〕花耶，帕耶，皆夢中物耶。至此一筆掃盡，物物皆空，吾願世人盡唱南無無上菩提。
〔二五〕此結輕雲。
〔二六〕是善處二美之法，然却是一片夢語。
〔二七〕起先只得一個夢中人，結局竟有無數夢中人，蓋一入世則萬緣出萬法生矣。知其爲夢則緣法皆空，而士所以成道也。

〔二八〕崆峒者何？言其空也。崆峒一來，夢中人悉成烏有亡是，蓋至是而業始凈矣。故布袋急上，破愁爲笑，紙盡墨乾，無可復書，不亦快哉！

〔二九〕止一點景先暗後明，大有意味。

〔三〇〕説明空境。

〔三一〕『笑』字起，『笑』字結。

〔三二〕前呼美人，後呼師父，即此就是夢覺關頭。

〔三三〕一語傾翻大藏。

〔三四〕真諦。

〔三五〕一夢始一夢終，此書正文已完。故直結到填詞與前沖場【滿庭芳】語意相應。《戲圓》一齣，又作者閑心閑筆，揮灑成文，爲傀儡場上一博葫蘆耳。讀者須别具心眼乃得。

〔三六〕『醒了』二字特筆點明。

## 第四十六齣　戲圓

【引子】【雨中花】〔貼男扮冠帶領從上〕游戲那論真共假，幻中幻行來堪詫。留與人間酒闌燈灺，一段風流話〔一〕。

奴家輕雲是也。奉二位老爺之命，跟隨二位小姐送親到此，與狀元説明就裏，完結婚姻。本是怕其驚疑，又生他變。誰知二位小姐來至中途，翻要别顯神通，試其心志，方與成親。因此又着奴家扮作假鍾心，如此這般，落得借此游戲，取笑一番也。聞他駐扎净業寺中，此間已是，不免通報一聲。〔末扮中軍上〕〔從傳帖介〕御賜翰林鍾老爺要見。〔末〕老爺有請。〔生上〕九曲腸迴千水直，兩眉愁重萬峰低。〔末傳帖生看介〕通家弟鍾心頓首拜〔二〕。〔驚介〕呀，這便是假冒的鍾心，下官正待訪拿，他却自來送死，左右快與我綁進來。〔末出欲綁貼，貼喝介〕俺乃御賜翰林，誰敢動手？〔進見介〕齊老先生請了。〔生怒介〕呀，你是何方光棍，假冒鍾心，做得好事，還敢親來見我，左右快與我拿下。〔貼〕住了，下官王命在身，老先生不可造次。〔貼背立介〕

【過曲】【五供養】〔生〕好教人心頭怒發，看你鬼彪行藏，鼠竊無差。也不顧，打碎連環玉，拆散并頭花，無端射影類含沙，如天色膽包身大。陡地相逢處，恨轉加。還敢逞現狐形，全然不怕。

【步步嬌】〔貼〕俺是御筆親除隨龍駕，不在詞林下。〔生〕便是這翰林也是假。〔貼〕那些兒假一答。現自紗帽籠頭上，直輪金馬。你道俺欺君，老先生却不自道。你罪犯更逃，加兀自鬼名兒冒考欺君大〔三〕。

〔生急起介〕呀，這厮益發胡言。且問你將俺陰麗娟拐去那裏了？

【江兒水】只要合浦珠無恙，休教于闐玉有瑕。麗娟呵，則怕似銀瓶入井葬黄泉下。光棍，你好好還俺一個陰麗娟便罷。〔貼〕你要見他也不難，左右請過二夫人轎來。〔雜抬小旦上，出轎介〕哥哥别來無恙。〔生驚介〕呀，你、你、你難道竟失身從賊了？〔小旦笑不語介〕〔生氣介〕罷了，罷了，可怪你文姬忍辱把單于嫁，全不顧文園渴倒痴魂化，反教我羞顔無那。妹子，妹子，你好不負心也。狠意嬌娃，枉了俺十分情，一字兒抹殺。

光棍，你好好將陰麗娟留下還我，饒你性命去罷。〔貼〕這是皇上賜我的二夫人，怎麽還你？〔生〕呀，甚麽二夫人，敢是你已娶有妻，竟將他爲妾不成？〔貼笑介〕下官的大夫人，到與兄有些瓜葛，乃禮部文老先生令愛，也是不久奉旨成婚的。〔生急介〕益發胡言，可惱可惱。〔貼〕老先生想還不知道，因你贅了蔡節的女兒蔡如花，文老先生聞之大怒，所以奏明聖上，將媚蘭小姐一并賜與下官爲妻了〔四〕。〔生嚷介〕豈有此理。那蔡節之女，下官主婚，現配與賈俊才，如何寃在下官身上？就是你這厮故肆讒言，那文老先生豈無洞鑒。如此胡言，可惱可惱。〔貼〕老兄不信也？與你見個明白。左右將二夫人抬回，請大夫人轎來。〔雜抬小旦下，復抬旦上〕

【園林好】齊擁着巍巍寶車，清路的把游人盡打〔五〕。大夫人到。〔貼〕揭起簾兒。〔揭簾，旦坐不動介〕〔貼〕老兄漫端詳晨光簾下，可是伊舊渾家，可是伊舊渾家。

〔生望介〕呀，果果是文小姐，氣殺我也。〔倒椅昏介〕〔貼〕左右抬回轎去。老先生醒醒，還有喜信相報。〔雜抬旦下〕

【玉交枝】〔生〕神昏體麻，氣得來如冰拔瓜。噓噓斗戰言難話，叫不轉子規立化。〔貼〕下官兩個家姊，與媚蘭、麗娟一般才貌，意欲配與仁兄，將功折罪，業已請過聖旨，所以小弟今日特來送親。仁兄且請寬懷，包管如意〔六〕。〔生〕咳，你止還了俺文媚蘭、陰麗娟便罷，誰希罕你來送親。〔貼〕仁兄雖不希罕，聖旨實難違背。左右將兩位新人送入齊老爺公館，喚儐相伺候。〔生〕住了。俺只要牡丹重續舊根芽，豈容你閑花野草沿階插。光棍，我拚個你死我活，少不得一同面聖，你來得就去不得了。做冤家怎生放他，做冤家怎生放他。

〔衆持花燈、鼓樂擁旦，小旦蓋頭上〕

【桃紅菊】擺花燈簫鳴鼓撾，簇香輿人趨馬踏。鬧炒炒一場戲耍，鬧炒炒一場戲耍。到團圓管教興賒。

〔貼〕送入洞房。〔旦、小旦各坐介〕〔貼〕仁兄且請成親，小弟再來奉賀。〔生攔介〕光棍那裏走？〔貼笑介〕小弟既來之則安之，若是要走，便不敢來了。但仁兄且請成親，不要違了聖旨。小弟在寓，專候仁兄之教便了。正是恩怨一時白，悲歡片刻分。〔硬下〕〔生〕呀，看他竟自去了。中軍，看這光棍寓於何處，將兵前後守定，不許放他逃走。待俺寫成奏章，和他面聖。〔末應下〕〔生氣介〕咳，罷了罷了。這光棍將我兩個美人生生騙去，還弄這樣虛脾，前來見我，好不大膽，好不可恨。

【川撥棹】真奸詐，敢公然奚落咱。這不知何方村婦，分明取笑於我，待我看他一看，追究一個明白。〔揭旦蓋頭見驚介〕呀，你、你不是文小姐麽，好奇怪。見燈前一貌如花，見燈前一貌如花。猛夢中人毫釐没差。待俺再看那一個。〔揭小旦蓋頭見驚介〕呀，這、這竟是麗妹，益發奇异了。看來一似他，細看來果是他。

且住，方纔明明白白見那光棍將文媚蘭、陰麗娟一總娶去，如何又有一個文媚蘭、陰麗娟在此，莫非我見鬼不成。〔怕介〕

【前腔换頭】莫、莫不是月怪花妖托現他，敢、敢來這萬馬千軍調弄咱。〔喝介〕你、你是人是怪？快快的吐露根芽，快快的吐露根芽。休休得要推聾做啞。咳，你看他們都低容似玉，吐氣成蘭，异香滿室，光彩照人，分明是我那兩個美人，那裏是甚麽鬼怪。待俺再細細的一看。〔將燈照旦介〕呀，左看來一似他。〔照小旦介〕呀，右看來又似他。

〔笑介〕俺鍾青士聰明一世，懵懂一時。細想方纔那少年舉止翩翩，不似奸邪之輩，既將我兩個美人一齊送來，必有原故。待俺細問麗妹，便知其詳了。妹子，那少年實係何人？爲何送你到此？快與我説個明白。〔小旦笑下〕〔生〕呀，你看麗妹含笑不言，竟走過一邊了。問文小姐。小姐，那少年實係何人？爲何送你到此？快與我説個明白。〔旦笑下〕〔生〕呀，你看小姐含笑不言，也走過一邊。呀，我曉得了，那少年呵〔七〕。

【隔尾】定是個崑崙士，古押衙。細想他柔情媚質偏奇俠。到是下官一時急躁了。可怪盛怒當前錯過他。

須是請他轉來，陪個小心，細細一問，便知明白。中軍那裏？〔末上應介〕〔生〕快將那鍾老爺請來有話。〔末〕已候在此。〔生〕就道有請。〔末下請貼上〕緣到多從離處合，情痴翻令喜生疑。狀元恭喜了。〔生迎揖笑介〕小弟有眼無珠，多有觸犯。但仁兄如此舉動小弟實在夢中，快乞明示，以釋疑團。〔貼〕狀元聽稟，只因文小姐與令妹小姐呵！

【中呂過曲】【尾犯序】一見便相親，忽禍起無端，奉旨提人。逼得他姊妹傷情，一時間兩分。那文小姐呵，不忍聽他去拋頭露面，聽他去罹災受困。因此上將侍兒代禍，他名字喚輕雲。

〔生驚介〕好一個輕雲姐，難得難得。原來當日下官駕前救下的竟是他。想傳聞奉旨迎娶，這輕雲就歸於仁兄了。〔貼〕非也。令岳陰老爺奉詔回京，面聖之時，聖上道卿女現在内廷，可宣鍾心到來引見，御賜完姻。只因老先生改名得中，那時陰老爺奉旨惶遽，好不作難。〔生點頭驚介〕

【前腔】〔貼〕分身無術兩承恩，比不得微疵小過，片語欺君，還則怕寵極生疑，觸當朝至尊。〔生〕這也慮得甚是。後來怎麼樣處？〔貼〕那陰老爺着急，與令岳文老爺相商，就心生一計，又虧令妹小姐呵，紅粉改扮做紫衣金帶，竟去效山呼瞻天仰聖。早烘説鍾心才子奉旨自迎親〔八〕。

〔生喜笑介〕妙哉，妙哉。原來有此一段奇事。好一個陰麗娟女扮男妝，有趣有趣。小弟正在着急，喜得仁兄早來到此，險些兒又要多出事來〔九〕。但不知仁兄又係何人，敢與家岳有甚親誼麽？

〔貼笑不語介〕〔生疑介〕

【前腔】細審爲甚無語笑生春。且住，那輕雲姐如今在那裏？〔貼〕問他怎麽〔一〇〕？〔生〕據兄説來，他是俺們大恩人了。况小弟向日與他也有一言相訂。今二位小姐到此，如何不見他隨來？〔貼笑介〕你果要見他？他遠在天邊，近只在你面前。〔生驚認介〕呀，莫非仁兄就是輕雲姐扮來作要小弟的？〔貼笑介〕〔生喜介〕咳，當日月下看不分明，况而今冠帶起來，儼然一位美男兒，叫下官一時如何認得出？待我除去烏紗，露出香雲，果是當年那多情可人〔一一〕。〔揖介〕思忖，敢忘你傳消遞息，敢忘你扶危代困，快換去梅香打扮，屈你做第三位小夫人〔一二〕。

〔貼笑下〕〔丑上禀介〕陰老爺、陰夫人到。〔生〕快請。〔末、老旦、净同上〕星前雙駕鵲，月下并栖鸞。〔生拜見介〕〔末〕借此禪院，權做洞房，吉時已至，就請新人。〔副净扮儐相上贊禮介〕伏以因從想結萬緣生，無想無因夢不成。漫與痴人重説夢，千秋二美自鍾情〔一三〕。〔生冠帶，旦、小旦冠帔，貼紅衫隨上拜堂介〕〔末、老旦〕送入洞房。〔末、老旦先下〕

【前腔】〔合〕氤氲，注就鳳鸞群。爲一點情痴〔一四〕，幻出前因。滿室笙歌，對雙雙玉人。誰肯。活地獄受了些愁牽恨惹，死工夫守待那波平浪静。今日把相思勾罷，不是夢來親。

〔生〕下官當日在虎邱寺彌勒殿旁得夢，示我以二美之兆。今日小姐與賢妹雙雙受了封誥，豈不應

着兩副鳳冠〔一五〕。恰今花燭良宵，又在這彌勒殿後，何不且與二位夫人同去拈香一拜。〔二旦〕説得有理。〔攜行介〕

【尾聲】因緣自古無憑準，則借他空門喚醒夢中人。惟願似一笑千愁化作塵〔一六〕。

繡衣行處撲香風，章碣。步步猶疑是夢中。令狐楚。
取次花叢懶回顧，元稹。東方吐月滿禪宮。錢起。

又詩：

一曲狂歌入醉鄉，韋莊。才名長帶粉闈香。韋渠中。
不逢野老誰聽法，皮日休。擬托良媒祇自傷。秦韜玉。
如夢如仙忽零落，韓琮。花開花謝總淒涼。鄭谷。
欲知此恨無窮處，杜甫。地角天涯未是長。李商隱。

---

評　點：

〔一〕説明此齣另起餘意，蘊藉風流，悠然不盡。試問：比《西厢》之續何如？何如？

〔二〕稱呼便奇。

〔三〕對真病處一針，先令他動憚不得，然後由我漫漫調笑，輕雲妙人。

〔四〕穿插映帶，有五花八門之妙。

〔五〕因在寺院，故欲打盡游人，非凑語也。

〔六〕隨手波瀾都成妙趣。

〔七〕好排場，好收拾。

〔八〕詞亦風流絶世。

〔九〕不出文公所料。

〔一〇〕疑得好，問得又好。

〔一一〕好看殺人。

〔一二〕清詞俏語，獨占千秋。

〔一三〕又一總收。

〔一四〕歸到情字。

〔一五〕雖係餘文，關鍵亦自完密。

〔一六〕仍以笑字結。

# 跋

一、先生傳奇四種,《夢中緣》《梅花簪》《懷沙記》《玉獅墜》,曰『夢梅懷玉』,蓋寓意深遠矣。《梅花簪》久爲優伶購去,易名《賽荆釵》登場搬演,一時風動,嘖嘖稱奇。《夢中緣》編成最早,優伶絶少佳者,故不肯輕售,携以出游。四方名流索觀,原本揉躪數易。吾黨屢請付剞劂,先生以小技不足以問世。庚午春,同學復固請,九江督榷唐公分清俸助之,乃囑余校魯魚。刊爲上、下本四册,并輯諸名士所錫佳評分列首末,越次年工竣。信知佳文不易顯,固自有時耳。

一、序跋題咏而外,其綫批細注尚不一人,苦幅狹未能備載。然先生以偶爾筆墨游戲一時多獲賞音,不勝感嘆。每對余屈指,若西林相公爲蘇藩時先生曾受知於其門,即見是編而善之。厥後,桐城張晴嵐少宗伯暨其弟鏡壑供奉,錢塘陸賓子拾遺,邗江程午橋、武進湯葯崗、常熟邵馮菴諸太史及天長韓君爾調、毗陵陳君長卿、金壇劉君子彦、溧陽潘君南河、石棣蘇君爾怡皆愛其詞章,吟哦贊賞,爲先生極不能忘者,不以顯晦存亡而异也。因囑余悉記篇終,蓋以志人生知己之感云爾。

一、先君子醉心是編，嘗欲爲之序。會各有四方志未及爲。己未夏，兩賢相遇於都門。先生居宛署，先君子授經於和邸，詩酒過從五年餘。不虞先君子之驟逝也，先生以不得其一言爲憾。先君子諱嶼，字仙洲，與先生幼同學交好，老而彌篤云。

一、先生嫺於音律詞調，本吴江沈伯英南九宫譜，陰陽悉叶，去上必諧，即偶有變通而蟬聯伸縮，自然成聲，按板固無劣調，口誦亦極鏗鏘，惟善審音者心領而神會焉。

一、元曲音韻講求最細，然膾炙人口者莫若《琵琶》，而不免借用太雜之譏。是編韻脚嚴而且穩，若遇險韻，尤無一字旁出者。昔歐陽永叔謂退之古詩工於用韻，得寬韻則波瀾横逸，泛入旁韻；得窄韻則不復旁出，因難見巧。是編凡用險韻亦於難見其巧，若不在韻者，皆譜注不必用韻處，非故旁出也。

一、作者意中止寫一生二美，并帶寫一解事小鬟。之數人者，又皆斡空鑿虚，而姓氏里居悉成烏有，况其餘乎？至於臚列賢奸，以寓勸懲，不過鏡花水月，涉筆成文。作者既自謂非真，讀者亦當視爲幻，若定索影尋聲，折白道字，勢必訛以傳訛，何啻夢中説夢。

一、始《幻緣》終《後夢》，全篇結構已自燎然。《戲園》一齣特爲舞席歌筵而設，原非正文。然其异想天開，迴環顧映，恰與正文相綰合，似亦不可無此一齣者，如女媧煉石補天，宛然是天不見爲石，豈非至文？

一、子弟添設科諢，多有逆情悖理者，愚俗鼓掌喧笑，而知者輒欲掩耳閉目以避之。即如《西厢》，絶世妙文，近時惡伶搬演，村俗至令人嘔唾發指。是編自饒雅趣，足解人頤，若使風人之致混以市井之談，則作者之仇也。

一、是編詞曲之妙，乃案頭文章，非場中劇本。然其排場生動變幻新奇，錦簇花團，雅俗共賞，優伶善是，何患不聲價倍增。而先生珍之笥底，未嘗輕令紅兒一試者，蓋以陽春白雪，原難語諸下里巴人也。雖然，宇宙大矣，梨園之中豈乏聰穎少俊，富貴之室每多教習歌童。語云詞出佳人口，昔旗亭賭歌，千古傳爲盛事，吾惟爲此書，拭目待之。

一、填詞太長，本難全演，作者非故費筆墨，乃文章行乎不得不行耳。但恐舞榭歌樓，曲未終而夕陽已下；瓊筵綺席，劇方半而鷄唱忽聞。則此滔滔汩汩之文，終非到處常行之技，未免爲優伶所難。兹先生另有删就演本以待同好，自可就而抄録，免致優伶任意剪裁，情文或多不貫，若美錦不能成章，殊爲憾事。然而真正賞音必不惜多贈纏頭，務令展其全技，或分演於連臺，或卜夜以繼晝，則洋洋灑灑盡態極妍，豈非氍毹場上一大觀也哉！

從游江寧芮賓王魯川氏謹跋。

# 梅花簪

金陵張漱石填詞
同里楊古林評點

# 序

## 吴禹洛[一]序

余幼受詩學於胡致果先生，即知里中有張子漱石。因陳子樂愚納交焉，時相倡和，無間昕夕。竊幸生當盛世，烈聖相承，文明大啓。廟堂之上君歌臣賡，黼黻羽儀；草野韋布之士，一吟一咏，亦足以鼓吹昇平。金陵六代舊地，夙稱風雅。我朝自杜茶村、吴梅村[二]諸先輩，軼宋追唐，流風未泯，迄今百年，後賢繼起，名作如林。是時，南北兩社，南有姚子玉亭、朱子草衣，屈子思齊[三]常執牛耳，盛集名流交相唱和；北則古林、樂愚、香山、大川[四]十餘士旗鼓相望，余亦竊附其次。漱石游於四方，知名益廣，歸來吊臂兩社間，衆共推服。囊中著作尤富，而填詞四種，特其餘事耳。《梅花簪》爲第二種，稿甫脱即爲名優購去，被諸管絃。漱石諏吉列筵，召僚友登場搬演，遠邇競觀，靡不愕然稱奇，黯然欲絶。先是，其家有香橼，萌芽自發，二十年成樹而不花，是夕花忽大吐，滿室皆香，氤氲飄緲，若偕歌聲，彩色飛舞席前，衆賓咸异。自是結實纍纍如金，盛至千顆。昔高東嘉初演《琵琶記》，座上蠟炬光忽交互成彩，因名其地曰瑞烟樓，此亦殆其瑞徵與？樂能宣和導鬱，聖王與禮經并垂諸書，豈偶然哉？曹子桓曰：人而不知音樂，則謂之通而蔽。既云通矣，又何以蔽？蓋惡空談禮義而矯乎情者也。夫情不變則不奇，不奇則不至。奇不失其正變，若履乎常。故凛如秋霜，明如皎日，轟轟烈烈如雷霆。雖婦人牧豎，無不涕泣唏嘘，勃然興起。斯情之至而無不知所感矣。獸聞韶而舞，魚聽琴而躍，凡天下有情之物，孰不知所感乎？讀漱石兹編而不知感，則亦通而蔽者也。因爲之序。白門研弟漪園吴禹洛書瑞氏拜稿。

## 注釋：

〔一〕吴禹洛：字書瑞，號漪園，上元人，著有《北樵詩集》。

〔二〕杜茶村：即杜濬，吴梅村即吴偉業。

〔三〕姚子玉亭：即姚瑩，生卒年不詳，字文潔，號玉亭，江寧人，工詩善畫，著有《環溪草堂集》，曾爲《夢中緣》題詞四首。朱子草衣即朱卉（一六七八——一七五七），初名灝，字草衣，一字麦江，安徽蕪湖人，康熙五十八年（一七一九）入贅江寧芮氏，與袁枚、吴敬梓、姚瑩、涂逢豫等人相交密切。屈子思齊即屈景賢，生卒年不詳，字思齊，江蘇江寧人，著有《滋蘭草堂詩鈔》。

〔四〕古林：即杨楫（约一六八一——一七五一以後），字濟川，號古林。有文名，爲方苞所賞，與潘震、吴猗南和李仞千爲北山四友，曾爲《夢中緣》作序并評點。樂愚即陳樂愚，與張堅同里，生平不詳。香山即白德馨，字上聞，號季子，又號香山，江寧人，居鷄籠山側，著有《藏山亭洗硯齋稿》。大川即潘震，字野南，號大川，江寧人。

〔五〕金陵太晟子弟初演是本，易名《賽荆釵》，一時風動。以其苦節不讓錢王也，然究不雅切，仍易今名。

## 柴才〔一〕序

工於賦物者必妙於言情，物情無定，視其時之所遭有常變，故文人之筆，轉折變化，莫可端倪。譬諸層波叠嶂，忽起忽伏，窮盡處，别開洞天，則使人目蕩神移，失聲叫絶。傳奇者，因奇而傳。若張子漱石《梅花簪》乃極盡文章奇事矣。本非夫也竟嫁，謂之夫矣竟殺；本非妻呼而求其近，既見妻仇而迫之遠。展拔地神手，運補天匠心。意外飛來，眼前拾得，畫工乎？化工也。夫簪以梅名，即以梅喻孤芳嚼雪而彌烈，杜之苦情似之。鐵幹扶花而直上，解之豪情似之。身且沉香片矣而柔條欲媚，似巫女之情痴。時當月昏黄矣而冷眼難回，似徐生之情幻。迷離惝恍中，心雖愈酸神乃愈王。言情之妙又奚可方物乎？漱石，金陵名士，懷其才不遇，乃隱於蓮幕。前年〔二〕來越，余與相遇於吴山十二峰道院，恨訂交之晚。壬申〔三〕上元，踏雪尋訪，擁爐聯韵，亭前冰花堆樹，梅萼舒妍，見案頭此種，余笑指謂曰：『梅花冰雪冠絶群芳，詎不信夫？』漱石曰：『子不棄是編，曷序之。』余欣然携歸，閉幃坐讀，不能成寐。評點竟，閣筆，燭焰將殘，爐灰漸冷，啓牕而望，則雪霽雲開，明星在户檐，梅花正大放。錢唐同學愚弟柴才次山氏題於百一草堂。

**注　釋：**

〔一〕柴才：　字次山。生平无考。

〔二〕即乾隆十六年（一七五一）。

〔三〕壬申：　即乾隆十七年（一七五二年）。

# 《梅花簪》自序

天地以情生萬物，情主於感，故可以風。采蘭贈芍，人謂之情，而卒不可以言情，以感非其正也。夫玉不磨安知其不磷，素不涅安見其不淄。世途之坎壈，人心之嶮巇，造化弄人之巧毒，惟不失其正，乃履艱蒙難，百折而其情不移。三百篇後遞降爲填詞。然子輿氏有云：今樂由古樂，其興觀群怨之道，正維風化俗之機，孰謂傳奇可苟作者哉？余《夢中緣》一編，固已撇却形骸，發情真諦，猶恐世人不會立言之旨，徒羨其才香色艷，贈答相思之迹，故復成此種。梅取其香而不淫，艷而不妖，處冰霜凜冽之地，而不與衆卉逞芳妍，此貞女之所以自况耳。若徐如山本有情而似無情，巫素媛於無情中而自有情，郭宗解爲貞情所感觸而忽動其俠情，是皆能不失其正，而可以風矣。漱石自序。

# 《梅花簪》目録

## 上本目次



## 下本目次

# 第一齣　節概

【菩薩蠻】〔末上〕綱常宇宙誰維繫，千秋節義情而已〔一〕。石上兩心盟，無情却有情。新詞非市價，稗語關風化。富貴草頭霜，梅花雪裏香。

【沁園春】杜女徐生，花簪聘定。游學他方，有胡家公子，倚權漁色，賄官退聘，强娶還鄉。父憤身亡，夫聞泣訪。誤認巫家少女郎。錯中錯，把花簪浪擲，叫哭如狂。烈女守貞報怨，身陷牢中枉斷腸。遇親夫按院，孽因前誤，點監一怒，判殺貞娘。纔感陰靈，偏逢義俠，改扮同逃入大荒。和倭返，幸夫妻仇白，御賜鸞凰〔二〕。

耐奇冤苦的節婦，不愧情真。
救急患難的牢頭，可稱情俠。
偕雙鸞鳳的書生，總因情幻。
害單相思的小姐，煞是情痴。

評　點：

〔一〕情字乃四部傳奇骨子。

〔二〕數語包括得全本。

## 第二齣　告游

【中吕　引子】【滿庭芳】〔生儒巾上〕有志攻書，無門問字，漫誇筆掃秋烟。鵬程九萬飛去是何年。不羨書中有女，惟待他舉案稱賢，還祇望挂名金榜，花燭喜相聯〔一〕。

【鷓鴣天】止道男兒事可期，幾年未肯下書幃。羞彈阮籍窮途泪，耻效荆人抱璞悲。年還富，學正宜。探奇秘笈事全非。要知宇内文章廣，大水名山盡是師〔二〕。小生姓徐名苞，字如山，東粤惠州人也。年方弱冠，家世業儒。父親雙諱庭臣，表字良佐，與鄰里杜公繼牧爲同學好友。杜公又以女許嫁小生，曾將一枝梅花簪兒爲定。聞知此女容貌端妍，才華秀穎，又且舉止端莊，笑言不苟，豈曰君瑞巧逢崔氏，自是孟光合配梁鴻。但小生雖游泮水，未躍龍宫，是以赤綫雖牽，星橋尚阻。常恨生長邊隅，未免見聞孤陋，久聞江浙人文淵藪，意欲稟過父親，往游其地。廣搜奇籍，遍訪名師，待做個人上之人，須歷盡苦中之苦。道猶未了，父親出來也。

【引子】【青玉案】〔外上〕考槃適志原非賤，勤課子惟書卷。朝來扶杖閑庭院，金風初遞，蓬門静掩，落葉輕如剪〔三〕。

我兒早侍庭階，有何話説？

【過曲】【駐馬聽】〔生〕鐵硯磨穿，閉户潛心業有年。昔太史公有言，胸中無千萬卷書，眼底無天下奇山川，必不能文，縱有亦兒女子語。從來山水文章，首推江浙，孩兒意欲禀過爹爹，前往游學。要胸羅錦綉，須是廣結賢豪，遠涉山川。喜閑身未許利名牽，青年尚没房幃戀。努力先鞭，也須向寶山深處把丰城煉〔四〕。

〔外〕我亦久有此意，但你呵！

【前腔】弱質書顛，不過寒漏青氊檢蠹編。那慣尋山問渡，霜露垂鞭，風雨連船。則無奈此地呵，天荒難破一隅偏，人文未啓多才掩。〔生〕自古男兒志在四方，爹爹不須憂慮。〔外〕既如此，早去早回。只望你雲路高搴，似題橋司馬才堪羨。

〔末上〕一水濃陰如罨畫，數峰淺黛漾晴暉。老夫杜詩，表字繼牧，與同學徐良佐結爲好友，常過閑談，此間已是。〔叩門介〕有人麽？〔生出問介〕原來岳父到此，家君在堂，就請相見。〔見介〕〔末〕匆匆行色，却是爲何？〔外〕小兒欲往江浙游學，正待造府奉辭。〔末〕令郎年少，從未出門，况兩家兒女，正在婚期，如何遠去[五]？

【石榴花】他追隨左右，從未離君前。珊珊丰骨一書顛，那曾經披榛越嶺涉長川。况桃夭兩下正芳年。賢婿呵，你力學心堅，便潛修比鮑宣，也須個親井臼鹿車同挽。親家，我和你，桑榆晚，向平願，早完全，好欣看佳兒佳婦拜堂前[六]。

〔外〕小弟亦如此説，但他游興甚濃，去志已决，不過一年半載，即便回來的。〔生〕岳父聽稟，小婿呵！

【前腔】則怕的才卑學淺井窺天，不能彀目空宇内腹便便。因此上鴛鴦懶問待鵬摶。小婿若不僥幸一第，誓不完姻。思攀仙桂近嬋娟。他年博得個金蓮徹御前，也不枉照蘭房合歡夜宴[七]。〔背介〕妻呵，只願你妝臺畔好留得那紅顔，須待我畫眉京兆錦衣旋。

〔末〕賢婿立志如此，只望你早早學成而回便了。〔外〕我兒過來，聽我吩咐。

【越恁好】名師益友，名師益友。虚己獲真傳。山川花柳雖快意，莫浪顛。霜橋月店曉風尖，征衣須暖。〔合〕惟記取早歸庭院，惟記取早歸庭院。

〔生〕二位大人在上，孩兒就此拜别。

【前腔】暫抛定省，暫抛定省。欲去又流連。惟願二位大人，朝夕盤桓，各加保重。詩情酒興，常相共樂歲年。〔末〕賢婿呵，你壯游不爲瑟琴牽，也須念椿庭無伴。〔合〕惟記取早歸庭院，惟記取早歸庭院。

【尾聲】〔外〕兒有方游訓伊須勉。〔生泪介〕怪征嘶門外催如箭。〔合〕更留心便羽頻將音信傳。

〔外〕雙鳧飛去定何依，杜甫。〔生〕欲剖驪珠願豈違。胡曾。

〔末〕君意似鴻高的的，杜牧。〔合〕鄉關須望白雲歸。許渾。

〔分下〕

**評　點：**

〔一〕偏作翻案文章，方稱用情之正。

〔二〕切游。

〔三〕初秋好句。

〔四〕琢句。

〔五〕吃緊一拍。

〔六〕全是反面生情。

〔七〕意深摯而詞清脆，字字與下文關照。

## 第三齣　醜配

【仙呂引子】【小蓬萊】〔小生冠帶末隨上〕回首長安夢杳，解朝簪林下山濤。太平無事，歌雲嘯月，委實逍遥。

寂寞官銜似水清，口碑慚愧播虚聲。向平有債方難了，欲賦留耕得未曾。下官姓巫名涣，字秋水，閩中人也。夫人吴氏，子嗣維艱，生女素媛，年方待字。侄兒天成，一味憨蠢。下官現任山東巡撫，因見嚴嵩專擅，擯斥忠良，朝政多乖，哲人引去，决意告病養閑，逍遥林下，已蒙聖恩准奏。接任的便是嚴嵩門下，姓胡名維，不日就要到任。下官備下船隻，只等交代之後，即便起身回里。但曾與侄兒定下一親在此，就是本地鄉紳趙鶴軒之女，因欲帶回家鄉，就擇定今日迎娶。諸事已備，院子，請夫人和小姐出來。〔末請介〕

【引子】【似娘兒】〔老旦上〕喜氣畫堂饒，兒女債甚日全消。〔貼隨小旦上〕看氈鋪彩結銀屏繞。〔貼笑介〕今日娶新娘進門，小姐爲何不打扮齊整些？〔小旦嘆介〕任他歡笑，甚心情臨鏡，愁黛輕描〔一〕。

〔見介〕〔老旦〕相公，侄兒今日完姻，女兒擇婿之事也要上緊了。〔小生〕且到家鄉再講。院子，請大相公出來。〔末請介〕

【過曲】【縷縷金】〔丑新衣摇上〕終朝戲，每日摇。而今娶一個，俊多嬌。打扮多齊整，好生榮耀。自清晨盼到月兒高，新人怎不到，新人怎不到？

〔揖介〕〔小生〕侄兒，從今以後，便是成人，不可仍前憨呆。〔丑〕多承指教了。〔衆笑介〕〔丑望天急躁介〕日頭没了，娶親的還不到。〔跌脚介〕一定錯走路，抬往别人家去了。〔小生〕又説瘋話。〔小丑扮新娘，雜扮冰人，提燈鼓樂上〕〔丑喜，跳亂拜介〕〔外扮中軍急上傳梆介〕〔末出問介〕〔外〕新任巡撫胡大老爺前站已到皇華亭，請老爺就行交代。〔末進禀介〕〔小生〕夫人，將新人送入洞房，就把行裝料理停當，待下官交印回來，一同上船起身便了。常將國事兼家事，始信歸心薄宦心。〔外捧印同小生先下〕〔老旦〕梅香，掌燈送入洞房。〔老同雜先下〕〔小旦揭蓋頭介〕〔小丑張眊，小旦笑介〕哥哥，好個嫂嫂。〔丑瞥見氣介〕甚麽好，甚麽好。娶了一個鬼來了。〔小旦〕漫言月老多顛倒，何意天婚有定衡。〔笑唤貼仝下〕〔小丑望丑笑介〕〔丑做不理介〕〔小丑自起閉門介〕新官人，我和你睡去罷。〔摟丑，丑推介〕罷罷罷，醜鬼過去些。〔小丑〕醜自醜，俺們已是夫妻了，親是要成的。〔趕拉丑，丑避介〕〔丑〕我的醜姐姐，醜奶奶，醜太太，醜祖宗，饒我罷，這個斷然成不得〔二〕。

【前腔】你顔如漆，髮似焦，金蓮剛一尺，十圍腰。睁起銅鈴眼，把人魂唬吊。似酆都城内放來妖。情願都不要，情願都不要。

【前腔】〔小丑〕新官人，我雖然醜，你不用焦。就裏風情有，樂一宵。説起西施貌，偏生妒惱。爲争鋒惹起禍根苗。醜是家中寶，醜是家中寶〔三〕。

琴聲蕭瑟淡情緣，李益。莫道青娥誤少年。譚用之。

若得巫山女粗醜，杜甫。時時相共寶珠圓。劉璣。

〔小丑摟丑齊諢下〕

評　點：

〔一〕情竇先開，無怪擲簪人，易於感動也。

〔二〕由姐姐而至爲人家祖宗，可謂一生善始善終矣。語語與冰梅暗相關照。

〔三〕一路無數醜字，結到家中寶，不啻當頭棒喝。

# 第四齣　交代

【三疊引】〔副净冠帶，净扮公子，領執事行上〕好官自我爲之矣，笑駡由他何忌。膝下倚驕痴。是公子從來習氣[一]。

〔副净〕身居權要出天朝，巡撫山東意氣豪。縱乏經猷扶社稷，果然富貴壓群僚。下官山東巡撫，姓胡名維，黔中人也，爲出首相嚴老太師門下，得任此職。借他勢焰，任我貪婪。只是正室久虚，單生一子，名唤胡型。每每恃愛生驕，教誡不聽，想我富貴如此，已彀他享用不盡，便不成大器，料亦無妨[二]。幼曾定下廣東鎮海將軍汪直民之女爲媳，只因宦各一方，未曾完配。到任之後，即欲送去成姻。來此已交濟南地界，適纔差官來報，那舊任巡撫，已在皇華亭伺候交代。左右速趲行到皇華亭去也。

【雙調過曲】【雙玉供】【玉胞肚】風和日麗，覆城都萬井烟垂。踏芳堤花落雕鞍，過朱樓柳拂旌旗。【五供養】繁華無比，願此去宦囊千倍[三]。【玉胞肚】你看兒童父老盡歡嬉，長跪街前傍馬蹄[四]。

〔衆〕禀大老爺，已到皇華亭。〔净〕就此住馬。

【引子】【顆顆珠】〔小生領衆上〕回首望京畿。三年任滿，琴鶴喜相隨。

〔雜報介〕巫大老爺到。〔副净〕我兒回避。〔净下〕〔小生副净見介〕〔副净〕老年兄望重天朝，恩流渤海。下官襪綫樗材，難勝劇任，不識有何良法，佑啓後人。〔小生〕下官尸位素餐，無補於治，故爾辭歸林下，以俟賢能。老年兄力可回天，威能鎮遠。方祈一除弊政，與物更新，何須過遜。〔副净〕不敢。〔中軍禀介〕吉時已至，請老爺交代。〔内細樂交代如儀介〕〔小生作别介〕漫誇萬口來何暮，長嘯一聲歸去來。〔副净送小生下，轉坐介〕〔小旦、小丑持手本報門上〕府縣官進。〔叩頭介〕〔净末持手本報門上〕司道官進。〔庭參介〕〔副净〕本院蒙恩特簡兹任，凡爾大小官員，除已往不究外，務今勤供廼職，毋廢厥公。所有憲綱，各宜遵凛。〔衆官打恭介〕卑職等屬在下僚，還祈作養。〔副净〕且問地方風景何如？〔衆〕聽禀。

【正宮過曲】【玉芙蓉】遭逢時正熙，濱海仁風沛。喜物阜人康，歲天成瑞。吏明法度清如水，民力耕桑樂似飴。喜今日福星臨矣，望只望隨車雨澤，絃誦萬家齊〔五〕。

〔副净〕本院素知此地饒餘〔六〕。

【前腔】天開山海奇，地産魚鹽利，休剥民只顧專思肥己。一天縱恃恩能庇，三尺須防法不私〔七〕。〔衆〕老大人見教極明，卑職等自應仰體。〔合〕喜今日福星臨矣，望只望隨車雨澤，絃誦萬家齊。

〔副净〕就擺導到衙門中去。〔衆應行介〕〔衆官先下〕

【尾聲】承欽命，撫青齊。喜官山府海多遺利，好笑那薄福迂儒畏四知〔八〕。

雙旌裊裊出雲中，王維。綠水蒼山路向東。韋應物。

榮貴人間難有比，姚合。當權意氣果豪雄。盧照鄰。

評　點：

〔一〕貞女未登場，難星早出現。

〔二〕溺愛者皆是此念。

〔三〕是天下做官人大願。

〔四〕見胡維之有愧兒童父老也。

〔五〕此補寫巫公數年德化，讀者切莫誤認。

〔六〕一語洞見肺肝。

〔七〕『二天』『三尺』一聯，妙在緊接『專思肥己』句來，真堪絕倒。

〔八〕反笑的妙，然能當此公一笑者，只怕頗少。

# 第五齣　箴女

【雙調引子】【金瓏葱】〔旦上〕緑窗清似水，嗟膝下聊代斑衣，把趨庭蓮步移。聞慣詩和禮，矢三從四德無虧，羞説那畫娥眉〔一〕。

蓬門終日閉高邱，路隔仙源斷客舟。白雪似瑰塵不染，青梅如豆韵偏幽。常挑野蕨環山徑，欲浣溪紗對水流。脉脉忽傷情更遠，不關春恨鎖眉頭〔二〕。奴家杜氏，小字冰梅。東粤惠州人也，家住羅浮山下。父親諱詩，表字繼牧，詩書世脉，樸素家風。奴家幼失慈哺，長親嚴訓，未偕鸞配，絶少雁行。溶溶一貌羞花，淡淡雙眉妒月。只因性厭妖淫，故此妝惟本色。五車遍覽，必以《孝經》《女史》爲先；百技咸通，惟知刺鳳描鸞爲重。幼曾許嫁徐郎，乃父親好友之子。受他梅花簪一枝爲聘。奴家簪於雲髻之上，朝夕不離〔三〕。聞他遠方游學，今已半載，不覺又是春朝，曉起無聊，且翻閱書史則個。〔看書介〕

【過曲】【風雲會四朝元】【五馬江兒水】儒門風味，瑶編鄴架齊。楊花入硯，燕泥點砌。翻書日正暉。這一部《烈女傳》，奴家朝夕翻來，都已熟透。〔嘆介〕你看這些烈女節婦，履艱蹈危，雖則受一時之苦，那一個不名播千秋也。【桂枝香】盡名標青史，盡名標青史。【柳摇金】受百種艱危，也都爲一點情痴[四]。笑他宇宙綱常，到要這裙釵維繫。〔又翻閱介〕這是一部《漢書》，隨手揭來，原來就是《明妃傳》。我想古來這些有名的女子，有色者未必有才，有才者未必有色。有色有才者，又未必有節。全此三者，明妃一人而已[五]。【駐雲飛】想他鏡裏容偏媚。嗏，琵琶曲又奇。〔泪介〕更爲他青冢流芳，灑盡傷心泪。明妃，明妃，你埋怨畫師，只爲不承漢主之恩，反做單于之配。據我杜冰梅看來，假使得逢漢主，不過貴及嬪妃，怎能彀轟轟烈烈，使功留社稷，名播寰區。如此一想，還是你出塞的好。【一江風】和親出塞悲，功名漢家垂。【朝元令】羡伊雄稱巾幗，轟轟烈烈，千秋無比。

樂府有《昭君怨》，古今吟咏頗多，一時感觸於懷，漫成一律，聊申吊古之情，敢避續貂之誚。〔作詩介〕〔末上〕庭樹陰移書案午，檻花香撲酒杯春。〔旦起見介〕〔末坐看介〕這一首《昭君怨》，想是你方纔做的。〔旦〕正是孩兒所做。〔末念介〕明妃不出塞，顔老漢宫秋。紅粉無人問，丹青空自羞。〔贊介〕好。果然明妃若不出塞，不過老死漢宫。如此翻案，可怪千古以來無人道破。〔又念介〕蛾眉希帝寵，鳳頸落邊愁。命薄芳名重，琵琶一曲留。此詩氣味清老，居然作家手筆，而且寄情深遠，真絶唱也。

【前腔】看你蘭姿蕙質，情深吊古詞。真個錦心綉口，偏不做粉香脂膩。我想天下庸夫俗子，怎及得那有志氣的女流。即如此地汪直民，倚着奸相嚴嵩之勢，任意婪贓虐民[六]。因圖日本金貲，屢屢潛兵挑鬬，妄开邊釁〔七〕。反不如昭君一女子，到能出塞和親，以安社稷。真可笑也。羡他奇功著鼎彝。去家鄉萬里，去家鄉萬里。爲國和戎，愧殺鬚眉。〔旦〕孩兒常聽得爹爹說，目今嚴嵩專擅，陷害忠良，如夏言、楊繼盛等，天下稱冤。這些貪官污吏，出其門下者，肆行無忌，遠近寒心〔八〕。眼見得國事日非，生民塗炭，如何是好。看他邪佞盈朝，滅盡忠良輩。孩兒呵，似杞憂天墜〔九〕，嗏，空懷漆室悲，則怕麋鹿荆榛，要塞滿長安内。昔李淵之妻，方爲女子，聞楊堅篡周，拊膺嘆道，恨我不爲男子，救舅氏之難，孩兒若是個男子呵，一本奏丹墀，上方寶劍提，把渠魁先斬。三三兩兩總教塗地〔一〇〕。

〔末〕我兒立志雖奇，但爲女子者，内言不出，外言不入。所以《毛詩》有云：『無非無儀，唯酒食是議，毋父母遺罹。』這些奇才遠志，則非所宜〔一一〕。此後亦不可不戒。〔旦〕謹凛爹爹嚴訓。

【尾聲】〔末〕我兒，閫外事，總非宜。〔旦〕把《毛詩》《内則》從頭記。〔合〕做一個非儀俱無方是美。

〔末〕家在寒塘獨掩扉，劉長卿。緑楊垂穗乳烏飛。司空曙。

〔旦〕謝家咏雪徒相比，姚合。怕向東風有是非。羅隱。

評　點：

〔一〕心清景亦清，寫出儒門淑女。

〔二〕好詩。

〔三〕便有從一而終之意。

〔四〕特點出『情』字，可知『夢梅懷玉』四種皆一情也。

〔五〕以《烈女傳》隱括守貞，以《明妃傳》擊射和戎。此齣乃冰梅一生結果，即全書一部綱領也。

〔六〕伏筆，特出汪直民，妙不生硬。

〔七〕又照下和倭。

〔八〕暗照胡維。

〔九〕仕人能抱杞憂有幾？

〔一〇〕可見有志者其事必成，如此伏下俱妙。

〔一一〕正言先見。

## 第六齣　倭變

【引子】【點絳唇】〔外扮倭王領四雜同倭扮跳上〕生長倭鄉，一團倭氣，東羌漢。可怪那財帛人兒也把俺形模扮。

鐵面胡顔似鬼形,拳毛高鼻眼如鈴。不通禮義和番漢,小小身材跳躍輕。自家日本國王古邪波多尼是也。俺國在東洋大海,倚島爲居,去樂浪及帶方郡一萬二千餘里。本號爲倭,因將日本兼并,冒其名號,居於邪馬臺國。自漢桓、靈時,俺國大亂,有一女子,名曰卑彌呼,年長不嫁,事鬼神有材勇。於是衆立爲王,其下有華奴國、鬼奴國、蘇奴國、烏奴國,百餘小國皆其管轄。自女王相繼,傳至晋武太始初年,方傳男王。到俺祖一姓相承,已歷七七四十九世,至今大明嘉靖,共合一千八百餘年。俺國中自來廣出白珠青玉、瑪瑙珊瑚、猫兒眼、金精石,异寶奇珍,不記其數,年年進貢中華。不意大明朝内近來奸相專恣,取索不厭,又兼廣東鎮海將軍汪直民時時潛兵挑鬥〔一〕。且喜俺國糧富兵强,有何懼哉? 今日風色甚順,不免飄洋過去,到他那邊方,擄掠一番,觀其動静,再作道理。〔衆吶喊行介〕

【過曲】【六么令】覷中原在眼〔二〕,殺氣騰騰,海沸波翻。趁天風挂起大長帆,離東洋,赴西灘。旌旗展處吶聲喊,旌旗展處吶聲喊。

〔殺下〕〔丑戎妝領四衆上〕

【前腔】風悲日慘,督領雄兵,鎮守邊關。而今提劍跨征鞍。管一陣破樓蘭。把奇珍擄盡揚鞭返,把奇珍擄盡揚鞭返〔三〕。

殺氣騰騰覆海濱,氛迷日月捲黄塵。一番血戰知難免,莫爲家園自愴神。下官廣東鎮海將軍汪直民是也。只有一女，少曾許配山東胡巡撫之子爲媳。與下官同出嚴老太師門下。前已差人去接他公子來此完姻，尚未曾到〔四〕。如今日本反叛，浮海而來。因着家丁保護家眷，俺自引兵迎敵前去。衆將官，下官久要剿除日本，一則博些邊功，二則得些金寶〔五〕。恰好日本浮海而來，不免乘機殺入彼國，將那白珠青玉、瑪瑙珊瑚、猫兒眼、金精石，异寶奇珍，盡情擄掠回來，與衆將官均分受用〔六〕。〔衆〕將軍既肯分惠，衆將敢不齊心。〔丑〕就此殺上前去。〔倭王領衆調陣，交戰，斬丑，衆奔下〕〔倭王收兵介〕汪直民已死〔七〕，敗殘官兵盡皆逃散。本待席捲長驅，直入中國，但不知內地虛實，未敢造次。不免到沿海郡縣擄掠一番，收兵回國去罷。

【紅鞋】兵馬到了屠城，屠城。沿途擄掠人民，人民。天爲暗，日欠明。腥風捲，殺氣橫。把財帛裝載回程，回程〔八〕。

【尾聲】凱歌得意真傒幸，何日裹旌旗再整。把他那大地山河一旦爭。

謀臣休道一丸泥，皮日休。却教中原動鼓鼙。司空曙。
血污游魂歸不得，杜甫。登艫一望倍含凄。李白。

評　點：

〔一〕釁端自開。
〔二〕五字起句便有輕視中原之意。
〔三〕胡型楔子。
〔四〕用補筆作伏。
〔五〕小人誤國不淺。
〔六〕恰與日本自敍寶物不异一字，可知其垂涎久矣。貪夫狥利亡身，可爲龜鑒。
〔七〕結汪直民。
〔八〕日本珍寶未來，中國財帛已去。

## 第七齣　駭報

【南呂過曲】【一江風】〔净執鞭，末貼背包，二雜推車同上〕望東甌，萬里風烟換。柳色河橋泛，見青山紅紫迎人，打動春情，不住的心難按。何時跨彩鸞，何時跨彩鸞，迢迢古道漫。急揚鞭，這馬兒偏遲慢。

自家山東巡撫公子胡型的便是。奉父親之命，帶了兩車財寶，來到廣東完姻。此間惠州地方，離岳父鎮海將軍衙門已不遠了。行的疲倦，且在林中歇息片時，再趲前路。〔丑扮報馬跑上〕

【不是路】變起倭蠻，報馬星馳没羽函。自家鎮海將軍麾下走報的便是。俺將軍領兵挑鬥日本，被他浮海過來，把將軍殺死。居民擄掠一空，海濱大亂。區區逃得性命，爲此趕來報與督撫各衙門知道。行了一日一夜，人困馬乏，且向林中歇息片時，再趲前路。〔下馬坐介〕〔净〕小厮們，這報子似從海上來的。可問聲鎮海將軍衙門在何處？〔末問介〕〔丑〕聞聲喚，你問他怎麽？〔末〕俺家公子是鎮海將軍的女婿，到此完姻的。〔丑〕原來如此，趁早轉回，不必前去。〔净急問介〕怎麽講？〔丑〕那將軍一靈已在鬼門關。〔净慌介〕難道死了？〔丑〕你不知道，那將軍屢屢提兵，挑鬥日本，被他浮海過來，大戰一場，將軍已被日本殺死了。〔净〕殺、殺死了？〔丑〕殺死了。〔净〕住、住了，那夫人和小姐在那裏？〔丑〕咳，這還問他怎麽。羅兵亂，難分玉石遭蹂躪。怕不做渺渺愁魂泣露寒。〔净哭介〕有這等事，痛殺我也！心驚戰，聞言不覺魂俱斷。幾多悲嘆，幾多悲嘆！

〔丑〕你還不知那沿海居民殺擄的好苦也〔一〕！

【前腔】殺氣迷漫，金鼓連天震海關。人奔竄，僵屍四野遭塗炭，你歸休晚。那前路呵，烽烟未靖多離亂。祇多少陰火燐燐鬼語繁。説話良久，行路要緊。我也休遲漫。快揚鞭，再把前程盼。莫管他行悲慘，他行悲慘。

〔丑走馬急下〕〔净哭衆勸諢介〕〔净〕家僮過來。聽那報子之言，前邊去不得了，難道我公子乘興而來，竟做個敗興而返。你們可有甚麽計較？〔末〕小的聞此間惠州地方，有一羅浮山，古梅數千株，乃昔趙師雄夢見美人處，目今花雖開過，料此山風景必佳。公子何不到彼少遣愁悶，然後一路上漫漫的頑耍而回。豈不是好〔二〕？〔净〕言之有理。左右有兩車財寳在此，盤纏富餘。今且尋個寓處住下，明日往羅浮山游耍便了。帶馬來。

【尾聲】聞邊報，興已闌。〔末〕公子呵，你傷心有泪莫長彈。〔合〕且向羅浮好處頑。

千里佳期一旦休，權德輿。夕陽城上角偏愁。李嘉佑。
分明山色羅浮見，無名氏。走馬應從一路游。韓翃。

評　點：

〔一〕甚言將軍啓釁遭殃，罪孽非小。即一身一家不足抵償，何意尚有阿婿之踵惡肆毒，真堪髮指。

〔二〕渡下。

# 第八齣　涎艷〔一〕

【引子】【番卜算】〔旦上〕對鏡理殘妝，厨下供朝膳。重將盆水照雲鬟，不管餘春倦。

獨喜青梅倚鏡臺，含英次第曉風吹。深將錦幄重重護，爲怕花殘却怕開。奴家杜冰梅，只因生長寒門，未免親操井臼。今日父親早出未歸，意欲尋些野蕨山蔬，以供午膳。爲此提了籃兒，到後門外山邊走一遭也。〔提籃開門，出復掩門行介〕

【過曲】【解三酲】小筐兒携來輕便，繞疏籬緩蹋金蓮。見花衣蝴蝶明如扇，拾山蔬不遠茅檐。你看百花都開遍也，堆紅砌紫春光恁可憐。早過了芳晨二月天，難排遣，都付與荒苔嫩草，斷埂頹垣。

且喜此地幽閑冷静，游客無多，到好一派景致也〔二〕。

【前腔】遍青山楊柳舒嬌眼，都一片杏冶桃夭競騁妍。怎如那梅呵，雪中紙帳春風暖，早躲過蝶蜂喧〔三〕。似這等，孤芳林下羞争艷，不枉了逸韵人間獨占先。閑排遣。一任他春歸樓上，人散花前。

〔内人馬沸介〕小厮們，快打馬林子中去。〔旦望介〕

【隔尾】看陌頭裘馬勢紛然，我想春光九十，那容此輩人領略毫釐也。枉了他顛狂酒肉看花眼。不免提了菜筐，回家去罷。〔旦一面推門，净一面帶雜上，見旦介〕〔旦唱〕險被他墻兒外馬兒上人兒見〔四〕。

〔旦閉門急下〕〔净呆視落馬，衆扶起諢介〕〔净〕看他玉貌沉魚落雁，嬌容閉月羞花。陡然一見便酥麻，不覺消魂墜馬。何處綠楊深院，小橋流水人家。相思今日染天涯，誓把彩鸞同跨。我胡型來到廣東完姻，不意倭兵反亂，岳父陣亡，丈母妻子，同遭殺戮，好生懊惱，只得各處游耍。誰知到此羅浮山下，忽然見此絶色女子，好不消魂。但不知姓甚名誰，何等人家，難以下手。且住，前日相與了一個本地朋友，叫做都來德，甚有主意，何不請他到來，做一商議。小厮們，將馬帶回寓所，前面大路口上，有一酒店，我在此少坐，快請都相公到來，有要緊話。〔雜應下〕〔净行介〕酒家有麽？〔末上〕風飄綠柳金成穗，露滴紅蘭玉繞畦。相公自飲，還是請客？〔净〕還有一位客來。〔末〕這等備下酒肴，伺候便了。〔末下〕〔净〕好個女子，我胡型選遍青樓，從不曾見此絶色。若娶得回去，也不枉來此一場。且等老都到來，與他計較。〔呆坐介〕

【字字雙】〔丑上〕終朝奔走富家豪，熱竈。一張老臉嘴皮澆，有竅。人人見我便愁消，一笑。這般脅肩諂笑豈徒勞，想鈔，想鈔〔五〕。

小子惠州城内有名一個都蔑片是也，姓都雙名來德。吹彈歌舞，件件皆能；書畫琴棋，般般略曉。談風月，這是本分生涯；走衙門，也是兼理事務。做攔停，兩家播弄；打關節，上下勾通。

雖不能四海知名，也可謂一方獨霸。閑話少説，昨有山東撫臺胡大老爺公子，來此游玩，且是嚴老太師門下，好不勢焰，被我摸著這條門路，與之相好多時。方纔著人來請，説是見了甚麽女子，約我在羅浮山村口一個酒店中説話，想來一定著魔了，此間已是。〔背笑介〕看他痴痴迷迷的背坐出神，且要他一要。〔捏鼻做嬌聲叫介〕大爺大爺。〔净摟介〕，我的乖乖，想殺我也。〔見丑笑介〕〔净〕呸，原來是你，該打，該打。〔丑縮頸笑介〕好大爺，老都一嘴髫鬟還被討一個狠便宜去了。〔净〕且坐下，老都你可知俺有一件大心事。〔丑〕哎喲，大爺是天下第一個快活人，要花即花，要酒就酒，還有甚麽大心事。〔净〕我且問你，這羅浮山下有一人家，你可認得？〔丑〕蜈蚣不與促織兒鬥，田鷄吊在癩蝦蟆坑裏。抽牌起課的遇著談八字先生，總是一塊土上生，怎麽不認得？且問那人家門面如何？

【紅衲襖】〔净〕則見他閉柴門，對小橋，還有那壓低垣，垂楊裊〔六〕。〔丑想介〕小橋旁邊，有垂楊樹的，便是那杜繼牧的後門。他有個女兒，大爺可曾看見。〔净〕正爲見了他女兒，要和你商量。〔丑〕可標致？〔净〕真個愛殺人。差可擬玉天仙離碧霄。不瞞你説，學生的魂靈都被他攝去了，好一似醉人兒顛更倒。〔丑〕有甚用？他已定與徐如山，父子都是秀才，急切惹他不得的〔七〕。〔净怒介〕我父親堂堂巡撫，難道反不敵個窮酸麽？〔丑陪笑介〕公子息怒。前言戲之耳，待我漫漫計較。〔净〕有何計較？你走去對説，我父親山東撫院，乃當朝嚴老太師第一個嚮當門生。他若有窽，早早退了徐家，嫁與我大爺，包他富貴如意。倘或不從，惱了我公子，女兒不能保全，還與他身家性命有礙呢。衹看俺恁翩翩果富豪，要多少金釵選如花貌。老都，你叫他休錯過恁風流佳婿也，端的是勝窮酸欠整毛。

〔丑〕説便説得容易，只是我都來德，這件事竟來弗得哉。〔净〕爲甚來弗得？〔丑〕那杜繼牧是個老學究。

【前腔】倚著他蠹書包一味喬，使不著弄虛脾詞舌巧。一時摇頭擺尾的起來道：我們詩禮人家，焉肯重富欺貧？一個女兒吃不得兩家茶。老都，你也是名教中人，如何出此敗倫之語？那時做媒不允，還要將小子責備起來。公子呵，只好把赤騰騰火自燒，一任你白茫茫水漲倒。〔净〕老都，聞你平時極喜尋些事做的，今日到這等做難起來，不像的緊。〔丑〕不是小子做難，但今乃學中朋友，又且朝夕相見，若一動手，那時衆怒難任，這惠州城内，便著我老都立脚不住了。〔净〕好呆話。你若説成此事，同到我父親任上，一生受用不盡，何必定要在這惠州城？〔丑背介〕説得有理。〔轉介〕既如此，公子分上，顧不得朋情〔八〕，有計在此。〔净〕何計？〔丑〕告狀。〔净〕怎麽講？〔丑〕只説原聘在先，待我認做原媒替你硬證。〔净〕妙，這等快尋寫狀的。〔丑〕不消，此事一發小子代勞。〔净〕更妙了。〔丑〕憑着咱瞞天謊筆似刀，再得數千金打點衙門，全仗你慣通神錢和鈔，包管你俏佳人得同歡笑也，還問你得意之時怎報勞。

〔净〕漁郎何處問桃源，韓偓。〔丑〕箭括通天有一門。杜甫。

〔净〕黄金逐手快意盡，李白。〔合〕美人相并立瓊軒。朱可久。

〔净笑携丑手介〕裏面飲三杯去。〔仝下〕

評　點：

〔一〕此齣方入正傳，前如棋子布局，至後步步照應，方見高手。

〔二〕游客雖無，冤家偏到。

〔三〕自標身分，却又反照下文。

〔四〕本怕被見，豈知早已見之。

〔五〕又一難星出見。

〔六〕想見幽人之居。

〔七〕先一反。

〔八〕九字令人可哭。

# 第九齣 閧訟

【引子】【□□□】〔小丑冠帶，貼隨上〕朱墨擺，書隸排。小衙開□□財，莫怪地皮都捲盡，須知下過本錢來。

下官惠州府博羅縣知縣韋有耀是也。官居七品，任滿三年，對小民百樣虎威，見上司一團狐媚。板子夾棍都是我衣食行頭，皂隸書房盡做了包攬主顧。正是莫道無私堪斷鬼，但求有法可通神。昨有山東撫臺公子胡型，來此告狀，説他原聘本學生員杜詩之女爲妻，杜詩又將此女另許徐姓，亦係生員。我想撫臺怎與窮秀才做起親來，明係騙他女兒，但胡公鄰邦上司，且是嚴老太師門下，敢不做情？況他公子現送我茶果銀五百兩，上司處他又自去打點，只得依他昧著心兒斷斷了〔一〕。〔升堂坐介〕〔生、旦、净、老扮衙役上喝堂開門介〕〔小丑〕帶一起棍串騙婚事，生員杜詩等聽審。

〔役唤介〕

【引子】【玉女步瑞雲】〔小生丑上〕勢焰誰當，那怕他書生伎倆。〔外末上〕平白地禍從天降。〔貼唱名介〕原告胡型。〔小生〕小主抱恙未到。〔貼〕抱告家人胡寬。〔小生應介〕〔貼〕被告生員杜詩。〔末應介〕〔貼〕徐廷臣。〔外應介〕〔貼〕徐苞。〔外〕游學未歸。〔貼〕干證原媒都來德。

〔丑〕有。〔末外驚介〕原來就是他的干證，且看他如何。〔小丑〕胡寬，我昨看公子狀詞，已知其詳，但不知幾時定的[二]？〔小生〕是自幼聘的。〔小丑〕知道了，下去。〔唤丑介〕都來德，你事情犯在本縣案下也多了，怎麽此事又是你的干證？〔丑叩頭介〕這是胡大老爺所命，不是小的多事的。〔小丑〕且下去，杜生員上來，你前將女兒許與胡大老爺爲媳，現有這都來德爲媒。他如今堂堂巡撫，有何虧你，怎反賴起婚來？本縣好好勸你，成其舊好，可釋前愆，不然玉石俱焚，悔之無及。〔末〕老父師此言何從説起，生員呵！

【黄鐘過曲】【降黄龍】有女年芳，幼結朱陳，許嫁徐郎。爲他方游學，歲月遲遲，未效鸞凰。老父師，昔者鄭公子不受齊婚，以爲非偶。生員一介寒儒，怎敢與撫臺相對，何嘗豪門許配，整一味虚言相誑。願青天高抬明鏡，照人冤枉。

〔小丑〕這也難信。徐生員，那胡大老爺，你須知道他的利害。今本縣與你作主，將此姻退還，萬事干休。若有片言争執，取罪非輕。還須三思。〔外〕老父師説那裏話，杜氏之女寔是生員之子自幼聘的。

【前腔】相當。寒士門楣，一股花簪，久結鸞凰。〔末〕此簪生員帶得在此，求老父師一驗。〔取簪送小丑看介〕這花簪也做不得準。且問你原媒何在？〔外〕生員與杜生員髫年交好，結親之事，只要杯酒訂盟，何須媒妁？〔小丑〕好笑，好笑，你既讀詩書，豈不聞『伐柯如之何，匪斧不克。取妻如之何，匪媒不得』？既乏冰媒，便無實據[三]。〔外〕梅花簪便是實據。〔小丑〕這簪兒知道是他的是你的？是今日與他是昨日與他的？徐生員過來，你但叫得這梅花簪會説話，便將杜女斷與你家便了。〔外末〕這都説的是甚話！〔丑〕老爺明見萬里，小的的原媒不差的。〔小丑〕都來德，那胡大老爺費多少財禮？〔丑〕説不盡羅綺錦綉，翠鈿珠環，白璧黄鏹。〔末〕生員只受了徐姓花簪，那見甚胡家財禮。都來德，我且問你，你在那裏做媒來？莫説我和他勢位天淵，便是一個在南，一個在北，相去數千里之遥，若風馬牛之不相及，從何處結起親來？〔丑〕杜相公，你休推夢裏睡裏。你那年游學到京，因我與胡公舊識，就托我爲媒。那時胡公見允，你好不感激歡欣。誰想姻緣久定，生變做跌天風浪。〔末〕這神棍怎敢如此胡言！〔外〕還虧他同在里中，不知得了多少厚利，便甘做權門鷹犬，真禽獸也。〔末〕真堪恨，恁將無作有，口舌如簧。

〔丑〕你駡我禽獸？你們賴人婚姻，到不是禽獸？〔外末指丑駡介〕這光棍奴才，好不膽大，難道此地打不得你麽？〔打介〕〔小丑喝介〕你們不消胡鬧，聽本縣明斷。杜詩毁人之聘，徐廷臣奪人之婚，本應詳褫，照律重處。姑念斯文，從寬免罪。仍將杜氏之女，斷歸胡姓。梅花簪一枝，即著徐生員帶回，不許嘵嘵。〔小丑擲簪投地，外拾起急嚷介〕〔四〕豈有此理。老父師主持名教，怎聽信地棍一偏之言，做此傷風敗俗之事？

【黄龍衮】〔外、末合〕綱常要主張，綱常要主張。法度真難枉，拆散鳳鸞群，這重婚另配如何講。况此女素性堅貞，豈從强暴？縱有威權，决難相强。休逼人，休逼人，拚一命，歸泉壤。

〔小丑〕那撫臺勢焰炎炎，何怕汝一死。〔外末怒介〕呀，老父師爲民父母，不思爲民處公斷直，反出此不仁不義之言，難道没有上司，没有皇帝？〔小丑怒介〕老畜生好大膽，便叩得閽來，看本縣可怕。公堂之上如此放肆，可惱可惱。〔外、末〕難道公堂之上，止許你胡行。俺們即便捨此頭巾，也拚得過你一個知縣。

【前腔】你爲官太不良，爲官太不良，圖利將心喪。〔小丑〕倚恃破頭巾，出言鹵莽真無狀。報學除名，休想輕放。〔外末〕豈容伊，豈容伊，倚勢豪將儒葬。

〔小丑〕胡管家回去，拜上公子，叫他擇吉竟去迎娶，有本縣與他作主。〔小生〕謝老爺。注就紅鸞配，全虧百虎神〔五〕。〔同丑下〕〔小丑退堂，衆役推外末出介〕〔小丑衆役下〕〔外末氣介〕罷了罷了。光天化日之下，如此横行，與這廝勢不兩立。

【尾聲】〔末〕我和你赴上憲忙投狀。〔外嘆介〕只怕當車逞臂似螳螂。〔末〕可恨那都來德光棍奴才，如今且邀些學中朋友，打到他家，先詰問他個明白，再做道理。〔外〕杜兄差矣。這廝既有此護符，豈有還安坐家中，等你打去詰問之理。今惟同到府中，且告一狀，看是如何，再做道理。〔末〕設再告狀不准，小女呵，則怕他矢死靡他，惟將節操講。

〔外〕寶鈿未合玉釵分，無名氏。〔末〕腸斷清猿不忍聞。皇甫曾。

〔外〕衰老吾今材力薄，杜甫。〔合〕一憑芥羽害同群。韓偓。

**評　點：**

〔一〕貪官心下原自明白，只因受賄徇情，便昧著心兒判斷了。

〔二〕既云已知其詳，又云不知幾時定的，寫貪官顛顛倒倒，信口混説，全無心以聽訟也。

〔三〕貪官枉法也要尋出一理來，既無冰媒，自然彼得借口。

〔四〕花簪遭厄。

〔五〕强對。

# 第十齣　搶親

【中吕引子】【菊花新】(旦上)怪無端忽地起風波，凝盼官前事若何。我想自古及今多少嬌娥，偏是我招灾惹禍。不知那裏説起，甚麼山東巡撫公子，道俺貌美，頓起邪心，串同地棍都來德，詐爲媒妁。捏告原聘在先，貪官枉法，竟欲將奴斷歸胡姓。父親一時言詞激烈，反觸其怒，益難挽回。今早又往府中擊鼓鳴冤去了，不知可能濟事，好憂悶人也。

【過曲】【好事近】生小綉房窩，終日和影兒獨坐，又不曾樓頭陌上，向風前笑舉輕羅，因何？劣儀容直恁的風聲播，怎知俺白璧難磨，誓不把青蠅自污。想來就告府狀也是無用的，怕則怕官官相護，他倚勢僂儸。

【南吕過曲】【香柳娘】〔末上〕控官前轉來，控官前轉來，氣填胸隘，好一個明明白白清平界。〔作急叩門旦開見介〕爹爹愁容滿面，想是又不濟事了。〔末〕不要説起，那府官呵，更糊塗不開，更糊塗不開。趨勢更貪財，一樣將情賣。〔旦〕怎麽批詞？〔末〕批甚麽詞。那府官接了狀子，不問真假，反道胡家原聘在先，自然該他迎娶。竟扯破狀呈，將我叱辱出衙。這分明那廝勢力通天，上下貪財枉法，便有屈也無處伸了。〔旦哭介〕這等如何是好？〔末〕恨孤窮力怯，恨孤窮力怯。怕他倚勢扛抬，竟來無礙。

【前腔】〔旦〕一聞言似呆，一聞言似呆。這奇灾怎解，信前生結下冤愆債。孩兒幼蒙爹爹嚴訓，豈不聞忠臣不事二君，烈女不更二夫。若是事到其間，只得自甘一死。恨官官愛財，恨官官愛財。不顧女裙釵，逼上黄泉界。〔末〕若是徐郎在家，連夜成親，那廝也無之奈。如今呵，不能彀就回，不能彀就回。遠隔天涯，怎救得此身狼狽。

【前腔】〔外上〕不隄防這灾，不隄防這灾。公平何在，只消他錢行十萬通神快。〔外末見介〕〔旦掩泪避下〕〔外〕府中告狀又不准，如何是好？〔末〕適纔小女聞言，急欲自盡，小弟正在此解勸。只怕這一條性命，終斷送在這奸賊手内了。〔泪介〕〔外泪介〕賢哉婦也。只恨小兒没福，遠出不歸。

依小弟看來,令愛到是好好的嫁他爲妙。更無從布擺,更無從布擺。遠去不歸來,怎留得良緣在。〔末不悦介〕徐兄説那裏話!小女呵,矢共姜自挨,矢共姜自挨。他若想和諧,除是桑田變海。

〔外〕杜兄只知其一,不知其二。自古常則守經,變則達權。昔者齊景公涕出而女於吴,稱爲順天。胡賊乃嚴嵩門下,倚著權勢,何所不爲?令愛若不嫁彼,那厮焉肯甘心?白白送了身家性命,令愛依舊不能保全,豈不反爲識者所笑。就使令愛矢死靡他,抑思全貞難以全孝,何不忍辱屈從,以保親命。其人可事則事之,如不可事,倘小兒异日僥幸得志,難道破鏡不可以重圓,斷絲終難以再續?小弟已寫下退婚一紙,與吾兄相勸令愛,放心前去便了。〔末〕咳,俺家從無犯法之男,再婚之女。小弟何等樣人,肯教女兒改嫁强徒,玷辱名教?這個斷然使不得。〔外〕咳,兄若不聽吾言,就是小兒回來也一定不娶令愛的。〔末驚介〕吾兄何出此言?〔外〕小兒若娶了令愛,那厮聞知呵!

【前腔】巧機關暗來,巧機關暗來。將人坑害,干戈未可詩書代。趁而今細裁,趁而今細裁。免惹禍和灾,彼此圖安泰。〔末〕小女貞烈性成,這話如何向他開得口。〔外〕杜兄,縱難將口開,縱難將口開。事到頭來,這也無如之奈。

小弟句句良言,退婚在此,就請收下。〔末不接介〕豈有此理。〔外擲書於地介〕罷!此書留在此間，但憑吾兒便了。丈夫有志寧輕喪，天道無知只淚垂。〔忿恨下〕〔末〕徐兒轉來，徐兒轉來。呀，看他竟將此書丟下去了，這是那裏説起。〔拾書淚介〕〔旦上〕帶淚銜新恨，含情憶舊緣。爹爹，手中挈的是甚麽？〔末〕咳，我兒，這是你公公……〔住口淚介〕〔旦〕爹爹爲何欲言又止？〔末哭介〕我兒，叫你爹爹如何説得出？〔旦急介〕爹爹爲何如此，快説與女孩兒知道。〔末擲書出介〕也罷，你自去看便了。〔旦看書驚哭介〕呀，原來是一紙休書，兀的不痛殺我也。〔倒介〕〔末驚哭介〕我兒醒來。〔扶起介〕

【雙調過曲】【江頭金桂】【五馬江兒水】〔旦哭唱〕紅絲割斷，不由人血淚漣，又不曾犯了七出之愆，爲甚寫離書如等閑。我曉得了。【柳摇金】他怕我不賢，將豪門欣戀。自古道，一絲爲定，千金不移。雖未同衾共枕，一般的義重情堅，怎忍把結髮夫妻生棄捐。【桂枝香】俺柏舟勤念，俺柏舟勤念。此心無變，恨綿綿，且看松柏凌霜勁，休認楊花逐水顛。

爹爹，那梅花簪今在何處？〔末〕已被那知縣當堂斷還你公公收去了〔一〕。〔旦〕咳，孩兒聞仁者不以盛衰改節，義者不因常變易心。孩兒生是徐郎妻，死是徐家鬼。縱然公公退了孩兒，孩兒決不改嫁他人的。〔哭介〕〔末〕我兒放心，雖是你公公之意，你爹爹立身名教，若將你改嫁豪門，不但徐郎回來無顔相對，便死亦難見祖宗於地下矣。那廝若來强娶，我便拚此一條性命對付他便了。〔旦〕那廝勢力通天，爹爹若與争衡，真是以卵投石。爹爹若有不幸，孩兒焉能獨全？不如待孩兒尋個自盡，絶了那廝念頭，爹爹便可安然無事了。〔末抱哭介〕我那兒嗄，你母親自幼丟下了你，你與我朝夕相依，不離左右。只望你與徐郎早完姻事，慰我暮年。誰知遭此强徒，變生一旦。你若守節捐軀，不但我捨不得你，就是你也怎麽捨我作爹爹的下〔二〕。〔旦哭介〕爹爹，孩兒豈不知此？怎奈事不由人，這也説不得了。

【前腔】説甚麽沉魚落雁，芳容與禍連。〔背哭介〕徐郎，我與你空結良姻，未能偕願。怎想到而今一旦竟成永訣了。縱有修眉未畫，冶態誰憐，不能彀好夫妻一宿緣。自古道才子緣慳，佳人命蹇，何不折罰做村夫野婦，到有個久地長天。從今後，倩誰把斷頭香再燃。似今生分淺，似今生分淺。願結做他生美眷，枉痛煎。料難免禍營三窟，惟有招魂赴九原。

想你一去多時，此時也不知在於何處？

【前腔】不能彀和伊一面。雲山四野連，奈没個烏鴉傳信，寄與君邊。問你可暗心驚旅夢牽，便把這秘學精傳。救不得彝倫攸變，縱歸來奠雁，怕妻難相見。空恨殺，久留連。奴家死後呵，料芳魂不遠，料芳魂不遠。把山河繞遍，少不得，到君前。春風夢裏眠蝴蝶，明月山頭泣杜鵑。

〔旦哭介〕爹爹善保暮年，你女孩兒不能奉你終身了。〔旦撞地，末抱住哭介〕孩兒休便如此！

【前腔】〔末〕雖則是灾危不免，全貞一命捐。但你呵，纔似嬌花乍吐嫩蕊堪憐，緊追隨繞膝前，忍叫你誤了芳年。思量起越添悲怨，到不如我先一命早赴幽泉，省見你生和死苦萬千。〔末撞地，旦抱住哭介〕爹爹休要如此，我不能扶伊衰倦，我不能扶伊衰倦。忍累你更遭危難。异日徐郎回來，若念孩兒爲他守節而死，可叫他養你暮年。孩兒死在九泉，亦能瞑目。〔合〕痛冤纏，寧甘抱恨同香碎，怎忍含羞獨瓦全。

〔净披紅插花領衆提燈鼓樂上〕〔末驚介〕呀，一派鼓樂之聲，那厮竟自倚强而來，氣殺我也！〔昏倒介〕〔旦驚哭介〕爹爹醒醒。事已甚迫，不免觸堦而死。〔旦一面撞地，净一面打進，見旦驚抱介〕小娘子休要如此。〔旦〕住了，我乃儒門之女，豈受你强暴之污。明有王法，暗有鬼神，還不快快迴避。〔净笑介〕這些果子話兒，今後請收起了。

【川撥棹】〔旦〕休痴念，倚豪强，把禮義捐。俺自有交頸文鴛，俺自有交頸文鴛。豈容你山鷄翼連。〔抱末哭介〕爹爹，你女兒如今顧你不得了，拚一命赴重泉，再相見，是何年。

〔旦欲撞地衆攔介〕〔末醒介〕呀，朗朗日月，蕩蕩乾坤，你這一夥强徒，搶奪良家女子。我杜繼牧雖是一介寒儒，生不能報仇雪耻，便死在九泉之下，决不饒你。罷罷罷，拚著這一條老命，對付你罷了。〔做撞净、净推末跌地死介〕〔旦驚哭倒介〕〔衆〕呀，這老兒一頭觸在堦石上，血流身死了。〔净〕這老兒死了到乾净。小厮們拏帖子到縣裏，差人押著掩埋便了。把那女子唤醒，扶上花轎。〔衆唤旦醒哭介〕俺那爹爹嗄。

【前腔】忍見你碎首庭堦腥血染，爲著孩兒損暮年。〔衆圍旦，旦急介〕天那，恨不得早早歸泉,恨不得早早歸泉。苦咽在心頭萬千。俺那爹爹嗄,這殘生怎再延,誓相隨在目前。

〔净〕小厮們,搶上花轎。

【卜算子】〔旦〕恨極力難支,痛絶魂離體。斷送嬌姿不自持,拚做含冤鬼。

〔衆扯旦上轎行介〕

【園林好】〔衆〕擺花燈火光燭天,休冷落合歡夜宴,顧不得玉人悲怨。管今夜效雙鴛,管今夜效雙鴛。

【尾聲】傾財公子真歡忭,只願惡姻緣變好姻緣。這親迎人都索酒錢。

一霎罡風走黑沙,道旁年少莫矜誇。許渾。
多愁自是身無主,曹唐。留得春情待押衙。許渾。

---

評　點:

〔一〕花簪交代明白。
〔二〕一字一泪。

# 第十一齣　疑籤

【集唐】〔生上〕青雲器業我全疏，因念愁中賦索居。盡欲出游那可得，故鄉音信半年無。小生徐苞，自來江浙游學，果然水秀山明，人文之藪。今有江西幾個朋友約我在十八灘前望江樓上講書。來此已是。衆友還不見到，只得等候則個。〔末、净、丑上〕堪笑書呆不下帷，欲稱名士有良師。互相標榜通聲氣，多刻文章廣送詩。〔末〕學生盛屏長。〔净〕學生胡益植。〔丑〕學生鄒斷金。〔同揖介〕我們都是江右有名之士。目今有粤東遠來一個小名士，叫做徐苞，約在十八灘前望江樓上講書。徐兄先在此了。〔相揖各諢坐介〕〔末〕今日講的是性理、綱鑒、五經、四書大義。四人拈鬮，各講一部。〔拈介〕〔末〕我是性理。〔净〕我是綱鑒。〔生〕我是五經。〔丑〕我是四書。〔生〕性理請先講。

〔衆贊介〕〔末〕胡兄請。

【中吕過曲】【駐雲飛】〔末〕萬象包羅，不外陰陽巧會合。太極須參過，無極須勘破。嗏，道理五行多，尅生交錯，銘列東西，更有通書播。性善名言莫記訛。

【前腔】〔净〕開闢當初，虞夏商周古鏡模。一統真難遇，割據如朝暮。嗏，奸佞豈同途，昏明异數，轉眼興亡，怎得金湯固。直筆還須讓董狐。

〔衆又贊介〕〔净〕出醜出醜，如今請教徐兄了。

【前腔】〔生〕易法詩葩，禮謹化源休絮他。政事書通達，筆削權偏大。嗏，家國理無差，難分毫髮。易首乾坤，詩重關雎化。門内雍容實可誇。

〔丑〕諸兄珠玉在前，小弟如何形穢。〔衆〕太謙了。

【前腔】〔丑〕古聖遺編，累我頭巾真不淺。〔衆〕爲何？〔丑〕矻磕偏難念，鶻突渾難辨。嗏，何似祖龍年，不容窺探。一火咸陽，燒盡無餘欠。省我愁眉苦莫言。〔衆笑介〕取笑了，講學已完，就此各歸告别。朋來自遠方爲樂，人若同行即是師。〔衆下〕〔生吊場〕你看夕陽西下，萬頃茫然，好景致也。

【黄鍾過曲】【啄木兒】看殘照，過斷橋，風捲濤聲蘆荻繞。小生自從游學，已經半載。雖然多見多聞，不枉一番跋涉，只是家鄉在念，音信難通。這些時肉戰心驚，夢魂不定。誠恐父親年老，侍奉無人，未知安否。可怪俺魄動魂驚，空怨着魚沉雁杳。雖然一番登眺開懷抱，怎奈温清久缺難全孝。空對着故國雲深夢自遥。

此間一所古廟，上寫『勅建靈應大帝廟』，何不進去祈求一籤，卜卜家宅平安，省得放心不下。〔外扮靈應大帝，二雜扮鬼判暗上坐介〕〔生進介〕廟祝那裏？原來是所冷廟，一個人也没有，不免拜禱則個。

【三段子】神明聽禱。望家鄉山遥水遥，爹行年老，離尊前思勞夢勞。〔求籤介〕第二十九籤下下，廟祝不在，供桌上放有籤簿，竟自查看便了。〔看介〕比目分開奇禍現，水中鰱鯉真難辨。寃寃相報幾時休，直到殺場完夙願。〔驚介〕好凶惡籤也。〔呆介〕細詳籤語，父親幸還無恙，只是説比目分開奇禍現，莫非我妻子有甚變故不成？難道無釜空炊妻不保，且住，我妻子身處深閨，有何奇禍？除非灾生疾病難痊好。〔重念介〕這籤語一句凶似一句，好令人不解也。叫俺疑慮多般心難落。

〔外雜暗下〕〔生〕莫非來意不誠，神明見戲。

【歸朝歡】莫不是莫不是誠心未牢，神明的將人奚落。但願籤語不靈便好。只恐怕只恐怕寃家禍招，盼家園凶多吉少。且急急打點回家便了，休再流連异國空愁抱。止恨身無兩翼飛難到，且把益友奇書　且抛。

一點征帆萬里回，崔塗。茫然世事遣人猜。杜甫。
在家弄玉惟嬌女，可是陰靈許禍來。胡宿。

# 第十二齣 聞嫁

【雙調過曲】【步步嬌】〔外上〕痛殺親家和媳婦，横逆加無故。只怕孩兒返敝廬，知喪鴛儔，不禁多悲苦。天，何事禍窮儒，任豺狼咆哮横當路。

可傷媳婦被胡賊倚强搶去，生死難知。杜兄一氣身亡，無人收斂，就是老夫將他薄葬高原。今已盡七，備下羹飯酒漿，要到他墳上走遭。奈夜來風雨，誠恐老人家路滑難行，如何是好？〔哭介〕

杜兄嗄。

【江兒水】你一去無明夜，空餘蔓草蕪。馬鬣誰築千年墓。一任風嗚嗚，吹徹墳頭樹。雨淋淋濕遍山前土。想像音容如故，要執手踟躕，除非夢裏認明來路。

也罷，就將羹飯排下，望空遥奠一番便了。〔哭奠介〕

【五供養犯】頻頻痛呼，半盞凉漿，薦汝冥途。杜兄，你生平何等負氣，如今一憤身亡，想死者有知，定爲厲鬼，以殺此賊。生前遭氣殞，怎不死後報强徒？我二人髫年交好，只望垂老相依，誰知你今日呵，撇下我形隻影孤，没來由先歸泉土。〔哭介〕我那媳婦兒，知你生和死，信音無，死别生離，割斷腸肚。

〔焚楮畢〕〔收羹飯坐泪介〕

【前腔】〔生雨傘背包上〕遥瞻室廬，修竹疏籬，景物如初。〔外見驚介〕孩兒，你、你回來了麽？〔生拜介〕孩兒遠方游學，有失温凊，望爹爹恕孩兒不孝之罪。〔外〕罷了。〔生〕喜爹行身健保，心下轉融舒。〔外背吁泪介〕〔生〕呀！爲甚麽背人氣吁，泪汪汪將袖稍穩住，令我渾不解，事堪虞。〔跪介〕不知爹爹爲何掉下泪來？〔外滯介〕我、我爲你久不回來〔一〕。故此墮泪。〔生泪介〕原來爲不孝孩兒頓添愁緒。

〔生起疑介〕且住！若爲思念孩兒，便該墮泪。今日孩兒歸來便該歡喜了。爹爹，岳父一家好麽？〔外〕他、他好的。〔生〕這又奇了。

【玉交枝】爲甚麽含愁無數，蹙眉頭心難暢舒？〔跪介〕爹爹，休將言語自支吾，對孩兒説明其故。〔外〕你且將你此去有何游覽，有何學問細説與我知道〔二〕。〔生〕爹爹，怎數得盡山川如畫圖。便學問呵，有午牕閑課多餘趣。若是孩兒不才，何妨直教。又未知有何罪辜，又未知有何罪辜。

孩兒正要禀告爹爹，前在江西十八灘前，見一靈應大帝之廟。因念家中，祈求一籖，上面説道：『比目分開奇禍現，水中鰱鯉真難辨。寃寃相報幾時休，直到殺場完夙願。』孩兒以爲不祥，故此着急回家。

〔外驚介〕有這等事？〔背介〕比目分開奇禍現，這句分明驗了〔三〕。〔點頭泪介〕只是下頭三句不解。〔念介〕甚是凶險。想胡賊惡貫滿盈，定有殺身之禍。或者孩兒异日還得與媳婦相見。〔瞥生泪介〕咳，只是此事若不與他説明，他又再三詢問。倘若説出，又怕他氣苦，如何是好？〔生背介〕父親聽了神籤，自言自語，一定有些緣故。

【前腔】〔外〕欲言難徑吐，暗傷心青衫泪餘。説來又恐添悲楚，待不語又難穩住。〔生〕爹爹，你媳婦可有疾病？〔外〕到、到没有疾病。〔生〕没有就没有，怎麽説個到字〔四〕？爹爹，没有疾病，敢有甚别的原故。〔外〕也、也無别的原故。〔生〕也無别的原故。爹爹，我岳父可常常來此相會麽？〔外嘆介〕若提起你岳父呵，他也嘗拖杖藜過草廬，詩情酒債陪朝暮，只是近日呵……〔住口哭介〕忍不住掩面悲吁。〔生急跪哭介〕哎呀，爹爹爲甚麽掩面悲吁〔五〕。

〔外〕我兒，你今日勞頓，且去休息，有話明日再對你説知。〔生掩泪漫退介〕既、既如此，孩兒告、告退。〔出介〕我觀父親之意，大有可疑。〔見紙灰驚介〕〔六〕呀，你看一堆紙錢灰，尚未焚完。〔見羹飯介〕這是一杯羹飯，半盞凉漿，分明是祭奠之物。呀，我曉得了。〔急跪哭介〕哎呀，爹爹嗄。

【川撥棹】莫不是你媳婦身亡故，因此奠靈羹灰未除。〔外〕我兒休悲，你媳婦并未曾死〔七〕。〔生〕既不曾死，這紙錢羹飯從何而來？又不是寒食清明，又不是寒食清明，怎留下先靈祭餘？〔外背介〕這話兒難説與，越引得泪如珠。

【前腔】〔生〕爹爹，何事含悲渾不語，可不悶殺孩兒心似剳〔八〕。〔外哭介〕可恨他倚勢潑強徒，可恨他倚勢潑强徒。〔生急問介〕那個强徒。〔外〕兒，待開言傷心氣阻。〔生〕這話兒好模糊，越引得泪如珠。

爹爹，快説與孩兒知道。〔外〕罷罷罷，事已至此，瞞你不得了。兩月前，忽有個山東巡撫公子，姓胡名型，不知從何知你媳婦貌美，頓起邪心，串同地棍都來德，揑告原聘在先。貪官受賄，竟將梅花簪退回，把媳婦斷歸胡姓。〔生急起介〕竟、竟將梅花簪退回？把媳婦斷歸胡姓？那時爹爹便怎麽？〔外〕我和你岳父在公堂大鬧，不能濟事，又往各上司告狀不准，你岳父便一氣而亡了。〔生驚哭介〕有這等事？俺那岳父嗄。且住，如今媳婦在那裏〔九〕？〔外哭介〕我那兒，你、你媳婦竟、竟被胡賊搶去了。〔生大驚哭介〕竟、竟被胡賊搶、搶去了？〔外〕搶去了。〔生〕哎呀，兀的不痛殺我也！〔倒介〕〔外〕我兒醒來，我兒醒來。〔哭介〕

【隔尾】霎時間冷淋浸四肢難動舉。兒，快回陽且看取我衰年父。〔扶生起，生嘆介〕〔外〕喜得長嘆聲聲氣漸舒。

【中吕過曲】【尾犯序】〔生漸醒哭唱〕鸞影忽分飛，懊恨强徒，倚勢如斯。我那妻，實指望美滿恩情，效同心百世。凄其早知道花殘月缺，枉自去登山涉水。奸賊，奸賊，便做到海枯石爛，此恨没窮期〔一〇〕。

爹爹，難道你媳婦便順從他去了。

【前腔】〔外〕休提。痛殺那嬌姿，難得他覓死尋生，矢志難移。〔生點頭泪介〕〔外〕只念著年老爹行，恨無人奉持。誰知，驀忽地鷹拿鷂捉。好一似風馳電疾，今日裏安危未保，空自泪偷垂。

【前腔】〔生〕風波平地起，妻，料想你九烈三貞，一死何辭？恨只恨遠隔天涯，不能彀救伊家禍危。堪悲。怎叫你不怨我遲婚悮配，怎叫你不怨我無情輕離。妻，空結就并頭連理，竟、竟不得一夕效于飛。

【前腔】〔外〕兒，何須過慘凄，萬里前程要保全自己。休戀著已斷之緣，却不道書中有女。〔生〕髮指。讀詩書齊家治國，怎一個糟糠難庇，自古道義夫節婦，怎忍便分離。

〔生走介〕〔外〕我兒那裏去？〔生〕孩兒去問那都來德，好歹要找尋媳婦回來。〔外〕咳，那都來德已隨胡賊而去。莫説媳婦找尋不見，就尋見了，那厮威權赫赫，如何得與你取了回來？〔生〕爹爹，孩兒若不得媳婦回來，與這厮勢不兩立。〔外〕我兒，你小小年紀一朝得志，何患不能報仇？异日光前裕後，此身關係非小，焉可造次？就是媳婦設有不幸，少不得請爲旌表。倘竟失身，去也無益。且免却愁煩，隨我進去。〔生大哭介〕叫孩兒那裏丟他得下。

【鷓鴣天】〔外〕兒，業已是萬里雲山各一天。〔生〕一般離恨兩愁牽。〔外〕水流已逝應難返。〔生〕月缺何時得再圓。〔合〕情脉脉，泪漣漣，天涯怎續斷頭緣。〔外哭介〕我那媳婦兒。〔生哭介〕我那妻。〔合〕今生若要重相見，除是泉臺與夢邊。

〔生〕爹爹，那退回的梅花簪如今在那裏？〔外取簪付生介〕在此。〔生接簪哭介〕簪兒，簪兒，想當初把你爲聘，送與他家，已經數載，只望我夫婦白頭相聚。也似你梅花冰雪，同守定歲寒之盟，誰知變生不測，一旦將你退回，而今物在人亡，好一似花殘雪化。兀的不叫我腸斷心傷也〔一一〕。〔外〕我兒，你一路風霜勞碌，休得過傷。〔生〕也罷，望爹爹即將此簪賜與孩兒，待孩兒帶在身邊，朝夕見此簪兒，便如見媳婦一般了。〔外〕這也使得，你就收過〔一二〕。〔生執簪謝介〕〔外〕隨我進來。

〔生〕并蒂芙蓉本自雙，杜甫。〔外〕可憐貞白重寒芳。陸龜蒙。

〔生〕何期中路遭棄拆，郭元振。〔合〕劈破雲鬟金鳳凰。宋邕。

〔生哭介〕爹爹，孩兒欲找尋媳婦去。〔外扯介〕隨我進來。〔生大哭介〕孩兒一定要去的，孩兒一定要去的〔一三〕。〔外扯生同哭下〕

評點：

〔一〕頓住。

〔二〕又一頓。

〔三〕介白俱妙入神理。

〔四〕曲曲折折，逼肖情事。

〔五〕漸漸逼緊，倏又頓住，文字忌直，而此事更難直出諸口，可謂曲盡其妙。

〔六〕如此陡然接入，文章方顯奇肆，科介益覺聳人耳目。

〔七〕又一閃開。

〔八〕愈閃得開，愈逼得緊。

〔九〕先哭岳父，隨撇過岳父筆墨便捷圓緊。

〔一〇〕四曲沉鬱深厚，氣味酷似《琵琶》。

〔一一〕如聞其聲，如見其淚。

〔一二〕伏。

〔一三〕好介。

# 第十三齣　遣刺

【普賢歌】〔净上〕心機費盡娶佳人，怎奈佳人不許親，遭他娘的瘟。渾身慾火焚，甚日回心得共枕。

自家胡型，自從娶了杜小娘子回來，誰知他心堅鐵石，勸又不依，狠又不怕，每日尋死覓活，并不許小子沾身。欲待下手擺布他，又見他千嬌百媚，放不下辣手狠心。常言道，婦人家水性楊花，漫漫的挑撥央承，不怕不回心轉意。故此叫下船隻，將他鎖入船中，且帶回山東任去，再做道理。

【前腔】〔丑上〕一生蔑片盡知聞，助富欺貧那怕人，撮合那姻親。榮華不必論，仔細思來還不穩。

〔見介〕〔净〕老都，你説甚事不穩？〔丑〕大爺，我想那杜小娘子今雖恃强娶來，畢竟是那兩個老窮酸，不能濟事，若那徐如山讀書年少，倘或一朝得志，報起仇來，如何是好？何不差人暗暗將他刺死，以除後患。便是那杜小娘子也絶了念頭，與公子成其夫婦，却不是好？〔净〕你也太過慮了，料他一介寒儒，騎馬也趕不上俺爹爹勢位。〔丑〕大爺豈不聞斬草不除根，萌芽依舊發。又道養虎貽患，若不如此，定遭其害。〔净〕既如此，俺有一家丁，名唤胡鷹，勇力莽撞，口直心雄〔一〕，叫他和你前去。胡鷹那裏？〔副净上〕自來供犬馬，不管配鸞凰。大爺有何吩咐？〔净〕那羅浮山下杜小娘的丈夫，姓徐名苞，今在江浙游學。他妻子改嫁與我，那廝怎肯甘心？恐他日後要來報仇，你可隨都相公前去，將他尋着刺死，以除後患。做得來時，賞你一個元寶，須要小心。

【雁兒舞】你此去前途，身藏利刃。跟尋着那廝，誘到僻静，一刀刺死便抽身。這事非輕須幹得穩。

【前腔】〔副〕公子恩差，怎敢違命？但秀士儀容，小人不認。都相公，要你從旁指示覷來真，那時斬草纔乾净。

〔丑〕自然學生同去，總在山東老爺任上相會便了。正是相逢不下馬，各自奔前程。〔丑、副净先下〕〔净〕看他二人已經去了，不免分付水手也開船，一路漫漫的回到山東去罷〔二〕。

天賜胭脂一抹腮，罗隱。水工舟子不須催。曹唐。
如今正好同歡樂，李白。眉月連嬌恨不開。常碣。

評　點：

〔一〕『口直心雄』，便是向善根本。

〔二〕此船漫行，彼船更漫，此船已過，彼船方來。

## 第十四齣　舟誤

【引子】【十二時】〔生哭上〕拆散鳳和凰，思量起心兒難放。我那妻叫我尋得好苦也。好似雁窅愁山，魚沉怨水，一般般隔斷在瀟湘。天那，何日得舊緣相向。

小生瞞著父親，竟從琵琶洲一路沿著江邊，找尋到此。晝則號泣而行，夜則依葦而宿。也不知來了多少路程，也不知經了幾個旦暮。前面已是江西十八灘了，你看一望茫茫，無數船隻來往，不知何處是我妻子所在也。

【正宫過曲】【錦纏道】趕行舟喘吁吁奔馳不上，只落得泪盡血成行。嘆百歲夫妻，一霎分張，不由人眼兒望神兒又愴。忍聽他相伴著豺狼，兩下總堪傷。是好姻緣變三生魔障，雲山半渺茫，何處睹玉人模樣，怕做了玉蓮懷石葬江鄉。

〔內鳴鑼吹打，生望介〕一隻官船泊近岸來，不免近前一看。〔下〕〔內鳴鑼吹打，雜撐篙上，泊船下〕〔小生、老旦帶末扮院子，丑扮丫鬟同上〕

【南呂過曲】【懶畫眉】〔小生〕久宦空囊退還鄉，獨泊深江烟霧茫。下官巫渙，自從解任歸來，因一路年誼拜望，不無耽擱。此間已是江西十八灘頭，夫人，你聽一聲漁笛韻悠揚，落霞孤鶩閑來往，水色山光送晚凉。

〔末〕稟老爺，夜膳已備。〔齊下〕〔生上〕

【前腔】只見巨艦横江鎖斜陽。〔望驚介〕呀，那船頭艙門上明明貼著山東巡撫的封條，莫非我妻子就在此處[一]？好着我對此踟蹰空斷腸，待我問他一聲。船家長，這可是山東巡撫胡老爺的船？〔内〕正是巫老爺的家眷船。〔生〕聽他説正是那胡賊的家眷船[二]。〔哭介〕哎呀，你看船中四面寂然，不知我妻子端在何處？試問他幽囚何處把身藏，可知我披星帶月來相訪。若待聲張又恐衆寡不敵，且躲在蘆葦之中，看他有何動静，再做道理。不由人忍氣吞聲血泪滂。

〔生坐地泣介〕

【前腔】〔小旦帶貼上〕向晚無聊望春江，不覺明月東山漸吐黄。〔生驚起介〕呀，只聽佩環簾内暗飄香，分明紫衣綉帶人來往。莫不是我妻子在此了？待我叫一聲：『杜冰梅，我那妻，徐如山在此。』好將我姓字隨風入鎖窗。

〔小旦貼驚介〕這時蘆葦中如何還有人聲唤？〔推窗見生急避介〕

【前腔】〔小旦〕月下依稀少年郎。〔生〕看他一聞聲唤即便啓窗，一定是我妻子無疑了[三]。〔哭介〕我那妻。〔小旦驚介〕爲甚灑泪楊生泣路傍。〔貼〕敢是瘋顛的。〔小旦〕他音清語亮豈佯狂？含愁似別有情孤往。〔生哭介〕我那妻，既知你丈夫在此，爲何不隔舟通一句話兒。〔小旦貼驚介〕這是那裏説起？没來由泣向舟中費審詳。

【醉宜春】【醉太平】〔生〕伊行。怎不把衷腸略講？還待學當年閨閣，訕臉羞藏？我將這梅花簪向窗門擲進，看他如何。花簪擲去，料想他一見定情傷。〔擲簪介〕〔小旦〕舟中甚麽響？〔貼〕是一枝梅花簪兒。〔拾送小旦看介〕這又奇了，此生素昧生平，因何至此？思量。花簪浪擲逞顛狂。【宜春令】忽地把風情拋漾。〔生哭叫妻介〕〔小旦驚介〕似這等頻頻哀叫豈成模樣。

梅香不要理他，快閉上紗窗，隨我退去。正是閉門不管窗前月，一任梅花自主張。〔小旦取簪同貼閉窗下〕〔生〕看他見了花簪，竟自閉窗退去了，我那妻。

【瑣窗綉】【瑣窗寒】待和伊訴我愁腸，爲甚麽拾去花簪反静掩窗？怪視同陌路，冷落蕭郎。徘徊四顧，心懷悒怏。難道他抱琵琶願歸别舫。【綉衣郎】霎時間把花簪便忘，霎時間把花簪便忘。

【大節高】【大勝樂】〔丑、小丑同携手上〕銀河迴，月色微明。聽江聲鳴畫舫，和伊共啓窗兒望。〔開窗介〕〔丑〕新娘你看月兒又昏黑了〔四〕。〔生急視介〕呀，説話之處隱隱見一男一女倚肩而立，好奇怪〔五〕。【節節高】看他肩兒傍，影兒雙，龐兒向，温存儼似夫妻樣〔六〕。〔丑〕新娘，這會好半夜光景了。〔生〕新娘連喚聲何響。〔丑〕蘆葦中似有人行動。〔小丑〕起風呢，俺們睡去罷。〔掩窗仝下〕〔生〕看此光景莫非他已從奸賊〔七〕。　柳色章台可如前，分明被拆將身喪。

〔净扮老院子咳嗽提燈行上〕方纔睡下，又要出起恭來。〔上岸見生驚介〕你、你、你是甚麼人？這時候還在這蘆葦中，伸頭探腦的，想是個鑽艙賊。〔生〕小生迷失道途，老丈休怪。〔净提燈照介〕原來是位相公。此乃山東巡撫巫老爺的船，家眷在内，休得在此窺探。〔生〕小生拜問，老丈可是胡府中大叔麼？〔净〕俺正是巫府中院子，你問俺怎麼？〔生〕敢問老丈你家幾個公子？〔净〕只有一位，并無兩個。〔生〕哦，他娶了一位新娘，可好麼〔八〕？〔净〕起先也有些狗頭狗。〔生〕狗頭狗是惱，敢是不和？〔净〕起先不和，後來就好了〔九〕。〔生驚介〕後來却好了？〔净〕好了。〔生〕竟、竟好了？〔净〕好了。〔生〕果、果然好了？〔净〕呀呸，你這人好奇怪，不生不熟，只管咭咭呫呫，絮絮嗒嗒，豈不好笑？　早是我老人家，别人時，打兩個大耳括子去。〔掩肚介〕哎喲，不好了，恭急的緊，莫要理他。〔急跑下〕〔生呆介〕罷了罷了，只道他心堅鐵石，守節全貞，誰知他浪結鴛儔，終成話柄。兀的不枉了俺一番跋涉，無限傷悲也。

【浣溪沙】聽他言，增惆悵，悔教俺號泣奔忙。　他那裏已同十二巫山遠，俺這裏似隔三千弱水長。　尾生反被無情誑，事難防，再休要延挨望。

方纔見那些光景，我還半疑半信。　據那院子説來，不料果是如此。　我好恨也。

【東甌蓮】【東甌令】説甚千金體似百煉鋼，原來三貞九烈盡荒唐。　怪道相逢急避多羞狀，怪道膩粉胭脂晃，頓忘了荆釵裙布舊時妝。只是小生有何面目回見江東父老？【金蓮子】恨不的抱深冤，含積憤，一命喪長江。

且在此蘆葦中，挨到天明，再做道理。

〔尾聲〕月兒沉，鐘兒響。〔哭介〕我那狠心的妻怎撇我，寒潮江上獨凄凉。咳，如此賤婢還提他怎麽。〔恨介〕從今後把節義恩情兩斷忘〔一〇〕。

欲語潸然但泪垂，耿湋。空驚鴛鷺忽相隨。錢起。

自緣今日人心變，鄭谷。鸞鏡由他别畫眉。楊志堅。

評　點：

〔一〕誤認一。

〔二〕誤的高妙。

〔三〕誤認二。

〔四〕點出月色昏黑，妙。

〔五〕讀至此處，乃知《醜配》一齣，不是取諢。

〔六〕似此憨呆之子，安分享福，較胡型何啻天淵。

〔七〕誤認三。

〔八〕誤的更奇更妙。

〔九〕真正安分享福，偏是憨呆不可及也。

〔一〇〕恨從此起，以後文情一變。

# 第十五齣〔一〕　殺廟

【北點絳唇】〔外扮靈應大帝，二雜扮鬼判隨上〕孽海無邊，浮生有限，休迷戀。善惡昭然，果報如環轉。

吾乃靈應大帝是也，掌上天賞善罰惡之權，保一境祈福禳灾之舉，享受香烟，甚有靈應。前有一粵東秀才，姓徐名苞，在俺案下求籤，俺判與四言，天機不可泄露，日後方知。今彼合有大難，在俺廟中，不可不救。兩旁鬼判，肅整威儀者。〔丑同副净上〕欲思身後長安計，richtig起殺機。

人奉公子之命，來害徐如山性命。我想江浙地方甚廣，不知那一路去，方能遇着。此間有個靈應廟，進去祈求一籤，有何不可。〔進廟見神像怕介〕好惡小鬼。〔二人互推介〕〔副净〕待我來求。〔跪介〕神聖在上，小人胡鷹，奉公子之命，去殺徐如山。不知那一路去，方能遇着，求賜靈籤，异日三牲還願。〔摇介〕第四十一籤，下下。〔丑〕廟祝那裏去了，待俺自查簿看。〔看介〕流連流連，就在眼前。尸横冷廟，血濺高原。好，就尋得着的。〔副浄〕後二句怎講？〔丑〕不過是殺他意思。

【引子】【憶秦娥】〔生上〕同心變，教人提起多悲怨。多悲怨，從前枉自將他縈念。

小生自昨聞了那些言語，回想那些光景，原來天地古今之大，只有義夫，并無節婦，我今生竟可終身不娶了〔二〕。〔看介〕靈應大帝之廟。呀，這便是昔日求籤之處。想來好不靈應，且進去拜謝一番。〔生進廟，丑望，驚指介〕呀，那那來的正是徐如山。且閃過一邊，讓他進來。〔丑拉副浄虛下〕〔生拜介〕大帝大帝，好靈應籤也。

【商調過曲】【黄鶯兒】俯伏謝神前，信夫妻，竟少緣。分開比目真奇驗。只不知我徐如山，可能一朝得志，報此强徒了。難甘九原，耻共戴天，何時得雪心頭怨？泪如泉，願威靈顯佑，除此孽冤愆。

〔丑副浄暗上〕〔背指生作手勢介〕〔分頭四顧介〕〔副浄搥生跌地介〕〔生起驚喊走介〕〔丑斗戰避介〕〔副浄攔生喝介〕〔生跪求介〕小生孤身無財，乞饒性命。〔副浄〕俺正要你性命。〔生〕我和你往日無冤，近日無仇，爲何要俺性命？〔副浄〕俺還你個仇人便了。〔生〕仇人是誰？〔副浄〕便是你杜氏妻子。如今改嫁，胡府怕你日後報仇，差我前來，害你性命〔三〕。〔生急介〕住、住了，就是我妻子〔四〕？改嫁胡府，怕我日後報仇，差你前來害我性命。哎呀，有這等事？也罷。〔跪介〕大哥，天上人間，方便第一。你若放我逃走，來日必當重報。

【前腔】稽首望哀憐，赦書生，一命全。銜環必報恩非淺。〔副净喝介〕咳，放你不得的。〔生跑介〕〔副净趕殺介〕〔小鬼攔副净跌地介〕〔生跑下〕〔丑出視介〕〔小鬼附副净揪丑欲殺介〕〔丑慌叫介〕胡大叔是我，是我，都來德。我是你同行伴連。休認作冤家禍延。呀，恁凶狂不聽人分辨。〔副净喝介〕莫多言，看刀頭過處，頃刻喪黄泉〔五〕。

〔殺丑下〕〔副净醒介〕都相公，都相公。呀，徐秀才走了，到將都相公一刀殺死，怎麽處？方纔精神恍忽，好似神附一般，莫不是大帝顯聖？〔叩頭介〕大帝爺爺，冤各有頭，債各有主，乞恕弟子之罪。〔想介〕倘地方知道，要吃官司。三十六着走爲上着。正是堪嘆世人空碌碌，舉頭三尺有神明。〔急下〕〔外〕善哉善哉，暗室虧心，神目如電。都來德惡貫滿盈，本神已正天誅，鬼判可傳南山白額虎，將屍駝去，免累地方，仍將陰魂押赴冥司，以償果報〔六〕。正是白日無私，貧富人一般看待；青天有眼，善惡事兩樣安排。鬼判，收拾威儀者。〔外雜下〕〔生跑上跌地急起復跑介〕

【撲燈蛾】魂飛在半天，魂飛在半天。急走如奔電。渾身珠汗傾，小鹿心頭難按也。東西莫辨。戰兢兢足軟難前。亂慌慌鞋兒不見。怕他行一時趕上命難全。

唬、唬殺我也，唬、唬殺我也。且喜離得遠了。〔坐地喘介〕這是那裏説起。惡婦，惡婦，俺昨在江邊見你之時，并無半語相傷。俺把梅花簪擲入你舟中，你不采俺便罷，爲何反生此歹心〔七〕？早是跑得快，險些兒送了性命。惡婦，惡婦，我不來尋你，你怎麽到尋起我來？

【金梧桐】真同蛇蠍心，頓起豺狼意。滅盡彝倫，狗彘羞同類。身邊幾兩零碎盤纏，被那厮趕得慌忙，也不知落於何地。如今進退兩難，如何是好？天嗄，俺被這惡婦坑的好苦也〔八〕。〔哭介〕咳，我如今那有面目回家，不免一路抄化到京，倘求得一官半職，定將淫婦奸夫，碎屍萬段，方遂吾心。他那裏慮轉深，我這裏讎偏記。難道一頂頭巾，終困殺書包内？惡婦，惡婦，則要你常保定這權和貴。

〔恨下〕

顛倒衣裳不整冠，吴融。四神俱散髮毛寒。姚合。
不知何地消兹恨，戎昱。留得傷心泪眼看。孫逖。

---

評點：

〔一〕有此一回大波瀾，大開合，大關鍵，方算得大文章。
〔二〕痴極語，亦恨極語。
〔三〕是鹵莽口直人語。
〔四〕所云仇人，本謂公子，生乃疑係冰梅。更誤得奇甚，所以生下無數奇文。

〔五〕殺得痛快。

〔六〕周匝無漏，何等乾浄。

〔七〕冤哉冤哉，世事怪奇何從説起。

〔八〕越寫得狼狽，越寫得痛恨，若不判斬，不成爲丈夫矣，亦復豈成文章？

## 第十六齣　縊奸

【商調引子】【二郎神漫】〔旦上〕家鄉杳，終日把沉冤獨抱。痛殺爹行身憤絶，思量起此仇怎報？料應今生生望少，惟願得幽泉早到。泪珠抛，千愁萬恨，待説有誰堪告？

并蒂花殘猶未落，愁雨愁風，管甚春耽擱。觸目傷心情緒惡，也知鏡裏顔非昨。暗室幽囚何日脱，鄉國雲深，難踐荆釵約。留得清名歸夜壑，泉臺忍負東君諾。我杜冰梅自遭胡賊搶至，寧死不從，被他監禁，晝夜隄防，求死不得。因而心生一計，今夜依允成親，合巹之時，將他灌醉，誓殺此賊，替俺爹爹報仇，隨即尋個自盡罷了。〔哭介〕我那爹爹嗄。

【過曲】【集賢賓】料泉台不久同來慰寂寥，拚玉碎香消。怎肯似羈禽甘鎩羽，向秋風終困樊牢？省教囉唣，思量起泪如珠掉。胡賊，這是你冤家到，休錯認藍橋祆廟。

前又聽得説，那厮怕徐郎日後得志報仇，欲差人將他刺死以除後患。胡賊，胡賊，你好不行凶肆惡也。

【鶯啼序】但願他遠離灾難身自保，早奮志上青霄，痛今生拆散鴛儔，待來生重結鸞交。〔哭介〕徐郎，徐郎，可知你妻子今夜就死在此地了，拚爲你做一個夫妻偕老，休似這斷香零落。全貞操，問异域孤魂誰吊。

〔净上〕得他心肯日，是我意歡時。小娘子拜揖，學生蒙小娘子恩賜，今夜成親，三生有幸。〔旦〕妾蒙公子錯愛，人非草木，豈遂無情。但恐蒲柳之姿，難免白頭之嘆。〔净〕學生如有异心，今夜便死此燭光之下。〔旦〕但願如此便好〔一〕。〔净〕使女們，快擺合歡筵席，與杜小娘子把盞。〔小旦丑扮丫鬟上〕情人生眼底，喜色上眉尖。酒在此〔二〕。〔净旦仝飲介〕

【黄鶯兒】〔净〕往事筆勾銷，喜回心，海誓牢。且相進酒休推調。〔旦〕奴家天性不飲，求公子代飲。〔净〕領命。何煩眼挑，何須夢勞，今宵准備鸞顛倒。〔丑又送酒净飲乾照旦介〕〔旦〕奴家禀告在先，還求公子代飲。〔净又飲乾，笑介〕小娘子自從到此，止是掩面悲啼，學生總未得細睹芳容。今夜纔定睛領略，真不愧玉女天仙也。福怎消，熒熒燭下越看越妖嬈〔三〕。取酒來。〔自連飲介〕

【琥珀猫兒墜】〔旦〕樽前强笑，背地泪潸抛。看他逞盡風魔盞自交〔四〕。〔奉净酒介〕公子請進一杯。〔净忙笑接介〕娘子賜，學生不敢辭。〔旦〕悔從前冒犯望耽饒〔五〕。〔净〕學生怎敢。〔净飲乾，復斟奉旦介〕今生富貴，願與小娘子共之。〔旦〕還求公子代飲。〔净〕但求畧上些須。〔旦少飲放桌，净忙飲乾笑介〕小子何幸得沾口澤之香，酒醉了，與小娘子同寢罷。〔旦〕公子酒還未足，再請進些。〔連勸介〕添豪，休負良宵花陰月皎。

〔净醉介〕吃不得了，快睡罷。〔旦〕奴家還要奉敬一大觴。〔旦自取大杯灌净醉倒介〕〔旦〕你們收過杯盤出去罷。〔丑〕公子動也動不得〔六〕，小娘子今夜只好將就些罷了。〔小旦〕休得多言，讓他閉上門睡罷。終朝含舊恨，今夜伴新人〔七〕。〔小旦丑同下〕〔旦閉門介〕這厮被我灌得爛醉如泥，動憚不得了〔八〕。〔指駡介〕胡賊，胡賊，我杜冰梅被你害得好苦也。〔末扮杜詩魂上〕〔九〕

【鶯簇一金羅】〔旦〕提起泪痕交，恨奸徒，生禍苗。把俺一家兒坑陷施强暴。此時人已安寢，若不下手，更待何時？天那，我杜冰梅今夜爲父報仇，就死也説不得了。我只得前將白練把伊頭套。〔旦解汗巾縊净，净驚醒欲起，末魂袖拂隨暈介〕〔旦〕奸賊，奸賊，叫你死難逃。〔净跌地，旦隨跌地同滚介〕暗悲號，不得一個報仇時；怨怎消，不得一個斷生時。心肯饒。〔净掙起，旦復按下，騎净身緊縊，净掙不脱，死介〕〔旦〕看他顔灰髮亂，心驚膽摇，睛翻舌掉，魂飛魄消，不由人手鬆力盡神昏倒。

爹爹，你女兒今日替你報讎，你可速來領你女兒同去。

【簇御林】燈光暗，人静悄，聽樵樓，鼓亂敲，好似將人催上黄泉道〔一〇〕。還有一條羅帕，不免也就自縊而死。〔哭介〕徐郎，徐郎，你妻子今夜命盡於此，可以告你無愧了〔一一〕。完孝義，全貞操，只落得恨難消。因風委露，江上怨魂飄〔一二〕。

〔旦自縊介〕〔丑上〕可怪公子房内，乒乒乓乓，響了一夜。難道新娘變卦，公子用强不成？呀，天已明了，這時候到閉着房門，還不起來。〔張看驚介〕呀，不、不好了，老、老爺快、快來，快、快來。〔末魂暗下〕〔副净急上，二雜隨上〕嬌兒納寵再添喜，小婢呼人又吃驚。何事驚張？〔丑〕吊、吊死了？〔副净〕那個吊死了。〔丑〕公、公子横、横吊着，新娘直吊著，都死了。〔副净大驚介〕有這等事？快將門打開！〔雜打門副净見哭介〕左右，快鬆了帶頭，取湯來救。〔雜放旦下同净灌湯救介〕〔旦嘆氣介〕〔衆〕好了，新娘有生氣了。〔副净急問介〕公、公子如何？〔衆〕公、公子没氣的了。〔副净〕没、没氣了？你們這些狗才！爲何不先救公子？〔衆〕公子的喉顙管俱勒斷了〔一三〕，故此難救。〔副净哭介〕左右，速備衣衾棺槨將公子入殮。拿這妮子，到有司衙門嚴刑勘問便了。〔雜扶旦先下〕〔隨抬净下〕〔副净〕我那兒。

【尾聲】你終朝思想如花貌，那知道包藏凶狡。這也是下官的不是，不合的溺愛由他太縱驕〔一四〕。我那兒。

一叫一回腸欲斷，李白。可憐春夢繞天涯。吴融。
素娥畢竟難防備，段成式。薄命偏嫌富貴家。韋莊。

## 評點：

〔一〕誓語無心便成讖語，答語有心，特人不覺耳。

〔二〕以一女而縊死一男，縱極貞烈，豈能抵敵？是非爛醉不可。欲其爛醉，則不得不寫其頻頻勸飲之杯數。酒係色媒，而色爲酒引。公子之死於酒，仍公子之死於色也，慘澹經營，作文談何容易。

〔三〕絶好下酒物。

〔四〕盞自交，又不待勸而自飲矣，豈非鬼奪其魄？

〔五〕此語更好下酒。

〔六〕『動不得』三字，又從諢語點明，都妙。

〔七〕似有嘲意。

〔八〕一句總結上文。

〔九〕公子已經大醉不能復動，猶恐有女不勝男之疑，所以又添出杜詩陰魂暗助，以爲顯報。不特文無滲漏，抑見實有此情，實有此理。

〔一〇〕深夜讀之，疑有鬼氣。

〔一一〕反照處令人生痛。

〔一二〕孝義貞操完全，冰梅之大志已伸，大仇已雪，死亦瞑目，豈知又生出別樣奇文。

〔一三〕寫得貞女恨極。

〔一四〕可爲溺愛軀鑒。

# 第十七齣　府訊

【引子】【夜游湖前】〔外領從上〕數載廉明真太守，張德政歡動民謳。下官濟南府正堂，爲官清正，斷獄廉明，到任三年，頗稱民望。怎奈撫院胡維，乃權相嚴嵩門下，甚是貪婪。下官屬在下僚，也無可奈。今早發下女犯一名，説是將他公子縊死，叫我嚴審定擬。想來其中定有原故，且細細勘問供情，未可造次〔一〕。左右，帶女犯杜冰梅聽審。〔役下帶旦上〕

【夜游湖後】〔旦〕薄命重生，冤愆未斷，〔二〕又向公門生受。

〔皂喝堂，旦跪伏介〕〔外〕你便是縊死胡公子的杜冰梅麽？看你少年美貌，必有姦情，快快供招，免受刑法。〔旦哭介〕爺爺嗄，念犯女杜冰梅呵。

【過曲】【孝南枝】夫和婦，自有儔，怎奈守節羅敷不自由。〔外〕你丈夫何人？〔旦〕犯女丈夫乃廣東惠州府學生員徐苞，只爲游學在他州，遲遲未婚媾。〔外〕爲何改嫁胡公子？〔旦〕胡賊慕妾姿容，買囑貪官，妄稱原聘在先，硬行扛娶。〔哭介〕爺爺嗄，拆開舊偶，白首寒儒，敢與富豪争鬥？可憐我爹爹呵，拚得一氣身亡，碎首無人救。〔外〕你既已嫁他，便是你丈夫了，縊死親夫，當得何罪？〔旦〕自古父母之讎，不共戴天。況犯女自有丈夫，被他拆散，只得誓捐生，報此讎。今日伏階前，甘授首。

〔外〕且住，你口稱犯女，難道還未與他成親麽？〔旦〕犯女誓死不從。〔外點頭嘆介〕這也難得，且問你爲何不早早尋個自盡？

【前腔】〔旦〕俺已拚一命向泉下游，那知防範又將薄命留。終日作羈囚，凌辱惟甘受，幸得身如瓶守。忍滅天常，伴他禽獸。就是前夜呵，已經白練繯頭，又被他人救。〔外〕看你情真意苦，免汝生受刑法，且帶去收入女監，再行定罪。〔旦哭介〕只求爺爺早早賜死，只願向泉臺，速瞑眸，這殘生尚何有？

〔押旦下〕〔外〕我想胡公子强奪人妻，真爲不法。此女守志，情實苦嗄，帶泪披枷鎖，含悲入囹圄。可矜。咳，若竟問個謀殺大逆，寔爲寃枉；若要從寬，縊死的又是撫臺公子。〔躊躇介〕〔雜捧報上稟介〕有朝報到〔三〕。〔外看介〕六卿科道會議，爲參劾權相事，奉聖旨，嚴嵩一門專恣不法，姑念老臣，從寬免死，罰入養濟院中爲民，永不叙用，案内餘犯分别擬議具奏。〔外大喜以手加額介〕好了，好了，天下自此太平矣。嚴嵩既除，奸黨冰山已化，或者此女還有得生之日。也罷，且將他做一疑案，看後來機會便了。

回首人間總禍機，薛能。捲簾空羡燕雙飛。羅鄴。

臨川太守清如鏡，張頂。任汝三彭説是非。程紫霄。

評點：

〔一〕只此數語，不愧廉明太守。

〔二〕後半部奇文總從此八字生出。

〔三〕陡入緊甚。

## 第十八齣　禁俠

〔凈黑面短衣上〕不讀詩書不咬文，一生面目本來真〔一〕。滿腔熱血憑誰灑？白眼看他世上人。

喈家濟南府獄中禁子便是，姓郭名宗解，關西人也。力能舉鼎，氣可吞牛，見不平便起干戈，遇知音頭顱可贈。自幼父母雙亡，六親無靠，一向流落江湖，不事生產，常恨英雄無用武之地，又不能學那些狗男女，暮夜乞憐，圖一個出身長進。只得暫來濟南府中做一個監門禁子，終日和這些腌臢死囚相對，好不頹氣人也。

【仙呂村裏迓鼓】俺雖是牢頭卑濫，詩書不諳，到不曾學鷄鳴犬吠，吮癰咶痔，博得鴉班高跕。你看俺文不文，武不武，到有個雄心俠膽，比着那擊劍的荆軻，屠狗的聶政，傾財的虬髯，俺可也聯鑣并驂。

【元和令】俺不似負心的雨雲任覆翻，俺不似無情的下石填坑塹。俺待把天壤節義一肩擔，圖一個好名兒播斗南。俺也曾打翻虎窟鬧龍潭，那怕他没掂三，不濟事怪女男。

【上馬嬌】俺也不會張着口把道學談，俺也不會横著心把財物貪〔二〕，你看這牢獄之中，一個個垂泪把冤含，一任他敲筋擊髓把民脂啖。喈，委實的老大也羞慚〔三〕。

【勝葫蘆】俺遇着强梁的真個敢，遇着軟弱的大包涵。須認得斬釘截鐵人是俺。吃緊的救人危難，扶人禍慘，便替死也心甘〔四〕。

每憐容貌宛如神，劉元叔。一諾由來許殺身。戎昱。

義士要教天下見，孫元晏。此中何事住頻頻。無名氏。

評點：

〔一〕詩書儘好，要看如何讀法，若失其真面目者，反不及此公遠甚。

〔二〕慣貪財物者耑喜談道學，大奇。

〔三〕『喒』，一字一句，極亮極老。

〔四〕詞亦字字斬釘截鐵。

# 第十九齣　訴情

【引子】【玩仙燈】〔旦上〕苦觸目驚心，分明是幽都地境。

〔净持棍上〕手執無情棍，巡看有罪人。〔見旦喝介〕死囚大模大樣，見喒身也不抬，討打！〔舉棍打，旦急避介〕禁子哥，奴家初入監中，不知規矩，求恕一遭。〔净〕咦，你便是縊死胡公子的杜冰梅？〔冷笑介〕看你小小年紀，又這般怪模怪樣，必有姦情，纔把親夫縊死。〔旦哭介〕禁子哥寃枉！〔净喝介〕寃枉不寃枉，喒管你鳥事，快把見面錢、入監油送上便罷。〔旦〕奴家分文没有。〔净怒介〕好胡説，你在撫臺衙中做姬妾，怎道得分文没有？這般油滑慳吝，看棍〔二〕。〔净舉棍欲打，旦急奪棍跪哭介〕禁子哥，奴家有天大寃枉，求死不得，若是一棍打殺，到也甘心，只是免得奴家生受。〔净住手介〕呀。

【過曲】【風入松】則見他伏地泪交横，軟兀刺低垂素頸。聲聲叫屈罹冤阱，甘畢命哀哀告請。怎使得棍下無情，且住手問分明。

也罷，你若果有冤情，喒便饒你。快細細説與喒家知道。〔旦哭介〕禁子哥。

【前腔】你莫須提起這冤情，好叫我未言先哽。奴家呵，花簪曾受儒門定。〔净〕你丈夫何人？〔旦〕奴家丈夫姓徐，名苞，乃粤東惠州府學秀才。〔净〕可曾過門不曾？〔旦〕只爲遠方游學，阻隔着星橋鵲影。〔净〕怎生又嫁了這胡公子？〔旦〕胡賊慕妾之容，串同地棍都來德，告到官司，説他原聘在先。硬媒强證，貪官受賄，竟將徐姓花簪退回，把奴家斷歸胡姓。〔净惱介〕好一個糊塗官兒！〔旦〕禁子哥，他囑官府，仗有錢靈，生劫奪，强登程。〔哭介〕可憐我爹爹呵。【急三槍】好似羊敵虎，難挫挣，只得身忿倒，將頭觸碎，喪幽冥。〔净〕如此説來，你父親這條命，竟斷送在那公子身上了。〔旦〕豈但我爹爹性命斷送在他身上。他怕我丈夫尚存，難免後患，又和那心腹計，圖久遠，除後患。隨即差人去，弑徐生。

〔净〕有這等事。

【前腔】好叫俺冲冠怒起恨難平，這奸賊恁般胡逞，向温柔境内施兼并，好秦晋吴越厮争。喒久聞胡維乃嚴嵩門下，害的人不知多少。那公子奪人之妻，殺人之命，自是有的。這女子言語却也不謊。只倚着權相威靈，坑人命，羽毛輕。我且問你，那公子搶了你來，可曾污辱了你身體？〔旦〕奴家以死自誓，并不許那廝沾身。〔净大笑介〕好，好一個無瑕璧，把綱常整。不愧儒門女，真個罹顛沛，志不更。我還問你，你既不許那廝沾身，怎麽得將他縊死？〔旦〕奴家要報父仇，假意哄他成親，合巹之時，將他灌醉，即便將他縊死。〔净〕原來如此。看你年紀小，到也機權敏，總是貞烈性，把奸徒命一旦傾。

且住，你既縊死那廝，替你父親報了仇，便該登時尋個自盡了。〔旦哭介〕禁子哥，奴家身邊原有兩條羅帕〔二〕，將一條縊死胡賊，將一條自縊而亡。怎奈驚動家人，將奴救轉下，在獄中，求死不得，好不苦也。〔净〕這是你命不該死。你丈夫讀書之人，既經游學他方，未必便遭其害。你今守志全貞，日後還有好處，亦未可知。

【前腔】休怨着愁魂重轉陷公庭，這是蒼天憐憫。料花簪重續當年定，不枉了盡孝全貞。小娘子，俺郭宗解雖是一個鹵夫，單重的是孝子忠臣，義夫節婦〔三〕。你既是一個烈女，含冤到此，俺自另眼看待，不叫你一般受苦。那胡賊倚托奸相嚴嵩之勢，聽得嚴嵩昨已奉旨拏問，此賊勢已將敗。只等有個清官到來，便是你伸冤之日了。且寧耐獄底凄清，休憂懼，惟待福星臨〔四〕。

〔旦〕如今重説恨綿綿，張籍。零落飄淪古獄邊。郭振。

〔净〕聽爾此言堪痛哭，韋莊。公門何事更相牽。姚鵠。

評點:

〔一〕因其撫臺衙中做姬妾，便不應分文没有；因其油滑慳吝，故即應看棍。不然公亦横心財物，是貪矣，豈亦似挂讀書之名者，口不從心耶。

〔二〕原備兩條羅帕，本欲自盡全貞。又借禁子一問，特特點明。

〔三〕字字如金鐵錚鳴。

〔四〕反照下文作收。

## 第二十齣　降敵

【越調過曲】【水底魚兒】〔副净戎裝領衆上〕榮華撇下，興師到水涯。倭兵勢大，怎生招架他。

下官山東巡撫胡維是也。一子胡型，已爲妾婦所害，傷心未已。不料嚴老太師罰入養濟院中爲民，一門盡戮。下官甚是膽寒。昨又奉旨着俺征討日本。真是危亡之事，不敢推辭饒舌。没奈何領兵到此，已是邪焉臺國地方。軍士們，須奮力殺上前去。

【前腔後半】休想還家，昇平度歲華。心驚膽怕，只愁頭送他，只愁頭送他。

〔下〕

【前腔】〔末扮倭王領衆上〕勢壓中華，何愁師旅加。披甲上馬，切莫輕縱他。〔副浄衆上，調陣交戰敗走介〕〔末擒副浄介〕推那敗將過來。〔副浄跪求饒介〕〔末〕如此敗將，也敢到俺國中。要饒時快快降順。〔副浄〕願降，願降。〔末〕既如此，放了，班師。

【後半】怒鼓鼙撾，輕輕捉住他。這場戰伐，真堪笑殺咱，真堪笑殺咱。

【尾聲】笑他孤軍深入無驚怕，那用俺强兵猛將列如麻，似這般斬將搴旗如戲耍。

不擬回頭望故鄉，令狐楚。伊州一曲泪雙雙。許渾。

當時枉佩將軍印，羊士諤。火照旌旗夜受降。張仲素。

## 第二十一齣　天榜

〔場設南天門，四雜扮馬趙温岳跳上，立介〕〔小生扮天官簪花上〕玉皇居在五雲中，閶闔門開曉日紅。甲子萬年今復始，一天霞彩十方同。吾乃值日天官是也，今乃元旦吉辰，例有諸天慶賀，只得在此伺候。〔外扮靈應大帝捧笏上〕一元復始樂無邊，大地山河慶有年。直上鸞霄朝玉帝，三天門下會神仙。小仙靈應大帝是也，今乃下土元旦良辰，例往九天金闕朝賀，爲此整備法駕前來，你看南天門早在目前也。

【南吕一枝花】是則是人間换舊符，可一般天上迎新嘏。俺這裏神游驅野馬，又何事弄幻仙槎。飛過了銀海生花，望玉樓丹闕層霄插，早來到玉皇家〔二〕。〔舉手介〕天官請了。〔小生〕大帝早也。〔外〕先見過值日仙曹，隨朝賀九天金駕。

〔外朝賀起介〕那邊諸天早到也。〔諸天文相上朝下〕

【梁州第七】〔外〕呀！只聽得韵悠悠仙音唳鶴，響逢逢天鼓鳴蛙。見綉幡飄緲仙風下，一個個勤催法駕，一班班共攢雲車，都則向天門進發。舞瑶階玉笏低斜，有一個戴冕旒執掌東華，有一個服山龍五色流霞，有一個冠纓珠雙鬢垂鴉。〔諸天武相上朝下〕〔外〕又只見威凛凛身披金甲，雄糾糾寶蓋擎拏。還有那神女天龍現法，閃金光袖裏吐青蛇，都則是修萬劫，能三舍，今日個九鑰天關守夜叉，濕繽紛亂落天花。

〔諸天惡相上朝下〕

【牧羊關】〔外〕又只見怪相多頭臂，奇形露齒牙，更堪憎面如藍靛、髮朱砂。那一個唇似塗朱，這一個顔如渥赭；那一個猙獰同鬼母，這一個險惡似哪吒。則見他運神力威風大，端的會返東流撼太華。

〔外〕呀！聽遠遠鼓樂之聲，從南天門而出，却是爲何？〔小生〕大帝原來不知，每當人間大比之年，上天元旦之辰，預放天榜。必須天榜有名，方纔人間中式。這鼓樂之聲，想必天榜到也。〔外笑介〕妙也。

【玉郎歡】聽悠揚仙樂雲端下，原來把人間榜，放天家。少不得姓和名都上過仙曹押。那些個癩蝦蟆、井底蛙，能把這名字兒天邊挂？

〔雜扮文昌魁星張天榜上，外看介〕這天榜非小可也。

【風雲會】則見那第一名狀元郎高頭挂，率領著會風雲榜上花。若不是降文星産列宿，怎能勾填金管護絳紗？怎生這榜末第五百名進士之下，竟未填寫姓名，想是天上遺落了。〔小生〕非也，凡人世登科者，必由本處神祇，申報天廷。如果孝弟無虧，禮法自守，潛心力學，刻意修身，方纔天榜有名，以便人間受禄〔二〕。故此榜上缺少一名，還待下土城隍申報。〔外〕原來如此。呀，呀，呀，也曉得浮名浮名是假，經幾遍城隍申報，善惡稽查，纔博得鰲頭高占，燕塔榮誇。只要他孝子仁人没點瑕，管造甚龍樓鳳閣，那論得繩樞草舍。

小神意中到有一人，乃粤東惠州府學秀才姓徐名苞，祖代書香。此生謹厚潛修，近被奸徒所害，抱恨難伸。倘上天憐念，錫以科名，亦可彰忠厚之報。望天官轉奏。〔小生〕領命。

【金鷄唱】〔外〕則爲他千軍才冠空群馬，更湊着痛章臺氣殺沙吒，逼得他任飄零無遮架，氣吐丹霞怨結冰花。有一日展愁眉竟把鳳池誇，有一日慰愁心博得魚龍化，也顯得醇良有報，吃緊的否泰無差。

只是此生應有百日之灾未滿，目今窮途卧病耽誤場期，如何是好[三]？〔小生〕大帝休憂，待奏過天廷，使他名登天榜，自有一番奇遇也。〔外〕天官何以處之？〔小生〕神機不可預泄。〔外〕然也。〔仙童抬榜衆齊下〕

【尾煞】〔外〕休管他窮途卧病骨一把，趕不上天際銀河半日槎。若奏過上帝呵，須有個朝天路粲榜花。小神告退者。〔小生〕請了。〔下〕〔外〕遮莫要離帝闕，駕彩霞，回龍馭，轉天車，騰木馬，掣金蛇，又早是珠幢擺道，玉節排衙，來到了靈應廟，升座把慶元辰鼉鼓打。

〔外下〕〔四帥隨跳下〕

〔集唐〕金榜重樓開夜扉，岑羲。天門瑞雪照龍衣。盧照鄰。

爲臣爲子不忠孝，方愚。空把文章向禮闈。李涉。

評　點：

〔一〕好文章偏於題縫中寫得極其爛漫。

〔二〕又一樣中法，與各種傳奇必中狀元者獨别。

〔三〕補筆即作伏筆。

## 第二十二齣　泣遺

【引子】【宴蟠桃】〔老冠帶四雜扮役從隨上〕選試場開，烏紗將戴，英雄奮志齊來〔一〕。下官考試監臨是也，今當大比之年，舉子俱已齊集。左右，開了貢院門，分付衆舉子聽點，高聲應名，逐牌搜檢，魚貫而進。〔衆應介〕〔内吹打開門介〕〔雜扮衆舉子上〕〔唱名入内介〕〔内叫搜檢介〕〔掩門介〕

【正宫過曲】【玉芙蓉】〔老〕則聽得呼名唱號喧，散卷分題快。一霎時蚊聲相聚，都則爲蝸角虚排，早完了十年雪案螢窗債，齊指望萬丈龍門高跳來。文光靄風，檐爐火煤，問嫦娥月中丹桂向誰開。

〔内吹打開門衆舉子出介〕〔老〕三場已畢，不免將貢院封鎖，静候主試衡文，待龍虎日出榜，便有分曉也。〔封門坐介〕

【引子】【喜遷鶯】〔生哭介〕望宸京天外，奈山長水遠，運舛時乖。種種奇灾，懨懨病害，困窮途歲月湮埋。我徐苞那日在靈應廟中，被那惡婦遣人行刺，雖然逃得性命，怎奈一腔悲憤，又着驚慌，竟在江西旅店染成一病，藥餌無資，懨懨待斃。且喜皇天垂宥，交春以來，病漸痊好。一路抄化來京，不料考期已過。若是榜還未放，思量告考遺才，又不識准與不准，好不愁悶殺人也。要問他豺狼當道須博得鴛鷺高排，怎能勾青雲平步，怨仇都解。

已到京師貢院門首，那邊坐著一位官兒，不免上前求他則個。〔跪介〕大人在上，生員粵東來此，有志觀光，不意途中抱恙，誤過場期，伏望一體收録。倘得微榮，没身永戴。〔老〕此乃朝廷大典，從無補考之例。〔生哭介〕只望大人作主。

【過曲】【刷子序】書生告哀，念寒窗十載。凍九梅開，更萬里程途，經幾遍雪打風篩。多灾。剛阻著窮途病害，致今朝門外徘徊。〔老〕既然誤過場期，求我何用？〔生〕不求大人求誰？望弘恩一體垂青，重收録不棄駑駘。

〔老〕好笑，便是府縣有個告考，宗師有個録遺，怎麽科會場中也要告考録遺起來？這個斷然使不得。〔生哭介〕生員一定要求大人准考的。

【前腔】無之可奈，願棘闈重啓，破格掄才〔二〕。不是生員誇口，則怕像生員這般可中的，場中也不多幾個。〔三〕念情同玉泣荆山，怎忍令珠遺渤海。〔老笑介〕好大口氣，只是到遲了，快下去！〔雜唱介〕〔生伏地哭介〕生員還有下情。堪哀，偏獨抱奇冤莫解，除非聽春雷稍豁情懷〔四〕。不争大人不准收考，呵！不能勾怨雪天朝，怕愁魂憒入泉臺。

〔老〕這厮不知説些甚麽，想是有瘋顛之症的。左右，推過一邊，不許他上前攪擾。〔雜推生，生哭介〕〔老〕正是功名有數偏難早，富貴由天莫怨遲。〔老帶雜下〕

【尾聲】〔生〕功名兩字難遲待，恨不得棘院雲封我插翅來，怎能勾富貴崇朝高喝采。

〔集唐〕應怪文星近客星，張賁。相逢惟要眼長青。劉得仁。誰能爲向天人説，蒼頭捧劍。我有勞歌一爲聽。杜牧。

評點：

〔一〕一考試亦寫得淋漓盡致。

〔二〕真無可奈語。

〔三〕恐生員人人意中皆自作此想。

〔四〕心事直吐但人不解耳。

# 第二十三齣　奇捷

【北調點絳唇】〔丑扮火判，四雜扮鬼使隨上〕南帝分司，離宫秉筆，威靈極。絳幘朱衣，一部鬚眉赤。

火部威權照九州，風雷令下鬼神愁。文章到此遭奇劫，始信天公厭筆頭。小神熒惑大帝案下，一個火判官是也。今奉上帝之命，火灾京師貢院。要趁填榜將完，將文卷一齊焚毁。單剩新進士四百九十九名，好待第五百名進士徐苞補試登科，以彰上天靈應。數應今夜三更三點起火，時刻將到，鬼使們小心伺候驅遣。這一場火焰，非同小可也〔一〕。

【寄生草】只爲他怨氣冲霄漢，博得個紅光滿棘闈，火龍飛入龍門第。莽瓊林火樹銀花砌，蠢鰲頭帶霧凌烟起。顧不得錦心綉口一時灰，把文人孽障消除矣〔二〕。

鬼使們就此起火。〔衆鬼應下〕〔内起火喊介〕〔判跳下〕

【雙調過曲】【柳絮飛】〔雜扮官吏衙役亂奔上〕一時火發雷轟，雷轟。貢院燒得通紅，通紅。内簾外簾都奔動，看冲天烈焰烘烘。唬得心驚恐，吶喊聲，走一空。

〔齊奔下〕

【前腔】〔末帶衙役持麻鈎挑水上救介〕闈中喊救聲喧，聲喧。火鴉飛處冲天，冲天。弓兵快手難呼遍，備麻鈎水桶來前。莫使天灾院，誤大典，盡遭愆。

小校們，快將火打滅了。

【前腔】〔小丑扮主試抱榜文，雜扮吏役扶上〕五花寶燭方殘，方殘。正填金榜將完，將完。霎時烈焰飛來幻，不由人膽戰心寒。文架成灰炭，這場禍，忒無端。

下官文場主試。今當填榜之時，剛剛填到四百九十九名，只有一名未填，忽然闈中火發。下官護著榜文，幸從火中奔出。不意文卷燒盡無存，缺少一名如何是好？〔末〕天明乃龍虎放榜良辰，大典如何可誤？〔想介〕哦，有了，三日前有一秀才，說是粤東惠州府人，途中抱恙，耽誤場期，再三告求補試。下官以爲瘋顛，不曾采他，連日被他纏攪不清。料今去此不遠，何不叫來當面一試？或者此生應當得中，亦未可知。〔小丑〕如此甚妙。〔吏呼生介〕

【前腔】〔生喜應上〕隻身方嘆遺珠，遺珠。忽聞考試傳呼，傳呼。闈中火起明如炬，道文章燒毁無餘。多是天憐取，須有分，聽傳臚。

二位大人在上，生員叩見了。〔小丑〕秀才姓甚名誰，何方人氏？〔生〕生員姓徐名苞，粤東惠州人氏。〔小丑〕今當揭榜良辰，方纔填榜未完，火灾貢院，文卷盡行燒毁，榜中缺少一名。你可照頭場題目，立就一篇。如係真才，即將你名字填上，合成五百名進士之數，以便應期放榜。你須用

心，休得自誤。〔生〕如此多謝大人。〔生做文介〕

【越調過曲】【憶多嬌】題甚明，筆不停。蘇海韓潮觸手成，一火咸陽甚有情。穩步蓬瀛，穩步蓬瀛，羨榮華蒼蒼賜成。

〔生交卷小丑看贊介〕風檐寸晷，得此珠玉琳琅之作，真奇才也。

【前腔】看他思最精，機又靈。夢裏江花頃刻生，粵海原來有俊英。遇巧成名，遇巧成名，羨榮華蒼蒼賜成。

我將你姓名填入榜中，你只静候殿試傳臚便了。〔生〕青雲生足下，虹氣吐胸中。〔下〕〔小丑〕填榜已完，就此張挂去也。〔末〕原來這一場火竟做成此生了。

【尾聲】傳鼓樂，導前行。今朝榜出大天明，這怪怪奇奇實罕聞。

文光燒殺杏園花，李山甫。仙榜標名出彩霞。黃滔。

今日與君除萬恨，薛能。惟教宋玉擅才華。李商隱。

評　點：

〔一〕好思路，實是新奇。

〔二〕止怕不能消除者正自不少。

# 第二十四齣　錦歸

【引子】【傳言玉女】〔外〕獨立東籬，林外欣聞鵲喜。前孩兒爲尋媳婦，瞞著老夫，竟自潛身而去。老夫日夜憂心，不意忽有報到家中，説他大魁天下，且有許多奇奇怪怪之事〔一〕，不日告假省親。這些時真盼殺老夫也。〔生冠帶領衆執瓜旗上〕十年窗下，喜今日錦衣歸里。左右迴避。〔雜從下〕〔生進見介〕〔外〕我兒歸來也。〔生〕爹爹請上，待孩兒拜見。恕孩兒久違膝下，晨昏無侍。〔外〕我兒，你遇合之奇，我已盡曉。想吾家世代書香，今一旦發迹於汝，亦可耀祖榮宗。只是〔住口淚介〕〔二〕〔生〕爹爹爲何傷悲起來？〔外〕咳，我兒，你今衣錦歸來，若使媳婦無恙，豈不百事完全？但不知你去找尋一番，可知他一個消息？〔生〕爹爹再也休提。〔外〕却是爲何？

【過曲】【忒忒令】〔生〕我哭哀哀思量有萬千，他惡狠狠反將人深怨。〔外〕他敢是怨你棄了他。〔生〕咳，他已把山盟別訂，圖暢心滿願。〔外〕這等又怨你怎麽？〔生〕他怕我得志時，報此仇。却思除後患，斬草根須斷。

【前腔】〔外〕你幹功名京師地偏，他深閨裏私情誰見〔三〕？〔生〕孩兒不敢隱瞞爹爹。前日打從琵琶洲直找到江西十八灘前，剛剛相遇，訪問起來，誰知那淫婦已從賊人了。〔氣介〕〔外點頭嘆介〕原來如此。可知道榮華富貴，慣把人迷戀。且住，我聞媳婦素性堅貞，焉肯遽然從賊？大江之中，相去甚遠，况你人頭不熟，訪問如何得真？〔四〕莫不是急孜孜，錯聞言，休冤枉，枉自將他怨。

〔生〕孩兒訪聞不實，難道他差人前來刺殺孩兒也不實麽？〔外驚介〕他、他怎麽差人來殺你？〔生〕哎呀，爹爹嘎，他怪孩兒苦苦尋他，隨差人尾至靈應大帝廟中，欲待刺死孩兒。那時孩兒驚倒在地，問其原由。他道：『你妻子改嫁胡府，怕你得志報仇，差我前來殺你，以除後患。』爹爹，若非孩兒跑得快時，早已命喪幽冥。如今也不能一第回來拜見爹爹了。〔哭介〕〔外呆介〕

【園林好】〔生〕若不是賴神靈魚腸幸免，怎能勾邀天幸鰲頭高占。思量起此仇非淺，幾含恨到幽泉，幾含恨到幽泉。

〔外〕有這等事。

【前腔】只道他抱荆釵貞心石堅，那知他戀金屋陡然生變。我兒今後休再提他了。須另覓蘋蘩相薦，休只顧恨綿綿，休只顧恨綿綿。

〔生哭介〕孩兒情願終身不娶了。〔外〕這也漫漫商量〔五〕。〔雜上〕恩從天上至，人向日邊來。〔末扮院子上問介〕〔雜〕俺們是京中下來報老爺榮陞的。〔末〕住着，禀老爺，有京報到。〔生〕着他進來。〔雜叩見介〕報子叩頭。恭喜老爺，奉聖旨，點爲山東巡按，就請起程。〔生〕院子，取銀二十兩賞他去罷。〔雜隨末下〕〔外〕山東乃胡賊所轄之地，欲報此仇不難矣。

【尾聲】喜寃家狹路偏逢見，孩兒呵，少不得將淫婦奸夫雙寸斬。〔生〕爹爹有所不知，孩兒在朝，聞得胡賊奉旨，征討日本，全軍盡没，被擄投降，家眷已無下落〔六〕。〔外嘆介〕原來如此。〔合〕這也是天網恢恢不暫延。

策名飛步冠前賢，劉禹錫。多少歡娱在眼前。黄滔。
莫怪當歡却惆悵，曹鄴。傷心怕説惡姻緣。胡曾。

## 評點：

〔一〕照應貢院之火。

〔二〕暗照奇捷。

〔三〕駁的是，此後一轉方緊。

〔四〕此駁更好，下一文一轉更緊。

〔五〕於理不可不，於情則不可不不。

〔六〕此句更結過胡維一家。

# 第二十五齣　簪憶

【中吕引子】【繞紅樓】〔小旦〕添將愁味釀多情，怪相逢語欠分明，一股花簪，偷簪雲鬢，脉脉泪空零〔一〕。

爲春憔悴留春住，那禁半霎催歸雨。深巷賣櫻桃，雨餘紅更嬌。無聊成獨卧，彈指韶光破。纔道莫傷神，春衫濕一痕。奴家巫素媛，自從父親山東解任回家，舟泊江西十八灘前，遇見一個書生，望着奴家，十分悲切，口口聲聲〔做羞態低語介〕只喚『我那妻嗄，我那妻嗄』，又將一枝梅花簪兒，擲入舟内。奴家不識何因，只得抽身而退，又不好對爹媽説的。如今想像起來，實可駭异。書生，書生，我和你好没來由也。

【過曲】【榴花泣】天台雲斷，萍水昧生平。叫得人羞答答直恁關情。莫不是浮槎誤入到仙庭，把别人錯唤卿卿。臨流細聽緊呼聲，辨不出名和姓。若是叫唤别人，這山東巡撫家眷船，那個不曉得？難道把牛馬風遥直當作鷗鷺尋盟。次日開舟即行，那生竟不知下落如何了。

【前腔】好似曲終不見，江上數峰青，向何處更追尋。想着他叫喚的好不淒惶殺人。分明是杜鵑啼月斷腸聲，不由人代惜惺惺。癡情頓生。則怕冤家前世多纏定，有甚麽宿分難消，到而今一見傷情。

〔貼上〕紅暈午痕遮漬粉，緑螺朝色散餘香。小姐，恭喜賀喜。〔小旦〕癡丫頭，又有甚事來胡説了？〔貼〕方纔梅香在夫人處，聽得朝中有甚麽嚴太師，奉旨拿問，海上倭兵搶亂，朝内無人，奉聖旨着老爺入京拜相。老爺之喜，難道不是小姐之喜〔二〕？〔小旦〕這也罷了。〔貼〕小姐何不就前邊道喜去？〔小旦嘆介〕我這會好不耐煩。

【喜漁燈犯】怎知我愁眉怕展，如耽病有甚喜欣。〔貼〕呀，小姐你自從見了那生，終日不揪不采，直到於今。我想那生不知叫喚何人，小姐你何苦自生愁悶。〔小旦〕咳！你道他叫喚誰來？〔三〕又不是醉眼朦朧向星前錯認，又不是山中野鶴無名姓，又不是夢裏羅浮仙境，又不是詐瘋顛失路罹灾眚，又不是天台迷問津。叫喚的齒角分明，不由人心兒自領。哭泣的哽咽傷情，不由人心兒自憫〔四〕。我想花簪乃婦人之物，他男子帶在身邊有何用處。看花簪雙頭相并，細省兀的不有心擲向梳檽，似把相思訂盟〔五〕。

〔貼〕那生果是叫喚小姐，也未可知。但今消息俱沉，小姐便想他也没中用了。

【榴花燈犯】且和你向明紗學按箏，且和你繫花鈴，且和你撲蝶尋芳徑，且和你拈紅豆戲打流鶯，且和你争鬥鞦韆板上鸞尖并，且和你撫瑤琴敲玉枰，且和你臨池低坐拓《黄庭》。〔小旦〕休只顧閑言厭聽，我含愁坐有甚心情。一任他春歸院落梨花冷，瑤階下苔映簾青。〔貼〕小姐只管恁愁悶怎了？難憑。無端悶生。每日價妝殘，怕整愁眉斂。更可憐衣薄難支瘦影横。

小姐且和你夫人處去來。

【尾聲】免不得歡娱强做同稱慶。〔小旦〕怎奈我倦倚闌杆步懶行。〔貼〕呀，小姐你將這梅花簪插在雲髻上，不怕夫人看見查問麽〔六〕？〔小旦〕你與我除下收過便了。〔合〕難道這一股花簪没四星。

今日雲鬟見玉釵，劉言史。驚魂未定還疑猜。于濆。

朦朧豈解傳消息，劉商。玉箸闌干界粉腮。劉兼。

---

**評　點：**

〔一〕釀字妙，極如造酒，然非一時即成。蓋擲簪之始，情猶不覺，後乃左思右想，越想越覺關情也。偷簪二字正見釀多情處。

〔二〕從閑筆帶叙出實事，饒有情致。

〔三〕認真是叫唤自己的，妙。

〔四〕畫出深閨女兒痴情，一往如注，到不可解。

〔五〕此轉更妙。

〔六〕一結照應偷簪，又伏下文。

## 第二十六齣　空喜

【商調過曲】【山坡羊】〔旦披枷鎖哭上〕苦嗄。響噹噹梆鈴巡邏，冷冥冥陰風磷火，套頭的好似軟飄飄鴛鴦帶拖，縛手的當了金閃閃寶釧牢拴鎖。泪如梭，怎這般便是俺杜冰梅一生的結果？苦嗄。恁悲涼景况誰經過？奈我欲死不能生不可，風波。不提防受折磨，因何？想前生孽債多。

我杜冰梅報仇雪恨，只道一死全休，不料含羞入獄，度日如年。喜得禁子郭宗解，仗義憐冤，好心看待，不至生受苦楚凌辱。又聞胡賊奉旨平倭，兵敗降虜，冤家遠離。天那，不知我杜冰梅可有出頭之日了。〔泪坐介〕〔净急上〕忙將新按院，報與久冤人。杜小娘子那裏？〔旦〕禁子哥，何事這等歡喜〔一〕？〔净〕聽俺道來。

【大石過曲】【賽觀音】見官衙將按院接，急抽轉報伊聽着。管是你喜星臨也，苦盡甘來把愁撇〔二〕。

〔旦〕可是新按院一到，就天恩大赦麽？〔净〕那是天恩大赦，且問你丈夫姓甚名誰，何方人氏？〔旦〕奴家丈夫姓徐名苞，粤東惠州人氏。〔净〕如今新按院姓徐名苞，粤東惠州人氏。他是你丈夫不是？〔旦驚介〕住了，新按院姓徐名苞，粤東惠州人氏。〔净〕新按院姓徐名苞，粤東惠州人氏。〔旦喜笑介〕呀，這、這等果、果是奴家丈夫了，我好喜也。〔悲介〕徐郎，徐郎，你果然做了官來了，怎知你妻子還在此受罪呢〔三〕。

【前腔】一聞言心歡悦，久拚做生離死别，不想到親人遇也。喜上心來又痛幾絶。

只是怎麽得與他相見？〔净〕往例按院到任，定要挂牌清獄，那時親來點監，見你名字自然相認的。〔旦〕原來如此。

【人月圓】〔净〕今日個快把神天謝，特地憐伊苦和節。不單是覆盆高照奇冤雪，少不得夫人伊做也。這時候纔顯得你是女中英杰。

〔旦哭介〕徐郎，想當日閨閣之中，只望你金榜題名，洞房花燭〔四〕。你今日衣錦登朝，怎知這牢獄之中，便是俺夫妻相會之地了。

【前腔】暗想像流泪滿腮頰。徐郎，若見你妻子恁般形狀呵，兀的不痛倒塵埃驚一跌。且住，他如今驷馬高車，我這般垢面蓬頭，羞答答怎麽好上前相見〔五〕。怕他少年新貴心如鐵，肯囚婦做夫妻？廝認也，那更乍相逢，教我怎生羞怯。

〔净〕咳，小娘子差矣，你今爲他守節，以至於此，那有不認之理？患難之中，怎還做此兒女之態？只索老著臉上前相認便了〔六〕。〔旦點頭泪介〕禁子哥，説得有理。

舊交心爲絶絃哀，崔珏。誰召分司御史來。杜牧。

今日幸爲秦晋會，盧儲。獄成冤雪見雲開。馬戴。

〔旦〕禁子哥，新按院姓徐名苞，粤東惠州人氏，不差的？〔净〕不差的。〔旦〕果然不差的？〔净〕果然不差的。〔旦〕哎呀，我好喜也，我好喜也。〔仝笑下〕〔七〕

評點：

〔一〕先以禁子之喜，陪出冰梅之喜。

〔二〕縊奸之後，冰梅有死之心無生之氣矣，至此齣冰梅乃忽作生想，然又偏不得生。奇文，妙文。

〔三〕先驚次喜復悲，神情逼肖。

〔四〕是未成親夫婦語。

〔五〕又從反面用正面一照。

〔六〕好文字全在反面得力，則正面愈見其妙。

〔七〕極做滿心快意語，那知陡然翻出奇文。

## 第二十七齣　點監

【引子】【顆顆珠】〔末扮知府帶二役，老旦扮吏同上〕聞説自清監，青年按院，政事果能賢。下官濟南府正堂，今有新按院到任挂牌清獄，親自點監，只得在此伺候。唤禁子。〔净上〕不聞呼俠士，常聽唤牢頭〔一〕。〔叩見介〕〔末〕獄中打掃潔净，吩咐各犯逐案聽點，不許錯亂喧譁。按院老爺到時，須要小心。〔净應介〕〔俱虚下〕〔生帶四雜執旗，二劊執刀，中軍捧勅印、鳴鑼張蓋上〕欽承朝命出皇京，糾察貪官斬佞臣。漫道二天能覆庇，須知一面不容情。下官徐苞，蒙聖恩點爲山東巡按。到任以來，想起前仇，十分切齒〔二〕。怎奈胡賊家室消亡，那惡婦已經漏網，好生可恨。昨見各府州縣申報，各案獄囚，罪多徒流絞斬，想來不乏冤情。爲此照例挂牌清獄，親自點監。左右，就打道往濟南府中走一遭也。〔行介〕

【過曲】【萃地錦當】〔生〕好笑俺，雪平東海，待睹青天。現放着怨井深深不自填，嘆孤鸞寡鵠有誰憐，佩玉拖金實枉然〔三〕。

〔到介〕〔末上接生升座，末庭參介〕〔衆役下〕〔老旦扮吏，四雜扮皂隸上〕〔生〕本院起自寒微，蒙恩特簡，矢慎矢公，以酬聖眷，愚民犯法，情屬可矜。本院體上天好生之心，法司寇平刑之準，罪當則諒法處决，疑讞可原情釋減。不知貴府獄中，重大罪囚，共有幾起？〔末打拱介〕一共三百六十五名〔四〕。〔生〕且請同衙理事。〔末告退介〕〔分付老旦介〕小心伺候。〔末下〕〔隸喝道行介〕〔净上接生進監坐介〕〔净叩見介〕〔生〕且取死囚簿來看。〔老旦送册生看介〕江洋大盗一名錢之甲，有賍有據。斬復何疑。〔判介〕斬〔五〕。〔又看介〕白日持刀殺人一名孫老虎，如此罪亦應抵。〔判〕斬。〔又看介〕謀反造意一名穆大頭，此乃不赦之罪。〔叛〕斬。〔又看介〕强姦致死一名王三，情真罪當，這也不枉。〔判介〕斬。帶各犯聽點。〔生摽牌付净下帶副净丑小生末上〕從前都做錯，到此始知非。〔跪介〕〔老旦點名介〕錢之甲。〔副净〕有。〔老旦〕孫老虎。〔丑〕有。〔老旦〕穆大頭。〔末〕有。〔老旦〕王三。〔小生〕有。〔生〕各犯呵！

【北新水令】你本是愚民失教入深淵，那知道聖朝刑憲。爾等尚有何言？〔各犯泣介〕犯人自作自受，死已無怨了。〔生嘆介〕悔心知已晚，就死有誰憐。好着我展轉俄延，難替他謀開一回〔六〕。

帶去收監，秋後處决。〔四犯起介〕早知今日，悔不當初。〔净帶下〕〔生又看介〕鬥毆致死一名劉五。呀，查此案受傷身亡，已在辜限之外。又因他病，如何問得抵償〔七〕？〔又看介〕大盜當獲一名金麻子，勘得金麻子打刦蔡百萬家，當夜被獲，嚴訊無异，以强盜律擬斬。呀，按律强盜得財者斬，該犯既未得財，且係一人行刦，雖有器械，并未傷人，也問不得斬。帶二犯聽審。〔生摽牌付净下〕〔帶副净丑上〕〔老旦唱名介〕劉五。〔副净〕有。〔老旦〕金麻子。〔丑〕有。〔二犯同叫冤介〕〔生〕你二人俱係應死囚徒，本院姑寬一面之網，饒你死罪，都要改過從新。左右開了刑具，各打四十。〔打介〕

【南步步嬌】〔副净丑〕俺只爲惹氣貪財遭刑憲，深謝神明鑒。雲撥睹青天，死裏逃生，銜佩恩非淺。深自悔前愆，願從今守分多行善。

〔生〕放出監門。〔副净丑叩介〕免爲屈死鬼，真是再生人。〔同下〕〔生又看介〕謀殺親夫女犯一名杜冰梅。〔大驚介〕〔搽眼重看介〕謀殺親夫女犯一名杜〔住口呆介〕呀！怎麽又有一個杜冰梅，快查案卷來看。〔老旦送卷生看介〕勘得女犯杜冰梅，於某年月日，縊死親夫胡型。且住，這女犯可是廣東人氏，這胡型可是前任撫臺公子？〔老旦〕正是。〔生〕原來這惡婦，又做出這般歹事，天網恢恢，如今也犯在本院之手。左右，速帶女犯杜冰梅當面〔八〕。〔生摽牌付隸唤净帶旦上〕〔旦〕喜極翻成苦，悲深更帶羞〔九〕。〔哭介〕我那徐……〔衆喝介〕跪着。〔旦伏地泣介〕〔一〇〕正是在他矮檐下，怎敢不低頭。〔生冷笑介〕〔一一〕你就是那杜冰梅？你今日可曉得我是誰？〔旦背驚介〕呀，這聲息不好也。〔哭介〕徐郎，我怎麽不曉得你，難道你竟不曉得我了〔一二〕？〔生拍案怒

介〕咳！〔一三〕〔衆喝堂介〕

【北折桂令】〔生〕好叫俺禁不住怒發三千，回想當年，懊恨無邊。生擦擦折損連枝，分開比目，打散雙鴛。只道俺秦簫雖斷，還思你趙璧終全。誰知那蠢花簪變成慘淡，好夫妻翻做寃愆，羞答答抱琵琶，竟過別船。

〔旦急介〕哎呀，徐郎你説那裏話來，奴家呵。

【南江兒水】自被强徒害，受苦煎。説來只恐肝腸斷，幸保得白玉全無玷。〔生〕好一個白玉無玷。且問你既要全貞，何難一死？〔旦〕呀，難道奴家還捨不得一死麼？恁千磨百折生何戀。怎奈提備人多，難以下手，又爲俺爹爹死於非命，不共戴天，誓殺此賊，以報深仇。只得假意依允成親，將他灌醉，方纔把他縊死。那時呵，拚命盡長絲白練，要報奇寃，殺奸人死而無怨。

〔生〕成親便成親，怎麽叫做假意？你婦人家水性楊花，又不知有甚姦情，復將胡賊縊死，反賴做恁般絶大題目，希圖漏網。且問你今日縊死了他，便是爲我報仇，可記得前日要刺殺了我，也是爲他除害麽？〔旦〕呀，差人前來殺你，實乃胡賊之謀。奴家爲此痛入深心，怎説爲他除害？〔生〕咳，想起來我好恨也。

【北雁兒落帶得勝令】枉爲你苦奔馳路幾千，枉爲你痛呼號千百遍，枉爲你問破了人前口，枉爲你望斷了渡頭船。〔旦〕住了，你既來訪我，便該知我事情了。〔生〕俺怎不知道。呀！

曾與你對面兒厮覷見。〔旦〕這就奇了。奴家一路來，被他鎖入艙中，進衙後，又被幽居別室，怎麼得與你相見？〔生〕你舟泊江西十八灘前，現有那山東巡撫封條，難道俺認差了[一四]？〔旦〕好奇怪。俺曉得甚麼江西十八灘在那里？青天白日之下搗出這樣的鬼話來，且問你那時見俺便怎麼？〔生〕咳，可怪你不將俺挂在眼。〔旦冷笑介〕[一五]越發好笑。〔生〕惡婦，我將那梅花簪擲入你舟中，只望你見了花簪與我一言，誰知你不采而退，且問你那梅花簪如今在那裏？〔旦着急介〕[一六]這是那裏説起？我見你甚麼梅花簪，你莫非是見鬼不成？〔生拍案怒介〕唗，你把那花簪撇一邊，反道俺見鬼將伊騙。〔旦〕徐郎，你不肯認我也罷。何苦造此虚言，將奴冤賴？〔生〕惡婦，你還叫俺徐郎怎麼？〔旦〕難道也叫你老爺不成？〔生〕姻緣。我和你，恩和義兩棄捐，你若想生也麼旋，除非是日西方海變田。

〔旦起立介〕[一七]哎呀，奴家久拚一死，何望生全？但你若以此莫須有之事，冤賴奴家，雖死亦難瞑目。

【南僥僥令】抱屈還添屈，含冤更被冤。我曉得你了。你怕我羈囚爲配官聲玷，待重去選千金結好緣。

【北收江南】〔生氣介〕呀！不想你恁般樣潑濺呵，一連的殺二天。如此惡婦斬復何疑？〔執筆恨介〕氣得俺眼昏手戰判難全。左右，發與那惡婦畫押。〔旦驚哭介〕[一八]哎呀，你、你、你果然竟把我處斬了。兀的不痛殺我也。〔倒介〕〔一九〕〔生〕惡婦，惡婦，你今日也是一死，何不守節而亡，留芳百世，省得這遺臭千秋也。誰將伊可憐，誰將伊可憐。呀呸，則怕你魂歸地下也羞慚〔二〇〕。〔旦醒介〕哎呀，我杜冰梅歷盡艱辛，以全節操。只道夫婦重逢，十分歡喜。誰知你負義忘恩，并不憐我冤苦，反造此胡言，將奴屈死。天地有知，自當監察。我杜冰梅便死在九泉之下，决不放過你這負心賊的。〔衆喝介〕

【南園林好】〔旦〕不思俺重重恨冤，反被你生生屈陷。徐如山，難道我今日罵你不得了？〔指哭介〕你是個獸心人面，真薄幸臭名傳，真薄幸臭名傳〔二一〕。

〔生怒拍案喝介〕罷了，罷了。左右，喚禁子速將這惡婦收入重監，明早處斬〔二二〕。〔隸喚净上拿旦介〕〔净作氣狀望生欲稟介〕〔衆喝堂介〕〔旦哭罵介〕徐如山，徐如山，我含悲抱恨輸今日，則怕你負義忘恩也要看後來。〔生拍案喝叫拿下氣倒不動介〕〔净扶旦哭下〕〔隸稟介〕犯婦杜冰梅拿入重監了。〔生不應介〕〔衆又稟介〕〔生泪介〕惡婦，惡婦。

【北沽美酒帶太平令】非是俺狠心腸，忒見偏，狠心腸，忒見偏。總是你合誅譴。你怕我得志報仇，却不道殺我不死，恰有個報仇之日了。再休題百歲夫妻同貴顯，這也是下官的孽障，向前生種下多冤欠。真不幸恨難言。〔老旦〕天色已暮，請老爺回衙。〔生〕末了之事，可分付各犯，明早候理。〔老旦向鬼門吩咐，内應介〕〔隸掌燈起行，末上送介〕〔生〕請回。〔末下〕〔净開監送衆喝退介〕〔净怒立指生，閉監憤視下〕〔衆鳴鑼喝道，生上馬行介〕〔生〕雖則是一場威斷，思量起懊惱無限。出了監心灰意懶，上了馬神疲力倦。〔内做鬼哭聲，生怒介〕馬後誰敢大膽啼哭，拿過來。〔衆稟介〕止聞其聲不見其人。〔生驚介〕好奇怪。俺呵，只聽得人邊馬邊，似神愁鬼怨。莫非監中還有甚不明之事？冤鬼，冤鬼，今日未完之案，明日再理。你今切莫凄惶，少不得高懸水鏡把冤情鑒〔二二三〕。

〔回到衙介〕〔老旦衆役下〕〔副净扮院子上，捧印隨生入内介〕〔生更衣坐介〕〔末扮杜詩鬼魂上立介〕〔生見驚介〕呀！方纔止聞其聲，而今忽見其形。〔細認大驚介〕呀！這、這、這分明是我岳父生前模樣。哦，我曉得了。〔喝介〕你莫非爲你女兒，要我保全，故此現形前來見我？呀呸！如此不肖之女留在人間，豈不增你家門之醜。俺又不曾冤枉了他，還不速退，還不速退！〔生拔劍拍案喝介〕〔末閃下〕〔生呆立執劍復起，執燈四照介〕〔外持燈上〕夜深人静卧，何事大聲呼？〔生見外驚喝介〕〔外驚叫哎喲跌地介〕〔生急跪扶起介〕原來是爹爹！〔外〕孩兒爲何如此？〔生〕爹爹説來好不奇怪。孩兒今去點監，只見有一謀殺親夫女犯杜冰梅，誰知就是那淫婦。〔外大驚介〕有這等事？難道又有甚姦情，復將那胡賊致死？〔生〕孩兒一見大怒，想起前仇，就將他判爲斬罪。〔外〕這也該斬〔二二四〕。〔生〕不意自出監門，一路隱隱鬼哭之聲，不離左右。及到家中，忽見一鬼，竟是岳父生前模樣。被孩兒拔劍大喝一聲，方纔一閃不見。〔外呆介〕如此光景，想必還有冤情。孩兒，不可造次。〔生〕孩兒此時也是這般疑惑〔二二五〕。

【南尾聲】〔外〕則怕他冤情暗昧難窺見，須再把燃犀親電。〔哭介〕杜兄呵！肯叫你抱恨泉臺難閉眼。

〔生泪介〕〔外〕我兒，想此女性烈氣剛，被你一番狼籍，今夜必然難保性命，故此你岳父現形相見，也不可知。〔生〕孩兒就趁此夜半，將他提來再細細一審，便有分曉[二六]。〔外〕如此纔是。〔生〕院子過來，可取我令箭一枝，差官即往濟南府獄中提取女犯一名杜冰梅，不許遲誤[二七]。

〔副凈應介〕

憂人何處可消憂，白居易。夫婿朝回初拜侯。王昌齡。

但以恩情生罅隙，白居易。百年心事付東流。薛逢。

---

評　點：

〔一〕憤極語。

〔二〕將前仇提出在先，見徐生時刻不忘。故見面即一觸而怒，不可解也。亦先用一反。

〔三〕語意沉著。

〔四〕豈謂囚真如此之多？總之隨口成數，以見周天無不犯法之人耳。

〔五〕陪襯自不可少。
〔六〕『展轉俄延』四字寫出慎刑本意。
〔七〕是通律例詞家。
〔八〕寫得惡毒火焰一觸即起，足令讀者亦爲驚殺。
〔九〕十字切當。
〔一〇〕好關目，好神情，演者閱者俱勿草草混過。
〔一一〕冷笑寫絶。
〔一二〕半空一大霹靂。
〔一三〕寫得怕人。
〔一四〕却是認差又偏不肯信任差，天下事往往有之。
〔一五〕冰梅亦冷笑更妙。
〔一六〕安得不着急。
〔一七〕起立的妙。
〔一八〕驚哭的妙。
〔一九〕倒的妙。
〔二〇〕冰梅窘辱狼狽至此已極，下文之綁赴轅門方不爲過。寫徐生一誤誤至十分，并不留餘地以與人，則下文之悔纔悔至十分，亦全無餘地以自容矣。真乃淋漓盡致之文，非小家數可比也。

〔二一〕亦寫得冰梅憤恨至極，如不綁赴轅門不得矣。

〔二二〕又寫到水窮山盡。

〔二三〕妙筆幻境。

〔二四〕一路關目賓白，兩下傳神入妙。

〔二五〕急轉。

〔二六〕如此生矣却又不如此生，妙，妙！

〔二七〕渾的妙。

## 第二十八齣　逃獄

〔净帶劍急跳上〕青天莫照人多枉，濁酒難澆意不平。罷了，罷了。氣煞我也！氣煞我也！杜小娘子那裏？

【引子】【霜天曉角】〔旦哭上〕天乎太惡，夫婦將仇作。界面千行泪落，便死也恨難磨〔一〕。

禁子哥，怎知我杜冰梅竟屈死在此地也。〔旦痛倒净唤醒介〕杜小娘子醒來。〔旦徐起哭唱，净做氣憤擦掌搔頭尋思介〕只落得泪如梭。

【越調過曲】【小桃紅】〔旦〕恰纔的痴心一似夢南柯，説甚麽夫妻重會合，也喜地歡天，都變做怨海愁河〔二〕。奴家罹此冤慘，便是行路之人，聞之亦覺傷心，怎想夫婦之間，到反恩將仇報。却不道守節是因何，不念俺遭凌逼、受坎坷、被羈囚、多折挫也。苦咽在心窩，説不出只落得泪如梭。

〔净〕方纔問對之時，那廝大模大樣，俺好不替你氣憤不過也。

【下山虎】〔旦〕羞殺俺甘爲囚虜，一任他拍案高呵，再休提夫貴妻榮，可甘來苦過。奴家飄泊他鄉，陷身牢獄，雖不無瓜李之嫌，終必有鱣鯉之辨。何妨度理推情，也使人死而無怨。爲何一味糊塗？不容分剖，便將我判成斬罪。縱疑俺浪蕊殘葩，作不得同心并朶，拚放廢空門自懺魔。值甚麽心頭惡，恨不得怒冲冲將刀親割。禁子哥，你前日對我説知，我口雖不言，心内豈不暗道，也知他得第將恩荷，少甚麽朱門翠娥。只是縱不認我爲妻，也不該造此虚言，致奴於死。〔哭介〕天那！難道俺怨鬼冤魂輕輕放過他？

〔净〕小娘子不須啼哭，俺適纔見此光景，已思量找下那廝驢頭，替你出了這場嘔氣。怎奈一時難以下手，如今少不得有救你之處〔三〕。〔旦〕奴家生全之念久絶於心，你若可憐我負屈含冤，或將三尺帛，或是一杯鴆，使我在此獄中，尋個自盡，省得做市上無頭之鬼〔四〕。〔跪介〕〔净急跪介〕小娘子快快請起來，休要如此。〔旦起哭介〕禁子哥。

【五般宜】謝得你慰愁心言輕語和，謝得你憐孤弱將人護呵，不致俺零仃縲絏受災磨。痛今生已矣，報不盡你恩同山岳。我如今好恨也。恨不得重泉早墮，留下這殘屍敗蜕。望你大發仁慈，使奴家早早下手。猛拚做獄底孤魂，省得向刀頭尋結果〔五〕。

【前腔】〔净〕呀，只聽他哭哀哀千聲怨訶，打動俺沸騰騰無明烈火。〔丑扮差官持令箭提燈急上〕世上若有明冤鏡，地下應無屈死魂。禁子快開監門。〔净開門丑進監介〕奉按院大老爺嚴令，提取女犯一名杜冰梅，快些走動〔六〕。〔旦大驚介〕哎呀，此時提我出監，必無好意了。〔哭訴〕徐如山、徐如山，虧你忍心害義，下得這般毒手。〔倒地介〕〔丑急唤介〕那女囚醒來。〔净跳起介〕差官。〔丑怒介〕哇，好大膽的牢頭。〔净喝介〕唉，俺且問你，便是朝廷典刑，也須有個時刻，怎麽半夜三更，忽地提人處斬？〔丑喝介〕這個誰敢問他〔七〕，現有令箭在此，難道差了不成？〔净冷笑介〕〔八〕好一個糊塗狗官。〔丑驚喝介〕這厮益發該死。〔净〕惱殺那無義漢漫喳囉，把一個烈鳳貞鸞生賴作萍花絮果。杜小娘子醒來！呀。可憐他含冤負屈，逼得他魂歸夜壑。禁不住從旁憤起干戈，除是斬奸人方較可。

〔旦醒哭介〕天！我杜冰梅今夜死的好不瞑目也！〔丑催介〕快些走動！

【五韵美】〔旦〕則見他奉差催如星火，不由人心驚泪流可奈何，料今宵命盡應難躲〔九〕。

〔净背介〕唉，俺郭宗解一生濟困扶危，今豈可見死不救？這腰間寶劍也忍耐不住了。差官，你看那邊又有一個差官走來了。〔丑回頭看介〕在那里？〔净拔劍殺丑下〕〔一〇〕〔旦驚倒介〕嚇嚇嚇、嚇得我魂飛膽破，見見見、見只見屍横血潑。〔净欲走，旦扯問介〕禁子哥往那里去？〔净〕去殺那負心之賊，替你報仇〔一一〕。〔旦〕哎呀，禁子哥不可造次。他一個按院衙門，無數軍兵把守，你單身怎能入去？倘或弄出事來，禁城中又逃走不脱，豈不白白送了性命。休躁妄，莫差訛，忍累你平地起風波，共罹灾禍。

禁子哥，奴家左右一死，你快趁此静夜逃出城門，省得霎時拖累〔一二〕。〔净惱介〕咳，杜小娘子差矣。俺一向英雄自命，敢作敢爲，豈肯棄你而逃，遺羞豪杰。只是若不殺此負心之徒，怎出得這口鳥氣？〔旦〕倘然留得此身，何患無報仇之日。但恐此彌天大禍，插翅難逃。

【羅帳裏坐】摇摇膽戰，滂滂泪沱，風悲燈暗，牢門静鎖，料難逃出地網天羅。〔净〕小娘子休慌，你看一枝令箭在此，你可扮做差官模樣，一同哄出城門，再做道理〔一三〕。〔旦〕此計甚妙。只是累你同逃，如何是好？〔净〕此地豈我久安之所，快快打點同行便了。〔旦〕若得如此，恩同再造。禁子哥請上，受奴一拜。〔旦拜净答拜介〕羡雄心俠膽世無多，搭救我遠離灾禍。

〔净卸旦肘鎖介〕待俺看看外面光景去來。〔虚下〕〔旦哭介〕

【隔尾】非是俺包羞漏網偷存活，蒼天，蒼天，只爲俺奇冤未剖。〔净上〕此時纔交四更，正好行路。〔净背包提棍，旦更衣介〕〔合〕俺如今死裏逃生向何處躲。

〔旦行復止介〕奴家偶成四句，意欲留題粉壁之上。〔净〕此時那討筆墨，只好割下衣襟一片，蘸血爲書便了。〔净割衣付旦蘸血書介〕烈女全貞苦，牢頭仗義難。屍横燈影下，留與薄情看〔一四〕。〔旦哭介〕〔净笑介〕好，好，好一個留與薄情看。〔旦摇手净掩口介〕〔吹燈開門出復閉門悄行下〕

〔丑扮夜巡官帶二雜提燈敲鑼上〕半夜西風吹鐵鎖，六街寒月湧金門。自家巡城把總是也。俺們十天一點卯，五夜一輪更。今夜正值該班守城，只得在此巡視。〔巡下〕〔净同旦上〕

【南宫漫詞】【烏夜啼】〔旦〕步小旮難走，按不住小鹿心頭。〔净〕金城漏轉天街静，仗雄心闖去莫遲留。

〔丑上問净答介〕俺奉按院大老爺鈞令，出城公幹，令箭一枝在此，快開城門，休得誤事，取罪不輕。〔丑〕既如此，待將令箭繳上城門守將，取鎖鑰開門放行便了。〔虚下〕〔旦背介〕但願賺出城門，便有生機了。〔丑上〕既有令箭，出城去罷。〔開門放行介〕〔丑下〕〔旦净出城喜介〕謝天地，已出城門，且檢僻静之處，放心前去。正是鰲魚脱却金鈎釣，擺尾摇頭再不來。〔同下〕

【水底魚兒】〔外走馬上〕女犯私奔，牢頭殺死人，星飛傳命，休教放出城。〔丑上問介〕〔外〕俺奉按院大老爺鈞令，今有濟南府獄中禁子，殺死差官，得去令箭一枝，與女犯杜冰梅逃出監門。誠恐城門守將，不知真僞，倉卒開關放行，爲此着俺飛馬傳示各門守將，緊閉城門，待天明大索城中〔一五〕。倘有以令箭詐稱公幹出城者，即當拿赴轅門，以憑驗奪。

如敢私放一人出入，查出與本犯同罪。〔丑呆介〕〔外急回馬唱前曲下〕〔丑望外下吐舌介〕方纔那二人，一個黑面長鬚手持木棍，一個年少差官打扮，到像個女人形相。業已被他哄出城門，如何是好。誠恐按院老爺見罪，不免稟明主將，藏過令箭，不必聲揚便了〔一六〕。

羈愁萬斛一時消，許渾。漁釣牛蓑且遁逃。羅隱。
睫在眼前猶未見，杜牧。隨風一葉任蓬蒿。耿湋。

評　點：

〔一〕起筆老横，真放聲哭得出也。
〔二〕直接前《空喜》一齣，説來好筆力。
〔三〕奇人奇語。
〔四〕引人泪下。
〔五〕一句一字俱作斷腸之聲。
〔六〕止有令箭提人，却不言提去如何，妙，妙。
〔七〕誰敢問他一語妙甚。
〔八〕郭宗解亦冷笑。連寫三人冷笑，各有其妙。

〔九〕語意越緊，越激得動宗解憤起。

〔一〇〕爽極。

〔一一〕奇人奇語。

〔一二〕宗解奇俠，非是冰梅不知其人，然此一時實不得不爲此語耳。

〔一三〕原以令箭得生。

〔一四〕即留一綁赴轅門榜樣。

〔一五〕待天明大索城中爲二人去遠。

〔一六〕乾净。

# 第二十九齣　詰病

〔内吹打鳴鑼，雜撑船上〕〔副净上〕一心向善悔中生，時憶神明赫有靈。漫道忘恩投二主，栖身擇木效良禽。自家向善，本名胡鷹，原是山東巡撫胡大老爺家人。因俺小主强娶了廣東羅浮山下杜冰梅，命俺和都來德相公，前去殺他丈夫徐生。尋到了江西十八灘靈應廟中，剛剛相遇，不期大帝顯靈，俺好似神附一般，竟將都來德一刀殺死，徐生已不知去向。爲此不敢回到舊主之家，又見神道赫赫有靈，一心悔悟，因改了這個名字，又投在前任山東巡撫巫大老爺府中。幸得老爺夫人十分重用，如今隨他入京拜相。來此正是江西十八灘，離靈應廟中不遠了。想起前事，真個好快日月也。道猶未了，老爺夫人早出前艙來了。

【商調引子】【繞地游】〔小生〕江聲一派，雁字横秋界。望長安烟籠暮靄。〔老〕嬌兒無賴，懨懨病害，教娘親怎生放懷。

〔小生〕夫人，目今日本侵叛，嚴嵩罷職，朝内無人，奉旨着下官入京拜相。來此江西十八灘，記得昔年解任回家，泊舟在此，今竟一載有餘了。〔老〕相公，昨日聞得向善説起，此間有一靈應廟，其神甚靈。女兒病體懨纏，何不上去祈求一籤，就許下些香願也好。〔小生〕夫人言之有理，就着向善備下香紙，跟隨下官前去。〔副浄應介〕〔小生〕餘生宦久愁偏老，一女嬌多病復侵。〔内吹打鳴鑼喝道，小生副浄隨下〕〔老〕相公已去，不免進後艙看女兒病來。展轉憂兒女，虔誠問鬼神。〔老下〕

【引子】【風馬兒】〔小旦病容扶貼上〕帶病隨征别有懷，似秋雁去還來。梅香，昔年那生擲簪之處，不知可曾過來呢。〔貼〕想是已過來了。〔小旦〕原來已過來了。〔泪介〕咳！那人兒已在遥天外。〔貼〕小姐丢下了罷。傷情何事，鬼病自難猜。

〔小旦〕伏枕長吁泪暗流，斷腸依舊泛輕舟。〔合〕數聲漁笛起江頭。〔貼〕冉冉日銜山似病，茫茫烟傍水如愁。〔合〕舊時人去又新秋。〔小旦〕梅香，我自一病年餘，不疼不癢，廢寢忘餐，神思恍忽，想來已是不起之症了。〔泣介〕〔貼〕小姐請自耐煩些便好。

【過曲】【金落索】〔小旦〕支床骨懶抬，對鏡顔輕改。舊恨新愁，萬斛舟難載。扶我到窗前一望〔一〕。〔貼開窗扶小旦起嘆介〕這一帶滄溟俯曲隈望中，呆盼不着前度劉郎今再來。浪花摇雨檣光遠，沙鳥翔風樹影迴。傷情處，青山依舊人何在。這凄涼叫我怎挨，想欠下冤牽債。

〔貼〕小姐仔細，看風。〔閉窗扶小旦坐介〕〔老上〕嬌女偏多病，慈親不解愁。我兒今日好些麽？〔小旦泣介〕娘啊，你女兒多應不起了。〔老哭介〕我兒寬懷。

【前腔】看他長吁恨滿懷，泪閣愁横黛，似醉如呆。鎮日舒心害，往常間嬉戲笑顔開，病怎挨？把一個花樣人兒，只剩有瘦骨骸。你父親替你到靈應廟求籤許願去了。〔小旦〕生受爹媽了。〔小旦背吁介〕則怕神靈縱禱冤難斷。〔老〕梅香，小姐今日可曾服過了藥？〔貼〕服過了。〔小旦背介〕怎奈藥餌空投恨自栽。〔老背介〕心暗想，這病啊！那裏是風寒暑濕惹憂灾，悶懨懨着甚由來，此一節真堪怪。

〔小旦〕梅香扶我床上睡去罷。〔貼扶小旦下〕〔老〕細看女兒之病，大有可疑。〔想介〕料梅香必定知情，不免唤到前艙，細細盤問。梅香快來。〔老旦坐介〕〔貼上〕小姐單思人莫解，梅香千想自難言〔二〕。夫人有何分付？〔老〕小賤人還不跪下。〔貼跪介〕不知梅香何罪？〔老〕且問你小姐此病，因何而起？〔貼〕梅香不知道。〔老惱介〕哇，小賤人，你與小姐半步不離，如何推得這般乾净？你們做的事情，難道我不知道？快快從實招來，如有半字支吾，便活活打死你這小賤人。〔貼〕梅香果然不知道。〔老〕且打你個不知道。〔老欲打貼奪杖哭介〕夫人且請住手，事是有一件，只是并不干梅香之過，也不干小姐之過。〔老〕你且說來。

【前腔】〔貼〕思來實可駭，想去真同怪〔三〕。這病有根由，空守定這梅根在。〔老〕甚麽梅根？〔貼〕是一枝梅花簪兒。〔老〕甚麽梅花簪？在那裏？〔貼〕哎呀，夫人嗄，待梅香實説了罷〔四〕。〔老旦〕快説來。〔貼〕就是去年山東回家，泊舟在此，梅香和小姐開窗晚望。忽見一年少書生似瘋顛模樣號泣而來，望着小姐只叫……〔住口介〕〔老〕叫甚麽？〔貼〕梅香不好說。〔老〕不說就打。〔貼〕哎呀，夫人嗄。那書生望着小姐只叫『我那妻嗄，我那妻嗄』。又把一枝梅花簪兒，從窗擲入舟中。小姐恐怕惹出事來，即時抽身而退，也不知那生姓甚名誰，因何至此。誰知小姐不覺想成一病〔五〕。〔老氣介〕有這等事！〔貼〕夫人息怒，想是前緣宿分該，自疑猜，爲甚萍水相逢若久諧。小姐啊，他今痴心水面空撈月，好似饞口林中渴望梅〔六〕。不是梅香大膽說，若要小姐病好呵，除非陽谷裏寒香一陣待春來。〔老旦怒介〕小賤人，既有此事，當時何不禀我知道？都是你一路賣俏迎奸，惹動地方游棍，觸犯小姐。若不打死你這小賤人，怎肯干休？〔打介〕〔貼哭介〕夫人，打殺梅香也是冤枉，没來由我自當灾，敢何處把風情賣？

〔老〕快取那簪來我看。〔貼哭下取簪上〕梅花簪在此。〔老看簪不語介〕這事好不明白，青天白日，大江之中，又是巡撫官船，那人有何大膽，輒敢無因而至，出此狂言〔七〕。况且女兒總不告我知道，含忍至今染成一病，益發可疑。也罷，且將這簪兒留下，等相公回來，再做道理。〔内吹打鳴鑼喝道，小生上副净跟上〕老爺下船，看扶手。〔小生下船介〕〔老〕相公此去如何？〔小生〕聽我道來。

【前腔】巍巍一廟開，赫赫如神在，我叩齒焚香，頓首虔心拜。那神籤四句道：病係如山重，良緣差未差。雙人無意合，春信在梅花。下官推測再三，一時竟難曲解。〔老驚介〕呀，相公，『春信在梅花』此句甚奇。〔小生〕有何奇處？〔老〕老身方纔細問梅香，女兒得病之由，原因昔年山東回家，泊舟在此，女兒倚窗而望，忽見江邊來一年少書生，將一枝梅花簪兒隔水擲入舟中，女兒掩窗急避，也不知那生姓甚名誰，因何至此，故此心中着嚇，一病至今〔八〕。〔小生驚介〕有這等事！〔呆介〕〔老〕梅花惹禍胎，正疑猜。怎麽先見神明判斷來。〔小生〕夫人，此雖不干女兒之事，但外人聞之不雅，此後不必聲揚了〔九〕。雖則是天台采藥無心入，誰肯信海上浮槎空手回〔一〇〕？〔老泪介〕只是女兒病體，如何是好？真堪痛，嬌兒日夜伶仃害，好教人没計安排，怕到底花摧敗。

〔小生〕夫人休悲，且問你梅花簪何在？〔老〕在此。〔小生〕此簪古潤精工，世間希有，必非俗家之物。我想女兒既爲此簪而病，籤語又道春信在梅花。我有道理，只要訪着這擲簪之人，如可招贅爲婿，不但女兒病體無憂，竟可完果他終身大事了〔一一〕。〔老〕如此甚好。〔小生〕向善過來。你可將此梅花簪，上岸沿途賣到京中，不可道價輕售。只待有人認得此簪，或是流連，或是感嘆，你便問其

姓氏里居，速來報我，毋得多發一言。事成自有重賞。〔副净應介〕

【尾聲】〔小生〕夫人，只願托神靈，病好良緣在。〔老〕怎教俺傾刻裏放心懷，〔合〕院子，須把這啞花簪沿路去高聲賣〔一二〕。

夜寒春病不勝懷，王之渙。日照房中帳未開。白居易。

姹女不愁難管領，段成式。祇應頻看一枝梅。許渾。

## 注　釋：

〔一〕黄絹幼婦，外孫齑臼。

〔二〕寫梅香久已欲言，但礙難開口耳。

〔三〕真可駭可怪。

〔四〕先從梅露出一簪，又略作一頓。然後從頭直叙，更説的極輕極淡。若全與小姐無干而小姐因想成病，實有可解不可解之情，總在吞吐傳神，引人動聽，此婢亦大略可兒。

〔五〕梅香對夫人語詳又極明顯，竟説想成一病。

〔六〕千錘百煉之句。

〔七〕疑的有理。

〔八〕夫人對老爺語略又甚含混，忽將『想成』易一『着嚇』，俱各肖神吻。

〔九〕是極。

〔一〇〕措詞亦雅。

〔一一〕處置甚好，以此推之，天下無難事矣。

〔一二〕梅花簪當日在縣堂上叫不應，原是啞的。

# 第三十齣　遇相

【仙呂過曲】【八聲甘州】〔旦巾服背包，净氈笠持棍上〕强留薄命。〔净合〕向天涯海角，戴月披星，風聲塵影，幾番魄動魂驚。〔净〕兄弟，俺二人改妝易姓，晝伏宵征，恐此殺人越獄大事，必動海捕文書，不敢送你竟回家鄉。因念京師五方雜處，况今荒服不臣，正朝廷用人之際，倘遇機緣，也好圖個出身之日。故此竟望長安而來，離京城已不遠了，你看好熱鬧也。〔旦〕我蒙你脱離大難，昆仲相稱，喜得無人盤詰，直到京師。有日借哥哥之力，白我奇冤，償彼薄幸，則雖生之日，猶死之年矣。〔净〕這有何難，但俺們一路來鬼名屢易，如今少不得定一姓名方好。〔旦〕小弟便將原名倒轉，姓梅，雙名先春。〔净〕喈家也到轉姓解，雙名元晋便了。〔旦〕就此趲行前去，故鄉望來空泪零，虧殺你越嶺披榛相帶引。〔合〕難平。這冤情甚日能明。

天色已黑，城外客店中歇了罷。〔丑上〕飯煮長腰白，燈挑短燭紅。二位尋歇的，今日到遲了，客房已滿，只有半間小房，二位同歇了罷，待我取晚飯來。〔旦〕我們打火不久，不消了，只是再有一間房子便好〔一〕。〔丑〕那裏去討？〔旦〕没奈何多與你些房錢罷。〔丑〕這也好笑，房子俱在此處，那個會箱兒籠兒裏藏起，一路來又要兩處睡，却不是磨人〔二〕。〔净〕誰要你多管，好歹讓俺兩間房，休要惹嗜家動鹵。〔丑背介〕好奇怪，這個大鬍子先發起躁來，難道怕勾搭了這小後生不成？也罷，既是兩人不肯同房，着一個後邊與我同榻去。〔净〕這到使得，我去，我去，兄弟自便。〔旦〕哥哥請。〔净〕身眠村店静，夢逐遠天賒。〔净同丑下〕〔旦〕一日走路辛苦，不免掩上房門，安歇一宵，再做道理。正是蝴蝶夢中家萬里，塞鴻天外月三更。〔旦睡介〕〔小生執鞭末隨行上〕

【不是路】一徑穿雲，遥聽疏砧出遠村。皇都近，秋風古道嘶霜駿。〔小生〕院子，則怕夜月金城掩禁門。〔末〕老爺揚鞭迅，趁燈光有店留人困。〔小生〕叩關且進。叩關且進。

〔小生下馬末叩門介〕〔丑上開門介〕客官如何此時纔到？小店房都下滿，前村尋歇去罷。〔末喝介〕相爺在此，快去準備。〔丑跪介〕〔小生止介〕不許驚動客房，俺就在中堂，獨坐一宵，你自迴避。〔丑叩頭下〕〔小生〕下官巫涣，自奉詔入都，一路舟行，到了龍江關口。又奉旨即着馳驛進京，只得撇下家眷，輕騎減從，登岸先行。已到京師，進城不及，不免權宿一宵。你聽村中更鼓分明，地方安静，真乃皇家之福也。我想朝廷之上，自嚴賊專權，忠良盡喪，以致蠻夷反叛，國事日非。下官此番入都，必須竭智盡忠，虚懷納善，與天子革弊更新，共圖盛治。

【中呂過曲】【漁家傲】詎的是一代君王一代臣，把補衮功勞，不憚艱辛。敢忘了吐哺握髮將賢進。若得那四夷賓順，須覓個善武能文干城是任。那時節海晏河清著大勛〔三〕。

〔旦起嘆介〕鐵馬檐前驚夢醒，夜月孤村，衾薄秋風冷。盼家山，恨漫漫，欲睡那能成睡，泪偷彈。

〔小生〕何處悲吟之聲。〔起聽介〕

【前腔】〔旦〕俺本是刺鳳描鸞綉户人，萬水千山，來到帝京。閃得俺有親難顧家難奔，重重冤恨。薄幸兒郎，不堪細省，空對着一盞殘燈泪眼昏。

〔小生叩門介〕〔旦〕更深夜半，有誰叩門？〔開門見介〕原來是位老先生。〔各揖坐介〕〔小生〕老夫同寓店中，聽得仁兄悲吟半夜，似有無限愁煩，故此叩門相問。今見足下英年卓犖，器宇非凡，必係懷才未遇，不識有何心事，可得與聞？〔旦〕小生年及終軍，志同司馬，懷才未遇，流落江湖，偶爾悲吟，致驚高寢，望老先生恕罪。〔小生〕請問貴姓芳名？仙鄉何處？〔旦〕聽禀。

【剔銀燈】姓梅氏雙名先春，家住在粤東邊郡。〔小生〕家中還有何人？〔旦〕痛孤身落魄無人問，訴不盡阮生途困。〔小生〕請問足下所讀何書，可肯出仕麽？〔旦〕辛勤，五車遍覽，待價沽難逢聖明。

〔小生〕原來如此，老夫姓巫名涣，原任山東巡撫，而今奉詔入都。〔旦驚拜介〕小生一時冒昧，言詞失敬了。〔小生扶起介〕適聽足下談吐風生，功名念切。如今日本反叛，遠道難征，意欲奏聞聖上，遣一能言之臣，前往責以大義，勸其臣順，以息民生〔四〕。不知足下肯爲朝廷出力否？〔旦〕容小生再思。〔背介〕想我素讀詩書，頗明大義，倘邀天之幸，招服還朝，何難雪耻明冤。否則葬身异域，不免爲女中丈夫，也强似鼠首泥塗，終不免人間逃虜。〔轉介〕大人在上，小生既感知遇之恩，何惜捐軀以報。還有一結義哥哥，姓解雙名元晋，勇敵萬夫〔五〕。若得一同前去，順則綏之以德，逆則劫之以威，蠻夷自當拱服。不知大人意下如何？〔小生喜介〕細聆妙論，窺見一斑，那結義之士何在？〔旦〕就在後面，哥哥快來。〔净上〕好睡好睡，兄弟，天明了收拾上路罷。〔旦〕大人在此，且過來見了。〔净見背驚介〕呀！這就是前任山東巡撫巫大人，他不認得咱家，咱在濟南府中認得他的〔六〕。〔拜介〕大人恕喒家粗魯。〔小生〕好一條鐵漢也。

【攤破地錦花】覷丰神，威凛凛，真英品，〔七〕轉奏至尊，管做得麟閣功臣。〔旦〕大人欲着我等招降日本，小弟已薦哥哥，去也不去？〔净笑介〕喒家常恨英雄無用武之地，大丈夫既遇知音，頭顱可贈，如何不去？俺只恨抱异懷才，上達無門〔八〕。今日裏荷洪恩，管倭逆都投順。

〔小生〕二位放心，老夫一力保奏。〔四雜上〕天下睹新政，朝廷復舊臣。我等乃六部九卿科道，各衙門差派人役，奉聖旨，新相爺入京，着令人馬執事，俱在朝陽門外，伺候迎接，已有校尉前途打聽去了。此間飯店中，一同坐地，再做道理。〔小生〕外面何人喧嚷？〔末出問介〕〔雜〕俺們是迎接新相爺的。〔末〕相爺在此。〔末入禀介〕〔小生〕二位更衣，就隨老夫一同入朝面駕便了。〔小生冠帶，旦净更衣，雜進叩見，同上馬行介〕

【尾聲】〔旦浄〕蒙汲引，著奇勛，一朝聚會起風雲。〔小生〕且和伊并轡揚鞭覲紫宸。

羈愁萬斛一時消，許渾。行子寧辭烟水勞。羅鄴。

否去泰來終可待，韋莊。于今相府用英髦。嚴維。

評　點：

〔一〕有此一段補寫，從前冰梅之貞，宗解之義，凛然白日青天，必不可少。

〔二〕特筆。

〔三〕伏下。

〔四〕已有主意。

〔五〕一語便見經濟。

〔六〕映前有情理。

〔七〕九字寫盡英雄。

〔八〕抱此恨者正恐不少。

# 第三十一齣〔一〕　市簪

【仙吕過曲】【醉羅歌】【醉扶歸】〔副净挑簪賣上〕紅絲翠竹把花簪挂，高聲叫賣望得眼巴巴。有誰個前來識得他，只落得長街短巷都穿罷。自家向善，奉老爺夫人之命，將這梅花簪兒，隨着行舟叫賣。直到京師，每日在正陽各門，城内城外，高挑叫賣。不覺雪盡春初，這些過來過往的人，也有不瞅不采而去的，也有吃驚道好的，也有相求問價的，也有見俺欲賣不賣疑刁疑詐的，也有見俺指東劃西笑顛笑狂的。俺總不管他，只等那識得此簪之人，認作自家之物，或是流連，或是感嘆，然後問其姓氏里居，回報夫人老爺，由他作主。説話之間已是東長安門街，好熱鬧也。【皂羅袍】高車駟馬，人争讓他；王孫公子，人争羡他。遥望見龍樓鳳閣雲霄插。賣簪。【排歌】隨雜踏，趁喧嘩，把花簪高叫日將斜。

〔叫賣下〕〔生領二雜行上〕

【南吕引子】【臨江仙】天上御香紅袖惹，怕歸來獨自堪嗟。沉吟底事泪如麻，若非圖親榮沾禄養，到不如冠挂早還家。

下官徐苞。向爲山東按院點監之時，忽見犯婦杜冰梅，想起前仇，將他判斬。不意黄昏回至署中，岳父顯魂求救。下官一時難以委决，隨又差人前去，提來細審。又被禁子殺死差官，挈領此婦，逃出城門，不知去向。反留下血書四句道：『烈女全貞苦，牢頭仗義難。屍横燈影下，留與薄情看。』想來此事，好不明白，或者其中果有别情，亦未可定。但不知此婦飄零，究竟如何耳。〔泪介〕昨已任滿回京，又蒙聖恩除受館職。適在文華殿中，侍駕講書回來，你看早已紅日銜山也。

【仙吕入雙調】【夜行船序】侍駕文華，奈終朝染翰，早朝宴罷。〔雜喝道介〕〔生〕左右，何須你莽吆喝，頭踏喧嘩，嘈咯嗟，甚心情戀着烏紗，説甚麽長安來看花。奈一個并頭緣寡。到不如休官罷，早去撇紅塵，静選名山學祝髮。

〔副净唤賣簪，走上遇見避介〕〔生唤問介〕那漢子手中拿的是甚麽東西？〔副净〕小人賣的是一枝梅花簪。〔生〕取上來我看。〔生取看驚介〕呀，這分明是我家之物，爲何却在你手中？好奇怪。〔作細視介〕〔副净背介〕好了，這梅花簪有主兒了。

【前腔】【换頭】〔生〕堪詫，細認無差，爲甚落他行，輕向長安問價？〔副净〕請問老爺高姓？貴籍何方？官居何職？若是老爺之簪，是幾時失落的？〔生〕下官姓徐，廣東人氏，現居翰林院侍講之職。這簪诃，思量起，屈指遺失二年賒。看他，舊物重逢，怎不叫人傷心難話。〔副净點頭記介〕原來是徐老爺，廣東人，現居翰林院侍講之職。唉，只怕世間相同之物頗多，老爺不要認差了。〔生〕難道我泪眼昏花，形質偶相同，急忙裏難分真假〔二〕。

漢子，且問你此簪何處得來？〔副净〕聽禀。

【黑蟵序】休詑，這簪有根芽。〔生〕可是你自家的？是何處買來的？〔副净〕不是買來亦非己物，是他人委托代作生涯。〔生點頭介〕原來代人賣的。且問你這簪兒主人在那里？〔副净〕却也不遠。〔生〕還是男子還是婦人[三]？〔副净〕老爺要買便買，何須細問。〔生〕咳，你不知下官正要問明其人，然後纔買哩。〔副净〕老爺如果買成，自然得知其人，若是買不成時，說也無用[四]。〔生〕既如此，你要多少價錢？〔副净〕老爺呵，論花簪雖小，似連城無價。〔生〕却是爲何？〔副净〕老爺不知，那賣簪的，要在這簪兒上尋他一心上之人呢，[五]非誇，遇知音可贈他，便千金怎市他。自嗟呀，那裏爲少米無柴，等着個浪酒閑茶。

〔生背驚介〕呀，聽這漢子之言，句句有意。

【錦衣香】他把簪漫誇，豈戲耍。他待覓冤家，非虚詐。越教俺觸起前情，幾多疑訝。我想昔年此簪，明明擲入那舟中。雖杜氏堅辭不認，却始終未曾追究此簪一下落。今日推情度理，此簪畢竟在那婦人手中。那婦人竟逃至京師無疑了[六]。想他定飄蓬斂迹到京華，且、且住，若是那杜氏之簪，焉敢便公然出賣[七]？爲甚把花簪賣，禍惹罪當加。又說甚尋一心上之人。難道破甑無補，莽天台又泛胡麻[八]。漢子，下官也要在此簪兒上尋一心上之人，不知是與不是。怎生得見他一面，我自重重謝你[九]。〔副净〕既如此，簪且還我。老爺要見此人，却也不難，待小人引路便了。

〔生〕如此甚好，你且收了此簪。〔遞簪與副净收介〕〔生〕欲辨真和假，願相逢一話。却不道延津劍返，遼東鶴化。

〔副净引生行介〕

【漿水令】〔生〕則見他導前行花簪遠拿，引得俺濕青驄行行泪加。悔當日孤舟一擲墜窗紗，博不得心回意轉，恨永愁賒。空流落天一涯，到而今人非物是將心挂。〔副净〕老爺少待，那賣簪人就在這小衚衕内居住，待小人去喚他來見老爺就是了。〔生〕這等快去快來。〔副净〕就、就來的。〔急下〕〔生〕呀，那漢子竟進巷去了，只得少待片時。知他甚，知他甚親朋瓜葛。竟轉去，竟轉去深巷人家。

〔望介〕呀，天色已晚，那漢子如何久不轉來。還不知賣簪的，可是那婦人不是，好不急躁人也。左右，你可進此巷内，找着那賣簪漢子，速來見我。〔雜〕曉得。〔下〕

【尾聲】〔生〕俺只見柳梢斜日遲遲下，則怪那賣簪人何方閑話。〔雜上〕禀老爺，小人進這巷内，兩頭找遍，并不見那賣簪漢子之面。〔生驚介〕這又奇了，難道青天白日内又見鬼不成？莫不是，孽花簪又被甚鬼乜邪胡謎耍。

〔雜〕禀老爺，天已昏黑，且請回府去罷。〔生不應介〕〔雜又禀介〕〔生〕罷了。

寒梅何處再生花，王建。倚樹沉吟日已斜。李商隱。

死恨故情無會處，韓偓。迷離難覓指南車。

## 評點：

〔一〕此齣詞曲、賓白，有次第，有淺深，有頓挫，有含蓄，安得妙伶細究其中神理，以盡能事，若粗粗一過，不知其妙矣。
〔二〕逼真元曲。
〔三〕問的妙。
〔四〕答更妙。
〔五〕暗合的妙。
〔六〕一疑。
〔七〕一轉。
〔八〕又一轉，曲曲折折，入情入理，真正妙絶。
〔九〕亦暗合的好，兩下針鋒相對，奇絶妙絶。

# 第三十二齣　醉贅

【仙呂引子】【黄梅雨】〔小生上，雜隨上〕一女多嬌，綉户隱如珠。怪花簪抛來何故。暗紅牽羞言賈午，這良緣三生石注。

朝政從容退食回，半因嬌女繫心懷。花簪暗裏偕鸞鳳，一段姻緣天賜來。下官巫涣，自從入京拜相，得薦二賢士梅先春、解元晋，出使日本，料必招服還朝。一切弊政，漸漸潙除，翕然稱治。又喜得女兒病體少詮，前日向善回報，果然有一年少官人，在長安街上，見簪感嘆，認爲己物。問其姓氏，就是翰林侍講徐苞，到與孩兒才貌相當。又聞他尚然未娶，因遣官媒婆前去講親〔一〕，不知那翰林爲何反苦苦推辭，説曾定有妻室，未娶而亡，情願終身不娶。這話好不奇怪，内中顯有别情。又虧他父親作主，方纔依允。行聘已過，就擇於今宵入贅。院子，準備花燈鼓樂，前去迎郎，唤儐相伺候。〔雜應介〕〔小生〕綉閣香濃欣跨鳳，畫堂春暖喜乘龍。〔同下〕

【引子】【瑞鶴仙】〔外扶杖丑隨上〕老年欣見，佳兒佳婦，種就藍田美玉。今朝喜色耀門庭，偏是他兩眉愁聚。

老夫徐廷臣，自孩兒山東巡按任滿回京，久欲議及姻親。只因杜氏冰梅事未明白，一時不忍。前有巫丞相特遣官媒婆到來講親，雖是門楣過高，但其意頗專切。不好回他，老夫親口允納。那巫公又願到賠妝奩，就擇定今宵，迎郎入贅。怎奈我孩兒，自清晨起來，長吁短嘆，眼泪不乾，如何是好。不免唤他出來，勸説一番。孩兒那裏？

【前腔】〔生上〕孽緣雖斷，痴情猶繫。欠分明花簪重遇，不如意事强央承，不住的耳邊煩絮。

〔見介〕〔外〕我兒，吉時將至，怎還不沐浴更衣？〔生哭介〕爹爹，那巫府姻事，今夜是斷然成不得的。〔外〕唉，你説那裏話來？那巫公堂堂宰相，小姐乃相府千金，一旦許配與汝，我已親口允諾，就是今夜迎親入贅。無論滿朝大小官員，就是一衙兩巷百姓，何人不知，那個不曉？怎麽忽然説出成不得的話來，難道叫我去悔親不成？

【過曲】【桂枝香】你心中鶻突，語言差悮。祇執定兒女私情，却不顧主婚由父。你既讀詩書，豈不聞不孝有三，無後爲大？想你母親早逝，我半世鰥居，止生你一人。今當授室之年，若不早遂婚姻，誕生子嗣，豈不是不孝無後了麽？你還須三思，你還須三思。百年嗣續莫把青春耽誤，漫支吾。那更他珠圍翠繞千金女，怎使得雨覆雲翻一諾虚。

〔生〕爹爹息怒，且聽一言告稟。

【前腔】非是孩兒迷惑，把宗嗣不顧。難撇下舊日冤牽，怎忍去新求鳳侣。那杜氏如果失身，孩兒理應另娶。想起那獄中留下詩句，并岳父出現英靈，或其中竟有冤情，亦未可定。若不因孩兒一番斥辱，彼即命盡牢中，也還過意得去。或今逃走天涯，杳無消息，孩兒亦可割斷柔腸，將他丟棄。怎奈當日點監，一時憤怒，竟未細究其情，將他判斬，致其跟隨禁子狼狽而逃。前在長安街上，又見那花簪有人叫賣，及至問其根由，隨又托故而去，至今各處訪求，并無下落。此事怪怪奇奇，好不明白，叫孩兒夢魂顛倒，如醉如痴，但提及婚姻，肝腸寸斷。兒心中自思，兒心中自思。便强向洞房花燭，也無异孤燈夜雨。這事好糢糊，盼不着同林大限分飛鳥，何心問別室營巢反哺烏。

〔雜衆扮迎親人行上〕

【鐵騎兒】去迎郎，去迎郎，明燈寶炬，嬌馬代香車。玉簫金管，鼓樂震天衢。

〔丑報介〕〔生背坐介〕〔雜入見叩介〕太老爺恭喜賀喜，就請姑老爺更衣上馬。〔生不理介〕

【解三醒】〔衆〕雀屏開潭潭相府，有東床任君坦腹，玉堂人美饒金屋，喜今夜于飛卜。〔生〕管家，我髻齡曾定糟糠婦。怎奈夢白生炊枉痛呼。〔衆〕姑老爺雖定過夫人，既然不在，如今也不必提了。〔生〕愁難訴，怎忍效蜂狂蝶浪，甘守定鵠寡鸞孤。

〔衆驚介〕姑老爺差矣。俺相爺呵。

【前腔換頭】兩鬢蕭蕭惟一女，今日裏得婿如龍足快舒。料娉婷不讓君前婦，况曾知讀父書。〔外〕管家，休怪他少年心性言多謬，少不得百歲良緣事不虛。孩兒休辜負，他彩球拋墜，你何用惆惘。

〔生〕爹爹聽稟。〔外惱介〕咳，此時還不快去打點，只管絮絮叨叨的怎麽？

【前腔】〔生泪介〕待辭親不容輕吐，含羞痛惹泪沾裾。爹爹嗄，我何心更問鴛鴦譜，久與這世緣疏。〔外〕咳，堪嘆你塤篪落寞空姜被，怎還教梅鶴蕭疏冷靖廬。須念我年衰暮，但早得抱孫膝上，也瞑目泉途。

【前腔換頭】〔生〕承嚴命非兒强退阻，只爲這新婚和舊恨俱。除非花簪剖現恩仇路，先把那孽緣除。〔外背介〕且住。看他如此光景，設或去到巫府，親事不成反悲嘆起來，豈不惹得那巫公心下不快，如何是好。似這等滿堂歡慶賓咸聚，怎使得一室生悲人向隅。佳期悮，只怕向綉幃錦帳，兀自悲吁。

我有道理。院子，把迎親人邀去門外，遠遠伺候。不必明燈鼓樂，且待我與老爺講明，再喚他們進來，迎親前去便了。〔丑〕曉得。〔邀衆齊下〕〔外〕我兒你意要等花簪見一分明，這却也是。我已將迎親之人打發回去，明早我親到巫府，叫他從緩，另卜吉期。且細細打聽那賣簪人下落便了。〔生〕如此多謝爹爹。〔外〕適纔絮聒一會，悶悶不舒。自古道酒是澆愁物，况是花月良宵，不可虚度。院子，有現成酒筵，排列上來。待我與老爺暫時行樂，有何不可〔三〕？〔同飲介〕

【八聲甘州】〔合〕輕烟籠户，喜夭桃月映，細柳風扶。千金一刻，正好花下醍醐。〔外〕我兒滿飲一杯。〔生〕孩兒量不能飲，這是爹爹曉得的。何况今夜呵，舉杯欲飲心先醉，對景求歡意不舒。〔外〕唉，豈不聞君有賜，臣不敢辭；父有賜，子不敢辭。我正爲你愁煩，非酒莫解，切莫推辭，拂我之意。〔生飲介〕〔合〕歡娱。拚沉醉樂比華胥。

【前腔】〔丑跪奉酒介〕醽醁，都是帶來天禄。更喜承歡色養，彩戲階除。怕春歸去，趁良宵吸盡清酤。小人奉敬一大觴，願太老爺增壽，老爺加官。〔外笑介〕説得好，不可不飲。〔生〕孩兒已經大醉，不能復飲。〔外〕説那裏話，酒入愁腸愁盡解。休叫他長跪花前捧玉壺。〔合〕歡娱。拚沉醉樂比華胥。

〔生勉飲醉介〕〔外笑介〕看他竟自醉了，院子，唤迎親人進來。〔丑唤衆上〕〔外〕你回去拜上相爺呵。

【隔尾】道是俺慶家筵不禁多杯數，恕過他不整衣冠禮儀疏。〔代生更衣扶上馬介〕〔外〕且帶定絲繮款款扶。

〔分下〕〔小生、老旦上，末、旦扮家人隨上〕

【引子】【醉落魄】花影月移過，人不至遲遲沓合。〔老〕相公，迎親人爲何還不見到？〔小生〕正是。〔内鼓樂雜上報介〕姑老爺到門了。徐太老爺道他家筵慶賀，姑老爺貪杯飲醉，不能成禮，求相爺恕罪。〔小生微笑介〕[四]罷了，夫人，女兒病體纔痊，可吩咐梅香，好好的扶着拜堂。〔老〕已吩咐過了。〔貼扶小旦上〕病中扶起把新娘做，蘭湯微拭，新妝代整，環佩輕拖。

〔丑扮儐相上贊禮，二雜扶生醉態上同拜堂介〕

【過曲】【玉胞肚】〔合〕奇花并朵，美融融綉幃春鎖。喜三元學士風流，配千金小姐婀娜。雙星從此燦銀河。誰曉今宵事若何。〔小生〕送入洞房。〔小生、老旦下〕〔衆持花燭扶行介〕

【前腔】宮袍亂裹，儘酣呼東床穩卧。醉鄉中徑入温柔，興婆娑越覺風魔。休疑安樂是南柯，須信巫山夢裏過。

〔齊下〕〔貼吊場笑介〕你看小姐今日呵。

【尾聲】千愁萬恨都抛却，包管他情同魚水共諧和。方信道一股花簪爲媒妁。

花正濃時人正愁，盧綸。幾回抬眼又低頭。楊巨源。

豈知一夜秦樓客，李商隱。誰復持燈照醉眸。杜牧。

評　點：

〔一〕鋪叙講親一段，省無限筆墨。

〔二〕分三層説來，實實難以爲情。
〔三〕此一席與縊奸一席遥遥相應。
〔四〕微笑的有意。

# 第三十三齣　悔悟

〔場中鋪設床帳，擺列爐瓶妝具，内打五更鷄唱，生開帳披衣緩步上〕

【南吕引子】【稱人心】新歡如夢，笑醉裏竟偕鸞鳳。燦銀缸燭花蕊紅〔一〕，舊愁却歸何處？　强擁入鴛幃相共，暖香幽肺腑春生，恍游到蓬萊仙洞〔二〕。

芬馥蘭香縹緲烟，明璫綃縠恍疑仙。從今識得桃源路，始信人間别有天。下官蒙丞相注意東床，因念杜氏之事未明，無心及此，是以苦苦推辭。不意父親留心，將俺灌醉，竟被迎親入贅。朦朧之際，擁入鴛幃，一時意亂魂迷，不覺鸞顛鳳倒。〔笑介〕這不是下官前倨後恭，只不過逆來順受耳，想起來真好笑人也。〔坐介〕

【前腔】〔貼上〕錦重重深護鸞和鳳，噴珠簾金爐麝濃。呀，只見仙郎獨坐，兀的不怪鷄聲催好夢。〔開帳介〕小姐起來罷，你還似病怯芙蓉，怎禁得新垂露重。

〔貼扶小旦起欲行又坐介〕〔生見背介〕呀，看他星眼微開，倚銀床而不語。蛾眉半蹙，背紅燭以含羞。嬌怯怯如雨際桃花，軟哈哈似風前弱柳。春情猶在枕痕新，環佩無聲雲髻亂。真個是海棠初試之時，芍藥半開之候。事到其間，不由人不銷魂欲化也。

【過曲】【香遍滿】風流萬種，怪昨宵燈前醉眼朦。匆匆的雨怯雲羞輕和哄，忘領略温香懷內擁。柔聲媚語濃，好似天台夢裏逢，早百歲良緣共〔三〕。

〔貼扶小旦下床梳妝介〕

【朝天懶】〔貼〕曉月横窗燈尚紅，鸞鏡含羞，對力轉慵。新妝重整翠珠籠，春色在眉峰。小姐，插上這梅花簪兒〔四〕，虧殺這雙頭永抱情無際，不枉了一點靈犀暗已通。

【二犯梧桐樹】〔生〕看他金蓮兩瓣紅，綉韤雙鈎鳳。彩袖鸞綃，翠帶香飄動。休道千般娇妮人偏麗，凑着這百寶妝成態愈工。〔見簪背驚介〕呀，你看小姐雲髻之上，分明是我那梅花簪。前日見那人叫賣的，怎麽小姐竟戴在頭上？好奇怪也。則見他兩三番將人調弄，難道偶相同，這其間叫俺怎懂。

待俺細細的問他。

【浣溪沙】〔小旦〕認儀容心自懂，喜添得烏紗貴寵〔五〕。〔生〕小姐，看你玉貌花容，自是蕊珠宫謫下仙子，下官不知何福，得效于飛。〔小旦〕郎君何出此言，我和你……〔住介〕〔生〕和下官怎麽？

〔小旦〕若不是三生石上良緣共，爲甚麽兩地痴情萍水逢？〔低笑介〕不知郎君向何鍾情至此？〔生驚介〕下官一介寒儒，飄零异地，并不曾與小姐相聞。〔小旦驚介〕呀，難道郎君認不得這梅花簪了麽〔六〕？〔除簪與生介〕〔生〕正要動問小姐。此簪實下官家傳之物，一向失落，昨見一漢子將來叫賣，正待究其根由，彼忽托故走開。不意小姐今日，又簪於雲鬟之上，不知此簪因何至此？那漢子是府中何人？其中必有原故，望小姐細細説與下官知道。〔小旦大驚介〕此簪實郎君所賜，爲何反説不知？這又奇了。將人哄，難道轉眼成蕉夢。〔背介〕莫不擲簪的不是他？便做道誤認陶潛，緣何這一股簪同。

〔生〕小姐此言好不明白。〔小旦〕我爹爹昔年舟泊江西十八灘前，奴家倚窗晚望，見一書生，望着奴家哀叫，隨將一股花簪，擲入舟中而去。爲此爹爹着人將簪出賣，昨遇郎君見之傷感，故把奴家招贅郎君。不意郎君反出此言，難道擲簪的不是郎君不成？〔生大驚介〕〔七〕下官果是擲簪之人。但當日問過船家，他道是山東巡撫胡姓的官船，艙門上現貼有巡撫封條。〔小旦〕俺爹爹原任山東巡撫，那時正與新任巡撫胡維交代回家。〔生急介〕〔八〕你，你爹爹原任山東巡撫，正與新任巡撫胡維交代回家？胡、巫姓音相同，又都是巡撫，先後交代。不意天地之間，有這等凑巧之事。如此説來，那舟中倚窗而立的竟是小姐了？〔小旦〕正是奴家。〔生〕住了。你家可有個公子新娶？〔小旦〕那時我哥哥纔完姻不久。〔生呆介〕〔九〕罷了罷了，這是下官誤怪了他也。〔泪介〕〔一〇〕〔小旦驚介〕〔一一〕郎君爲何如此？〔生〕小姐有所不知，下官呵。

【劉潑帽】只爲糟糠已定難相共。〔小旦急問介〕原來定過姐姐，姓甚麼？〔生〕她姓杜，小字冰梅。〔小旦〕今在何處？〔生〕就被那胡維之子呵，倚强娶帶轉山東。〔小旦〕有這等事？那時郎君在那裏？〔生〕下官游學他方，歸來一聞此信，只得沿途訪問多悲痛。〔小旦點頭介〕怪道這般悲切，只是這花簪又從何來？〔生〕此簪即下官原聘之物，被那貪官斷還。下官一路來帶在身邊，那時誤認小姐是我妻子，故將此簪擲入舟中，只望見此花簪，相通一語。誰知小姐掩窗而退，下官好不拂然。不由人怒沖沖。怪他心兒變，不顧將人送。

【秋夜月】〔小旦〕聽他訴腸衷，頓醒從前夢。也怪他一見緣何如常共？枉教人痴情誤惹相思重。郎君，錯中錯凑籠，反失蜀得隴。

且住，聞得胡維投降日本，家眷無存，不知姐姐下落如何了？〔生〕小姐不要説起。去年下官巡按山東，點監之時，只見縊死親夫女犯一名杜冰梅。原來正是我妻子。〔小旦〕想是守節不從，故將奸人縊死。〔生〕咳，那時下官因前誤認，只道他失身從賊，又必有甚姦情謀殺之事，遂不容他分剖，判爲斬罪。〔小旦〕如此可不屈殺了他。〔生〕説來還奇。下官一出監門，只聞鬼哭，進到衙中，忽然我岳父陰魂出見。〔小旦〕有這等事，後來？〔生〕下官見此光景，方欲提來重加細審。不意禁子郭宗解殺死差官，挈領此婦，連夜而逃。留下血書四句道：烈女全貞苦，牢頭仗義難。屍横燈影下，留與薄情看。如今看來，我妻子守節報仇，到是下官鹵莽不明，致彼逃竄飄零，杳無音信。好不悔殺人也。〔哭介〕〔二二〕〔小旦〕郎君不消疑惑，那賣簪院子名唤向善，原是胡維家丁，新投進府的。叫來一問便知端的了。〔生〕既如此，快喚來。〔小旦〕向善那裏？〔副净上〕翰林爲貴婿，院子作冰人。姑爺、小姐，賀喜。〔叩介〕〔生〕果然是賣簪漢子。你當初在胡維家中，他公子娶了一位新娘，名唤杜冰梅，你可知道他詳細麽？〔副净〕唉，若説起杜小娘子，好烈女〔一三〕，把俺公子呵。

【東瓶令】奸謀盡，莫相從。真個吴越同舟意不通，任甜言蜜語成何用。〔生〕難道公子竟不難爲她？〔副净〕憑做作，渾難動。那小娘子尋死覓活，公子無奈，只得將他禁錮舟中，帶回任所。可憐幽囚一似閉牢中，歡愛總成空。

〔生〕他既被禁錮，怎又將公子縊死？〔副净〕此是後來之事，小人已不在他家，不得知道了。〔生〕你爲何不在他家〔一四〕？〔副净〕説來又是一件奇事，小人一向也不敢提起。那胡公子見杜小娘子不從，無計可施，又與都來德相公商議，要將他丈夫徐生刺死，以除後患，且絶了杜小娘子念頭。因徐生江浙游學，便差着小人與都相公追尋前去。〔生驚介〕〔一五〕便差了你？你可曾將那徐生殺死？〔副净〕咳，那知道鬼神赫赫有靈。到了江西十八灘靈應廟，剛剛相遇，都相公便指與小人。正待舉刀欲殺，不期眼睛一昏，儼如神附一般，到將都相公扯住，一刀砍死，徐生已不知去向。故此小人不敢回到胡府，就投在這老爺府中了。〔生大驚介〕〔一六〕怪哉怪哉，下官蒙靈應大帝默佑，今日方知。且喜都來德天厭其奸，眼前現報。只是你殺那徐生之時，爲何反説是他妻子差遣？〔副净〕小人并没説他妻子差遣。只説『你妻子嫁了胡公子，怕你日後報仇，差我前來殺你，以除後患』。〔小旦〕總是郎君因前誤認，疑心如此〔一七〕。〔生〕是了。目見尚且不實，察言自是不真。依你説來，那杜小娘子竟是守節不從的？〔副净〕不從的。〔生〕果然不從的？〔副净〕果然不從的。〔生大哭介〕我那妻，下官真屈殺了你也。〔倒介〕〔一八〕〔小旦扶介〕郎君醒醒。〔副净慌介〕原來徐生正是姑老爺，小人該死了。〔小旦〕還不速退。〔副净下〕〔生起哭唱介〕

【浣紗劉月蓮】【浣溪紗】泪兒紅，心兒痛，痛嬌妻負屈逢凶。天公故把人搬弄。千不是萬不是，總是下官不是。悔當初捉影尋聲生夢銃。【劉潑帽】妻，怎知你冰心矢死靡他共，怎知你被陷籠，怎知你甘磨折遭奇窘〔一九〕。【秋夜月】怎知你全貞報怨罹冤訟。他説假意成親，將奸徒縊死，想來一些不差了，那時呵，便將伊供奉，也難報伊義重。【金蓮子】枉將你恨多般，深叱辱，直逼得流落似飄蓬。

〔小旦〕郎君且勿過傷。

【浣溪樂】【浣溪紗】這不過誤當初渾如夢，非是你有心來將他斷送。奴到是不應親者强相共。我想那禁子必係奇人，姐姐既與同逃，必然還在。若差人四下找尋，或能重會，亦未可知。休恁地傷心枉泪濛。【普天樂】奴甘避寵，好待你天涯海角快覓行踪〔二〇〕。

〔生〕小姐休要多心。

【春太平】【宜春令】只念他千般受總爲儂，恁苦節人間實罕逢。可憐獨抱沉冤，欲訴無門控。竄天涯未審存亡，生和死夢魂難共。【醉太平】〔哭介〕妻，不知你怎生怨詛，怎生痛恨，我懊悔也無庸。

〔貼上〕老爺、夫人請姑爺小姐筵宴。〔生〕小姐自便。

【尾聲】苦咽心頭千萬重。〔小旦〕休將我没來由孟光作倆。〔生背介〕小姐呵，你便有富貴如山何心共。

〔小旦〕銷魂目斷未逢真，嚴休復。　瀏鵂鸝鴣漫自親。

〔生〕錯認桃源溪上路，盧綸。　於今我作負心人。趙嘏。

評　點：

〔一〕起句甚妙。

〔二〕是相府新婚，是愁懷乍喜。

〔三〕補寫夜來情事，妙是回憶，追悔好光景不可多得。

〔四〕點出梅花簪。

〔五〕一夕話書中有喑歡喜事。一新婦見郎君貌美，今乃適獲可意兒郎，則歡欣爲更何如耶。

〔六〕梅花簪此時纔見分明。

〔七〕始驚。

〔八〕次急。

〔九〕次呆。

〔一〇〕次泪。

〔一一〕又夾寫小姐之驚之急。

〔一二〕至此始哭。

〔一三〕開口一贊,已迸出泪來。

〔一四〕問的好。方欲追求後事,不意反兜轉前事,筆墨玲瓏。

〔一五〕又驚。

〔一六〕又大驚。

〔一七〕一語點透。

〔一八〕至此始大哭,始痛倒。一步緊一步,如聞其聲,如見其泪。

〔一九〕一連幾個『怎知你』,越想越痛,越痛越想。

〔二〇〕此語未必盡假,極寫巫女之賢,然在徐生不得不防其多心。

# 第三十四齣　服叛

【商調過曲】【水紅花】〔旦背勅净負劍領衆上〕〔旦〕向死中逃出命鴻毛，歷驚濤依然歡笑〔一〕。願兹行早把逆夷招，返天朝定將仇報。〔净〕兄弟，俺二人蒙丞相保薦，特授行人之職，奉旨招服倭蠻。浮海而來，此間登岸，已是邪焉臺國地方了。〔旦〕哥哥，聞胡維投降在此，此去必然相遇。〔净〕待俺一劍誅之。〔旦〕這也當得〔二〕。〔行介〕對异域雲山風景，不覺暗魂消，猛想起琵琶馬上泪痕抛也囉〔三〕。

〔下〕

【黄鐘引子】【點絳唇】〔副净倭扮帶二從上〕生長中華，投降异國，憑非笑依然榮耀，談甚忠和孝。

自家胡維，原是大明國山東巡撫，奉旨征討日本，兵敗被擒，蒙俺主不殺，封爲喪心王〔四〕，十分寵信。今聞得大明差官到此講和，俺主分付，衆頭目，披挂排班伺候。道猶未了，吾主升座也。

【前腔換頭】〔末引小生小旦小丑倭扮同上〕不服皇朝，獨據群蠻島，人尖狡。道俺這形模怪小，番鬼加名號。

俺乃日本國王古邪波多尼是也。今有大明使臣到來講和罷戰，不知衆把都兒們，意下如何？〔衆〕但憑俺主。〔副净〕臣啓大王，若是使臣卑詞厚禮，權聽講和；倘有不遜，即將使臣斬首，傳示中華，以威國體。〔末〕喪心王言之有理〔五〕。

【引子】【玉女步瑞雲】【傳言玉女】〔旦上〕質弱聲嬌，怎敵得犬羊咆哮。〔净上〕仗寶劍將伊護保。

〔净〕大國天使，奉天子明詔到來，日本國王，何不跪接〔六〕？〔末衆跪，副净急扯起，净喝跪，末衆復跪介〕〔旦〕聽讀皇帝詔曰：朕聞王者在位，四夷賓服。今爾日本國王古邪波多尼，連年不貢，抗拒王師，本當一掃群倭，用彰天討。朕體上天好生之心，憫下民荼毒之苦。准爾輸誠歸服，息兵講和，毋仍負固不遵，以貽後悔。〔副净一面聽一面摇頭介〕好大話呢〔七〕。〔末不理介〕天使請坐。天使今來講和，敢是你中國也怕俺威風？〔旦〕大國何怕小邦！

【三段子】【三段子】巍巍聖朝，羨清平風調雨調。騰騰士驍，仗神機龍韜虎韜。〔末〕既如此，何不與俺厮殺？【鮑老催】〔旦〕蒼蒼惡殺可知道，煢煢赤子須當保。干戈靖，征調除，烽烟杳，免教士卒埋荒草。兩家幣帛相交好，兄和弟長歡笑。

〔末〕你道中國强盛，休小覷俺邦。

【前腔】依山占島，莽天涯憑咱肆驍。身輕性狡，弄兵戈還能伏濤。番兵百萬堪征調，天生遍地皆珍寶。旌旗指，海波沸，中原掃。長驅如入無人道。省教需索常不飽，怎肯又服低小。

〔旦〕日本國王，休出大言，若不早和，天兵一到，玉石俱焚，悔之晚矣。〔副凈笑介〕好笑好笑，俺領的也是中國之兵，一到此即束手請降，還説甚麼天兵〔八〕。〔旦〕呀，你便是那兵敗投降的胡維。〔怒罵介〕你縱子邪淫不義，背君降虜不忠，不忠不義之徒，有何面目立於天地之間？還敢口出胡言，難道俺中國没有法度〔九〕？〔凈跳起大喝介〕待喒家斬此逆賊，以報朝廷。〔凈擒副凈拔劍欲殺介〕〔末衆驚起拔劍欲敵介〕〔旦急扯凈衣避後介〕〔凈大喝介〕誰敢動手？〔副凈急望末衆摇手介〕〔一〇〕且慢且慢，將軍饒命。

【滴溜子】〔凈〕除奸佞，除奸佞，决難恕饒。〔末衆〕休動手，休動手，這般粗躁。〔凈〕敢上前一靈不保。〔末衆〕陡然禍變生，教人怎料？〔凈〕戡亂還朝，都在這遭。

〔凈〕日本國王聽者，喒奉天子之命，斬此叛臣，并不傷及爾等〔一一〕。爾若就撫罷兵，不失兩家和好。自今以後，厚往薄來。倘有一人不從，以此叛臣爲例。〔斬副凈下取頭上立介〕〔末衆拜伏介〕將軍真天威也，倭兒不復反矣〔一二〕。

【前腔】驀忽地，驀忽地，頭顱去了。真神武，真神武，令人拜倒〔一三〕。聖明深仁難報，惟將塗炭憂，怎生鬧炒。〔凈旦合〕戡亂還朝，都在這遭。

〔末〕天使少息，待修下表文，一同朝見。

【尾聲】〔净〕仗雄威一劍定和交。〔旦〕喜的公憤私仇都報了。〔合〕惟願歲歲年年常進寶〔一四〕。

拖紫腰金濟世才，劉商。威雄八陣役風雷。呂温。
蓮花劍上看流血，李昂。當斬胡頭衣錦回。李白。

評點：

〔一〕起意深婉。
〔二〕主意已定，真爽人，真義氣。
〔三〕『琵琶馬上』句，回應昭君怨作，妙甚。
〔四〕王名甚佳。
〔五〕可謂名實相符，不愧其職。
〔六〕全以氣勝。
〔七〕總寫胡維罪不容誅。

〔八〕現身説法，其語極趣，却自尋死，該殺。
〔九〕恰好觸動，字字激得宗解怒起。
〔一〇〕好介。
〔一一〕義正言順。
〔一二〕招詞極妙，筆小迅疾如風。
〔一三〕趣極爽極。
〔一四〕起後。

# 第三十五齣　賞月

【雙調引子】【夜行船】〔生〕苦節嬌妻難救轉，因錯誤悔恨當年。意外絲牽，意中絃斷。天嗄，縱有新人怎戀？

寒香細細撲重簾，雲凈秋光欲洗天。獨有斷腸看不得，月圓猶似未曾圓。下官一時錯誤，致我妻子杜冰梅，負屈而逃。無意之中，因那一股花簪，結就巫小姐一段姻緣。雖承巫公十分愛重，巫小姐百様温存，怎奈我杜氏妻子，不知飄落何地。前日回家禀告父親，彼此大慟一場。急欲棄官尋訪，怎奈岳父聞知，再三不放，爲此終朝鬱鬱。不覺又是中秋，適纔小姐約我同賞。你道我有甚心情，只得推故躲入書房。假寐片時，一輪明月，早照紗窗，好煩悶人也。

【過曲】【步步嬌】睡起無聊，徐步深庭院，難把閑愁遣。齊眉人各天，欲訴衷腸，那得龐兒見。架上筆慵拈，抱瑤琴欲操神先倦。

我想此禍，總爲下官游學而起，屈指至今，已經三載。

【江兒水】依舊清秋至，疏桐葉落偏。到晚來怕看銀河轉。〔哭介〕妻，怎知你三年磨折灾難免。還逼你飄零南北同孤雁。叫你如何不怨。錯過當前，到如今想殺音容怎見。

【川撥棹】空嗟怨，恨蒼天故倒顛，信前生種下冤愆，信前生種下冤愆。巧安排將人棄捐，思量起好痛煎，何處覓斷頭緣。

【前腔換頭】夢裏依稀人不遠，執手唏嘘話正綿。恨風飄烏鵲晚庭喧，恨風飄烏鵲晚庭喧。猛驚回枕邊泪漣，盼天邊月已圓，望天涯人未圓。

〔小生老旦小旦丑小丑帶貼凈梅香外末院子上〕

【桃紅菊】乍凉生秋光鬥妍，碧雲悠冰輪正圓。怪他行無端愁悶，怪他行無端愁悶。好良宵須教興添。

〔小生〕賢婿，俺孩兒説你爲杜氏娘子，十分傷悼，我已着人替你四處找尋〔二〕。此女若還留得性命，自有相見之期，何須愁悶。〔生〕多謝大人。〔丑〕妹夫，你當初錯認我的新娘，做你的新娘，敢是你那新娘，也像我這新娘恁般標致麽[二]？〔小丑做嬌態介〕小油嘴少説。〔生吁介〕〔老〕對此朗月，休負良宵。梅香取酒過來，與姑爺撥悶。〔貼取酒上各送席同飲介〕

【黑麻序】〔小生〕〔老旦〕露洗秋天，對長空萬里，明鏡高懸[三]。愛風飄丹桂，香生筵面。堪憐人生僅百年，中秋幾度圓？〔合〕語嬋娟，須放光明美滿，一任醉倒階前。

【前腔换頭】〔丑小丑〕深院，漏永更傳，聽砧敲林外，鶴舞庭畔。更竹聲蛩語，風浸冷幔。流連，惟願人和月在天，長如今夜圓[四]。〔合前〕

【换頭】〔小旦〕相勸，休負華筵，恁長吁短嘆，蹙損眉尖。喜天緣結就，一般美眷。羞慚，誰言人月圓，那知意不圓。〔合前〕

【换頭】〔生〕須念强笑開顔，猛然間泪落怕人瞧見。縱有珍羞百味，勺水難咽。凄然，這厢兒雖已圓，那厢兒何日圓？〔合前〕

〔小生〕徹過酒筵，梅香掌燈，送姑爺小姐歸房。〔小生老旦丑小丑同衆先下〕〔貼净掌燈送生小旦入房坐介〕〔貼净暗下〕〔小旦〕徐郎，今乃中秋佳節，你且少展愁眉，切莫負此好月良宵也。

【惜奴嬌】寶鴨香添，看金鈎斜挂，綉簾不捲。酒闌人散，正好并池上雙鴛。姻緣，我和你巧處相逢真不淺，柳蒲姿君休遠。〔合〕露已團，且向紅羅深處，夢雨留連。

【前腔换頭】〔生〕綿綿，此恨無邊。未知他在何方，對着這冷月寒烟。我這裏翠帷錦帳，

怎忍去鳳倒鸞顛。長天極目處，孤鴻聲咽遠，不由人腸如剪〔五〕。〔合前〕

〔小旦〕一家歡笑設紅筵，羅隱。皎皎秋空八月圓。徐凝。

〔生〕念到傷心不忍見，劉長卿。强憑杯酒亦潸然。張泌。

〔小旦〕徐郎，夜深了，請睡罷。〔生泪介〕叫下官那裏睡得着。〔小旦勸生下〕

評　點：

〔一〕亦補寫巫公相度。

〔二〕小小照應亦能發科。

〔三〕六人同賞，心中各有一月。

〔四〕此更人間公同第一要緊之月。

〔五〕沉鬱纏綿，令人不忍卒讀。

## 第三十六齣　復命

【雙調二犯江兒水】〔旦净領衆上〕功成復命，喜今日功成復命。征衣霜漸冷，記春臨海甸，秋返宸京。脱風波心自省。〔旦〕哥哥，俺二人奉旨出使日本，喜得倭王就撫，載寶而朝，着俺齎了降表先行。倘有日得膺一命之榮，報彼負心之賊[一]，即便一死以表貞白，皆哥哥再造之恩也。〔净〕兄弟，喒今送你回朝，那些封侯之賞，都讓你爲報仇之資。喒自往深山幽谷，老此殘生，於願足矣[二]。〔旦〕哥哥建此奇勛，正宜蔭子封妻，常享富貴。若我一報前仇，永辭人世，却是當然。〔净笑介〕俺二人此時不消争得，且到那時再看便了。只見林樹曉雲横，旌旗映日明，雖不比出塞和親，也可擬木蘭從軍。跨征鞍行的穩，人中俊英，真個是人中俊英。女中嬌倩，全不似女中嬌倩。不枉了苟偷生博好名。

〔下〕〔外丑執鞭領四雜同倭扮推車載寶行上〕

【前腔】東洋大海，纔離了東洋大海，早望見中原花世界。將奇珍滿載，异寶高堆。馬和車，行的快。俺乃日本國王麾下衆頭目，俺主投順中華，命俺進寶朝見。進了中國，你看好一個錦綉江山也。〔行介〕只見雲影雁飛迴，天高岩半開[三]。又只見柳市花街，舞榭歌臺。喜的俺笑哈哈没布擺。此行美差，不枉了此行美差。帝城風采，親瞧見帝城風采。端的是勝過俺樂浪來。

〔下〕

【引子】【謁金門】〔小生上〕雲縹緲，御苑金鷄唱早。象簡朱衣齊到了，獨進瞻天表。

下官巫焕，爲薦二賢士梅先春、解元晋出使日本。果令輸誠復命，今早入朝來也。

【前腔換頭】〔旦净捧表上〕金殿琉璃幌曉，寶篆御爐香裊。咫尺天顔同拜倒，鳴鞭聲静悄。〔小生〕日本歸服，二位功不小矣。〔旦、净〕此天子承平之福，老大人廟算之良，卑職等何功之有。〔小生〕聖駕出朝，就此俯伏。〔旦、净同跪介〕臣梅先春、解元晋，奉旨招撫日本，帶有降表進上。〔内〕聽旨。日本就撫隨朝，可將二卿之功，各自奏來。〔旦〕臣梅先春謹奏。

【過曲】【駐雲飛】帝德如天，廣播仁恩四海傳。日本聞風變，誠服多歡忭。嗏，似干羽舞當年，越裳來獻。原任山東巡撫胡維，背主投降，爲日本所寵，被臣解元晋一劍誅之，群夷因而懾服。虧他斬叛除奸，得把奇功建。願把封侯賞讓賢，臣實無功敢冒言。

〔净〕臣解元晋謹奏。

【前腔】聖主弘庥，偃武修文將遠柔。深感高和厚，永服無争鬥。嗏，似一紙詔書投，趙佗稽首。日本中情摇惑，虧臣梅先春宣諭聖德，反覆開陳，群夷方纔悦服。是他舌底機關，自把奇功就。不辱君言果足酬，臣有何功道也羞。

〔老〕聽旨，二卿同建奇功，又各謙退，益見忠義素著，才德兼優。朕心嘉悦，俱賜爵關内侯，食一品俸，恩榮三代。日本使臣免朝，即着衆倭兒於午朝門外獻寶，光禄寺賜宴遣歸，欽哉謝恩。〔小生〕領旨。〔先下〕〔旦净冠帶謝恩起介〕

南征猛士若風雷，李白。贏得佳人笑口開。孫元宴。

天子臨軒賜侯印，王維。始知天下有奇才。劉禹錫。

評　點：

〔一〕伏。

〔二〕又伏。

〔三〕雋句。

## 第三十七齣　進寶

〔末外生貼净副净老旦小丑同倭扮捧寶上〕

【北紫花撥四】混濛開四大神洲，單讓個南贍部兒來居首，比似俺倭兒們，也戴冕披旒。没的，他掌樞機硬把乾坤鈕。

〔末〕咱阿黑波拖谷是也。〔外〕咱拜八阿陀是也。〔生〕咱滿金亞齊黎奇是也。〔老〕咱悉力娑虜忒勒喀是也。〔貼〕咱古嚐嚕是也。〔副净〕咱阿羅護里滿喀喇是也。〔净〕咱古洞辣忒嗎咧嚐吐喀突魯是也。〔丑〕咱虜列奢遮蘇合嗶哩哮是也。〔合〕咱們都是日本國七十二島各頭目，奉俺主古邪波多尼之命，各齎奇珍异寶進貢中華。早有引儀官導俺朝見，來到午門，好不威儀也。

【胡撥四犯】中原錦綉，說不盡中原錦綉。步天街却教俺按轡兒休馳驟。早只見。劍佩列通侯，撞進了紫金城，半截慣黄雲覆〔二〕。〔内〕引儀官着衆倭兒揚塵舞蹈者。〔衆〕猛聽得一聲聲御旨下螭頭，少不得排班兒效呼三叩九，這便是舞蹈揚休。〔内〕倭兒們獻寶者。〔末〕小倭兒獻珊瑚徑尺。〔外〕小倭兒獻如意雙鈎。〔生〕小倭兒獻玻璨盞水晶明瑩。〔净〕小倭兒獻瑪瑙盤琥珀光浮。〔副净〕小倭兒獻支里沙㐅牙生寶象。〔丑〕小倭兒獻喬古狼開角鋸犀牛。〔老〕小倭兒獻琅琅瑲瑲寶山玉潤。〔貼〕小倭兒獻的的歷歷老蚌珠投。〔合〕這都是山川日月鍾奇秀，吐精華耀兩眸。休說那不識貨的噤住口，便是那曾見慣的亂點頭。不見那君王喝采，又多少臣宰忘憂。真個是無翼飛，不脛走。方信道吾皇的吾皇的福也弘庥。〔内〕聽旨，日本貢獻奇珍，龍心大悦，特命光禄寺賜宴午朝門外。賓夷館上鄉陪宴，飲酒插花，歌的歌，舞的舞，以彰華夷同樂之意者。〔衆〕萬歲，你加意的遠柔遠柔，俺小臣拜手拜手。向太平筵面逞風流。吃緊的酒來滿甌，花來滿頭。鼓咚咚只一味嘈板兒當筵奏，輕翻長袖，調動那歌喉。〔内〕聽旨，朕推赤心以待外夷，爾等歸國，自此誠服否？〔衆〕呀呀呀，似這等大包容，怎消得你恩膏溥的天來厚。小翻騰使不着俺海波沸的鬼都愁。俺若是重叛重叛也含羞。

〔伏介〕使臣領宴已終，謝恩歸國，伏闕待命，乞降綸音。〔内〕聽旨，爾既悔過輸誠，即准罷兵和好。御賜蟒袍一襲，文錦千純，名馬十匹，寶弓一張，勅書一道，命爾回歸本國。册立王封，海外諸邦，悉歸統轄，永無負固，綏靖疆宇，欽哉謝恩。〔衆〕萬歲，聽罷旨，疾翻身跳上了獅和犼，跳上了獅和犼。齊把這連毛帶角紫纆兜，纔離了天邊五鳳樓，留也麽丢。出長安風日悠，從今後一謎裏寶和珍年年進修。牢記着這萬里神洲，過幾處城邱，一抹兒田疇。不整戈矛，不遣貔貅。收拾起骷髏，解釋了冤仇。駕一葉扁舟，猛聽得戍樓風吼，畫角聲啾。呀，又來到大明邦，叫誠惶稽首頓首。

【尾煞】來時節望中原花柳曙雲幽，去時節載天家雨露征塵透。那在俺一處裏奇珍絡繹投，則要他四方的重譯連環走〔二〕。

萬國都銜聖主恩，許渾。南蠻不敢犯中原。胡曾。
舊隨漢使千堆寶，韓偓。駝馬由來擁國門。崔峒。

評點：

〔一〕此齣亦題縫中文章，又寫得繽紛藻麗，大爲冰梅生色。

〔二〕到底無一懈筆。

# 第三十八齣　駕辯

〔旦執笏上〕嬌羞原是翠幃人，出入金鑾日幾巡。回憶顛危悲此日，可憐舉目總無親。俺梅先春蒙恩賜爵封侯，富貴已極。但想父親爲我忘身，好生悲慟。又聞徐苞重婚相府，益覺惱人。雖感巫公知遇之恩，也難解我切齒之恨。正欲請解家哥哥到來商議，不意他已入終南山采藥去了〔一〕。只得自己寫成奏章，奏明聖上，將徐苞綁赴轅門，親數其罪，以報此仇，方泄吾恨。想起來好傷心人也。

【北黄鍾醉花陰】俺本是弄粉調朱綉和剪，痛只痛好夫妻荆釵分淺。没來由生撞着惡姻緣，説不盡歷苦嘗艱。下場頭還撞着那無情漢，若不是逢義俠，薄命暫時延。今日呵，怕不做含冤鬼大鬧森羅殿。

〔下〕〔外净扮將軍執金鎚暗上〕〔末扮黄門上〕

【南畫眉序】奉傳宣，獨先朝臣拜冠冕。看珠簾高捲，寶扇低圓。玉階前一個個鵠立鴛班，金殿上一對對沉魚落雁。御黄深處紅雲捧，仙樂奏香成鳳篆。

自家黄門官是也，今當早朝，在此伺候。〔旦上〕一封朝奏九重天，萬種寃愁書不盡。已到朝門，就此俯伏。〔末〕階下俯伏何官？〔旦〕臣關内侯梅先春有事奏聞。〔末〕奏來。〔旦唏嘘泣介〕〔末止介〕休得驚了聖駕。

【北喜遷鶯】〔旦〕呀，一時間忍不住唏嘘悲怨，可知俺暗吞聲腸斷三年。〔末〕君侯想有甚寃情？〔旦〕寃也波寃，總則是仇家坑陷。〔末〕仇家是誰？〔旦〕翰林院侍講徐苞。〔末驚介〕翰林素行謹飭，何事獲罪君侯？〔旦〕但題起海樣寃仇難盡言。望陛下降旨，許臣拿問，審出真情，請旨定奪。敢倚恃寵愛偏。仗天家威權獨斷，也顯得業報旋還。

〔末〕聖旨道來，據奏徐苞如有陷害真情，即着梅先春拿問，審録奏聞。〔旦〕萬歲。〔末外净暗下〕

〔旦〕刀斧手何在？〔老貼扮劊子急上〕身穿猩血襖，手執鬼頭刀。刀斧手叩頭。〔旦〕奉聖旨，將翰林院侍講徐苞，綁赴轅門，聽侯發落，不許遲誤。〔老貼應下〕〔旦泪介〕天呵，非是俺得志横行，將自己丈夫來凌辱。只因彼既無情，我也無義。咳，負心賊，負心賊，只倚着昔年威福常由你，可知道今日循環也到俺。〔下〕〔内鳴鑼老貼綁生急奔上〕哎呀，罷了罷了，我徐苞并無犯法非爲，不知何事，得罪朝廷，忽爾奉旨拿問。蒼天，蒼天，想我爲杜氏妻子，未得見面，已恨虚生無益。只是今日禍起無端，死得好不明白。又驚壞老父，如何是好？天嗄，久恨餘生一羽輕，無端禍降死難明。素知律己遵周禮，何事于天陷吕岩〔二〕。〔老貼扶生繞場急奔下〕〔小旦哭奔上〕

【南畫眉序】綉户禍音傳，平地風波變真慘。這是那裏説起，徐郎好好坐在家中，忽然奉旨，將他拿赴關内侯梅先春處勘問。唬得奴家心膽俱碎,無計可施,只得稟過爹爹,親到午朝門外,擊鼓鳴冤,好不苦殺人也。唬得人魂飛魄散,只得移蓮步易服忙前。〔末外净暗上〕〔小旦〕呀,許多官員在此。罷,怕不得侍衛威嚴,顧不得抛頭露面。那邊一面登聞鼓,不免上前擊聲則個。〔擊鼓介〕〔外净喝介〕這女子好大膽,有何天大冤枉,擅擊朝廷登聞鼓。〔欲拿小旦介〕〔末〕且問他是甚麽人。〔小旦〕臣妾左丞相巫焕之女,翰林院侍講徐苞之妻。〔末〕小姐想爲翰林之事而來,就此俯伏。〔小旦哭奏介〕臣妾巫素媛,爲丈夫徐苞,素行謹飭,任職無愆,不知有何罪過,觸犯聖朝,今奉旨着關内侯梅先春拿問。臣妾情願捐軀,以代臣夫之死。念書生愚戇無知罪,願代戮此心無怨〔三〕。〔末〕小姐原來不知,關内侯奏他與翰林有仇,故聖旨着他拿問。〔小旦急介〕朝廷法度,安可借報私仇? 如此則臣夫死不瞑目。〔末〕小姐不須着急,待黄門轉奏。〔虚下〕〔小旦哭介〕天嗄,止求皇上寬仁,准奴家代罪就死也顧不得了。〔末上〕聽旨,巫素媛情詞愷切,深可憫憐,准奏。即着梅先春、徐苞,俱赴午門,聽候御駕親審,謝恩。〔小旦〕萬歲。〔末〕小姐放心,已着内相飛馬傳宣去了。〔小旦〕多謝大人。〔旦上〕宿怨未償心憤懣。〔生上〕驚魂纔定足趦趄。〔生見小旦泪介〕幾不得與小姐相見。〔小旦泪介〕且喜郎君無恙。〔内奏樂設朝門老貼扮内官上立介〕〔末〕萬歲升座,各官俯伏。〔生旦小旦俯伏介〕〔内〕聽旨,梅先春奏稱,曾被徐苞陷害,係何情由,奏來。〔旦〕萬歲,那徐苞呵。

【北出隊子】罪難數遍,且道他棄糟糠,戀好緣。〔内〕糟糠是誰?〔旦〕廣東羅浮山下杜冰梅。

自幼以梅花簪一股爲定，只因徐苞遠方游學，久不完姻。以致山東巡撫胡維之子，倚强奪娶。可憐他妻子守志不從，受苦無限。求死不得，只得假應成親。即將奸徒灌醉，登時縊死，陷身牢獄。恰遇徐苞巡按山東，其妻聞之，以爲夫婦重逢，奇冤可雪。不意徐苞重婚貴戚〔四〕，竟將其妻置之死地。只此一節，豈非禽獸所爲？倚着他無明烈火發三千，那裏管怨結飛霜六月天，可憐殺烈婦含冤赴九原。

〔内〕徐苞何獨無言？〔生〕臣啓陛下，臣妻被胡維之子强劫去後，臣即游學歸家，一知此變，隨即追趕前去。直到江西十八灘頭，適遇丞相巫煥，前任山東巡撫，正與新任胡維交代回家，泊舟在此。更巧在巫煥有侄新娶，故臣訪問之時，姓音相似，誤認臣妻已從奸賊。又值胡維之子，差人前來刺臣，妄説臣妻毁節，懷恨在心。及臣巡按山東，只疑臣妻别有奸情謀殺之事，將他判斬〔五〕。有此一誤，故造下這段冤愆。臣今如夢方醒，惟有心灰腸斷耳〔六〕。

【南滴溜子】非故意，非故意，將他冤陷。因錯誤，因錯誤，悔思無限。臣啓陛下，臣妻被禁子郭宗解救出同逃，尚未曾死。若聖恩垂念，容臣挂冠尋訪，必能缺月重圓。可憐此情誰見，誓將他已逝萍踪，向天涯覓轉。難道墜井銀瓶終無日返。

〔旦〕此乃致餙之詞，陛卜不可輕信。

【北刮地風】呀，假饒他悔過多情憶舊緣，比不得無力回天。何不把奇冤剖雪使他貞名顯。

便是他妻子死後呵，也得個含笑重泉。不枉了好夫妻節義交全。既要尋訪，何待今日？往常間戀新婚，一任你神昏智亂。今日裏誑當朝，誰聽信巧語花言。咳，比似你伴孤檠守斷絃白頭無變，還救不得當年薄幸愆，怎到去忍心腸浪結文鴛〔七〕。

〔小旦〕臣妾奏聞陛下，臣夫招贅臣妾，非干其罪。

【南滴滴金】論姻緣湊合如神遣。當日臣父舟泊江西十八灘前，臣妾倚窗晚望，徐苞悮將臣妾，認作己妻，百般哀叫，又將一支梅花簪擲入舟中而去，臣妾感之而病〔八〕。只道月下星前緣不淺，鎮日把擲簪人夢醒，常縈念，不覺的病厮纏藥難免。〔内〕梅花簪何在？〔小旦拔下貼取進介〕〔旦背介〕怪道那日在監中，抵死問我梅花簪下落，難道果有錯悮不成〔九〕？〔内〕聽旨，擲簪既由悮認，彼此未必通名，夫妻配合，又屬何因？奏來。〔小旦〕萬歲，臣父見臣妾病重，乃將梅花簪遍市都城，又遇徐苞見之傷感，遂將他强贅在家。成親之後，方知有此一番錯悮。徐苞痛悔無及，晝夜悲思，臣所親見〔一〇〕。他痛腸如剪，哭哀哀恨不得子規魂重叫轉。〔哭介〕臣夫之悮總因臣妾，若聖恩加誅，臣妾願代臣夫之死。惟望九重，憐情照冤。

〔内〕聽旨，朕詳諸臣所奏，實係徐苞悮認無疑，雖有不明之過，尚無薄幸之心，准令棄職尋妻，餘俱免究。〔生〕萬歲。〔小旦〕臣妾敢啓陛下，臣夫與梅先春并無瓜葛。今彼突奏臣夫陷害，事屬荒唐，言皆虚謬，殊失大臣之體，望聖明詳察〔一一〕。〔内〕梅先春有何分辯？奏來。〔旦泣介〕萬歲。

【北四門子】非是俺不關已事尋仇怨，漫饒舌一本輕彈。望聖恩寬罪，方敢直言。〔内〕恕卿無罪。〔旦〕萬歲，臣不是紫衣金帶男兒漢，論功臣剛比上漢貂蟬。〔内〕莫非卿係女身？〔旦泣介〕臣妾非別，即徐苞之妻杜冰梅也。〔生驚介〕原、原來就是我杜氏賢妻〔二二〕。〔望旦悲介〕呀，我不是夢裏與你相逢麽？〔小旦背介〕有這等奇事。〔内〕梅先春既係杜冰梅女扮男妝，内相引入宫中，着老宫娥驗明回奏。〔貼引旦下，脱换冠帶復引上奏介〕果係女身。〔内〕可將前後之事，一一奏來。〔旦〕萬歲，臣只爲抱恨堅，命苟延。虧殺他俠腸人扶危赴海邊。不想奉詔宣，奏績還。甫能彀博封侯陰陽難辨。

〔内〕同逃禁子何在？〔旦〕即關内侯解元晋。三日前已入終南山訪道去了。其欺誑陛下之罪，臣願甘誅。〔生〕臣啓陛下，非臣悮陷臣妻，何由越獄，今臣願代臣妻之罪。

【南飽老催】此臣實愆。念螻蟻微物也解自全，怎教他含怨不白甘刑憲。〔小旦〕臣妾一言，望聖恩垂鑒。悮始禍根，總因臣妾。今彼義夫節婦，天賜團圓。妾實旁枝外節，理宜避位中閫。無用之人，伏願陛下加誅，以代二人之罪。可憐他全苦節功名顯，今日個樂昌鏡剖重相見。這是蒼天特與人方便，妾誠願代誅譴。

〔内〕聽旨，杜冰梅服叛之功，足償越獄之罪。且其貞烈可誇，仍當另行旌表。巫素媛爲夫訟屈，不惜捐軀，遜位前妻，足徵賢德。俱各永賜夫婦團圓。謝恩。〔生小旦〕萬歲。〔旦泣介〕

【北水仙子】呀呀呀，泪暗漣。說說說，說甚麼并蒂花開月再圓。他他他，他已有得意絲牽。俺俺俺，俺何用衾裯羞薦。〔生急介〕呀，臣若負心，必遭天譴。〔小旦〕臣妾自甘避位。〔旦〕臣非怨懟他人，實自審罪深孽重耳。幸幸幸，幸天恩垂鑒憐，想想想，想宿業罪無邊，到到到，到不如野服黄冠學煉仙，省省省，省得向愁雲怨雨把塵緣戀，一一一，一任那冠和帔讓別人穿。

〔内〕聽旨，不准所奏，即着黄門官，同到午朝門外，夫妻相認，歸第成親。〔生旦小旦各呼萬歲起介〕〔外净老貼暗下〕〔末〕翰林公，快上前道個不是。〔生望旦哭介〕俺那苦節的妻呀。〔旦不理介〕

【南雙聲子】〔生〕重相見，重相見，喜天意從人願。歡無限，歡無限，翻成苦心頭咽。說不出，說不出，惟相戀，惟相戀。妻可知我一時錯悮，受百種熬煎。

【北尾聲】〔旦〕呀，且休要假意兒泪顔慘，可記得坐公堂拍案勢威然。〔生揖泪介〕總是下官不是了。〔小旦〕姐姐看妾身之面認了罷。〔旦哭介〕徐郎，當日的杜冰梅是你妻子，今日的杜冰梅不是你妻子了。已被你斷送冤魂入九泉。

〔哭下〕〔生〕呀，看他竟自去了。〔哭介〕我那妻。〔小旦勸介〕〔末〕咳，天地間有如此烈女，奇奇怪怪做出喏大事業來，可不愧殺鬚眉男子，可不愧殺鬚眉男子。翰林公，還須去屈體相求，認了夫妻，方好回旨。

楚女梅簪白雪姿，杜牧。一堪成喜一堪悲。后土夫人。

鹿疑鄭相終難辨，白居易。自有明明聖主知。薛逢。

## 評　點：

〔一〕結郭宗解，如神然不見其尾。

〔二〕排場緊動。

〔三〕通篇極力寫冰梅節烈，才情世間無兩。此又特寫素媛之義行至性，更非凡庸女子所可以比論。然後信靈淑悉锺於婦人，誠慨乎其言之矣。

〔四〕『重婚貴戚』四字怨毒益深，坐罪益重。

〔五〕語簡意該，全篇情節俱醒。

〔六〕訴亦可憐。

〔七〕責的無詞可答。

〔八〕解鈴人是繫鈴人，誤因小姐而起，還須小姐自陳。

〔九〕轉機。

〔一〇〕又得小姐代剖一番，更覺動情。

〔一一〕已經颺開，忽又兜轉，文思靈幻得未曾有。

〔一二〕突兀而出，筆墨靈捷至此。

# 第三十九齣　負荆

【引子】【女冠子】〔旦素服上净丑扮梅香隨上〕喬才堪恨還堪宥。因錯誤起戈矛。今日個哭哀哀妄想重圓，就未知道此心誠否。

萬里功名震若雷，封侯誰識女裙釵。自憐反目生奇禍，羞做鴛鴦對對排。奴家蒙聖恩，賜我改妝復姓，夫婦團圓。但想起從前之事，雖則因錯生疑，實彼出之已甚〔一〕。況此情別有所鍾也，未必真心在我。諒他必然到此謝罪求親，不免將他挫折一番。一則少償前日之氣，二則試其心志可堅。侍女們，徐老爺到時，可大家羞辱他一番，看他如何光景。報我知道。〔净丑應介〕〔旦〕徐郎，徐郎，這是出乎爾者反乎爾，彼一時兮此一時〔二〕。〔同下〕〔生負荆上〕苦節堪憐更可欽，鬚眉那得及釵裙。而今相見無顏色，背負黃荆膝跪門。下官多虧巫小姐嗚冤相救，得與杜氏妻子相逢，又蒙聖恩赦罪，特賜團圓。奈他托念前仇，不肯相認，這也怪他不得。其實下官當日，險些兒誤他性命，他今日全了節操，又建立功勛，真可謂天下奇女子，不枉貽光簡册，名播寰區。所以下官今日不由得不感他、憐他、敬他、服他，却又羞他，只得親自前來拜他、謝他、求他，還恐怕無顏對他〔三〕。

【北中吕粉蝶兒】萬里封侯，誰承望定山河是他閨秀。端的是賽男兒巾幗堪羞。可知道歷顛危遭强暴，身如瓶守。今日個烈轟轟名震神洲，甫能彀吐長虹放開眉皺〔四〕。

來此已是。怎敢擅入，就在此門前跪下便了。〔哭介〕

【石榴花】妻嗄，俺怎敢做佳賓入幕把禮儀酬，只落得俯伏自含羞。我那妻嗄，你埋怨殺我總是該的，幾誤你守貞抱志赴水東流。想我夫婦之間反不如那没相干的禁子。還虧他陌路人拔刀相救，怎想到好夫妻下石成仇。俺如今只拜謝他便了。〔拜介〕妻，虧殺你痛生生，虧殺你痛生生。千般爲我來生受。則怪我溷了分寸、瞎了雙眸，把你個鐵錚錚，把你個鐵錚錚苦節婦來推究。到做了鴛鴦浪打任沉浮。

〔净丑暗上〕姐姐，那邊跪的，想是那徐老爺了。〔喝介〕甚麽人跪在此處？〔生〕下官徐苞。〔净丑〕原來是你這狠心無義的，又到此何幹？〔生〕下官願求夫人一見。〔净羞生介〕羞也不羞，誰是你夫人？你當日雄糾糾好不威風，今日的威風都那裏去了？〔丑〕待我𡁖他。

【鬥鵪鶉】〔生〕呀，他那裏怒紛紛刮面凌訶，怒紛紛刮面凌訶。俺這裏泪汪汪低頭忍受。〔净〕這裏那有你跪的？〔共推生跌地生怒介〕呀，這妮子如此大膽。〔想介〕且住，我妻子爲我受盡凌辱，怎我今日片時也不能寧耐。必須還去跪着纔是。〔跪介〕妻，憑着咱哭哀哀下氣相求，只望你笑吟吟回心相就。〔丑〕你看這不識羞的，又來跪着了。〔生〕望姐姐們通報一聲。〔净〕不要理他。〔諢下〕〔生哭介〕我那妻，可知你丈夫跪在此地也。怎下的狠心腸故意把人丢，不顧我腰和膝帶痛揉。待我狠狠的叫他幾聲，我那妻，我那妻。直叫得你絮煩煩香噴連噴，絮煩煩香噴連噴，鬧吟吟雙輪熱透。

妻，你若是恨我，何不就出來打我幾下。

【上小樓】待打呵又恐怕勞貴手，不打便罵我幾句也罷。待罵呵又恐怕污香口。怎能勾撇下愁煩，解釋冤愆，重效綢繆。以前不消提起，自後來知你冤枉，那一段傷心惟天可表。只念我恨茫茫痛斷肝腸，恨茫茫痛斷肝腸。現放着鴛衾怕展，鳳幃懶就，生挨盡活地獄，只爲放不下舊時婚媾。

妻，你若不認我，我便跪在此處，死也不起來了。

【尾聲】便是俺罪深孽重難寬宥，也望你如天度，終結就鳳鸞儔。天呵，借一陣便風兒把俺這傷心絮語投。

〔小旦艷服領貼上〕莫道夫妻情似紙，堪驚宇内事如棋。〔生起介〕小姐，俺羞見你也。〔小旦〕想是姐姐還不肯出來相見，郎君少待，讓妾身進去，替你轉求一求，看他如何[五]。〔生〕全仗小姐。

〔小旦〕清猿聲入楚雲哀，崔珏。嗔怒難逢笑靨開。韓偓。

〔生〕願一見之不可得，杜甫。倚欄愁立獨徘徊。温庭筠。

評點：

〔一〕『已甚』二字責之甚當，此負荆一齣是以必不可少。

〔二〕成語恰合，妙在用來不腐。

〔三〕一連幾個『他』字都妙。

〔四〕痛寫一番，特爲貞女吐氣生色。

〔五〕還得小姐解圍。

## 第四十齣　重圓

【仙引子】【臨江仙】〔旦素服領丑上〕素服淡妝抛粉黛，愛清幽院比蓬萊。奴家閱盡坎坷，置身榮貴，奇冤雖雪，宿業難消。也欲學解家哥哥跳出紅塵，逍遥一世〔一〕。争奈聖上賜我夫婦團圓，徐郎又親來負荆請罪。看他受辱無辭，情真可憫。咳，叫我怎生發付他是好〔二〕？〔悶坐介〕〔小旦帶貼上〕覥羞顏深入畫堂來〔三〕。〔貼〕巫小姐到。〔丑報旦出迎介〕〔小旦背介〕呀，看他蛾眉偏淡掃，羞殺我螺髻自高堆。

〔小旦更衣見介〕姐姐請上，妹子有一拜。〔旦〕奴家也有一拜。〔同拜介〕〔小旦〕姐姐，勁節奇勛一旦兼，夫妻天賜永團圓。〔旦〕小姐，自憐薄命甘辭世，一任紅絲別地牽。〔小旦〕姐姐説那裏話來。

【過曲】【三學士】今日個恨補天青填怨海，好歡然白首同諧。妹子招贅徐郎也因他找尋姐姐，一悞而成。倘蒙不棄，願作小星。先春早占伊休怪，正席虛留我自該。〔旦〕小姐休如此見罪。〔小旦〕願早回嗔相一笑，念書生伏地哀。

〔旦低頭不語介〕〔小旦背介〕看他低頭不語似有回心之意了。〔内〕太老爺到。〔末扮院子扶外執杖上〕

【前腔】年老尚多兒女債，幾番驚懼疑猜。〔旦、小旦迎入拜見介〕〔外望旦哭介〕我那媳婦兒。〔旦哭介〕〔小旦泪介〕〔外〕媳婦你埋怨我孩兒，也是該的，但他總是一悞，并非有心。從前的話不必再提了，若得你山盟海誓重圓就，好教俺雪鬢霜鬟也快懷。〔望小旦介〕虧殺你親叩彤庭冤禍解，今日個費調停還伏小來。

【前腔】〔旦〕自審罪深難脱解。〔指小旦介〕公公有伊行服侍庭階。〔外〕咳，你若再推辭，老夫也跪着求你了。〔外欲跪，旦忙跪扶哭介〕公公休要如此，徐郎如不棄妾，妾尚何言。〔小旦〕姐姐既肯相認，徐郎快來。〔生急上〕我妻那裏。〔抱哭介〕〔旦〕重思苦境言難吐。〔生〕默感深情泪自偕。〔合〕歷盡風波無定所，怎思量復共諧[四]。

【前腔】〔生〕節烈賢妻相對排，書生福折應該。〔旦〕俺雖是盤根錯節身曾歷，還則似帶露含包花未開。回憶顛危悲此日，似重撚既死灰。

【大勝樂】〔小生、老旦仝上〕花簪誤認如呆，今日裏累孩兒惹禍災。福倚禍伏難參解，算都是數安排。〔見介〕恭喜賢婿夫婦重圓，一門節義。杜夫人也虧得學生保薦，方纔得志鳴冤，你諸事從今也可釋然罷。〔旦謝介〕〔合〕想當初時乖禍向天邊墮，喜今日運轉春從黍谷回。頃刻裏怨仇都解齊祝願，歡然領受聖朝封拜。

〔净扮内官捧旨持梅花簪上〕聖旨已到，跪聽宣讀。詔曰，夫婦乃人道之基，節義實國家所重。爾翰林徐苞及妻杜氏、巫氏志節不磨，功名顯著。今以覃恩特擢徐苞晉階一品，父徐廷臣封安樂公，妻杜氏封武安郡夫人，食四縣，廕其子侯爵，巫氏封臨窪郡夫人。其杜氏之父杜詩，追贈光禄大夫，欽賜改葬御祭。關内侯解元晋准復原名郭宗解。勅令有司建立生祠，春秋二祭，以旌其功。梅花簪一枝，即賜徐氏珍藏，以爲傳家之寶。欽哉謝恩。〔衆呼萬歲起介〕

〔旦〕妾欲謝過聖恩，即便告假還鄉，將俺爹爹改葬高原聽候御祭，不知相公意下如何？〔生〕下官正欲請旨終養。〔小生〕老夫亦欲告歸林下，就在粤東尋一閑圃，與小女朝夕相依。〔外、生、旦喜介〕如此更好！

【節節高】〔合〕恩從天上來，永和諧，梅花簪自留千載。貞無賽、志可哀、名難邁。只要一靈咬定情根在〔五〕，死生患難皆無害。湅九梅開香更綿，珠還合浦人稱快。

【尾聲】新詞脱盡淫邪派，似這名教風流堪喝彩，還可惜義俠情豪不再來〔六〕。

又詩：

明珠解去又能圓，盧綸。此夜風光最可憐。崔液。
爲受君王恩寵甚，王建。夜蟾寒沼兩嬋娟。薛逢。
誰爲梅花怨不平，無姓氏。凄凄不似向前聲。白居易。
江干遥憶孤帆影，陳羽。香閣空憐夜月明。司空曙。
詩意琴心皆一擲，王貞白。酒旗歌扇正相迎。陶峴。
衆香國裏容高卧，李尚貞。自是三千第一名。薛逢〔七〕。

評　點：

〔一〕顧郭宗解一筆，有照應。
〔二〕回心了。

〔三〕『靦羞顔』三字寫出巫素媛婉轉周旋一片苦心。

〔四〕語簡而意該，讀者掩卷細思，還有別樣言語否？

〔五〕歸到情字，方是『夢梅懷玉』本旨。

〔六〕開場以情俠列於情貞之次，末復以豪情句作收。蓋宗解銅肝鐵膽亦係情腸，其義夫烈婦思女之莫非情種益明矣。始終以人生於情貴出以正爲主。『不再來』，語多慷慨，結更悠然。

〔七〕又回顧第一種，以見彼道其常，此言其變。

喬醋
醉圓

全國高等院校古籍整理研究工作委員會直接資助項目

# 玉燕堂四種曲

評點本

—下册—

劉崇德 樊蘭 崔志博 輯校

黄山書社

# 懷沙記

金陵張漱石填詞
雲間沈學子評點

# 序

## 王俊〔一〕序

騷可歌而不能爲今之歌，古之文人從事於騷者，其著述不一。從未有組織其文，叶之聲律，播之管絃，著之形容者。傳奇昉自元人濫觴，至黄石牧之《鬱輪袍》四種，莫不令觀者可歌可泣。詞之豪者，銅喉鐵板；艷者，月地花天。從未有咀騷經之菁華，供檀奴之唱嘆者。漱石此作，前無古後無今，殆三閭之後身歟！《天問》等篇則天雨粟鬼夜哭矣，安得六朝名士以生香口遏行雲而抑揚盡致之？《點絳唇》《畫眉序》，説者謂作者自題其詞，知音鮮矣。知之而付之默契神傷，如是而遂謂之知音乎！吁！可慨已！安得諸同好能共解餘橐，亟爲登梨，庶俾世有知音，聽今人之歌，亦無异古騷歌，想當掀髯而一快。

婁江學弟王俊古巖樵者識。

**注　釋：**

〔一〕王俊：　生卒年不詳，字叔彦，號古巖樵者，江蘇太倉人。康熙五十九年（一七二〇）順天舉人。雍正六年（一七二八）以薦授閿鄉知縣，擢臨清州繕學宫，迁荆州同知，升同州知府，署潼商道。

## 沈大成〔一〕序

古來憤懣沸鬱，慷慨悲歌，惟才人；　而世人繙繹遺編，諮嗟慨惜者，亦才人。蓋天不欲顯其身，而未始不令傳其文。《離騷》曰經，是殆不可僅以文目之。屈子爲楚同姓，憂讒畏譏，本忠君愛國之心，非當時游談利禄之士比，且與後世嘆老嗟卑者不侔也。余每誦其辭，輒捲卷太息。太史公謂，讀《離騷》悲其志。今讀漱石《懷沙記》，而屈子之志乃益皎然於日星雲漢之中矣。悲夫！　余家葺城，去金陵五百里。耳張君漱石之名久，以時各客游异地不得見。甲戌〔二〕春，薄游武林，假館吴山之天開圖畫閣。傅玉笥、金江聲兩先生過訪，爲道漱石亦寓兹院之北鄰。乘夜叩其扉，執手歡若生平，坐達旦。自是昕夕，風雨無間，題襟倒笥，都忘逆旅。漱石詩、古藝文諸體悉臻其妙，噌吰磅礴，并駕馬枚。雖填詞小道而清新藻麗，余閱之心醉。每種各有題咏，及讀《懷沙記》，淋漓凄惋，則三閭千載英靈復生楮葉。此宇宙至文，豈直詞曲小令耶？反覆吟哦，逐加評點。俄漱石往禾中，余亦旋之廣陵，不及爲之序。兹聞漱石游關内，適太倉王公古巖爲同郡守，見其寫本，嘆爲奇絶，欲付開雕，而來促余叙。昔班孟堅志藝文，凡詩賦百六家，而屈原賦二十五篇爲之首。傳曰不歌而誦謂之賦，漱石今不惟誦而歌，歌而觴絃之矣。竽笙狂會，二八接舞，其善得大小招之意乎！夫璜臺瑶圃，非咫尺可求；佚女宓妃，豈丹青能寫。兹則低回顧盼，若即乎其人；周浹房皇，若親履其境。舉當日之闇主賢臣，忠貞讒佞，與夫神靈譎詭，奇怪恍惚，祭祀之禮，歌舞之樂，咸假放逐竄伏，苦毒懷思，舒寫無少遺漏。使觀者搤擥，聞者擊節，莫不傷其時，感其事，哀其不遇而愍其志。其屈子之功臣，而劉賈之益友乎！漱石方客於秦，即昭王使張儀詐楚懷王見脅之地。今取二十五篇之文，獵艷辭，擥華藻，發激楚，被文服，搬演於廣場氍毹之上。則秦楚之風感於哀樂，緣事而發。若□□□□□讀《楚辭》，能爲楚聲，音韵親切，至唐猶艷之，而况播諸樂府，其感人尤易人乎？吾知曲江劇社之間必有聽漱石此曲而悆欷失聲者，俟歸而問之。乾隆戊寅日長至〔三〕，雲間同學愚弟沈大成學子甫書於紅橋客館。

**注釋：**

〔一〕沈大成（一七〇〇—一七七一）：　字學子，號沃田，松江華亭縣人。其祖爲東陽人，曾爲明太祖軍記室，後隱居於吴淞之青龍江，以科第起家，世代書香相繼。由於家貧，沈大成輾轉廣東、福建、浙江、安徽等地，充當幕客四十餘年。張堅與沈大成訂交雖晚，但一見如故，交往十分密切，感情極其深厚。

〔二〕甲戌：　即乾隆十九年（一七五四）。

〔三〕乾隆戊寅：　即乾隆二十三年（一七五八）。日長至，即夏至。

# 自敘

《三百篇》後有《離騷》。騷一變爲詞，再變爲曲。騷固風雅之變體，而詞曲之始基也。唐時，梨園子弟惟清歌妙舞而已。自元人傳奇作，則賓白具，而搬演其故事。凡古來忠臣烈士、才人淑女，其行義奇杰者，無不藉是以膾炙於人口，而其名益顯。乃屈子獨不見於傳奇。我朝尤西堂有《讀離騷》一折，而未盡其致。然其時君貪而愚，臣佞而幸，才不見容，忠而被放，皆足激發人心之不平，以垂戒於後世。烏可以無傳也？屈子《懷沙》乃九章之一，而太史公曰，屈子作《懷沙》之賦，乃自投於汨羅。蓋其憂讒畏譏，憤不欲生之志，已決於《懷沙》一賦之中矣。余幼喜讀《騷》，後出游，携之客笥，或雨窗月夜，挑燈讀之，輒唏嘘泣下。每嘆千古才人之文莫奇於屈子，而蒙冤被抑亦莫悲於屈子。若宋玉、王褒、東方、劉向之徒，哀其志，爲擬騷以吊之。兹余變《九》《哀》《七諫》之章，爲引商刻羽之句，成《懷沙記》填詞一種。借優孟而識衣冠，聆管絃而生憑吊。仿佛遇三閭忠魂，時飄渺於瀟湘雲夢月明烟水之中。諒亦懷古情深者之所不棄也。如以山鷄無足飾鳳羽，烏語安得效鸞音，屈子有靈，將毋取其意而恕其文，可乎？是爲序。洞庭山人漱石自題。

# 屈原外傳

唐沈亞之撰

昔漢武愛《騷》，令淮南作傳，大概屈原已盡於此。故太史公因之以入《史記》。外有二三逸事，見之雜記方志者尤詳。

屈原瘦細美髯，丰神朗秀。長九尺，好奇服，冠切雲之冠。性潔，一日三濯纓。事懷、襄間，蒙讒負譏，遂放而耕，吟《離騷》，倚耒號泣於天。時楚大旱，原墮淚處，獨産白米如玉。《江陵志》有玉米田，即其地也。嘗游沅湘，俗好祀，必作樂，歌以娛神。辭甚俚，原因栖玉笥山，作《九歌》托以風諫。至《山鬼》篇成，四山忽啾啾，若啼嘯，聲聞十里外，草木莫不萎死。又見楚先王廟及公卿祠堂圖畫，天地山川神靈，琦瑋僑佹，與古聖賢怪物行事，因書其壁，呵而問之。時天慘地愁，白晝如夜者三日。晚益憤懣，披蓁茹草，混同鳥獸，不交世務，采柏實和桂膏，歌《遠游》之章，托神仙以自適。王逼逐之。於五月五日，遂赴清冷之水。其神游於天河，精靈時降湘浦。楚人思慕，謂爲水仙。每值原死日，必以筒貯米投水祭之。至漢建武中，長沙區回白日忽見一人自稱三閭大夫，謂曰，聞君嘗見祭，甚善，但所遺并蛟龍所竊。今有惠，可以楝葉塞上，以五色絲轉縛之，此物蛟龍所畏。

回依其言。世俗作糉并帶絲葉，皆其遺風。晉咸安中，有吴人顔珏者，泊汨羅。夜深月明，聞有人行吟曰：『曾不知憂之爲邱兮，孰兩東門之可蕪。』珏异之，前曰：『子三閭大夫耶？』忽不見其所之。《江陵志》又載，原故宅在姊歸，鄉有女嬃廟，至今擣衣石尚存。時當秋風夜雨之際，砧聲隱隱可聽也。嘻，异哉！原以忠直死，古龍比者流，何以没後多不經事？特千古騷魂鬱而未散。故鬻熊雖久不祀，三閭之迹猶時仿佛占斷於江潭澤畔蒹葭白露中耳。

# 凡例

一、是編本《史記》及《外傳》。當楚受秦詐，陳軫諫，不聽，則見於《國策》。時原尚仕楚，斷無知而不諫者。《疏原》一出，亦爲史傳補闕耳。以孟嘗爲齊楚離合做穿插，蓋因田文入秦有勸歸懷王之請。雞鳴狗盜咸得其用，正可反照生情，而爲遭讒被逐增慨也。懷王被擄入武關，朝於章台宫，令執藩臣禮。後亡走，入趙不納。又欲之魏，追兵至，遂入秦而病死。今悉删去。豈謂傳奇幅短，不能備載乎？抑是作本痛哭騷魂，并不予秦人以狡獪爲得計，使過於醜詆楚懷，非所以慰屈子在天之靈也。故寫懷王受詐，雖不若勾踐忍恥吞吴而憤怒捐生，差勝於累囚被辱。景缺陣亡之士，借作從死沙場，頓增無限悲凉，足爲南荆生色。

一、《著騷》一齣，填寫本經固也。其《卜居》《漁父》諸齣，亦多遣用原文。要皆體制宜然，非以摭拾成語就易，亦非以適中音節見難也。《天問》《山鬼》辭雖仍舊，而機杼獨别。不知者或以畔經誣古見罪；知者則謂旁通奥義，另闢奇思；適足抒寫騷魂之抑欝，應自得於語言文字之外耳。

一、詞貴清真，雅俗共賞。余數種填詞，雖穠艷典麗，而顯豁明暢。此種代屈抒懷，勢不得不點綴騷詞，以入曲調。然其文義淵深，字句古奧，文人學士寢食於騷，自展卷而如逢故物。但三閭孤忠，斯世共憫，無論智愚，傳奇一出，或咸欲售觀。恐一時索取注解不及，未免鶻突迷悶，非快目娱心之境也。喜小兒輩私抄讀本，凡曲中引用騷詞，悉依原經詳加注釋，或歷來舊注未明，聚訟不一，另有會心，間爲表出而不失吾立言之旨，亦取其說與注并存之。其餘非屈子正文，則騷經毋庸牽入，語不勾深，詞惟本色，識者鑒之。

一、商於之詐，係秦惠王事；武關之約，則在秦昭八年。傳中渾而不分者，蓋此爲屈子寫怨，非爲秦楚編年。頭緒一紛，則觀者反致目眩，而情文亦欠警拔。况傀儡場中，不乏借言。即楚懷被擄，何與儀事？而君子惡居下流，不妨以惡歸之也。

一、《戰國策》楚索秦地，不與。曰：『爾以爲我未絶齊耶？』乃遣人東罵齊王。又張儀械繫楚令寺人通於楚王之寵姬鄭袖，言秦得美女二人將入楚贖儀罪。袖恐奪其寵，乃使止秦女，而勸王釋歸儀。傳中罵齊及通袖悉本此。

一、或疑因果始自釋氏，似非儒者之言。原時佛未入中國，何得有地獄輪迴之說？余謂不然。儒者不曰因果，而未始不曰報施感應。不曰輪迴，而未始不曰循還反覆。如以爲無不應，以佛入而忽有；如以爲有亦不應，以佛未入而遂無也。傅說爲箕宿降生，惠子生而有文在手，曰爲魯夫人冥冥之際，誰實司之。伯有之鬼，彭生之怪，左氏所傳，即多誕妄。夫君子不重當前之榮貴，而惜没世之聲名。志士仁人流芳不朽，即千秋之富壽康寧。佞幸讒邪，自謂快意，不知一經文筆，即劍樹刀山。一入信史，即無間地獄。《示果》一齣，伸正直之氣，褫奸雄之魄。又奚可少乎？

小説傳奇，雖云游戲，亦有文章。然妍媸不一，而好惡亦殊。此編賢愚忠佞，離合悲歡，悉依史傳，不敢更易其人其事，即以屈子文詞重寫屈子生面，而已無與焉。觀者固可不計其工拙，又何所施其愛憎乎？雖有名人題句，猶然憑吊騷魂。此詞自覺形穢，倘藉以掠美沽譽，則予又奚敢？

洞庭山人又筆。

# 題詞

## 玉宇瓊樓依第一齣《述原》元韵

見説雍門，繞梁響遏行雲逐。華筵絲管日紛紛，快意何曾足。六鑿塵根先閼，倏新聲動摇山谷。江南花發，紅豆珍瓏，重翻法曲。莫訝湘纍，吟只咏些同巫祝。蓀荃盡譜入紅牙，一洗官衙辱。大似青蓮作計，爲身謀遺人快讀。儘容名士，痛飲淋漓，長歌當哭〔一〕。

甲戌〔二〕初夏，武林玉笥山人傅王露拜題，時年七十有九。

注釋：

〔一〕李白詩：『平生不解爲身謀，虚作《離騷》遺人讀。』

〔二〕甲戌：即乾隆十九年（一七五四）。

# 屈原列傳《史記》

司馬遷撰

屈原者，名平，楚之同姓也。爲楚懷王左徒。博聞强志，明於治亂，嫻於辭令。入則與王圖議國事，以出號令；出則接遇賓客，應對諸侯。王甚任之。上官大夫與之同列，争寵而心害其能。懷王使屈原造爲憲令。屈平屬草稾未定，上官大夫見而欲奪之。屈平不與，因讒之曰，王使屈平爲令，衆莫不知。每一令出，平伐其功，曰以爲非我莫能爲也。王怒而疏屈平。屈平疾王聽之不聰也，讒諂之蔽明也，邪曲之害公也，方正之不容也。故憂愁幽思而作《離騷》。《離騷》者，猶離憂也。屈平既黜。其後秦欲伐齊，齊與楚從親。惠王患之，乃令張儀佯去秦，厚幣委質事楚曰：『秦甚憎齊，齊與楚從親，楚誠能絶齊，秦願獻商於之地六百里。』楚王貪而信張儀，遂絶齊。使使如秦受地，張儀詐之曰：『儀與王約六里，不聞六百里。』楚使怒去，歸告懷王。懷王怒，大興師伐秦。秦發兵擊之，大破楚師於丹淅，斬首八萬，虜楚將屈匄，遂取楚之漢中地。懷王乃悉發國中兵，以深入擊秦，戰於藍田。魏聞之，襲楚至鄧。楚兵懼，自秦歸而齊竟怒不救楚。楚大困。明年秦割漢中地與楚以和。楚王曰：『不願得地，願得張儀而甘心焉。』張儀聞乃曰：『以一儀而當漢中地，臣請往如楚。』如楚又因厚幣用事者。臣靳尚而設詭辨於懷王之寵姬鄭袖。懷王竟聽鄭袖，復釋去張儀。是時，屈平既疏，不復在位。使於齊，顧反諫懷王曰：『何不殺張儀？』懷王悔，追張儀不及。其後諸侯共擊楚，殺其將唐昧。時秦昭王與楚婚，欲與懷王會。懷王欲行，屈平曰：『秦虎狼之國，不可信，不如無行。』懷王稚子子蘭勸王行：『奈何絶秦歡？』懷王卒行。入武關，秦伏兵絶其後。因留懷王，以求割地。懷王怒不聽，亡走趙。趙不内，復之秦，竟死於秦，而歸葬。長子頃襄王立。以其弟子蘭爲令尹。楚咎子蘭以勸懷王入秦而不返也。屈平既嫉之。雖放流睠顧楚國，繫心懷王。不忘欲反，冀幸君之一悟，俗之一改也。其存君興國而欲反覆之，一篇之中三致意焉。然終無可奈何。故不可以反，卒以此見懷王之終不悟也。令尹子蘭聞之大怒，卒使上官大夫短屈原於頃襄王。頃襄王怒而遷之。屈原至於江濱，被髮行吟澤畔。顏色憔悴，形容枯槁。漁父見而問之曰：『子非三閭大夫歟？何故至於此？』屈原曰：『舉世混濁而我獨清，衆人皆醉而我獨醒。是以見放。』漁父曰：『夫聖人不凝滯於物而能與世推移。舉世混濁，何不隨其流而揚其波？衆人皆醉，何不餔其糟而啜其醨？何故懷瑾握瑜，而自令見放爲？』屈原曰：『吾聞之，新沐者必彈冠，新浴者必振衣。人又誰能以身之察察，受物之汶汶者乎？寧赴常流而葬於江魚腹中耳。又安能以皓皓之白而蒙世之温蠖乎？』乃作《懷沙》之賦，於是懷石遂自投汨羅以死。

太史公曰：余讀《離騷》《天問》《招魂》《哀郢》，悲其志。適長沙，觀屈原所自沉淵，未嘗不流涕，想見其爲人。及見賈生吊之，又怪屈原以彼其材，游説諸侯，何國不容？而自令若是。讀《鵩鳥賦》，同死生，輕去就，又爽然自失矣。

# 《懷沙記》目録

## 卷上目



## 卷下目

# 第一齣　述原

【玉宇瓊樓】〔末〕半世浮沉，饒他白髮儒冠逐。劉蕡下第嘆年年，枉説三冬足。日共長安非遠，竟難聞履音空谷。花前低唱，醉後狂歌，吴騷一曲。自幸微生，遭逢堯舜重熙祝。文明濟濟盡登朝，竊耻泥塗辱。最怕宵長酒醒，起挑燈楚詞細讀，願與不遇，千古才人，同聲痛哭〔一〕。

〔沁園春〕屈子奇才，楚王宗室，獨抱丹誠。爲靳尚希權，鄭姬弄寵。忠言逆耳，内外讒興。聊借《卜居》，托詞《漁父》，無限牢騷怨寫成。將天問。履貞志潔，搔首自難平。　西秦定策吞荆，六百里商於餌竟行，反絶好東齊。孤軍樹敵，中儀詭計，喪甲殲兵。悲憤一腔，遭驅被逐，抱石沉淵誓不生。《懷沙》咏，汨羅江上，千古吊英靈〔二〕。

欺敵國張儀游説，惑君心靳尚讒言。

會武關懷王陷虜，賦懷沙屈子沉淵。

評　點：

〔一〕非才人而痛哭者，正自不少，何況千古才人。

〔二〕此詞即吊原佳咏。

## 第二齣　朝嘆

【正宫引子】【瑞鶴仙】〔生〕三閭家聲舊，本芊戎潢派。南冠領袖，遭時覯陽九。幸腹隱經綸，胸藏錦綉。志吞强寇，拚把孤忠獨剖。願君王有道，親賢遠佞，愛育黎首〔一〕。

人列三才中，靈本踞萬物。世趨日益下，治亂常反覆。堯舜德云遥，湯武功難述。五霸事已非，七雄乃復出。天王名號湮，楚長稱南服。西鄰虎豹秦，兼并志不足。百姓苦流離，戎馬沙場逐。幸惟與國親，安内遠外辱。耿耿抱孤忠，向君長痛哭。自家屈姓平名，原乃字也，又字靈均。本懷王之宗室，位楚國之大夫。一生秉正不阿，直言敢諫。只因與上官大夫靳尚同朝，看他爲人奸險，一味諂佞取容。宫中又有美人鄭袖，妖嬈善媚。以致吾王耽於酒色，政頗怠荒。况且西鄰强暴之秦，欲肆并吞，常懷窺伺，所以我國時時憂懼。幸而六國從親，推楚爲長。昨與韓魏燕趙，攻秦函谷，得勝而歸。今齊又遣使來聘，正好彼此聯和，以保社稷。兹當早朝，且自整肅衣冠，捧笏前去。

【過曲】【錦纏道】事明君效夾輔慚無遠猷，但得保金甌〔二〕。守方城，環漢水，雄封依舊。獨展擎天手，纔盡臣心撫躬無咎。

薄賦税把仁恩沛流，省刑罰敷政優優。永不起戈矛，承筐玉帛，與國聯婚媾。

〔末、小生仝上〕捭闔乾坤資略士，戰爭日月重謀臣。〔末〕下官昭睢。〔小生〕下官陳軫。〔見介〕屈大夫已先在此。〔生〕原來是二位大夫，請了。那邊又有朝見官來也。

【引子】【七娘子】〔副浄上〕脂韋媚骨如箕口，常覆雨翻雲在手。竊柄權尊，逢君寵固得時那顧顔之厚〔三〕。

自家上官大夫靳尚是也，列位大夫請了。〔衆〕原來是靳大夫。今當早朝，如何還不見吾王陞殿？〔副浄〕正是。〔老扮内臣上〕彤墀人未退，丹詔口銜來。聖上有旨，今日駕幸陽臺宫。諸臣免朝退班，單宣上官大夫入宫侍宴。〔副浄喜介〕領旨。〔與生衆拱手介〕如、如此得、得罪了。聞旨趨廷速，叨恩侍宴勤。〔同老急下〕〔末、小生〕既然免朝，我們退班，各自回去罷。倒衣枉聽鐘初動，退食方知露未晞。〔仝下〕〔生立嘆介〕

【過曲】【雁過聲】呀，則聽得天語從容出殿頭，道宫中行樂當清晝。一霎時千官散盡空朝右，止一個陪臣侍宴游。我忠言欲剖，奈瞻天不能彀。别事休提，那齊國使臣來此半月，尚未接見，成何國體？全不顧承筐鼓瑟把嘉賓待，却教他四牡皇華向异國留。〔小旦扮太子、丑扮公子蘭上〕千年虎踞龍蟠地，一對金枝玉葉人。〔小旦〕吾乃楚太子璜。〔旦〕吾乃楚公子蘭。〔仝白〕適纔父王有旨，召我二人，入宫侍宴。群臣都已退朝，屈大夫何以獨自在此？〔生〕屈平有事，要奏吾王。願隨二位殿下，一同入宫見駕。〔丑〕聖上無旨召見，怎敢帶入〔四〕？〔生〕咳，齊使來聘，久住我邦，意欲奏聞聖上，早早受其庭實，加以燕勞，方是睦鄰之禮。望殿下方便。〔小旦〕如此，也是一樁大事。你就隨我進宫，替你轉奏便了〔五〕。〔生〕這個纔是。

【尾聲】〔小旦、丑〕穿玉殿，繞龍樓，望陽臺，旭日午風柔。〔生〕俺怎能格去心非爲國謀。

傳聞闕下降絲綸，劉長卿。嗚玉朝來散紫宸。杜甫。
獨有諫書猶未獻，皇甫冉。雕輿出幸玩芳辰。趙彦昭。〔仝下〕

評　點：

〔一〕凛凛正氣。
〔二〕止見君明方是忠臣，居心能盡，此心方纔撫躬無咎。
〔三〕世間小人總是不顧顔厚。

〔四〕是子蘭語。

〔五〕是襄王語。

# 第三齣　舞花

【正宮引子】【破陣子】〔外領内侍上〕蠶食威加南國，稱王僭擬東周。國富兵强心已足，暮管朝絃樂未休，何須抱杞憂〔一〕。

七雄割據定乾坤，不事宗周耻帝秦。自繼桓文稱霸後，外攘誰敢説蠻荆。孤家楚國懷王是也。自熊繹開基，文公創霸，歷成莊廿十四君，僭號稱王。將諸姬蠶食，拓地數千餘里，國富兵强。祇是西鄰强暴之秦，常爲外患，昨與韓魏燕趙合從，推楚爲長〔二〕。舉兵伐秦，直至函谷，秦人閉關不出，得勝而歸。近又東與齊國聯和，結爲唇齒，邊境安寧，這也不在話下〔三〕。今日春晴無事，正好飲酒行樂。適已傳旨，令朝臣退班。寡人駕幸陽臺宫，單宣上官大夫靳尚，和俺兩個孩兒，入宫侍宴。不知可曾到來？〔内〕俱在宫門候旨。〔外〕就宣進來。〔内〕大王有旨，宣二位殿下，和上官大夫一同入宫。〔小旦、丑、副浄仝上〕長筵鴛鷺集，仙管鳳凰調。〔拜見介〕臣等見駕。願大王千歲千千歲。〔内〕平身。〔小旦〕孩兒啓上父王，屈平有事奏聞，現在宫門。未曾奉旨，不敢擅入。〔外〕着他進來。〔小旦〕領旨。屈大夫入宫見駕。〔生上〕領旨。祇因位竊和羹重，豈爲恩叨醉酒深。臣屈平見駕，願吾王千歲千千歲。〔内〕平身。〔外〕卿有何事奏來？〔生〕千歲。

【過曲】【玉芙蓉】只爲郊原麋鹿游，四海龍蛇鬥。痛哀鴻遍野，觸目生愁。孜孜圖治尚恐罹顛覆，怎還朝歌暮舞將國事丢〔四〕？〔丑背對小旦介〕我説不叫他進宫，如今父王正在作樂，却説這迂腐之言，豈不掃興？〔小旦作色不語介〕〔五〕〔外〕寡人偶爾飲宴，怎見得便荒於國政〔六〕？〔生〕目今齊國，田文執政。下士禮賢，用謀臣之策，欲與六國合從聯盟。特遣使臣，行聘我國，結爲唇齒，以敵秦邦。此乃楚國之利，正當受其幣帛，燕勞使臣。何可置之不理，且自宴游，以失交鄰之道？

教人怨，怨停車整宿，不能勾早完王事驟騂騮。

〔副净笑介〕我只道甚麽大事，原來爲此〔七〕。這只須啓知吾王，傳得一道旨，將他聘禮收了，再賜那使臣一席宴，遣一朝臣作陪，就打發起身了。值得恁大驚小怪〔八〕？〔外〕上官大夫言之有理。内侍可傳旨出宫去，將齊國來聘禮物，一概全收，使臣於客館賜宴，明早送彼歸國。〔内〕領旨。〔外〕屈大夫每日執政勤勞，今日清閑無事，正好及時行樂。爾且在此一同飲宴，不必出宫。〔生〕微臣不敢奉旨。〔外〕既如此，卿且自便。〔生出長嘆介〕罷罷罷，每將國事爲閑事，反把忠言當惡言。〔作恨下〕〔外〕内侍，宣鄭美人到來。〔内請介〕

【引子】【七娘子】〔貼領宫女上〕詞歌白雪櫻桃口，柳腰輕善翻長袖。春困懨懨，娥眉懶畫，夜來雨露承恩厚。

臣妾鄭袖見駕，願大王千歲千千歲。〔外〕愛卿平身。春晴無事，特宣爾到來，行樂一番。我兒與

靳大夫陪宴。〔内奏樂貼把盞同宴介〕

【過曲】【普天樂】宴王宫，閑清晝。珍錯陳，笙歌奏。人生的，人生的，歲月如流。趁今朝盤樂無休。進霞觴春酒，君臣相勸酬。那怕沉沉醉飲，醉飲，百盞千甌。

〔貼〕啓上大王，妾於宫中，曾將花片簇成五色綉球。大小千個，製爲花幡。命宫娥善舞者，身著花衣，足穿花履，頭簪花朵，手執花幡。婉轉翱翔，各逞迴風之舞。繽紛起落，如同天雨之花，名曰百花舞。伏乞大王俯賜一觀，未知可否？〔外〕如此甚好。〔衆旦各花衣簪花手執花幡上舞介〕

【三字令過十二橋】春風透，春光溜，春情逗，春到閑花柳花落，顔如舊。怕春歸，怕春歸，東園漫回首。惜花心，惜花心，拈來長在手。到如今，到如今，團團已輻輳〔九〕。要分開，要分開，纏綿不能勾。製花幡，綴花球，教歌喉，教歌喉，金釵對紅袖，清音一派簫韶奏。沉香噴金獸，似天女散將來，上下如鋪綉。桃花洞口，麻姑仙帚，掃去散還收，齊獻上王千壽。

〔外喜介〕妙哉妙哉，好一個百花舞。美人靈心巧思，可稱海内無雙。寡人正宫久缺，意欲將他册封夫人。不知我兒及大夫意下如何？〔副净〕美人德容工貌，四德俱全，信是大王佳偶。〔小旦、丑〕孩兒等無不欣慰。〔外顧貼笑介〕既如此，明日就册封爾爲夫人〔一〇〕便了。〔貼拜謝介〕千歲。〔外〕我兒，大夫且退，内侍擺駕回宫。〔小旦、丑、副净下〕〔外携貼上輦同行介〕

【尾聲】金輿圍繞花如綉，偏讓他花魁獨占逞風流〔一一〕。想今宵雨露承恩分外綢。

飛花故落舞觴前，蘇頲。內殿今年异昔年。沈佺期。

有女如花日歌舞，李白。懸知此地即神仙。裴淮。

評點：

〔一〕燕雀處堂，寫來酷肖。

〔二〕甚言合從之功，反照下文。

〔三〕着眼。

〔四〕真掃興語。

〔五〕肖神。

〔六〕飾非拒諫，如聞其聲。

〔七〕肖神。

〔八〕我欲擊之。

〔九〕兩意雙關。

〔一〇〕點明夫人。

〔一一〕仍以花字結。

# 第四齣　謀誑

【仙呂引子】【小蓬萊】〔小生冠帶上〕游説志專連横。三寸舌立取公卿，安居暫息。逢君一怒，六國難寧〔一〕。

鬼谷陰謀道術工，學成有志顯西戎。蘇君一死姻盟散，連横强於合從功。自家張儀是也。少與蘇季子同師鬼谷，得授精傳。自蘇君合從計成，恐秦攻六國，敗其姻盟，故着舍人將俺資送入秦，得主秦政，按兵不出，十有餘年。目今蘇君已没，六國敗盟〔二〕。正可定策連横并吞六國，以佐强秦。來此已是朝門，且等吾王陞殿，自有道理。〔下〕

【引子】【奉時春】〔净領内侍上〕威振西陲霸業成，一周地一朝吞盡。堪嗟六國，井蛙管見，那識吾雄心兼并〔三〕。

堪笑儒生耻帝秦，游談枉自説從親。潼關一啓雄兵出，六國魂飛但目瞋。孤乃秦國惠王。自從蜚子開基，穆公創霸，傳至我父孝王，十有七世。所喜者形勢居天下之上，民俗懷忠勇之心。又有文臣武將，足智多謀。以故國富兵强，開疆拓宇，漸漸已有混一之勢了。今日早朝陞殿，内侍傳旨，有事上殿啓奏，無事退班。〔内傳旨介〕〔小生上〕陰謀周域外，奇計隱胸中。臣張儀有事奏聞。〔净〕先生有何奏章？左右賜座。〔小生謝坐介〕大王聽啓。

【過曲】【皂羅罩黄鶯】【皂羅袍】念秦楚勢難相并。今楚爲從長，秦被侵陵。那燕韓趙魏莫須驚。只怕青齊連結帥稱勁。〔净〕先生有何妙計，能使齊楚交絶？則五國勢弱兵微，秦可一出無敵矣。〔小生〕目今齊相孟嘗〔四〕，門有賢士三千，不可計餌臣。聞楚王志昏而貪心，驕而傲。大王若使人游説於楚，令其罵齊絶交。詐以商於之地六百里與楚，楚王必悦而從我。迨其齊交既絶，楚來求地，則詭云秦止許地六里，不聞六百里也。楚又必怒而攻我，則秦出鋭兵以敵。齊不救楚，破楚必矣。〔净〕先生之言雖善，但聞楚有屈平，尚操國政〔五〕。明智忠誠，豈無强諫。〔小生〕臣聞楚王近來荒於酒色〔六〕，平雖在朝，常以忠直敢言疏而不用。又有上官大夫靳尚以諂諛而得寵信。今必先以賄賂，暗與勾通。臣料王貪而愚，自然偏聽。屈原雖諫，奚益？其計必成。【黄鶯兒】包管他蔽聰明，自古道好諛惡直，忠佞豈同廷〔七〕。

〔净〕此言甚當，孤家備就車馬黄金，就煩先生一行何如？〔小生〕臣當效命。〔净〕就此退朝。

【尾聲】〔合〕騰口劍，運腹兵。不妨股掌玩蠻荆。莫管他忠直難伸恨未平〔八〕。

聖主乘時運斗樞，崔日用。不勞心力講陰符。楊巨源〔九〕。

横行俱是封侯者，翁綬。立事成功定遠圖。姚鵠。

〔净領内侍下〕〔小生隨下〕

評點：

〔一〕用孟子語不腐。
〔二〕四字乃張儀秉隙而入之本。
〔三〕目無六國久矣。
〔四〕每每以孟嘗作反照。
〔五〕可知屈原一身關係非小。
〔六〕遠賢之根。
〔七〕料定。
〔八〕歸到屈原作收。
〔九〕蘇張詭詐全是得力陰符。

## 第五齣　奪稿

【南吕引子】【于飛樂】〔副净〕做高官，居朝右。論才學都無一點。空空腹詩書全欠。竊人長，遮己短，多虧老臉。幸君王不管，只愛我曲躬卑諂。

天公原不愛斯文，多少文章誤此生。信是庸庸多厚福，不妨懵懂任浮沉。自家楚國上官大夫靳尚是也。自吾王爲約從之長〔一〕，率領燕韓趙魏五國之師，攻秦函谷，得勝而歸，真乃威行敵國，德服黎民。昨日又忽有旨，要做一道誥文。申明憲令，曉諭國中。不拘大小朝臣，但有能做的，俱各擬稿進呈。如果稱旨，即當大用。似此機會，不可錯過。怎奈區區腹内空疏，不能舉筆。我想這些朝臣，文才都止平平，惟有屈原學高才廣，諒他必然主稿。何不等他做完草稿，用言哄誘，奪得到手。便認做我的主稿，預先進呈。若能稱旨，再進些讒言。把屈原排陷幾句，將他斥逐遠去。使他面聖不能，便有屈也無伸了。計較已定，不免先到朝房，侍他來時，自有道理。〔坐介〕

【引子】【挂真兒】〔生上〕冠世文才真不忝，思量起惹妒招嫌。惟伴君王，研朱灑墨，獨把如椽翰染。

〔見介〕〔副净〕屈大夫爲何此時纔來？下官在此等候多時了。〔生〕今有燕韓趙魏諸邦，各遣使臣來楚納幣，以賀前日統帥伐秦之功〔二〕。奉吾王之命，去到客館，通問一番，是以來遲。不知今日朝房，有何事辦？〔副净〕屈大夫原來不知，昨日聖上有旨，要做一道勸農桑敦孝悌的誥文。申明憲令，教化楚民。不拘朝臣大小，俱可擬稿進呈。故此學生也、也在、在此搜索枯腸。〔生〕哦，你、你也要〔三〕。〔住口介〕好、好，請、請教，請教。〔副净羞介〕屈大夫休得取笑。學生不過依樣畫葫蘆，剿襲幾句陳飯土羹的舊言，原進呈不得御覽，自然讓大筆主稿。待下官洗目敬觀，洗耳敬

聽，何如？〔生笑介〕如此説，下官方纔出言得罪了。既然有旨，大家同做纔是。〔同做介〕

【過曲】【太師引】〔生〕攄精思莫把綸言玷，須剖切勸勉相兼。我想農桑乃衣食之原，孝悌實百行之本。民生日用莫大於此，就將此意發揮明暢便了。事耕織必先勤儉，戒游惰恐謀生計殲。布風化義摩仁漸，惟孝悌本根須念。彰禮法明微別嫌，須知道巍巍象魏自森嚴。〔生一面寫作，副净一面窺探，生不時防避介〕〔生稿成放筆介〕〔副净〕屈大夫好高才，早已脱稿了，請借一觀。〔生〕稿雖草就，尚欠濯磨，那裏看得。〔副净〕過謙了。

【前腔】你濡霜毫信筆無加點，又何須對人前語言自謙。且先請教大意如何？〔副净欲取稿，生按住作色介〕此稿是叫你看不得的〔四〕。〔副净〕哦，你道我才疏腹儉，窺不出你學博文淹。〔生冷笑介〕只怕你果然難窺。〔副净恚介〕唉，你好小覷人也。你便有驚人句燭天光焰，難道俺眼珠兒慣將伊污玷。太輕狂意薄言尖，却不道美才驕吝莫相兼。

【尾聲】〔生〕唉，似這等絮叨叨實堪憎厭。〔副净怒介〕呀，不由人難洗羞顔怒轉添。你道你文高看不出，俺如今偏要看！〔生〕俺偏不與你看！〔副净奪稿介〕俺偏要看。〔生急取袖介〕俺偏不與你看〔五〕。〔各大聲冷笑介〕〔生〕俺自有得意文章掀笑髯。

〔生長笑不別下〕〔副净氣介〕呀，你看他竟自佯佯不別而去了。好惱人也，好惱人也。

【中吕】【撲燈蛾】怪伊太驕才，怪伊太騁才，欲把文名占。帶笑更含譏，全不把同官爲念也。此仇難斂。屈平，屈平，你若惱了俺上官呵，叫你文名享不成，還怕那爵位身家都不能保呢。

比不得小忿微嫌，顧不得唇槍舌劍，且認我移天手段勢炎炎。

我有道理，主公若再提起屈平，不免暗進讒言，道朝廷每一令出，屈平必誇口道，非我不能。竟將吾王一切美政，俱認做是他的文章。如此掠美攬權，沽名釣譽〔六〕，不怕主公不惱，必然將他疏遠。他縱有奇才，全無用處，反不如我這無才的，落得富貴一生得志也。

滿朝朱紫半門生，崔軒。可許疏狂負盛名。蘇頲。

一字不留何足訝，許渾。權衡見處且無情。高退之。

〔忿下〕

評點：

〔一〕反激下文。

〔二〕又反照一番。

〔三〕開口便惹禍，寫得肖神。

〔四〕才人招謗，病根原即在此。

〔五〕好介。

〔六〕十字坑殺屈原一生。

# 第六齣 賄幸

【黄鐘引子】【玉女步瑞雲】〔小生帶雜背箱籠上〕策定秦都，奉命特來荆楚，乘暮夜投金私府。

小生張儀，只爲定計誑楚，奉秦王之命，改扮行裝，潛來楚國。先將上官大夫靳尚賄通，然後見楚王。得他於中暗助，方可入吾彀中，不怕旁人諫阻。日間不便，是以乘此静夜前來。此間已是，門上有人麽？〔净上〕朝中稱第一，門上亦無雙。是那個？〔小生〕小生姓張名儀，只爲游説諸邦，來至上國。久仰大夫高義，特來進謁。〔净〕好不曉事，你既是游説之客，日裏爲何不來？寅夜求見，定是奸細歹人〔一〕。誰敢替你通報？〔净欲下小生扯住介〕門公且住，有一薄敬在此，但煩通報一聲。見與不見，悉聽大夫。〔送金净收介〕報得的麽？〔小生〕决不有累。但説小生自秦邦而來，有機密事要見。大夫一定出來的〔二〕。〔净〕如此少待。正是未去朝天子，先來謁相公。相公難得見，先見我門公。〔净下〕〔小生〕果然當路要津，這門公已可窺見一班了。〔點頭笑下〕〔雜隨下〕

【引子】【西池錦】〔副净便服，丑扮家人隨上〕寵極權歸掌握，笑他倨傲狂徒。恁般勢焰，人趨附，何須腹飽詩書。

堪笑屈原那厮，作了一篇詔誥，便恃才驕傲〔三〕。下官未曾奪得其稿，反被他嘲笑一番，好生可惱。怎生暗進讒言，激怒吾王。將他疏斥不用，方泄吾恨。適與姬妾夜宴未終，門官來報，秦國張儀求見。我想張儀乃當今有名舌辯之士，現任秦邦，今來楚國，不去先見楚王，寅夜潛來見我，决有原故，只得掌燈而出。門官，請張先生就此相見。〔净請小生上〕機深愚敵國，利重蠱貪夫。大夫那裏？〔副净迎入同拜坐介〕〔副净〕久慕盛名，何緣辱降？〔小生〕事關機密，特來就商。〔副净〕左右回避。

【過曲】【降黄龍】〔小生〕秦建鴻圖，趙魏燕韓，連衡如初。止有齊楚交合，不順秦邦，秦王不忍加兵於楚。但願解釋免仇，重結姻親，兄弟相呼。商於，西鄰沃野，六百里盡歸南楚。只要你背東齊一朝從散，莫管我舉刃加誅。

〔副净〕此事止怕吾王不能從命。

【前腔】踟蹰。正盟結青齊，唇齒相依，怎不愛屋存烏〔四〕。〔小生〕大夫差矣。秦楚原是兄弟之國，今雖絶了東齊，與西秦亦係唇齒。况秦又獻楚商於六百里，所謂不戰而得地。孰利孰不利，願大夫三思。〔副净〕你秦王果然捨得商於六百里，割與楚國？〔小生〕豈有誑言？伴當，取箱籠過來。〔雜取上〕〔副净看介〕這是一軸地里圖，還有兩盤金銀玉帛。好東西，想都送與楚王的〔五〕。〔小生〕這一軸地里圖，獻與楚王。這金銀玉帛，是秦王送與大夫的。〔副净笑介〕這個如何當得？只要你實意交鄰，割得疆圉，服我版圖。區區，何來功績，敢承貺財寶金珠。〔小生〕此事全仗大夫，力勸楚王，方纔有濟。〔副净〕還有一件，那屈原得知必然諫阻。〔想介〕不免且瞞過了他，我自進宫，帶領張儀引見，撮成其事。他就知道諫阻亦難挽回了。笑迂疏，這密籌軍國，須瞞過狂徒。

先生在舍草榻一宵，明早同見吾王便了。〔小生〕多謝大夫。〔仝下〕

世事原來似弈棋，無名氏。甘言狡計奈驕痴。鄭嵎。

朝真暮僞人難辨，白居易。禍稔蕭墻總不知。儲嗣宗。

評　點：

〔一〕無欲則剛，門官亦然。

〔二〕問答情形寫來曲肖。

〔三〕直頂前齣來，以見招謗之由。

〔四〕小人初念原善，一經有欲，轉念即惡矣。

〔五〕極寫君臣俱貪。

# 第七齣　誑行

【中吕引子】【菊花新】〔外領内侍上〕日高春殿駐游絲，花落香風送暖時。宿醒倦難支，剛宴起懶親朝事〔一〕。

寡人夜來與夫人鄭袖，飲酒眠遲，不覺宴起。因此傳旨免朝，且御便殿。内侍，看有何臣奏章，即傳進見。〔内侍傳旨介〕〔副净小生仝上〕金殿風微香細細，玉階露盡日曈曈。〔副净〕先生少待。〔副净先入奏介〕臣上官大夫靳尚，啓上大王。今有賢士張儀，自秦邦而來，欲求見駕。〔外〕張儀乃當今舌辯之士，寡人聞名久矣。正要見他，着他進來。〔副净〕領旨。〔引小生上拜見介〕疏逖小臣，草茅下士。久聞大王英明，今得望見顔色，不勝欣幸。〔外起介〕先生懷藏异學，名震諸邦。輕千里而辱臨敝邑，寡人之幸也。内侍看坐。〔小生告坐介〕小生竊慕大王高義，願效愚衷。使楚國不煩一兵，不折一矢，坐而得地，不識大王肯容納否？〔外〕先生不棄寡人，敢不受教？乞道其詳。〔小生〕只爲秦王呵。

【過曲】【駐馬聽】怨結臨淄，欲起西秦問罪師。祇要能將從解，秦楚聯盟，他情願割土相資。商於六百服耕耔，安然并不勞兵士。〔外躊躇介〕〔小生獻圖介〕大王若能絶齊，這是六百里商於地輿圖，秦王願獻楚國。請三思，莫辜美意輕來使。〔外顧副净介〕大夫之意何如？〔副净〕齊弱秦强，若背齊從秦，不戰而得地六百里，臣爲大王賀[二]。

【前腔】秦正當時，獨霸西戎孰敢交。幸與楚爲兄弟，割地結親，料想他不是虛詞[三]。〔外〕只是何詞與絶齊？〔副净〕自齊楚合從以來，於國家毫無所益。今秦不加兵於楚，而先自割地。孰利如之？即使齊師問罪，自有秦爲救援，何須過慮。芊嬴交合莫參差，東齊玉帛從兹止。〔小生〕齊楚交絶，何以爲憑？須是大王遣使往齊，數其不道，大罵齊王。嚴諭各路關津，勿通齊使，方見大王信義。果然絶齊，即可往秦受地矣。〔副净〕這有何難，管教他受辱無辭。道我楚呵，堂堂大國羞同事。

〔外〕大夫言之有理，先生請回。寡人一面遣使絶齊，一面往秦受地便了。〔小生〕如此，待小生覆命秦王。〔起介〕正是非吾計巧，祇爲彼心貪。〔下〕〔外〕且住。當日齊楚交合，屈平力主其謀。今見此舉，必然要諫。〔副净〕屈平迂腐狂徒，那曉經國大計[四]。前日大王叫他草了幾回詔書，他便逢人誇口，以爲非我不能。將大王一切恩澤，都以爲自己功勞。微臣聞之，每每不平。今日大王提及他來，微臣也不敢不以實奏了。〔外怒介〕有這等事？那廝呵。

【尾聲】原來是才掠美真狂肆。〔副净〕好似城狐社鼠弄奸私。大王，只須下旨一道，不許屈平入朝辦事。則張儀所言，彼即無從饒舌矣。〔外〕依卿所奏。〔合〕且教他閉口低頭若伏雌。

〔内侍禀介〕娘娘備宴後宫，請大王午膳。〔外領内侍下〕〔副净〕妙哉，妙哉，被我三言兩語，把屈原打發的遠離朝堂。〔笑介〕屈原，屈原，任你蓋世文章只好一旦付之東流也。

長是豪華擄要津，司空曙。中含芒刺欲傷人。陸龜蒙。

外頭笑語中猜忌，陸龜蒙。但覺今朝粉態新。李商隱。

評點：

〔一〕畫出有夫人鄭袖之楚王。

〔二〕脚脚肖神。

〔三〕反語有力。

〔四〕處處關照屈平，妙在并不接上文，却就憑空插入。讒言可畏如此。

# 第八齣　疏原

〔生捧笏上〕驚心國事忍安眠，金鑰聽來欲曙天。一點丹心誰得曉，拚將熱血濺君前。我屈原只因主公溺於酒色，連日不朝，好生憂悶。忽又聽得秦遣張儀游説，將商於之地六百里，送與楚國。令楚絶齊散從，聯好西戎。我想齊乃兄弟不可棄，秦實虎狼不可親。此計若行，則我以虚餌受實禍[一]。秦地不可得，楚地終難保矣。怎奈滿朝皆賀，獨有大夫陳軫諫而不聽[二]。〔嘆介〕咳，似此君貪臣諂，國事大非。我屈原忝在宗親，與國同休戚。今國家存亡之機，判於傾刻，正是我屈原見危授命之時了。爲此連夜寫成奏章，誓以死諫。來到朝門，怎麽静悄悄的？想必又不親朝，不免竟到宫門求見也。

【南北雙調】【北新水令】仗孤忠泣諫想回天[三]，破奸謀饒他舌辯。若得他狼心一旦遠，須是我魚水兩情聯。却不道車輔難捐，似虢亡虞滅當前鑒。

那邊一位官員出宫來了，且看是何人。〔丑急行上〕

【南步步嬌】奉宣差朝來辭宫殿，此去心如箭。在下楚國偏將一員逢侯丑是也。〔見生介〕原來是屈大夫，請了。〔生〕何事這等匆忙？〔丑〕大夫原來不知。今有秦使張儀，將商於之地六百里，獻與楚國。故此吾王特命小將前往受地。〔生〕呀，此乃張儀詭計，令我絶好東齊，孤軍受敵。那有地來與楚國？那有地來與楚國？下官正爲此事而來，欲行諫止，你且消停。〔丑〕這又奇了。你看文和武盡無言，誰不頌德歌功，盈廷歡忭。笑你迂腐見何偏。況成事不説要覷方便[四]。

〔生〕咳，那滿朝文武，那個是有見識的？你且少住，待我見過大王，自有道理。〔丑〕大夫要諫便諫，小將奉命前往。那張儀已回秦邦，立等交地，等不得了。正是他邦未卜無中變，我國先愁有异言。〔丑急下〕〔生〕呀，看他竟自去了，豈不可笑。

【北折桂令】嘆當朝誰識機先，止貪着香餌投淵。似魚鱉流涎，都忘了鈎把腮連。落釜内熬煎，向几上含冤。今日個似醉如顛，到將來懊悔難言。惱得俺怒髮衝冠，憤氣胸填。只落得宫門俯伏，一本把王彈。

呀，那一邊又一隊人馬出宫前來，好奇怪。〔副净領衆上〕

【南江兒水】尋隙偏多隙，無冤自結冤。好姻盟一旦將顔變。自家楚國將軍宋遺是也。〔生迎問介〕將軍何往？〔副净〕小將奉吾王之命，領兵去到齊國，辱罵齊王。〔生大驚介〕這是甚麼意思？〔副净〕只因秦邦與楚連和，許我商於之地六百里，叫楚絶好東齊。故此吾王有令，吩咐各處關津，不通齊使。猶恐秦王不信，又遣小將領兵，直壓齊境，將齊王辱罵一番。顯見齊楚交絶，使秦不疑，以便受地。要把東齊辱罵來輕賤，叫他吞聲忍氣羞難免。這妙算如操左券，要顯出從散情堅，管西戎商於早獻。

小將王命在身，不得奉陪。請了。〔領衆急下〕〔生氣呆介〕有這等事？看他們如此胡行，眼見得齊秦交合，我楚國受害不淺矣。

【北雁兒落帶得勝令】誰想把弟和兄一旦捐，反認做仇和敵生尋怨。全不顧輔車亡受危顛，全不顧唇齒虧遭磨難。呀，可怪他慣圓通狐媚顔，都則是見方隅牛羊眼。明放着實丕丕禍事連，還則待虚哄哄遭愚騙。蒼天降灾殃應不淺，堪憐，看麋鹿遍郊原。

來到宫門，那邊坐着一位太監。不免上前煩他，請旨求見便了。〔見介〕屈大夫還來怎麽？〔生〕煩公公請旨，屈平有事面奏。〔老旦〕你還不知道？聖上已有旨，不許你入朝辨事了。〔生驚介〕有這等事？旨意如何道來？

馬，閑閉深宫舞落花。〔老旦扮内官上〕長封武庫休戎

【南僥僥令】〔老〕道你恃才潛弄柄，掠美自摽賢。似此狂悖無君堪罷斥，再不許隨班仰聖顔。

〔生急介〕呀，俺屈平一點忠心，惟天可表。説甚掠美無君，分明聽信讒言，將我罷斥。聖上，聖上，兀的不屈殺微臣也。

【北收江南】呀，不想道恁翻騰口舌呵，把忠良一旦捐。我屈平今日此來，原拚着痛哭陳詞，誓死極諫。而今面聖不能，忠言難進。莫不是天亡我楚也。〔哭介〕空抱着直言讜論進難前，痛君王聽偏，痛君王聽偏。眼見得讒諛誤國寇生原。

〔老旦急介〕宫門之地，如何竟放聲大哭起來？咱家耽不起，只得要奏了。〔急下〕〔生不理伏地痛哭介〕

【南園林好】〔老旦捧旨上〕怪宫門哀聲動天，觸雷霆怒翻聖顔。道狂且實堪憎厭，須屏逐

莫流連，須屏逐莫流連。

大王有旨，屈平倚恃宗室，狂肆不敬，宫門禁地，故放哀聲。着侍衛將屈平剥去衣冠，逐離國都，永不復用。〔四雜扮侍衛上剥生衣冠介〕〔生起介〕罷了，罷了，我屈平一身死何足惜，只可惜我楚國千年社稷，一旦送於讒人之手，兀的不痛殺人也。

【北沽美酒帶太平令】猛傷心血淚漣，猛傷心血淚漣。那爲惜去冠冕，只恨他内蠱君心外蔽賢。痛愚忠無力可回天，扶不定恁危顛，枉受了西鄰機變，甘結下東鄰仇怨。那利似蜃樓空羨，這禍在蕭墻不遠。俺呵，不忍見邦分社遷，君逃民散。呀！還圖甚勛名貴顯。

【尾聲】從今灑淚辭金殿，空争那閑是閑非實枉然。〔轉哭仰天大笑介〕罷罷罷，似此已混之天，豈撥雲能見？將傾之廈，非獨木能支。我屈原，好没來由也。倒不如瀟灑山林閑過遣。

朝衣一脱見閑身，白居易。滿眼公卿總不親。王建。

以額叩閽閽者怒，李白。不知憂國是何人。吕温。

評 點：

〔一〕句句對針下文。

〔二〕虚點陳軫之諫，以昭信史不漏。

〔三〕起得高渾。

〔四〕寫盡一班庸臣。

# 第九齣　絶齊

【仙吕引子】【卜算子】〔小生扮田文，雜扮衆客陪上〕市義布賢聲，納諫書門板。盈庭朱履客三千，靖郭繩家範。

縱横天下勢紛紛，執政齊廷久著勛。祇爲傾財能下士，何人不識孟嘗君。俺田文，本齊國之宗親，爲郭靖之少子。身出雖賤，權柄獨尊。位列上卿，食邑於薛。一生禮賢好士，仗義疏財。天下慕我聲名，朝廷甚爲倚重。奈今周室淪亡，西秦强暴。吾國湣王新立，以我爲相，言聽計行。因用游士之謀，六國合從。昨已行聘楚國，與之聯和，料想韓魏燕趙無有不從。且看今日陞座，有何事情。

【過曲】【鐵騎兒】〔净扮報子跑馬上〕報邊情，報邊情。怎敢遲漫，殺氣透空寒。忙奔相府，急滚落雕鞍。

自家乃齊國西南邊界，鐵門關報子是也。今有緊急軍情，來此已是相府，不免擊鼓通報。〔雜扮中軍出問介〕〔净〕鐵門關報緊急軍情的。〔中軍〕隨我進來。〔净進見介〕報子叩頭。〔小生〕所報何事？ 這等慌張。〔净〕禀相爺，今有楚國，遣將統兵，殺向東來，已將到齊邦境上也。〔小生驚介〕豈有此理，我方與楚聯和不久，如何他領兵到此？ 莫非你打聽差了？〔净〕一些不差。〔小生〕喘息定了，起來講。〔净〕詎耐荆蠻肆虐，揚兵直向東齊。濟陽汶上盡驚疑，鐵門爲鎖鑰，報馬不停蹄。〔小生〕有多少人馬？ 領兵大將爲誰？〔净〕戈戟如林遍野，旌旗掩日無輝。不知軍數，望來迷旄。頭標大將，宋遺領雄師。〔小生〕一路來可有攻城？〔净〕并没攻城。〔小生〕可曾掠野？〔净〕也没掠野。〔小生〕這又奇了，再去打探。〔净出跑馬下〕〔小生〕楚今背盟，犯我境土。衆位先生，計將安出？〔客〕楚方合從不久，與齊并無怨仇。今忽提兵到此，又不掠地攻城，其中必有原故。今當一面飛檄，傳諭邊鄙將士嚴守關津，一面奏明朝廷，觀其動静，再做道理〔一〕。〔小生〕此言甚善。左右，速傳令各邊將士，嚴守關津，不許亂動。我就奏知朝廷便了。〔中軍急下〕

【月雲高】〔小生衆客合〕變生一旦，羽檄飛來汗。臨事且躊躇，荆蠻雖悍，諒他師出無名，未必能爲患。前日裏通玉帛，今日裏同冰炭。口血須知猶未乾，何事壇中牛耳寒。

〔丑扮關吏、小旦扮馬夫同跑上〕

【鐵騎兒】關吏來，關吏來，顔羞色赧，未語意先煩。饒他相度，受辱恐難安。

〔下馬介〕自家鐵門關關吏是也。來此相府，不免擊鼓通報。〔擊鼓介〕〔中軍出問介〕〔丑〕鐵門關吏禀事。〔中軍〕隨我進來。〔丑進見介〕鐵門關吏叩見。〔小生急問介〕那楚將領兵到來如何了？〔丑〕堪恨楚人無理，統兵直壓齊城，無端嫚罵辱非輕。〔小生〕所罵何言？〔丑〕他罵昏庸君不道，邪佞滿朝廷。〔小生〕還説些甚麽？〔丑〕深悔從前合從，而今羞與聯盟。他待踏平東海并臨清。這却更罵的狠了。〔小生〕怎麽罵的狠？〔丑〕小官不敢説。〔小生〕但説不妨。〔丑〕他説牽來齊滑頸，抽斷孟嘗觔。〔小生氣介〕可惱，可惱！中軍官，快傳諭各營將士，速到鐵門關，將那厮與我擒來。〔丑〕禀相爺，那楚將對着齊城大罵一場，隨復領兵而去了〔二〕。〔小生〕去了？〔丑〕去了。〔小生〕有這等事？你且回關去罷。〔丑先下〕

【月雲高】眉頭恨縮，無故遭譏訕，怒髮衝冠起，頻將劍按。〔客〕公相不須着惱，楚人舉動如是，必有讒人離間，破我合從之謀。想齊居東海，國富兵强。楚則西鄰暴虐之秦，中處必争之地。齊可無楚，楚不可無齊。今彼自絶於我，禍將立至矣〔三〕。他破盡樊籬，必有讒人間。那壁厢將自悔，這壁厢何須憚。却不道唇亡齒易寒，只索忍耻包羞冷眼看。

一朝從散語尤狂，無名氏。動地驚天物不傷。崔涯。
冷眼静觀真好笑，徐寅。無端殃種自閲墻〔四〕。

評　點：

〔一〕臨變不驚，孟嘗可謂得士。

〔二〕寫得楚人一似孩提戲耍。

〔三〕識議明暢，極寫孟嘗得士。

〔四〕宛若天成。

## 第十齣　悔地

【商調引子】【風馬兒】〔丑〕分疆割地按輿經，終日裏扣秦廷。奈他相府無音信，占天太史，不奏使星臨。

自家楚國使臣逢侯丑是也。前者秦遣張儀到楚，賂我商於之地六百里。叫楚絶齊散從，因此命我前來，按圖受地。來到此間，一住三日，那張儀總不見面〔一〕。今早纔令人傳説，到他府中相會。日已晌午，怎還静悄悄的，且自等候。〔内吹打開門介〕〔小生錦衣冠帶侍從簇擁上〕

【前引】〔小生〕獨持秦柄主連横，將虚餌誑蠻荆。管他兄弟相凌迸。貪痴夢醒，免不得氣填膺。

俺乃秦相張儀是也。今有楚國使臣，來此受地，着他進見，自有道理。〔雜傳丑進見介〕〔丑拜小生端坐不理介〕[二]〔丑起背介〕這等大模大樣。〔小生〕你是楚國使臣？來此何幹？〔丑〕俺奉楚國之命，道你國與俺連和，將商於之地六百里，割與我楚，令我絕好東齊。今齊交已絕，特來受地。〔小生〕原來爲此，當初原係我到爾國，與楚王面言，楚能誠心事秦，秦以商於之地六里，願割與楚。未聞以六百里也，莫非你道差了[三]？〔丑〕怎麽得差？現有輿圖在此。〔小生〕就取輿圖來看。〔丑取圖指介〕從某至某，計六百里，你只按圖交地便了。〔小生〕左右取庫中册籍，與他查對。〔雜取册籍上〕〔小生〕這是秦國版圖册，你自把輿圖查對便了。〔雜與丑查對介〕從某至某，計地六里[四]。〔小生〕差也不差？〔丑驚怒介〕如此說來，我楚竟被你秦邦誆騙了[五]。

【過曲】【高陽臺】這話不中聽，笑你堂堂英俊，直恁言而無信。我絕好東齊，也只圖秦地歸荆休輕。雄封千里稱大楚，希罕這五六里土地人民？〔合〕不分明，傷和變好，陡地相争。

【前腔】〔小生〕堪憎。小小蟻蟲，出言無狀。問誰是言而無信語爾君臣？早教痴夢還醒非輕[六]。一民尺地皆吾寶，那裏有六百里一朝相贈？〔合〕不分明，傷和變好，陡地相争。

〔小生〕這廝攪纏不清，左右將亂棍打出，掩門。〔小生領衆喝堂下〕〔衆打丑出門，丑氣介〕有這等事！

【尾聲】看他裝威如火語如冰，真無情無義豺狼性。俺回去報與楚王呵。免不得髮上衝冠怒膽生。

張儀無地與懷王，杜牧。笑向天西萬里霜。楊巨源。
秦楚眼看成絶國，錢起。誰能高叫問蒼蒼。

---

**評　點：**

〔一〕一住三日不見面，先挫其鋭氣。
〔二〕冷得妙甚。
〔三〕冷甚。
〔四〕惡甚。
〔五〕痴夢醒矣。
〔六〕益發奚落盡情。

# 第十一齣　泣耕

【商調引子】【憶秦娥】〔生草笠持鞭扶犁上〕身遭放，多因讒口時加謗。時加謗，才惟招忌，忠難見諒。

一自離朝端，躬耕事南畝。麋鹿相與游，木石共居處。君王隔九重，出入農爲伍。郊原黍稌萎，惟懼成焦土。天高不聽聞，小民多疾苦。安得訴穹蒼，愛物施靈雨。我屈原自遭放逐，旋離國門，難顧家室〔一〕。只有親姊一人，向係寡居，歸來同住。居民因將此地名爲姊歸鄉。俺惟有從事耕耘，日與農夫爲伍，到免得和那邪佞同朝，省多少是非口舌，這也罷了。只是吾乃楚室宗親，見此國事乖張，怎生放心得下。前日聽得罵齊之人回來，説齊已大怒絶交。昨又聽得受地之人回來，説秦竟賴地不與〔二〕。果不出吾所料矣。〔嘆介〕

【過曲】【二郎神】嘆此事果遭秦誑，吾料來纖毫不爽。寸土未沾交已散，空留得話把，貽笑友國鄰邦。今又聽得吾王大怒，就要興兵伐秦。咳，我想楚國連歲歉收，又值炎天暑熱，兵勞糧寡，孤立無援。眼見得將來又要失利也〔三〕。都不管無故(佳)〔加〕兵定不祥，況六月師行人怨往。暑難當，兀的不流金爍石，揮汗成漿。

【前腔換頭】思量。室如懸磬，問何來兵餉。似這千里孤軍絶裹糧，入虎穴怎保得無傷？論圖霸安邦須自强。早把那勤民政講〔四〕。我楚自入夏以來，兩月不雨，民心惶懼。聖上，聖上，怎不效成湯桑林虔禱，將福迓災禳。

來到田間，你看禾苗盡槁。這天那像有雨的，眼見的國病民饑，如何是好？

【集賢賓】誰不想君王有道時雨暘，慶物阜民康。自古道人意天心真無兩。若不是性情失舉動乖張，自感得陰陽和暢，那怕他旱魃猖狂〔五〕。這樣乾土，那裏耕犁得動。驅牛往，終無奈石田荒壤。

【前腔】〔老旦提筐上〕嬃終相餉促步忙，且抛却縫裳。吾乃屈原之姊女嬃是也。老而居寡，孑然一身。因吾弟直諫不聽，被放躬耕。因此歸來，一同居住。今早兄弟往田耕犁去了，不免收拾些午飯，與他送來。你看夏日炎風阡陌廣，怎不聞禾稼飄香〔六〕。〔見介〕兄弟辛苦。〔生〕又勞姊姊送飯。〔生飯介〕〔老〕兄弟，你廟堂趨蹌，那慣恁胼胝凄凉情況。不由人心悒怏。天呵，何事把忠良見枉。

〔生嘆介〕咳，姊姊，我屈原一身有何足惜。只因楚受秦愚，必遭其害。內有奸佞，外無黨援。眼見待麋鹿郊游，生民塗炭，可不傷心也。

【鶯啼序】那秦吞六國如虎狼，反絶好齊邦。他那裏蜜口如槍，我這裏似鷄落熓湯。任邪佞把王心蠱蕩，想社稷定遭淪喪。〔老〕吾聞食君之禄者，分人之憂。兄弟既不食其禄，也可以不任其憂了。〔生〕咳，楚是吾宗黨，怎能視肥瘠無關痛癢。

【前腔】〔老〕看他聲聲哽咽血泪滂，都只爲一本難忘。可憐恁瘦骨郎當〔七〕。怎禁得感憤悲傷。且勸爾加餐自養，且勸爾懷珍自賞。〔生〕咳，可惜我屈原滿腹經綸，棄而不用，都只爲宵小讒言所間耳。〔老〕你且把閑愁漾，想自古多才招謗。

兄弟，這天既無雨，土硬難耕，何不且驅牛家去？〔生〕姊姊且請先行，兄弟就隨後來也。〔老〕難拉孤臣泪，翻傷慥者心。〔提筐先下〕〔生嘆介〕姊姊，你叫我漾却憂愁，怎知這國家大事，關係非輕。即如目今久旱無雨，我屈原這數畝之地，雖盡荒蕪，有何足惜？但環楚數千餘里，烟火數百萬家。萬一年歲不登，民饑無食，豈不展轉溝壑，逃散四方。那時强鄰窺伺，益發難支矣。

【琥珀猫兒墜】鞠惱天降，灾害并成殃。你看那鄉村的農民，一個個都嗟怨前來也。〔四脚扮農民背犁驅牛上〕〔外〕旻天疾威。〔末〕旱魃爲虐。〔小生〕哀我人斯。〔小丑〕搥胸跌脚。〔衆〕這是怎麽？〔小丑〕你們出口都是詩，我是不會通文的，急得搥胸跌脚了。〔衆〕休取笑，你看屈大夫在此，怎麽也自扶犁？〔生〕衆位都是耕犁回家的？〔衆〕大夫，你難道不曉得，這天久不雨，地上如何耕得動？只好看看各自回家罷。想來今年年歲，一定成灾了。〔生〕正是如何是好。赤地千疇皆草壤，安期萬寶貯千箱。〔合〕堪傷。擊鼓吹豳，盡成虚謊。

〔衆〕當初大夫在位之時，遇有凶災，即便入告，興發補助。小民咸有更正之樂〔八〕。如今大夫被放，朝内無人。設或年歲不登，君王如何曉得〔九〕？少不得都要餓死，好憂心也。

【前腔】〔生〕聽他怨苦，驀地更情傷。惠政仁心都不講，痛盈廷容悦鮮忠良〔一〇〕。蒼天，蒼天，我楚國百姓何辜，遭此大旱。上帝有好生之德，如何不軫念民生，甘霖早沛也。〔哭介〕〔衆驚介〕呀，你看，屈大夫一聲哭叫，怨氣冲天。這泪珠灑在半空，竟變成大小雨點。一霎時，天昏日暗，風雨齊來，好不奇怪。〔一一〕〔合〕無光兀的不泪灑穹蒼，氣冲霄壤。

〔生望天喜介〕果然有大雨來了，大家都在大樹之下，暫避一避。〔虚下〕〔内扮雷公電母風伯雨師齊上舞下〕〔生衆上〕好大雨，好大雨，屈大夫都是你至誠感應，降此甘霖，丰年有望，好不歡喜也。

【尾聲】謝天天靈雨須臾降，俺們且齊舉耰鋤各自忙。〔生〕屈原，屈原，怎能把這點丹誠也動我王〔一二〕。

萬事風吹過耳輪，王建。長吁一注濕青雲。杜甫。
可憐荒歲青山下，盧綸。直道何由啓聖君。馬戴。

## 評點：

〔一〕屈平之妻不見經史，若撰一姓氏，固恐失實。然竟爾遺漏，亦覺未妥。故以『難顧家室』四字渾渾提過。

〔二〕雙雙寫來，可發一笑。

〔三〕又料定。

〔四〕正言要言，豈云戲耶？

〔五〕至理。

〔六〕畫出早景。

〔七〕天性至情，令人泪下。

〔八〕補寫。

〔九〕罵盡上官輩。

〔一〇〕悲天憫人，聲泪俱下，最出色文字，不比凡手。

〔一一〕事本外傳。

〔一二〕結得好筆力。

# 第十二齣　喪師

【雙調引子】【海棠春】〔末、丑戎裝領衆上〕饑軍未練難交陣[二]，爲秦欺一腔羞忿。立地便興師，直向西戎問。

元戎奉命出征西，士不歡騰馬不肥。六百商於猶事小，怕留話柄與青齊。自家楚國大將屈匄是也。因吾王誤聽張儀，罵齊絶好。今秦賴地不與，吾王大怒，命俺率領偏將逢侯丑，盡起國中之兵，前往伐秦。來此已是丹陽地面，前軍探子來報，秦已遣將來迎。就此統兵上前，準備對敵便了。

【過曲】【錦上花】號令爾三軍，號令爾三軍，去敵西秦，要建奇勛。快争先，快争先，齊向潼關進。

〔下〕

【引子】【前腔】〔外戎妝領兵上〕西秦甲士雄威震，懷忠勇寧甘白刃。荆楚敢交鋒，管教難逃遁。

師行秦嶺陣雲高，雪白霜明燦寶刀。枹鼓亂鳴須盡敵，常教碧血染征袍。自家秦國大將王翦是也。聞楚兵犯境，奉吾王之命，領師禦敵。來此已是丹陽地方，探得楚兵將到，不免擺成陣勢，候

他到來，即便交戰。〔調陣介〕

【過曲】【前腔】前隊兩邊分，前隊兩邊分。中後盤旋，四角如輪。把都兒，把都兒，擺個蚩尤陣。

〔末、丑領衆上交戰介〕〔楚軍敗下〕〔末、丑被擒介〕〔外〕且喜生擒兩將，斬首八萬餘級。不免乘勢取了楚國漢中之地，就此奏凱回秦便了。

【尾聲】看他沐猴淺見全無忖，只落得片甲無存覆盡軍。似這等貪利愚夫堪笑哂。

烽火年年報虜塵，李嘉祐。隔河征戰幾歸人。劉長卿。

從今暗結千重恨，司空曙。泪滿征衣怨暴秦。陳標。

評　點：

〔一〕承上荒歲來。

# 第十三齣　質子

【商調引子】【風馬兒】〔外領内侍上〕生被奸欺恨絶，誓抉斷張儀舌。大興兵定將仇滅，怒目咸陽盼殺旌旗捷。

寡人自被張儀欺誑，絶好齊邦。秦人賴地不與，好生可惱。因命大將屈匄、裨將逢侯丑等，悉起國衆，襲取咸陽。誓必墮其城郭，生致張儀，剖腸抉舌，方快吾心。怎麽此時尚無捷音，好不焦躁人也。〔末急上〕一聲鼙鼓山河震，百萬生靈草木枯。臣昭睢見駕。〔外〕大夫何事慌張？〔末〕大王聽啓，俺那伐秦之師呵！

【過曲】【金梧桐】車雖千乘多，遇敵天生怯。接戰丹陽，將損兵全折。〔外驚介〕難道屈匄全軍盡没了。〔末〕屈匄兵至丹陽，被秦人殺得大敗。斬首八萬級，屈匄、逢侯丑俱被擄去。秦人乘勢，取楚漢中。如今韓魏聞知我阻於秦，同謀襲楚，其兵已至鄧地，如何是好〔二〕？〔外大驚介〕有這等事？〔末〕他一似擁有百城，俺豈但離三舍。則怕樹敵孤軍，難保宗和社。願吾王早畫個安邦策。

〔外〕事已如此，快宣我兒和諸大夫一同商議。〔内侍宣介〕〔小旦、丑、副净同上〕不聞宫裏呼陪宴，忽聽朝中議退兵。臣等見駕，不識吾王有何諭旨。

【前腔】〔外〕只爲秦人太肆梟，將楚來欺滅。師出無功，此恨何由泄。他那裏旌滿郊，俺這裏屍横野。那堪韓魏憑陵，又稱兵犯廷闕，急忙中竟没個安邦策。

〔丑〕父王放心，敵人不過貪得土地，今且割兩城以和，則兵退國安矣〔二〕。〔副净〕公子之言極妙，止有割城求和。〔外不悦介〕商於之地不能得，反失去漢中，今又貼去兩城，難道便罷了不成？〔末〕大王請且息怒。當今秦强肆虐，三晋及燕，皆莫能敵，惟齊楚可與争衡。楚自與齊絶後，孤立無援，以致屢受秦欺，兵將失利。今不如仍結齊好，合從圖秦。一破秦兵，則韓魏可立退矣〔三〕。〔副净暗驚背介〕莫不又要起用屈原了？且看他如何。

【梧桐樹犯】〔末〕齊稱海岱雄，與楚壤相接。正好兩大同心，唇齒相依藉。通兵共踏咸陽闕，管教韓魏聞知心膽慴。〔外〕屈平當日曾勸寡人與齊合從，只因誤聽張儀，將齊罵絶〔四〕。怎好又去講和，料齊人也未必肯信。如何是好？〔副净背作愁眉咬指介〕〔五〕〔末〕臣聞齊王新立，正要連結諸邦，重興霸業。況有孟嘗爲相，信義彰聞。若奉太子前去爲質，重與修和，令其將兵助我，則亡地可復，一洗前羞，有何不可？料齊邦未肯將人絶，俺若質子修和，他定然能將兵借。

〔副净〕太子國家根本，如何輕易遠離〔六〕？〔外〕今值急難，太子爲國立功，這也説不得了。〔小旦〕謹領父王之命。〔外〕但是何人可以送去？〔末〕臣願陪往。〔外〕如此甚好。内侍，快傳旨備就車馬玉帛，伺候起程。〔小旦〕孩兒就此拜别。〔拜介〕

【水紅花】〔小旦〕暫抛定省辭宫闕，不由人牽衣難捨。俺那怕關河千里勞跋涉，也不怕冷清清淒凉客舍。怕只怕人面高低知他冷和熱。〔合〕一霎時聽蕭蕭班馬鳴聲咽也囉。

【前腔】〔外〕無端灑泪輕離别，也難禁衷腸痛裂。我兒此去呵，晦明風雨須自樽節，休還認晨昏在側，只願你歸期近也，暫把離懷撇。〔合〕從今後望淄漠漠雲千叠也囉。

〔外〕諸大夫遠送太子一程。〔外引内侍先下〕〔雜扮輿從上〕〔小旦、末上馬介〕〔副净、丑同行介〕

【猫兒墜桐花】【琥珀猫兒墜】〔小旦〕匆匆行色，慘淡秋時節。滿徑西風飄落葉，霜林染就丹楓别。【梧桐花】敢是俺羞顔相映者，休錯認離人泪成血。

【尾聲】望江干艤岸舟横楫。〔内扮軍役撑船上〕〔小旦、末下馬登舟介〕〔小旦〕賢弟和諸位大夫請回。〔副净、丑〕太子前途保重。〔内吹打鳴鑼，小旦、末開舟行介〕趁帆風北渡輕如葉，天呵，問何時重返荆陽故城堞。

〔下〕〔副净〕太子去了。只是屈平當日雖有使齊合從之功，難抵怨讟猖狂之罪。此人不可再進，還求公子作主，在大王跟前一言。〔丑〕大夫放心，便是夫人，也不喜他時時進諫，再不容他面聖的。〔副净〕這就極妙了。

賢臣一一皆羈滯，張九齡。嚴壑何嘗是隱淪。温庭筠。

不是大家頻向説，王建。與君相見便相親。劉希夷〔七〕。

評　點：

〔一〕虛寫韓魏。

〔二〕虛寫割兩城，庸臣謀國，其技不過如此。

〔三〕正言確論。

〔四〕悔之遲矣。

〔五〕上官咬指愁眉，莫誤認愁齊不肯信和。

〔六〕總怕屈平復用，簧言動聽，可畏如此。

〔七〕此詩總謂屈原之放，終不復見懷王者，此三人之譏間也。

## 第十四齣　助師

【引子】【憶秦娥】〔四雜扮客朱履上〕才難得，莫須輕視爲門客。爲門客，鷄鳴狗盜也稱奇絕。

何物天生不是才，遭時溷濁任塵埋。免爲餓殍填溝壑，且作私家食客來〔一〕。吾等乃齊相孟嘗君門下食客是也。寵加珠履，待爲上賓。雖則車乘魚饌，享用不類單寒，終是入幕處囊，勛業有殊顯貴。這也不在話下。今有楚國大夫昭睢，奉其太子來齊，爲質請和。借兵相助，同伐西秦。想我國王新立，正思合從群侯，重興霸業，此舉到也合式。但俺公相孟嘗君，惱他從前罵齊，不肯就與相見。先着吾等將他嘲笑一番，諒他就好到來也。

【前腔換頭】一帆纔把荆襄越，驅車泰岱雄封別。雄封別，這番相見語言羞忐。下官昭睢，自奉太子，來到齊邦。看他賓館無人，供應不設，十分冷落。想爲前番辱罵之仇，不以禮待。咳，今爲國家急難，便服低做小，也説不得了。適將太子送入公館，安歇下了。不免先去見過孟嘗君，求他轉奏齊王，再做道理。來此已是，你看堂前列坐許多貴客，盡皆珠履，好不尊重。傳説孟嘗君好士禮賢，果然不差。〔見介〕諸位先生請了。請問諸位先生，可都是薛公貴客麽？〔雜〕然也，尊官何來？〔末〕下官楚國大夫昭睢，奉命出使貴國，求見薛公，敢煩先生轉達。〔雜〕原來如此。公相入朝未回，且請坐下有話。〔坐介〕〔雜〕請問大夫，前日楚王遣使罵齊絶交，與秦聯合，不知得了多少地土，定然國富兵强。今來齊國又必有何責備之言，想要加兵於齊了。〔末惶愧不寧介〕諸位先生言重，楚國焉敢如此，只因前日誤聽張儀，一時冒犯，如今特來請罪，念楚王呵。

【過曲】【高陽臺】他本誠實無欺，言而有信，不比戎狄狡黠。因一時誤聽游士讒説，把舊時兄弟盟斷也。枉冒觸友邦，於今悔不迭。〔雜〕楚縱背盟，與齊何損？只問你那商於之地，到底得了不曾？〔末〕咳，若秦人果然與地，我楚又與他爲難怎的。不由人興師問罪，誰知又將兵折。

〔雜〕秦敗楚兵於丹陽，斬首八萬，擄去大將屈匄、裨將逢侯丑，遂取楚漢中之地。那是俺國已有報的了〔二〕。但又聞韓魏合會秦師，暗襲楚國，已至鄧地，不知後來如何退敵？〔末惶恐介〕那、那時止、止得割兩城以和了。〔雜笑介〕原來商於之地不能得，反失去漢中，又割去兩城，豈不倒貼了。

【前腔換頭】真堪笑者。好個南面稱尊，滿朝臣宰都一般見利心熱，怎没個直諫忠良，拚痛哭匍匐廷闕〔三〕。〔末〕諸位先生，還是成事不説，既往不咎了。如今楚王悔過，願將太子爲質於齊。只求仍續前盟，出兵相助，共伐西戎，以雪大耻。則歲歲納幣齊廷，不敢違誓。少頃公相回朝，望爲轉達。〔四雜〕此話休提。齊國僻處東海，素不與秦相争。况我君親賢遠佞，仁義彰聞，從不貪人土地〔四〕。奚肯搆怨興兵？萬一失利，又無城可割以和。那時爾楚乘我之危，依舊背盟，與秦協而謀我，豈不較之從前辱駡更增十倍乎？只怕公相朝回，也是不能從命的。饒舌。諒我小邦，怎無故與强鄰厮鬥也。不郎當怕又没兩城割捨。只好任你惡言加，永把這和親斷絶。〔内呵道介〕〔末背介〕受他恁般搶白，這是那裏説起。且看薛公回來相見光景如何，再作道理。〔雜〕公相已下朝來。大夫在此少待，就請相會便了。〔末〕領命。〔末虚下〕〔小生領侍衛上〕〔四雜打恭迎介〕

【引子】【風馬兒】〔小生〕朝罷歸來香未徹，望戺戟當門列。趁花陰日影過亭榭，且從容退食，怕冷落堂前客。

〔雜〕楚大夫昭睢在此，相候多時了。〔小生〕就請相見。〔末上見介〕〔四雜下〕〔小生〕田文不知太子駕到，有失郊迎。又勞大夫枉顧，益發有罪了。〔末〕豈敢。昔者天降禍亂於楚，寡君不祥，背棄盟好。一時狂惑，開罪大邦。今已悔過輸誠，願納太子爲質〔四〕。只求公相轉奏齊王，不念舊惡，重續前盟。借我一旅之師，雪秦三敗之辱。則寡君幸甚，臣民幸甚。

【過曲】【黄鶯兒】他把愛子侍君側，申誓盟，通玉帛。只願借兵助我將秦滅。〔小生〕齊楚原有舊盟，只怕楚王不能始終如一耳。似雲翻雨覆，任波騰浪叠，叫我盟言續處還中絶。〔末背介〕這等如何是好？真難説〔五〕，公相呵，却不道扶危濟困，休恁心如鐵〔六〕。

〔小生低頭不語介〕〔末〕公相在上，今齊若不救楚，楚一爲秦所滅，那時燕韓趙魏，望風而靡。竊恐暴秦貪黷無已，齊亦親受其禍矣〔七〕。願公相熟思。〔小生笑介〕大夫放心。自秦楚搆兵，我不忍趁人之危，加兵爾國者，原爲秦人欺詐，甚爲不平〔八〕。適聞太子前來，我君臣早知其意。方纔朝中商議，正待大興師旅，助楚伐秦。擒獲張儀，明正其罪，以告天下。只願楚王有始有終，則兩國之盟可久矣〔九〕。〔末〕如此多謝公相。

【簇御林】俺待惡狠狠將怨雪，他便急孜孜圖霸業。公相呵，管教一興師兩下勛名烈。〔小生〕大夫，看你意兒苦，言兒切，不由我心兒熱。〔合〕都只爲秦人詐也，那由他肆毒如蛇蝎。

〔小生〕明日即當引領太子，同見吾王，暫請留住齊國。俺這裏伐秦之師，久已調撥齊備。大夫亦請回國，料理起兵，與你同會潼關便了〔一〇〕。〔末〕待小臣先去回覆太子，即便歸國。正是參謀豈必資庸士，經國終須貴老成。〔辭下〕〔小生〕左右，傳三營元帥進見。〔傳介〕〔生、浄、貼扮三帥上〕疆場决戰三軍勇，帷幄神明一將心。〔生〕小將中軍元帥田單是也。〔浄〕小將上軍元帥倬齒是也。〔貼〕小將下軍元帥王孫賈是也〔二〕。〔見介〕公相在上，末將甲胄在身，不能全禮。〔小生〕三位元帥〔三〕點兵已齊，可即擇日祭旗起師。那楚兵已約在潼關會齊了。〔三帥〕領鈞令。〔小生〕壇上聯盟推從長，師中力敵選先鋒。〔小生下〕〔衆軍上〕〔三帥誓師介〕衆三軍聽令者，西秦恃强無道，聽信游士張儀，全憑詐力，欺滅諸邦。吾王今爲從長，命俺帥爾三軍，合同楚國，聲罪進討。爾其奮勇圖功，無生退悔。各遵軍政，違令則誅。今乃黄道吉程，就此起馬。〔衆〕得令。〔呐喊起行介〕

【尾聲】擺旌旗，横四野，聽軍聲雷震天崩裂。那怕他百二潼關待打破也。

征西車馬羽書馳，杜甫。寒嶺千重雁度遲。皇甫冉。

壯志未平空咄咄，徐鍾。百僚班外置三師。竇常。

評點：

〔一〕才士而寄人籬下，自古爲然，可發一慨。

〔二〕自知又故問，可見是有意嘲笑。

〔三〕直對針屈平。

〔四〕字字反映前文。

〔五〕措詞甚善。

〔六〕三字寫書。

〔七〕只得直以大義求之。

〔八〕戰國時情勢確是如此，不怕孟嘗不聽。

〔九〕寫孟嘗好。

〔一〇〕費無限周折，更表出孟嘗仁智敏決。總爲好士禮賢者抬高身份，與屈原被抑反照生情也。

〔一一〕伐秦亦用虛寫。

〔一二〕三帥即影照齊滑興亡之案。

# 第十五齣　通袖

〔末扮楚將領從上〕世事如翻掌，人情似弈棋。自家楚國一員偏將是也。俺楚王爲張儀所賣，失地喪師。只得又將太子爲質，求好於齊，合師攻秦。秦邦聞之恐懼，連忙使齊謝罪，講和罷兵，割還漢中於楚。俺楚王不願得地，只願得了張儀，將他治罪，然後甘心。那秦王無奈，只得將張儀上了

囚車，撥兵護送，交俺押解前來。已將快到楚國，衆軍士，快趲行一步。〔小生鎖械乘車衆擁行上〕

【南呂過曲】【一江風】〔小生〕出秦關又到荆陽境，花鳥歡相迎。仗機謀履險如夷，管教虎口生還。豈是空僥幸。我張儀愚弄楚王，幾至覆國。虧他質子於齊，修和釋怨。借兵伐我，秦王恐天下諸侯不服，也與齊聯盟修好，令其退兵，仍許割漢中還楚。誰知楚王不願得地，只願得我甘心。秦王始猶不允，後因小生一言，欣然許諾〔一〕。免不的將俺權且械繫，押解前來。楚王，楚王，你只望將我張儀，如何擺布。那知俺早已算定，只怕你依然入我牢籠也。饒他怒滿膺，饒他怒滿膺。由他自解鈴，軟情絲偏縛得住心腸硬。〔齊下〕

【引子】【步蟾宫】〔副净〕國如毛羽財如命，一點心被他買定。明知我主受欺凌，怎奈私交情勝。

俺靳尚只因受秦賄賂，勸吾主絶好東齊。誰知秦人賴地不與，以致楚王憤怒出師，又被秦人殺敗。斬首八萬，擄去大將屈匄、稗將逢侯丑等七十餘人。韓魏聞我勢孤，領兵襲我。失了漢中，又割去兩城。因此吾王震恐，只得復將太子爲質，求救於齊。區區爲着這些事情，心中却也老大不安，惟恐吾王見罪。且喜平素間勾通了一個穿宫太監，名唤姬全善。轉求了夫人鄭袖，在楚王面前十分調停。屈原又不在朝，無人彈論。且有令尹子蘭作主，所以楚王心下，只歸咎張儀。竟將區區當日一番撮合情形，渾然忘記了。又兼下官工於諂媚，楚王不但不加罪責，反比從前益加寵信〔二〕，也不在話下。今因齊楚復合，并力攻秦。秦人果然害怕，忙去與齊講和退兵，仍願割地還楚。誰知吾王不願得地，要將張儀治罪，即可甘心。秦邦無奈，已經依允。但張儀與我原係舊交，今還未到，先私自遣人暗來求我。又饋我許多金幣，叫我通信與夫人鄭袖，説秦恐張儀受害，選就兩個絶色美女，要送與楚王，以贖儀罪。那夫人最是吃醋，自然不等美女送來，即便力勸楚王將儀釋放歸國。真個好計。我想秦楚既然連和，定要殺那張儀何用？落得做個人情，已將這話説與姬公公，去通知夫人。待他回覆，再做道理。

【引子】【女冠子】〔丑扮太監上〕出入宫闈參國柄，全虧得善逢迎。朝臣内外勾通定，君前一任胡厮騁。

咱乃楚王駕下一個穿宫太監姬全善是也。來此已是上官大夫門首，不免竟入。大夫那裏？〔副急迎介〕原來公公到來，請坐。〔丑〕孩子們都退了罷。〔副低問介〕請問那話如何？〔丑〕事妥了，放心，則那娘娘呵。

【過曲】【鎖窗寒】一聞言陡地心驚，無語低頭計已成。道張儀快去止住娉婷。有伊行作主。向君王奏請，管保他得全軀命。〔副〕却是好也。那張儀如得活命歸秦，必將金帛相謝。〔丑〕這又全仗大夫。〔合〕救星。一語解愁城，料他行酬謝非輕。

〔副笑介〕我就道張儀這一着又算得利害，那娘娘一定要從中生變的〔三〕。

【前腔】他獨承恩寵冠宮廷，怎肯教新入娥眉起妒爭。定然將此禍銷滅無形。任君王震怒，便有雷霆威令，怎傲得娘娘嬌性。聞得張儀已將解到，也要稟上娘娘，早做主張纔好。〔丑〕不須慌忙，娘娘自有主意。〔合〕救星。一語解愁城，料他行酬謝非輕。

〔副〕小廝們快看酒來。〔丑〕咱家那得功夫吃酒，明日清明佳節，適纔娘娘有令，要四處找尋蝴蝶數千，於吾王飲宴之時，一齊放出。叫宮人各持花扇，向前撲捉爲戲，以博吾王心喜。咱家正要去辦此一件正經大事。告辭了。〔副〕原來如此，有趣有趣。

今助歡娛飄酒杯，白居易。游絲舞蝶共徘徊。温庭筠。
彩鴛静占銀塘水，胡宿。春色如何入得來。薛維翰。

評　點：

〔一〕妙在此處，籠而不露。
〔二〕寫懷王之昏一至於此。
〔三〕奸臣勾通敵國真堪不齒。

# 第十六齣　蝶宴

【雙調引子】【秋蕊香】〔貼領宮娥上〕窗外流鶯報曉，唤難醒春困慵嬌。無語翠眉顰來悄，些子事關心未了。

自家楚王夫人鄭袖是也。自蒙册立正宫，真乃三千寵愛在一身，六宫粉黛無顔色。不意昨日太監姬全善密奏於我，説大王怪秦欺誑，將其謀臣張儀，械繫來楚，欲加刑戮。秦邦着急，選就絶色美女二名，要送與大王，以贖儀罪。我想大王年老好色，秦女一至，寵幸必分。豈可不預爲之計。昨已吩咐太監姬全善，説與張儀，快去止住秦女，不許送來。總在我身上，保他活命歸秦。此事可不費我一片心機也。今乃清明佳節，少刻設宴宫中。已經着人預先尋得五色花蝴蝶百千餘個。待至酒闌，當筵放出，叫宫人一齊向前撲捉爲戲，以博龍顔生喜。就好乘機勸説大王，釋放張儀歸國便了。正是欲除怒氣將囚赦，須趁歡容進妾言。遠遠警蹕之聲，大王早入宫來也。

【引子】【前腔】〔外領宫監上〕莫把冤仇結了，聽修和且罷戈矛。趁媚景鎮日尋歡笑，拚向那温柔鄉老。

〔貼〕臣妾見駕。〔外〕妃子平身。寡人自將太子爲質於齊，合攻秦國。秦人恐懼，割地講和。寡人不願得地，只要得了張儀，鼎烹車裂，然後甘心。昨已械繫前來，今乃清明佳節，不便加刑。娘娘又設宴宫中，與寡人慶賞爲歡。你看百花早已開遍也。〔宫監〕啓大王，娘娘上宴。〔内細樂送酒共飲介〕

【仙吕過曲】【解三醒】鋪錦綉瓊葩芳草，真富麗瑶臺仙島。看楊枝裊娜夭桃笑，終不敵海棠嬌。當筵頻把金樽倒，近砌何煩羯鼓敲。這花似人年少，怕春光易老帶笑含苞〔一〕。

【前腔换頭】似這等千紅萬紫天工巧，怎怪得老入花叢興轉高。只因他春情濃處把人顛倒。向好處夢魂飄。〔内放蝶飛上介〕〔外顧喜介〕呀，一時間許多蝴蝶飛舞筵前，好不有趣。你看春明玉版雙鬟，戰日映花衣五色嬌。這蝶似人年少，也愛把花心緊抱，兩翅輕摇〔二〕。

〔貼〕衆宫人可上前撲打一會。〔衆宫女各服五彩短衣持團花扇撲打戲介〕

【仙吕入雙調】【鵝鴨滿渡船】蝴蝶兒，輕又巧。争上瓊筵上下飄。香雲緑鬟繞，香雲緑鬟繞。只見湘裙蹴動麝蘭生，他也撲人懷抱。紅袖拂，玉手招。齊把輕羅團扇摇，紛紛藏不了。兀的不翩翩詡詡悠悠颺颺，又被他撲速速飛上花梢〔三〕。

【赤馬兒】纔離花梢，又栖芳草。忽看幾曲闌干外，趁東風飄過紅橋。飛去飛來，顛顛倒倒，一聲歡笑〔四〕。那厢也剛剛撲着，這厢也剛剛撲着。

【前腔换頭】金蓮瘦小，裊裊纖腰争推跌倒。好似穿花蝴蝶更妖嬈，穿花蝴蝶更妖嬈。正是人逞風流蝶戀嬌〔五〕。那厢也剛剛撲着，這厢也剛剛撲着。

【拗芝麻】輕將粉翅拈，漫把紅絲套。看他畫難描，圖難肖。彩色春明耀。如裁似剪，無縫天衣妙。莫嫌點綴春光少，文章映日真波俏。

〔外大喜笑介〕妙哉，妙哉。蛺蝶翩褼，美人裊娜。可謂盡態極妍，有趣有趣。〔顧貼低頭不樂介〕值此佳晨，又逢樂事，夫人何以忽有憂容〔六〕？〔貼欲言又止介〕〔外〕夫人有何心事？快告寡人知道。〔貼嘆介〕妾聞前此秦楚搆難，大王爲國憂心。今幸國家無事，方得與妾等及時行樂。但恐一旦秦禍復生，此景不可多得耳〔七〕。〔外〕原來爲此。夫人放心，那秦邦近日呵！

【曉行序】舊怨全拋，又依然割地，與我修和聯好。寡人不願得地，只恨那張儀呵，三寸舌播弄一片虛囂。伊曹使盡奸謀，怎教我忍氣甘心罷了。昨日已從秦邦拿到，待寡人明日視朝，少不得將他梟首國門，以雪吾恨。非躁。總因他孽盈惡滿，情理難饒。

〔貼〕妾聞張儀久爲秦相，係其謀士，有功於秦，秦王最所寵任。今楚方與秦和，即便殺其謀士，戮其功臣，妾恐秦王未必甘心，雖和而終不能久。楚弱秦强，禍必立至〔八〕。

【前腔】休躁。他仇種心苗，只怕變生不測，這和終難保。况張儀天下稱賢，今乃各爲其主，一旦被戮於楚，亦恐天下游士因此解體寒心，皆裹足而不入於楚。則既結西秦之怨，復失天下之心。萬一合而謀我，妾恐丹陽之辱不旋踵而復覯矣〔九〕。雖欲與大王朝朝行樂，奚可得乎？〔泪介〕書生輩命等鴻毛。須料只怕衆怒成城，那時問罪興辭，叫我孤單難告。〔外〕夫人之意如何？〔貼〕據妾愚見，大王若釋放張儀，送歸秦國，彼必感大王再生之德。身雖在秦，心必爲楚。秦楚之交自然堅久〔一〇〕。諸侯亦不敢窺伺楚國，大王安枕無憂矣。思勞。這纔得絃歌花柳暮暮朝朝〔一一〕。

〔外點頭笑介〕夫人言之有理。寡人明日視朝，就將張儀優禮相待，遣歸秦國便了。

【尾聲】蠲除忿怒消煩惱。〔貼〕願大度包涵計更高。〔合〕且落得鬥草藏鳩試舞腰。

去邪當斷漫狐疑，周曇。宛轉芳心別有思。無名氏。

解釋春風無限恨，李白。年年歲歲樂於斯。趙彥昭。

評　點：

〔一〕花賞半開故帶笑，還苞之花以興楚王雖老而鄭姬則少也。

〔二〕此言楚王雖老而貪花之心無异於少，故以蝶爲比。

〔三〕寫蝶寫人，形客處亦盡態極妍。

〔四〕是活蝴蝶。

〔五〕是活美人撲蝴蝶。

〔六〕好想頭，好做作。

〔七〕入路便緊。

〔八〕亦論的是。

〔九〕危言真足聳聽。

〔一〇〕其然豈其然乎？

〔一一〕仍歸到歌舞行樂，若不與外廷之事者然。

## 第十七齣　釋儀

【黄鍾引子】【玉女步瑞雲】【傳言玉女】〔外領内監上〕怒轉歡顔，底事儘堪情遣。【瑞雲濃】虧得他謀深慮遠〔一〕。

寡人惱恨張儀，本欲置之死地。不意夫人一番勸解，細想所言，甚爲有理。不免釋其纍囚，放歸秦國，以堅和好。内侍，即宣上官大夫，將張儀脱去囚服，請來相見。〔内監傳旨介〕〔副净上〕恩威三日异，〔小生上〕寵辱一身兼。〔小生拜外扶介〕先生少禮。〔小生〕小臣罪該萬死，何勞大王優待。〔外〕寡人一時愚昧，誤犯先生，休得介意，就請坐了。〔小生告坐介〕

【過曲】【絳都春序】〔外〕恕我識卑見淺，量非弘，驟然冒觸休怨。〔小生〕微臣迫於秦王之命，開罪大王。今秦楚既經和好，臣敢不竭智盡忠，使二國永遠從親，以報再生之德。〔外〕此寡人之願也。全仗先生將秦柄長持干戈偃，遨游二國功名顯，免塗炭生民遭蹇。把邊疆各守，無虞無詐，大家歡忭。

〔小生〕微臣蒙大王不殺之恩，回奏秦王，道大王呵！

【前腔換頭】堪羡。老當益壯，恁下士禮賢，總是豪情一片。正好兄弟和親，玉帛相交，永無更變。秦王英明仁厚，大王若與相會，必然意氣相投〔二〕。但得兩雄相見歡非淺，歌《鹿鳴》共排佳宴。少不得聯盟歃血，量他燕韓趙魏，敢不稽首臣獻。

〔外〕上官大夫，明日安排車馬，就送張先生回國去也。〔副净〕領旨。〔外領内監下〕〔副净〕恭喜張先生，真個好妙計。〔小生〕全虧大夫之力。歸奏秦王，自當重謝〔三〕。

【尾聲】果然向枉死城又得回生轉。〔副净〕全虧得暗度金針將内綫牽。〔小生〕小生意欲奏秦王，與楚王同在武關一會，不知楚王果如約否？〔副净〕既然相好，焉有不赴約之理〔四〕？〔小生〕如此還全仗大夫，少不得借重君前助好言。

〔副净〕先生請在舍暫宿一宵，明早奉送。〔小生謝介〕

〔小生〕勞君車馬此逡巡，武元衡。　幾許悲歡并一身。劉長卿。

〔副净〕數日即歸丞相印，劉禹錫。　猶將談笑對風塵。鮑防。

評　點：

〔一〕反道虧他，昏庸已極。

〔二〕又作伏筆。

〔三〕私交之惡，令人髮指。

〔四〕導入下文，全不費力。

## 第十八齣　著騷

【黄鐘引子】【點絳唇】〔生〕滿腹牢騷，半生離恨憂〔一〕。難數登朝無路，舉足遭時妒。冠世文章，欲待鳴何處。年衰暮，借他詞賦自把閑愁吐。

民生各有樂，余乃獨好修〔二〕。高冠佩陸離，芳澤其雜糅〔三〕。繽紛時變易，何可久淹留〔四〕。蘭芷變不芳，荃蕙化爲茅〔五〕。厥美保驕傲，康娱以淫游〔六〕。瓊靡精爲粻，瓊枝折爲羞〔七〕。雲霓揚掩靄，玉鸞鳴啾啾〔八〕。兩美其必合，博大惟九州〔九〕。崑崙邅吾道，路遠以周流〔一〇〕。羲和令弭節，吾將上下求〔一一〕。我屈原一生耿直，懷抱孤忠，怎奈遭讒被嫉，不遇於時。冉冉年華，忽焉衰老。天那，天既生我屈原這冠世之才，經邦之學，如何又使我這般窮困，抑鬱難伸也。〔嘆介〕且住。我想人生富貴，總似浮雲。祇恐文章不見於世，將求與草木同腐耳。何不將我生平抱負，和那境遇坎坷，歷叙一篇，名曰《離騷》，可歌可咏。將來傳之後世，也知俺行芳履潔，學博才良。與那般趨營干進，阿匼希榮者，絶不苟同〔一二〕。作一個天地間不朽才人，也就罷了。不免伸紙磨墨，就此作來。

【越調】【入破】〔一三〕朕考伯庸，高陽裔，庚寅吾降生始。錫嘉名正則、靈均字〔一四〕。幸有内美天賦修能重具〔一五〕。愛扈將離闢芷，秋蘭紉佩〔一六〕。朝搴木蘭，夕檻〔一七〕宿莽〔一八〕，春秋序，年歲恐不吾與。美人傷遲暮〔一九〕，拚棄穢不改此度〔二〇〕。昔三后衆芳群聚〔二一〕。堯舜當年尚耿直，遵道得路。嘆昌披，豈料桀紂捷徑窘步〔二二〕。

【破第二】竊恐皇輿敗績，奔走踵前武。不揆余中情，反信讒而齌〔二三〕怒〔二四〕。亦知謇謇爲患，忍不能捨，夫惟靈修之故。黄昏爲期中道改路〔二五〕。

【衮第三】不難别離，只傷靈修化。又把九畹蕙蘭滋，雜杜蘅芳芷。願竢時，吾將刈。奈萎絶徒傷蕪穢〔二六〕。我也恕己量人，胡乃興心妒嫉。老將至，他競進貪婪，我恐修名不立〔二七〕。

【歇拍】餐英飲露，何傷顑頷顔頞〔二八〕。哀我民生多艱苦，時掩涕長太息〔二九〕。搴法前修，怎怪朝誶夕替〔三〇〕。笑蛾眉，反謂善淫謡諑嫉予〔三一〕。

【中袞第五】待發軔蒼梧，至縣圃，總轡扶桑路。前戒鸞皇，望舒驅。飛廉屬雲霓御〔三二〕。衹願帝閽開關，倚定閶闔望予。不意曖曖音沉，枉結幽蘭延佇〔三三〕。

【增袞第六】予求處妃，有娀女，周天余乃下〔三四〕。浮游逍遥，媒不固，世溷濁。心猶豫，情懷不發，焉能與此終古。怎奈邃遠閨中，哲王不悟〔三五〕。

【增袞第七】休懷故宇〔三六〕。靈氛卜，巫咸夕告予〔三七〕。求榘矱所同，似咎摯逢湯禹〔三八〕。傅岩築，望刀鼓，寧戚謳歌，齊桓聞以該輔〔三九〕。惟此黨人不同好惡〔四〇〕。

【煞尾】余將遠適自疏，朝天津，夕西極，行流沙，遵赤水，自容與〔四一〕。載雲旗，駕瑶車，八龍婉婉，遥指西海以爲期，願從彭咸居〔四二〕。假日媮樂九歌韶舞〔四三〕。

【出破】忽臨睨舊鄉，生悲僕馬蜷局顧〔四四〕。嘆美政莫足與有爲，棄故都人莫我知兮，不禁傷心已矣〔四五〕。

騷已著完，天色已暮，不免就月下自讀一遍。

【黄鐘過曲】【畫眉序】這文章衹好將來自欣賞，全不是巴人下里時調新腔〔四六〕。且休題筆墨生香，還怕要忤俗遭謗。知音遥作千秋想，問何人默契情傷〔四七〕。

〔老上〕霜前砧杵雖停響，月下吟哦尚有聲。兄弟，你作了一日文章，怎麽此時還吟哦不了。〔生〕

姊姊，我將生平抱負、境遇坎坷，歷歷叙來，作成《離騷》一篇。傳於後世，可謂不朽之文。我屈原死而無憾矣。〔老旦〕唉，兄弟你既不合於時，縱有絶世奇文，何人見賞。到不如把那誇奇炫异的雄心，悲天憫人的愚念，一齊收拾起來。早早的渾俗和光，逍遥終老。省得這悒鬱忡憂，弄得來顛狂憔悴，看看與性命爲仇也。

【前腔】細思量，你守正偏遭時不當。嘆當年羽野，鯀直身亡〔四八〕。汝何苦博謇好修，甘煢獨不聽余講〔四九〕。堪傷。不見那薋菉葹盈室，怎生判獨離服异他行〔五〇〕。

〔生〕姊姊，我屈原一身有何足惜？只不忍見此宗社淪亡。被這些妒賢嫉能之輩，把熊繹數百年基業，一旦送與他人也。

【椓木兒】懷千古，觀四荒〔五一〕。似前聖中節將賢士養。嚴祇敬湯禹尊師，惟論道成周不爽〔五二〕。怎做了夏康五子傾家衖〔五三〕。后辛菹醢殷宗喪〔五四〕。俺只待陳告重華濟沅湘〔五五〕。

【前腔】〔老旦〕説甚仗清白，苟信芳〔五六〕，但正枘何不將鑿量〔五七〕。莫繁飾菲菲彌章，須抑志把尤忍垢攘〔五八〕。好着我嬋媛太息懷偏愴。歔欷相對泪浪浪〔五九〕。只怕你永固前修也要菹醢亡〔六〇〕。

【尾聲】〔生〕謝申申詈予，豈不思心降，怎奈中正維皇已賦將〔六一〕。〔老旦〕聞得此間太卜鄭詹尹，甚有明驗。兄弟，你這等憂疑，何不去求得一卜，以定行藏[六二]？〔生〕姊姊之言有理，便去便去。〔合〕且將那進退玄機易理詳。〔老旦〕兄弟，夜已深了，收拾過筆硯，各自安息罷。〔生〕姊姊請。

天涯涕泪一身遥，杜甫。明滅三星共寂寥。李頻。
聖主好文誰與薦，皇甫曾。文章一代振風騷。劉兼。

---

**評點：**

〔一〕先將『離騷』二字一點，太史公曰：『離騷者，猶離憂也。』

〔二〕騷『民生各有所樂兮，余獨好修以爲常』。好，去聲。樂，嗜好。修，修能。一部《離騷》總在『夫惟靈修之故』句内推出。靈即靈均。言民皆有嗜好而已，唯自好其修能也。

〔三〕騷『高余冠之岌岌兮，長余佩之陸離。芳與澤其雜糅兮，惟昭質猶未虧』。陸離，美好貌。芳，以香草爲衣冠。澤，言玉佩。有潤澤，佩玉佩。雜糅，言芳澤之盛。此靈修未變時也。

〔四〕騷『持繽紛時變易兮，又何可以淹留』。言時變之易而靈修難自保也。繽紛，變异貌。

〔五〕騷『蘭芷變而不芳兮，荃蕙化而爲茅』。茅，葉矛。蘭芷，香草而不芳。荃蕙，貴質而化茅，言時變之易也。

〔六〕騷『保厥美以驕傲兮，日康娱以淫游』。言時變如此，惟自保厥美，遂與人所同。具之修能，而獨可以驕傲之康娱淫游，以自謫其志。此起下求神女虙妃事。

〔七〕騷『折瓊以爲羞兮，精瓊靡以爲粻』。羞，同饈，言珍饈飲饌之美。

〔八〕騷『揚雲霓之掩靄兮，鳴玉鸞之啾啾』。言車之盛，皆求神之用也。

〔九〕騷『兩美其必有合兮，又思九州之博大兮』。言如是盛美以求神，疑必有合矣，孰意九州博大，竟杳難求也。

〔一〇〕騷『邅吾道夫崑兮，路修遠以周流』。崑崙，西域極遠處。邅，回也，言遠至崑崙而回，路雖修遠，不憚重游，見求神之不已也。

〔一一〕騷『吾令羲和弭節兮』。又『吾將上下而求索』。羲和，賓日之官。弭節，按節而徐步，不欲其速，暮則庶乎可上下求神不已也。此詩已括盡《離騷》一部大意。

〔一二〕此屈子著騷本意，即千古才士同情。

〔一三〕鎔鑄全騷，縱横如意，并無斧鑿痕迹。

〔一四〕騷『帝高陽之苗裔兮，朕皇考曰伯庸』。又『庚寅吾以降』，又『錫余以嘉名，名余曰正則，字余曰靈均』。古人自稱曰朕。考，父也。平父名伯庸。高陽，顓頊號。楚之始祖，顓頊後。屈原，楚宗室，故高陽氏之苗裔也。庚寅，平始生之年。正則、靈均，皆隱一平字。蓋原托爲美稱，謂天錫也。

〔一五〕騷『紛吾既有此内美兮，又重之以修能』。内美，謂德。修能，才也，言天既賦以德又畀以才也。重，平聲。

〔一六〕騷『扈江離與闢芷兮，紉秋蘭以爲佩』。扈，被也。離，香草，生於江上。闢，幽也。紉，績也。此自喻績其行之芳潔也。

〔一七〕檻，仝攬。

〔一八〕莽，叶母。

〔一九〕按美人遲暮句，原注及□子俱解作指君不及壯盛而有爲。此詞謂原自喻不早見用恐遲暮堪傷，更有情味，且上下一貫，直捷明暢。與他處言美人皆借以喻君略不同。

〔二〇〕騷『朝搴阰之木蘭兮，夕檻洲之宿莽。日月忽其不淹兮，春與秋其代序。惟草木之零落兮，恐美人之遲暮。不撫壯而棄穢兮，何不改乎此度』。又恐年歲之不吾與』。搴，拔取也。檻，采也。木蘭，嘉本，凡草冬生不死曰宿莽。言以草木而識春秋之代序，恐年歲不假借。令美人傷遲暮，喻人强仕不見用，若草木之狀，不撫而棄穢之。然猶抱此修能不改其度也。

〔二一〕騷『昔三后之純粹兮，固衆芳之所在』。三后，謂夏、商、周之盛王，承上文草木而喻言賢才聚處若衆芳無不在也。

〔二二〕騷『彼堯舜之耿直兮，既遵道而得路。何桀紂之昌披兮，夫惟捷徑以窘步』。言所以不改此度者，猶願君爲堯舜三后而不爲桀紂耳。昌披，衣不帶貌。捷徑，邪曲。窘步，促迫狀。其不遵道路而行不正也。

〔二三〕音恣。

〔二四〕騷『豈余身之殫殃兮，恐皇輿之敗績。忽奔走以先後兮，及前王之踵武。荃不揆予之中情兮，反信讒而齌怒』。皇輿，君車，不敢斥言君，故指君車立言也。敗績，車傾覆也。奔走先後以輔翼之，欲其踵前聖之步武也。揆，度也。齌，炊餔急也，謂怒氣之盛如火齌然，言君不揆其中情，反信讒而齌怒也。

〔二五〕騷『予固知謇謇之爲患兮，忍而不能捨也。指九天以爲正兮，夫惟靈修之故也。曰黄昏以爲期兮，羌中道而改路』。謇謇，難於言也，直詞進諫，己所難言，而君亦難聽，必將爲患。乃忍而不能捨此直諫之道者，以天錫靈鈞，修能有在耳。夫何與君相期，遵行正道，乃一宿而忽中道改路，則讒邪蠱惑深矣。

〔二六〕騷『予不難夫離别兮，傷靈修之數化。余既滋蘭之九畹兮，又樹蕙之百畮。畦留夷與揭車兮，雜杜蘅與芳芷。冀枝葉之峻茂兮，願竢時兮吾將刈。雖萎絶其亦何傷兮，哀衆芳之蕪穢』。不難别離，言非以離君爲難，但傷靈修之數化耳。如蘭變不芳，荃蕙爲茅之類。夫吾既將蘭滋，又雜植杜蘅香芷，原欲竢其茂盛而刈獲之。猶人修其德行，惟冀得君而後有用，何乃徒萎絶而傷蕪穢乎！然一草萎絶何足傷，惟哀衆芳之蕪穢。喻己去位不足惜，惟痛群賢在位，皆有才而無用耳。

〔二七〕騷『羌内恕以量人兮，各興心而嫉妒』，又『衆競進以貪婪兮，恐修名之不立』。言己本恕道，度量人心，不與争競。胡乃人猶興心妒嫉也。但人競貪婪，我唯恐老至而修名不立耳。

〔二八〕騷『朝飲木蘭之墜露，夕餐秋菊之落英』，又『長顑頷亦何傷』。顑頷，饑貌。顔頷，顔色憔悴。此承上貪婪言。頷，叶趣入聲。

〔二九〕騷『長太息以掩涕兮，哀民生之多艱』。此承上，言我饑無足慮，但民生艱苦可太息而流涕耳。

〔三〇〕騷『謇吾法夫前修兮』，又『謇朝誶而夕替』。謇，語助辭。法前修，即效法三后堯舜。誶，音粹，謂煩誶沓廢也。言欲君法三后堯舜，而君乃以直諫爲煩誶而見廢也。

〔三一〕騷『衆女嫉予之蛾眉兮，謡諑謂予以善淫』。蛾眉，本質之美。謡諑，流言也。以蛾眉而謂善淫，則姱容者懼矣。

〔三二〕騷『余朝發於蒼梧兮，夕余至於縣圃』，又『前望舒使先驅兮，後飛廉使奔屬』，又『鸞皇爲余先戒兮』，又『帥雲霓而來御』，又『總余轡於扶桑』。縣，同玄。蒼梧在南嶽，縣圃在西嶽，扶桑又自南轉西而東矣。望舒，月御。飛廉，風神。使鸞凰爲前戒，望舒爲先驅，飛廉隨奔屬，雲霓御車駕。以上下而求神，總馳思於窈渺之境，亦喻求君之不得也。

〔三三〕騷『吾令帝閽開關兮，倚定閶闔望予。時曖曖其將罷兮，結幽蘭以延佇』。言欲上至九天，令上帝司閽者開關納予。彼惟倚閶闔以遥望，至曖曖日罷而無音。徒使予結誠以相待耳，喻欲求見君無人通也。

〔三四〕騷『求虙妃之所在』，又『見有娀氏之逸女』，又『周流乎天余乃下』。虙，音伏，伏羲氏之妃。娀，音嵩。《吕氏春秋》云：有娀氏有美女，王愛之。處之高臺而飲食焉。其國在不周山下叶户。

〔三五〕騷『聊浮游以逍遥』，又『世溷濁而嫉賢兮』，又『理弱而媒勞兮，恐導言之不固』，又『心猶豫而狐疑兮』，又『懷朕情不發兮，余焉能與此終古』，又『閨中既以邃遠兮，哲王又不悟』。此自言縱浮游逍遥以求神，無如媒言之不堅固。嘆己處溷濁之世，雖心懷猶豫，情不敢發。但焉能鬱鬱忍耐，而與此終古也？閨中邃遠，是女不可求；哲王不悟，是帝不可見。奈之何哉？

〔三六〕騷『爾何懷乎故宇』。

〔三七〕騷『命靈氛爲余占之』，又『巫咸將夕降兮』，又『告余以吉故』。

〔三八〕騷『求矩矱之所同』，又『湯武儼而求合兮，摯咎繇而能調』。又咎繇，即皋陶。摯，伊尹名。

〔三九〕騷『説操築於傅岩兮，武丁用而不疑。吕望之鼓刀兮，遭周文而得舉。寧戚之謳歌兮，齊桓聞以該輔』。武丁夢帝賚，良佐繪相以求之，得傅説於版築之間，用爲相。呂望鼓刀屠肆，曰上屠屠國，其下屠牛。周王聞之，遂舉而爲相伐紂。寧戚飯牛謳歌，齊桓知其賢，召爲上卿。該，總也，謂總理國政爲己輔佐而齊國治。

〔四〇〕騷『民好豈不同兮，惟此黨人其獨异』。此節承上文而言求女求神皆不遇，將如之何而後可哉？故既命靈氛占卜，又待巫咸夕降。其告余之言皆同。若曰故宇已不可懷矣，當思所以趨吉之道。求古人矩矱之所同，必若皋陶、伊尹之遇禹湯，傅岩築而遇武丁，望鼓刀而遇文王，寧戚飯牛謳歌，齊桓聞之而以爲該輔。皆可求其同者也。若黨人之邪佞，焉能同其好惡哉？即起下遠適之意。

〔四一〕騷『吾將遠適白疏，朝發軔于天津兮，夕余至乎西極。忽吾行夫流沙兮，遵赤水而容與』。此承上言其與時不合，不得不遠適。雖自疏於君，亦有所不顧矣。天津在西極，流沙、赤水，極遠地。遵，循也，容與，游戲貌，皆遠適所思到也。

〔四二〕騷『雜雲旗之委蛇』，又『雜瑶象以爲車』，又『駕八龍之婉婉兮，指西海以爲期』，又『吾將從彭咸之所居』。雲旗，畫雲於旗。瑶車，以玉餙車。婉婉，馴熟貌。西海，地之盡處。彭咸，商大夫，諫其君不聽，遂投水而死。以八龍駕瑶車，載雲旗，至西海之遥。思從彭咸而共居，則至是而屈原沉淵之志已動矣。

〔四三〕騷『奏九歌而舞韶兮，聊假日以媮樂』。媮，同娱。屈原思君爲堯舜，今不見容於世。故托志空虛，馳情幽渺。《九歌》《韶舞》以自娛樂也。

〔四四〕騷『忽臨睨舊鄉』，又『僕夫悲余馬懷兮，蜷局顧而不行』。臨睨，臨行而視也。局顧，躑躅貌。言己將遠適矣，忽視故鄉而生悲，復不忍於速行。然不獨己也，即僕夫與乘馬亦若懷鄉者，而蜷戀躑躅。何況人心遠去宗邦，而不難以爲情也？

〔四五〕騷『既莫足與爲美政兮，又何懷乎故都』。言己有美政而無人可與共爲，留此何益？蓋故都可棄不可懷，至是亦不望人知而不禁傷心已矣。

〔四六〕此句可作此傳奇注脚。

〔四七〕恐今世知音無人，那得不作千秋之想。

〔四八〕騷『鯀幸直以亡身兮，終然夭乎羽之野』。《書》云，舜殛鯀於羽山。

〔四九〕騷『汝何博謇而好修兮』，又『夫何煢獨而不余聽』。博，博學。謇，忠直也。好修，解見前。煢獨，謂不諧於衆。不聽余講，謂不從姊言也。

〔五〇〕騷『薋菉葹以盈室兮，判獨離而不服』。薋菉葹，三者皆惡草，以比讒佞盈滿也。判離也，言滿室之人無不佩此草者，原何以判離獨异而不以此爲服也？

〔五一〕騷『將覽觀乎四荒』。即四方，言荒遠也。

〔五二〕騷『依前聖以中節兮』，又『湯武儼而祇敬兮，周論道而莫差』。按古注，儼，同嚴。祇，亦敬也。古者三公坐而論道。以上皆三代前聖禮賢重士之君也。中節即同揆意。

〔五三〕衖，同巷，航去聲。

〔五四〕騷『五子用失乎家衖』，又『后辛之菹醢兮，殷宗用之不長』。夏后少康無道，其弟五子作歌憂家衖之傾也。後果爲臣羿所弑。殷紂名受辛。菹醢謂弑。諫臣而菹醢之，此淫佚怠荒、殺戮忠直之君也。然忠直盡而殷宗亦亡矣。

〔五五〕騷『濟沅湘以南征兮，就重華而𠻝詞』。𠻝，同陳。言欲以被讒放逐，訴之於舜也。

〔五六〕此女嬃詈原之詞。

〔五七〕騷『仗清白以死諫兮』，又『苟余情其信芳』，又『不量鑿而正枘兮』。清白、芳潔，皆美德。鑿，穿木作孔。枘，所以入鑿者，量度也。女嬃謂原雖仗己清白而自信爲芳潔矣，其如不合於時，猶不度量夫鑿之方圓大小而但正枘以往，無怪其不相入也。

〔五八〕騷『佩繽紛其繁飾兮，芳菲菲其彌章』，又『屈心而抑志兮，忍尤而攘垢』。繽紛、繁飾、菲菲、彌章，皆好修之意。言越自修越招謗也，何若志自屈抑，雖有怨尤而忍之，雖被耻垢而自攘去不留於心之爲得乎。

〔五九〕平聲。

〔六〇〕騷『女嬋媛兮，爲余太息』，又『曾歔欷余抑鬱兮』，又『沾余襟之浪浪』，又『固前修以菹醢』。嬋媛，眷戀委婉之意。愴懷、嘆息、相對歔欷，皆女嬃自謂。恐原若固守前修之美好，豈不益招讒謗而或罹菹醢之禍乎。

〔六一〕騷『申申其詈予』，又『耿既得此中正兮』。申申，叮嚀反復之意。詈，勸之不聽而生怒也。思心降，言豈不欲降此前修之志，無如此忠正之德賦之自天，不能污之於人也。

〔六二〕順勢即做下文過脉。

# 第十九齣　卜居

【南呂引子】【于飛樂】〔末上〕按五行，明八卦，論易學實前民用。羲文理更參周孔。借靈龜，憑筮草，占來奇中。但懷疑莫决，須問我吉凶静動。

自家楚國太卜鄭詹尹是也。本係鄭國苗裔，今作楚邦詹尹。生于後季，嘆二周氣運已終。學本先天，幸四聖遺經未泯。乾坤六子，八八交而畫成六十四卦之爻，總不出乘承比應。《河》《洛》二圖，五五合而衍用四十九數之策，何莫非生尅往來〔一〕。玩其消長盈虚，以定吉凶趨避。真個盡天地無窮之妙，善能泄鬼神不測之機。且看今日有誰到此求卜，好與他講論一番也。

【引子】【虞美人】〔生上〕三年被放時多變，不見君王面。讒邪蔽障知和忠，意亂心煩，不識竟何從〔二〕。

我屈原被放以來，已經三載。只因國家多故，地割城亡。雖則東齊既絶而復親，怎奈張儀已拘而又放。外讒內寵，蠱惑益深。我屈原求一見而不能。空懷此匡時之知，報國之忠，一無所用，竟不知如何是好。前日著成《離騷》一篇，又被姊姊一番勸說。聞得此間太卜鄭詹尹，精於易理，不免求他一數，卜卜居處如何。來此已是，先生有麽？〔末〕是那位君子？有何見教？〔生〕余有所疑，願先生教之。〔末〕如此，待我將龜策陳設起來。〔端策拂龜介〕

【過曲】【浣沙樂】我把靈草陳，元龜供，他含易理精蘊無窮。大凡福禍機先動，趨吉還須謹避凶。休心中自哄，你且謹鞠躬〔三〕。對先賢先聖，明白虔通。

龜策端正在此，君先自禱，纔好判斷。〔生拜泪介〕先師，先師，念弟子屈原呵！

【紅衲襖】寧效悃款朴以忠〔四〕。將祛困窮工迎送〔五〕。寧誅鋤草茅力耕農〔六〕，將游說成名希貴寵〔七〕。寧正言不諱危厥躬〔八〕。將富貴偷生從俗衆〔九〕。難道呢呰栗斯喔咿嚅唲以事婦人也〔一〇〕。還待保天真超然高舉翀〔一一〕。

〔末〕咳，君言未明，還要細細講來。〔生〕先生。

【前腔】你道俺矢廉潔正直風〔一二〕。還待效滑稽脂韋用〔一三〕。寧若駒昂昂千里，雄將若鳧泛泛把渾波弄〔一四〕。寧與騏驥亢黄鵠同，將隨駑馬迹鷄鶩共〔一五〕。因此上憂疑莫決。敢告神明也，端的是孰吉凶何去從〔一六〕？

〔末〕咳，君言總不明白，到底是問那一件事？〔生嘆介〕先生呵！

【綉帶引】【綉帶兒】只爲他蟬翼比千鈞還重〔一七〕。不清白溷濁寰中，都讓那瓦釜雷鳴怎不教毁棄黄鐘〔一八〕。【太師引】憑空。把讒人高張忒幸寵，任賢士無名堪痛〔一九〕。枉默默吁嗟泪紅，誰知我廉貞，嫉妒難容〔二〇〕。

〔末大笑介〕原來君爲世道不平，故發此牢騷之感。唉，豈不聞尺有所短，寸有所長。物有所不足，知有所不明。數有所不逮，神有所不通〔二一〕。即如惠迪亦未必盡吉，從逆亦未必盡凶。蓋從來世治則君子道長，小人道消。世亂則君子道消，小人道長〔二二〕。此乃運數使然，何足爲怪〔二三〕。今惟用君之心，行君之意。龜策誠不能知此事。我學生竟遜謝不敏了。〔做收龜策介〕

【前腔】今古恨教人怎憧，天公似啞如聾〔二四〕。顔箅夭跖壽全終，貨權貴孔哲偏窮〔二五〕。總拗不過運途消長將人送，君自把意行心用。這休咎神鬼難通，枉陳設，且將龜策重封。

〔生大哭介〕〔二六〕先生此言，大是有理。只是我屈原偏偏生在這個時世也。〔末點頭嘆介〕原來就是三閭大夫。

【尾聲】〔生〕遭時否，值數窮。〔末〕大夫、大夫，你何不安心勿用效潛龍。〔合〕做個君子知幾甘退勇〔二七〕。

感激情深過楚辭，崔峒。未言先已蹙雙眉。張佑。

愁中卜命看周易，雍陶。問我來時也不知。姚合。

## 評點：

〔一〕一聯該盡全部易理，真乃要言不煩。

〔二〕原文『屈原既放，三年不得見，竭知盡忠，而蔽障於讒。心煩意亂，不知所從』。

〔三〕凡人心内事，哄得人須哄不得神。此易理之所以無幽不燭也。

〔四〕原文『吾寧悃悃款款樸以忠乎』。悃款，誠樸貌。

〔五〕原文『將送往勞來斯無窮兮』。袪，去也。能工迎送，以則富貴可期，窮困以去。蓋原嘗出使於齊，故云爾。二曲本照原文一揚一抑，以見人品高下，行藏清濁，判然有分。故工迎送以袪困窮，亦與上文悃款樸忠略反以見意也。然上乃盡職於内，此則出使於外，又與下文反正對舉，微有不同。

〔六〕原文『寧誅鋤草茅以力耕乎』。

〔七〕原文『將游大人以成名乎』。上言處而不仕，此言出而求名。然屈子爲楚同姓之臣，其滿懷忠義，眷戀宗邦，奚忍去國游説？要皆假設之詞，讀者切莫誤認。此下俱反正相形。

〔八〕原文『寧正言不諱以危身乎』。此係自露本色。

〔九〕原文『將從俗富貴以偷生乎』。原以宗親苟肯從俗，何愁不致富貴。

〔一〇〕原文『將哫訾栗斯喔咿嚅唲以事婦人乎』。哫訾，以言求媚。栗斯，行事詭隨也。喔咿，强言貌。嚅唲，强笑貌。婦人，即指鄭袖。哫，音足。呰，音資。嚅，茹，平聲。唲，泥去聲。

〔一一〕原文『寧超然高舉以保真乎』。翀，高舉貌。保其天真，則忽生出世之想，即後從赤松游、共王喬戲意。

〔一二〕原文『寧廉潔正直以自清乎』。

〔一三〕原文『將突梯滑稽如脂如韋以絜楹乎』。突梯，光圓貌。滑稽，流轉意。脂，喻肥澤。韋謂熟，皮喻柔軟，亦分言行。

〔一四〕原文『寧昂昂若千里之駒乎』，又『將泛泛若水中之鳧與波上下偷以全吾軀乎』。

〔一五〕原文『寧與騏驥亢軛乎，將隨駑馬之迹乎，寧與黄鵠比翼乎，將與鷄鶩同食乎』。

〔一六〕原文『此孰吉孰凶，何去何從』。

〔一七〕原文『蟬翼爲重，千金爲輕』。

〔一八〕原文『黄鐘毁棄，瓦釜雷鳴』。

〔一九〕原文『讒人高張，賢士無名』。讒人，指靳尚、公子蘭，高處之高位，張張其聲名，讒人進，故賢士無名也。正如蟬翼重於千鈞，瓦釜鳴過黄鐘。所謂溷濁寰中，豈不可痛！

〔二〇〕原文『吁嗟默默兮誰知吾之廉貞』。皆因嫉妒難容，故莫知其廉貞。又自默默不敢言，惟吁嗟飲泣而已。

〔二一〕六句原文『尺本長於寸，然捨尺而言寸，則積至百寸千寸，是尺反短而寸反長矣』。此即還答原謂蟬翼千鈞，瓦釜黄鐘之喻也。凡人生缺陷處，即物不足。然此等缺陷之故殊不可解。雖知亦不明，數亦不逮，神亦不通也。本一貫說下，惜千載注家俱含糊讀過。

〔一二二〕此攧撲不破之論。

〔一二三〕此作者本原文之意而推原之，以盡宇宙之變。言循環消長之理，即運數亦不能自主也。

〔一二四〕更就前意推廣言之，以見天道難明，不獨一原也。

〔一二五〕顔子壽夭，盗跖全終，陽貨當道，孔聖途窮。此尤消長不齊之顯然共見者。

〔一二六〕說到此處，真要大哭。

〔一二七〕易『乾卦初九，潛龍勿用』，又『繫知幾其神乎』，仍以易作收。

# 第二十齣　阻會

【雙調引子】【夜行船】〔付净〕媚骨天生人盡愛，無須那宿學奇才。貴寵相諧，忠良何在，一任我私通内外。

俺靳尚自把張儀放歸，秦王大喜，賜我許多金帛。欲與楚王約會武關，以聯和好。張儀又私自寄書，托我力爲勸駕。我想兩國會盟，這也無礙。怎奈大夫昭睢進諫〔二〕，道秦乃虎狼，不可輕信。喜得令尹公子蘭，得寵專政，與我親昵。因托他聳動吾王，不可絶秦歡心。吾王依允，就命昭睢督帥三軍，監守楚國。那昭雎又着將軍景缺，扮作侍從，扈衛前往。擇定今日起行，各官俱在國門外伺候送駕，不免也去走遭。正是聯盟漫説君王會，撮合全憑臣下通。〔下〕

【引子】【海棠春】〔生急上〕身雖離闕心猶在，聞國事實堪驚駭。未審福和灾，投入虎狼寨。我屈原自卜居之後，在姊歸鄉内，閉户著書，以娱歲月。一任他讒邪專政，兵敗城亡，也只好付之長嘆而已。更可笑那張儀械繫來楚，正好得而甘心。誰知又聽了夫人鄭袖之言，將他好好放去。這也罷了，昨忽聽得秦王來約，同會武關。那令尹公子蘭和靳尚這般小人，於中聳動吾王，竟已依允，就於今日啓駕西行。我屈原好生驚駭。那武關乃係秦地，安可輕身遠出，陷入虎口。設或變生，救應不及，其害非小。似此關係國社安危，君身禍福，豈可道我屈平不在其位，便不謀其政了。爲此捨死前來，攀輿泣諫。想起來好不嘔殺人也。

【過曲】【忒忒令】那廷臣渾如醉呆，禍機伏全然不解。嘆吾王仁厚〔二〕，怎敵得秦機械。我拚去攔輿諫，伏地哀。不顧雷霆怒，即便身遭害。

〔望介〕遠遠望見鑾輿，不免趕上前去。〔急下〕

【步步嬌】〔外行裝領侍從，浄赤面扮景缺隨上〕看裊裊旌旗飄動龍蛇擺，麗日含光彩。香風拂輦來，車馬如雲，聽聲聲杜宇呼林外〔三〕。〔付浄、丑同上〕臣等送駕，願吾王一路平安，早早歸國。〔外〕我兒同大夫即速回朝，代寡人權主國政。〔付浄、丑〕臣等再遠送一程。〔同行介〕〔合〕此去暢心懷，料秦邦好會多歡待。

〔生内叫介〕大王駕且少停，微臣來也。〔付浄望介〕呀，那趕來的好像屈平。〔對丑介〕一定想要阻駕了，好厭氣。

【雙林好】〔四〕〔生跑上〕趕得俺喘噓噓望鑾輿奔來。〔倒地伏不動介〕〔外〕屈平因何到此？〔生徐唱介〕唬得俺戰兢兢魂靈兒不在。〔外〕却是爲何？〔生〕爲秦人心腸忒歹。言無信，使盡乖。真個毒如蠆，惡同豺。〔外〕秦今修和棄怨，與寡人約會武關，有何惡意？〔生〕他借甜言好會名藏着禍胎，他覷人一似無知幼孩，君此去定然遭害。請轉駕，莫徘徊。求駕轉，莫徘徊。

〔丑〕屈平，爾乃放逐之臣。今敢越位亂言，好生不達時務。秦今好意，約吾王同會武關。若不依允，絶其歡心，一旦領兵伐楚，楚弱秦强，萬一失利，那時再求好會，豈不晚乎〔五〕？〔付浄〕不可絶秦歡心，令尹此言極是。〔生〕咳，令尹差矣。秦人無信無義，天下皆知。今日可以與我和好，明日就可舉刃相爭。是以張儀前番詭詐，已受其欺。安知如今不又是張儀之計〔六〕？那武關乃係秦地，去我國都兩千餘里。若多帶兵將，秦必不依。倘僅寥寥侍從之臣，深入虎狼不測之地，萬一變起席前，若曹沫劫齊桓故事，左右救應無人，如何是好〔七〕？况方與齊邦聯盟未久，彼見我又與秦會，必生疑貳。太子在彼，國無儲君。大王今復遠出，種種未便，還須三思。〔外〕屈平此言，據吾兒與大夫以爲何如〔八〕？〔丑、付净〕屈平迂腐之言，吾王不可聽信。自古交在四鄰，未有與齊聯好，即不許交結他邦之理。今若與秦相會，則東西皆無嫌怨，四鄰總是和親。正乃國家之福〔九〕。齊知我有秦爲救援，方且畏懼不遑，安敢反生携貳。就是曹沫劫盟，乃一時僅見之事，豈不聞齊有葵丘之會，晋有蕭魚之會，吴有黄池之會？《春秋》所載，不一而足。怎見得大王今日此行，便有不測之禍？那屈平呵！

【二犯五供養】都是胡思亂猜。笑儒腐迂疏，淺見庸材。難道干戈轉是瑞，玉帛反爲灾？止怕便是那劫盟事，幾會再見來？却不道春秋霸主多嘉會，惟願舒心去，切莫慮縈懷。歡失秦廷，那時喜却變哀。

〔外〕既如此屈平退去，寡人就此長行也。〔生急攔輿跪介〕大王請回，二臣之言，不可聽信。那秦邦是萬萬去不得的！

【前腔】金輿漫開，此會秦城，少吉多灾。人心都不古，世道已全乖。况他雨雲翻覆曾慣來。連横六國皆遭害〔一〇〕。〔付净〕這是國家大事，自有朝廷做主。爾乃放逐之臣，何必多管，豈不可笑？〔生〕呀，吾乃楚室宗親，君父恩深義重。今值國家大事，休戚相關。雖被放逐，焉忍避忌不言？難道一任你們這没見識的朝臣，一味阿諛，竟將吾王斷送在秦邦就罷了？君國恩誼重，怎不繫心懷。祇得觸首轅摧，委骨輪埋。

〔丑、付净齊奏介〕屈平　向狂肆無知，久經放逐。今大王原爲保國安民，與秦好會，又敢妄言阻擋。且於啓駕吉期，出言不利，深爲可惡。望大王立賜驅逐，勿誤良辰。〔外〕我兒、大夫言之有理。侍從，即將屈平打過一邊，就此起駕，各官俱各回朝。〔丑、副净〕領旨。〔下〕〔侍從推屈平哭叫下〕〔外率衆行介〕

【玉抱肚】秦關天外，拂前旌山迎水回。盼金城舉目雲深，辭漢水回首烟埋。鑾聲噦噦隊分排，前隊争馳後隊催。

〔行下〕〔生趕上繞場望介〕呀，你，你看大王不聽吾言。竟、竟自去了。〔頓足哭介〕大王、大王，只怕你中了秦人之計，難得好好歸來也。

【玉肚交】怪他忠言不采，反道俺迂儒見乖。一時間帶扯連推，不由人跌倒塵埃。我待扳轅卧轍再諫來，怎奈揚鞭策馬如飛快。去佯佯頭慵轉回，去佯佯頭慵轉回。

方纔大王之意，猶可挽回。到是子蘭和靳尚呵！

【川撥棹】將君賣，似敵國勾通在〔一二〕。恁一般容悦駑駘，恁一般容悦駑駘。用將來羞稱楚才。枉自挂金章，立殿臺。還待把忠良共擠排。

【前腔換頭】那秦把金鈎暗釣來，看他似釜内游魚真痛哉。到其間策馬臨崖，到其間策馬臨崖。要收繮悔遲變灾，不由人泪滿腮，不由人恨滿懷。

【尾聲】嘆興亡禍福數安排，但願托賴神天得好回。天那，俺放不下夢裏魂靈，也待追去來。

留君不住益凄其，高適。老大關心總是悲。竇叔向。
我縱言之將何補，李白。再來相見恐難期。李端。

評點：

〔一〕特點昭睢。
〔二〕以仁厚視其君，可見忠臣居心。
〔三〕杜宇句即影照阻駕。
〔四〕此係【園林好】二隻，本《節孝記》，首句用一截板，次句『兢』字上起板。
〔五〕肖神。
〔六〕前鑒不遠，奈何終迷不悟。
〔七〕指陳利害，痛切極矣，其如讒邪蠱惑不聽何。
〔八〕楚王大有轉機，惜又爲蘭、尚蠱惑耳。
〔九〕巧言惑聽，全無道理。

〔一〇〕二句中肯極矣，如何不悟？ 豈非天耶。

〔一一〕覷破。

# 第二十一齣　懷虜

【大石調引子】【碧玉令】〔小生領從上〕圖王不厭多行詐，弄荆人如同戲耍。虧他不殺，管甚報恩差。面翻轉，反誘人牢籠之下。

下官秦相張儀。自用計勾通鄭袖，得命歸秦，復與秦王定策，與楚王約會武關。要將他誘進關中，伏兵擄入咸陽。使執藩臣之禮，朝見章臺宫，割獻巫黔中郡之地〔一〕。楚王，楚王，你當日可以放我，我今日却放你不得了〔二〕。連日探馬來報，聞他將到武關，爲此前來等候，守關將軍何在？

【前引】〔末、丑戎妝上〕山河四塞雄封大，鎮武關威名四達。堪笑荆蠻，見識没些些。輕身遠赴會盟，不知真假。

〔參見介〕丞相到來，末將甲胄在身，不能全禮。〔小生〕將軍少禮。聞今楚王將到武關，將軍可伏兵關内。待他一進關中，即將城門緊閉。只聽炮聲爲號，伏兵盡起，將楚王擄入咸陽，不得違誤。〔末〕領鈞旨。〔小生〕還要偏將一員聽令。〔丑〕小將有。〔小生〕你可假扮秦王，將楚王迎接入關。就先冠帶起來，將禮儀演習一番[三]。〔内細樂丑換衮冕與小生施禮演習介〕〔小生〕演禮已熟，小心伺候。俺自出城迎接去也。〔分下〕〔净上〕哲士一心懷義氣，將軍八面有威風。自家楚將景缺是也。生來驍勇，屢建奇功。兹因吾王與秦約會武關，蒙上大夫昭睢之薦，着俺扮作侍從之臣，率領健卒百有餘人，俱各内裹軟甲，懷帶短刀，扈衛前來，不離左右。想起前日臨行之際，那屈原所諫之言，甚是有理。怎奈吾主聽信令尹及上官大夫，主意已定，不可挽回。只得步步留心，以防秦人奸詐。保得大王無事，早早還朝就罷了。前面將近武關，不免催促車馬，趲行一步。〔外衆上〕

【本宫賺】〔外〕中條如畫，堪憑吊，玩物華。尋思契始封，嘆山川依舊人俱化。〔净〕啓上大王，那前面已是武關了。〔外〕原來如此。〔净〕堪疑訝，怎郊原静悄無迎迓，向何處停車馬？〔净望介〕遠遠一隊人馬來到也。〔小生領從上〕牲牢且盡郊迎禮，牛耳非同城下盟。〔見介〕臣奉秦王之命，特來迎接大王。〔外〕有勞先生，請問秦王何在？〔小生〕現在城門相候。〔净〕啓上大王，不必進關，就在城外駐扎。以候秦王到來，兩君相會便了[四]。〔小生〕説那裏話。兩君好會，焉有郊外野盟之理。城内備下公館，秦王已親在關前恭候，就請同行。那盟壇早已安排下。秦王呵，他把衣冠整，躬親候駕，不須疑訝。

〔外〕既如此，左右，催動車馬進關去也。〔丑扮假秦王上迎介〕〔外下車見介〕〔兩君交拜介〕〔場設武關，内鼓樂，小生隨丑引外領楚從入關介〕〔關門閉介〕〔内火起炮震喊殺介〕〔末領兵上〕〔楚從奔上與秦兵交戰介〕〔楚從敗下〕〔末領兵追下〕〔净去衣露甲扶外急奔上〕罷了罷了，中秦計也，中秦計也。如今關門已閉，如何是好〔五〕？〔丑換甲胄率衆上圍介〕〔净交鋒冲圍奪馬與外乘上同奔下〕〔丑〕妙嗄，那楚王被俺假扮秦王，哄進關來。伏兵盡起，團團圍住。那些從人侍衛，拿的拿了，殺的殺了。誰知楚王身旁有一侍從，猛烈非常。一時脱去大衣，露出渾身甲胄，拔出藏帶短刀，護着楚王，跨上兩匹快馬，竟自殺出重圍。不免趕上前去。〔領兵下〕〔净奔上〕大王快隨我來。〔外同奔上〕

【摧拍】〔外〕猛然間變生令人嚇殺，把好會場變成戰伐。聽彭彭鼓搗，只見四面兵戈，排列如麻。〔丑衆趕上〕楚王那裏走？〔净〕大王閃過一邊，待臣上前迎敵。〔外虚下〕〔净、丑交戰殺丑介〕〔衆奔下〕〔净〕大王何在？〔外急上〕好了好了，可喜將軍神武，殺了秦將一員。追兵已退，如今那裏去好？〔净〕關門已閉，并無歸路。只好檢僻徑間道，逃往鄰邦罷了。〔外〕説得有理。〔同行介〕你看渺渺天涯，漠漠平沙，今此去投托誰家？顧不得山險巇，路嵯岈。

〔外净同下〕〔末領兵上〕自家把守武關秦將是也。楚王被哄入關，已經伏兵圍住。不意他身邊有一扈從之臣，十分勇猛。竟保着楚王，殺出重圍。俺這裏偏將趕去，反被殺死，不知逃往何方。今奉丞相之命〔六〕，一路搜查，追趕前來。想他歸路已斷，定由山僻小道，逃入趙邦，不免趕上前去。〔率衆下〕〔外净上〕

【前腔】歸途絶漢陽路賒，繞臨汾山崖水涯。早奔到太原城下。〔净〕來此已是趙國。前面雲中關，待俺叫門。〔場設城開二將上立介〕〔净〕楚王在此，快開關門。〔二將〕既是楚王，如何隻身到此？恐有奸細，不敢開關。〔净〕將軍不知，俺楚王因被秦人計誘，同會武關。不期伏兵四起，被俺殺出重圍，逃得在此。快快開關。〔二將〕你既如此逃來，俺秦趙兄弟婚姻，夙相和好，焉有得罪於秦，開關納汝？快投别國去罷。〔净〕咳，俺楚王亦與爾國兄弟從親。古聞救灾恤鄰，與國之道。如今急難相投，須念我遭欺受詐，與鄰邦一體同嗟。〔二將〕爾自受秦欺詐，與鄰國何干？今不將爾拿送秦邦，便是念與國之情，關是再不開的。〔二將下〕〔外净〕呀，你、你看他佯佯不采，竟自下城去了。好不可惱，好不可惱。叫得俺舌乾喉啞，他總不開關容納。〔净〕怕後有追兵趕至，不必流連。此去大梁不遠，再投奔魏國去罷。〔外〕也説得是。〔合〕怕追兵趕上擒拿，忙跨馬，亂鞭加。

〔急下〕〔末領衆上〕俺領兵追趕楚王。一路問來，此是太原城，一定走入趙國去了。城上將軍何在？〔二將上城立介〕是那國將軍到來？〔末〕請問將軍，可曾見楚王到此？〔二將〕楚王已曾來到，因俺不曾開關放入，他就勒馬南行，想又投魏國去也。〔丑〕原來如此，多謝了。事不宜遲，軍士們就趕上前去。〔衆吶喊齊下〕〔二將暗下〕〔外策馬跑上跌地介〕〔净急上扶起介〕大王爲何如此，且自消停。〔外嘆介〕將軍。

【前腔】趕得來亂慌慌人消馬乏。〔净〕待臣扶定大王，上馬緩行幾步。〔扶外上馬内吶喊，外復落馬跌地介〕呀，猛聽得軍聲正嘩，不由人心驚膽怕。跨不住雕鞍金鐙，又翻身滚落塵沙。〔净望見急介〕追兵已近，如何是好？大王快請起來，待微臣扶了上馬，急急逃去。〔外〕寡人不濟事了，將軍速請自便。〔净〕大王説那裏話。也罷，不如撇下馬匹，待微臣背負大王前去罷。〔外〕將軍，想俺就到魏國，萬一也似趙人，閉關不納，豈不枉費奔馳。寡人忝爲一國之主，撫有南服，拓地數千，帶甲百萬，何等雄威。今受秦國君臣愚弄，叫寡人上天無路，入地無門。若被擄去秦廷，焉能受其凌辱，貽笑諸侯。即便苟留性命，亦何顔面歸見楚國臣民。不如早早一死，到也甘休。〔七〕俺也曾稱孤道寡，怎忍受凌辱波查，似這般逃竄無家，到不如拚一命歸泉下。

我好恨也。〔净〕敢是恨微臣不能保駕？

【前腔】〔外〕咳，我恨當初忠言不納，枉了他扳轅泪灑。這是吾兒和靳尚誤了寡人也。恨無知井蛙斷送俺東逃西奔，喪國亡家。張儀，張儀，我就做鬼呵，誓將伊千刀萬剮，悔聽了婦人之話。痛傷心怨難甘罷，腸斷也魂隨化。

〔内不住聲喊净四顧驚急介〕〔外做搶地死下〕〔净驚介〕呀，大王醒來，大王醒來。咳，看他大慟一聲，吐血數口，竟自倒地不動，氣絶而亡了。〔跳哭介〕我那大王呵！

【一撮棹】這是微臣的不能保駕，叫伊命委黄沙。無歸路隻身救援寡，入虎穴雙拳怎禁架。没丑父當年智堪誇，便隨去泉臺也羞殺。〔内吶喊介〕〔净〕追兵已到。大王，大王，臣不能保你生還楚國，又不能將你禮葬高原，只能拚着血戰而死，以報君恩便了〔八〕。〔叩頭起介〕罷罷罷，少不得爲厲鬼，圖報在沙場下。

〔末領兵上圍净介〕〔净力戰敗介〕〔末衆截堵鬼門齊戰介〕〔净拔劍自刎下〕〔末〕楚將已自刎身死，尋那楚王何在？〔衆禀介〕楚王也死在前面，就請將軍驗來。〔末看介〕果是楚王，已經氣絶。且將二人屍首，載回秦邦，奏知吾主，再做道理。

【尾聲】嘆英雄成虚話，只怕傳聞六國都驚詫，誰再敢秦廷摩虎牙。〔齊下〕

信道還家未有期，劉希夷。愁雲漠漠草離離。竇牟。

天荒地變心難折，李商隱。夢裏招魂誦楚詞。雍陶。

評　點：

〔一〕實事虚寫得妙。

〔二〕應前，妙極。

〔三〕此處必用丑上演禮一番者，恐觀齣之人或即認假秦王爲真王也。戲文總貴場面交代明白，雅俗共賞。

〔四〕又作一拓，好極，總見楚愚秦詐。

〔五〕昭雎亦曾料定，其如寡不敵衆何。

〔六〕特寫張儀，以見從前釋放之誤。

〔七〕隱過楚王被擄許多醜事。止以氣憤身亡一語了結者，蓋作者惟恐千秋而下猶傷屈子之心也。

〔八〕寫景缺亦争氣。

## 第二十二齣　大招〔一〕

〔生攜酒帛持招魂幡上〕一騎凶聞到漢陽，放臣驚下淚千行。英靈飄渺歸何處，哭向天涯奠酒漿。俺屈原因楚王聽信子蘭，强赴秦會，放心不下，時時探聽消息。不意昨聞邊關飛報，吾王到了武關，果中秦計。被他哄進關中，伏兵四起。虧得將軍景缺，將他保護，殺出重圍。歸途已截，投趙不納。思量再往魏邦，即被秦兵追上。吾王氣憤身亡，景缺血戰而死。咳，大王，大王，可憐你一生忠厚，内爲讒邪所惑，外爲敵國所欺，忠言不納，客死他鄉。我屈原雖然被放，懷想君恩，怎不哀痛。因此來到郊原，望空哭奠一番。待將他靈魂召回故國，以盡臣心便了。

【正宫端正好】白漫漫天一個，昏慘慘滿地山河〔二〕。西風陣陣愁雲鎖，問何處招魂可。

〔哭介〕俺那大王嗄。

【滚綉球】你也曾冕旒下鳴玉珂，衮服上垂金鎖。威凛凛執掌着半壁山河。端拱在龍樓鳳閣，玉食有山珍海錯。那經慣禮和貌被人輕薄，言和語當面凌呵〔三〕。不能勾升堂亢禮分賓坐，反落得去國離家受坎坷。斷送的憒入泉窩。

【呆骨朵】怕則怕冥凌浹，顛魂無逃竄，隨陰沉墮[四]。望只望魂歸徠閑静安樂[五]。大王，大王，你一魂若往東方呵，㴖㴖的海寬水溺[六]，淫淫的雨膠霧薄[七]。修修的螭龍并上下流，茫茫的湯谷寂無伴夥[八]。可憐你圖南服千年夢，怎使得赴東洋萬頃波。

你一魂若往南方呵！

【倘秀才】那南方有千里炎炎火灼，蝮蛇蜒短狐狀惡，更險阻山林虎豹多。王飑騫真堪畏，蜮傷躬可奈何。問陰靈你生前何曾見過[九]？

你一魂若往西方呵！

【窮河西】那西方漭洋洋流沙巨河，怕撞着髮鬤鬤豕首縱目，更踞牙長爪笑呵呵[一〇]。你一魂若往北方呵，那北方代水深，逴龍䞣，寒山難過。白顥顥凍得來魂僵卧，填不滿虛空境北極陰凝，那盡是陷人魂處所[一一]。

【叨叨令】呀，似這等天和地，一抹裏冥冥杳杳的無邊闊。又那般水共火兩下裏滔滔烈烈的隨時作。更饒他神與怪慣將人狰狰獰獰的横吞嚼。怎忍叫魂并魄一謎地凄凄惶惶的隨風趓[一二]。兀的不唬殺俺也麽哥，兀的不痛殺俺也麽哥。但道來心同膽禁不住兢兢戰戰的頻驚墮[一三]。

大王，大王，你一靈歸來我國呵！

【黑漆弩】沙堂秀雅夏屋大〔一四〕，接連着南房小壇〔一五〕。步壛〔一六〕低垛〔一七〕。這風景舊來偏不惡，望魂歸逍遥宴樂〔一八〕。

還有那飲食丰美，望你歸來享用呢。

【笑和尚】不見那五穀菰粱六仞多〔一九〕。鼎臑盈望致芳和〔二〇〕。更醢豚苦狗胹鵪鴿〔二一〕。炙鴰蒸鳧同脯雀〔二二〕。鮮蠵甘鷄和楚酪〔二三〕。吃緊的吴酸蒿蔞不沾薄〔二四〕。

若論俺國中音樂呵！

【伴讀書】趙簫倡秦竽和〔二五〕，《駕變》陳《勞商》播〔二六〕。叩銅調磬聲偕作〔二七〕，二八接舞人婀娜〔二八〕。歌來皓齒朱唇破〔二九〕，那只教謳和陽阿〔三〇〕。

說起俺國中美人，好不更可愛也。

【雙鴛鴦】衹多少秀雅稚顔酡〔三一〕，粉白黛黑袂長拖〔三二〕。秀頸小腰鮮卑若〔三三〕，微骨丰肌真綽約〔三四〕。說不盡善留客處便安多〔三五〕。

更有那園囿之中，堪以畋獵呢〔三六〕。

【鸞姑兒】一時間縱步游騰駕馬躍，顯得那英華假轂，用瓊裝衡將金錯。香馥馥桂樹茝蘭，金燦燦鸞皇孔雀。一任你春囿獵擾畜多〔三七〕。更有那鶡鴻鳴，鶖鶬雜，鵠代游，鸕鷀曼。儘勾你佚游畋樂〔三八〕。

大王，大王，想我楚城郭依然，臣民如舊。你若一靈歸來，猶可遂你并吞海内之雄心，撫馭群雄之大志〔三九〕。好不安然快樂也。

【白鶴子】〔四〇〕歸徠居室定〔四一〕，切莫遠去害傷多〔四二〕。從今呵，保壽命永宜身〔四三〕。依然是盈室家盛禄爵〔四四〕。

【么】則要你誅來譏罷盡〔四五〕，在位直羸多〔四六〕。濟濟立九卿班，穆穆有三公坐〔四七〕。

【么】則要你威文施有序〔四八〕，賞罰當無訛〔四九〕。兀的不名聲若日照垂，德譽配天來大〔五〇〕。

【么】那時呵，交阯南盡來共，幽陵北都朝賀。按輿圖窮海自東來，歸版籍羊腸又西薄〔五一〕。

【芙蓉花】那時呵，尚三王居高座〔五二〕。張大侯求良佐，執弓矢揖讓相推左〔五三〕。禁暴除苛章德澤皇囿播〔五四〕。大王，大王，你占盡了地利人和，那怕他天時不在我〔五五〕。

拜奠已畢，不免沿着江邊，一路招魂，回去罷。大王呵！

【呆骨朵】可憐我被放廢，遭折挫〔五六〕。恨不得從王死荷戟操戈，誰知我孤臣恨難磨。灑不了思君泪更多，生不能同喜起還想死去，也效賡歌。大王呵，只願你冥冥裏，把奸佞除。

方見俺血膽中一團忠愛裏。

大王，大王，聞得將軍昭睢，今已親往齊邦，迎請太子。將來返國爲君，必然伐秦報怨。你須陰靈保佑者。

【黄鐘煞】則喜的昭將軍主意無差錯，齊邦去迎君復講和。有一日仁明新主身親國〔五八〕。痛只痛君父仇定把銀牙剉。少不得軍縞素，自整戈，直搗西戎把潼關破。毁其城，隳其廓。纍其君，鞭其墓。誓將那巧張儀生擒捉。心親剖，舌親割，好教你，雙眸合，一靈妥。不争俺棄草茅臣一個，也待將樂考槃隱澗薖〔五九〕。又何必雙眉鎖，又何事千愁裏。天那天，怎奈我懷宗社起怨多，瞻廷闕唤奈何。只落得暗招魂赴廣莫〔六〇〕。願歸徠安夜壑。因此上帶哭行歌，恨塞心窩，泪似江沱。〔悲介〕咳，則俺這一點忠魂，日後呵，又待誰來歌楚些〔六一〕。

青山重疊樹蒼蒼，姚合。君去秦川竟淼茫。陳陶。
别我已爲泉下土，楊虞卿。九原何處不心傷。李紳。

## 評點：

〔一〕《大招》爲屈原招楚王之魂，雖與舊注謂屈子自招其魂异，然細玩其文，却爲不易之論，蓋飲食宮殿聲色田畋從欲逞豪，既非原心之所安，而後以進退明賞罰當霸王之功業，混一之勛名，歆勛而期許之，其爲招楚懷之魂而願其來歸，無疑矣，千古巨眼第一手筆也。

〔二〕起得高渾。

〔三〕寫得楚懷生前死後一腔悲憤，企隱括執藩朝見外被獲病死諸情，乃而不覺其衰颯不堪之態者，方是屈子尊君懷主之本心，非苟於下筆者。

〔四〕一句總冒直從初死時説起。騷『冥凌浹行，魂無逃只』。冥，玄冥，北方之神也。凌，馳也。浹，徧也。言此神遍行凌馳於天地之間，收人魂而藏之陰。懷王始逃趙不納，復欲逃魏，既而被獲，客死於秦。故願其魂不可外竄而隨陰沉墮也。

〔五〕騷『魂魄歸徠，閑以静只』。徠，同來。

〔六〕同弱。

〔七〕騷『東有大海，溺水浟浟只』。溺水，即弱水。浟浟，迅疾也。言東方大海無涯，其水淖弱，沉没萬物，浟浟迅疾，不可度越也。又騷『霧雨淫淫，白皓膠只』。淫淫，流貌。皓，白色。大海之涯多霧長雨，冬則凝凍，白色如膠，與天相薄也。

〔八〕騷『螭龍并流，上下悠悠只』。古本作修修，言其長也。螭龍，神物。上下并行，游戲狀，可駭畏。又騷『湯谷寂只』。湯谷，即陽谷，日出之所。寂，言無人類，無見聞也。

〔九〕騷『南有炎火千里，蝮蛇蜒只。山林險隘，虎豹蜿只。鰅鱅短狐，王虺騫只。魂兮無南，蜮傷躬只』。蝮，毒蛇，名蜒，長也。短狐，妖狐。與鰅鱅皆鬼蜮類。王虺，蟒也。騫，舉首貌。蜮能含沙以射人影，中者即死。

〔一〇〕騷『西方流沙，漭洋洋只』，漭，母郎切。漭然，無涯貌。洋洋，廣大不可度越也。又騷『豕首縱目，被髮鬤只。長爪踞牙，誒狂笑只』。鬤，而羊切，髮亂貌。縱，直也。西方有神，猪首，直目披髮，踞牙出齒，手足長爪，得人强笑，喜而狂獝也。誒，音嘻，《漢書》注，强笑貌。此蓋蓐收神之狀也。

〔一一〕騷『北有寒山，逴龍艴只』。北方有常寒之山，陰不見日。《山海經》曰，西北海外章尾山有神，人面蛇身而赤，其長千里，是燭九陰，謂之燭龍。逴龍，即燭龍也。逴，音卓。艴，音者，赤色。又騷『代水不可涉，深不可測只』，代水在極北。又騷『天白顥顥，寒凝凝只』。顥，音皓，光貌。北方冬夏積雪，其光顥顥，天地皆白，水凍寒凝，傷肌骨也。又騷『魂乎無往，盈北極只』。盈，滿也。北極太陰之中，言魂不可往，必隕墜其中不得出也。

〔一二〕音度。

〔一三〕將上作一總束。言東西南北，魂皆不可往。以下便招其來歸。

〔一四〕叶墮。

〔一五〕音善。

〔一六〕音炎。

〔一七〕先以宫室之華美歆動之。

〔一八〕騷『夏屋廣大，沙堂秀只』。夏，大也。沙，丹沙，謂采繪其堂也。又騷『南房小壇』。壇，亦堂也。又騷『曲屋步壛』。步壛，長砌也，皆謂别室。

〔一九〕次飲食。騷『五穀六仞，設菰粱只』。言積多也。

〔二〇〕騷『鼎臑盈望，和致芳只』。臑，肥肉。致調其鹹酸味和，則芳香可啖。望之，滿案有行列也。

〔二一〕騷『醢豚苦狗』。醢，肉醬。苦，以狗膽和醬。又騷『内鶬鴿鵠』。内，同肭，亦肥肉。鶬鴿，小鳥。

〔二二〕騷『炙鴰烝鳧』。鴰，舌活切，亦小鳥。鳧，雁也。又騷『煎鰿臛雀』。臛亦脯也，或煎或炙，言庖治得宜也。

〔二三〕騷『鮮蠵甘鷄，和楚酪只』。蠵，大龜。酪，乳漿也。

〔二四〕騷『吴酸蒿蔞，不沾薄只』。吴人善調羹，言酸則鹹在其中。蒿，蘩草也。蔞，香草也。沾，多汁。薄，無味。不沾薄，言不濃不薄，調和適中也。

〔二五〕騷『趙簫倡只』，又『代秦鄭衛，鳴竽張只』。

〔二六〕騷『伏戲駕變，楚勞商只』。伏戲，即伏羲，《駕變》《勞商》，皆曲名。古伏戲氏造瑟，作《駕變》之曲，楚人自爲《勞商》之歌。

〔二七〕騷『叩銅調磬，娱人亂只』。銅謂鐘。亂，曲終也，言以趙簫倡始，秦竽隨和，或奏《駕變》之曲，或爲《勞商》之歌，後遂鐘磬偕作以至樂終也。

〔二八〕騷『二八接舞』。言有美女十六人相接而舞，以應聲也。

〔二九〕騷『朱唇皓齒，嫭以姱只』。

〔三〇〕騷『謳和陽阿』。徒歌曰謳陽。阿，地名，善謳之鄉。盛言樂器之多，歌舞之美，不僅一人之復於下里也。

〔三一〕又專言美女。騷『容則秀雅，稚朱顔只』，言少女之顔，紅白如醉也。

〔三二〕騷『粉白黛黑，施芳澤只』，又『長袖拂面，善留客只』，言美人能令客喜悦不忍去也。

〔三三〕楚人愛細腰，已起於此。騷『小腰秀頸，鮮卑若只』。卑，言篦。鮮卑，衮帶頭。若，同約。言好女之狀，腰肢細小，頸鋭秀長，如以衮帶之頭，約而束之也。

〔三四〕騷『丰肉微骨，調以娱只』。

〔三五〕即以善留客句作總承，言美人能留，客人俱不能捨去。而楚王之魂何不歸來乎？

〔三六〕次畋獵。

〔三七〕騷『騰駕步游，獵春囿只。瓊轂錯衡，英華假只。茝蘭桂樹，鬱彌路只。孔雀盈園，畜鸞皇只』。言一時或縱步而游，或騰駕車馬，往獵於春囿之中也。假，大也。言所乘之車以玉飾轂，以金錯衡，大有英采光華也。擾畜，謂馴擾之獸，草木之異，禽獸之珍，皆可田獵而游樂也。

〔三八〕騷『鵾鴻群晨，雜鶖鶬只。鴻鵠代游，曼鷫鷞只』。鵾，鵾。鴻，鶴也。鶖鶬，鶬鶖也。言鵾鵾鴻鶴，群聚候時。鶴知夜半，鵾能晨鳴，各司其職也。鷫鷞，俊鳥也。鷞，同鸘，言復有鴻鵠往來，相代游戲。與鷫鷞之鳥曼衍無已，皆供我游畋之物事也。

〔三九〕歸到霸王之業，一以慰楚懷之魂，一以表屈子之志也。

〔四〇〕此又小束，承上起下。

〔四一〕騷『魂兮歸來，居室定只』。

〔四二〕騷『魂兮無西，多害傷只』。

〔四三〕騷『永宜厥身，保壽命只』。

〔四四〕騷『室家盈庭，爵禄盛只』。

〔四五〕騷『誅譏罷只』。譏，非也，謂非惡之臣。罷，音疲，謂駑罷之臣，皆誅而去之。

〔四六〕騷『直嬴在位』。嬴，謂才俊嬴餘之臣。

〔四七〕騷『三公穆穆，登降堂只。諸侯畢極，立九卿只』。此皆天子之事，歆動魂歸之意也。

〔四八〕騷『先威後文，善美明只』。蓋戰國之時，當先以威服遠，而後以文德撫之。

〔四九〕騷『魂兮歸來，賞罰當只』。

〔五〇〕騷『名聲若日，照四海只。德譽配天，萬民理只』。

〔五一〕一收。騷『北至幽陵，南交阯只。西薄羊腸，東窮海只』。

〔五二〕又一收。騷『魂兮歸來，尚三王只』。

〔五三〕騷『昭質既設，大張侯只。執弓挾矢，揖亂讓只』。古王者當制服諸侯，故名布爲侯而射之。上手曰揖，下手曰讓，揖讓必以左，此射禮也，楚國取士於鄉射。

〔五四〕騷『發政獻行，禁苛暴只。』『美昌衆流，德澤章只』。章，同彰。以上皆歆動魂徠，并借以諷襄王也。

〔五五〕兩句一總。楚有地利矣，所欠者人和耳。天時止帶説下語，最有分寸。

〔五六〕又爲自己夾寫，以見招魂之意。

〔五七〕先伏一筆，以起下齣。

〔五八〕古話反。

〔五九〕如可報仇雪耻，親見楚國重興，即終身放廢亦所不怨，此屈原之志也。

〔六〇〕莫同漠，野外也。《莊子》：『廣莫之野。』

〔六一〕些，先卧反，楚人語助詞。順手將宋玉《招魂》作結。

# 第二十三齣　歸質

【仙呂引子】【紫蘇丸】〔末衰經素冠上〕一場好會生奇變，中機謀禍來非淺。幸東鄰信義輔危顛。將儲君歸我把山河奠。

下官楚國昭睢，只因懷王不聽吾言，誤中秦計，哄入武關，伏兵擄去，一時氣憤身亡，將軍景缺戰死。我楚臣民，聞信驚哀。怎奈太子在齊，國家無主。爲此下官連夜奔至齊邦，哭訃孟嘗，求爲轉奏。怎奈一住多時，不覺臘回春至。喜得齊王見允，歸我質子。約於今日送行，不免先到城外等候。正是一番悲過一番喜，我伴質來我伴歸。〔下〕

【引子】【小蓬萊】〔小旦衰經素冠上〕傳説父王凶變，不由人搶地呼天。驚魂脉脉，愁腸戚戚，血泪漣漣。

孤家楚太子璜，自從來質於齊，已經二載。不意父王誤從秦約，被哄入關，伏兵擄去，一氣身亡。昨有我楚訃音到此，好生驚痛。又聞大夫昭睢，前來接我歸國。已經多日，喜得齊王見允，約定今日送我起行。想必此時，就有人到也。〔泪介〕

【引子】【番卜算】〔小生領從上〕一楚受秦欺，五國同生怨。堪憐質子遠難歸，仗義將他返。

〔見介〕〔小旦〕有勞薛公到來，可憐我父王呵。〔哭介〕〔小生〕太子且請住哀，恭喜太子歸國，嗣立爲王。寡君適有采薪之憂，未能親送。特命外臣，代爲祖餞。〔小旦〕亡人罪孽深重，天降禍殃，遭此大故。今蒙齊之君臣，扶危濟難。亡人奄有南土，此恩此德，何日能忘。〔小生〕輿從軍兵，俱在郊外伺候，就請同行。〔行介〕

【過曲】【望吾鄉】爛漫春天，盈郊景物鮮。素車白馬明如練。饒他花柳相遮掩，也頓覺愁容變。休認做陽關外，渭水邊，聽三叠聲悲怨。

〔末迎上見介〕臣昭睢見駕。〔小旦、末同哭介〕〔末〕太子休要過傷，就此辭過公相，登程便了。

〔小生〕取酒過來。〔小生取酒立奉小旦介〕〔小旦辭介〕公相呵！

【前腔】何勞你杯酒流連，俺自有沿途柳代鞭。但願他年玉帛重相見。〔小生〕太子此後歸國呵，再休教牲載盟書冷，須記取前車鑒。〔小旦〕亡人奚敢。〔末合〕拚結草把恩銜，誓同將無道强秦剪。

〔小生〕衆軍士護送前行，外臣告退。〔小旦〕有勞公相，代我轉謝齊王便了。〔小生〕不聞抱怨惟施德，衹爲和親便恤灾。〔先下〕〔小旦、末領衆行介〕

【八聲甘州】望山長水遠，顧不得迢迢客路三千。披星戴月，還待把倦馬加鞭。只爲無君主國人意懸，還怕敵國乘虛更肆奸。無邊。這愁腸相對難言。

【前腔换頭】風烟。嵐光映遠天。對青林景色，觸目淒然。悠悠旌旆，頓教繞遍山川。記去時暮秋聲咽蟬，這歸路春明鳥語喧。經年。依舊見漢陽江上雲連。〔行下〕〔丑、副净同上〕還憑舊日花花面，重攬新君赫赫權〔二〕。遠見一隊人馬，想必太子來到也，不免先迎上前去。

【醉羅歌】【醉扶歸】望得望得旌旗展，聽得聽得人馬喧。這迎王議立貴争先，便脅肩諂笑有誰來見。〔小旦、末、衆行上〕【皂羅袍】纔過了瑯琊渤海，岩岩泰巔。早來到荆門鄂渚，洋洋漢川。看龍舟一字排江岸。〔丑、副净迎跪接介〕臣靳尚，臣蘭，奉迎太子聖駕，恭請聖安。〔小旦〕大夫賢弟，别來無恙。只痛俺父王呵！〔小旦哭、衆同哭介〕〔丑、副净〕太子車馬勞頓，且勿過傷。請到舟中，商議大事。〔雜扮内侍撑舟上〕〔小旦、末下馬同衆登舟介〕【排歌】横畫槳，挂錦帆，自在中流好放還。

〔兵從下〕〔小旦坐介〕〔丑、副净跪奏介〕啓上太子，我先王客邸升遐，莫非天數。國家以社稷爲重，太子國之儲君，天命有歸，人心永戴。今宜早正大位，以慰臣民。〔小旦〕孤實不德，奚能當此。况父喪未除，父仇未報，遽求早自尊榮，於心安忍。〔末跪介〕國家不可一日無君，願太子俯如諸臣所請，且請换了吉服，以受朝賀。然後回到國中，祭告天地祖宗便了。〔小旦〕准奏。〔小旦衮冕上坐，末、丑、副净朝見介〕〔小旦〕寡人年幼德薄，蹇值父喪，勉承大位，全賴諸卿輔佐。將來雪耻復仇，以安社稷。今命公子蘭仍爲令尹，與上官大夫靳尚一同秉政。將軍昭雎晋爲上公，總督三軍元帥，以專征伐之權。其餘百職庶務，歸朝次第頒行。欽哉謝恩[二]。〔衆叩首介〕願大王千歲千千歲。

【皂羅袍】論理數否終泰轉，况聖明天亶福至機先。浪平波静午風恬，天開清景隨人願[三]。〔小旦泪介〕只爲先靈飲恨，難甘九原。叫我卧薪嘗膽，怎共戴天。待操戈親把秦平踐。

〔内扮文武各官上〕〔迎介〕〔小旦、末、丑、副净同上岸介〕〔内侍鑾輿駕行介〕

【尾聲】這的是慶新君朝野都歡忭，惟望永罷干戈樂有年，怎能勾不蔽聰明舉逸賢[四]。

拂旦鷄鳴仙衛陳，沈佺期。千官齊出拜行塵。張籍。
此時朝野歡無限，李文。應報明君鼎業新。姚崇。

評　點：

〔一〕切極。
〔二〕初政已見一班。

〔三〕頌聖亦切。

〔四〕結意反射屈平。

# 第二十四齣　天問

〔雜扮二卒上〕千年爲廟户，四季領神牲。俺們楚國太廟中看守承值的便是。冬至大祭日近了，連日有官到此，查看打掃鋪陳，不敢少離。你看那邊祝史老爹走來了。

【小引】〔小丑上〕祀先靈，祀先靈，頌禱全憑祝史精。祝固當年呆，神靈便降灾〔一〕。惟有祝鮀佞〔二〕，祖宗都喜幸，幸幸幸〔三〕。

〔二雜見介〕老爹好興頭。〔小丑〕有甚興頭？〔雜〕方纔老爹説興興興，想是冬至大祭，小人們也沾些渾酒渾漿，豚頭羊脚。老爹少不得大小分塊胙肉，拿回家，豈不大小都是興？〔小丑〕那是這個興，我説的是幸臣之幸。〔雜〕原來是杏仁之杏，好吃的。不知那祭品中有與没有？〔小丑〕蠢材，這幸説與你也是不知道的。罷了。大祭將近，祝文也要端正起來，且把筆硯擺下。〔小丑磨墨舒紙二雜旁諢介〕〔小丑〕哎呦，肚腹一時痛起來，且往厠上去走遭。〔急下〕〔雜笑介〕這叫做懶牛上磨屎屎多，俺們也在一邊歇息去。〔下〕〔生上〕落落天涯一放臣，盈廷交譖不相親。可憐故主身亡虜，訴與先公亦愴神。我屈原自遭放逐，著作《離騷》，雖無竹帛功勛，幸有文章傳世，這也罷了。

只是懷王客死他鄉，大仇未報。新君嗣立，依舊好諛惡直。目今子蘭、靳尚，弄權專政。國事益非，如何是好？　來此是太廟宗宫，想至日已近，大祭將臨，所以門開在此。咳，我屈原既爲放臣，那得隨班行禮，不免先進廟中，瞻拜一番。〔入廟介〕原來還没鋪陳齊備，一個官兒没在此。〔哭拜介〕先公先王，你一十七世南服稱雄，怎忍見子孫今日受欺於秦，客死不歸。大耻未雪，我屈原空存忠孝之心，奈無報效之地。只願神靈默佑嗣主，啓沃聰明，親賢遠佞，使社稷長安，生民受福。屈原雖放廢終身，没齒無恨矣。〔起視介〕這兩廡是公卿牌位。〔揖介〕老前輩、老先生，你生前食禄於朝，死後配享在廟，好不風光，好不榮耀。我屈原那些兒不如你來，怎落得下場頭這般狼狽也。〔泪介〕瞻拜已畢，不免閑步一回。〔看介〕呀，這四面粉壁上，都畫的是天地山川神靈，好不琦瑋僪佹也。這是古聖賢怪物行事，却也罕見罕聞，無所不備〔四〕。〔嘆介〕唉！　俺想那乾坤初闢，忽晦忽明。生民以來，一治一亂。同是一樣君子，怎麽鼎鼐中偏有的嘗不着鹽梅滋味；同是一般小人，怎麽遐荒内也不乏逃脱過豺虎牙關〔五〕。最不服陋巷簞瓢，一任塵埃埋駿骨。更難熬軒車華蓋，偏將錦綉裹屍餘。天那天，你到底是呆？　是乖？　是聾？　是啞？　兀的不氣悶殺我屈原也，兀的不氣悶殺我屈原也！

【北仙吕點絳唇】面仰天高，一聲狂嘯。翻愁窖泪灑如潮，欲待從頭告。

現成筆硯在此，待俺就這畫圖中故事，一樁樁呼天而問，有何不可？〔一面唱一面寫壁上介〕

【混江龍】遂古初有誰傳道〔六〕？　未分形瞢闇共冥昭〔七〕。三合化，幹維焉繫，天極偏遥〔八〕。日月屬，列星陳，鷄卵般九重闉處誰營度。湯谷先，蒙汜次，車輪似八柱牽來孰轉遭〔九〕。人只見晦復明，死又育，這夜光顧菟〔一〇〕長生腹。誰能識隅多數氣實通，那縣圃崑崙不見尻〔一一〕。空傳説生有神，八足兩頭撰〔一二〕體。鹿怎安放？舞能忭十洲三島戴山鼇〔一三〕。胡南傾，胡北陷，蠢康回甚頭能撞？何冬暖，何夏寒，巧羲和有舌難調〔一四〕。奇不奇，虬負熊，蛇吞象，更有那九首雄虺形可駭。幻不幻，龍吐燭，華有光，還較他一輪靈曜樣難描〔一五〕。摸不着黑水中，玄阯中，守何方長人古怪。數不盡鯪魚外，魁〔一六〕堆〔一七〕外，生何像言獸蹊蹺〔一八〕。試問那靡蓱〔一九〕産，枲〔二〇〕華生，甚人得曉？更有那石成林，鳥解羽，若個能瞧〔二一〕？賽麒麟，九子生，歧無合，陰陽誰造？如牛鬼，五官備，媧有體，制匠偏勞〔二二〕。嘆只嘆鷩女無知，那裏來鹿乳林，山下薇中雙士隕。笑只笑媵臣何惡，早則爲黿生黿，水邊木内一兒號〔二三〕。成考功，伯禹腹鯀，怪則怪，瑞來遲，應龍不先〔二四〕。鴟龜畫，開嗣業，帝嚳胎殷。喜則喜，祥呈早，玄鳥偏宜簡狄巢〔二五〕。爲甚的急孜孜，裂塗山，勤啓子，終不免弟昆歌起無家怨。一任他雄赳赳，射河伯，妻雒嬪，只落得嫂叔淫蒸厥首拋〔二六〕。多通變，南嶽始遷都，羡殺他吴有獲，兩男已去能終古。有權宜，河濱將受禪，羞殺我帝無威，二女雖親不告姚〔二七〕。出重泉端賴他，乞有莘小臣負鼎，徹岐社全虧得識，在肆尚父揚刀〔二八〕。擊紂躬，旦不嘉，武何由急。謀桀士，湯不伐，尹孰能挑〔二九〕。誰曾見竺元子，那投冰鳥煥徒虛誕。還堪信秉季德，這班禄牛逢豈刺嘈〔三〇〕。便是那昌驚帝，早則見作牧秉鞭生不順，怎怪得發殺殷，兀的不載尸集戰死猶驍〔三一〕。父不慈，子雉經，徒然見感天抑地身難保。兄盡愛，弟眩淫，只落得後嗣逢長福自饒〔三二〕。更可憐黄熊化去巫難活，怎比得蜺嬰茀，藥良尸解。誰能料白雉逢來荆禍成，差勝那黿曳銜，物怪人妖〔三三〕。痛不了箕子囚，比干剖，梅伯受醢。氣不過雷開封，寒促篡，后羿蒸膏〔三四〕。真莫解彭鏗壽，尚何求，斟雉用饗。實可傷秦針愚，因多欲索犬奔逃〔三五〕。罰何盡祐何窮，一味價鶻鶻突突。命何心代何意，總則是虛虛飄飄〔三六〕。待尋個延年訣何緣得遇，羨殺那不死民無地能邀〔三七〕。莫問他齊桓，糾合身終弑。也不管吴闔，流嚴勛自高〔三八〕。吾將告堵敖祚長莫斬，怎能出子文忠效名標〔三九〕。

〔小丑暗上驚介〕呀，那是屈大夫。久已放逐了，爲何又來在此？向這粉壁上亂寫些甚麽？〔生放筆笑介〕問完了，問的好快暢。〔小丑撲生背介〕屈大夫在此何幹？〔生〕原來是祝史，我在此問天。〔小丑笑介〕好笑，天又不會説話的，問他些甚麽？〔生〕唉，你道俺問他甚麽來。

【油葫蘆】則問他覆冒無邊把大地包，怎也不分白皂，任人間清濁一般淆。爲甚麽虎貴尼終老，爲甚麽跖壽顔偏夭。似這等天網儘能逃，天眼全無照。教人怨，怨天公自古無公道。恨不將渾沌帝鑿透多靈竅，兀的不青湛湛在上枉爲高。

〔内呵道二雜急上〕快些迴避。令尹和上官大夫都進廟來了。〔生〕俺正要見他。〔丑、副净帶從仝上〕應同陪大祭，還待宿齋官。〔小丑叩見介〕〔副净見生介〕那是屈平。〔丑〕屈平爲何在此？〔生〕令尹别來無恙。〔丑、副净背立不理介〕

〔副净對丑冷笑介〕這樣迂腐狂徒，如今還想見用，真可謂不知時務了〔四一〕。〔生大笑介〕如今有你們這般見用的在朝，俺那肯還想出來，與爾等比肩共立？不是俺不知時務，則怕你到不知俺屈原的身分呢。

【天下樂】〔生〕呀，則見他金幞籠頭玉束腰，直恁的氣雄豪。俺雖是脱了切雲冠，披着敝緼袍，也比你多才學，也比你能忠孝。天那天，爲甚麽到如今不用着〔四〇〕。

【哪吒令】誰戀你昏澄澄的濁朝，枉詞驕色驕。待尋個冷清清的静巢，去山遥水遥。結識些閑散散的野樵，挂詩瓢酒瓢。比似你骷髏内揎着草一包，怎敵俺綉腸中隱着文千套。俺却也羞與你同僚。

〔丑〕這厮是多咱來厠裏，幹些甚麽事？〔小丑〕就是小官方纔去厠中告便，他闖進廟來，趁無人在此，將寫祝文的筆墨，不知在壁上亂寫些甚麽。小官正在此查問，恰好二位到來。〔指介〕這就是屈原纔寫的。〔丑、副净看介〕一句不解〔四二〕。這是甚麽意思？〔副净〕想不過怨謗朝廷，但宗廟之中，理宜肅静。這壁上如何寫上這些亂話來？〔丑〕正是。屈平，爾乃放逐之臣，這宗廟之中，已非爾應到之地。如何還將怨言謗語，亂塗在粉壁之上？把繪畫的神像事迹都污了，觸犯祖先，當得何罪？

【鵲踏枝】〔生〕呀，俺也是楚國舊根苗，怎不許來宗廟？忍見這先靈位，他日委蓬蒿，不由人痛將來傷心拜禱。你説俺得罪先靈，却不道你呵，把一個父王送了，慘嗑嗑客死不得歸朝〔四三〕。

〔丑大怒介〕這厮益發胡言。且將此事和大夫奏知吾王，自有道理。〔副净〕正該如此。〔丑〕饒他怨讟干天怒。〔副净〕自有讒諛動主聽。〔仝下〕〔生〕你看他二人竟一同回奏去了。子蘭、靳尚，俺就與你面聖，有何懼哉。

【寄生草】你自騁翰音登天翼，俺則痛麟生倒地角〔四四〕。好一似歌柔桑芮伯天同告。賦長舌凡伯心同悼。興楊園巷伯悲同調。二賊、二賊，你祇圖南箕貝錦一時乖，却不道青蠅毚兔千秋誚。

【村裏迓鼓】嘆只嘆世情變了，人心昧了。縱有那端人异學，也都則一筆勾除罷了。一任他緝緝翩翩，捷捷幡幡，泚泚皋皋。真個視夢夢，情慘慘，聽藐藐，蹻蹻熇熇〔四五〕。

〔丑、副净領侍衛上〕詩書治世全無用，文士生天總贅疣。可惡那屈平狂妄無知，胡言怨謗。俺二人奏知嗣主，勃然大怒。就命俺二人拿回勘問。左右還不快快動手！〔衆拿生肘鎖介〕〔生呼天大哭介〕上天祖宗，俺屈原有何罪辜也？〔倒地昏介〕〔内扮四神將高立將旗展動放出烟霧介〕〔衆見驚介〕呀，不好了，爲何一霎時天昏地暗，白日無光，竟如黑夜一般〔四六〕。呀，連物也看不見了，人也看不見了，東西南北也認不出了，門窗户壁也摸不着了，好奇怪，好奇怪。〔各慌張手摸碰頭相諢介〕〔丑、副净暗驚介〕忽然天變，怪异非常，却是何故？〔雜扮内臣捧旨持火急上〕地慘天昏無日月，神愁鬼哭滿乾坤。大王令旨道來，今值异常天變，國中必有奇冤。君臣各宜修省，大赦累囚，廣修祀典，用回天怒，以迓天庥。屈原不必加罪，令尹和上官大夫，即速回朝，共議國政，接了令旨。〔丑、副净〕既如此，且開了屈平刑具，左右好生管押。俺們且入朝去也。趨朝未敢遲君命，出獄終難釋累囚。〔仝下〕〔侍衛開生肘鎖介〕〔生漸醒嘆介〕這是那裏説起，適纔呵！

【元和令】猛聽得廝琅琅鐵索將頭套，緊搊搊雙手胸前銬。險些兒下在虎頭牢，百忙裏驚一跳。不由人心焦躁，一聲怨氣上冲霄，和天都黑了。

【上馬嬌】可怪這日無光，星不耀。一霎時霧迷漫，只聽得風悲嘯。俺呵，幸而今鰲脱金鈎釣，怎還烏洞洞闖不出陰司道。恨難消，只落得瞑目向天嚎。

【游四門】俺早已名利等鴻毛，他還待口舌起波濤。把一個新君又弄得來多顛倒。想天爲我也心焦，道覆盆難照，到不如風雨暗瀟瀟。

【勝葫蘆】呀，似這等鎮長價難分夕與朝。恨不得千日醉酕醄，向山中一眠一覺天大曉。願三光回照，把清明現了。似輪轉一周週遭。

這天不知幾時纔得清明呢，俺且坐過一邊者。〔生虛下〕〔小丑、雜仝諢下〕〔外扮差官持令箭上〕何來怪怪奇奇事，失去明明白白天。自家令尹府中差官是也。只因那屈大夫，做了甚麼《天問》，謗訕朝廷，將他拿問。不意忽遭天變，昏昏慘慘，白晝似夜，如是三日。俺楚王因此恐懼，大赦國中，免其治罪。又是令尹和上官奏道，屈平不可留於國内，將他遷置江南，楚王允奏。因此令尹差我前來，就要押解起程。屈大夫那裏？〔生上〕是誰喚我？〔外〕楚王有令旨，將大夫遷放江南。俺便是解官，就請啓行。〔生驚介〕有這等事？也罷，待我回家收拾收拾就行便了。〔外〕大王有旨，不許回家，就要動身的。〔生泪介〕且住，我便遷往江南，也要回家拜辭拜辭祖先，與我姊姊一面而別。如今少不得要求尊官方便。〔外〕小官不敢做情，有違楚王令旨。〔生慟介〕罷了罷了，我屈原有何得罪天地祖宗？今日遠竄遐荒，便一刻也容留不得了。

【後庭花】他一聲聲把楚王令來奉着，不顧俺繫家園懶動脚。你道俺今時傷去國，怎不似當年勇退朝。那知俺戀同胞，難送我西風古道。姊姊呵，我和你作孩提，依同膝哺共巢。到大來飯一簞飲一瓢，實指望相友愛度昏鼂〔四七〕，到做了西飛燕東伯勞。你一身兒孤另另，年老將誰靠？俺兩下裏苦慽慽，天遠無音耗。俺拚把窮愁骨弃地抛，你那得寒食酒墓頭澆。便生呵，遠迢迢夢也難尋到。待死呵，渺茫茫魂知何處飄〔四八〕。

〔雜扮二鄰老背包急上〕忙將烈婦信，報與遺臣知。俺乃女嬃鄰佑是也，屈大夫那裏？〔生〕呀，鄰老到來，有何話說？〔鄰老〕屈大夫，你姊姊聞你遷徙江南，不禁大慟。收拾了兩件舊衣服，托我送來與你。他就〔住口介〕〔生急問介〕就怎麽？〔鄰老泪介〕就觸在擣衣砧上，碎首而亡了。〔生大驚慟介〕哎呀，我姊姊竟、竟觸在擣衣砧上，碎首而亡。兀的不慟殺我也。〔哭倒衆扶起介〕

【青哥兒】〔生〕痛屈原今生難全弟道，教姊姊爲我身軀不保。且住，這遷放江南，我姊姊如何一時便知？如今他尸首怎麽樣了？〔鄰老〕大夫遷往江南，滿國中沸沸揚揚，那個不稱冤叫枉。你姊姊如何不知道？他一經撞死，俺姊歸鄉内合村民人無不下泪，都憐他是個烈女。大家備下衣衾棺槨，打點就埋在砧旁，將來還建立祠堂，春秋祭掃。大夫你將這衣服收下，放心前行，不必記念他了。〔生〕原來如此，多謝高鄰們有此義舉，我屈原竟生受了也。〔拜介〕姊姊呵，不枉你千古芳名烈性標，從今後鶴馭飄飄，鸞佩瀟瀟，向天上逍遥。俺不能執紼焚藾〔四九〕，披麻挂孝。只落得冷冷清清，慘慘凄凄，隱隱似月夜聽砧敲，望虚空來拜倒。

〔外〕大夫不必留戀，快登程去罷。〔生〕待俺拜辭了祖廟。〔拜哭介〕先公先王，屈平今日便拜辭你去也。

【賺煞】拜罷泪長抛，忍不住屢次頭回掉。怕你也留不住這血食千年祖廟，空餘下叩蒼穹一篇詞賦巧〔五〇〕。俺待覓知音，且把那百世後才人哀告。須念我幽憤無邊托彩毫，怎忍見蝸涎鳥迹多零落。一任他雨灑風飄，埋没在荒烟蔓草。是誰向破垣中檢點把舊詞鈔。

無端幽思暗相添，元微之。只合將情問老天。李白。

今日愛才非昔日，温庭筠。任他流轉泪涓涓。崔塗。

〔灑泪分下〕

## 評點：

〔一〕祝固，齊史。爲齊王禱疾不愈，被殺。

〔二〕祝鮀，衛史。事見《論語》。

〔三〕神亦喜佞，真可一嘆。

〔四〕本外傳。

〔五〕獨闢奇論，以作一篇大文之引。

〔六〕騷『遂古之初，誰傳道之』。遂古，往古。道，言也。問往古之先，誰有能言其事者。

〔七〕騷『上下未形，何由考之。冥昭瞢闇，誰能極之』。瞢闇，昏明相雜之貌。冥，幽。昭，明也。此天地未分形時也。

〔八〕騷『陰陽三合，何本何化』，又『斡維焉繫，天極焉加』。三合，謂天地人皆陰陽化生，以配合成三才也。天極，南北。極，天之樞紐不動處，譬車之有軸，斡以金爲管，即受軸者。維，繫物之縻也。此言有天地有人矣，然惟見天極如斡維之繫，而遥遠莫可測也。

〔九〕『誰營度』『孰轉遭』即問意。騷『日月安屬？列星安陳？闤則九重，孰營度之』，又『出自湯谷，次于蒙汜』，又『八柱焉加』。天有九，東方皞天，東南陽天，南方赤天，西南朱天，西方成天，西北幽天，北方玄天，東北變天，中央鈞天。一曰天如卵形，地包其中，上有九層，故曰九重天。周地外氣常輪轉。湯谷即暘谷。書曰宅嵎，夷曰暘谷。暘，音陽，日所出也。蒙汜，即大蒙，《爾雅》云，西至日人爲大蒙。《河圖》言地下有八柱互相牽制。名山大川，孔穴相通。天與日月星辰皆轉地一遭也。此問天而兼問地并及日月星辰也。

〔一〇〕同兔。

〔一一〕騷『夜光何德，死則又育。厥利維何，而顧兔在腹』。育，生也。月魄死則晦，育則明。謂之夜光。兔，月中物。《禮記》，兔曰明視，兔善顧，故曰顧兔。因其爲陰精所結，故長生月腹也。又騷『隅隈多有，莫知其數』，又『西北闢啓，何氣通焉』，又『崑崙縣圃，其尻安在』。《淮南子》曰，天有九野九千九百九十九隅，去地五億萬里。尻，閭尾也。《淮南子》曰，崑崙有四百四十門，門間四裹，裹間九純，純長一丈五尺。北門開以納不周之風。氣，即風。問日兼問月，然日詳而月略，故此又單問月。上文問天兼問地，然天詳而地略，故此又單問地。但晦明之月猶易窺其腹，而廣大之地實難見其尻。此對舉之義也，層次井然。

〔一二〕音駢。

〔一三〕騷『撰體脅鹿，何以膺之』。注，天有十二神鹿，皆具弃體。一身八足兩頭，其體脅合，故曰駢體。撰，即駢也。又騷『鼇戴山抃，何以安之』。鼇，大龜，擊手口抃。《列仙傳》曰，蓬萊有十洲三島，其下有巨靈之龜，背負蓬萊之山而抃舞。

〔一四〕騷『康回憑怒墜，何故以東南傾』。墜，同地。康回，共工氏名。《列子》曰，共工氏與顓頊争帝，不勝，怒而首觸不周之山，折天柱絶地維。故天傾西北，地陷東南，百川水潦歸焉。又騷『何所冬暖，何所夏寒』。《淮南子》曰，南方有不死之草，北方有不釋之冰，所謂冬暖夏寒也。羲和，堯時定曆之官。有舌難調，謂不能言其所以然之故也。此又總問天地并及四時。即順帶出入事來，層次井然。

〔一五〕騷『焉有龍虬，負熊以游』，又『靈蛇吞象，厥大何如』。《山海經》云，熊山有穴，恒出神人乘龍虬以游者。神，熊也。又云，南海有巴蛇，身長百尋，食象三年而吐其骨。又《招魂》云，南方之獸，雄虺九首。又騷『日安不到，燭龍何照。羲和之未揚，若木何光』。又『曜靈安藏』。《山海經》云，西北海外有章尾山，其神人面蛇身，其瞑乃晦，其視乃明，名曰燭龍，是日不到處以爲照也。若木在建木西，其華光照下地日未出時，以爲光也。曜，靈日也。此又問物之怪。

〔一六〕音圻。

〔一七〕同雀。

〔一八〕騷『黑水玄阯，三危安在』，又『長人何守』，又『鯪魚何所，魁堆焉處』。又『何獸能言』。黑水，出崑崙山。玄阯，山名，在西域，皆極遠地。長人，如防風氏、鄋曼之類。《山海經》曰：『西海中近列姑射山，有鯪魚，人面人手魚身，見則風濤起。北號山有鳥，狀如鷄，白首鼠足，名曰魁堆，能食人。言獸即猩猩之類。前後數聯皆問物怪，忽帶人一筆，蓋長人亦人怪也。

〔一九〕音萍。

〔二〇〕音徙。

〔二一〕騷『靡蓱九衢，枲華安居』。靡，蔓也。蓱，水草也。釋氏説崑崙山下有蓱莎國，其地産蓱。《頭陀寺碑文》『九衢之草千計』是也。《山海經》云：『浮山有草，其華如枲。』又騷『焉有石林』。《拾遺記》：『須彌山第六層，有玉樹蔭翳五百里，以其石色如玉也。』又《蜀地志》：『蜀山有石筍如林。』又騷『烏能解羽』。《淮南子》曰：『堯時十日并出，草木枯死，堯命羿射中其九日，日中九烏皆死，墮其羽翼。』此極言怪物怪事。

〔二二〕神麟無稽，取喻甚巧。騷『女岐無合夫，焉取九子』。女岐，神女無夫而生九子。賽麒麟，借用天上石麟語，言其生而靈异也。又騷『女媧有體，孰制匠之。』傳言女媧人頭蛇身，一日七十化。制匠，言何匠而製造其體也。以上從天地未分時問起，次從三才既會之後問天地日月山川神人怪物已畢，然後及於人事。又將生人之始及補天之人特起一聯作一樞紐，以承上而接下，絶妙章法。用兩女起頭，蓋陽胎於陰。陰者，陽之母也。人生而静。静者，動之本。至理奇文。

〔二三〕從首至尾對仗之工，渾若天造地設，屈子原文恐亦遜其精警。騷『驚女采薇鹿何祐』。《文選》：『夷齊畢命於娀媛。』注，夷齊采薇于首陽，一女子見而驚之曰『此亦周之薇也』，遂不食而死。又『夷齊餓于首陽，白鹿乳之』。又騷『水濱之木，得彼小子。夫何惡之，媵有莘之婦』。伊尹母妊身夢神女告之曰：『臼竈生鼃，急去無顧。』居無幾何，臼竈果生鼃，母去東走，顧視其邑，盡爲大水。母溺死，化爲空桑之木。水退，人聞小兒啼，取養之，既長，有异材。有莘氏惡其從木中出，遂以媵女。已問及人事矣。乃將唐虞三代以來，許多興亡成敗，暫且丢開。而忽先將夷齊、伊尹并舉成聯，冠於諸人之首。其意何哉？蓋自有天下以來，或禪受或家傳，此正理也。逮征誅出而天下一大變矣。殷其首禍者乎？自是而周、秦、漢、唐皆重此道也。屈原之先由春秋以至戰國，無日不以争奪爲事。至斯而秦楚相戕禍已不遠，能無隱痛？商周之際，猶夏殷之際也。一係終商之士，一係始商之臣。一則守正以全忠，一則反經而撥亂。志各不同，而天亦難主。舉二人即可盡經權之道矣。此作者之文章，安知非屈原之心事乎？其妙極矣。

〔二四〕先作去聲。

〔二五〕騷『伯禹腹鯀，夫何以變化，遂成考功』。又『應龍何畫，江海何曆』，又『鴟龜曳銜，鯀何聽焉』。考，父也。《山海經》曰，禹治水，有應龍以尾畫地，即水泉流通。禹因而治之以成，其父功也。又鯀見鴟龜，曳尾相銜。因法其象，築長堤以障水。今河北有鯀堤，是其遺也。見周氏拱辰説。又騷『簡狄在臺嚳何宜，玄鳥致貽女何喜』。簡狄，帝嚳妃。玄鳥，飛燕也。飛燕遺墮其卵，簡狄吞之，遂生契。此詞問意，言伯禹生於鯀腹，應龍之瑞，何不先之於父而必遲遲以待其子然後成功也？此天之不可解者一也。契開殷嗣有天下，而貽卵之祥，乃呈於唐虞夏后之先，抑何早也，此天之不可解者又一也。此以遲早二意對舉發議，亦新奇，更補原文所未及。

〔二一六〕騷『焉得彼塗山女而通之於台桑，何勤子屠母而死分竟地』。屠，裂也。竟地，遠地也。言何勤於得子而裂母使死分遠地也。《淮南子》曰，禹治水時，自化爲熊以通轘轅之道。塗山氏見之而慙，遂化爲石。時方孕啓，禹曰：『歸我子。』於是石破北方而啓生，其石在嵩。又夏德衰而國亡，五子作無家之歌。又騷『帝降夷羿，革孽夏民。何射夫河伯，而妻彼雒嬪』。羿篡夏，時河伯化爲白龍游於水面。羿見射之，眇其左目。羿又夢與洛水神虙妃交。又騷『惟澆在户，何求于嫂』，又『澆身被服强圉兮，縱欲而不忍。日康娱而自忘兮，厥首用夫顛殞』。羿臣寒促娶純狐氏，遂與謀殺羿。澆促子行無義，往至嫂户，佯有所求，遂與淫亂，後爲少康所誅。淫於上曰蒸。叔嫂通淫，即縱欲而不能忍。抛即顛殞意。此問夏事之盛衰，天道報應之不爽，亦有如是者。

〔二七〕騷『吴獲迄古，南嶽是止。孰期去斯，得兩男子』。舊注：古謂古公亶父，周大王也。古公先居南嶽，及獲吴地。孰意去斯而逃往蠻荆者，有太伯、虞仲兩男也。既去而古公欲傳國文王之意乃終矣。又騷『堯不告姚，二女何親』。堯妻舜而不告其父母，二者皆反經以行權也。

〔二八〕騷『徹彼岐社』。謂周有天下，即去其岐社。騷『成湯東巡，有莘爰極。何乞彼小臣，而吉妃是得』。戰國時人言湯娶有莘氏女，伊尹欲進川無術，遂負鼎俎爲媵臣，以割烹要。湯伐夏而有天下。又騷『湯出重泉』。重泉，獄也，其事詳見下注。又騷：『師望在肆，昌何識？鼓刀揚聲，後何喜？』吕望鼓刀在列肆，文王親往問之，對曰『下屠屠牛，上屠屠國』，文王喜，載與俱歸。識，知也。揚聲，揚其鼓刀之聲。以二臣引起下革命之事。

〔二九〕騷『列擊紂躬，叔旦不嘉。何親揆發，定周之命以諮嗟』。擊，陳屍而斬之也。《史記》云：武王至紂死所，射之，三發，以黄鉞斬其首，懸于太白之旗。旦，周公名。嘉，善也。言周公不以伐紂爲善而諮嗟也。疑舊有此説，今亡之。又騷『湯出重泉，夫何辠尤？不勝心伐帝，夫誰使挑之』。《太公金匱》云，桀怒湯，以諛臣趙果計，召而囚之均臺，置之重泉。湯行賂得釋，賞之贊茅。又『尹説湯以至味曰，天子然後可具。是以味挑也。奔夏三年，反報於亳。曰桀迷於妹喜，好彼琬琰，是以謀挑也』。又騷『不勝心伐帝』，言伐帝非湯本心，伊尹挑之也。此詞問意則反言，交互謂革命之事，皆君臣同心也。

〔三〇〕騷『稷維元子，帝何竺之。投之於冰上，鳥何燠之』。竺，篤也。元子，謂后稷爲帝嚳長子。帝嚳妃姜源，出祀郊媒，見大人迹，履其踇，遂歆然如人道之感，妊而生后稷。棄之冰上，有鳥翼而覆燠之。又騷『恒秉季德，焉得夫朴牛，何往營班禄，不但還來』。舊注謂啓也季德，言啓能秉年少之德，以伐有扈。滅之班禄於諸侯，而得朴牛之瑞。此詞問意言鳥燠之祥似虚誕，而難知牛逢之瑞非剌嘈而可信。剌嘈，北方人謂亂語也。因商周征伐之變，并追言其先世之德也。

〔三一〕騷『既驚帝切激，何逢長之。伯昌號衰，秉鞭作牧。何令徹彼岐社，命有殷國』。昌，文王名。《書》稱文王戡黎祖，伊奔告于王，即驚帝之意也。作牧，言文王爲六州之長。秉鞭，言鞭策群力以順事周也。又騷『武發殺殷』，事見前注。此詞問意言天無二日，文王三分有二，自專征伐，生前不順之心顯然，何怪武王之載其尸而集戰乎？千古奇議，奇文。

〔三二〕此人事之不可解者。騷『伯林雉經，惟其何故，何感天抑地，夫何畏懼』，此申生事。雉經，頭搶地而懸死也。《國語》晋獻公信驪姬之讒，殺其世子申生。新城有伯林，地名，即申生自經處。感天抑地，言申生之賢可感動天地。乃因父不慈而卒不保其身也。又騷『眩弟并淫，危害厥兄。何變化以作詐，而後嗣逢長』。此舜弟象事。眩，惑。淫，亂也。舜封象於有庳，故後嗣逢長。

〔三三〕此天道之不可解者。騷『化爲黄熊，巫何活焉』。《國語》：『鯀死化爲黄熊。』巫難活，言不能招魂使活也。又騷『白蜺嬰茀，胡爲此堂。安得此良藥，不能固藏』。蜺，雲之有色似龍者。嬰茀，雲繚繞貌。《列仙傳》云：『崔文子學仙于王子喬。子喬化爲白蜺，持藥與之。文子驚怪，引戈擊蜺。因墮其藥，俯而視之，乃子喬之屍也。須臾化爲大鳥，飛鳴而去。』又騷『昭后成游，南土爰極，厥利維何，逢彼白雉』。逢，迎也。周公時越裳獻白雉，後昭王德不能致，欲往迎之，故南游。荆人以膠舟載而沉之於江。又騷『妖夫曳衒，何號於市。周幽誰誅，焉得夫褒姒』。昔夏后世之衰，有二龍止於廷曰：余褒之二君也。夏后布幣糈而告之。龍亡而漦在櫝而藏之，傳三代莫敢發。厲王末發而觀之，漦流於庭化爲玄黿。入王后宫處，妾遇之而孕，無夫生女，懼而棄之。先時有童謠曰：厭弧萁服，實亡周國。後有夫婦鬻是器於市者，以爲妖怪。執而將殺之，夜亡去。聞棄女啼聲哀而收之，遂奔褒。褒後有罪人，此女以爲贖，是爲褒姒。幽王惑之，廢申后及太子宜臼。遂爲申侯犬戎所弑而西周亡。此詞問意言鯀之死不如子喬之仙，昭王之溺差勝於幽王之弑。蓋皆怪异之事不可解者也。

〔三四〕騷『比干何逆而抑沉之，雷開何順而賜封之』，又『梅伯受醢，箕子佯狂』。雷開，紂時佞臣。梅伯，紂諸侯，素直諫，紂怒殺之，醢其身。比干，紂叔父，諫紂，紂曰：『比干自以爲聖人，吾聞聖人之心有七竅』，乃剖而視之。箕子，紂庶兄，欲去，遂披髮佯狂而爲奴。又騷『促娶純狐，眩妻爰謀』。促簒夏事，見前。又騷『何獻蒸肉之膏，而后帝不若』。羿篡夏後，射豨封豕，蒸其肉以獻天也。此聯以直佞對舉寄慨。

〔三五〕騷『彭鏗斟雉帝何饗，壽命永多夫何長』。鏗，彭祖名，壽至八百。進雉羹於堯。堯饗之而封之於彭城。斟雉，斟酒而薦以雉也。又騷『兄有噬犬，弟何欲？易之以百兩，卒無禄』。秦伯有噬犬，弟鍼請之不予，以百車易之，又不聽。秦伯因逐鍼而奪其爵禄。此又以鏗之可以無貪，而鍼之因貪得禍再雙收之，嘆楚懷之貪而喪國亡家也。即就鏗壽起下延年不死意。

〔三六〕騷『天命反側，何罰何祐』，又『皇天集命，惟何戒之。受禮天下，又使至代之』。桀、紂、羿、浞，天所罰者。堯、舜、禹、湯，天所佑者。然豈能盡罰所當？罰佑所當，佑乎命，命之爲天子代，使人代之而革命也。究之命何心代又何意，故終不免鶻鶻突突，虛虛飃飃也。

此一聯已結，盡取往事以問天之意矣，下復作感歎收之。

〔三七〕騷『延年不死，壽所何止』，又『何所不死』。不死民在交脛國，出《山海經》。又《素問》曰：『真人壽蔽天地，無有終時。』此無可奈何之想，恰好作收。

〔三八〕騷『齊桓九合，卒然身弑』。齊桓用管仲，九合諸侯，一匡天下。後任豎刁、易牙、開方。死之日，諸子争立，不得殮，尸蟲出户，如被弑然。又騷『勛闔夢生，少離散亡。何壯武厲，能流厥嚴』。吴闔廬，壽孟長孫。其父諸樊傳位於弟祭餘，祭餘傳夷昧，將致國於季扎，扎逃不受。昧死，子王僚立。闔廬乃刺僚，自立爲君，以伐楚著勛。流嚴，流其威。嚴於敵國也。二君皆伐楚之人。意謂秦楚今日之搆難，何异向時齊吴之争雄？但己不在位，故一切理亂可不問不管矣。然齊桓公用豎刁、易牙、開方而致亂，吴闔用子胥而立勛，諷意自在言外。

〔三九〕歸到欲得忠賢，以興楚國。作問天總結。騷『何環穿自，閭社丘陵，爰出子文。吾告堵敖以不長。何試上自予忠名彌彰』。堵敖，楚成王兄，未成君而亡。原借喻頃襄不能爲父報仇，雖立亦不成其爲君也。閭社、丘陵，鄖國地名。楚滅鄖，鬥伯比處於其地，與鄖女通而生子文。棄諸野，虎乳之，見而异焉。遂取以歸，後爲令尹，能霸其君。此言欲告之於天，謂堵敖年雖不長，而楚祚不可斬，安得有子文之忠，自效於上，以標其名乎？此屈原自况，又嘆忠言無人也。

〔四〇〕仍帶照問天。

〔四一〕一語令人傷心。

〔四二〕君輩自是不解。

〔四三〕駡的痛快。

〔四四〕用孔子哭麟事，痛己生之不時也。

〔四五〕縱筆自如，收納不住。

〔四六〕見前外傳。

〔四七〕同朝。
〔四八〕語語至情，一字一泪。
〔四九〕藾，音囂，香草，神前所焚。
〔五〇〕仍收到《天問》，是章法。

# 第二十五齣　橘頌

【雙調】【字字雙】〔丑扮關吏老病，二雜扮皂隸扶上〕我爲官清正莫須提，好利。終朝把門不敢離，啓閉。得了軟脚病難醫，晦氣。近來添個下元虚，放屁。

自家楚國星沙關關吏是也。此關在大江之南，乃楚國南郢地。人少山多，卑下潮濕，又有山嵐瘴氣。到此之人，往往受病，九死一生。下官也爲受了潮濕，得了一個軟脚病，行走不得。要人左右架到公座，好不吃力。今早放關之時，左右把關開了，看有報税的，仔細搜查。〔二雜作開關介〕〔净推車上〕綱得但能沽酒醉，販來須教獲金多。俺們過關的，快放，快放。〔雜禀介〕有人過關。〔丑〕甚麽人？〔雜〕販醃魚的。〔丑笑介〕乾魚頭客人，三七抽税罷。有十條，抽七條，還他三條。〔雜〕有定例，十分抽一，如何使得倒三七？上司查出怎了？〔丑〕上司查出，只説是放生的。〔雜〕醃魚如何放生？〔丑〕你不知俺老爺，專幹那買乾魚放生的勾當。〔雜搶魚净奪介〕〔净推車下〕〔末擔橘上〕江南出産易，江北貨來難。那位大爺在此，驗一驗好出關。〔雜驗介〕是橘子，擔過江賣的。〔末〕正是。〔雜〕禀老爺又有報税的來了。〔丑〕甚麽貨？〔雜〕橘子。〔丑〕這却抽不得。〔雜〕爲何抽不得？〔丑〕俺老爺狠要圖個局面的，莫被他看小了，到弄得没局起來。〔雜〕這橘怕不是那局。〔丑〕這局那局，總是個戲局，快放出關去罷。〔雜做偷橘諢介〕〔末下〕〔副浄扮花子領貼上討關介〕〔雜〕花子過關，没有税抽的，出去罷。〔副、浄貼下〕〔丑〕叫左右，甚麽人出關？〔雜〕是叫化夫婦兩口兒。〔丑〕抽了多少税？〔雜〕花子那來的税抽？〔丑惱介〕哇！狗才！你不知俺老爺，這關原就叫做花子關，從没一個空過的，快唤他轉來。〔雜急下帶貼上〕禀老爺，花子走了，拿的個花子婆在此。〔丑〕帶過來。那婦人，你爲何不待俺抽税，偷過關？〔貼〕小婦是光身，抽甚税？〔丑笑介〕俺正要你那光身子兒抽一抽。且問你方纔出關的是幾個？〔貼〕就是俺兩口兒。〔丑〕關上定例，滿税的將一半入官。你兩口兒，出去一個，你這一個是要入官的，就在此伺候老爺罷。〔貼〕好没搭撒。若留我在此，我是會叫喊的。有來往上司過，叫你了不成。〔丑〕這却怎處？也罷。待俺摸一摸，身上有夾帶没夾帶，好放你出關。〔丑扯貼被推跌地介〕〔貼跑介〕〔雜扶丑起介〕〔丑叫拿回介〕〔雜〕去遠了，那處拿？〔丑〕被他鬧了這一會，身子困乏，且把關門閉上，俺去打個盹來，再做道理。正是疆場無事衰年□□鑰需人病發支。〔下〕

【仙吕引子】【鵲橋仙】〔生背包，外隨上〕登山躡嶺，風餐露宿。回首故園，千里蒼蒼。烟樹白雲低，只隔着一江春水。

〔集唐〕我是瀟湘放逐臣（李白），禍來名滅不由人（李德裕）。惟同枳棘愁遷徙（皇甫冉），獨受恩多未殺身（許渾）。我屈原自在宗廟中，得罪了子蘭、靳尚。幸蒙我主不殺，遷放江南。只是立逼起程，連我姊姊也不能辭得一面，使他觸首砧前而死，好不心傷。〔泪介〕喜得一路來，這些楚國百姓都懷我在位時恩德，道我抱屈遠遷，多有粢糧齎贈。或迎來數里，或遠送一程。安然渡了大江，來到南郢地面。乃我楚先王熊繹始封的故都。差官，此處離星沙關，不知還有幾里？〔外〕就在前面不遠了。到了關前，大夫自進關去，尋覓個安身之地。小官候取了回文，即便回國去了。〔生〕如此快趲行一步。

【感亭秋】好教俺吊熊繹始封的舊畿，禁不住泪雙垂。豈容易開拓山河數千里，痛而今兵微地削受人欺。還不把賢才來任倚，逼得俺飄泊似蓬飛〔二〕。

〔外〕來此是星沙關了。守關的那裏？〔雜上問介〕〔外〕俺是令尹府内差官，奉有王命，押送三閭大夫屈平，遷放江南，安置爲民。快報與本官知道。〔雜下扶丑上〕〔見介〕〔外〕文書在此。〔丑見生介〕你就是屈平，奉旨遷放來此的？就進關去罷，此後莫再出這關了。〔生〕哦，你道我屈平遷置江南，永不能出這關來，永不能復見君王之面了。〔作悲哽泪介〕〔外〕大夫請自方便，不必悲傷。〔生〕差官，一路有勞，俺就此入關去也。〔忿恨下〕〔丑〕尊官少停一日，待下官備就回文，説收到屈平，與你回復令尹便了。〔外〕如此甚好。〔齊下〕〔生行上〕〔集唐〕异服殊音不可親（柳宗元），扳歡甚少慘離頻（錢起）。潮聲偏懼初來客（耿湋），暫引寒泉濯遠塵（許渾）。方纔入得關來，已是江

南境土。行不數里，足力疲倦。不免到樹林中歇息片時，再做道理。〔放包坐介〕

【解三醒】望皇都杳然天際，感君恩欲報難期。痛孤臣埋首烟蠻地。這泪似湘流無盡時，說甚麽樂莫樂兮新相知，悲莫悲兮生别離〔二〕。尋思起，問相知那裏，祇離别生悲。

呀，那邊一株大樹，青枝緑葉，結了無數紅果，好可愛人也。

【前腔换頭】我則見曾枝剡棘緑葉綴，間着這圓果團團朱實垂。猛教人一見心生喜〔三〕。聞得江南産得好橘，想來就是此種。待俺摘取一個，細細賞玩。〔做摘下玩介〕好東西，橘嗄橘，待要稱頌你幾句呵〔四〕，只怕没得意好頌詞。哦，有了。但誇道后皇嘉樹伊徠服，南國生成受命宜〔五〕。真材美，内懷潔白，外顯精奇〔六〕。

聞得當年楚王渡江，得一异果。大如斗，赤如日，剖而食之，甘如蜜。那時魯有仲尼，識得此果，名爲萍實，至今傳爲典故。想此橘一般顔色，一樣甘美，怎生埋没在此窮鄉僻壤，竟没個賞識之人也〔七〕。

【前腔】真個大如斗，赤如日，似天然裏就朱衣。更馨香，剖食甘如蜜。怎不似萍實當年早遇時，到似俺今日這般落剥呵。空落得面多赬色因人愧，懷抱丹心祇自知。長吁氣，有誰個傾心贊好，入口稱奇。

且住。我聞橘過江北化爲枳，他還永在江南不忘故土。俺屈原爲楚宗室，生長國都，本係江北，今反被遷南來，家鄉遠離，舉目無親，俺怎麽比得他來〔八〕。

【前腔換頭】則他還根盤深固難遷徙〔九〕，那似俺形影飄零任轉移。古語道得好，物離鄉貴，人離鄉賤。這橘實産自南方，若到了北地，還有人貨賣。只怕俺屈原遷放來此，求一個識貨的偏是難得也。却不道橘猶有日離鄉貴，怎奈我離鄉賤更可悲。但我中正自持來到這家漠無人之野〔一〇〕。恰好與此橘做個知己朋友，長久相對，這也罷了〔一一〕。祇有這參天秉德無私曲，我與他并歲爲朋不暫離。况是文章美，都一樣青黄相雜，奪艶争奇〔一二〕。

天色已晚，且在前邊找個客店住下。聞得湘陰地面，有一玉笥山，清幽寂静。明日就到彼處，覓一個栖身之所，再做道理。〔背包行介〕

【尾聲】俺且向玉笥山覓半厦栖息地，遥望那故國雲深咽子規，少不得嘯月吟風遣歲時〔一三〕。

浮雲西北是家林，胡宿。　園橘千株欲變金。李紳。

遷客此時愁極目，李白。　春風江上斷腸吟。王初。

評 點：

〔一〕悲壯。

〔二〕二句本《九歌》語。

〔三〕原文『曾枝剡棘圓果摶兮』，又『緑葉素榮紛其可喜兮』。曾，猶言層。剡，密也。棘，言其叢生枝葉盛也。摶，同團。榮，謂華紛喜之甚也。

〔四〕點出頌字。

〔五〕原文『后皇嘉樹，橘徠服兮』，又『受命不遷，生南國兮』。后皇，指天。徠，同來，古本作猍。非言橘乃天所植生嘉果，受天之命而來服此南國水土也。

〔六〕原文『精色内白』。

〔七〕借萍實反對，以嘆橘無人知，皆喻言也。

〔八〕又將自己與橘兩相比論，生情好極。

〔九〕原文『深固難徙，獨立不遷』。

〔一〇〕騷『遠游野家漠其無人』。家，同寂。

〔一一〕又將自己與橘合頌，生情更好。

〔一二〕原文『秉德無私參天地兮』，又『願歲并謝與長友兮』，又『青黄雜糅文章爛兮』。并歲，謂歲積而相代。謝，猶言終歲。此贊橘即以自贊。

〔一三〕結語淒艷，不忘君國，深情如許。

# 第二十六齣　山鬼

〔雜扮山鬼花面，一乘車，二從騎，文狸赤豹領衆列幟鳴鑼張蓋跳舞上〕

山瘴横空日欠明，路途險絶少人行。從來亡國多妖孽，我輩相逢切莫驚。吾等沅湘玉笥山中山鬼是也。本號嗚陽，久歆楚祀，實天地之厲氣所成，緣國家之秕政而見。依草附木，作做出百種威靈，有影無形，出没盡一團鬼氣。含沙肆毒，巧機關役，盡英雄媚術藏奸。迷魂陣活埋呆漢，一任俺呼朋引類，黑霧漫天。管教他賽社迎巫，黄金滿案。今有大夫屈原，遷放江南，住此山下。聞他賦性忠直，秉正嫉邪，未知真假。不免變化前去，試將他戲弄一番。若可迷其真性，入我邪魔，却不是好。衆兄弟，就下山走一遭也。〔跳舞下〕〔生上〕一身江北又江南，依舊愁眈與恨眈。賴有著書消歲月，那堪日日飽山嵐。俺屈原被遷南郢，在此玉笥山下，結屋權栖。并無可對友朋，只得閑親筆墨。因見沅湘之俗，信尚鬼神，祀必奏樂。但其詞甚鄙俚，不覺觸動情懷，著成《九歌》之曲，以爲祀事樂章。就將我一腔冤憤，托之諷諫，感動君王。〔嘆介〕咳，但不知我屈原可得有瞻天仰聖之日了。

【仙呂新水令】半生幽恨寄新詞，那裏爲鼓鐘承祀。分明見垂裳臨御座，恍同他對越在母墀。彼美相思，問夫君可知我情無極〔一〕。

〔作寫介〕〔三鬼暗上窺探介〕〔生執筆想介〕我想那東皇太乙，乃穹蒼大地尊神。雲中君、東君，或布澤於四方，或照臨乎萬物。大、少二司命，則誅惡護善，司人間壽命之權。湘君、湘夫人，乃虞舜二妃，狥身湘水。河伯，居四瀆之一。皆爲正神，非比淫祀。只有山鬼一祠，不知出於何典，始自何時，却也可怪〔二〕。〔三鬼暗驚介〕

【駐馬聽】既不似天上分司，雷雨風雲皆有職。又不比皇家勑賜，山河岳瀆盡無私。爲甚麽春秋社鼓多淫祀，一般的祝史香筵有頌詞。好教俺閣筆費思維，究根株不知來歷。

咳，管他有來歷没來歷，俺只就他名兒，將他情狀摹寫出來就是了。〔生一面寫作，三鬼一面張目咋舌，暗驚介〕

【喬牌兒】暗想像那山阿若有人兮是耶非，帶女蘿被薜荔，假裝着笑臉兒來含睇。不由人早信道善窈窕能慕己〔三〕。

想那山鬼勢焰，却也不小。

【沉醉東風】想必也車駕辛夷結桂旗。乘赤豹，從文狸〔四〕。喬作衙在蔓蔓〔五〕，葛藟戲登壇有磊磊怪石〔六〕。山鬼山鬼，你既享人之祭，爲何還爲害於人？一霎時冥冥的雨驟馳，塡塡的雷鳴疾，木蕭蕭怎能經得颯颯烈風吹。怕不教啾啾猨狖夜鳴悲，都是你興妖作祟待瞞誰〔七〕。

〔嘆介〕咳，我屈原一朝被放，怎想到終年累月竟在此與爾爲鄰，好不可傷感人也。

【川撥棹】俺本待飲石泉，蔭松柏，采山間三秀芝。怎奈處幽篁，終不見天和日〔八〕。空對着雲容容杳冥冥，白晝常如晦〔九〕。盼望煞君來思我，又還疑怪則怪公子怨終離〔一〇〕。

〔三鬼怒指下〕〔一鬼化儒生上〕俺乃玉笥山下士人是也，聞知屈大夫被逐在此，特來相望，大夫請了。〔生〕士人何來？〔鬼〕聞君在此爲文。但文章從無定價，只要揣摩時尚，聲氣相通。若立意求高，終無賞識。你須將舊文焚毁，與我輩聯盟結社，自然有一個進取的秘訣，傳授你心法哩〔一一〕。〔生〕俺屈原自吟自咏，就使世無知音，亦可流傳千載，要甚麽聲氣。

【七兄弟】俺佳文自得意，原不許俗人知。却不道惺惺纔解把惺惺惜。難道百千年没一個賞識人兒，爲甚的急煎煎與若輩通生氣〔一二〕。

〔鬼〕你還不知道，若是孤立無與，我輩就會嫉妒擠排。那時就叫你無立脚容身之地了。

【雁兒落】〔生〕呀，你道是没黨援傷孤立，免不得妒才高遭讒嫉。却不道叔孫空毁尼，一任他跖犬將堯吠。

〔鬼〕俺勸你不從，你看那邊又一位官長來也。〔一鬼化官長上〕屈原，你好不達時務。你要求富貴，何不早來求我？快將這沒用的文章燒了，拜在俺門下，包你得個大大的官兒。〔生驚介〕你是何官？緣何到此？怎麼我在朝時，從無相認〔一三〕？〔鬼笑介〕我是新貴，你老落剥如何曉得？

【得勝令】〔生〕呀！則見他氣昂昂似天上稱新貴，明欺我窮颼颼落人間老布衣。〔鬼〕你來，我傳你個求榮的法兒，可也同俺一般顯達呢！〔生〕這却休道。俺屈原呵，鐵錚錚肩難脅，志揚揚眉肯低？弄這樣虛脾。俺覻恁權和勢如敝屣，真個也堪嗤，不過是善鑽營那竅兒。

〔二鬼〕俺們只燒了他文字便罷了。〔作搶文生奪介〕〔一鬼化武士持弓矢喝上〕你們都奈何他不動，待俺來也〔一四〕！〔生驚介〕呀！你是何人？我與你何怨何仇？敢是要害我性命。〔鬼〕俺是令尹府中和上官大夫差來，道你一生倔强不合時宜，他要拔去眼中之釘，出了胸中之氣，叫我暗中一箭將你射死。〔生大驚介〕呵喲！有這等事。

【撥不斷】則見他張着弓，挾着矢，閃的俺一霎奔無地。〔鬼〕俺待射也。〔生〕住了！你休便惡狠狠忙將威力施，且待俺權喘息。審一個分明甚端的吃緊的。孤身遠竄離了鄉里，撇了親知，貪弄着幾句文詞，又不管朝中得失。則問呵，我和伊有甚麼寃和隙。

【收江南】他道俺生在今時不合宜，恨不得將人送入死田地。似這等施來暗箭難防備，俺乍驚又疑。還猜伊笑伊，恁伎倆怎與那咏來山鬼一般兒。

〔三鬼作驚介〕被他道破俺們本相了。〔急啼嘯走下〕

〔生〕呀，看他們啼嘯數聲，忽而不見。這也奇怪，莫不就是山鬼現形也？〔大笑介〕

【攪箏琶】聽劃地嘯一聲去無迹，好叫我笑倒自難持。笑一般夔怪山魈，又何异魍魎魑魅。山鬼山鬼，俺已知道了。他怕俺持一管能判鬼的董狐筆，逃不過慧眼若燃犀。縱饒你弄蹺蹊，多伶俐，免不得么魔現，急狼獐四散奔馳。

〔内作嘯聲不止生立聽介〕〔末、丑扮鄰老上〕怪事怪事，屈大夫那裏？〔生〕鄰老何事驚駭？〔末、丑〕大夫你聽麽，這玉笥山四下啼嘯之聲，啾啾不止，竟至十里之外，遠近皆聞，不知何故〔一五〕？〔生〕鄰老有所不知。俺在此無事，將祀神樂章，做成《九歌》詞句。今日正做得一篇《山鬼》，文詞道破他那醜情劣狀。誰知他竟現形前來，要將我文詞搶去燒毁，被我大聲喝咄而散。想必這啼嘯之聲就是那山鬼之故了。

【折桂令】止聽得啾啾嘯入空山裏，原來便千谷傳聲，直教那十里聞知。似這等哭哭啼啼，慘慘凄凄，切切悲悲，都則是神號鬼泣。一霎時日暗雲低。〔末、丑〕如今正當盛夏，不知那草木爲何盡皆萎死。〔生〕這更奇了。似這等夏日遲遲，草木萋萋，爲甚麽一齊萎死，真作怪希奇。

【落梅風】難道俺筆似秋霜利，早把那木怪花妖盡斬刈。顯現出青天白地，願天公另把嘉木植，好卉蒔。早成就不雕材棟梁之器〔一六〕。

鄰老們來得正好，這《九歌》詞章，就交付你們，譜爲樂章，以祀神祇。我屈原身雖放逐，不能與祭，也表俺一點誠心。可都好好收藏，勿同兒戲。〔末、丑〕屈大夫來此數月，著述如此之多，真是异才，可敬可敬。〔生〕鄰老好說。

【挂玉鈎】俺則爲恨滔滔寫不盡牢騷一肚皮，那裏是誇張文學賣才思，怎知道越名高越謗起，只仗着忠誠一點自有鬼神知〔一七〕。問那得東風習習，靈雨絲絲〔一八〕。憺忘歸空戀靈修，望華予歲宴無期〔一九〕。

鄰老，你不知俺在這下笥山，著作多着呢。

【水仙子】俺自涉江來，無日不抽思。思祇思美人天遠絶良媒，不由人悲回風。惜往日，堪哀郢。怕日暮沙場作劫灰，只一篇《惜誦》也悲痛淋漓，反不如橘生南國無遷徙。一章章都是斷腸詞，到頭來免不得賦懷沙一死何辭〔二〇〕。

〔末、丑〕大夫說那裏話。若山中納悶不過，何不到江上閑游閑游。倘遇個知己談心，也好把愁懷暫遣，何用悲傷。〔生嘆介〕你那裏知道，如今人心險陷，世路崎嶇，那處可以閑游，那裏來的知己談心也。

【鴛鴦煞】俺則待遠游輕舉把塵緣避〔二一〕，只好從赤松游共王喬戲。含朝露長漱正陽，飲沆瀣全餐六氣，聽湘靈鼓終仙瑟，觀海若舞罷馮夷。真個是崢嶸寥廓□天地，堪羨那丹邱羽化豈無人，誰管他世上揶揄都是鬼〔二二〕。

〔末、丑〕絮聒了半日，大夫且請安息，俺們各自回去罷。

山鬼揚威正氣愁，温庭筠。不知何計寫離憂。許渾。

此中豈是久留處，李白。幾度悲吟付水流。譚用之。

〔分下〕

評　點：

〔一〕包括一部《離騷》，不獨《九歌》爲然。真合屈原心事，明如皎日，千古獨生。

〔二〕獨闢奇議，更越出從前許多陋解。

〔三〕原文『若有人兮山之阿，被薜荔兮帶女蘿。既含睇兮又宜笑，子慕予兮善窈窕』。言山鬼以草木爲衣，含笑相睇。君不知其柔媚取容，以爲慕己而信之也。

〔四〕原文『乘赤豹兮從文狸，辛夷車兮繫旌旗』。辛夷，木名。赤豹、文狸，皆山中犬名。從，去聲。此言山鬼之儀從。

〔五〕平聲。

〔六〕原文『石磊磊兮葛蔓蔓』。此言山鬼之居處。

〔七〕原文『雷填填兮猿冥冥，雨啾啾兮又夜鳴，風颯颯兮木蕭蕭』。上言山鬼車從盛美，居處深固。此言雷雨風木，皆山鬼所爲。喻讒言之興，致君震怒，摇動朝廷，使民皆驚駭悲憂也。

〔八〕騷『飲石泉兮蔭松柏』，又『采三秀於山間』，又『余處幽篁兮終不見天』。此皆屈原自謂。

〔九〕騷『雲容容而在下，杳冥冥兮羌晝晦』。言山鬼所在，昏暗不明。喻小人之蔽賢也。

〔一〇〕騷『君思我兮然疑作』。又『思公子兮徒離憂』。言懷王縱思己而小人在側，必令其生疑，不果來也。公子指子蘭，怨蘭不見達，故終與懷王相離，徒憂愁也。

〔一一〕奇思异想，足解人頤。

〔一二〕至言妙論。

〔一三〕更奇更妙。

〔一四〕愈出愈奇，真正妙絶。

〔一五〕事本外傳。

〔一六〕接落好極。語語精透，更抉出外傳未發義理，真可千載不磨。

〔一七〕意致音節都高絶。

〔一八〕騷『東風飄兮神靈雨』。言陰陽之感通，比君臣之和樂也。

〔一九〕騷『留靈修兮憺忘歸，歲既宴兮孰華予』。靈修，指君。言己雖留戀君，君則憺然忘我而不召歸，以至歲已宴暮榮華無期也。

〔二〇〕將《九歌》收拾入來，既不滲透，又不拖沓，總之法妙。《涉江》《抽思》《思美人》《悲回風》《惜往日》《哀郢》《惜誦》《橘訟》《懷沙》皆《九歌》篇名。

〔二一〕恰好以遠游作收。

〔二二〕騷《遠游》：悲時俗之迫阨兮，願輕舉而遠游』，又『聞赤松之清塵』，又『吾將從王喬而娛戲』，又『餐六氣而飲沆瀣，漱正陽而含朝露』，又『使湘靈鼓瑟兮，觀海若舞馮夷』，又『下峥嶸而無地兮，上寥廓而無天』，又『仍羽人於丹邱』。赤松子、王喬，皆黄帝時成仙。正陽，即真陽。六氣，謂天地日月水草之氣。沆瀣，菜名，謂以六氣爲沆瀣也。湘靈，湘水之靈。海若，水神。馮夷，舞名。羽人，謂仙人羽化者。丹邱，仙人所居之地。此屈原托詞，言爲時俗所迫，故欲求仙侶，餐雲露，以脱離於人群也。

# 第二十七齣　漁夫

〔末扮漁父摇舟上〕秋日秋風秋水清，閑鷗沙上自聯盟。漁舟來往江潭上，不許人問識姓名。吾乃楚之隱士，因見嬴秦吞并，六國將亡，天下紛紛多事，埋名隱姓，潛住江潭，號爲漁父，已經十餘年矣。想我楚勢如危卵，猶且安若處堂。君驕臣諂，一味妒賢嫉能，宣淫縱欲，致被敵人愚弄，懷王客死不悔。新君嗣位，依然任用姦邪。可憐國家止得一個屈原，懷忠履潔，足智多才，偏將他放逐江南，棄而不用。聞他自到此間，時常行吟澤畔，顏色憔悴，形容枯槁，煞是可憐。屈原，屈原，你怎不似我漁父呵，每日慣浪蕩江湖，逍遥歲月，絶不聞人世風波，惟覽盡天邊水色，好不開懷灑樂殺人也。你看秋氣澄清，風平浪静，不免將網兒張在船頭，沿着江邊，慢慢摇去。

【北粉蝶兒】遁入烟霞，是和非一齊丢下。那羡他世俗榮華。洞庭南，瀟湘左，扁舟獨駕。江山如畫，供笑傲許多清雅。

呀，兀那空江澤畔，有人獨自行吟而來，莫不就是屈原麽？且繫定漁舟，等他一見。〔生哭叫上〕蒼天，蒼天。

【南泣顏回】好叫我極目恨無涯，向誰把傷心同話。只落得行歌自答。問知音有江上蘆花，臨流堪訝。瘦伶仃形影明如畫，鬢鬅鬆吹去千條，骨棱峥掐來一把。

〔末〕呀，那行吟澤畔的，莫非三閭大夫麽？〔生驚介〕正是屈原，不識漁父何以得知，因何見問？

【北石榴花】〔末〕呀，則見你滿懷愁低首自嗟呀，步踉蹌隨意踏江沙。一會家狂吟長嘯碧天斜，多管爲知希和寡，去國離家。想你曾冠崔嵬，想你曾冠崔嵬。明珠寶璐佩光華〔一〕。還待向瑶圃崑崙咸池飲馬〔二〕。爲甚麽慘凄凄，爲甚麽慘凄凄。對空江將泪灑，直恁的遭驅被逐受波查。

〔生〕聽我道來。

【南泣顔回】無他。只爲家國事多差，又難推聾做啞。繩愆糾謬，這便是起禍根芽。竟把俺哲士廉貞，向江南澤國來安插。他醉昏昏俺醒眼怎熬，他濁澄澄俺清心難搭。

【北鬥鵪鶉】〔末〕呀，却不道聖偏能與世推移，聖偏能與世推移。無凝滯有何沾惹，分甚麽濁和清，人醉儂醒。豈淈泥揚波不暇。怎不去餔盡糟來歠盡釃，纔覺得包涵大，衆情洽。又何必高舉深思，又何必高舉深思。遭放流自難撑達〔三〕。

〔生〕咳，漁父有所不知，俺屈原呵！

【南撲燈蛾】好一似沐方新忙將冠自彈，浴方新頻將衣振刷。物汶汶一任他人世污來多，污不了吾身察察。拚葬在江魚腹裏，皓皓白怎教塵埃惹，只落得長號一痛楚天賒，向湘流深處便爲家〔四〕。

【北上小樓】〔末笑介〕好笑你怨和愁天來大，空叫俺閑磕牙。大夫大夫，你怎不似我漁父呵。披着漁蓑，執着漁竿，泛着魚槎，對一江秋水長天，對一江秋水長天。襟懷飄灑，風波不怕，這快樂任爾王公售來無價。

你既不聽吾言，我自去也。〔做吴歌唱介〕滄浪之水清兮，可以濯我纓。滄浪之水濁兮，可以濯我足。〔摇舟笑下〕〔五〕〔生〕呀，你、你看這漁父竟自鼓枻而去了。咳，想他那言語，何嘗不是遠害全身，處世的道理？雖然不知我屈原心事，還是隱士一流，可以晤言相對。如今也不知那裏去了，似此空江寂寞，獨自行吟，好不凄惶殺人也。

【南撲燈蛾】茫茫的無邊水涯，杳杳的行人迹寡，渺渺的望枯楊樹幾叉。是何方吹暮笳。飄來這冷冷清清木葉下，孤另另儘着俺長堤自踏。見只見秋瑟瑟一片蒹葭，秋瑟瑟一片蒹葭。又聽得江流活活〔六〕，西風颯颯。呀呀的數聲哀雁落平沙。

〔哭下〕〔末上〕可憐可憐，方纔見那三閭大夫屈原，獨自行吟澤畔。我雖然勸説他一番，奈他懷思君國，痛恨讒邪。那一腔幽恨如何得解，則怕不久就有輕生之志了〔七〕。

【南尾意不盡】嘆一番慰藉成虚話，怕從兹繞遍江干不見他。大夫大夫，似這等絶類離群，好教俺爲你傷心也腸斷煞。

楚王放却屈大夫，李白。執手依依絶袂裾。耿湋。
臨水自傷零落久，劉長卿。嗟君此别意何如。高適。

〔嘆息泪下〕

評　點：

〔一〕騷『冠切雲之崔嵬，被明月兮佩寶璐』。崔嵬，高貌。明月，似月明之珠。言屈平往日冠佩之華美。

〔二〕騷『飲余馬於咸池』，又《九章》『與重華游兮瑤之圃，登崑崙兮食玉英』。言其志行之高遠。

〔三〕原文：『漁夫曰，聖人不凝滯於物，而能與世推移。世人皆濁，何不淈其泥？而揚其波？世人皆醉，何不餔其糟而歠其釃？何必深思高舉，自令放爲？』凝滯，窒礙也。與世推移，謂屈伸變化，與時偕行也。淈，同汩没也，泥在水底，波浮水面。淈泥揚波，則浮沉水中，仍不失其爲清也。餔食歠飲，糟酒滓釃薄酒。餔糟歠釃，則不至大醉，仍不失其爲醒也。

〔四〕原文：『屈原曰，新沐者必彈冠，新浴者必振衣。安能以身之察察，受物之汶汶乎？寧赴湘流葬於江魚之腹。安能以皓皓之白，而蒙世俗之塵埃乎？』汶汶，玷辱意。察察，潔白貌。

〔五〕四句原文：『漁父莞爾而笑，鼓枻而歌』云云，遂去，不復與言。

〔六〕音刮。

〔七〕渡下《沉淵》。

# 第二十八齣　沉淵

〔生披髮哭上〕投筆焚書散髮游，有才無命泪空流。欲將浩氣還天地，生不逢時死便休〔一〕。我屈原自從新君初立，被放江南，今已十一年矣〔二〕。聞得秦人已歸懷王之喪，楚又迎婦於秦。雖然勉强聯和，那秦人屢屢遺書決戰，日見侵凌。嗣主又偏聽讒奸，怠荒淫佚，忠良遠去，國内空虚，眼見不久，即爲秦人兼并了。〔汨介〕想我屈原堂堂七尺之軀，不能得志於時，終日與木石同居，鹿豕共游。似此去國離鄉，受盡迫逐，千思萬思，不如一死，免見那社稷邱墟，君臣囚虜。我一靈上告天庭，并哭訴我楚先王先公，明白俺屈原一點忠誠也就罷了。今乃壬申五月五日，不免到汨羅江上，早尋個自絶之路罷。

【越調鬥鵪鶉】浩浩沅湘，來到也汨羅江上。正滔滔孟夏方長，只見那草木莽莽，流沙蕩蕩〔三〕。猛回頭把故都遥望，嘆只嘆狐首邱鳥倦也還鄉〔四〕。吾何罪遭棄逐，竟成終放〔五〕。

【小桃紅】俺只痛陰陽易位時不當〔六〕，平白地遭讒謗。鳳在筊雞鶩高翔，怎生把稗和穀一槩量，糅玉石視同土壤〔七〕。玄處幽，怎怪得矇瞍誚無章，一任他白變黑，顛倒了下和上〔八〕。

【調笑令】好笑他燕雀自巢堂，不想到炎火出崑岡。俺拚學桑户羸接輿狂〔九〕，怎忍見楚宫殿作戎馬沙場。似懷王一朝身喪，到頭來難脱秦殃。罵你個誤國奸邪，只顧把忠良蔽障。却不道比干葅醢紂終亡〔一〇〕。

【拙魯速】想成湯立賢無方，羨周文後車載尚。百里媵五羖名揚，寧戚歌飯牛身相〔一一〕。

若只待山林焚盡介推亡，又何須枉痛傷〔一二〕。罷罷罷，俺直效矢忠誠伍子逢殃，懷清白伯夷堪像〔一三〕。

〔内作水聲介〕〔生望介〕

【么篇】呀，只聽得潮聲震響，驚濤千狀〔一四〕。不由人魄動魂驚，泪下成行。哭叫穹蒼，拚一命江心葬。願陽侯招往，隨着你乘潮鼓浪〔一五〕。

哎呀，你看長江滚滚，巨浪滔滔，若魚龍千群争戲。望烟波萬頃無涯，當前惟見水連天，頃刻即分人共鬼。皇天，皇天，怎今日汨羅江上，就是我屈原畢命之地了。〔哭介〕

【收尾】生難愛一死何須讓〔一六〕，〔抱石介〕石頭，石頭，我屈原今日臨終，誰知你到是個知己。則虧你合着俺崚崚冰雪腸，就懷抱躍入中流隨浪淌。

天漢寞寞問阿誰，李端。真成薄命久尋思。儲光羲。

魂隨逝水歸何處，權德輿。萬古空留楚客悲。劉禹錫。

評　點：

〔一〕騷『惜往日臨沅湘之玄淵兮，遂自忍而沉流』。

〔二〕屈原沉淵在襄十一年。

〔三〕原文『浩浩沅湘，分流汨兮』，又『滔滔孟夏兮，草木莽莽』。

〔四〕一往悲憤得不令人泪下？

〔五〕騷《哀郢》『鳥飛還故鄉兮狐死必首邱』，又『非吾罪而棄逐兮』。

〔六〕騷《涉江》『陰陽易位時不當兮』。即君子道消，小人道長意。

〔七〕原文『鳳在笯鷄鶩高翔』。笯，竹籠。言鳳不能飛。又『同糅玉石兮一槩而相量』。糅，雜也，謂玉石雜處。則視玉同土壤，一槩相量，謂不分稗穀之美惡。

〔八〕原文『玄交處幽兮矇叟謂之不章』。玄處幽暗之地，其文難見，况所遇又係矇叟，自然謂其無章。傷己不在位，毋能自顯，反見誚於無目之人也。又『變白以爲黑兮，倒上以爲下』。黑白無分，上下不辨，寫盡亂世人情。

〔九〕騷《涉江》『接輿髡首兮，桑户臝行』。皆忠不見用也。

〔一〇〕騷見前，此言紂葅醢賢臣，而己亦隨亡，即讒佞亦難保也。

〔一一〕騷『惜往日聞百里之爲虜兮，伊尹烹於庖厨。吕望屠於朝歌兮，寧戚歌而飯牛。不逢湯武與桓繆兮，世孰云而知之』。此皆賢臣之得遇於君者。

〔一二〕騷『介子忠而立枯兮，文君悟而追求』。此忠信死節之臣，君後雖悔無及也。

〔一三〕騷《涉江》『伍子逢殃』，又『悲回風浮江淮而入海兮，從子胥而自適』，又《橘頌》『行比伯夷置以爲像兮』。此屈子以二子自況，雖死亦不惜也。

〔一四〕文勢亦若浪湧潮奔。

〔一五〕騷《涉江》『淩陽侯之氾濫兮』。陽侯，水神。

〔一六〕原文『知死不可讓願勿愛兮』。言勿愛其生。

# 第二十九齣　魂游

〔雜扮河伯人面鱗身乘車駕兩龍領蝦兵蟹將上〕

【仙吕點絳唇】四瀆分方。九河稱長，威靈壯。鱗屋龍堂，貝闕朱宫享〔一〕。

禹甸分權隸水官，聖明有道慶安瀾。忠良刼到難回避，躍入龍宫萬慮寬。小神河伯，生本華陰潼鄉，堤首人氏，名號馮夷。以八月上庚日渡河溺死，天帝憐吾正直聰明，署爲河伯，都於中極之淵。夏禹治水時，吾曾於水面朝見。穆天子南狩，亦曾駕幸吾居。今爲楚國封内水神，職掌湘潭之地。春秋享祀，著有威靈。適奉湘君之命，道有楚大夫屈原，忠誠見逐，憤恨捐生。於今五月五日，來此汨羅江上，投淵自盡，命我招其魂魄，謁見湘君。不免前往走一遭也。

【混江龍】只爲他孤忠被放，更離枉渚遠辰陽〔二〕。長别了方城漢水，羈縻在七澤三湘。辭爵禄做不得巢由，洗耳徒高蹈。戀宗親，寧可似徒狄[三]，沉身自徜徉。淹不盡冲霄豪氣，没不了那蓋世文章。

〔河伯率衆行下〕〔生魂上〕幽憤無端一旦捐，忠魂頃刻赴黄泉。生惟有志希清聖，死任人間號水仙。我屈原一腔幽憤，躍入江流。不覺三魂渺渺，七魄悠悠。只見白晝昏昏，陰風慘慘。這汨羅江上，别是一番天日也。

【商調集賢賓】悶沉沉耳邊厢，不斷的江流聲一派。猛翻身高跳起，輕踏着這浪頭來。爲甚的行不定前合也後仰，立不住東倒價西歪。眼睛前都一片黑霧昏黄，足底下秖萬頃銀濤瑩白[四]。望不見天日光華雲物改，不由俺不感嘆傷懷。猛聽得野岸風悲鬼嘯哀，原來把人世早離開。

【逍遥樂】又則見明月空江照夜臺，一般樣汀火熒熒，漁歌欸乃。怎任俺游去游來，那些人全然不采[五]。則索順風兒各處閑要者。呀，霎時間，萬水千山行來。快不由人摇摇擺擺，悠悠蕩蕩，没處安排。早飛過幾多城堞，撇過了無數樓臺。

想我楚王同在陰司，不知可能找尋一見也。

【梧葉兒】問陰司那坐九重擁千官君王何在？可容我一靈兒拜謁在泉臺。難道天顔咫尺還遲待，莫由把忠誠訴滿懷。少不得暗吞聲自去尋來。〔内作水聲介〕〔生望介〕呀，又一派汪洋大水也。原來俺離了汨羅江，早來到日出處東洋大海〔六〕。

〔内扮長人上，生驚避介〕

【么篇】〔生〕呀，則見個幡杆似十仞高，長人古怪，還賽過防風搜曼〔七〕那身材。將一雙長臂伸開特利害。俺便有九尺軀鶏肋般難抵來〔八〕。〔小生道扮急上〕〔喝退長人下〕〔生見介〕那位仙師，特來救我。〔小生〕吾乃赤松子是也〔九〕。適在蓬萊三島，與衆仙游玩而回。因見長人在此追索爾魂，故來將其叱退。此地十日代出鑠石流金，不可前往，快快回去。〔生〕原來如此。多謝仙師救拔，我屈原在生，久欲相從，無緣得遇。今日呵，願度我同住蓬萊，免得這怨魄愁魂，枉墮落幽冥地界。

〔小生〕爾乃文星，暫落鬼道。只待塵劫終時，仍歸天上。吾乃世外之人，焉能度爾？小仙去也。

〔小生下〕〔生〕你看那赤松子仙師竟自去了。他道此地十日代出，鑠石流金，料吾王之魂，焉能在此？不免再往別處找尋去。

【後庭花】遠迢迢千程路望眼賒，滴溜溜一身輕轉頭快〔一〇〕。〔丑扮雕題黑齒人跳上〕〔生見驚介〕好怕也，則見他花彔彔臉兒，丹青似題雕就。黑漆漆齒牙，待將人魂啖來〔一一〕。〔外赤鬚紅面上〕〔喝丑下〕〔生〕何處尊神，特來救我。〔外〕吾乃南方火神祝融是也〔一二〕。憐爾忠直沉淵，特來相救。那雕題黑齒，喜啖人魂。此地還有蝮蛇蓁蓁，封狐千里，雄虺九首，吞食人心，不可久留。

吾神去也。〔下〕〔生〕呀，聽他言有恁般能爲害，蝮蛇妖，封狐怪，更有那慣吞心的雄虺大。虧他把跑不脱的灾來輕救解，喜俺這唬不吊的魂兒還留在〔一三〕。

〔哭介〕俺那陛下呵，不知你靈魂今在何處，叫微臣尋得好苦也。

【雙雁兒】叫一聲星昏月暗野烟霾，冷清清中夜無人心自哀。只聽得響嗚嗚，廣莫風嗚籟，不辨那東西，也難分南北。

〔雜扮猪首三日長牙披髮人跳上趕生介〕〔一四〕〔生見叫嗳呦驚走下〕〔雜追下〕〔末扮風神、老扮月御上〕〔末〕吾乃飛廉。〔老〕吾乃望舒〔一五〕。〔仝白〕適有夜游神奏知東皇太乙〔一六〕，道下方楚國大夫屈原，抱屈投淵，一靈不泯。今在陰間，尋覓其主。恐四方野怪邪神，傷其魂魄，命我二神前來，將他保護，送歸湘潭，以俟勅旨。那屈原前面來到也。〔雜趕生跑上〕〔末、老叱退，雜下〕〔生〕好不唬殺我也，原來是二位尊神。〔末、老〕吾等奉上帝之命，道你正直蒙冤，投淵身死。恐四方邪神野怪甚多，傷爾魂魄。特命吾等，將爾保護，送回江潭，静候勅旨。〔生〕如此感謝天廷。但屈原只爲尋覓我主懷王，不知今在何方，可能一見？〔末、老〕陰司地廣，那裏去尋？〔生哭介〕陛下，陛下，如何同在陰司，就不能見你一面也？〔末、老〕也罷。你方纔已從東南一路，找尋到此，我今保護着你，再從西北，沿路找尋一遍便了。〔生〕多謝尊神。〔同行介〕

【後庭花】纔離了熱蒸蒸炎火鄉，又來到凄冷冷流沙界〔一七〕。〔末、老〕前面去不得了。你看流沙千里，雷淵靡散。又有赤螘若象，玄峰如壺，土能爛人〔一八〕，水無所得。那楚王之魂，如何到得此處？〔生〕原來如此。〔哭介〕陛下呵，只怕你雷淵誤入多戕賊，空教我爛土尋來敢避灾。顧不得赤蝗歹，玄蠭蠆〔一九〕。〔戰介〕好冷也。〔末、老〕此乃極北陰方，層冰飛雪〔二〇〕。那楚王之魂，也不能到此。不必前去。〔生〕呀，又說甚冰峨峨全不解，雪飛飛堆來大〔二一〕。比似俺冷骨也難挨，則怕他僵魂不自在。

【雙雁兒】呀，一時間無停頓，似風車域内幾周迴。都只爲放不下君王，苦咽咽心頭這一塊。陛下呵，你若是生天界，也待俺叩得玉關開，睹得龍顏在〔二二〕。

〔雜扮九首神將上〕〔二三〕吾乃把守天上九關神將是也。何方野鬼，闖至天門？〔作拿生介〕〔生叫哎呀跌地介〕〔末、老〕不可動手。此乃楚大夫屈原之魂，爲尋其主懷王，經過此間。吾等奉上帝之命，在此保護。〔雜〕既是二位尊神在此，放他去罷。〔雜下〕〔生起介〕

【醋葫蘆】呀，直恁的形模怪，真堪駭。唬得俺驚魂飄去復飄回〔二四〕。細看他一身九首猙獰態，赤睛十八銅鈴大。闖不進九關天上永難開。

【么】呀，則被他半虛空推下塵埃，剛落到黑魆魆幽都城外〔二五〕。〔净扮土伯帶鬼卒上〕吾乃土伯〔二六〕是也。何方野鬼，闖入幽都？鬼卒們與我拿進城來。〔生驚介〕唬殺我也。〔鬼卒欲擒生，末、老喝介〕休得無禮，此乃楚大夫屈原。上帝憐其忠直，被屈沉淵。特命吾等保護，送回汨羅。爾等還不速退！〔土伯帶鬼卒退下〕〔生〕呀，則見他鬇鬇的虎頭雙角兩分開，更敦脄參目如牛身大。

險被他逐來駓駓自罹灾〔二七〕。〔生嘆介〕想我生前爲楚工招魂，就知有此等怪物。如此惡境，怕他陷入其中，原來果是利害。〔哭介〕陛下，陛下，真個叫微臣無處找尋也〔二八〕。〔末、老〕不必悲傷。前去汨羅江不遠，俺將一陣順風兒，送你回去。且自游戲江潭，以待上帝勅旨便了。吾神去也。大塊無心噓噫氣，中宵有力擁冰輪。〔末、老下〕〔生〕呀，那二位尊神忽然不見，一霎時又到了汨羅江上也。

【浪裏來煞】去時節千檣鴉宿晚潮，回來時節五更鷄唱明星在。精皎皎見了些啖人魂的神奔和鬼怪，找不見我君王何方偏間隔〔二九〕。從今呵，看不盡水天一色，衹多少灘上蘆青江月白。挨着這長年夜，只望那紫霄宮一紙玉音來。

【引子】【玩仙燈】〔河伯領衆上〕忠魂何往，任覓遍汨羅江上。呀，那邊來的鬼魂，想必就是屈大夫。左右，可上前看來，就請相見。〔衆將請介〕〔生〕又是那位尊神，有何見召？〔河伯〕吾乃河伯。奉湘君之命，召君一見，就請整肅衣冠，一同前往。〔生〕微臣正欲謁見湘君，如此甚好。〔河伯〕左右，取巾服過來，與屈大夫換過。〔生整髮巾服仝行介〕

【越調過曲】【憶鶯兒】【憶多嬌】鼉乘行〔三〇〕，荷蓋張，侍從粼粼魚媵往。到此飛揚真浩蕩。【黃鶯兒】盼家邦那廂，漫回頭暗傷。向鮫宮穩住圖歡暢。堪受用水雲鄉。這波流不斷，管洗盡恁愁腸〔三一〕。

〔仝下〕

清漪碧浪遠浮天，盧懷。喚取游魂野水邊。李商隱。

只爲思君不可見，李白。中流日暮見湘烟。李頻。

評點：

〔一〕騷『河伯魚鱗屋兮龍堂，紫貝闕兮朱宮』。皆河伯水中之居地。

〔二〕騷《涉江》『朝發枉渚兮，夕宿辰陽』。皆楚地。

〔三〕徒狄，古賢人，沉水而死者。

〔四〕妙在恰是初落水之魂。

〔五〕人不見鬼，寫來極妙。

〔六〕先東。

〔七〕防風、搜曼，俱古長人名。

〔八〕《招魂》篇『長人千仞，惟魂是索些』。

〔九〕赤松子，注見前。

〔一〇〕次南。

〔一一〕《招魂》篇『雕題黑齒，得人肉以祀，以其骨爲醢些』。

〔一二〕《遠游》篇『祝融戒而蹕御兮』。

〔一三〕既只是魂，焉能得吊？ 妙語解頤。又『蝮蛇蓁蓁，封狐千里些。雄虺九首往來，倏忽吞人，以益其心些』。

〔一四〕此見《大招》前注。

〔一五〕飛廉、望舒，見前《著騷》。

〔一六〕此處即虚伏太乙東皇。

〔一七〕次西。

〔一八〕注俱見前《大招》。

〔一九〕《招魂》篇『西方之害，流沙千里些。旋入雷淵，爢散而不可止些。赤蟻若象，玄蠭若壺些，其土爛人，求水無所得些』。

〔二〇〕次北。

〔二一〕《招魂》篇『增冰峨峨，飛雪千里些』。

〔二二〕次天上。

〔二三〕《招魂》篇『君無上天些，虎豹九關。啄害下人些，一夫九首，拔木九千些，豺狼從目，往來侁侁些』。

〔二四〕飄去飄回，寫魂并寫驚。妙。

〔二五〕次地下。

〔二六〕土伯，幽都鬼王。

〔二七〕《招魂》篇『君無下此幽都些，土伯九約。其角觺觺些，敦脄血拇。逐人駓駓些，參目虎首。其身若牛些』。注，觺觺，角分開貌。敦，厚。脄，背也。血拇，赤拇也。駓駓，疾也。觺，音宜。脄，音枚。駓，音丕。

〔二八〕一句結住。

〔二九〕《遠游》篇『因氣變而遂曾舉兮，忽神奔而鬼怪。時髣髴以遥見兮，精皎皎以往來』。

〔三〇〕乘去聲，行叶杭。

〔三一〕騷『河伯乘白黿兮駕文魚』，又『乘水車兮荷蓋』，又『魚鄰鄰兮媵予』，又『心飛揚兮浩蕩』。乘車，張蓋，皆水中之物。鄰鄰，衆盛侍從之魚如從嫁之妾。此河伯自言其水中之飛揚浩蕩，歡暢受用，於以慰屈子懷思家邦之念也。

# 第三十齣　湘宴

〔旦扮湘君、小旦扮湘夫人領内侍宫娥上〕帝女於歸抱帝衾，同心狥節入江涞。五絃昔日房中奏，今作湘潮水上音〔一〕。吾等唐堯二女，虞舜二妃，娥皇、女英是也。昔年夫君南狩，卒於蒼梧。吾二人從而不返，同在湘江之渚，没爲水神。職掌三湘，千秋廟食。今有楚大夫屈平，正直忠良，文才蓋世。只因遭讒被逐，憤俗捐生，沉身於此。吾神憫其抱屈而終，又愛他樂章詞妙，真乃千古文人。特命河伯，將其魂靈召來，安慰一番。正是因他此日懷君怨，觸我當年望帝心。

【黄鐘醉花陰】想俺也泪灑瀟湘竹班點，望夫君洞庭道遠。懶修飾要眇美容顔，只落得乘桂舟來往湘沅。洞簫吹，吹不盡參差那心頭哀怨。咳，比似俺侍宫幃至死望君憐，可知他離廷闕雖生何足戀。

〔河伯引生魂上〕水中薜荔隨時采，木末芙蓉任意攀。啓上神后，屈平魂靈召到了。〔二旦〕引他來見。〔生拜伏介〕屈平塵世游魂，得覲仙都聖母，此誠生前未有之奇遇也。不識神后見召，有何俞旨？〔二旦〕向聽《九歌》樂句，憐爾千古文才，不用於世。今日到吾水府，可將你生平抑鬱不平之感，陳説一番，使我知道。〔生〕神后聽啓。

【南畫眉序】提起泪潺湲，敢把君王自埋怨。則無奈難分清濁，不辨賢奸。只覺得忠言逆耳，總被他黑霧迷天。藎臣心一死無虧欠，因此上追步彭咸。

〔二旦〕你不知這水府洞天，比你凡間塵境，容與逍遥也。

【北喜遷鶯】向大江揚靈幾遍，再休要流涕潺湲〔二〕。居處有桂殿椒堂，藥房紫壇〔三〕。采

芳洲杜若，一任伊佩遺玦捐〔四〕。儘消閑，登石瀨淺淺，駕飛龍翩翩〔五〕。〔二旦上坐，生、河伯旁席同宴介〕

內侍，屈卿既到此間，可設宴相待。命河伯主席相陪。〔河伯〕領旨。

【南畫眉序】〔合〕張華宴，看寶藏珍奇。早擺列水晶別殿，一時間鯨鐘長挂，鼉鼓高懸。歌水調蚓笛蛙吟，翻長爪蛟盤龍忭。還看蝦兵蟹將侍芳筵，魚婢隨鱘婆兒執壺換盞〔六〕。

〔內鼓樂雜扮水族串舞下〕〔二旦笑介〕此即屈卿文內所謂海若舞馮夷是也。〔生起謝介〕臣聞堯舜中天，號稱至治，不識如何景象，敢望神后宣示一二。〔二旦〕坐下聽我道來。父皇當日禪位夫主，揖讓登庸，重華復旦。用成於變時雍之治，康衢有歌，擊壤有頌。那一時熙皞之風，真是千古以來，不能有兩。

【北出隊子】在上呵，無爲治垂裳南面。在下呵，不知識同將善遷。那裏有法森森刑威教嚴，那裏有絮煩煩恩施惠遍。那百姓樂嬉嬉，只曉得鑿井耕田。

〔生喜介〕真個好世界也。

【南滴溜子】聽說罷，聽說罷，重華治顯。勝讀那，勝讀那，堯謨舜典。思念中天如再轉，只不過本躬行刑清政簡。令我一霎狂來，歡聲笑顏。

啓上神后，那一時賢才，如何取用？〔二旦〕聽我道來。

【北刮地風】則俺那籲後門不止是開半邊，闢的來徹地通天。一任他藏珍懷寶頻頻獻，原也從側陋顯。怎忍教阻塞英賢。因此上水火工虞志展。那個不都俞吁咈情聯。號八愷，稱八元，共喜起盈庭歡忭。好一似鐵網盡珊瑚，那還有遺珠落在淵。再教你喜笑開顏〔七〕。

〔生〕真個的喜也。

【南滴滴金】羨賡歌颺拜如親見，頓忘了身在蓬蒿長罷遣。禁不住心窩癢癢口流涎。只恨生遲晚，食貧居賤，不能彀岳牧同班名貴顯。轉悲來自憐，想重華泪漣。

臣聞虞有天下，四罪咸誅，不知可得其詳。〔二旦〕聽我道來。

【北四門子】則爲那三苗負固把渠魁剪，驩兜向崇山放去不生還，更共工邪佞誅難免。便是那鯀方命，有幹蠱兒稱大賢，也難救慈親那罪愆。是這等肅清清朝野不藏奸。怎容他胸懷妒，口舌翻，但讒言一字兒早惹人增厭。

〔生〕如此說來，這些讒佞之臣，真處的痛快人心也。

【南鮑老催】快難盡言，衹多少讒邪到頭難自全。那時天纔算的真有眼。則教他逃不出法無私聖明鑒。天嗄，怎能勾千秋一樣明難掩，奸雄個個心驚戰，一例兒遭刑憲。

臣聞賞善罰惡，天道之常。我主楚懷王一生忠厚，屢受秦欺，到底秦强楚弱，終必楚并於秦。臣遭靳尚、子蘭所嫉，放逐戕生。他二人蠱惑君心，反得長保富貴。難道堯舜以後之天，便不是以前之天了麼？〔二旦〕説那裏話，天道好還，無往不復。只是你此時還不得知道也。

【北水仙子】呀呀呀，那裏來別有天。説説説，説甚麼天道於今没好還。他他他，漏網中逃的遠。天天天，帳簿兒記得全。他他他，巧機關跳出圈。天天天，活套頭隨縴轉。争争争，争不多遠在兒孫近眼前。信信信，信前生孽債今生現。纔纔纔，纔曉得讒人枉自種冤愆。

〔筵終介〕〔生伏謝介〕屈平領宴已畢，就此謝恩。〔内侍〕平身。〔生〕啓上神后，吾主懷王，秦邦客死。一靈同在，陰司如何遍尋不見？〔二旦〕凡人死後之魂，善惡冤愆，未經發放，陰司必有管押。安能任其魂魄游行？爾主生係人王，死後則歸司命收留，各自一方。爾今魂隸水府，那能相見？〔生哭介〕原來如此。陛下，陛下，怎生我屈平做鬼也不能與你相會了。〔二旦〕也罷。我給你路引一張，你出了水府，前往大、少二司命處查看，便知下落。〔生〕如此，多謝神后。〔二旦〕河伯將屈卿送出水府。内侍，擺駕回宮。〔二旦領内侍先下〕〔河伯〕屈大夫出了水府，望北順着道兒一直行去便了。〔河伯下〕

【南尾聲】〔生〕呀，虚飄飄都不覺莎徑行來軟〔八〕，順風兒早離了冰夷水底天。一霎時黑洞洞陰司又來不遠。

二女明妝共儼然，李群玉。不知今夕是何年。戴叔倫。

美人頗自知憐惜，李郢。萬事傷心話目前。司空曙。

## 評點：

〔一〕好詩。

〔二〕騷《湘君》『横大江兮揚靈』，又『女嬋媛兮爲余太息，横流涕兮潺湲』。揚靈，言神靈飛揚江上也。原之流浪潺湲，即湘君亦應爲之太息。故此曲云再休流涕潺湲，慰止之詞也。

〔三〕壇，音善。騷《湘夫人》『蓀壁兮紫壇』，又『辛夷楣兮藥房』。紫壇、藥房，水中宫殿。贈答意。

〔四〕《湘君》『采芳洲兮杜若』，又『捐余玦兮江中，遺余佩兮澧浦』。杜若，香草。佩遺，玦捐，皆

〔五〕《湘君》『石瀨兮淺淺，飛龍兮翩翩』。

〔六〕魚之小者名魚婢，江東呼鮬爲鮬婆。

〔七〕運用經書，全無腐氣。

〔八〕莎徑固軟而魂魄虚飄，故行來不覺其軟，真摹擬的妙。

# 第三十一齣　現果

【南呂引子】【稱人心】（末扮大司命，領神司判官上）上臺星主司命文昌第六，掌生死壽夭在予[一]。分甚麽幽明路，把陰陽總御，乘清氣車結玄雲，每向天門出入[二]。被服靈衣佩陸離，陰陽變化孰能知[三]。單貧富貴皆前定，人命從來自有司。吾乃上臺文昌六星大司命是也，與少司命同列三臺。但少司命專主誅惡護善，操生殺之權。吾神則掌管人間生死壽夭，輔相天行。適纔奏事天庭，回鑾地府。因見秦運將終，漢朝當代。奉上帝之命，欲將春秋以來，君侯卿相凡有未了公案，化入輪回，以彰果報。且等少司命到來，一同查辦便了。

【前腔換頭】（净扮少司命，雜扮鬼卒隨上）爲甚麽享蘼蕪芳菲時襲予[四]，只爲俺登天九把彗星掃除。竦長劍擁幼艾，惡誅善護。今日個孔蓋翠鈴乘載雲旗來馭[五]。（見介）（末）上帝有命，將來秦滅漢興，一番更變。凡春秋以來，未了公案，如果冤抑難伸，仇仇未報，都叫他應劫托生，反復循環，以彰果報。不免一同升座，清理一番。（净）大司命言之有理。（末、净居高升座，司判呈簿稟介）這是春秋列國公卿生死簿。（末、净同看介）

【南呂過曲】【太師引】細推詳，這本輪迴簿。一樁樁好費躊躇。你看那些忠臣賢士，或生天界逍遥，或享人間榮貴。那一般亂臣賊子，轉生人世，受盡了窮困餓殍，牢獄灾殃。從前許多事，都已報應彰明了。爲善呵，這世裏雖罹灾遭妒，到來生管富貴安舒。那作孽的，逞英雄陷人無數，怎逃得鬼戮神誅。漫驚疑榮枯轉眼殊，須知道循環天道有乘除。

〔又看介〕呀，這是晋世子申生，衛世子共伯，一個被讒飲藥而亡，一個年少未婚而卒。這是衛汲、衛壽，也是衛之公子，只因宣公納汲之妻，號爲宣姜，生壽及朔。朔與宣姜，將汲讒毁，宣公命汲往齊，使盗伏於中途，欲行殺害。壽知其謀，欲代兄死。竊其符節先往，爲盗所殺。衛汲聞知趕去，説道君命殺我，壽有何罪，賊又殺之。似此孝悌可欽，死的更爲冤枉。怎麽這四個陰魂，還沉滯幽冥，未曾轉世？鬼卒，速將四公子陰魂帶見。〔鬼卒下引小生、旦、小旦、貼各披魂帕上〕陽世自憐生命短，陰司偏怪夜臺長。〔判點名介〕申生。〔小生〕有。〔判〕衛汲。〔旦〕有。〔判〕衛壽。〔小旦〕有。〔判〕共伯。〔貼〕有。〔末、净〕爾等陽間夭折，今到陰司，有何怨恨，可即訴來。〔四魂〕尊神聽啓。

【前腔】罪多般自難申訴，總生來禄薄壽促。不孝子怎敢仇君父，只是淹滯陰司已久了，望恩施早脱冥途。〔末、净〕申生、汲、壽，孝弟無虧。共伯有妻守節，前生既俱夭折，理應轉世爲人，咸登上壽。申生托生爲東園公，衛汲托生爲綺里季，衛壽托生爲夏黄公，共伯托生爲甪里先生，稱爲商山四皓，輔佐漢室儲君，以定大位〔六〕。鬼判，將他四個帶去，改換過形體衣冠轉來，聽俺分付。〔鬼判引四魂下，改扮四皓，俱各長眉白鬚，盛服執杖上，立介〕〔末、净〕呀，好也。看他龐眉皓首把藜杖扶，恁飄然神仙丰度。那還似當年髫齡命徂，須保得漢家元子奠皇圉。〔四魂〕吾等謝過尊神，投生去也。〔下〕〔生魂行上〕冷日無光雙目暗，悲風有力一身輕。我屈原一魂出了水府，隨風飄蕩。一路昏昏慘慘，來此已是司命之府。〔探看介〕上面兩位尊神，旁列許多鬼卒，好不森嚴也。〔净見介〕何處游魂，闖入法座？鬼卒與我拿來。〔鬼卒欲拿介〕〔生〕有路引在此。〔鬼卒取呈末、净看介〕呀，此乃湘君所給。原來就是楚國大夫屈平，到此何幹？〔生〕屈平遭讒被放，憤極投淵。今爲找尋吾主懷王，一魂至此。不識吾主現在何方，可能一見？〔末〕原來如此。爾乃忠直之士，起在一邊。鬼判，就將楚懷王陰魂，引與屈平相見。〔判下引外魂上〕生難霸楚心猶壯，死爲仇秦目尚開。屈平在那裏？〔生見哭拜介〕原來陛下在此。〔外同哭合唱〕

【越調近詞】【綿搭絮】不想道愁魂渺渺同會在幽都。〔外〕屈平，你不要怨我。〔生〕亡臣怎敢怨陛下。〔外〕悔不迭誤聽奸邪進讒言，把我君臣間阻。〔生〕微臣死何足惜，只可恨陛下爲秦所誑，客死無歸，叫微臣好心傷也。〔外〕恨秦人計施巧毒，覰吾似嬰兒堪侮。一任他顛倒揶揄，好教俺受盡凌辱。似羈囚，便做鬼，怨難舒。

【憶多嬌】〔生〕怨難舒，氣難舒，痛殺微臣，骨葬江魚。今日呵，慘澹陰風鬼共居。〔合〕相對號呼，相對號呼，望尊神憐冤拔予。

〔生〕啓上尊神。從來天道禍淫而福善，鬼神秉正而觸邪。屈平守正不阿，遭讒被逐，自絶於淵。那一班群小，轉得保全爵禄。豈不是天道無知，君子枉自爲君子，小人落得爲小人了？〔末、净〕你還不知道，那一班群小，陽壽已盡，早都拿在陰司。幾番拷問，受過了磨舂碓搗，鋸剉油煎，抉舌屠腸，無窮苦惱。你若不信，鬼卒取火牌一面，速到地獄中，將靳尚、子蘭、鄭袖三犯陰魂提來當面。〔鬼卒持牌下，帶副净、小丑、貼三魂枷鎖上跪介〕〔判點名介〕靳尚。〔副净〕有。〔判〕子蘭。〔小丑〕有。〔判〕鄭袖。〔貼〕有。〔外見驚介〕怎妃子亦在此處？好苦也。〔生背介〕原來這般賊子，果已拿在陰司受罪了。〔净〕你這三個孽障知罪麽？〔三魂伏罪介〕

【正宫過曲】【錦纏樂】〔末、净〕嘆忠臣遭逢闇主，都是你這班兒邪魅妖狐，弄得他臣喪江流，主亡异域。〔外〕寡人不能親賢遠佞，自取敗亡，已知罪矣。但秦人詭詐百端，楚爲欺誑，地折兵摧，身爲囚虜，客死他鄉。難道就没有個報仇雪憤之日了？〔末、净〕秦滅六國，惟楚被辱受欺，實爲已甚。今秦無道已極，氣運將終。查楚臣項氏，世代有功，應有數年興運。汝可托生他家，名爲項羽，號稱霸王。將來興楚滅秦，報仇雪恨〔七〕。那靳尚、子蘭，讒言蠱惑，敗國亡君。陰司雖已加罪，未足蔽辜。應着靳尚，轉世爲趙高，先閹割其身，後夷滅其族。子蘭轉世爲秦孺子嬰，仍令就戮爾手。却不了却這樁公案也。叫你雄威叱咤重興楚，一鼓滅盡秦疆土。〔外〕寡人爲張儀所賣，亦欲手刃此賊，方快於心。〔末净〕張儀以口舌得官，仍應以口舌得禍。叫他轉世爲侯生，即其沐猴而冠一語，自取殺身之禍便了〔八〕。遂個將罪名取，天網無疏，總皆前數。待他斧鉞臨身，纔教伊氣吐。

〔貼望外作悲介〕賤妾受盡地獄之苦，望陛下一言相救。〔外〕鄭袖婦女無知，望尊神恩開一面。〔末、浄笑介〕還這等餘情未斷呢。也罷，查鄭袖與爾還有未盡之緣，可叫他轉世爲虞姬，仍舊與爾爲妃，只是免不得馬前一刀之厄。鬼判，即令他們改形换相，各去投生。〔判引衆下〕〔外扮黑面戎裝，貼彩衣珠冠，副浄内相冠帶，小丑冕服齊上立介〕〔末、浄笑介〕是變化得好也。

【隔尾】看他更新樣，改舊模，嘆人生怎不早回頭。顧誰出得這因果分明變幻圖。

〔外、貼、副浄、小丑〕謝過尊神，俺們各自投生去也。〔齊下〕〔生〕啓上尊神，那懷王轉世，興楚滅秦，實乃循環之理。怎麽那靳尚、子蘭，依舊托生富貴爲人？我屈平沉滯幽冥，久不發放，却是爲何？〔末、浄〕爾本上天列宿，偶謫人間，只待劫數一盡，仍當歸證星班。今將路引給還與爾，且自游戲江潭，以俟上帝勅旨。至於靳尚等一段因果，爾若不明，俺這裏有座業鏡臺，能照見前生後世之事〔九〕。鬼判可引他前去一觀，便見明白。吾等自上天廷，回旨去也。正是古往今來皆一鑒，奈何人不鏡分明。〔末、浄率衆下〕〔判〕屈大夫，隨我到孽鏡臺前去看者。〔場上高設一鏡臺，判引生登高對鏡介〕〔内扮楚兵擁霸王上，雜扮秦將領兵上，調陣楚兵殺破秦軍介〕〔楚軍持炬放火燒秦宫殿介〕〔生笑介〕妙也，好快暢，好快暢。

【南吕過曲】【紅衲襖】則見他騁烏騅，陣上趨，挾長矛，真雄武。怎生那懷王老病龍鐘，忽變作黑面雄軀，威風凛凛。竟領着楚兵百萬，把秦兵殺得大敗。虧輸屠其城郭，入其國都，毁其先陵，焚其宫殿，好不利害也。一時間剪三秦，把城郭屠。到頭來明一炬成焦土。〔生又對鏡介〕〔霸王復領衆上，副净扮趙高，小丑扮孺子嬰，上迎拜介〕〔霸王作喝，武士將副丑跣剥殺訖介〕〔内扮漢軍上圍介〕〔貼扮虞姬上哭跪介〕〔霸王授劍虞姬自刎下〕〔霸王割取虞姬首級，挂馬首殺下〕〔生〕殺得好，殺得好。原來靳尚轉世爲趙高，子蘭轉世爲孺子嬰，鄭袖轉世爲虞姬，到頭來免不得都受誅戮，不是就叫他長享富貴的。怎麽那楚王又被那漢兵圍住，不知後來如何了〔一〇〕？想天機不能一時盡泄，就是這些光景，也就可以爲楚報秦，泄我之恨。你看那般賊子延頸就戮的模樣呵，好一似祭刀頭圈裏猪，那學得善逋逃社中鼠。方信道天公自有安排也，頓教人惡心頭早快舒〔一一〕。

〔判〕觀看已畢，就下臺去罷。〔内鬼叫苦介〕〔生望介〕那邊東一攢西一簇，許多折臂駝腰，無頭少足的鬼魂，却是爲何？〔判〕此乃國殤〔一二〕。那爲首的便是楚將景缺、屈蓋等，和那一般陣亡諸將卒鬼魂，聚集於此。聽候二司命查點發放。〔生〕原來如此。

【前腔】想當日操吴戈列陣圖，一個個帶長劍逞英武。兩下裏擊鳴鼓援玉枹，怎奈他敵若雲車錯轂〔一三〕。霎時間刃傷驂殪血膏塗，祇多少新鬼含冤舊鬼哭。你看他首身雖離，兀自爲鬼雄也。真可憐往不返出不入〔一四〕。

〔雜扮四魂冠帶上〕禮終正命生何憾，善果登天没亦安。〔生〕列位何來？〔四魂〕吾等禮魂是也。生前行善，以禮善終。木蒙司命發放，伺候在此。〔生〕是這等好也。

【前腔】則見他整峨冠，曳佩裾，一般的魂和魄，無拘束。可知道生時順，死亦舒。更堪信善有餘，生天處〔一五〕。不枉了姱女倡容與殊。任人間會鼓成巴代舞。似這等春蘭秋菊四時歆祀也，真個是長無絶能終古〔一六〕。

〔判〕大夫自回湘江，小神便回覆司命去也。〔判下〕〔四魂隨下〕〔生〕呀，看他一陣陰風，連業鏡臺都不見了〔一七〕。我自沿途游戲而回者。

【前腔】俺只見日昏昏眼前雲物殊，一派的霧漫漫那是魂歸路。呀，忽又一陣旋風兒，早來到湘江之上了。只聽得嗚咿咿鴻雁聲叫，綠蒲厮槨槨打魚，罾嗚别浦。方纔司命道，我日後仍證仙班，叫我耐心守候。咳，上帝上帝，怎知這空江寂寞，叫我一靈兒好難消遣得過也。挨不盡冷清清明月洞庭孤，凄凉煞響颼颼寒夜瀟湘雨。〔悲介〕咳，誰知俺做鬼還忘不了腸斷哀吟也。曾不知夏爲丘兩東門孰可蕪〔一八〕。

不挈游魂赴遠天，王建。空江浩蕩景凄然。張沁。
前榮後枯多翻覆，李白。莫漫傷心在目前。杜甫。

評點：

〔一〕《天官書》：『上臺文昌第六星，爲司命，主人間福禄、智慧、生死、壽夭』。

〔二〕騷《大司命》『廣開兮天門，紛吾乘兮玄雲』，又『乘清氣兮御陰陽』。

〔三〕《大司命》：『靈衣兮被被，玉佩兮陸離。一陰兮一陽，衆莫知兮余所爲。』

〔四〕運用成語而詞氣高古，都無痕迹。騷《少司命》：『秋蘭兮蘼蕪，羅生兮堂下。緑葉兮素枝，芳菲菲兮襲予。』此言享神之香草也。

〔五〕《少司命》：『孔蓋兮翠旍，登九天兮撫彗星，從長劍兮擁幼艾。』孔蓋翠，言其儀從。掃彗星，則惡誅。擁幼艾，則善護。又《少司命》『乘回風兮載雲旗』，亦言儀從。

〔六〕憑空結撰，極好。安排竟不差銖黍，使人幾忘爲幻筆。豈造化玄機，實有是稱停，故令才子爲照制立案耶？

〔七〕楚雖三户，亡秦必楚，此傳并非臆見。

〔八〕張儀用虚結，更切當。

〔九〕异想天開。

〔一〇〕渾渾結住，方是此部傳奇。

〔一一〕三人再作一結。

〔一二〕又將國殤禮魂作一餘波，全騷一部方無遺漏，即將景缺、屈蓋順手結過，何等省力。

〔一三〕一篇殺伐文字得此處描寫一番，何等淋漓，何等悲壯。

〔一四〕騷《國殤》『操吴戈兮被犀甲』，又『帶長劍兮挾秦弓』，又『誠既勇兮又以武』，又『援玉枹兮擊鳴鼓』。枹，音孚，以擊鼓者。又『車錯轂兮短兵接，旌蔽日兮敵若雲』，又『左驂殪兮右刃傷』。殪，傷也。又『首雖離兮心不懲』，又『魂魄毅兮爲鬼雄』，又『出不入兮往不返』。

〔一五〕以禮魂作收，更得體而有味。

〔一六〕騷《禮魂》『成禮兮會鼓，傳巴兮代舞』。姱女倡兮容與。春蘭兮秋菊，長無絶兮終古』。春祀以蘭，秋祀以菊。言四時祭物終古不絶也。此正命考終者，成禮以歌舞巫祝之事。

〔一七〕收拾的乾净，妙境，妙文。

〔一八〕見前外傳顔珏事。騷《哀郢》『曾不知夏之爲丘兮，孰兩東門之可蕪』。夏，即江夏，楚地。郢都東二門，一龍門，一修門。江夏爲丘，兩門蕪萊，哀郢將亡也。

# 第三十二齣　昇天

【仙吕引子】【天下樂】〔末扮東君朝冠上〕晨起扶桑照出東，衣青裳白駕飛龍〔一〕。〔小生扮雲中君冕服上〕英華彩色昭昭爛，時感靈留享壽宫〔二〕。

〔末〕吾神東君是也。〔小生〕吾神雲中君是也。〔仝白〕奉東皇太乙勅旨，御駕親巡，稽察人間善惡，命吾等扈駕前行。你看鸞音飄渺，鶴馭翩躚，太乙尊神金輿早到也。〔外星冠衮服，四女侍分執如意，捧劍提爐持扇，雜扮神將持斧鉞同上〕耀魄寶光融，萬化生靈統。太微庭殿紫微宫，列宿群星擁。

【引子】【番卜算】

勾陳口内一星明，掌握樞機宰萬靈。八極神周稽善惡，飛龍駕輦御風行。吾乃東皇太乙是也。秉九天三界之權衡，爲十方萬靈之真宰。糾惡祐善，定生死禍福之源。察往彰來，寓消長盈虚之理。吾神每歲巡視下方一遍，稽察人間。善則錫以福禄，惡則降及灾殃。今乃漢朝建武三年五月五日，下界慶賞端陽，嬉游宴樂，正好巡查一番。覘其風土人情，以别貞淫邪惡。東君、雲中君，就此輔導法駕前行。〔末小生〕領旨。〔衆行介〕

【過曲】【八聲甘州】金輿出紫宫，齊趲趲仙宫扈從。天馬行空，御香前引，天衢瑞靄烟濃。祥光繚繞圍數重。五色雲車駕六龍。鴻蒙。一霎時神遍寰中。

〔外〕前面下界何方？〔末啓介〕是楚地湘潭之上。

【前腔换頭】遺封當年三楚雄，見江間波浪往復洶洶。瀟湘雲夢遥帶着十二巫峰。〔内鳴鑼擊鼓介〕〔外〕下方何事喧嘩？〔末〕容小神看來，撥雲下視塵土中，見一簇人烟如蟻蟲。鼓彭彭。弄輕舟戲舞魚龍。

〔末啓介〕湘江内游戲龍舟，人民觀看，故爾喧嘩。〔外〕龍舟游戲却是爲何？東君再去探來，吾且暫駐雲頭，待爾回奏。〔末〕領旨。〔外衆下〕〔内鳴鑼擊鼓，雜彩衣畫槳，各駕龍舟游上，串舞下〕〔生、老、净、丑扮衆，百姓簪榴插艾盤堆角黍繫以五色絲繩各捧上〕蒲酒蘭湯迎地臘，絨符艾虎慶天中。吾等長沙郡衆百姓是也。此間原是楚國南郢地方，當年楚大夫屈原被放於此，五月五日，自沉汨羅，含冤不散，時顯英靈。楚人憫其忠直，稱爲水仙。厥後秦楚已過，漢室代興，後人懷之，常時祭祀。又因建武初年，曾有長沙區回，白日見其露形相見。命以楝葉裹米，縛以五色彩絲，則蛟龍畏憚，不敢争食。是以世俗相傳，每逢屈原没之辰，以米作粽，葉帶彩絲，名曰角黍。又將舟刻龍形，競渡中流，投粿水内，以吊其靈。今乃炎漢建武三年，又逢五月五日，你看湘江内龍舟競渡，金鼓齊鳴，好不熱鬧。我們不會鬧龍舟的，就將這角黍，沿着江邊望空拜奠一番便了。〔拜奠投粿水内介〕

【長拍】天道何知，天道何知。讒邪嫉妒，枉把多才斷送。銜冤負屈，一靈飄渺。赴江心影伴蛟龍，遺恨滿江東。兒童婦女，那個不含悲抱痛。城郭江山雖易主，忘不了祭吊孤忠。因此上彩繩纏粿，向深淵投入，灑泪臨風。〔内鑼鼓又作介〕〔衆〕那邊又一起龍舟劃來，不免上前觀看去。〔衆下〕

【短拍】〔雜劃龍舟仝唱上〕滚滚長江，滚滚長江，波濤洶湧，駕龍舟戲水如風。仿佛見遺忠。乘水車螭驂鱗從。這角黍年年供奉，只願他宴樂在鮫宫。

〔内鑼鼓雜劃龍舟串舞下〕〔外帶衆神上〕善哉善哉，原來這龍舟競渡，乃楚人追念屈平沉冤自盡，祭吊忠魂。如此熱鬧，可見人心不泯，直道猶存。已着東君將其魂靈，召來引見，自有道理。〔末引生魂上〕丹心未泯山河异，壯氣猶存歲月非。屈平鬼魂見駕，願天帝聖壽無疆。〔外〕爾本列宿，偶謫塵間。今爾劫數已盡，仍應歸證仙班，聽我道來。

【天香滿羅袖】爾本仙才异種，怎怪得塵埃肉眼知己難逢。笑讒人轉眼成空，怎知你鬼風流，到落得千秋名重。今勅命爾爲文昌佐命星君。耑司人間智慧聰明、爵禄富壽之權，使你一生抑鬱，早獲擺脱逍遥，却不是好。〔生〕臣乃下界游魂，安敢上昇列宿？〔外〕不須謙讓，就此離了水府，歸到天庭。〔生謝恩介〕〔合〕喜塵凡脱盡，喜塵凡脱盡。謝維皇眷寵，三臺吉曜，飛來勅封九天仙籙。同趨帝宫，身騎箕尾星辰共。

〔外〕雲中君可將五色祥雲，扈送星君歸位。吾神自巡察前行去也。〔小生〕領旨。

【隔尾】〔外〕你看他赴仙班，穩住在蕊珠宫。依然教平生壯氣吐長虹。好一個千古文人堪作俑。

〔外領衆神下〕〔小生〕星君請去換了冠服，衆力士布就雲車伺候者。〔内細樂生下〕〔小生隨下〕

〔雜扮力士八人雲冠舞衣各持雲二片上舞介〕

【北紫花撥四】〔生扮星官鷩服執圭佩環上〕幾年價騎鯨背鼓浪江東，鳴不盡悶沉沉心頭冤痛。今日個離水府承受了玉皇封，喜孜孜拜星官一天新寵。

我屈原生本楚國之臣，死作湘江之鬼。歷盡塵劫數百餘年，今蒙東皇太乙天尊，憐余正直蒙冤，命爲文昌佐命，上昇天庭，歸於列宿。想起生前那些事情，真個是一場大夢也〔三〕。

【胡撥四犯】浮生如夢，今始悟浮生如夢。想當初進忠言，只望他懂也偏不懂。俺只爲不忍遠離宗，那知道被讒人來播弄。不由人極勞心怎禁慘慘。拚一命長江葬送，只落得潔志全忠。〔衆力士禀介〕雲車駕就，請星君就此上昇。〔生〕這雲布得來好不齊整變幻也。〔生唱衆合介〕這一片霞光飛舞，那一片彩色昭融。這一片紅艷艷似芙蓉開來萬朵，那一片碧森森如翡翠簇就千叢。這一片絲絲的似神前珠幢飄渺，那一片層層價如御座寶蓋玲瓏。這一片猙獰，好一似雄獅猛豹。那一片態翩躚，還則似翥鳳盤龍〔四〕。須臾間峰巒變幻多奇種，儼天孫織錦同。想俺那文章巧處奪天工，也一般輝煌燦爛遍蒼穹。兀的不教人震驚了眸子，快豁了心胸。〔雜扮力士擁雲車一輛生上坐介〕〔衆雲士週圍簇擁介〕〔生〕此間湘潭漢水，楚國舊都，不免按住雲頭，留戀一會。見只見洞庭小，雲夢低。猛回首傷心泪紅。那裏有秦雄楚雄，何處來爭鋒鬥鋒，嘆當年人物去無踪。早山河昇統，疆圉改封。止有那滔滔江水逝還東，頓教人憂愁畢罷怨恨也無庸。〔生〕〔衆力士就駕雲上昇〕〔衆雲士周繞舞行介〕〔生〕呀呀呀。那荅是三山五岳，一點點米兒般尖尖聳。這的是含牙戴髮，一些些蟲兒似微微動〔五〕。好教俺低頭兒一覽，一覽無窮。却原來駕雲頭，駕雲頭。早起在半虛空，早起在半虛空。向天門天路已全通。那還怨，隔九重，望太清龍樓高拱。早飛過斗牛宮，從今後，準備着御爐香衣薰袖籠，聽鈞天擊鼓鳴鐘。重整頓冠履雍容，環佩叮咚。對扶桑曉日瞳瞳，玩銀河流水溶溶。俺呵，管人間智慧明聰，福禄全終。一任他到年年憑吊天中，還説甚筒米享用，空留下競渡遺風。今日裏到星班，且把這奉東皇玉音宣誦。

【賺尾】嘆則嘆浩氣還歸三界裏，喜則喜奎光長現五雲中。俺這裏爲列宿天上自逍遥，一任他讀《離騷》人世還悲痛〔六〕。

上朝三十六玉皇，李白。似隔銀河一水長。李益。
世事浮雲何足問，王維。空將哀些吊沅湘。戴叔倫。

〔衆雲士簇擁捧生齊下〕

又詩：

文高不朽死猶生，維陶。天上凌雲劍佩輕。杜光庭。
到處人心偏易感，徐寅。此中天意固難明。羅隱。
已懷湘浦招魂事，吴融。更聽鉤輈格磔聲。李群玉。
莫怪楚吟堪斷骨，韋莊。歌詞自作别生情。劉禹錫〔七〕。

## 評點：

〔一〕騷《東君》『暾將出兮東方，照吾檻兮扶桑』，又『駕飛龍兮乘雷』，又『青雲衣兮白霓裳』。

〔二〕騷《雲中君》『華采衣兮若英』，又『蘭昭昭兮未央』，又『謇將憺兮壽宫』。注，壽宫，享神之所。又『靈連蜷兮既留』。

〔三〕此處點一夢字，正與第一種遥遥相映。

〔四〕以上是寫雲不是寫雲，讀者當自辨之。

〔五〕俯視山川人物，晝皆卑小，是大眼界，是大文章。

〔六〕結更雄渾縝密，意味無窮。

〔七〕起得突兀雄渾。上四句結過屈原，下即作詞之意。一氣貫串，極盡悲凉。正合開首『願與不遇千古才人同聲痛哭』遥遥相應。結更意味深長。

# 玉獅墜

金陵張潄石填詞
嘉定張龍輔評點

# 序

## 張龍輔[一]序

辛未[二]孟冬，余游浙，與吾宗漱石先生同寓湖上，交甚歡。是時也，余衣裘不足於體，肉食不充於腸，亦良苦矣。而不自苦也，則以得見先生故，則以得見先生而盡讀其生平著作故。先生金陵人，博學多才，游於四方，文章詩賦膾炙人口，以餘閑贍爲詞曲。余始讀《夢中緣》，嘆鍾生早負其才，不見賞於冠裳鬚髯。乃求知於閨帷之秀，摸索於黑甜之鄉。若捨是而外，絶無可自通其姓名，傷矣。及讀《玉獅墜》，又嘆黄生落魄窮途，囊空如洗，玉娥一誤落風塵弱女子耳，獨能不污流俗，委身寒儒，具一雙俊眼，矢一片冰心，餌以富貴不歆，臨以威武不屈。與元戎之虚懷下士，爲國舉賢，同一有知人之哲。斯亦奇矣！即賤如老鴇，卑如癟僕，愚若舟師，輕如狎友，皆各露一種至性，有迥出於尋常萬萬者。借筆墨之游戲，迴狂瀾於既倒，而使人可興而可觀，其用意不更深也哉！黄生、玉娥之名，雖見於唐人詩中，然當時記載已傳疑，而不一其説。鳳州《情史》爲撰《玉馬墜記》，亦未詳著其時代，後人因演爲《天馬緣》傳奇，考之《唐書》，則不見其軼事。今先生復從而變易之。傳奇者，非奇莫傳，其人奇，其事奇，斯其文亦奇。然文既奇矣，又何必實有其人與其事哉？茫茫宇宙皆幻境也，潛見之用，其猶龍乎？先幾之智，其猶仙乎？觀於此，吾知所以處世矣。嘉定後學張龍輔叔寶氏拜題。

**注釋：**

〔一〕張龍輔：字叔寶，生平無考。張堅與其訂交於乾隆十六年（一七五一）孟冬。其時張龍輔困頓不堪，以與張堅交往和讀其著作爲生平樂事，其評點《玉獅墜》當在是年或稍後。

〔二〕辛未：即乾隆十六年（一七五一）。

## 王汝衡〔一〕序

庚辰〔二〕春，余於漢中對南兄〔三〕署晤金陵張漱石先生，時年八十，鬚白如銀，而體嚴重矍鑠，精氣流露眉宇。與之談，宏通博雅君子也。詩古文詞無不臻妙，更諧音律。每花晨月夕，過余齋，同坐古漢王臺上，酒酣耳熱，放歌吴騷。余以北人而操南音，先生不余嗤而謂爲可教也，曰：『吾《夢》《梅》《懷》《玉》四種填詞俱付剞劂，板留南省，今搜檢客笥，他無存者，獨《玉獅墜》稿本一卷，請質諸吾子。』余觀其故事與稗乘所載不同，波瀾串合別一機杼。若黄生藴藉經綸，風流倜儻，俯視一切，想見當年執筆寫生原不作第二人想。裴玉娥妓女守貞，以情相結，以俠相成，一見投合，寵辱不加，驚變故無少懼。此等俊眼，選識英雄，求之卿相友朋中，百不得一，而乃出之青樓弱女，此千古有心人所爲，觸之而心動也。至安帥之憐才，瘸僕之愛主，鴇母能仗義，狎客知報恩，舟子何知而一種至性，皆可以風。讀至篇終結語，願花面亦變好顔，不可知先生用意之忠厚哉。抑余且重有感矣。黄生固英杰士，然使後此不遇，獅墜無靈，狐鼠糾紛，玉人何處，則雖有豪情奇氣，亦終躑躅於窮途，作合之巧，信有天焉。彼夫士人欲有所圖，而不爲天所玉成者，何异珠光劍氣龐雜於風塵而不獲邀世人之一盼，又豈其少也乎！洛川王汝衡相垣氏拜題於漢南署之清暉亭。

## 注釋：

〔一〕王汝衡：　字相垣，洛川人，與張堅在漢中署結下了深厚的友誼。

〔二〕庚辰：　即乾隆二十五年（一七六〇）。

〔三〕對南兄即汉中知府王時薰。王时薰（一七二六—一七七七），字對南，號寅庵，河南武安（今屬河北邯鄲）人。乾隆二十四年（一七五九）九月任漢中知府，後遷陝西按察使，喜好詩文。著有《冠山堂詩鈔》。

# 自敘

余少攻時藝，鄉舉屢薦不售，焚稿出游，轉徙齊、魯、燕、豫間。有憐我者，有愛我、敬我者，有利誘我、禮虚拘我、權術機詐而役我者，即又有忌我、病我、嫉我、訕我、思擠排驅逐我者。蓋知我者率無力，而力能舉我者又苦於不知我，且知我而不盡則不如無知。故交游日益廣而窮困如故也。無事則默坐，或强弄絲竹，已而寂寥益甚，愁來思驅以酒，飲少輒醉，醉輒醒，而愁復來。乃思一排遣法，借稗官遺事譜入宫商，代古人開生面。操管凝神，則愁魔遠避而去，得一佳句便自愉悦。憶昔從父師受業時，偷看《西厢》《拜月》諸傳奇，偶一游戲，背作《夢中緣》填詞。懼見嗔責，藏之篋底，十餘年後始出以示人。繼作《梅花簪》《懷沙記》，今又成《玉獅墜》一種。故事藍本《情史·玉馬墜》而稍變易之。嘗考《月下閑談》所載黄損詩，云爲其妻裴玉娥見奪於吕用而有作。唐人《本事詩》則謂劉禹錫妓爲李逢吉所悦，作此詩投獻，或又以爲李益事。余不敢重誣古人，故仍其姓氏而不拘其時代，以仙易佛，變馬爲獅，靈异雖同，情文各别。要皆涉筆成趣，爲氍毹場上渲染生動，非有深意也。傳述者或詑謂失真，曷思桃源何洞？槐安何國？彼黄生夫婦原生長無何有之鄉，獅固非真，馬亦何嘗非幻。吾請爲斯墜下一轉語曰：『呼我爲馬則應之以馬也，亦可。』

白下漱石張堅齊元氏自叙。

# 《玉獅墜》目録

## 卷上目



## 卷下目

# 第一齣　詞意

【滿江紅】〔末〕拋卷長游，也無奈朝秦暮楚。一任他擲斤播兩，掉頭不顧。腹餒全憑文字飽，心雄祇合江山助。是丈夫那肯受人憐，窮偏固。　虛花似，平生遇逝水樣，流年數。漫吹簫乞食沿途賣賦。公子夢勞思未已，美人天遠歸何處？笑空囊，還自刊新詞。原非誤。

【沁園春】黃損狂生，水西干謁，遠泊荆襄。恰水上聞箏，月中投咏，傾囊求見，誓結鸞凰。欲買蛾眉，拚捐玉墜，那識神獅一夜亡。涪州約，佳人面訂，別去兩凄凉。　難防。當權選艷，痛矢志留題過漢江。縱逾垣泣訪，當廷劾要，徒輕富貴，枉斷肝腸。幸遇真仙，轉煩龍女，授寶全貞竟得雙。

玉獅墜千秋奇幻，佳話在瀟湘。

黃益齋聞箏求鳳侶，裴玉娥題句誓鴛儔。

漢鍾離伏獅雲夢澤，龍王女授墜岳陽樓。

# 第二齣　狎餞

【正宫引子】【喜遷鶯】〔生儒服飄巾上〕時乖不遇，枉胸藏八斗。咳唾成珠，嘯傲雲山。沉酣花酒，懶終朝咕嗶詩書，空四壁，壯心仍在。擲千金，膽氣偏餘。儘疏狂，撩衣脱帽，高歌起舞〔一〕。

世事有升沉，浮雲寄天地。讀書幾等身，落落不得志。曠懷古之人，今人寧鄙棄。混迹泥塗中，高歌但沉醉。破産不爲愁，浪游渾閑事。何時遇知音，一吐胸中氣。小生姓黄名損，字益齋，秣陵人也。先人官拜大司馬，母親誥封夫人。椿萱早逝，孑然一身，尚無妻室。只因性喜交游，情耽豪放，家産蕩然一空。止有當年祖上，出使于闐得來美玉一方，命高手匠人，雕成一玉獅墜，極盡天工人巧，誠爲希世奇珍，以作傳家之寳〔二〕。所以田園典盡，還留得此墜，常佩在身，不忍棄去。但終朝困守，豈爲長策？近聞滇南苗民作亂，朝廷正須人才。那水西征蠻大將軍姓安名義，乃我父親八拜之交，又係文武同年，常有書來接我。只因路途遥遠，躊躇未决。如今想來，不免竟去投他，且圖個出身道路。因此將這房屋變賣，清償酒肉各帳，下餘幾兩留做盤纏。舊日家僮盡已散去，獨有一個跛足老僕相隨不捨，只得携他作伴，一同前往〔三〕。瘸老兒那裏？〔副净上〕少主貧非病，老僕跛能履〔四〕。相公有何分付？〔生〕我欲往水西帥府，圖些事業，不知你可能隨去？〔副净〕咳，相公此意極是。想先太老爺棄世之後，家道漸漸凋零。若相公到彼，早遇機緣，博得利名到手，何愁不復起門庭。只是萬里程途，跋涉非易，老奴雖身帶殘疾，少不得掙挫同行，方纔放心得下。（泣介）（生泪介）咳，難得你一片好心，就此收拾行李，擇日起身便了〔五〕。（虛下）（末、小生、净、丑同上）絲竹紛紛盡日忙，只愁辜負少年場。那堪送別陽關道，齊下西風泪數行。（小生）小子金白煥。（末）小子卜知非。（净）小子劉拓國。（丑）小子駱得禧。我們一般少年子弟，都會品竹彈絲，歌詞度曲，與黄益齋結拜爲友，聞得他立志遠游，特來餞别。黄大哥有麽？（生見介）小弟正要奉請衆位到來作别。袖中甚麽東西？（各出酒肴介）兄弟們因大哥求取功名，不好留阻。但如此遠别，難以爲情，聊備一樽，特來公餞。這是熟食店中買的一隻小鷄，一包雜果兒，還有一瓶狀元紅酒〔六〕。（生）那要列位破鈔，小弟已備得酒筵在此。瘸老兒可取去，看酒過來。（副净取下）（末、小生、净、丑出，笙笛鼓板介）大哥平時最喜音樂，兄弟們帶得笙笛鼓板在此，今當遠别，大家吹唱一回，以盡一宵之樂〔七〕。不知尊意若何？（生）如此甚妙。（共坐吹彈同飲介）

【過曲】【玉芙蓉】（衆）盤中列錯珍，座上饒絲竹，恰新秋一片，金風微度〔八〕。大哥，願你立談卿相馳文譽，抵掌王侯顯廟謨。多奇遇，不枉了學成文武，早博得錦衣歸里，休只羨步兵厨。

【前腔】（生）羞爲轅下駒，要學人中虎。仗風雷筆底，借籌前箸，顧不得隻身萬里功名路。怕鄙做苦志三冬章句儒，天南處便雁飛難度。怕甚麽烟波險絶洞庭湖〔九〕。

〔衆〕大哥萬里前程，功名可待，止丟下我們在家，毫無生計，那還有似大哥恁般慷慨仗義的常來看顧了。

【朱奴插芙蓉】【朱奴兒】君家是傾財丈夫，每日價花下提壺，不惜纏頭敲柘鼓。漫回首繁華無數。【玉芙蓉】君今去問誰將曲顧，做不得沿門鼓板，只怕委溝渠。

〔生嘆介〕我想這吹彈歌舞，只好適志怡情，原是靠他衣食不得的。小弟將一個家業蕩盡，致今書劍飄零，去鄉萬里，豈得已乎！自今以後，衆位兄弟，須各尋一生意纔好。〔衆〕生意那得本錢？〔生〕也罷，我今每人奉贈三十金，權爲貲本。且等我回來，再做道理。〔小生〕大哥如此遠行，盤纏尚恐不足，如何還顧得我們，決不敢受〔一〇〕。〔生〕我一主一僕，約計百金足矣，但請收下〔一一〕。

〔送金，衆謝介〕

【傾杯賞芙蓉】【傾杯序】〔生〕從今後冷落紅牙網織蛛，莫把生涯誤。休念我日暮途窮，打曲花奴。那長得狂歌對酒，挾妓呼盧。但有日得志歸來呵。【玉芙蓉】少不得重翻綉譜歌金縷，一憑他倒盡銀漿漏玉壺。今日個飄然去，只隨身劍履，猛回首，白雲飄緲是三吳〔一二〕。

天色已明，小弟已叫下船隻，在江干伺候。衆位請回，就此告別。〔衆〕我等齊送一程，看大哥登舟爲別便了。〔副净背包上同行介〕

【尾聲】〔生〕怪秋宵易盡難相聚。〔衆〕大哥,且珍重遠道風霜七尺軀。〔合〕只落得泪灑江干染澤蒲。

〔雜撑舟上〕〔生作别上船介〕

去程雕鶚弄高秋,譚用之。可是漂漂愛浪游。鄭谷。

醉不成歡慘將别,白居易。青山萬里一孤舟。劉長卿。

〔分下〕〔副浄做瘸足登舟落水,雜篙撈同諢下〕〔一三〕

評　點:

〔一〕開口四字着眼□□□□□□□,此胸襟豈呫嗶詩書者所能?

〔二〕點出玉獅墜來歷。

〔三〕此段極盡世態人情,可悲可泣。豪華人下場頭真耐不得。

〔四〕成語恰好作對。

〔五〕如此出門圖名利,可謂奮志苦心極矣。乃一見阿嬌便棄名利而不顧,方見真正情痴。

〔六〕寫幫閑可笑,而公子豪俠益顯。

〔七〕《聞箏》伏案。

〔八〕點出時景。

〔九〕淋漓慷慨。

〔一〇〕特表金生。

〔一一〕點明盤纏，亦非泛筆。

〔一二〕極豪爽亦極凄涼。

〔一三〕有此一諢，以便净、丑改扮登場。

## 第三齣　歸舟

〔丑扮矮船户唱吴歌上〕儂配子個阿婆止半截子高，哎喲喲，看了他兩奶大似子個瓢，仰起面來遮了子個眼，哎喲喲，壓在頭上伸不起個腰。自家襄陽馬頭一個船户姓路乳名鐵漢。只因身材生得矮小，這些同夥船户，將我名字路鐵漢，順口呼爲六折半，道我這身子，只得人身折半長，又道當年武大郎叫做三寸丁，我這六寸折半來，也止得三寸。這個也叫六折半，那個也叫六折半，到把俺這路鐵漢丢過一邊了。自古道人無渾名不發，這也由他罷了。閑話少説，前日京師下來一個樂户薛老娘，帶着一個女兒，叫了俺的船，要回到四川涪江去。那小娘子生的好個模樣兒，足有十分人材，那裏像個姊妹，倒像個良家閨女，害羞見人〔一〕。一路來躲在艙中，窗扇不開，端然不動，却也難得。莫要管他，阿婆那裏？〔净扮船家，婆唱吴歌上〕嫁的個丈夫大似子個棗，哎喲喲。親子個嘴兒，彎酸子個腰。但爬上肚皮要俺儘力子個扯，哎喲喲。只好替老娘聞聞子個騷。阿公叫甚麽？〔丑〕阿婆，你看今日好順風，不用使篙動槳，快幫我扯起篷來。〔净〕如此甚好。〔共扯篷諢下〕

【引子】【采桑子】〔旦〕風塵誤落情偏冷，説甚烟花。似玉無瑕，十五盈盈未破瓜。閟來綉榻翻書對，香透窗紗。自起烹茶，愛取銀筝玉指抓〔二〕。

蓮本出污泥，亭亭香净遠。妾貌亦如花，妾心能不染。落籍在娼門，見人獨面覥。但願并頭開，十年貞自顯。奴家裴氏，小字玉娥，蜀中涪州人也。生本良家，父爲舟賈，不幸貲本漂没，二親抑鬱身亡，并無兄弟，奴家年方數歲，即被鄰母薛氏撫爲己女〔三〕。這薛氏母親，家本狎邪，一向隸籍長安，先前一女，名唤瓊瓊，以調筝擅名曲部。奴家幼得瓊姐傳授，私自學習，調弄頗精，但常想此身本非賤質，豈肯也逐浪隨波，一般去迎新送舊，做那些没廉耻的勾當〔四〕。雖母親百般勸導，我惟矢志不移，彼亦無奈。昨因瓊姐入宫供奉，俺因勸母親，告求脱籍，買棹還鄉。天呵，但不知我裴玉娥將來如何一個結局也。〔泪介〕道猶未已，母親入後艙來了。

【引子】【番卜算】〔老旦上〕秋水帶殘霞，一葉孤帆挂，不堪回首憶京華，寂寞西風下。

〔見介〕〔老〕老身薛氏，乃京師樂户中一個教頭是也，本貫涪州人氏。虧得女兒薛瓊瓊入宫供奉，得以告官脱籍，買棹還鄉。雖免了承值當差，許多答應，但我們這樣人家，全靠幾個少年子弟，揮金買笑，吃飯穿衣。我兒，你自幼父母雙亡，我撫養你成人長大，看你色藝才情還高出瓊姐之上。若肯依我入了這條道路，怕没有填門車馬，列坐笙歌？纏頭錦疊翠堆紅，買花錢盈千累萬，一任你嘲風笑月，殢雨尤雲，豈不是一生受用，連老娘帶挈風光。怎奈你心高性傲，嬌臉嬌羞，今交一十五歲，還不肯出見一人。我又憐你自幼相依，捨不得十分凌逼。但恐歲月如流，紅顔易老，錯過了好光陰，後悔無及。便是俺做娘的撫你一場，豈不亦付之流水〔五〕。〔旦泣介〕母親，孩兒不幸，幼喪雙親，蒙母親撫育成人，豈不思捐軀以報？若似那倚門獻笑，其實羞爲。但想天生我才，必有我配。孩兒負此才技姿容，豈無一悦己者〔六〕？只要孩兒相中其人，果然可事，情願從一而終。那時叫他慨出千金，爲孩兒贖身之費，便可圖報母親養育之恩了〔七〕。〔老嘆介〕我兒，説便如此説。你做娘的閲人多矣，見那些王孫公子，都不過浪蝶狂蜂，何曾有千金選艷的真情種，則怕這場痴想總是徒然也〔八〕。

【過曲】【金落索】你才同柳絮誇，貌比花枝亞。豆蔻梢頭，正是時堪嫁〔九〕。總是做娘的憐惜你，似親生没半點差。從不捨動鞭撾，慣的嬌痴願轉奢。我想你不見人，人亦何從物色你，就要從良呵，也須效出墻紅杏争舒艷，怎比得幽谷芳蘭自吐芽。休教三春老去紅芳謝。那時節貽笑娼家，從良願又成虚話〔一〇〕。

【前腔】〔旦〕蓬中自有麻，鳳侣方同跨。肯學楊花，浪逐東風嫁。最厭填門車馬嘩，井底蛙，那識仙人蕚緑華。須待他紅絲幕底聞名至，我自在碧玉窗前選婿佳。怕没那千金不惜蛾眉價。生和死銜結無差，定報你恩來大。

〔老〕罷罷罷，我年過半百，也管不得你許多，但只怕誤過了年少青春。你既立志如此，這也不須着急，且回到家鄉，漫漫替你留意擇婿便了。〔旦〕多謝母親。

【尾聲】〔旦〕但多情自豪俠須珍重，兩情輕薄似桃花。〔老合〕只要那月下人兒早泛槎。

〔老〕却怪青娥誤少年，譚用之。春風閑却杏花天。韋莊。

〔旦〕自愁不及鴛鴦侶，魚玄機。忍委芳心共暮蟬。李商隱。

## 評　點：

〔一〕便於船户口中標出玉娥身分。

〔二〕想見風流雅韵。

〔三〕叙玉娥出身來歷，誤落烟花，已括盡本傳上半。將其在舟與生私約，生方解纜欲登而舟忽湮没，被薛鴇救起收留爲女，悉行删去。玉娥完然白璧，并無點污，更覺可人。

〔四〕伏脉。

〔五〕帶表薛鴇。

〔六〕玉娥亦自負不凡，真是黄生佳偶。

〔七〕此處便伏千金。

〔七〕反筆。

〔八〕二曲詞清麗而意深婉，一字一珠。

〔九〕寫老媽無老媽氣，寫姊妹無姊妹氣，故意出奇，不落窠臼。

〔一〇〕至言已儼若黄生紙上躍出矣。

## 第四齣　權幸

【黄鐘引子】【玉女步瑞雲】〔净上，四雜隨上〕獨柄朝綱，喜爵賞盡歸吾掌，誰敢不低顔趨向。

獨近天顔冠百僚，何須勛業著當朝。迎門冠帶通金穴，永夜笙歌列翠翹。下官姓吕名用，開州人也，叨居相位，喜得君心，姻戚布於朝廷，賄賂通乎天下。順我者進，何妨一歲九遷；逆我者亡，豈但終身不調。正是勢焰熏天堪炙手，怨聲滿地豈寒心。幸際海内昇平，國家無事，正好縱欲爲歡，及時行樂。朝回無事，已分付設宴在秋香亭，賞玩芙蓉。左右，有謁見官員，一概都回，不許傳報。〔雜〕曉得。〔跪介〕這是御史單希顔手本請安，伺候多時了。〔净〕此乃我得意門生，着他進來[一]。〔雜〕領鈞旨，單老爺有請。〔副净上〕面堆粉墨皮須老，體帶胎韋骨自柔。〔趨拜介〕沐恩門生單希顔，叩請老恩師，師相大人萬福金安。〔净笑介〕來得正好，老夫設宴在秋香亭，玩賞芙蓉，就和你同去一樂，更了大衣。〔副净〕多謝恩師。〔更衣隨行介〕

【過曲】【畫眉介】正秋光雲净，天高氣真爽，見奇花怪石，掩映迴廊，海棠陰低簇東墻，芙蓉艷齊開錦障。〔老旦、小旦、二雜仝舞衣奏樂上接介〕〔合〕珠圍翠繞同歡宴，女樂奏仙音嘹亮[二]。

〔副净把盞，净上坐，副净侍坐，女樂跪送酒介〕

【前腔】〔衆〕丹桂暗飄香，筵上風來開鶴氅。怕紅蕖兩岸，妒殺紅妝。泛金波，花鴨銀塘，垂玉露，草龍珠帳。〔合前〕〔衆女舞介〕

【滴溜子】行雲住，行雲住，歌喉暖響。翻彩袖，翻彩袖，明霞飄蕩。霓裳，舞來千狀。進霞觴，傾盡洞庭春釀。誇甚他行，淺斟低唱。

〔净〕日纔正午，可撤過酒筵，叫衆妓女跑馬一回，與賢契登潔光樓，憑欄一望何如？〔副净〕美人走馬，更是奇觀，有趣的緊。〔衆妓下〕〔净、副净登樓介〕

【鮑老催】梯來屐響，羡朱甍鴛伏，畫棟翬翔。鎖雕題檻外晴雲颺。〔副净〕美哉樓也，只見金屋輝煌，曲房窈窕，琉璃掩映，蘭麝氤氳，真個是天上瓊宫，神仙玉宇，非老師洪福齊天，何以有此。〔净〕此名潔光樓，遠見一片紅葉丹楓，濯濯可愛，最宜於秋。還有聚芳樓春可觀花，薰風樓夏可避暑，迎陽樓冬可圍爐。此外則朝景樓、夕輝樓、遏雲樓、瑞香樓、鴛鴦樓、翡翠樓、蝶夢樓、留仙樓，一共名爲十二樓〔三〕。樓各一院，院中各置一美人掌之，一美人又統領歌妓二十名，隨處答應。皆是老夫新建，以娱老景。怎奈樓雖告成，尚鮮佳麗，目今正在遴選，還不滿數。〔副净〕容門生代爲訪求〔四〕。〔净笑介〕如此最好，只是選佳麗要細端詳，休鹵莽。果然傾國傾城樣，樓中獨冠群芳上，方可向温柔内圖歡暢。

〔衆妓次第騎馬上跑介〕〔隨下〕〔副贊介〕〔末扮内臣上〕樓外美人秋試馬，朝中宰相晝銜杯。〔净、副下樓見介〕〔末〕二位老先好酒樂也。〔净〕公公何事到此？〔末〕這是廣西巡撫高道告病，乞休一疏，聖上叫咱送來與老先，或准或不准，朝中何人可當此職，就批發到吏部中去。〔净〕高道既然告退，何必留他，這廣西巡撫到是一個美缺。〔向副净低語笑介〕就借重賢契做做去罷〔五〕。〔副净〕蒙老師提拔，門生犬馬難酬。〔净批本介〕高道准以原品休致，其廣西巡撫員缺，着單希顔去，該部知道。〔末〕聖上立等回旨，告辭了。羅士域中雖不易，求才門下信非難。〔下〕〔净〕賢契就打點請訓，領憑赴任便了。〔副〕門生就此叩謝老師。〔拜介〕

【尾聲】錦前程非意想。老師呵，你恩同高厚豈能忘。〔净〕須爲我留意金釵十二行〔六〕。

〔副〕門生自當刻刻在念。〔净先下〕〔雜〕恭喜恭喜，方纔家相爺分付，稟見各官，一概不許傳報。

不是小官大膽，替單爺回的一聲，錯過這機會，則怕這廣西巡撫也還輪不到你呢。〔副净〕多承錯愛，下官到任後，廣西土儀，當得奉敬。〔雜〕好説。

〔雜〕故着仙郎入禁中，韓愈。管絃臺榭領春風。楊乘。

〔副〕摧眉折腰事權貴，李白。不妨私薦也成公。杜荀鶴。

## 評點：

〔一〕纔吩咐一概都回，乃偏能直稟手本候見，文義若不相蒙而神適相接，蓋一見御史鑽營途熟，一見門官盗主權靈。優伶善於摹擬，便是好子弟。讀者解其意味，即是會讀書人也。粗心人都未解此。

〔二〕與後面《獅現》《入院》排場遥遥相映。

〔三〕伏留仙樓。

〔四〕伏下禍根。

〔五〕權相口吻宛然。

〔六〕直遞下第十二齣。

# 第五齣　苗逆

【雙調過曲】【鎖南枝】〔二雜扮苗民背財寶持刀提人頭上〕天生下一洞苗，纏頭赤脚土作巢。耕織全不曉。殺人爲活把國課交。俺乃九溪十八洞苗民是也。俺這裏不服天朝，别爲一種，單靠殺人擄掠爲生。苗主徵收國課，止要殺得人頭，擄得客貨。一次比較無交，割去左耳。二次無交，割去右耳。三次無交，立時正法。今當比較之時，只得前往伺候。你看又一個兄弟來也。〔丑上〕山林伏，没的來客貨剽。面俺爺，少不得耳代寶〔一〕。〔見介〕哥們恭喜得寶了，咱是没寶的，還求哥們幫襯方便些。〔二雜〕少不得大家同求寬免，只怕俺爺的法度不容情理。〔内吹角衆慌介〕爺傳比了，快去伺候。〔急行介〕

【前腔換頭】一聞吹牛角，慌忙跑來到，遥見營門開處，排列戈戟如銀。聽傳令，齊比較，各把人頭獻，財寶交。只怕博不得一聲笑。

〔净扮苗王，四雜纏頭金勒雙環佩刀同跳上〕

【仙吕點絳唇】背着天朝，那知王教。無年號，占個窠巢，一任施强暴。

瀘水盤山密箐排，一夫當險萬人摧。南人自是心難服，那有當年諸葛來。自家苗蠻洞主孟鴻圖是也，本漢室孟獲之苗裔，爲九溪各洞之首領。自後漢以至前明，一姓相承，已歷四十八代。洞中獨自稱尊，從不稟受正朔。而今明朝不知幾代皇帝〔二〕，每每興兵進洞廝殺，要俺歸順。俺們受不過中國拘管，因此紛紛反叛，兩下傷殘人民，不計其數。這九溪十八洞内，各虜虜寨主，思俺先祖功德獨隆，依舊推俺爲首，擁兵互相救護，負固多年。不時遣人潛出洞外，四處擄掠客商，以斬獲人頭，劫得金珠多寡，次第受賞。空手來見者，一次割去左耳，兩次割去右耳，三次無獲，即便正法。今當比較之期，傳各苗子進見。〔二雜叩頭先下〕〔二雜進見獻金寶人頭介〕〔净〕好小廝，上功記賞。〔丑進見不語介〕〔净喝介〕這廝不言不語，一定没有財寶，但係初次，且將左耳割下，趕出去。〔丑掩耳叫饒介〕〔衆將丑耳割下獻介〕〔丑諢下〕〔净〕比較已畢，苗子們，唤苗姑出來，歌的歌，舞的舞，飲酒作樂一番者。〔衆唤介〕大王唤蠻姑，快些走動。〔旦、小貼、雜蠻妝上〕

【過曲】【鵝鴨滿渡船】小蠻姑，隨聲到，衹見絲綫圈環耳後飄。簪長蛇髻繞，簪長蛇髻繞。只見胸前綉袱乳頭高，怎敢教人羅唣〔三〕。裙拖地，步來嬌，猶記趕盡長虚那舊交〔四〕。正是山腰眠未少。今日個鶯歌燕舞，鸞顛鳳倒。兀的誰是豆蔻含苞。

〔見介〕蠻姑叩頭。〔净〕坐下把盞。

【赤馬兒】〔合〕長嘯添豪，長嘯添豪。香醪共倒，聽得金風飄過處，刮喇喇響震林梢，還見嫩緑嫣紅，山花未落。這是天分南道，那壁教他占了，這壁待俺占了。〔衆作樂共舞介〕〔净〕你們都隨我前山高處頑耍來。〔衆跳舞疾行介〕

【前腔】飛身直躍，四顧岧嶢，烟嵐半繞。空中鳶鳥也難逃，空中鳶鳥也難逃。喋喋悲鳴墮碧霄。那壁教他占了，這壁待俺占了。

【拗芝麻】只見苗兒似虎驍，蠻女如花貌。短竹簫，山歌調，學把鯤絃拖。金鐃革鼓，喊得如牛叫。若把南天長占了，人生一樣多行樂。

〔浄〕天色已晚，各回窑安歇去罷。

【尾聲】深林外月漸高，聽山鳥鳴聲静悄，且醉擁蠻姬進土窑。

千里關山鎖洞蠻，白敏中。潛生域外綱全寬。無名氏。

龍韜何必求三略，楊巨源。匣裏金刀血未乾。李白。

評　點：

〔一〕趣語。

〔二〕前明云者，亦猶臨川云『你宋書生是看不着大明新律條』，可見傳奇涉筆成詞，總是借境冬烘，先生誠不能解。

〔三〕苗俗婦女重乳，多衛以綉袱，雖與淫狎，不敢犯之。

〔四〕虚街，市也。苗俗趕虚亂配，有孕方抱子尋夫成偶。

# 第六齣　并泊

〔生上，雜駕船，副浄同上〕

【正宫引子】【齊破陣】【破陣子頭】〔生〕自把鳳毛養就，早年思步瀛洲。【齊天樂中】未折高枝，翻成斷梗，華髮漸生兩鬢。【破陣子尾】揮盡黄金招俗謗。空飽詩書被物輕，英雄暗泪零〔一〕。

淪落英雄事若何，丰城有劍自須磨。而今作客渾閑事，不煉詩魔煉酒魔。小生自開舟長行以來，早過了九江府，望着漢口，你看好一派長江景致也。

【過曲】【錦纏道】爲功名棄家園，長途遠征，嘆息恁飄零〔二〕。俺本待掃千軍，這筆尖兒還勁。誰能勾迷五色，變不了目睛。衹多少啞文章，屈煞奇英。怎耐得皓首尚窮經。生磨得毛錐秃穎，黄齏淡又冷。豈容易鑄名鐘鼎，因此上天涯萬里奮鵬程。

且步到船頭一看，果然這湖廣地面，枕江帶湖，形勢扼要稱雄，不同他郡。

【山漁燈犯】説甚麽浪滔滔，把古今人物都淘盡。單則見武昌雄峙，鬱蒼蒼夏口遥相應。

數不迭誰滅誰興。且莫哭周郎，吊孔明，笑呂蒙成功傒幸〔三〕。羡只羡大江東赤壁還青。總不如效蘇卿，乘舟那搭行。夜静東山林月皎，雲外空江鶴唳清。思量起，有許多逸興，又何須詞招當日楚些靈。

〔雜〕相公此去，還是求名，是求利，真好一路大順風。早過了漢口大江，又盼着洞庭湖相近了。

〔生嘆介〕

【朱奴兒】雖則俺失時悲憫，今日個駕長風乘巨浪，一瞬千頃。好似催送滕王閣畔行，也不讓漢張騫槎泛仙庭。向牛女銀河問津，時至也真無定〔四〕。

天色已晚，馬頭上泊了船罷。〔雜〕相公，馬頭擁雜，那前灘空闊處早有一船泊住，我們就挐着那船并泊在一處也好〔五〕。〔生〕説得有理。〔望介〕呀，我聞楚襄當日得遇神女，那前面西北一帶青山，想就是巫山十二峰了〔六〕。〔雜〕咳，這前面乃是大小君山，那巫山直在川江口。俺們的船，那到得那裏？只到洞庭湖，便過去，往湖南走了〔七〕。〔生〕原來如此。

【尾聲】盼不着隱隱巫山數點青。俺也是慣悲秋宋玉多情。天呵，爲問今夜陽臺夢怎成？

〔生下〕〔雜落篷介〕〔丑扮矮船家急上〕漫來漫來，看撞壞俺的船〔八〕。〔丑用篙攔雜船介〕〔雜〕留神留神。〔副净急喝介〕江湖水面，大家照看些纔是。偏是你這矮船家不省事麽？〔丑〕你笑我矮？則怕你還矮的不全呢。〔副净〕好笑，這矮有甚麽全不全？〔丑〕相俺矮子身軀左右一般平,你瘸子行路一步高,一步低,豈不是半邊身子長,半邊身子矮,不是矮的不全嗎?〔副净〕這矮子嘴頭利害,反被他取笑了。〔雜〕大家不要鬥嘴,風緊浪大,借重大哥幫着,待我纜住了船,我們并泊一處〔九〕,豈不是好?〔丑〕這個纔是。請問大哥,船是那裏來,那裏去的?〔雜〕我們從秣陵江口,裝來一位相公,要過湖去的。請問你這船上載的何人?〔丑〕我這船上,是京師教坊司下來兩個女娘,回四川涪州原籍,不過湖的〔一〇〕。〔雜〕這等同住一宵,明早一齊開船,到了湖口分路罷。

〔丑〕夕陽浮水共東流,劉長卿。〔雜〕見説佳人號莫愁。張悦。

〔副〕明日分開又何處?〔合〕且將絲纜繫蘭舟。崔道。

## 評點:

〔一〕痛極語。

〔二〕起得奇突,叙得悲壯。

〔三〕英雄本色,才子風流,兼而有之。

〔四〕更對針本文。

〔五〕點明并泊。

〔六〕又借巫山作影，透起下文。

〔七〕又於并泊時預先點明分船路徑，使下文更醒。

〔八〕玉娥船户所以必用矮人者，總爲處處使人易認耳。草蛇灰綫，省無限詞白，真是老手。

〔九〕又點一句。

〔一〇〕只於兩船户口中叙明來歷，則玉娥之出身已入黄生之耳。故直以情詞相挑，無所顧忌。極細密，亦極簡净。

# 第七齣　聞箏

【中吕引子】【菊花新】〔一〕芳心欽定咏河洲，縱落烟花待好逑。歲月水空流，知何日放開眉皺〔二〕。

【浪淘沙】孤舫泊江深，沙岸蛩吟，波涵蟾影動如金。觸起斷腸無限事，紅已沾襟。夜静悄寒侵，怕裯單衾。銀箏挑動寄愁心，明月蘆花何處覓，若個知音。奴家裴玉娥，自隨母親欲回涪江原籍，來到荆襄，泊舟在此。母親早安歇了，奴家只爲宵長難寐，獨坐片時。你看夜已深沉，鄰舟寂静，不免調弄銀箏，少舒愁悶。那邊緊貼鄰舟，且開了這邊窗扇，放進滿船明月，真好一派秋江也。

【過曲】【好事近】【泣顔回】只見明月鎖孤舟，更幾點星沉魚罶。蒹葭無數，倚逗着斷堤疏柳〔二〕。【刷子序】堪羞。似他們當筵曲奏,俺止愛清幽静夜灘頭,寂寞耐深沉玉漏。且自把冰絃繞柱,銀甲輕勾。

〔旦彈箏介〕〔生披衣潛上聽介〕

【前腔】〔旦〕低嘔,絃上譜新愁,想當日琴心挑逗。茂陵風雨,虧煞他鳳把凰求。青樓,那裏覓乘鸞佳偶。愛簫聲跨鳳同游。則怕脱不去平康門臼,只落得含情抱恨委骨孤丘〔三〕。

〔生〕妙哉妙哉。小生纔待安眠,忽聽鄰舟調弄箏聲,披衣起聽,不意鏗鏘迭蕩,其妙一至於此。

【漁家傲】好一似碎玉零珠錯雜投,好一似竹韵鐺鳴冰澌水流,好一似呢喃燕語鶯歌溜,好一似風雨空中驟,好一似鐵騎金戈往來厮鬥。總則是切切凄凄一片愁〔四〕。

小生前寓京師,曾在豫王府錦香園,與天下名流大會筵席上,聞得歌妓薛瓊瓊箏聲,可稱當代第一。但他自供奉内廷,民間已經絶響,不意此人指法,竟不出他之下。昨晚聽得船家説,那女娘也是京師教坊中脱籍回家去的,怎麽有此絶技,都門并不知名,這也奇怪〔五〕。

【錦纏道】情微逗,分明是《廣陵散》復奏。莫非就是瓊姐在此?難道舊知音重相覯。且住,那瓊瓊當代名妓,供奉内廷好不熱鬧,如何寂寞孤舟獨泊在此〔六〕?敢是那下梢頭晚嫁商人感懷思舊。咳,我聽他悲吟長嘆,寂寂鶯聲,一定是年少佳人。但不知有何愁怨,因何至此?聽鶯聲想玉指定纖柔,料不是抱琵琶羞人老婦。似這般動人愁,管多情司馬青衫泪流。待不把魂勾，恰篷窗隙底，早被這情鑽透。

喜得殘燈未滅，筆硯現成，趁我狂興勃然，寫下情詞數句，隔舟投去，挑他一挑有何不可？〔寫詞介〕怎奈他船窗緊閉，不免輕彈幾下，就在這板縫之中，塞將過去，看他如何，再做道理。〔生做彈指將詩塞過介〕〔旦驚介〕是誰彈指之聲？呀，一張箋紙，從板縫内丢入艙中，不免取來一看。〔念介〕〔南柯子〕生平何所願，願作樂中箏。得近佳人纖手指，綺羅裙上放嬌聲，縱死也甘情。呀，何物狂生，這等冒昧？

【千秋歲】没來由，把情詞輕挑逗。直認做攀折由人章臺柳。這字到寫得甚好。〔取詞復念介〕〔嘆介〕咳，細玩此詞，字字清新，絶無俗艷，而且意味深長，咀之不盡〔七〕。信非才子多情，不能道此。只可惜他還不識我裴玉娥爲何如人耳。仔細吟哦，仔細吟哦，雖則是痴情句多才綉口，怎比我做雲飄野岫，衷腸事伊知否？若待求佳偶，除非效絲鞭仕女，俺怎肯輕薦衾裯。

本待和他一首，只是夜静更深，男女有别〔八〕。設或母親知道，反不雅相。我想此生如果鍾情，必然訪問我們行踪，焉肯當面錯過？倘竟不揪不采而去，則直一輕薄之兒，亦可置之度外矣。不免息燈而寢，且自由他罷了。正是有情反覺無情好，吉夢那如愁夢長〔九〕。〔息燈下〕〔生聽介〕呀，那船上一霎時黑暗無聲，敢是美人見怪，故意不采，吹燈而睡了。天那，叫小生一段痴情，向何處發放也。

【瓦盆兒】一似夜静水寒，不餌空自下魚鈎，只落得撩亂客心愁〔一〇〕。雖没見他花容月貌那嬌羞，不由我繫心苗，牽肺腑難丢。只覺得韻悠揚餘音未收。想仙樂人間希有。分明是霓裳隊，羽衣儔。廣寒宫仙姬領袖，則無奈人去百花洲。
且住，那美人雖未回詩相答，幸而有心見容。小生既與相逢，焉肯錯過〔二〕？且待明朝細細問明那船家，必須求得一見方好。只這半夜的光景好不難挨也。
【尾聲】單則見江上青峰數點浮，美人呵，到被你輕輕抓下一天愁，怎一似鼓瑟湘靈去不留〔三〕。
錦纜空牽離恨天，張籍。新詞宛轉自相傳。崔魯。
調箏夜坐燈光裏，岑參。不羨乘槎銀漢邊。

評　點：

〔一〕黄、裴如此作合。若本傳船内私挑，未免閨門之玷。此則身在娼門，猶能持正，豈非分外出奇？

〔二〕景因情現，情在景中。

〔三〕纏綿頓挫，宛轉情深。

〔四〕既以箏聲作合，必極力描寫一番，末句煞是知音。

〔五〕有絶技而都門不知名者正恐不少。

〔六〕同是一樣才技，而一則供奉内廷，一則孤舟獨泊，士人之遇與不遇，於此可以推見。此傳奇之寫玉娥，偏帶寫一不入傳中之瓊瓊作陪，亦慨乎其言之矣。

〔七〕先作一宕，不但交心曲而有致，亦於玉娥身分不失。復看而贊，纔見惺惺共惜，自然感動耳。

〔八〕以禮制情，出之娼門尤奇。

〔九〕委曲周匝，筆筆出人意外，却筆筆在人意中。讀者捲卷細思，除此數語句，還有别樣收場法子？

〔一〇〕詞挑一段止此便已結住，以下仍從箏聲着想，文情俱妙。

〔一一〕多情如見，然早爲玉娥料定。

〔一二〕筆力到底不懈。

# 第八齣 情晤

〔丑上〕好笑，好笑，真好笑，撞着個阿婆真倒灶。牽頭錢兒得弗成，管教落頓口皮臊。方纔那鄰舟相公將我唤去，問俺舟中薛老娘的來歷。俺便將他原是京師教坊，那小娘子十分美貌，且彈得一手好箏[一]，一一説知。那相公歡喜不迭，就央我引進，欲求一會。我想姊妹遇嫖客，利市上門，便是那牽頭錢，少不得我船家一分了[二]。誰知那阿媽，竟是背財生，反被那小娘子唤進艙去，商量了一會，出來説道，我們樂籍已除，再不接客，我女兒十分才貌，必須貴客良人，千金爲聘，娶爲正妻[三]。〔笑介〕我想天下除非缺了老婆種，那個王孫公子娶你個娼妓做夫人？又説道，我女兒生長一十五歲，從没見人，必須議就婚姻，先將定銀一百兩，以爲見面遮羞之禮，然後可以一會。還要説過在先，并不接談陪坐。〔笑介〕我想人家接個姊妹，陪酒唱曲，一夜睡到大天明，也不過費一兩半兩的銀錢[四]。怎麽拿出白晃晃元寶兩大錠，只把你來眼皮上刮的一刮就是了？則怕普天下没有這般阿呆，不免回復那相公一聲，撒開手罷了。〔做跳過船介〕〔雜上〕方纔修跳板，又待理篷繩。夥計，事已説就了嗎？〔丑摇頭介〕不妥不妥，那相公何在？〔雜〕正在艙中，候你回話。〔丑〕待我進去。〔丑進艙介〕〔雜先下〕

【南吕引子】【薄媚】〔生上〕心煩意冗一夜亂縈魂夢。聽説嬌姿種種，更覺耳邊厢，未絶箏聲調弄。又把這豪情打動[五]。

鄰駕掌來了，且問那事如何？〔丑〕相公不要題起。

【過曲】【紅衲襖】則怪那喬家長理欠通，非是俺蠢冰人言無用。〔生急介〕且問他怎麽講？〔丑〕咳，倚着他似花枝一朵容，定要你行幣聘千金重。〔生笑介〕古云千金選艶，這也不多。〔丑〕説他雖係教坊，已經脱籍，必須貴客良人，方纔許配。他則待選風流婿似龍。〔生〕似小生家第人材，料也配得他過。〔丑〕還不肯偏房作小呢，你須是貯金屋看如鳳。〔生〕小生并未娶親，這也依得〔六〕。〔丑〕還有一件，只怕相公依不得。〔生〕還有那一件？〔丑〕他説道，那小娘子生長一十五歲，從來未見一人。除是議就婚姻，先將百金爲定以做見面遮羞之禮。還有言在先，并不陪坐接談。你道這個依得依不得〔七〕？〔生沉吟介〕〔八〕〔丑〕便着你逞豪華揮金買笑，也博不得好良宵相陪奉。

〔生〕細想他之所言，亦自有理。但是小生今日呵！〔長嘆介〕

【前腔】偏則是客囊中愧未丰，怎使得向屏間輕射鳳。〔想介〕我想一到滇南，千金亦是易事。只是這見面遮羞禮，此一時却從何來？那能勾點黄金將禮幣通，只落得憶紅妝成虚夢。且住，想我一向留戀烟花，也只怕天生尤物或多埋没其中〔九〕。不意閲遍青樓，都不過油頭粉面，并没個國色天香。今彼口出大言，高抬身分，諒必有驚人姿色，與衆不同，况其一曲銀箏已足令人心醉〔一〇〕。小生既與相逢，焉肯錯過？嘆只嘆還娥眉總未逢，今怎肯輕撇下這可意種？咳，怎奈搜括囊篋，僅足百金。若將此銀用去，前路盤纏，如何設處〔一一〕？〔躊躇介〕有了，我將這幾件行李，一路典賣，還可挨到滇南。不免且儘此銀子，凑足百金，先求一見，再做商量。〔一二〕俺只願傾城一顧，縱死甘心也。那顧得效吹簫泣路窮。

〔生取銀付丑介〕適纔所言，小生一一如命。這是百兩定金，權作遮羞之禮，先求一見。越外三兩銀子，相送駕掌，就煩作引。〔丑接銀驚介〕相公敢是取笑？〔生〕那個取笑〔一三〕？〔丑〕方纔小人奉告在先，那小娘子止能一見，并不陪坐接談，莫説那話兒，就是湯他一湯，略略討個便宜也是不能勾的。你平白丢此百金，莫要後悔。〔生〕那個後悔！〔丑背笑介〕原來天地間果有這般呆子〔一四〕，竟被那薛阿媽娘兒算着了，且自由他。既如此，相公尊賜，却不敢當。待小人先將此銀送去，你隨後過船來罷。〔生〕這個也請收下，小生隨後便來。〔丑〕如此多謝了。正是情到痴時難自解，姻由數定豈人爲。〔下〕〔生〕小生更換衣服，就過那船去也。

【懶畫眉】重整衣冠暗修容，自喜藍橋有路通。來回顧影興匆匆，管教那人一見能知重。怎能補和新詞意轉濃〔一五〕。

〔丑上〕相公過船來了，老親娘那裏？〔老上〕來了。

【前腔】何意仙郎降舟中，恕不相迎禮未恭。〔生揖介〕小生久慕令愛才色無雙，今喜萍踪相遇，輕造仙舟，不識可容一見？〔老〕君乃天上仙卿，小女風塵陋質，得蒙不棄，幸出非常。且請坐下，孩兒快來。你看果然佳婿號乘龍，不枉了良緣石上三生共。虧殺你有意遲歸願易終〔一六〕。

【前腔】〔旦上〕妝成欲出斂修容，偷眼難禁粉面紅〔一七〕。〔生見暗驚介〕〔旦〕相公萬福。〔生忙答揖呆介〕〔旦背介〕看他凌雲氣概吐長虹，那更風流人物多情種，驀地靈犀一點通〔一八〕。

〔旦做回顧下〕〔生〕小生今日遇仙也〔一九〕。

【楚江情】分明見凌波水面逢，那裏有人間麗容。恁翩躚雅態驚落鴻，怕就是明珠解佩那仙踪也。看他秋波暗轉，芙蕖映臉紅。嬌滴滴帶笑含羞一盼中。未啓朱唇，早把芳心送。好教我魂飛入九重，魂飛入九重。怪他彩雲歸碧空，恨不得頃刻裏佳期共〔二〇〕。

〔老〕相公請坐。〔生〕請問媽媽，那京師有個薛瓊瓊，供奉内廷的，不知可是媽媽一家麽？〔老〕瓊瓊就是小女。〔生〕原來如此。當日小生曾在京師豫王府錦香園名流大會，筵席間得聞瓊姐箏聲，嘆爲當代第一。只因供奉内廷，不能再會。今又幸遇媽媽，怪道這位令愛指法一般奇妙，怎麽京師一向并未聞名，却是何故？〔老〕此實鄰家裴姓之女，小字玉娥。自幼父母雙亡，弟兄無有。也是老身撫育成人，這箏聲便是瓊兒所授。但他一有知識，即便矢志從良，不肯接客。只思得一多情郎君，慨出千金爲彼贖身。老身念其生本良家，不忍相逼，因此將他呵！

【劉潑帽】似親生嬌養如雛鳳，出落得玉貌花容，嫩生生帶露含苞重。回避游蜂，肯叫把花心采動〔二一〕。

〔生點頭嘆介〕此女立志如此，益發難得。〔老〕請問相公何等家世？府上還有何人？〔生〕先父官居司馬，先母誥封夫人。

【東甌令】本華胄，世業隆，怎奈四海無家類轉蓬。也曾千金一擲逞豪雄，笑文章成何用。今日呵，祇仗着經綸滿腹，待圖功待投筆覓侯封〔二二〕。

〔老〕相公既欲求名，將投何處？〔生〕而今水西帥府，姓安名義，乃我父親同年，此去就要投他。〔老〕妾聞水西直在滇南，去我涪州數千餘里，從此扁舟一別，天各一方。相公功名遲早，焉可預定？設或音信難通，必致婚姻有誤。況小女年已及笄，負此姿才，安能掩匿？倘再有物色之人，竊恐希世之珍，不復爲君有矣〔三三〕。依老身愚見，既蒙不棄，何不就在此間與小女成其姻事，然後再去滇南。若小女終身有托，老身便可自回涪州，省得許多牽挂，却不是好？〔生〕媽媽此言甚善，容小生再思奉覆，就此告辭。〔老〕有慢了。

【尾聲】〔生〕葫蘆提，會易終，只留得透羅襦蘭麝風飄送。〔生過船作別介〕〔老〕恕老身不送了。〔生〕媽媽請便。則怪這一欞兒船窗，似隔着幾萬重。

〔老看生下，吊場介〕你看他儒雅風流，又這等軒昂豪爽，真個是數一數二的好男兒。如果事成，俺玉娥孩兒配得此人，豈不是一片痴心竟被他想着了。

鴛鴦兩兩畫舟前，李端。何意男兒俠烈全。張籍。

韞櫝自擬珠待價，錢起。十年心願豈徒然。

〔喜笑下〕

評點：

〔一〕照應箏聲。

〔二〕不用正筆用側寫，文情更覺脱跳。

〔三〕是玉娥絶好做頭，是作者絶妙文字，方顯出千古痴情真種子，不同一切相思詞傳也。

〔四〕駡盡一班浪子。

〔五〕念念不忘，所以常覺箏聲在耳。

〔六〕有前一段反文之妙，愈顯出此處正文之妙。

〔七〕難處在此，痴處即在此，文字動人處亦即在此。

〔八〕沉吟者，不是有銀捨不得，只爲無處打算出銀耳。如此而必求一見，方見極難，方見極痴。

〔九〕奇才多屈於微賤，此想原自不差。

〔一〇〕回顧聞箏。

〔一一〕《狎餞》齣點出盤纏，與此方見行文之妙，并無一字泛設。

〔一二〕捨百金而只圖一見，奇矣。且係傾囊一空於窮途之際，則更奇。有此奇文乃傳此奇人奇事也。

〔一三〕更作餘波，以足前意。

〔一四〕應前作關鍵。
〔一五〕不欲自己看美人，乃先打算美人看自己，且回顧《詞挑》，何等筆力！
〔一六〕并寫一憐才鴇母，奇絶。
〔一七〕全是閨門態度，『偷眼』句爲寫玉娥亦急欲看黄生。
〔一八〕『淩雲』句更寫出識貨，秋波令人愛殺。
〔一九〕飄然而去，真如遇仙。
〔二〇〕此方正面實寫二人彼此相愛之由，真白描手筆。
〔二一〕當得阿媽賣美。
〔二二〕士人傷心語。
〔二三〕危論自能聳聽。

## 第九齣　失墜

【引子】【梅花引】〔副净〕東人作事太顛狂，爲嬌娘，盡傾囊。一見歸來頓把神魂喪，如醉如呆渾不語，也不顧旁人笑斷腸〔一〕。

我瘸老兒，跟隨相公水西干謁，來到荆襄，泊舟在此。誰知他聽得鄰舟唱婦調箏，打動往常情興，竟將盤纏儘數湊銀一百兩，送爲遮羞禮，去圖得一見。我瘸老兒倒在後廒，那裏知道〔二〕？只聽説明日還不開船，要打算千金銀子，替那表子贖身，娶爲妻室。這豈不真是痴了？莫説娼婦做妻不得，就是這千金從何得有？你看他悶坐艙中，出神倒鬼，連晚飯也無心待吃。看來又好笑又好惱，俺且坐在船頭，看他如何〔三〕。

【引子】【前腔】〔生上〕奇緣邂逅在瀟湘。待白鏹，易紅妝，翻檢行囊，不覺惆悵。祇有玉獅希世寶，又未識有人得貨將。

小生自與鄰舟裴玉娥相見，愛其色藝無雙，欲娶爲婦。但那鴇母之意，定要千金，方肯聽彼贖身。無如搜檢行囊，便典盡衣衫，亦雖措辦。若到水西向我年伯商議，又怕從此岐路兩分，遥遥數千餘里，尅期難定。似此尤物移人，安得久於韞櫝？設爲高材捷足者預先得去，如何是好？思來想去，只有隨身所佩玉獅墜一枚，乃我祖代傳留希世之寶，價值千金。不免着人將去湖廣城内古董店中，市得千金之價，便可以爲聘禮，完我一世姻緣。今便棄此奇珍，也説不得了。且將瘸老兒唤過進艙來，與之商議。瘸老兒那裏？〔副净漫行進艙背立不語介〕〔生〕瘸老兒過來，我因鄰舟妓女裴玉娥色藝無雙，欲娶爲婦。必須千金之聘，爲彼贖身，一時無措，只有這玉獅墜，價值千金。不免將去城内古董店中，賣得銀來，成此婚姻大事。你可到明早就去走遭。〔副净不應介〕〔生〕你還不曾聽得明白麽〔四〕？〔生又重語一遍介〕〔副净仍不應介〕〔生〕呀，我細細説了兩遍，難道你還不明白？恁般洋洋不采，却是爲何？〔副净大哭介〕阿呀，相公嗄，當日先太老爺頗頗一分家私，被相公揮金如土，弄得田園盡浄，四海飄流，只剩有這玉獅墜隨身佩帶。此乃你世代相傳之寶，今爲一個娼婦賤人，便欲一旦棄去，豈不真是一個敗家精了？你道這樣的話，叫老奴如何忍聽？如何忍言[五]？

【過曲】【風入松】聞言不禁痛情傷，你家世從來卿相，怎今日呵，門庭落寞書香喪，還不把家園執掌。〔生怒介〕這是俺生未逢時，偶然落魄，你輒敢小覷於我嗎？〔副净哭介〕就是這玉墜呵，也是你傳家寶世代珍藏，怎捨得一旦裏便淪亡[六]。

〔生嘆介〕咳，蠢材，你那裏知道。這玉獅墜雖係奇珍，不過是個死寶，怎比得我那裴玉娥，乃是個活寶呢[七]。

【前腔】則他個玉人兒温軟更生香，似解語花枝堪傍。况我孤身無偶年空壯，怎放着良緣不講[八]。〔副净〕相公若要講親，必須是門當户對。一個娼家之女，甚麽良緣？〔生〕蠢才，妓女從良，入門爲正。人生思得美婦耳，天下美婦人那有美如裴玉娥者乎。可喜他俊龐兒似粉捏瓊妝，金蓮小，玉笋長，横秋水，蹙春山，綻櫻桃。剛一聲萬福也，早叫人魂飄蕩。描不出他態多姿，容生艶，氣含芳，真個賽西子，勝毛嬙[九]。

〔副净〕相公豈不聞書中有女顔如玉。

【前腔】你放着文章本業自拋荒，何不把詩書勤講。但有日名題雁塔青雲上，怕没有持蓮炬綉女排行。〔生〕咳，現放着可意種似從天降，不由人繫情腸。恁風流艷妝，你莫把烏鴉比鳳凰。〔副净〕甚麼鳳凰，這是陷人坑，迷魂陣，檢屍場，你何苦向其中尋魔障〔一〇〕？

〔生怒介〕這狗才益發放肆無禮！

【前腔】惱得我怒冲冲氣騰千丈，敢欺我落魄江鄉。有日呵，一枝丹桂把蟾宫傍，問嫦娥定是他行。〔副净哭介〕老奴句句忠言，相公不聽也罷。只是要去賣那玉獅墜，老奴其實不忍。〔生〕俺偏要你去！〔副净〕老奴不去！〔生怒打介〕〔副净〕相公打死小人，也是不去的！〔生〕真個不去？〔副净〕不去，不去。〔生〕呀呸，我難道不會自賣？就不要你去，就不要你去，我懷中寶求沽自當，又何事把人央。

〔副净大哭介〕可惜這世代傳家之寶，今日爲這娼妓，便一旦送與他人了〔一一〕。〔生喝副净下〕〔生〕好没來由，被這老奴才絮絮叨叨、咭咭咶咶，鬧了半夜，幾乎誤我大事。〔閉門介〕且把艙門關上，和衣暫睡一睡，等到天明，取了玉獅墜，到城内走一遭也。〔解墜細玩介〕你看這墜，果然好一塊美玉。光明温潤，通體無瑕，便是這獅兒神氣如生，真乃至寶。咳，玉墜、玉墜，非是我捨得將你來出賣，你須念小生今日呵！

【忒忒令】嘆蕭條空囊自傷，無家室凄凉情況。縱有佳人相遇，難共偕鴛帳。玉墜呵，便把你隨身佩，袖底藏。你可學得穴中駒，巢中燕，扶我過那舫〔一二〕。

玉墜、玉墜，想你在我家已非一日，我祖父何等將你來珍重，小生今日這一段姻緣全托賴在你。你須聽我分付者[一三]。

【沉醉東風】念相依悠悠歲長，辭故主把新人投向。願此去好門墻，早過着多情識賞。莫視同燕石相輕謗。〔揖介〕你須受小生一禮，拜托伊行，拜托伊行。須爲我趁得千金善價償[一四]。

身子困倦，不免將墜兒放在枕邊，且自安息。正是愁難合眼權欹枕，事實關心但强眠。〔生睡介〕〔内扮白獅跳舞上，向生點頭作辭，隨跳舞下〕〔生驚醒介〕怪哉怪哉，小生方纔朦朧睡去，忽然見一异獸，從我枕邊跳出。遍身瑩白長毛，儼然玉獅形狀，跳舞前來，向我點頭作别，隨即足踏祥雲騰空而去。〔急摸枕邊驚介〕呀，那玉獅墜兒，我昨晚解下，明明放在枕邊，怎麽一時摸不着了？待我打火點起燈來。〔急起取火照，看不見驚介〕呀，你看艙門未開，行李如故，單單一個玉獅墜兒，遍尋不見了。天地間有這樣奇事？〔開艙門唤介〕癩老兒快來。〔副净不應，生連唤介〕〔副净内應介〕天色尚早，相公要賣玉獅墜，自去賣，老奴是不去的。〔生急介〕咳，那個要你去賣玉獅墜，我有話對你講，你且快來。〔副净披衣漫行上〕這時天還未亮，相公便起來大驚小怪的，却是爲何？〔生〕你可知道，有一件奇事。我方纔朦朧睡去，忽然見一怪獸，自枕邊跳出。遍體瑩白長毛，儼似玉獅形狀，跳舞前來，向我點頭作别，隨即足踏祥雲，騰空而去。我那玉獅墜，昨晚解下，明明放在枕邊。今艙門不開，遍尋不見，豈不是玉墜成精了，你道此事奇也不奇[一五]？〔副净驚介〕此事真個奇怪。據老奴看來，那裏是玉墜成精，分明是先太老爺呵。

【五供養】在天靈爽怕你效蝶浪蜂狂，頓忘了驊足高驤。將人間奇寶攝，顯現獸中王〔一六〕。〔生嘆介〕只是那裴玉娥之事，如何是好？〔副净〕咳，此事還提他怎麽。自古道塞翁失馬，未必非福。想相公前程遠大，故此神獅化去，使你此間失望，方肯決意前行。异日功成名立，繼起家聲。相公你緣何還不省得打斷你痴情妄想，方肯去奮鵬程扶摇直上。相公，我想那鴇母惟利是貪，若無千金之聘，自然不肯令女從良。你便戀戀於此，終歸無益。設他再來問信，如何回答〔一七〕？倘若知你無銀，不但不能將那表子白白送你，還要討他奚落幾句，取笑一場，豈不失了下氣，臉面何存？依老奴愚見，不如乘天未明，悄悄將船放開，意自別去，使他無處找尋，豈不省了許多唇舌。〔生沉吟不語介〕〔副净〕相公呵，你識時務知機遠颺，且休教貪財肉眼笑空囊〔一八〕。〔生嘆介〕爾言亦自有理，就此開船去罷。〔副净急唤雜上〕俺們有緊要勾當，就要過湖。你可速速開船，不要驚動那鄰舟了。〔雜〕那邊船上媽媽還等着相公回信，怎麽就不别而行？〔副净〕那話已經不成，不必與他回信，你只快快開船便了。〔雜〕天還未明，風又息了，如何趕得過湖去？〔副净〕就是無風，你且將船放開，漫漫摇到前面，再做道理。〔雜不理，副净催介〕〔雜〕這也可笑，昨日爲那小娘子住了一日，今日不長不短，忽然開船要行，連天也等不到明，難道怕那媽媽將你拴住不成？〔副净〕誰要你管，快開快開！〔雜解纜開船介〕〔生吁介〕咳，裴玉娥、裴玉娥，我和你怎生恁地緣慳也！

【川撥棹】心把快，無計策和你相親傍。只落得一見便分張，只落得一見便分張。痛從此天涯路渺茫，聽一聲川撥棹離荆江，不由人頻回首暗情傷。

【前腔】只見淡月疏星映水光，不覺白露泠泠透體涼。似這般阻隔鸞凰，似這般阻隔鸞凰，到不如似陌路無從挂腸。一時間川撥棹遠荆江，不由人漫回首越情傷。

【尾聲】這相思今世怎勾帳，還只痛一曲仙音如絶響。天、天，想我黄益齋，家無四壁，湖海漂流，只剩得一個玉獅墜兒，你還要白白取去。使我千金難得，眼前放着恁般絶世佳人，不能到手，還弄得半文俱無，免不得沿途乞化。天、天，你覆昌群生，發育萬物，怎生獨在我黄益齋分中恁般刻毒也。

〔泪介〕則怪你不做美的天公，偏不顧人斷腸〔一九〕。

牽情惹恨碧波中，孫逖。似隔芙蓉無路通。劉威。

無限心中不平事，李涉。不如抛擲任東風。司空圖。

評　點：

〔一〕黄生痴狀，又從瘸老口中代爲畫出。

〔二〕輔寫瘸老兒始初不知，是極。

〔三〕痼老拿穩千金無出，必娶不成，故始猶不甚着急。孰意忽出賣墜奇文，豈但非痼老意料所及，又豈凡讀者意料之所及到乎，真乃絶妙奇文。

〔四〕好關目。

〔五〕又就痼老兒身上發出一篇大文章，却皆係題縫中反襯之筆。

〔六〕侃侃正論，極寫義僕。

〔七〕痴語妙語，足解人頤。

〔八〕妙從玉獅出玉人，比較自精自當。

〔九〕其實蠢材？ 其實義僕？ 此段贊玉娥之美分三段讀，前一段逐件細描，中三語通體合贊，末二句則以古之極美比擬作結，皆極口形容，難盡其妙也。

〔一〇〕危言至論，鯁直不能肖兩。

〔一一〕儼如蹇叔哭師，痼老真乃可以風世。

〔一二〕心力强入，真好返遍文心。

〔一三〕奇絶妙絶。

〔一四〕有痼老一哭，似此墜難以便賣；　有黄生一怒，似此墜勢不能留。孰意於中忽又變出一段奇思幻想之文，使此墜留既不能，賣復無有。讀者未見後文時，掩卷細想，我若執筆，當如何結撰？ 然後再讀後文，方纔佩服作者之奇思幻想，實非人意料所能及。方纔知凡使人意料能及者，必非奇思幻想之妙文也。假有强作違心之論者云，我已料其必如是結撰也，則其人必非虚心服善之人，且終其身而必無奇思幻想之妙文矣。

〔一五〕讀此齣覺本傳將玉獅墜布施而索然無味矣。

〔一六〕即就瘸老兒正論作轉筆，收拾上意急起下文，千鈞之力。

〔一七〕説得透快，已今黄生心死，下文乃又翻空出奇。

〔一八〕可哭。

〔一九〕寫得怨痛無聊之極，乃見下文之喜真出意外。

# 第十齣　追訂

〔丑笑上〕世間滑的忒煞滑，砂糖慣把人鼻頭抹。叫他伸子個舌頭舔弗來，落得一場没搭撒。天下呆的真個呆，貪他香餌被鈎搭腮。縱把金鈎忙擺脱，那腮邊肉兒早搭下來。好笑那鄰舟相公，上了俺舟中薛阿媽的當，白白丢了白銀一百兩。和那小娘止見得一面，嘴説要娶他，想爲千金措弗出，連夜開船而去了。早起四望找尋不見，豈不是一場笑話？我原就説他是個真阿呆。不免進艙説與薛親娘，也開船竟下川江去罷。〔虚下〕

【中呂引子】【四園春】〔旦做眠起狀上〕舟底濤聲驚夜眠，曉來伏枕夢懨懨。〔老上〕我兒，你看紅波捧出日高懸，漏入篷窗席影圓。快些梳妝罷〔一〕。〔旦〕好不耐煩，且自消停。懶對菱花面，一任鬢雲偏。

〔丑上〕老親娘那裏？一樁好笑事，鄰舟那相公，想是千金措弗來，竟自連夜將船開去了，但是回信也不把一個，你道好笑不好笑？〔旦暗驚介〕〔老〕有這等事？看來這些年少書生，大概有始無終，言而寡信。〔旦〕母親，那生外則風流，内實沉静，看來非有始無終、言而寡信之人。必有甚麽原故，方纔不别而行，孩兒意欲走上前去，問一端的，再做道理。〔老〕我想那生若非一時變卦，不是真心娶你，便是設那不出千金，問他有何益處〔二〕？〔旦〕呀，母親，看那生眉宇清貴，氣概不凡，定非久於貧賤者。孩兒既要從良，捨此更將誰適？就是目前没有千金，异時一朝榮貴，亦可圖報母親。只求開恩方便，孩兒死亦甘心。

【過曲】【榴花泣】【石榴花】覷着他皎如玉樹立風前，須有日瀛洲飛步冠群仙。千金縱乏現腰纏，母親呵，何不效多情漂母銜結俟他年？〔老〕老身自幼從金銀窟裏長成，不知見過多少，而今晚景無多，還要此千金何用？只願你配得其人，不致失所。但此生既然捨去，你便趕去求他，恐亦終非善偶，不如從容少待，再覓良緣方爲正理〔三〕。〔旦泣介〕孩兒聞古時楚昭王之妹季芊數歲，遭吴兵之難，爲鍾建負出而逃。後來長大，昭王欲爲擇配，季芊對昭王説道，女子之義，以遠人爲主，妾聞幼時此身已爲鍾建所負，即吾夫矣，安能更事他人乎？昭王從其言，配爲夫婦，至今名傳不朽〔四〕。孩兒蒙母親養成一十五歲，從來未見一人。昨與那生覿面相會，且受他定銀一百兩，已係兩心相訂，不同陌路蕭郎。若是再事他人，不亦於義未安，於心有愧乎？望母親與孩兒作主〔五〕。【泣顔回】俺風塵自憐，怎肯效楊花顛浪，隨風點向人前。既腆羞顔，怕不是會石上三生緣現。

事不宜遲，母親若是不依，孩兒，孩兒，惟有一死，待來生來世，再報養育之恩便了。〔旦望江欲跳介〕〔老急止介〕我兒不須着急，只恐去得遠了，追趕不上。〔旦〕駕掌過來，我有一股金釵在此爲謝，你與我開船，快趕一程。〔丑〕小娘子如此義氣，那敢受謝。你且收過金釵，想這風水不順，那船去也不遠。俺就與你快趕便了。〔旦〕如此多勞甚好。〔丑〕阿婆，快起來扳着後梢櫓，待俺在前面雙櫓摇去。〔内應介〕〔丑開船急行介〕

【駐馬泣】【駐馬聽】〔旦〕蕩起江烟，界破長空水底天。只見蘆花漸遠，沙岸輕移，匹練高懸。恨不快如弩箭乍離絃，怎奈回風激浪連雲捲〔六〕。【泣顔回】〔合〕憑雙櫓急進忙前，管取他去客重旋。

〔齊下〕〔生副净仝雜摇櫓上〕

【前腔】〔生〕解纜移船，一縷柔腸向彼處牽。恨止相逢一面，空結就今世相思願，種下來世姻緣。只見瀰漫秋水接長天，排空雁字鳴聲遠，空對着曉日晴烟，不由人灑泪平川。

〔齊下〕〔旦老旦仝丑摇櫓上〕

【前腔】〔旦〕四顧凄然，嘆薄命真同楓葉單。只落得一江秋老，霜日摧殘風浪危顛。怎能似瓊葩玉蕊逞芳妍，倩春風深護重門掩。〔丑望介〕呀，前面不是那相公的船嗎？快趕去。

〔合〕憑雙櫓急進忙前，管取他去客重旋。

〔丑向内叫介〕黄相公請回船，薛老娘有話説呢。〔生船摇上，丑作將篙搭住介〕〔副净著急介〕

【前腔】〔生〕何意娟娟又泛，鴛鴦水上天。〔老〕相公請過這船來。〔副净忙介〕相公功名事，走不的回頭路的。〔生不理過船見介〕好似銀河重會，一霎時巧駕雲連，也不索鵲把橋填。〔老〕我兒不須回避，也過來見了〔七〕。〔旦萬福，生答揖覷介〕呀，看他亂頭本色自生妍，好似出山寶相觀音現。秋波轉百媚嫣然，那更蹙雙蛾愁態堪憐〔八〕。

〔老與生對坐，旦背坐介〕〔老〕請問相公，小女既蒙不棄，可謂天假良緣，今忽不别而行，却是何故？〔生吁介〕

【尾犯序】提起實難言。〔背介〕且住，我想那玉獅怪事，説來誰人肯信，到是不必明言的好。豈不道鬼語荒唐，故作機變。媽媽，小生塵間凡士，令愛天上仙姝，今得邂逅芳容，已是平生之福。但想一身落魄，琴劍蕭條，不知將來遇合遲早如何，恐誤令愛終身大事。且現在千金一時無措，惟有顧影自憐，含羞而退耳。回憶昨朝，似江皋遇仙。顏腆。誰想到途窮財盡，多管是緣慳分淺。思量起何來金屋，怎樣貯嬋娟？

【前腔】〔旦〕羞慚欲語又難言，念雖非綉屋藏嬌，也從未外人窺見。只因一曲銀箏，荷君家見憐。情堅。奴豈學隨飄蕩陌頭青柳，君莫效自來去梁間紫燕。願從兹赤繩綰定，何須又別牽。

妾觀郎君英年才雋，氣宇不凡，必非久困池中之物。俺母親一生豪俠，巾幗稱雄，況今種愛奴家，焉肯利金夫而失佳婿？前者千金之約，不過欲堅郎君求配之心〔九〕。若蒙不棄，一諾可當千金。惟願异時得志，必踐前言。妾即遠去涪江，亦當誓死相待。〔生喜介〕小娘子如此錯愛，正合卑人之心。此去水西帥府，一有寸進，必到涪江，偕爲伉儷，決不敢忘。〔老〕既如此，你二人何不就臨江一誓，以定鸞盟。〔生〕媽媽言之有理。〔生拉旦同拜介〕神天在上，我黄損願與裴玉娥結爲夫婦。今日貧窮相訂，他年富貴不忘。倘負此盟，身隨潮滅。〔旦低語介〕郎君《南柯子》詞一闋，字字千金。妾已謹佩在懷，生死不敢背負。倘有二心，亦如君誓〔一〇〕。〔生〕媽媽請上，受小生一禮。〔生旦同拜老介〕〔老跪扶生起介〕

【前腔】〔生〕良緣降自天，何意鰥生，得偕仙眷。不嫌我四海飄零，恰行李半肩。堪憐，則怕這窮不去的幾根傲骨，難消受描不來的一團嬌艷。須博個五花官誥，和你效雙鴛〔一一〕。

【前腔】〔老〕俺豪俠憶當年，況晚景桑榆，戀甚金錢？須趁您兩下青春，早成就一雙美眷。休嫌，一個是雕龍綉虎，一個是沉魚落雁。相公，願此去功名早建，頻把信音傳〔一二〕。

〔副净〕轉了順風，相公快過船來，俺們好過湖去。〔生起身介〕也罷。今與小娘子約定，但以半年爲期，小生必到涪江相會。〔旦〕如此耑候郎君。無論功名遲早，務必便來，休得失信〔一三〕。〔泪介〕〔生亦泪介〕小生奚敢。〔老〕相公若到涪江，須記着翠華街，平康巷内，第一家姓薛的便是。〔生〕小生牢記，就此告辭。〔生欲行又止介〕〔副净催介〕〔生作辭過船介〕〔旦扶老肩送介〕〔生回顧介〕小娘子保重。〔旦點頭介〕郎君保重，休要失……〔作欲語不出掩泪介〕〔生亦不語點頭泪介〕

【鷓鴣天】〔合〕這是千里江絲斷復連，一番歡喜又愁添。他年縱把佳期盼，此際怎禁別泪漣。〔生、副净仝雜摇船先下〕〔丑回船旦反望介〕腸空斷眼欲穿，只見一點孤帆入遠天。湘波有書情無盡，兩地相思載滿船。

惜別牽衣衹自羞，李群玉。雙鬟慵整玉搔頭。袁不約〔一四〕。

感郎訂就同心約，李端。可得重來解妾愁。馬熾。

## 評 點：

〔一〕看他每寫一景，必與時地相合。

〔二〕老鴇本意重在千金，既感於玉娥一番正論，遂亦仗義而願成其美，可謂難得。

〔三〕此亦老成之見，只因玉娥已看中黄生，一心無二矣。

〔四〕好比。

〔五〕黄生始意滿擬有此玉墜可娶玉娥，乃偏失去玉墜。誰知得定玉娥并不需此玉墜，又誰知後來竟全虧此玉墜。玉娥始意滿擬此身可售千金以酬老鴇，乃偏不得有千金。誰知老鴇忽不貪望其千金，又誰知後來誰報竟不止千金。如此開合，真如五花八門，怪怪奇奇，不可端倪。

〔六〕好句不可多得，偏能加山陰道上，令人應接不暇。

〔七〕初需百金，方能一見。此見又如此容易，妙，妙。

〔八〕亂頭本色固照應前文，玉娥心忙意亂，尚未梳妝，亦别是一番形容。美人姿態，真入神出化之筆。

〔九〕在此方揭明高抬身價本意。

〔一〇〕千金如此看來更切當。

〔一一〕情詞丽語中那得如此驚句。

〔一二〕老鴇亦自將身分抬出，總要寫得别是一般出奇，人物實與他傳不同。

〔一三〕黄生以半年爲期，而玉娥則云毋論遲早，各肖神吻。

〔一四〕并顧未曾曉妝，周匝之極。

# 第十一齣　伏獅

【仙呂點絳唇】〔末赤面雙髻長鬚道扮上〕殼脱凡胎，神游天外。真無礙，姹女嬰孩，養得丹元在〔一〕。

蓬萊玉洞領仙班，嵎谷崑崙日往還。劫盡萬年長不朽，與天同住白雲間。自家漢鍾離，生本華胄，性厭塵囂。居十洲三島之間，爲八洞群仙之首。身能不老，往來玄室之中；術可長生，上下清虚之府。挾紫書而乘白鶴，打開千丈軟紅塵；乘羽輪而駕飈車，勘破萬里浮夢影。等富貴若浮雲，不受九天仙籙；棄冤親如解脱，但求四海逍遥。正是道高龍虎伏，果然德重鬼神欽。適在洞外閑觀，忽見祥光瑞彩，現於張軫之間，必係奇珍异寶。按其分野，應在荆襄。想前與衆仙相約，欲往滇南勝境，游玩名山。訂期中秋月夜，在於黄鶴樓中會齊，先游雲夢，然後一同飛過洞庭。俺不免先行一步，便乘此探看其間是何寶物精光也。

【混江龍】混元一派，那靠着白鴉金虎煉將來。好笑他烏飛兔走，箭急絃催。俺自在山中一局成千古，有時節日下雙鳧遍九垓。似這等籠裏乾坤真大矣，誰識得壺中日月自悠哉〔二〕。有幾個立朝堂，亂慌慌袖蛇趨巨蹩。有幾個伴王后，戰兢兢抱虎卧高崖。活地獄跳不出四大圈酒色財氣，死輪回走不脫六道路濕化卵胎。喪身軀怎防得神槍舌劍，煎骨髓誰熬得烈火乾柴。一般般心猿意馬拴難定，一個個利鎖名繮擺不開。粉骷髏直認做月貌花容將意惹，臭皮囊一任他雲尤雨殢儘情栽〔三〕。都則向南柯郡圖得個紫綬金章，和那些蟻子聯姻成眷屬。到頭來北邙山都一片白楊衰草，只落得狐狸作伴守棺材。巧機關空争着閑是閑非，一任情顛倒鐵算子。誰知道虚名虚利俱有數安排，現放着長生訣全不顧朱户黄扉。精一點都有個昇仙路，怎誤了重樓複閣位三台。何不抛象笏，懷抱着漁鼓簡板。快去解朝簪，穿戴上箬笠芒鞋，回避過喜冤家夫妻兒女，早丢下真累物田舍錢財。没模樣免不得肩背上葫蘆寶劍，有本事那用着掌心中符籙靈霹。大神通祇不過换斗移星鞭岳瀆，小法術也則待驅神役鬼使風雷。這纔是人間蹜地通天手，不枉做雲中吸露餐霞客。問何自丹成九轉，須守定八卦樓臺。

【油葫蘆】回首蓬萊烟霧靄，見江山數點排。霎時間萬里踏雲來，這一答五岳峰如指，那一答九曲河環帶。又只見一輪赤日沉滄海，早换過半鈎銀月横金界。好叫俺拂星辰，斗柄回，渡銀河，秋露白，過三湘，浮七澤。兀那是雲夢望中開〔四〕。

〔内光起介〕〔末望介〕呀！

你可聽我吩咐者。

【勝葫蘆】他將你痛惜輕憐高喝采，一時間萬鎰價高抬。似連城未忍相輕待，襟兒內暗揣，袖兒中穩帶。還則細端詳，不住撫摹來。

【幺】須念他典盡家私田舍解，還把伊長留在。若不是痴情惹下風魔債，怎捨得窮途厮拆，向人間輕賣。今日呵，失去好傷懷。

【後庭花】他也同向蟠桃會上來，本金童玉女排，偶然被謫落塵埃。難將魔障解，緣分乖，真無奈。好事多磨折，這一個祆廟火險自灾，那一個藍橋水淹難壞。遇風波，成間隔，遭强暴，受逼迫。獅兒啊，則要你顯威靈博得越公府剖破菱花得再偕〔五〕。

【寄生草】你去效神獒守定汾陽宅，便崑崙難入來。吼一吼賽河東，唬吊人魂魄。權作個護花鈴，厮禁住游蜂采。守宫砂養得那丹鉛在。單等劉郎有路入天台，那許他莽張鶩撞入斗牛界。

快與我現了原形者。

【青歌兒】且將你幻形變改，一霎時原身現在。恰好似雪獅向日消來快，則見他滚倒塵埃，脱落毛胎，斂瘦身材，更難動擺。纔顯出寶玉胞胚，追琢的形骸。早一縷紅絲把腰繫來，真堪愛〔六〕。

〔獅滚下〕〔末於地拾起玉墜介〕你看玉墜已復原形，不免將他留下，好成就那黄生夫婦一段奇緣也。

【煞尾】非是俺神仙惹事來，游戲都成怪。則爲他有情人持貞守介，怎忍叫鴛鴦生被拆。打動俺熱烘烘世外情懷，管荆釵脱離金釵。這玉墜兒教玉人携帶，投至得雙頭蕊開，同心結偕。呀，細商量還須待海上衆仙來。

昔人成此豈知勞，許渾。心竅玲瓏格調高。方干。

美玉自矜頻獻璞，韋渠牟。愛同獅子銜金毛。杜甫〔七〕。

評　點：

〔一〕曾波叠嶂，愈出愈奇，若照本傳平鋪直叙，俱是拙筆。

〔二〕一氣卷舒，愈轉愈勝，酣暢淋漓，不啻當頭棒喝，勿徒賞其對仗之工也。

〔三〕極精透，極警策。

〔四〕詞極蒼秀，氣則光盈。

〔五〕籠罩後文，極雅贍，亦極高渾。

〔六〕妙句天然。

〔七〕此齣全爲玉獅寫照，故仍以玉獅作結。

## 第十二齣　偵艷

〔内鳴金鼓樂，副浄上，浄扮中軍，雜扮水手同行上〕

【雙調過曲】【錦堂月】【畫錦堂】〔副浄〕驟荷恩榮，新承朝命，巡撫粤西邊境。炙手炎威，都因倚托權門。【月上海棠】引動他十萬錢靈，全憑這一顆金印。行難迅，安得畫舸秋明，錦帆風順。

〔水手禀中軍介〕禀爺，連日風水不便，舟大難行，來此土矾頭，天色已晚，不能前進。〔中軍進禀介〕〔副浄〕就此泊下。〔中軍出吩咐介〕〔水手喝介〕馬頭上民船讓開，大老爺官船來也。〔丑仝雜扮衆船户上〕快開快開，又遇着大老爺船來了。〔作解纜撑船齊下〕〔内鼓樂鳴金，水手作泊船齊下〕〔副浄轉坐介〕下官單希顔，自蒙師相提拔，巡撫粤西，舟行赴任。隨行止有愛妾烏玉蓮，奈他容貌雖嬌，身體甚弱，一路來卧病舟中，十分沉重。下官每夜伴至更深，不能就寢。但常聽得水面箏聲，忽遠忽近，不離前後。且其音律清新，頗堪悦耳，又打動一樁心事。左右，唤中軍進艙，有話吩咐。〔雜唤中軍進見介〕〔副浄〕我一路行來，夜静時常聞得水面箏聲，彈得甚好。今晚你可駕一小舟，尋聲而往，看何人調弄，打探明白便來回話。〔中軍應下〕〔副浄〕中軍已去，不免到後艙看玉娘病來。正是遣去有誰能解意，聽來惟我獨關心。〔下〕

【引子】【搗練子】〔小旦病容，丑扮梅香扶上〕嗟薄命，似秋雲，怕易飄零欲斷魂。伏枕懨懨愁不起，秋風秋雨又黄昏〔一〕。

奴家烏氏，小字玉蓮，乃單府中侍妾。蒙老爺十分寵愛，携往廣西赴任。只因素患癆怯，一路卧病舟中。不料日來益加沉重，天那，只怕紅顔薄命，看看不久於人世了。〔泣介〕〔副浄上〕纔探水面調箏韵，又聽舟中搗藥聲。玉娘你這會身上好些麽？〔小旦悲介〕日甚一日，怕就要與老爺永訣了。

【過曲】【忒忒令】痛微軀生難報恩，蒙寵愛一朝命盡。〔副浄〕藥在此，且用些。〔小旦作吃藥難嚥介〕哎喲，我喉乾如刺，便靈丹怎進？〔副浄〕這會怎麽了？〔小旦〕不由人骨似焚，心兒搖，氣兒喘，舌短牙自緊。

〔小旦昏介〕〔副浄〕玉娘醒來。〔抱哭介〕

【尾聲】可憐他芙蓉易向秋霜損。〔小旦重醒聲唤介〕哎喲。〔副浄〕咳，這不過殘焰重明早共鬼鄰。〔小旦泣介〕妾身死後就埋在這江淮左近，好等老爺陞任轉來，將棺帶回故里，省得做异鄉之鬼，妾即銜恩地下矣。〔副浄〕這個自然，你且好生將息。〔小旦倒副浄懷介〕怕只怕故國難招异地魂。

〔小旦〕渺渺天涯君去時，朱放。一朝身逝不相隨。白居易。

〔副净〕亦知死是人間事，李嘉佑。欲語潸然便泪垂。耿湋。

評 點：

〔一〕玉蓮乃借用陪客，故止用淡筆而情事亦復宛然。

## 第十三齣 膠箏

【雙調引子】【海棠春】〔旦〕西風暗落驚鴻陣，秋水外蘆花月隱，絃上譜新愁，悄地添離恨〔一〕。

【憶王孫】月夜懷人天際頭，碧雲中斷一江秋。相思兩地幾時休，動離愁，且撥銀箏對水流。奴家裴玉娥，昨與黄郎訂就鸞盟。他乘當時風順，隨即過湖去了，奴因船上守風，泊住江頭，已經數日。適纔又被甚麼巡撫官船到來，只得讓他馬頭，舟移港内，到覺僻静清幽。連朝風雨，今喜皓月空明，那能就寢，想起黄郎此去，不知遇合如何。天那，兀的不悶殺人也。

【仙吕入雙調】【江頭金桂】【五馬江兒水】滿懷愁悶，嘆生來一命迍，想像那些才子，配著佳人，占風流情易親。【柳摇金】俺爲甚自擇良姻，羞顏着緊。且休圖夫榮妻貴，皂蓋朱輪。假如便是荆釵和布裙。【桂枝香】也做得，灞陵偕隱鐃，一種林間風韵。强似住娼門，兀自器同難把薰蕕辨，則怕浪濁怎將鰱鯉分？

這也虧俺母親呵！

【前腔】没些生分，似明珠掌上存。只念我家門不幸，幼喪雙親。本良家後代根，雖則是生長青樓，一任我羞他紅粉。今日個憐才愛婿，拚捨金銀，偏與他落魄書生偕晋秦。想他少年英俊，料不是虧心短幸，指望步青雲，早教枝頭聲噪聞靈鵲，切莫水面音沉乏便鱗[二]。

〔嘆介〕一時心事滿懷，好難消遣。且將銀箏調弄一會，有何不可？〔旦調箏介〕〔净扮中軍，駕舟繞場行下〕

【淘金令】【四塊金】〔旦〕你聽，蟲聲水聲，添得秋來恨。我這絃聲指聲，總是離愁并。萬種相思，一彈難盡。呀，我好差矣。古人云不是知音不與彈，又道女爲悦己者容，我裴玉娥不遇黄郎則已，既與相遇，是黄郎乃我知音。今值遠别，知音無人。况我之一身，已許黄郎，此後箏聲，豈可更入他人之耳〔三〕。但恐嗜好當前，一時技癢，不免竟將筝柱用膠粘定。若黄郎一日不會，此筝亦一日不彈，方是道理〔四〕。（做膠筝介）【五馬江兒水】且把銀筝膠定，一任堆塵權學做陳姬封髮伯罷琴。雖是空江寂静，止有出聽游鱗，怎奈遠别知音獨彈未忍〔五〕。

【前腔】無情有情，他豈難憑準名成利成。我且寬心等。四顧凄凉，孤舟獨趁。料他也身眠旅店，夢繞江津。惟有秋月長天共一輪，還怕漸行漸遠，長捨長分。又難口兒頻提，只好心兒作印。

想我同母親此番歸去呵！

【尾聲】幸從今脱離烟花陣，少不得寂寂葳蕤鎖蓽門〔六〕。（抱筝泪介）筝嗄筝，若再想將你調弄呵，須等待咏新詞，願作嬌聲那一人〔七〕。

亭亭孤月炤行舟，張祜。高調鳴筝緩夜愁。王昌齡。

怨結朱絃從此斷，白居易。還如貞白在高樓。皮日休。

## 評點：

〔一〕此齣本爲寫筝聲賈禍，乃恐閲者歸咎玉娥之禍由自取，不得不曲爲迴護。故不直寫彈筝，而題曰『膠箏』。將玉娥一片至性深情曲曲傳出，使人止見其膠箏罷彈，而不知不覺已將其彈箏遺悶先爲寫出矣。人止謂其箏聲，不許他人得以再聞，而不知不覺已將其箏聲早入鄰舟之耳。且因箏聲而盡露其姓氏根由，俱一一寫出矣。如此明修暗渡之法，直是文字金針，不意於傳奇中見之，奇絕妙絕。

〔二〕極寫老鴇，正極寫玉娥，乃烘雲托月之法。

〔三〕至性深情，得不令人感泣。

〔四〕偏要寫得分外出奇。

〔五〕反的好。

〔六〕極力反逼下文。

〔七〕結句靈穎清新，開後學無限思路。

# 第十四齣　脅美

【大石引子】【少年游】〔副净〕天賜嬌娥，獲將來如同奇貨。進侯門定然停妥。待虛脾裝就，威權假弄，那怕他一朝走脱。

下官夜來吩咐中軍，偵防那彈箏之人。今早來回報，乃京師教坊樂户，放回原籍涪江去的。那鴇母姓薛，携着一個女兒，十分美貌，尚未梳籠，就是他彈得好箏。若將來進與太師，充爲歌妓，豈不十分凑巧。已着中軍帶領人役，將他母女二人，連船一并帶來回話。如不依從，便硬行解往京中，有何不可？〔净帶衆役鎖老旦、旦、丑摇船上〕

【引子】【碧玉令】〔老旦〕平空降下飛來禍，滿船人長條鏈鎖。哀告恩官，未審是因何？〔净〕大老爺鈞旨，誰敢問他？〔老旦抱旦哭介〕我兒，這是那裏説起？〔旦哭介〕娘嗄！恁囉唣，教孩兒羞顔怎躲〔一〕？

〔净〕左右，將一干人犯押好，待俺過大船通報。〔净過船禀介〕小官奉令，將那樂户母女，連船都帶到了。〔副净〕那薛氏母女，乃京師教坊樂户，脱逃到此〔二〕。你可問那船户知情與否？如係中途雇覓，并不知情，即將船家釋放。只將那薛氏母女，帶過大船，待本院親自審問。〔净過船問介〕〔丑〕小人乃襄陽船户，中途被雇來的。并不知情，只求開恩。〔净〕既如此，免了你的罪，快開船去罷。左右，將這母女兩個帶過大船。〔老〕原來如此。俺們已經奉旨脱除樂籍，便到京師，却也有辯。〔同過船介〕〔丑急摇船下〕〔净領老旦、旦見介〕〔副净見旦驚介〕

【過曲】【催拍】見嬌娃十分裊娜，分明是奇花一朵，易把三千寵奪。此去權門，定邀采喝。何意中途，天教作合。從今後寵遇還多，官運達不差訛。

左右開了他們的鎖。薛氏過來，你乃京師教坊樂户，爲何私自逃回？〔老〕大老爺聽禀，念小人呵。

【前腔】值司坊歷年最多，這樂籍已經告脱，奉旨去家園過活。〔副净〕甚麽奉旨不奉旨，如今實對你講，你女兒有此姿容，又知音樂，本院有心抬舉他，到一好處去，使你母女一生富貴，受用不盡。意下如何？〔旦驚急介〕哎呀，母親這個斷然使不得的呢。〔老〕大老爺不知，俺女兒是已有丈夫的了。〔副净〕胡説，娼門之女，怎麽説有了丈夫？〔老〕念他生本良家，并非狎邪之貨。已向名門，結就絲羅。怎使得鴛侣拆破，求恩網，早開豁。

〔副净〕便是良家，有了丈夫，本院作主，誰敢違拗？〔旦〕呀，大人差矣。

【前腔】你治萬民家邦盡和，持風化非同小可。奴雖是柳蒲質弱，也待把節義綱常一肩擔荷。怎忍去棄舊迎新，習舞當歌？誓此生金石難磨。求恩赦，漫嘍囉。

〔副净怒介〕這小妮子好大膽，竟敢唐突起本院來。〔衆喝堂介〕〔旦哭介〕〔副净背介〕且住，本待將他難爲，又恐到了相府，一朝得寵，未免記仇，不如還好好勸他爲是。但此去粤西，尚有旱程千里，此女如此倔强，不便帶了同行。中軍過來，另外撥一小舟，將這薛氏母女，押去前途，過了湖，交與岳州府，好生看守。待我到任後，自有道理。吩咐那老鴇，好好將他女兒，勸得轉意回心，和他都有好處。倘或有些差池，叫那老賤婢的性命，止在頃刻！〔净應介〕領鈞旨。〔雜扮家丁急上〕花朵正開遭雨妒，彩雲易散值風欺。禀老爺，後艙傳話出來，玉娘一時間不好了，請老爺快去看視[三]。〔副净驚介〕玉、玉娘果然就死了。〔悲介〕正是能爲他家謀艷色，偏難己屋保嬌容。〔掩面哭下〕〔净吩咐老旦介〕〔旦抱老哭介〕哎呀，母親嗄，孩兒蒙你養育一場，只説奉你暮年，誰料事不

由己。今日便是孩兒命盡之時，此生不能報你深恩，只好效來世犬馬之報了。〔老旦同哭介〕

【前腔】〔旦〕念孩兒今生命薄，都只爲紅顔惹禍，無端折挫。枉了你鞠育劬勞，閃得你老無倚托。俺便做鬼泉臺，怎敢忘却。辜負他舟中密約，剛一面葬江河。

〔旦急投水，老旦急抱同哭介〕我兒且休要如此。〔浄急喝介〕大老爺吩咐，這小妮子若有差池，都在你婆子身上，你須仔細！〔旦大哭介〕哎呀，母親嗄，事到頭來，你女兒也顧你不得了。

【一撮棹】我遭淩逼斷然難存活。〔老〕你寬心待且自少延俄。〔旦〕今日裏死去恨難磨。〔老〕我不久一同歸夜壑。〔合〕不由人珠泪盈盈落，老天的平地起風波。

〔旦〕結得同心又種愁，羅隱。〔老〕相看泪落不能收。韓愈。

〔旦〕我今誓死不隨去，李白。〔合〕千里佳期一夕休。李益。

〔浄帶老旦、旦同哭下〕

評點：

〔一〕是從未經過語。

〔二〕伏《信訛》之根，妙無痕迹。

〔三〕排場既緊凑，結構亦簡凈。

# 第十五齣　留幕

【南呂過曲】【一江風】〔生執鞭副凈背包上〕路迢迢又到滇南地，香草迷行騎。正深秋花木含芳，水緑山青。不似人憔悴。峰高雲半低，峰高雲半低〔一〕。行來祇似痴，一心惟把多情繫。

小生自與玉娘訂盟别後，一路順風，過了洞庭湖，登岸前來。行了月餘，早到滇南省會，打探帥府衙門，就在城中西南角上。你看前面兩杆黄旗飄動處，想必就是了。痾老兒可速行幾步，上前通報一聲。〔末扮中軍上〕綉旗縹緲雲霞近，畫戟森嚴鼓角高。〔副凈〕敢煩通報。秣陵來的，原任兵部尚書黄大老爺公子要來相見。〔末〕且請迎賓館少坐，傳過尊帖就來奉請。〔末先下〕〔生〕客子擔囊歸館驛，將軍韜箭卧華堂。〔仝下〕〔内鼓樂開門介〕

【越調引子】【霜天曉角】〔外上雜扮四將隨上〕南天重地，文武齊節制。朝夕憂勤王事，施恩德遍華夷。

歲歲征南卒未休，閫來獨上望京樓。何時得報君恩重，一洗干戈萬古愁。下官姓安名義，河陰人也。官拜征南大將軍之職，坐鎮水西，文武軍民，悉歸統轄。只因九溪十八洞苗蠻反叛，連歲進兵，莫能剿服。下官與已故同年大司馬黄公最相交好，聞他公子黄損，表字益齋，少年英俊，博古通今，胸多謀略，無奈時乖未遇，綽犖不羈，意欲相延入幕，參贊軍機。倘得保題大用，亦可少盡故舊之情。前已差人去請，奈他詩酒情豪，功名念淡，只以遠道爲辭。不意適纔中軍來報，黄生忽已到來，豈非天賜？想彼當今名下，必須禮貌攸隆。喚中軍。〔末上稟介〕黄相公已請到了。〔外〕吩咐大開儀門，待本帥親出迎接。〔内鼓樂喝道外出迎生上〕〔生拜外答拜介〕〔外〕一日相思十二時，喜君相見怪偏遲。〔生〕朱門甲第蕭條甚，慚愧他鄉遇故知。〔外〕就請坐下。〔生〕〔告坐介〕〔外〕賢侄一向好麼？〔生〕聽稟。

【過曲】【綉停針】歲月如馳，枉讀詩書不遇時。酸寒落得人憎鄙，做秀才年年落第。恭喜年伯呵，建功勛名高柱石，可肯念窮儒一手提携？〔外〕老夫衰老餘生，何足挂齒。以賢侄大才，功名如拾芥耳。〔生〕小侄功名還在其次。今爲壯年尚未授室，須得千金爲聘，望年伯慨賜成全，庶免不孝無後之罪。即先君當亦銜感地下矣。望君不惜千金賜，但願百年好會成姻契，勝似浮名多矣〔二〕。

〔外笑介〕〔三〕千金小事，只是老夫還有一言奉告。〔生〕願聞。

【前腔】〔外〕你學可匡時，滿腹經綸已自奇。不過時乖暫縛鵾鵬翼，何須羨少年登第。老夫署中正缺參軍一席，意欲相煩賢侄暫爲料理。目今適值清理苗疆，將來以軍功議叙，總在老夫一力保薦，功名可得。只恐有屈大才，不知意下如何？〔生〕小侄迂腐儒生，焉能當此重任？這個却難從命。〔外〕太謙了,你放着文章經濟何惜,借前箸暫做賓師。左右,就取參軍印信送過去,請黄爺換了冠帶。〔生立起急辭介〕年伯且自消停,就是如此也待小侄回去,完了姻親再來領教[四]。〔外笑介〕説那裏話,這剪鯨鯢須急似偕連理,你效鴛幃不緊似贊軍機莫把功名誤矣[五]。

左右,快取印信過來。〔生背介〕且住,我與玉娥原約半年之内,今若執意不從,則千金之贈,未必一時到手,急也無益。倘若此地功名,指日可就,則前去完姻,豈不更增榮耀? 只得暫且依允便了。〔轉介〕既蒙年伯不棄,小侄只得從命了。〔外喜介〕這個纔是[六]。〔内細樂送印,生冠帶接受,長揖,外答揖介〕〔衆參見介〕〔外〕左右,快擺筵宴,唤女樂們伺候[七]。〔四旦扮女樂上〕白粉筵前花數朵,紅妝燭下酒三行。女樂們叩頭。〔外〕就此把盞。〔内細樂外生互送席介〕〔共飲介〕

【祝英臺】〔外〕爲甚的宴軍門陳女樂,筵上捧金卮,都因一點丹誠[八]。爲國求才,端賴他帷幄稱奇。堪悲,數年中塗炭生民,甚日能將兵洗。〔合〕猛思起,頓覺憂心如醉。

【前腔】〔生〕無計。權學做捉刀人。棲蓮幕,門下同朱履。只願唾手功名,博得千金,早踐密約佳期。休題玳筵間粉黛成行,怎比得意中人美。〔合〕猛思起,頓覺憂心如醉。

〔外〕請問賢侄,目今九溪十八洞苗蠻造反,爲首的便是當年孟獲之裔,十分驍勇,負固難征。我兵屢戰不利,塗炭生民,今欲綏靖邊圉,計將安出? 〔生〕年伯,豈不聞當年孟獲反叛,武侯南征,問於馬謖。謖以服心爲對,武侯然之。蓋此苗雖具人形,性同畜類,譬若野禽劣獸,不可羈籠誅之。

既難盡絶其種，降之亦難馴伏其性。以小侄愚見，不若寬其既往，制其將來。先行招撫，不服而後加之以兵。主意一定，則當一面具題，一面招撫。倘渠魁不服則剪其渠魁，脅從不從則制其脅從。文檄所至，必有自相攻擊，將負固不順之人束縛而投於麾下者，則服心之效，不可復見於今日乎！〔外大喜介〕賢侄妙論，開我茅塞，但這一篇奏疏稿和這招撫檄文，非賢侄大才不可。明日少暇，即當求教。〔生〕如承見諉，何必等待明日？就請文房四寶，待小侄席前揮就一稿，請教年伯便了。〔外〕今日樽酒爲敬，如何就敢相煩？〔生〕這却何妨！〔外〕既如此，取筆硯書案過來。〔生〕不須書案，待女們就將紙展開。〔四旦做捧硯扯紙生揮毫寫介〕

【前腔】〔生〕思維。止要布德施仁，招撫莫教遲。幸聖主英明，赤子何辜。忍令殺戮流離待學難，巴蜀父老雄文，怕没有相如詞美。〔合〕這篝兒頓教愁中變喜。

〔生〕二稿已成，就此呈政。〔外取看大驚，喜介〕賢侄筆筆不加點，一揮而就，又做得如此剴切詳明。議既條暢，文復古雅，令老夫誠心拜服矣。

【前腔】非侈。似恁倚馬長才，何事嘆知希。況是華國文章，定亂安邦。豈同風月腴詞無比。縱饒他十萬雄師，怎敵君家一紙。〔合〕這篝兒頓教愁中變喜。

〔外〕左右，傳本房寫就本章，着書辦繕成文檄。待本帥選擇良辰，一同拜發。〔雜〕曉得。〔外〕再進酒來。〔生〕小侄量不能飲，告止了。〔外〕連日鞍馬勞頓，不敢過强。左右掌燈，待老夫親自送到書房安息便了。〔生〕不敢。〔雜掌燈外携生手同行介〕

【尾聲】〔外〕奇才天賜非容易，賢侄呵，管取你功名竹帛垂。〔生〕全仗年伯提携，天那，則願得富貴，婚姻總在頃刻時。

〔生〕有愧叨承國士恩，李白。〔外〕屈將書劍學從軍。温庭筠。

〔生〕此身今似籠中鶴，顧况。〔合〕江上陰雲鎖夢魂。譚用之。

評　點：

〔一〕景切滇南。

〔二〕痴極妙極。

〔三〕當得一笑。

〔四〕痴語却是實情，然而可笑極矣。

〔五〕答語亦妙。

〔六〕喜則不笑，可見前之兩笑并非喜也。

〔七〕明時幕賓，即古之參軍、記室，故借用古名古制，以爲場上點染炫觀耳。

〔八〕起得高渾。

# 第十六齣　仙渡

【仙呂引子】【卜算子】〔小生扮龍王領蝦兵蟹將上〕水府洞庭寬，侍從都成貫〔一〕，不居四瀆隱深潭，壽衍無疆算。

長把明珠頷下懸，冥然一蟄動千年。有時召入風雲會，霖雨蒼生遍九天。老夫洞庭君是也。居四靈之首，爲水族之王。變化無端，潛見通於易理；神明莫測，升降應乎天時。老夫年逾千歲，止有愛女二人。長女改適柳毅，現居洞庭之南。還有次女未嫁，因他性喜玄修〔二〕，不肯擇配，老夫更加憐惜。今乃中秋佳節，吩咐備下筵宴。左右，請公主出來。〔雜請介〕

【引子】【劍器令】〔小旦扮龍女上〕一樣小雲鬟，銀萬點妝成星燦，水晶宮珠圍翠繞，誰將玉貌吹彈〔三〕。

父王萬福。〔小生〕我兒少禮，今乃中秋佳節，特喚你出來，宴賞中庭，以待東方月上。〔小旦〕孩兒聞今宵有八洞神仙，在此經過，意欲前去瞻仰一番。只恐筵宴，有誤仙緣。〔小生〕阿呀，我到忘了三日前雲夢山土地申文到來，説有八洞神仙，今夜飛過洞庭，理應前去迎接。也罷，且把酒筵留下，待神仙過後，回來筵宴便了。〔小旦〕如此甚好。〔小生〕天邊鶴唳隨明月，〔小旦〕水面仙游駕彩

雲。〔齊下〕

【引子】【鵲橋仙】〔末上〕天空似洗，月明如爛。秋色平分雲漢。人間天上盡團圓，今夜聚來仙伴[四]。

誰道山家世事輕，玉獅收伏倍關情。衹因月下群仙會，又駕飛虹過洞庭。俺漢鍾離，自昨收了玉墜，因與衆仙相約，今夜飛過洞庭，同往滇南游戲。且待回時，好把那黄生夫婦姻緣早與成就。道猶未了，衆仙早齊到也。

【過曲】【油核桃】〔雜扮衆仙上〕被羽服七星高冠，步虚空雲霞飛亂。恰中秋玉宇閑游玩，却又早拋出銀團。

〔末〕衆位道兄請了。〔國舅〕漢鍾離，漢鍾離，赤面長鬚大肚皮。〔末〕火煉金丹紅滿面，肚皮寬處自忘機。〔拐李〕曹國舅，曹國舅，紫袍金帶你不受。〔國舅〕受時容易，退時難，利鎖名繮參已透[五]。〔果老〕鐵拐李，鐵拐李，高低行路難由你。〔拐李〕只因世道總無平，拐出紅塵千萬里。〔洞賓〕張果老，張果老，驢兒何事倒騎了。〔果老〕退後須知是進前，從來世事回看好[六]。〔湘子〕吕洞賓，吕洞賓，肩横寶劍太無情。〔洞賓〕怕爲情根難斬斷，長將慧劍袪精靈。〔采和〕韓湘子，韓湘子，采藥花籃怎没底[七]。〔湘子〕没底能將皓月盛，清風滿貯花籃裏。〔仙姑〕藍采和，藍采和，口吹玉笛唱山歌。〔采和〕一天煩惱都吹盡，始識仙家樂事多。〔末〕何仙姑，何仙姑，人人道你有丈夫。〔仙姑〕豈不聞是非終日有，不聽自然無[八]。〔衆仙〕好，好個是非終日有，果然不聽自然無。鍾離道兄，你先行到此探看的寶物何如也[九]？〔末〕小道已收伏在此。〔出玉墜衆仙視介〕原來是這個孽障。道兄既將此收伏，還將他們好事成全纔是。〔末〕小道算那黃損、裴玉娥還該有兩年離別，而今要陪列位過湖，且待滇南游玩回來，再做道理。〔衆仙〕説得是，就過湖去罷。

【八聲甘州】凌虛高宇寒，共挨肩携手，笑傲雲端，明蟾正滿[一〇]。俯視一片江山，能幾個中秋對月影共團？有多少離別生悲欲會難盤桓？怎比得神仙撇去愁煩[一一]。

【前腔】潺潺，金波雲影涵，見連天水色，宛似冰盤。又何事燃犀術幻？逼現出怪相多般。真個魚龍出没波浪翻，千里湖光大地寬。迷漫激湍中一點君山。

〔小生、小旦上〕洞庭老龍迎接仙師，願仙師聖壽無疆。〔衆仙〕龍王少禮，後面追隨者，想是龍女。〔小旦〕正是。〔末〕呀！我觀此女到有半仙之分，可以度脱飛昇[一二]。何不將玉墜交付與他，使他保全貞女，得配才人。亦算是昇仙一大功勞也[一三]。列位再請先行，待俺交代了這樁公案，隨後趕來便了。〔衆仙〕這也使得。正是世事皆因情所累，神仙也爲恨難消。〔衆仙齊下〕〔末〕龍王領令愛到君山頂上，小仙有事相煩。〔小生〕領仙旨。〔末轉坐介〕〔小生、小旦拜介〕仙師在上，老龍父女稽首。〔末〕請坐了。

【解三醒】莫怪他人間事神仙多管，都則爲保貞女節義全完。免教凌虐遭磨難，因此上特地相煩。〔小旦〕仙師如有用着弟子之處，雖蹈湯赴火，亦所不辭，但求明示。〔末〕今有秣陵黃損，與妓女裴玉娥合配夫婦。但玉娥尚有磨障未滿，陷身强暴，恐他激烈輕生。我有玉獅墜一枚，煩龍女化做漁婆，前去授與玉娥，暗佩在身。倘遇急難，自有救應。日後夫婦團圓，毋須着急〔一四〕。牢記牢記。〔小旦〕弟子領命了。〔末〕俺爲甚多情，此夜停仙鶴，則願彼守志，他年效錦鸞。我看龍女亦有仙緣，成此大功，便當度爾飛昇，你須在意〔一五〕。〔小旦〕多謝仙師。〔末〕成功返，少不得同登仙界，脱體超凡。

〔授墜介〕〔小旦接視介〕

【前腔】這玉墜看來非賞玩，待將去權爲撮合山。承仙師指教敢遲慢，須變化前去把情探。似這等同心綰就遭磨難，便教俺异類旁觀也痛酸〔一六〕。成功返。惟願得同登仙界，脱體超凡。

【尾聲】〔末〕從今卸却千金擔，正好雲外逍遥自往還。小仙去也〔一七〕。〔末下〕〔小生、小旦〕弟子拜送。〔合〕俺也收拾奇珍歸碧潭。

〔小生〕萬里香花結勝因，裴休。〔小旦〕天香飄户月枝春。王初。

〔小生〕八公携手五雲去，李白。〔合〕回作仙官度美人〔一八〕。

評點：

〔一〕『貫』字妙。

〔二〕伏下。

〔三〕是寫龍。

〔四〕不脱本色。

〔五〕字字醒世真詮。

〔六〕更妙更切。

〔七〕口訣即是禪機。

〔八〕絶妙處世之道。

〔九〕映帶前事，隨伏後文。

〔一〇〕起句高渾。

〔一一〕本地風光，妙以神仙對照。

〔一二〕要知此亦帶説總爲《授墜》張本。

〔一三〕昇仙亦要功勞，可見天下自了漢皆無用也。

〔一四〕下半文章伏此。

〔一五〕又堅其志。

〔一六〕可見苦節真情必能動物。

〔一七〕收回本齣。

〔一八〕一句結上，一句伏下。

# 第十七齣　授墜

【雙調】【字字雙】〔外丑扮衙役上〕這樁事兒太碕磽，誰曉？拿着粉頭怕他逃，看好。可怪娘行病太嬌，難保。只怕行雲行雨想徒勞，撞巧，撞巧。

自家岳州府衙役是也。俺太爺奉廣西巡撫之命，拿着個京師教坊司逃來樂户，母女二人，送在這岳陽樓上住下，着俺看守，不長不短，甚麽意思。〔丑〕聽説那撫院，要收那表子爲妾，因他不從，同行未便，暫留在此。昨日太爺分付，好生看守，不許將他難爲，可不就是此意了。〔外〕兄弟還不知，那撫院一路來，死了一個愛妾，棺材就埋在樓東半里路江崖上，想是要這表子去填房了。〔丑〕咳，我聽説這表子也病得利害，自到樓中就不進飲食了〔一〕。〔外〕正是。那老鴇傳出信來，要尾鮮魚做湯。可怪沿江問遍，那網户都道半月來并没打着一條魚兒，你道希奇不希奇〔二〕。〔丑〕適纔老鴇又催要了兩遍，俺們且再往江頭走一遭也。

【雁兒舞】屢到江邊，把魚兒遍找。怎沒個影兒，何方藏了。敢似他比目怕成交，難上你鈎來真個狡〔三〕。

〔仝下〕〔小旦扮漁婆上〕賣魚嗄！

【引子】【秋蕊香】水族天生靈巧，承仙命去建功勞，只爲多情完貞操，權化做漁婆年少。

本是湖中幼女龍，只因好道遇仙翁。授來世上無雙寶，去建人間第一功。自家龍女是也，乃洞庭君之次女，爲柳毅郎之小姨〔四〕。俺姐姐始初誤托非偶，受盡折磨，虧得叔父錢塘君報仇雪耻，以致翻弄波濤，人民漂没，方得傳書柳毅，改贅東床。雖屬天數應然，實乃人倫遺憾。故俺有鑒於此，寧可守貞不字〔五〕。一意玄修，冀脱凡形，永離物類。幸昨中秋月夜，得遇八洞神仙，湖中經過。親蒙鍾離祖師許下日後將俺度脱超仙。若果如此，足愜生平之願矣。又因秣陵黄生之妻裴玉娥，遭逢强暴，恐他激烈輕生。將這一枚玉獅墜兒，叫俺秘授與他，暗佩在身，急難中自有救應。真乃神仙妙用，不可泄漏仙機，只得化做漁婆模樣前去走一遭也。

【過曲】【孝順兒】【孝順歌】我把形模變，打扮喬，漁家女兒貌自嬌。父王前差夜叉打聽得裴玉娥，看守在岳陽樓上，已經絶粒將危。虧那鴇母苦勸，方纔略進飲食，如今正想鮮魚做湯。故俺父王用計，盡將水族收藏，不許漁人網得。單着我將這一尾魚兒，向街前叫賣，待他有人來尋買〔六〕。那時相機而行，便好與玉娥會面。且把籃兒肩背着，魚兒竿尖挑，向長街古道。賣魚嗄！ 腆着羞顔，怎好人前高叫。就便低唤聲聲，自有人來到。【江水兒】一路行來忖料，要會多嬌，須趁言中機窖。

〔外、丑上〕心頭有病難排遣，水裏無魚没奈何。那邊賣魚的來了，好一個小漁婆。〔丑諢介〕漁婆，你有的魚兒蝦兒，都把俺看看。好買〔七〕。〔小旦〕你不見這肩上籃兒空的，就是這一尾小魚了。〔外〕只這一條小魚，要賣多少錢？

【前腔】〔小旦〕我魚雖小，價甚高，出水鮮鱗味自饒。〔外、丑〕端的要多少價錢？〔小旦笑介〕却要一貫錢纔賣呢。〔外、丑笑介〕這却不是瘋話？〔小旦〕休疑是瘋顛信口嘲。〔外、丑〕自古瞞天討價，就地還錢。與你十文錢，賣也不賣？〔小旦〕也非比價應瞞天討，總是千錢難少。〔外丑〕甚麼希奇東西？〔小旦〕咳，你那知漁人網得好不難呢？却不道風雪寒江，有許多苦惱。似這舉網難求，便千金何處討？〔小旦走介〕賣魚嗄！〔外、丑攔介〕俺本府太爺要買魚，你放着魚兒不賣走到那裏去？〔小旦〕住了，從來官不强買民物，休得倚官囉唣。既恁心焦，怎不向灘頭垂釣。不瞞二位哥説，如今市上絶了賣魚的。我們打得這一尾小魚兒，實實想要發一個大財呢。〔外背介〕夥計，婦女們和他賭强來不得，只好央他一央，看是如何？〔丑〕説得有理。漁婆，因我家有個病人，要這鮮魚做湯，你只當作好事，讓些價錢罷。〔小旦〕既是病人要吃，俺便做好事，一文不取，情願奉送。但是要當面做個人情，不識那病人可能一會〔八〕？〔丑〕還怕哄你不成，就會何妨。〔外背扯丑介〕這是發官看守的，怎麽混與外人相見？設有差池，如何是好？〔丑〕看他小小漁婆是甚麽奸細不成？〔外〕這等同去便了。正是踏破鐵鞋無覓處，〔小旦〕得來全不費工夫〔九〕。〔仝

下〕〔内旦作病聲唤介〕娘嗄，且扶我起來妝臺一看。〔老〕我兒漫着些。〔老扶病旦漫行上〕

【步步嬌】〔旦〕倒衾窩終日傷懷抱，扶向妝臺照〔一〇〕。〔對鏡悲介〕咳，我裴玉娥自絶粒以來，幾日不面菱花，這般憔悴，無復人形矣。〔老旦〕我兒，那巡撫雖將你拘禁此樓，却不曾有甚難爲你。設或逃得性命，還有與黄郎相見之期，且自開懷保重。我昨説與把門的，去尋幾尾鮮魚做碗湯兒，進些飲食，多少是好。〔旦〕生受母親，只怕你女孩兒事到頭來，免不得是一死呢！〔作悲暈死介〕〔老旦慌介〕我兒醒醒。〔旦作醒回嘆介〕〔老旦泪介〕如此怎麼樣好？〔旦〕懸望眼泪如潮，人在滇南，縱有凶聞怎報？拚病體早魂消。斷腸聲早化做啼鵑叫。

〔老扶旦坐介〕〔外、丑上〕漁婆這裏來。〔小旦上〕病來莫索枯魚肆，探去如同尺素書。〔外、丑〕媽媽快來。〔老旦〕大哥買得魚來了。〔外、末〕那裏買的着？只有這漁婆一條小魚兒，要賣一千錢。聽得我説病人要吃，情願行好奉送，只要會你小娘子一面，你可引他到樓上一見就下來，俺們在門外等着便了。〔老旦接魚介〕原來如此，多謝了。小娘子請進。〔外、丑虚下〕〔小旦〕媽媽萬福。〔老旦〕小娘子素昧生平，因何見愛？〔小旦〕聞得令愛落難守貞，抱病不食，略有小術，特來相救。〔老旦驚介〕計將安出？〔小旦〕見了令愛，自有話説。〔老旦〕如此就請登樓。我兒，有位小娘子送了一尾鮮魚，在此看你。〔旦不語介〕

【醉扶歸】〔小旦〕呀！則見他病懨懨瘦損了如花貌，軟台台難支楊柳腰。姐姐，你拚向鴛鴦冢連理墓頭交，似羅敷守節芳名表。須知你斷絃有日續鸞膠，且莫把嬌花零落埋荒草。

〔老旦背介〕乘這小娘子在此，且將魚做口湯來，一同勸他吃些，多少是好。〔暗下〕〔一一〕

【皂羅袍】〔旦〕你休弄巧語花言圈套。這一腔冤恨，我做鬼難消。今生拆散鳳鸞交，已知孽債前生造。那望釜邊魚躍，籠中鳥逃。漫説青樓年少，也有首陽志高。采薇歌須待俺廖同調。

〔小旦〕姐姐不知，俺乃洞庭湖中龍女，奉鍾離祖師之命，道你與秣陵黄生，前生分定，合作夫妻。但還有一年磨折未滿，過此便得團圓。怕你激烈傷生，故着俺化做漁婆，前來指示。〔旦暗驚介〕

【好姐姐】〔小旦〕你舊知交良緣自牢，豈容那狂徒亂攪。鳴鳩雖暴，鵲成雙他怎占得巢？仙機妙，少不得連城璧玉完歸趙。强似那深院崑崙盜出綃。

〔小旦授墜介〕這一枝玉獅墜，你可暗暗緊佩在身，急難之中，自有救應。牢記，牢記〔一二〕。〔旦接墜玩介〕〔小旦指介〕你看又有一個漁婆，走上樓來了。〔旦回顧介〕在那裏？〔小旦〕寶物交明歸洞府，迷途指破返龍宫。〔下，旦〕漁婆，漁婆，呀，一霎時漁婆就不見了，好奇怪。分明是神仙指示，或者黄郎還有相見之期。且將墜兒藏好，不必説知於人，看後來如何便了。

【尾聲】聽他言料不是虚脾調，俺且把玉墜隨身親繫牢。仙師仙師，裴玉娥有何福緣，得蒙點化，我只得遥望虚空身拜倒〔一三〕。

〔旦作强起拜跌地介〕〔老捧魚湯上〕殷勤調食味，勉强慰愁腸。呀，我兒怎跌倒在此，那漁婆那裏去了？〔做放碗扶介〕〔旦〕那漁婆乃是龍女，特奉仙師之命而來，一霎時忽然不見。我自漫漫對你説知，且扶我床上去罷。〔老旦〕原來如此，魚湯已經做就，且坐在床上多少吃些。〔旦點頭介〕〔外、丑上〕漁婆進去半日，怎麽還不出來，待我叫他一聲。〔叫介〕〔老旦〕漁婆出去半日了，你們怎麽不見？〔外、丑驚介〕俺們守在門口没離，那個見他出來？且上樓去一搜。〔外、丑上樓搜介〕〔老扶旦做目視暗照介仝下〕〔外、丑疑介〕分明那漁婆進得樓來，并没出去，如何影兒不見？青天白日，難道見鬼不成？〔外〕我説不要引他進來，如今弄出這般怪事，還怕惹起别的是非，如何是好？〔丑〕只有你知我知，從此不必聲揚便了〔一四〕。

〔外〕未飯胡麻别出門，方干。〔丑〕一鈎羅襪隱苔痕。

〔外〕落花芳草無尋處，劉長卿。〔合〕鸚鵡前頭不敢言。朱可久。

評　點：

〔一〕問答處照應聯絡，俱極自然。

〔二〕處處先作伏筆，使下文俱有照映，妙絶。

〔三〕觸類旁通，都妙。

〔四〕偏要敘得有來歷。

〔五〕亦借舊事翻進一層。

〔六〕絶好想頭,絶妙文心。

〔七〕借魚帶出一蝦,寫丑諢亦趣。

〔八〕好。

〔九〕二語分説,各有各意。

〔一〇〕讀之令人生憐。

〔一一〕不錯。

〔一二〕吃緊關鍵。

〔一三〕點明。

〔一四〕收拾的干净。

# 第十八齣　撫夷

【大石引子】【東風第一枝】〔外戎妝領衆上〕劍拂星寒,弓開月滿,將軍八面雄威。風雲捲地陰垂,旌旗掩日無暉。丹心報國,那只管習弄兵機,肅殺中且布陽春,到來招撫群黎〔一〕。

柔遠終須德教寬，渠魁已服罷征蠻。聖明德厚同天地，無事當營現角端。下官安義，自用黄生之策，招撫蠻夷。一面奏聞聖上，一面檄喻群苗。果然天子威靈，文章感動，那苗王孟鴻圖，誠心悦服，率衆歸降。參軍此功，其實非小。但他一心繫戀姻親，止要回去。下官正待特疏保題，所以苦苦留住。分付衙中好牛款待，只不可聽其出入。等下官招撫苗疆回來，自有道理。衆軍士，擺齊隊伍，緩緩而行。

【過曲】【念奴嬌序】小春天氣。金風未冷，難侵鐵甲征衣。夾道長楊清露濕，綉旗展翠色斜飛。空際。冉冉輕雲，霏霏細雨，灑軍營一似將兵洗。〔合〕惟願取昇平共樂，永絶鯨鯢。

〔净率衆苗上跪迎介〕

【前腔】【换頭】屈體。早向馬頭伏禮，信咫尺帝德堪懷，天威可畏，法網全弛。清明現一似雷霆威霽。如螘。微物何知，枉從前負固。向王師抗拒把戈揮。〔合〕惟願取昇平共樂，永絶鯨鯢。

〔外〕苗王既已臣服，下官保奏朝廷，自當赦爾之罪。仍册封以土官之職，嗣後各守邊疆，無許侵犯。其一切禮儀法度，聽爾悉從夷俗。所有土地錢糧，亦聽爾國征收。從此貢獻有期，賞賚從厚。爾其布告群黎，各安生理。改過從新，無蹈覆轍。〔净〕將軍真吾父母也，蠻人死而復生，安敢再叛？ 洞中備有餉軍酒飯，不識將軍肯賜降臨否？〔外〕這個何妨？ 衆軍士四外扎營，俺自帶領親隨將士入洞去也〔二〕。〔净叩謝介〕將軍誠信不疑，真可謂推赤心置人服矣。〔净導引入洞介〕

〔外上坐，衆苗拜介〕

【前腔】〔苗衆合〕垂涕。似恁坦白推誠，怎不叫人愧悔。一心歸順敢生携，壺漿供。這簞食權充軍餼。金幣。聊學筐篚玄黄，願從兹户盡香焚。塑公生像懷公惠。〔合前〕

〔外〕酒食受了，金幣不消。你去説與百姓，俺此來呵！

【前腔】安慰。各洞苗民，誓秋毫不犯。叫他各歸市井盡耕犁。慶從今永無痛苦瘡痍。

〔苗衆〕豈弟。真是父母重生，俺這裏蠻夷卉服，祝皇圖鞏固千千歲。〔合前〕

〔衆軍上〕〔外〕就此班師。

【尾聲】旋旌旆，轉翠微，早不覺天上同雲待雪飛。〔净〕苗兒叩送將軍。〔外〕罷了。〔净衆下〕

〔外〕俺且按轡垂鞭帶笑歸。

安西幕府信才雄，李白。欲爲皇王服遠戎。劉滄。

休説艱難尚酣戰，杜甫。綉衣行處撲香風。章碣。

評　點：

〔一〕雄渾。

〔二〕足見開誠布公。

## 第十九齣　毀奩

【商調引子】【二郎神慢】〔旦〕空悲咽，日如年都忘歲月。早不覺峭寒添凜冽，尚兀自羈同縲紲。待把殘生一旦撇，怕連累俺娘親，又遭磨折。況是仙言切，只得忍死偷生，那禁肝腸痛絕〔一〕。

風一聲，雪一聲，觸起愁腸嘆數聲，凄涼總泪零。山一程，水一程，隔個人兒第幾程，知他夢亦驚。我裴玉娥自遭羈禁此樓，已拚絕粒而死。不意仙人指示，道我與黄郎相逢有日，不必激烈傷生。又將玉獅墜一枚，叫奴暗佩在身，急難之中，自有救應。因而半信半疑，母親又百般苦勸，只得勉進飲食，留得一絲殘喘，以圖生見黄郎一面。怎奈度日如年，也不知今夕何夕。但覺秋去冬來，又早一江風雪吹入樓中，好不凄涼愁悶殺人也。

【過曲】【二郎神】雲垂野冷颼颼，紙窗兒風裂，何事隴頭音信絶。只見寒江一片，兀那漫天冰雪[二]。【集賢賓】總是這愁凝怨結，無端的瓶墜簪折。也不識俺和他前生那一劫。【二犯二郎神】【鶯啼序】這些時容顔憔悴的直恁劣，還説甚花樣嬌怯。【集賢賓】怎兀自不肯將人輕放捨。定逼向黄泉路裏殘生滅。聽説那奸賊有一愛妾，前日死於舟中，就埋在此間不遠。〔悲介〕則怕俺裴玉娥將來死在此樓，也免不得和他做一個鬼鄰呢。[三]【二郎神】敢我抱恨夜臺同一轍，則他鬼乜邪早招人爲伴也。呀，我好差矣。我雖不能與黄郎生則同衾，亦當死而共穴[四]。這一個仇人之妾，怎麽與他那鬼魂爲伴，起來薰蕕别，俺自向净土魂游，少甚麽貞姬提挈。〔取墜出視介〕我想這獅墜，不過是玉石雕成，怎麽會救我患難？〔想介〕神仙神仙，我已猜着你的意思了[五]。

【集賢聽畫眉】【集賢賓】你要我無瑕體自比玉潔，便河東吼不迭。豈真有竹杖爲龍那便捷，似舄成鳧没此差别，負的我騰空飛越，管籠禽脱離羈紲。【畫眉序】〔嘆介〕怕終做不分玉石焚身烈，提掇向樓前墜也。

不免題詩一首，留於壁上。設或黄郎找尋到此，知我爲他守節而亡，也好得志報仇，不至九原含恨矣。

【黄鶯帶一封】【黄鶯兒】説甚粉壁走龍蛇，漫塗鴉祇自嗟。則倩他筆尖兒聊代愁人舌。〔題介〕自抱幽貞性，青樓原寄居。幸能逢吉士，何意覯狂且。白璧身無玷，黄泉恨有餘。兒郎如感舊，須把佞臣鋤〔六〕。〔放筆嘆介〕雖留下眼前泪墨，那寫盡心頭痛血。我就死後呵，也顯得平康特出香名烈。【一封書】黄郎，黄郎，你若情不絶，把冤恨雪，還將我怨骨收來留共穴〔七〕。

〔外扮中軍帶四雜背廂推車上〕全憑握雨携雲意，達得承風向日心。自家廣西撫臺差官是也。俺撫臺將妓女裴玉娥，發與岳州府，看守在岳陽樓。如今備齊妝奩，差我送他入京，進與吕太師府中，充爲歌妓。適纔回過岳州府，來此已是岳陽樓，不免徑入。〔叫介〕〔老旦上〕朝朝防禍事，日日伴愁人。〔外〕俺奉廣西巡撫大老爺之命，要送你女兒到京，進與吕太師府中，充爲歌妓。這是身價銀一百兩，你自收下。還有妝奩一副，你看珠玉滿篋，錦綉盈箱足值千萬金。這十餘輛車兒，還駝載不起〔八〕。你女兒真好造化，快對他説聲，收拾起行便了。〔老旦驚介〕尊官不知，俺女兒已有丈夫，如何肯去？〔外〕説那裏話，你不知俺撫臺，乃太師得意門生，就奉的是太師之命，選買侍妾。他若不好好依從，輕則琵琶吊拷，重則斷體殘肢。那時欲死不能，求生不得。連你這老婆子一同受罪，不如齊上樓去，勸他早早順從爲是。〔老旦〕苦嗄。這是那裏説起。〔同登樓，旦見驚介〕〔老旦〕我兒不好了，那巡撫備下妝奩車輛，就要送你到京，進與太師府中去了。〔旦驚介〕罷罷罷，我裴玉娥冤家已到，果然逃不得一死了〔九〕。〔倒介〕〔老旦〕我兒醒醒。〔外〕小娘子休要如此。

【猫兒出隊】【猫兒墜】你看香奩鋪設，燦燦黄金列，耀首珠璣僥翠色。盤堆錦綉果豪奢。

【出隊子】且從容，休激烈。這富貴天然，何須决絶。

【鶯簇一金羅】【黄鶯兒】〔旦漸醒介〕逝矣魂重接，苦心頭聲自咽。俺冷眼兒怎肯因黄金熱，你軟語兒怎動的心如鐵。我裴玉娥本是良家之女，雖然寄養娼門，從不污於强暴，止知有從一而終之正，豈肯蹈見利忘義之行。這些腌臢之物，要他何用〔一〇〕？〔做毁碎妝奩委地介〕〔外驚介〕哎呀，怎麽把簪環衣服，抛棄在滿樓了，了不得，了不得。【一封書】〔旦〕一任你衣千褶，一任你珠盈篋。【金鳳釵】俺自有那縞綦巾難割捨，俺自有那齊眉案忍抛撇。〔旦大哭介〕黄郎，黄郎，可知你妻子今日就死在這樓前了。【皂羅袍】你在天涯何處，難救我一朝禍烈。俺便香消玉碎，也博得名芳行潔，似緑珠拚向樓前絶。

〔旦欲跳樓衆喝攔介〕〔老旦抱旦哭介〕呀，我兒休要如此，豈不聞神仙之言，急難之中，自有救應。且到京中，再做道理。〔旦哭介〕娘嗄，神仙在那裏？總不如你女兒早早死的干净也。

【尾聲】問今朝甚仙來救得俺殘生滅，到不如化做仙游魂夢帖〔一一〕。〔外〕左右且將這女子扯了上車，連婆子封鎖在内，交與看好，一路漫漫的勸他便了。〔衆扯旦上車介〕〔旦哭介〕天不由人，欲死不能遭挫折。

〔老扶旦同衆齊下〕〔外吊場介〕咳，怎麽一個妓女從良，認真的守起節來，難得難得〔一二〕。這些毁壞的妝奩，且收拾了帶到京中，少不得整理一番，然後送進。

簫管筵開列翠娥，許渾。送君此去意如何。司馬禮。
人間已少崑崙俠，忍見佳人血泪多。司空圖。

評點：

〔一〕跟上《授墜》，提明忍死尚存之意。

〔二〕寫景凄涼。

〔三〕此是當然想頭。

〔四〕此轉更深一層。

〔五〕此想更不可少。具猜有三，一猜教其守貞，二猜可以脱禍，三猜則默示殉身。筆力精透，足穿十札。而第二猜豈真有，正疑其或有也，不特玉娥當作此妄想，即讀者亦必臆度及此，以爲非是則無一脱禍而團圓法子矣。孰意不然，不然，奇絶妙絶。以下總根第三層説來。

〔六〕伏下。

〔七〕沉着悲痛。

〔八〕全是奉承太師。

〔九〕應上第三猜。

〔一〇〕此物不腌臢者甚少，而能以此物爲腌臢者則尤少。

〔一一〕反逼後文。

〔一二〕旁觀一贊的妙。

## 第二十齣　逾垣

【仙吕引子】【探春令】〔生〕衙齋一入歲如梭，又上元燈火。奈羈栖遠負佳人約，鎮日似蟻行磨。

一别湘江冬復春，早梅又見吐葩新。遥憐窗下調箏女，盼殺天涯彈鋏人〔一〕。小生自到此間，只望千金之贈，好偕百歲之姻。奈被强留入幕，權作參軍。借我運籌帷幄，助他綏靖疆圉。幸喜天子有詔招安，苗蠻次第歸順。小生屢欲辭去，只因安年伯前往招撫，尚未回衙。還可笑的緊，似怕我逃走一般，竟把宅門封鎖，不放一人出入。叫我悶坐書齋，度日如歲。倏忽臘盡春回，又早上元佳節，想去秋八月初旬，與玉娥舟中訂盟相約，半年爲期，必到涪江，完成姻事。屈指計來，今已五月，倘或誤約變生，如何是好？天！兀的不愁悶殺人也。

【羽調過曲】【金鳳釵】想他那殘妝態，更裊娜，映朝旭芙蓉一朵。風流本色難描，渾是嬌來鳳裏鼉雙蛾。還桃腮兩滴藏笑窩，含情覷人如轉波〔二〕。到如今儼着魔，兀自向眼兒摹，心兒上閣。還向那夢兒中低聲唤玉娥。〔起迎介〕呀，小娘子，你、你來、來了麽？分明見，蓮步輕那，向燈前同坐[三]。〔看介〕呸，原來還是我愁人，隨身的影兒一個。【四時花】想他在烟花寨，風月窩，還體似千金不破。舒俊眼選識英雄，偏一點情鍾在我。他圖甚麽[四]，好笑俺酸溜溜破囊中單衾一裹，晰零零敝篋中殘書滿馱。那有那顫巍巍百寶妝珠圍翠拖，鬧吟吟七香車前呼後喝。一見緣何，他俏心兒許。可又誰知這別離愁，好事多磨。

〔副净上〕金鰲燦爛長明晝，竹馬遨游不夜天。相公，今日上元佳節，三堂上設宴張燈。衆位相公俱在那裏，專侯相公入席。〔生〕誰耐煩去。

【慶時禮】説甚花燈滿挂明烟火，恁玳筵開處列笙歌。則無奈佳節客中過，甚心情玉盞相酬酢。〔副净〕安老爺如此相待，有甚麽不好？我看相公總不情願住下，却是爲何？〔生〕咳，你那裏知道，我身如繫，歲易過，一天好事枉耽擱。似這燈月夜，成間闊，相思相望恨偏多。

〔副净背介〕一心只挂着那粉頭，那還有心情賞燈飲酒？不免回覆衆位相公，竟自上席，不必候他便了。正是他人有酒他人醉，任你獨自無聊獨自憂。〔作嘆息下〕〔生〕我想今日元宵，轉眼就是二月，那涪江離此千有餘里，急忙前去，已過半年之期，叫小生那能一刻住下也。

【馬鞍兒】雖是他同心縷帶牢拴鎖，則怕那娘親難定奪。少甚麽買嬌滿斛珍珠顆，肯長把東床虚左[五]？怎不累俺美人呵。掐遍了纖纖春笋，泣損了滴滴秋波。若今生難得雙頭合，便選遍嬌娥，誰似他這般停妥。玉娥玉娥，辜負你情兒厚，恨轉多。俺做了虧心短幸郎輕薄,只落得愁如織,意似梭,奈迢迢兩地隔關河。

〔想介〕安年伯不知何日回來。喜得他送有銀錢在此,不免帶做盤纏〔六〕,假以看燈爲名哄出宅門,竟自不别而行,有何不可? 那瘸老兒腿脚不便,且丢在這裏,不必與他説明便了。瘸老兒那裏?〔副净上〕只因少主觀燈懶,也教老奴對酒愁。相公,元宵佳節,人人慶賞爲歡,你亦當少減愁悶,保重客中身體要緊。〔生〕我唤你來之意,正爲要遣愁悶,想去外面觀燈。你可去對門官説聲,叫他開了宅門,放我出去。〔副净摇頭介〕那宅門乃安大老爺上了封鎖,不放一人出入。若説了不開,相公臉面下不來,反不好意思。衙中現有許多燈,隨便去看看消遣罷。〔生怒介〕那衙中的燈,那個要看? 偏是使着你便有這般推托,依你説這宅門再不能開,我便再出不得衙門了?!〔七〕〔副净〕安大老爺回來,自然開宅門,放相公出去,如今實實不能勾。〔生〕這樣没用的蠢材! 走開! 待俺自去説。〔副净〕相公自説也不中用的。衙門放着燈不看,定要衙門外去看燈,討這樣煩惱,討這樣没趣〔八〕。〔嘆息下〕〔生欲行又止介〕且住,設或那門官立意不放,便和他吵鬧一番,終歸無益。年伯、年伯,不争你好意相留,莫不到坑殺人也。

【賣花聲】衙署深沉,將人禁錮。似没罪羈囚,只争個無枷無鎖。説甚清閑自在居蓮幕,比轄投井留賓情更惡,身無翼,怎飛脱。

且向園中一步,漫漫尋思。

【歸仙洞】沿階砌,荒草窩,傍湖山亭一座。明月照高柯,恰近着東墻左〔九〕。〔笑介〕我黄益齋聰明一世，懵懂一時。這墻外就是更道，今夕元宵，金吾不禁，支更的都去飲酒看燈，無人在此。你看靠墻一株楊柳樹，可以緣太湖石而上。那東邊一大枝横出墻外，且去取條行李繩，挂於枝上，繫出墻去，有何不可？〔取繩挂樹下跳介〕我試攀枝似占高科，拚把這爛頭巾來跌破，説甚麽龍門高跳，怕扯住衣羅。

〔過墻介〕喜的不曾跌壞，出了更道，便是大街。你看燈燭輝煌，金鼓喧鬧。乘這看燈人衆，混出城門，再做道理。

【尾聲】你看火樹明，銀花合，更喜星橋不鎖。年伯，年伯，似這不别而行，你須恕過我。

〔急下〕〔副净上〕相公愁嘆了半夜，也不知甚時就寢，這時候門兒掩着還不起來？〔推門進介〕呀，這床上被不曾展開，難道昨夜没睡在此，那裏去了？〔出尋介〕好奇怪，花園門開了，且到裏面一看。〔連叫不應介〕〔望介〕那太湖石邊，靠墻樹上，怎麽挂着一條繩，直拖出更道？呀，那墻頭上瓦都招落下來。哦，是了，相公見宅門不開，一定從樹上逾墻引繩而出，竟往涪江，尋那表子去了。咳，相公，相公，你好不情痴也。

【解三醒】爲佳人把功名看薄，空沉溺愛海情河，那更孤身行李無擔荷，怎長路裏受奔波。〔泪介〕誰顧你風餐水宿饑共渴，還怕日夜和衣打磨陀。泪偷墮，空愁雲目斷，痛腸無那。

我想勢利無過娼家，相公這般行徑，還不知那表子認與不認〔一〇〕。

【前腔】想你似斷梗飄蓬真落魄，知他可并蒂連枝恩愛多？怕做了天門街上歌蓮落，斷送你没頭鵝。那安老爺不久回衙，且向他哭訴此情。顧不得身帶殘疾，也要借些盤費，趕到涪江，找尋相公。和他一路回家，方纔放心得下〔一二〕。我殘軀老年拚掙挫，省教他流落天涯受坎坷。

泪偷墮，空愁雲目斷，痛腸無那。

小苑西齋爲客開，李郢。簫聲猶繞鳳凰臺。李嶠。

定知行路多辛苦，劉禹錫。虚負凌雲萬里才。崔珏。

評　點：

〔一〕不言己思人，而言人思己，正是其思之至也。

〔二〕直從《追訂》一齣寫來，蓋玉娥之美至舟中而始領略盡情也。

〔三〕摹寫入神。

〔四〕『圖甚麽』三字妙甚，蓋情到不可解處，方見其至。

〔五〕玉娥必無變志，黄生知之甚深。但老鴇實拿不定，不特回護。玉娥抑且參透世情，而孰知薛媽亦難得奇人耶，反得透則正面益佳。

〔六〕補叙盤纏，周匝之至。

〔七〕非是瘸老逢着使喚，即便推托，總是黄生這般舉動，皆不是瘸老意思耳。

〔八〕好科白，令人絶倒。

〔九〕是官府不在家園子，且切冬景。

〔一〇〕反照文章，寫盡炎凉世態。

〔一一〕瘸老可敬可憐。

# 第二十一齣　病入

〔外上〕莫管佳人愁萬斛，且圖宰相爵三升。俺奉廣撫大老爺之命，將妓女裴玉娥，進與太師府中，充爲歌妓。可憐他一路悲傷，染成一病，而今已到京師，還未痊好。或留在外調養，或就帶病送入。只得禀請明示，再做區處。門上那位大爺。〔雜上〕有金堪進何須夜，是穴皆通别有天。是那個？〔外〕小人乃廣西巡撫差官，奉主之命特來與太師爺進奉美人。這是一副妝奩單，敢煩通報。〔雜笑介〕太師爺正想美人，你主兒這分禮又送着了。〔外〕越外還有一分孝敬大爺的禮單在此。〔雜〕單爺不比外人，自然要全領的。且請少待，回過太師，便好傳見。〔外〕還有一件，那美人感冒風寒，在路受病，還未痊好，或留在外調養，或就帶病送入，還求禀請太師明示。〔雜〕怎麽那美人偏偏患病起來?〔躊躇介〕太師爺最喜美人,巴不得就要見面,怎麼等得病好,就今日送進爲是。〔外〕如此還求大爺在旁方便一聲。〔雜〕這個自然。〔外〕小人暫且告退。正是深雖如海門能入,捷從非山亦易通。〔外下〕〔雜〕太師爺正在花園閑步,不免就替他回明便了。

【仙呂引子】【糖多令】〔净上〕鴛瓦雪全消,春光變柳條。正朝回宴罷逍遥,人醉玉樓猶未醒,紅一點杏花梢。

〔雜稟介〕廣西巡撫單希顔,差人進奉美女,有手本在此。〔净看介〕沐恩門下小厮,廣西巡撫單希顔百叩,謹稟恩相老太師萬福金安。恭進美女一名裴玉娥。〔喜介〕這官兒果然中用。〔雜〕還有一副妝奩單。〔净〕看來足值萬金,這也太虧他了,傳差官進見。〔雜傳介〕〔外上〕病體佳人權退後,驚心使役强趨前。差官叩頭。〔净〕你主兒做官好麽?〔外〕太師爺聽稟,念小人主兒呵!

【過曲】【六么令】一朝榮耀,似赤子全憑懷保。念栽培難報深恩,傾千金爲選多嬌。歌筵舞席侍深宵,聊代躬親箕帚勞。

〔净〕如此太費心了,差官伺候領賞,待打發回書。〔外叩謝介〕〔又目視雜做意下〕〔雜〕稟太師爺,那美人於路感冒風寒,尚未痊好,只怕還不能隨班伺候。〔净〕這差官好不小心。〔雜〕看那差官到也還小心的,想是那美人生得太嬌了些〔二〕。〔净〕也罷,且唤他來見,再做道理。〔雜應介〕〔仝老旦扶旦上〕柳腰扶去愁偏重,梨面低來泪暗流。稟太師爺,小女一路風霜,感冒成疾,不能叩見,望乞開恩。〔净〕且扶他轉來。〔旦立不動,老强拉轉介〕〔净見驚介〕呀,果然天姿國色,是好一個女子也。

【前腔】看他花容月貌，恁仙姿人間絶少。縱低頭不語含愁，更風流難畫難描。緣何一病不勝嬌，怎忍當筵鬥舞腰。

〔净〕門官，將美人領到十二院留仙樓住下。交與這老婆子，好生服事。就請醫生調理，不得有誤。

〔雜〕領鈞旨。你們隨我這裏來。〔老旦〕含愁栖院裏，帶病入樓中。〔扶旦同雜下〕〔净〕單希顔這般有竅，不免待有機會，再上一本，將那兩廣總督掣回，就把他陞爲總督便了。

【尾聲】投桃豈乏瓊瑶報，管教一歲三遷品更高。美人，美人，可愛你一朵瓊花壓翠翹。

自是三千第一名，薛逢。遠山如黛翠眉横。韋莊。

而今正好同歡樂，李白。無那嬌多病復生。裴說〔二〕。

評　點：

〔一〕美人太嬌一語回護差官，好極，總看越外一禮分上。

〔二〕天然佳句。

# 第二十二齣　信訛

【商調引子】【繞地游】〔小生上〕時來運轉，喜得經營便。憶分金友誼非淺，行商客遠，長途休倦，早抛開當年管絃〔一〕。

小子金博煥是也。蒙恩兄黃益齋增我資本，撇却一般頑友，立志經營。去年八月内，買了一二百石南薑，趕到京師販賣。恰值冬來天氣奇寒，此物缺少，一個賣了百個。隨又搭了夥伴，同往遼陽，販賣人參，來到湖廣漢口。又獲百倍利息，本錢充裕。如今（寫）〔卸〕了船隻，要往雲貴川廣，販些藥材。那船家姓路，混名叫做陸折半，喜得人頗老實。駕掌那裏。〔丑上〕半虧外水挈扶力，全仗家婆提挈高。自家陸折半是也。自從裝了薛阿媽娘兒兩個，幾乎累下官事。喜得那撫院大老爺，説我不知情，將我放了。就在漢陽江一帶，裝載生意。今攬了一個江南客人，要往廣西販賣藥材。不知幾時開行，聽得聲喚，且自看來。〔見介〕〔小生〕我要上岸打聽貨物行情，搭了扶手。〔丑搭扶手小生上岸介〕欲見（繩）〔蠅〕頭利，還聽蟻語財。〔下〕〔丑〕客人上岸去，有會纔回。不免尋個鄰船夥伴，也到江頭酒店，沽飲一壺。正是孤艇漫停楊柳岸，酒帘遥出杏花村。〔下〕

【過曲】【山坡羊】〔生行上〕軟飄飄柳垂金綫，亂紛紛花飛紅片。遠迢迢奔馳的路千，急煎煎人兒難尋見。小生自滇南直到涪江，在那翠華街平康巷内找遍，并没個京師下來姓薛的。難道那裴玉娥母女還未回家？只得回轉，一路尋訪，亦無踪影[二]。來此又是湖廣漢口，不免緣着江沿，向那各舟中再細細詢問一番。想他把盟定堅，料不是鸚哥弄巧言。莫非小生當日遇仙也？似恁巫山隱去雲飛散，怎不飄渺疑同姑射仙。長天恨迷漫眼望穿。江邊，順𦨭舸口問乾。〔雜扮船户扶丑醉態上〕牽去如同提木偶，負來直似弄猢猻。這陸折半今日高興，與我們衆船户打了個平夥，沽飲一壺。誰知他吃得大醉如泥，只得攙扶送到他船上。走開走開，醉漢來了。〔生見驚介〕呀，這不是那船户路駕掌麽，好了，有問信的人了。〔扯住介〕路家長，你還認得我麽？〔丑做含糊混應介〕〔雜〕他是個醉漢，那裏還認得人？休要扯住，快放手！〔生〕我有話問他！〔雜急介〕你這相公真好笑，他醉的恁般，那曉你問話，快放手。俺送他到船上，還要各自開船行路呢[三]。〔生〕你不知俺有要緊事問他。〔扯住不放介〕〔内叫開船介〕〔雜急介〕這相公敢是也醉了，替他講不清。不免把陸折半丟在這灘上，俺自開船去罷了。〔做丟丑卧地介〕〔雜〕正是各人自掃門前雪，莫管他家瓦上霜。〔下〕〔生叫丑酣呼不應介〕〔生焦躁介〕偏偏這船户又吃得大醉，不知幾時纔醒，可不急殺人也。

【前腔】這是個的真真知情魚雁，偏則又醉沉沉東西莫辨。且住，方纔那人明明説，要送他到船上。小生一時性躁，何不跟他到船上，或者我玉娥還在舟中，也未可知[四]。如今那人去了，又不知路家長船在何處。咳，我好冒失，我好没智也。反落得意孜孜似啞謎難猜，則怕那嬌滴滴玉人離不遠。〔叫介〕路家長，路家長。〔丑睡不理介〕〔生〕呀！日已漸西，看他還不醒來，如何是好？

〔小生行上〕漫回旋細認斜陽天上船〔五〕。〔見生驚介〕呀，這是黄大哥。〔拜介〕哥哥爲何在此？〔生見驚介〕原來是金兄弟，從何而來？〔小生〕小弟蒙哥哥贈與資本，而今出外經商。這就是我叫的船家。不知哥哥爲何將他守定，倒在此間？〔生〕這船家是我舊識，今有話問他。偏偏吃的大醉，所以要守他醒來，我正待一天愁緒憑他遣，他偏似千日山中醉欲眠。熬煎。喚難醒誰與言。俄延。守江頭欲問天！

〔小生〕哥哥此言，好不明白。且將别後之事，乞道其詳。〔生〕聽我道來，曾和這船户呵。

【集賢賓】兩帆并泊湘水邊〔六〕，恰夜静遇神仙。一曲銀箏天上傳，更消魂玉貌生妍。不由我痴情眷戀，他小舟兒權做了定婚店，别離轉，又誰知天台路遠。

〔小生〕想是哥哥有何奇遇，可細細説與兄弟知道。〔生〕愚兄别後，船到湘江，與這路家長兩船并泊一處。他載來一個樂户薛阿媽，帶着一個過房女兒，良家裴姓名唤玉娥。生得十分美貌，尚未梳籠，且喜彈得一手好箏。小生虧這船家引進，得與相會，欲娶爲室。奈乏千金爲聘，檢點空囊，只有先人留下傳家之寶，一個玉獅墜。思量將他出賣。〔小生〕既是傳家之寶，賣去豈不可惜？〔生〕説來還奇。那墜兒是晚放在枕邊，不意朦朧睡去，忽然見一白獅，向我枕邊跳出，點頭作别，竟自騰空而去。驚醒來，尋那玉墜已不見了〔七〕。〔小生驚介〕有這等奇事？後來？〔生〕小生見事不諧，只得開舟而去，那知那小娘子甚是多情，隨即將船趕上，與我定下鸞盟。約以半年爲期，去到他原籍涪江相會。〔小生點頭贊介〕這也難得。哥哥可曾就到涪江？〔生〕我先到滇南水西帥府敝年伯處，思量借得千金，完全姻事。不意被他强留幕中，授我參軍之職。籌畫軍機，幸喜蠻夷招服。〔小生〕如此一定恭喜議叙了。〔生〕咳，甚麽議叙？去冬年伯招撫苗疆，尚未回署。小生恐誤半年之期，或生他變。因他封鎖宅門，無能出入，只得〔住口介〕〔小生〕哥哥爲何欲言又止？只得怎麽？〔生笑介〕只得逾垣出署，不别而行了。〔小生笑介〕哥哥可謂真情種矣。且問姻事成也未成？嫂嫂現在何處？〔生嘆介〕咳，小生到了涪江，遍訪并無其人。一路找回，亦無踪影。適纔到此，恰好遇着他，舊日船家。正要追尋他下落，不意這船家又吃得大醉，不知人事了。

【集賢聽黄鶯】【集賢賓】俺迷津去棹今復旋，喜春色當前。則無奈熟識漁郎醉夢間，急忙的抓不到武陵源。〔小生〕原來你峨眉踏遍，則怕參不透娼門機變。【黄鶯兒】那顧你恁情牽，早彈着琵琶别調跟了人上船〔八〕。

〔生搖頭介〕兄弟有所不知，那玉娥不是這等人。

【二鶯兒】【二郎神换頭】繾綣。定放不下陌路視蕭郎冷面。况他羞見外人，今還是個處女，他從未蝶粉蜂黄輕被沾。【黄鶯兒】還待俺風流京兆，纔畫出眉如綫。〔小生冷笑介〕〔九〕

〔生〕不知家鄉那班朋友，近况如何？就是賢弟别來事情，也須説與我知道。〔小生〕自從哥哥賜給本錢，誰知那卜知非、劉拓國、駱德禧三個，都將來花費無存〔一〇〕。如今照舊幫閑，十分窮苦。小弟幸托哥哥福庇，販賣些南薑到京，又從遼陽買了人參，來到湖廣發賣，俱係百倍之利。而今要往雲貴川廣，販些藥材。方纔在漢口鎮上，打聽各貨行情回來。可喜恰與哥哥相遇，感深恩獨偏，悵難情正牽。【二郎神】這邂逅知非偶然，喜他鄉遇故知，且慢流連〔一一〕。

哥哥請到船上，再做道理。〔生〕講了半日話，想船家酒也該醒。待我再唤他一聲〔一二〕。〔唤丑做醒介〕好酒，好酒！〔丑見生，跳起揉眼細認，驚介〕你、你不是那黄相公麽？你、你從那裏來？〔生〕你莫管我，且問你那裴小娘子今在何處？〔丑〕你先説與我，與俺這客人，如何相認？緣何到此？俺好對你説裴小娘子下落〔一三〕。〔生〕咳，偏有這些嘮叨，就先説與你。俺們原是同鄉朋友，我特自滇南，到了涪江，訪那薛老娘，并無下落，一路找尋到此，恰好相遇。且快説那小娘子現在何方？〔丑〕原來如此。咳，那裴小娘子呵。〔住口介〕〔生〕爲何欲言又止？那裴小娘子便怎麽？〔丑嘆介〕黄相公，你從今不必提他了。〔生驚介〕却是爲何？快説與我知道。

【二犯二郎神】【鶯啼序】〔丑〕欲言又忍先泪漣。〔生慌問介〕爲何吊下泪來？〔丑〕可憐他抱恨黄泉。〔生大驚介〕〔一四〕難、難道，竟、竟死、死了？〔丑〕死、死了。〔生〕竟、竟死、死了？〔丑〕死了。〔生哭介〕哎呀，我那美人嗄。且問你那小娘子得何病症？〔丑〕有甚病症。〔生〕既没有病，豈有好好一個人忽然就死了？〔丑〕咳，自從相公别後，我們船過嘉魚縣，到了土磯頭。恰好遇着新任廣西巡撫的官船，忽然差了許多人，將薛阿媽和那小娘子兩個拿去，連小人的船都鎖了。〔生驚問介〕呀，那新任廣西巡撫乃是單希顔，他拿你船上的人，却是爲何？〔丑〕道他是京師逃來樂户。〔生〕他已告脱樂籍，這也有辯。〔丑〕咳，那由他辯。幸喜説我船户不知情，登時放了，竟將他娘兒兩個帶了前去。〔生〕帶、帶去怎麽樣？〔丑〕咳，你想恁樣一個如花似玉的小娘子，不過借那樂籍爲名，强要收他爲妾了。他權勢加臨生逼遣，肯放過當前美艷？〔小生〕原來嫂嫂被劫而去，并未入川，所以哥哥找尋不見〔一五〕。〔生急問介〕可知那小娘子從也不從？〔丑〕好小娘子！小人留心打聽，只聽説那小娘子尋死覓活，不便帶了同行。那巡撫船過岳州府，就將他交與那府太爺，看守在岳陽樓上。等他到任後，即來搬取。〔生〕想必如今還在那邊。〔丑〕小人去冬裝了一船客貨，到岳州府，從那樓前經過。還聽説那小娘子禁錮樓中。及今年正月，卸載回來，特到那樓前訪問，已不見人。只見那樓中粉壁上，有首絶命詞，就是那小娘子留題尚在。〔生急問介〕那詞，你可還記得？〔丑〕小人因是一樁難得的奇事，遂留心記了，念熟不忘。待我想來，念與相公聽着。〔生〕快念來。〔丑念生接念帶哭介〕〔詩〕自抱幽貞性，青樓原寄居。幸能逢吉士，何意覯狂且。白璧身無玷，黄泉恨有餘。兒郎如感舊，須把佞臣鋤。〔生一頭哭念一頭贊好〕〔重念介〕兒郎如感舊，須把佞臣鋤。〔氣介〕哎呀，那單希顔乃吕用門下走狗，竟敢如此胡行，我黄損一朝得志，若不報仇，勢不爲人矣！〔一六〕船家長，到底那小娘子死也没死？那薛阿媽又如何下落了〔一七〕？〔丑〕那薛阿媽不知去向。只説小人下得樓來，半里之遠，江灘上簇新新一個墳堆。近前一看，上面石碣一方，寫着『愛姬玉娘之墓』。忙問附近居民，有知道的對説，乃廣西巡撫愛妾，新纔没了，暫厝在此。這不是那小娘死了是誰？〔生呆介〕

〔丑〕他抱定舊日鴛盟一命捐，空向那岳陽樓留題節顯。小人見他是個貞女，還買了一陌紙錢向墳前拜了兩拜。〔丑哭介〕我曾親臨奠，只見他三尺墳高，一抔土淺。

〔生大哭介〕我那妻嗄，兀的不痛殺我也。〔倒介〕〔小生急喚介〕哥哥醒來。〔作埋怨丑介〕〔丑〕那小娘子爲黄相公守節而死，焉有不告知之理？〔小生泪介〕咳，青樓中有如此守志女子，這也怪不得哥哥鍾情獨至了。〔作扶生起坐漸醒介〕

【鶯啼春色中】【鶯啼序】〔生〕聞言不禁心痛煎，怎想到恁迍邅。枉了他閬苑花未吐先殘，空教我西樓月一缺難圓。恨隔着山遥水遠，救不得奇灾异變。【絳都春】天那，怎不叫我懊恨權奸，此仇難咽。

〔小生〕哥哥休得過傷。事已如此，哭也無益了。

【囀林鶯】他已似合浦珠沉玉在淵，叫不轉化鶴生還。你丈夫事業前程遠，休只顧恨惹愁牽。〔生痛介〕我飄零自憐，止有他認才郎一雙情眼，怎下得離别經年，便生死相捐〔一八〕。

【攤破簇御林】【簇御林頭】他願將珠解佩，我慚無玉種田。反做了他自多情濃命蹇，盼不到花燭蘭房，忍便教含恨幽泉。美人，美人，我的妻。也愁你招人紅粉窺難免，那知你守身白璧終無玷。到誤你正芳年。俺拚去朝朝廬墓，誓守定再生緣。

〔生走介〕〔一九〕〔小生扯介〕哥哥那裏去？〔生哭介〕我就到岳州府尋那美人墳墓去。〔小生〕哥哥休要性急，小弟這船原是叫到廣西去的，必由岳州府經過，明早就開。哥哥請到船中，到了岳州府，小弟少不得陪着哥哥上岸，找尋嫂嫂墳墓，一同祭奠便了〔二〇〕。〔丑〕金相公言之有理。黄相公，你要找尋那小娘子的墳，免不得小人引去。且請回船，不須性急。〔生哭不應介〕〔小生丑仝泪介〕

看他如此傷情，那裴小娘子死得也值了。

【尾聲】都則爲千金一諾情無變，方信道才子佳人節義全。〔生恨介〕單希顔、單希顔，拚和你生死難甘做惡冤。

相逢劇道別離牽，獨孤及。縱有心期亦枉然。羅隱。

四尺孤墳何處是，許渾。寶釵分去合無緣。李益。

〔生哭介〕〔小生、丑仝勸下〕

## 評點：

〔一〕應前。

〔二〕人貴立志，不獨爲學，即經營亦然。此齣之妙，要看其一邊是故友相逢，必要細述別來情況；一邊是玉人得信，必要細述遭變根由。都係廹難少待，必欲一口説出，一筆寫就者。然作者勢不能有兩副心口，亦不能有兩副筆墨。必須放過一邊，先説一邊。説了這邊，再説那邊。而又嫌其散漫無情，若金聖嘆譏《西游》似放烟火者，過了一陣又是一陣，頗失文章藕斷絲連、骨開筋接之妙。乃作者忽然寫陸折半醉倒一着，雖是放過一邊，先説一邊，却是口中説着這邊，心内照着那邊。一副心口，忽做了兩副心口。一副筆墨，竟做了兩副筆墨。

又全無一點痕迹，令人不覺。只恨醉漢不醒，而爲黄生之心急馬行遲者增一番急悶。便嘆行文之妙，曲曲折折無限波瀾，而不知其慘澹經營，原不過此放了一邊先寫一邊、寫了這邊再寫那邊之死法子也。神乎技矣！

〔三〕故作曲折之筆，跌宕生姿，真好看殺人。

〔四〕此想極是，事後之悔，人多有之。

〔五〕細認句寫春江，寫日夕，寫船多，亂泊地頭，无所□□真千錘百煉之筆。

〔六〕口頭心頭，妙在没頭没腦。不知從何處話來，寫心事撩亂人逼肖。

〔七〕簡述前事如行文有腰結。

〔八〕寫金生以娼門懷技生疑反照舟師傳信，而黄生則深信玉娥，故鍾情不二也。

〔九〕冷笑妙，總是疑心，恰好反逼。

〔一〇〕衆友丢開黄金復合。

〔一一〕寫舟師之醉，止爲兩人各叙心事。然前一段是客中主，此一段是主中客。

〔一二〕這邊寫完，船家自然該醒，然後再寫那邊。

〔一三〕猶作曲筆，方與前稱。

〔一四〕一驚不小。

〔一五〕夾叙金生一語，不令冷落，且照應入川找尋不見。

〔一六〕伏後。

〔一七〕問得細，偏又有一墳作證，天下事訛到巧處，大都皆然。

〔一八〕舉世無知，止有佳人一盼，真正可憐。

〔一九〕痴情痴狀。

〔二〇〕寫金生如手足，絶非狎客一流。

# 第二十三齣　獅現

【中呂引子】【尾犯引】〔旦病容上〕玉墜總難憑，悔聽仙言强留薄命。自入侯門，何日脱離陷阱？〔老旦上〕春已去白楊糝徑，夏方長緑陰滿庭。〔旦泪介〕時光迅，天涯海角，兩下音難省〔一〕。

母親，我自到此間，不覺兩月。喜得病體未痊，免得人來纏擾。但終日不死不活，未知如何得脱樊籠也。〔老旦〕我兒且自耐煩，設或黄郎聞得此信，設法前來救你，亦未可知。〔旦〕咳，想當初與他相約，原以半年爲期，而今半年已過，那生必到涪江，找尋我們不着，也不知他心下如何了〔二〕？

【過曲】【尾犯引】想他途遠嘆空行，只道浪蕩萍踪，終是勾欄薄幸。恁知俺被脅遭强，慘噎噎變生。悲哽。俺難效題紅葉御溝傳語。他又没咏青柳押衙問訊。算只待相逢地下，方得踐前盟。

〔丑扮歌妓上〕床畔自餘流泪枕，樓中早設合歡筵。自家留仙樓中歌妓是也。這裴家姐姐，乃俺這樓中領袖。來到就患病，兩月來并不曾入班答應。今日太師爺吩咐，備宴在此伺候，不免對他説聲。姐姐恭喜賀喜，適纔太師吩咐，樓中備宴，今夜與你成親，快些梳洗。〔旦大驚介〕呀，裴玉娥的冤家早到也。〔哭介〕〔老旦勸介〕我兒休要如此。事到其間，且勉强順從他罷。〔丑〕這又奇了，這周圍十二座樓中，多少姊妹們，那一個不想望太師寵幸，怎麽姐姐聞言到煩惱起來？

【前腔換頭】〔旦〕心驚。説甚抱枕效群星，俺願做羈囚。甘守孤另歌舞筵前，但提起傷情怎肯，打脱了文禽比翼，偏共那野鴛交頸。猛拚向樓前碎首，玉骨也香馨。

【前腔】〔老〕滄桑有變更，人世姻緣，都是幻影浮生。〔丑合〕對景求歡，休誤却娉婷。細省。放着這珠圍翠繞，休只顧雲愁雨恨。願從此憂容變轉，相對喜吟吟。

【前腔】〔旦〕煩言休再儘，恨敲斷玉簪，已似銀屏墜井。俺白玉無瑕，怎肯污着青蠅。奴家今夜只拚着這條性命對付他便了，畢竟，他道是姻緣簿前生分定，那知是勾魂牒今宵命盡。罷罷罷，俺且去森羅殿上做鬼把冤鳴。

〔旦哭下〕〔丑〕咳，你看他竟自倒在床上哭去了。設或太師爺知道，恐不穩便。薛媽媽，你須勸他轉來纔好。〔老旦〕如果太師來時，只説病還未好，求姐姐們大家方便。〔丑〕這個自然，正是落花有意隨流水。〔老旦〕怎奈流水無心戀落花。〔同下〕〔内細樂净領雜扮四歌妓提燈行上〕

【山花子】〔净〕深沉院宇饒清景，那更佳麗傾城。可人懷天然媚生，況良宵打動春情。前日單希顏送來美女裴玉娥，我見他絶世姿容，十分得意。就派在第十二院留仙樓内，命爲美人，統領歌妓。奈他途路風霜，感冒成疾，未經收用，今已兩月。早間分付擺宴在他樓中伺候，那婆子又來回説，玉娥病體未痊，不能答應。咳，如此美色當前，情懷焉能久待？只得免其侍宴，惟令陪伴枕席，少不得加意温存也。夜宴已罷，不免掌燈前去。細端詳他嬌容可憎，則怕顛鸞倒鳳弱不勝。叫俺憐香惜玉心自疼，安排着雨怯雲羞，須索要款款輕輕〔三〕。

〔老旦急上〕相府權偏重，兒家性更驕。太師定要成親，無奈女兒倒在床上，并不起來梳洗，任我苦勸不依。天那，則怕今夜就做出事來了。話猶未了，太師早到，不免上前答應。老身叩接太師，小女抱恙在床，不能迎接，望乞恕罪。〔净〕罷了，你自迴避。〔老旦暗急先下〕〔净〕歌妓掌燈前行，就入院去也。

【舞霓裳】〔合〕笙歌細細入雲輕，步虚聲，花燈對對引前行。玉階明，那更華月相輝映。送荼蘼滿架晚風清，繞闌杆水碧漾新荷。早窺見樓臺倒浸，怪只怪不捲朱簾暗燭影〔四〕。

〔内火起，白獅跳出净衆驚走，跌地介〕〔五〕〔衆扶净急行介〕

【紅綉鞋】何方异獸狰獰，狰獰。猛然躍出堪驚，堪驚。奔出院，敢留停？魂離㲉，膽戰

【前腔】正值守夜輪更，輪更。忽聞內院傳聲，傳聲。〔内火起，四雜跌地亂跑介〕見惡獸，好驚。更腿酥脚軟難行，難行。

〔净衆奔下〕〔四雜扮家丁持槍棍急上〕

【前腔】正值守夜輪更，輪更。忽聞内院傳聲，傳聲。

魂驚。都後退，敢前迎？怕須臾撞見傷生，傷生。

〔四雜奔下〕〔白獅繞場跳舞一周下〕

【前腔】〔老旦急笑上〕果然玉墜成精，成精。教人感謝仙靈，仙靈。鬧遍了，滿門庭。衆大小，各逃生。只聽得一片呼聲，呼聲。

我兒那裏？

【前腔】〔旦上〕已拚命喪幽冥，幽冥。何來一派虚驚，虚驚。强挣起，問分明。因何事，笑顔生。怎得他退去安寧，安寧。

〔老旦〕我兒，你可曉得，方纔那太師一進院中，只見一個白毛怪獸，忽從樓中跳出，將他驚倒在地，被衆人扶起，一齊跌跌倒倒，奔出院外，四散而逃。老身伏在樓下，細看那獸瑩白長毛，猱頭巨口，腰繫一條紅帶。與你所佩玉獅，一般形相，分明是那墜兒成精出現了。〔旦大驚急看介〕有這等奇事？你看，這墜兒還好好在我身邊，不知那异獸如今在那裏〔六〕？〔老〕聽説那异獸在他家前家後跳舞一番，忽然不見。〔旦〕如此果是玉墜顯靈，仙言應驗。謝天地，我裴玉娥好不僥幸也。

【尾聲】〔老旦〕兒呵，笑他好事一天真掃興，料從今携雲握雨總難成〔七〕。〔旦〕玉獅，玉獅，則要你伴我空幃度一生。

入門一路瞻雄勢，楊巨源。　玉氣騰輝化入空。無名氏。
將來爲報奸雄輩，李商隱。　願托仙槎無路通。蔡希周。

評　點：

〔一〕途行數千餘里，固然堤防不懈，亦由玉娥因聽仙言，尚有偷生僥幸之念耳。『悔聽』二語補寫，完全周密。

〔二〕黄生深信玉娥，而玉娥忽疑黄生。非疑黄生也，只緣未回涪江，有似叛盟生變者，正恐黄生之疑己也。

〔三〕安排太早。

〔四〕不捲朱簾，寫貞女冷落房幃，全非做親光景。

〔五〕奇文幻境。

〔六〕更寫得奇幻莫測。

〔七〕精透。

# 第二十四齣　誤祭

【引子】【挂真兒】〔小生上〕一路向隅人僝僽，知他恨爲鴛儔。怪我無端，雁行情重，也把眉兒陪皺。

俺黄大哥因玉娘守節而亡，要到他墳前一奠。今早船到岳州府，他隨登岸先行，到岳陽樓等看。叫俺端正祭禮，和路家長隨後趕去。路家長那裏？〔丑上〕多情懷舊侶，備禮上新墳。金相公，祭禮端正在此，俺們也就同行罷。〔小生〕正是烈行自留千古恨，貞魂如在萬人欽。〔下〕〔丑捧祭禮隨下〕

【越調引子】【霜天曉角】〔生急行上〕心忙急走，遥見孤雲覆。何處倚來長袖，含泪眼，且登樓。

來此已是岳陽樓上。你看蒼烟滿目，四顧凄凉。玉娘，玉娘，不知你貞魂何處，好不令人心傷也。〔泪介〕呀，那邊粉墻上墨迹數行。〔看介〕原來這、這就是俺玉娘絶命之詞了。〔哭介〕

【過曲】【小桃紅】痛貞鸞烈鳳此中囚，今日個人難重覯也。單則見絶命新詞，向粉壁題留。看檻外野烟浮，天接水，雲迷岫。這凄凉儘教他來生受也。俺只爲没十斛珍珠效好述，妻，怎知你岳陽樓早做了石家樓。

嘗聞得人言呂洞賓三醉岳陽樓。洞賓，洞賓，你何不再到此間度得俺玉娘脱離此厄，也不致他死於非命了。

【下山虎】倘得個仙來搭救〔一〕，也免得今日呵，似白雲黄鶴去悠悠。恨不逢雙口，重尋舊游。玉娘，玉娘，我一片爲你苦心。不識你死去可能知道我爲你歡笑場中從没曾放開眉皺，我爲你把現在功名一旦丢，我爲你風餐并水宿。一似吞長綫，咽斷鈎，東西亂馳驟。巴不到桃花洞口，只落得夢裏無時不并頭〔二〕。

玉娘，我只道你去涪江，怎知你斷送在此。你休怨我不來救你。

【蠻牌嵌寶蟾】【蠻牌令】你只道我薄幸把人丢，終日泪凝眸。早知你望夫石已化在岳陽樓，也不去上青天蜀道游。拚着向瀟湘紅蓼灘頭。【鬥寶蟾】早和你死生聚首，今日呵，空對着殘詩在壁。你何處魂游？

〔痛倒介〕〔小生同丑上〕只爲招魂同酹酒，非關攬勝且登樓。你在此少待，俺樓上看來。〔丑虚下〕

〔小生登樓看介〕

【江神子】烟波四望愁，呀，哥哥，原來你痛倒空樓。〔生坐地哭介〕兄弟來了，且看你嫂嫂壁上所題。〔小生念詩泪介〕看了他斷腸詞，抱恨悠悠。分明是峴山碑，引教泪難收。定傳得芳名不朽。

【鬥黑麻】〔生〕恨不把壁來鑿傷心句收，我待續和哀詞現沒霜毫在手。那更苦咽在心頭，寫不盡萬恨千愁。總教淚流。只怕蝸涎屋漏，枉將他遺筆丟。〔小生〕哥哥不消過慮，料這貞女之詞自有鬼神呵護。〔合〕且莫慮風雨摧殘，且莫慮風雨摧殘，料自有貞靈護留。〔小生〕哥哥，祭禮端正，且和你到墳上去來。〔同下樓介〕〔丑〕咳，黃相公，你到岳陽樓，便把眼哭腫，莫要出盡淚，到墳上便要乾號了。〔小生〕休得多言，快引路前去。〔丑〕隨我來。那前面高高一個堆兒就是了。〔生急前行看介〕這、這就是？〔丑〕你不見上面小小一方白石碣麽？〔生念介〕愛姬玉娘之墓。〔怒介〕呀，這廝好無理！怎將我的美人，公然呼爲愛姬〔三〕？況玉娘并未失身於彼，冥冥之中，安能受此名稱之玷？且把這碑碣打碎。〔取石欲打，小生勸介〕哥哥且莫動怒。看那石碣上，并沒官銜姓氏，今哥哥到此，便是哥哥的愛姬了〔四〕。〔生住手點頭介〕兄弟說的也是。〔生哭介〕我那玉娘妻嗄，怎知你就斷送在此處也。〔丑擺祭生哭拜介〕

【祝英臺】〔生〕這便是瘞玉堆，埋香徑，一腔幽怨此中留。看江上逝波，萬古長澌，難洗去冤共仇。休休。痛伊家未嫁先亡，忍別自尋覓佳偶。拚今世甘守做孤鸞寡宿。

〔小生拜生答拜介〕〔丑揮拜諢介〕〔五〕

【前腔換頭】〔小生〕沾袖。不由人淚盈盈，恭凜凜，痛倒齊稽首。只聽杜宇亂啼，蝴蝶灰飛，蕭蕭風木含愁。清酒那能勾一滴，黄泉都是他血泪來澆透。嫂嫂呵，則願你早生天伴月姊，逍遥紫岫。

【第三换頭】〔生〕低叩。你生前一種仙姿，塵世杳難求。今日個風佩露環月夜江皋，可也湘妃同游。俺只願依舊，向泉臺暗續鸞膠，早博得冥緣終就。我那妻，你若肯回生我下鍬钁拚把這墓門穿透。

〔小生〕哥哥不必過傷。天色已晚，且請回船去罷。〔生〕兄弟自便，我是在此不去了。〔小生〕説那裏話？〔生哭介〕我若去了呵！

【前腔】今後，誰伴他寂寞孤魂，空餘凉月照墳頭。宿草年年，寒食清明，一陌紙錢何有？〔小生〕休憂。但一朝平步天衢，少不得冤情直奏。奔喪轉，早教他望故夫香魂返舊。

哥哥，常言道死者不可再生，便在此守定孤墳，終歸無益。那嫂嫂遺詩之内，只要哥哥得志與他報仇。今乃大比之年，船中無事，儘可温習詩書，小弟粤西一轉，不過月餘，便可一同進京，恰好屆期鄉試。總在小弟身上，替哥哥捐納一監，去下北場。以哥哥大才，功名直如拾芥。那時與嫂嫂請一封贈，使他一片貞心留芳百世，豈不美乎？〔生點頭嘆介〕賢弟愛我實深，愚兄倘有寸進，决不敢忘。也罷，待我再向墳前拜辭他一番。〔哭拜介〕玉娘我那妻，你丈夫如今去了。若果一朝得志，定然替你報仇，搬喪回里，將來和你并穴一處。你可安心相待，切莫凄惶。〔丑收祭催介〕

【意不盡】〔生〕妻嗄妻，一番祝告伊知否？〔小生〕看他屢顧孤墳數轉頭。〔生〕罷罷罷，只待請上方把那佞人來授首。

劈破雲鬟金鳳凰，朱邕。欲將身贖返魂香。竇鞏。
須知此恨難消得，温庭筠。不是愁人也斷腸。戴叔倫。

評點：

〔一〕又從岳陽樓生情，借洞賓影照鍾離。
〔二〕《西厢》『夢裏成雙覺後單』，言其緣之慳。此『夢裏無時不并頭』言其思之切。意各不同而各臻其妙。
〔三〕豈知還是公無理，如何他的愛姬公然呼爲美人？
〔四〕如此勸止的妙，不然又重襲謝瓊仙打碑故套，且難作收煞矣。
〔五〕極寫誤的可笑。

# 第二十五齣　還朝

【仙呂引子】【望遠行】〔外執鞭領衆行上〕安危平險，片檄干戈掩。兀那書生，何事功名抛閃。忍教他昇學沉埋，肯自把奇勛隱占。待陳奏九重天鑒〔一〕。

〔集唐〕一別燕雲歲月深，西山寇盜莫相侵。舊游烽火天涯夢，鐵馬馳驅報主心。下官自用參軍之策，檄諭苗蠻，幸俱就撫。善後經營，又經一載。目今奉詔，欽取還朝。面聖之時，這第一等軍功，少不得將黄生首先議叙。但他天生情種，因與妓女裴玉娥婚姻有約，一心要往涪江，不待下官回衙。宅門封鎖，竟自逾墻私出，虧他家人瘸老兒禀明，必要親去涪江尋訪。下官放心不下，只得差人同他入川。遍找無踪，今又回到金陵原籍找尋去了〔二〕。再尋不見，少不得奏明聖上，行文各省，出榜招求，必知下落。説話之間，早出了滇南境土，又則是貴陽交界也。

【過曲】【長拍】叠叠雲山，叠叠雲山。潺潺澗水，遥控西南天塹。昆明漸遠，早撇過石屏金齒，霧蒼茫近接巫黔〔三〕。回首泪潸潸，痛兵連禍結，黎民遭陷。一縷炊烟青已斷，燐火亂鬼聲尖。喜一旦鯨鯢迹斂，免凋殘老幼盡被鋒銛。

【短拍】遥聽猿聲，遥聽猿聲。杳然天際，四圍中山色巉巉。紅日暗高岩。急忙裏盼不着鷄聲茅店，又待垂鞭下馬，只多少曲磴勢危阽。

【尾聲】征衣一任輕塵點，且笑看山腰桃柳挂松髯。俺此去面聖呵，管教龍顏喜色添。

仗策書生佩吕刀，鑄時天匠待英豪。譚用之。

功成奏凱見天子，李白。願拂餘香到緼袍。薛逢〔四〕。

評點：

〔一〕寫出不肯蔽賢，一片公心，令竊位者對此增愧。

〔二〕帶筆虚寫，鋪叙并伏下文。

〔三〕吐詞蒼秀，用意悲凉，曲中有畫。

〔四〕結妙。

## 第二十六齣　重爵

【引子】【點絳唇】〔末〕四海無波，一人有道。民風動，右武崇文齊上昇平頌。

【集唐】天仗宵嚴建羽旄，春雲送色曉鷄號。金爐香動螭頭暗，玉佩聲來雉尾高。下官老黄門是也。今乃宣德四年，會試之期，天子臨軒策士，正當金殿傳臚，恰好苗疆就撫，大將軍奏凱還朝，爲此龍心大悦。一面議叙軍功，一面傳臚放榜，降旨將太平、瓊林二宴齊設朝堂，文東武西，朝臣三品以上，皆着陪宴。豈不較往年更加榮耀〔二〕。話猶未了，文武官陸續來到也。

【引子】【玉女步瑞雲】〔小生上〕試卷彌封，多士憑公選貢，待御筆龍頭點中。

下官内閣大學士兼禮部尚書楊士奇是也。奉旨主試衡文，今乃傳臚放榜之期，只得在此伺候。

【前腔】〔外上〕洗却塵封，又見五雲高捧，早不覺誠惶誠恐。

下官征蠻大將軍安義是也。欽奉聖旨還朝，命將平定苗疆，大小軍功，奏聞議叙。來此午門，那邊是楊老先生。〔小生〕將軍招撫夷疆，除此一方塗炭，其功不小矣。〔外〕晚生正仰體老先生從前請罷交趾兵之意，仿佛而行耳。〔小生〕不敢。請問老黄門，今日金殿傳臚，又值軍功議叙，我等奏事，孰後孰先，可曾請得有旨？〔末〕聖旨道來，國家文武并重，但今武成永定，文教復興。着先奏議叙軍功，然後傳臚唱榜。〔外〕如此僭先了。〔末〕聖駕臨朝，就此俯伏。〔内細樂設朝，旦、貼扮女官上立介〕〔外〕臣征蠻大將軍安義見駕，願吾皇萬歲萬萬歲。〔二旦〕平身。可將蠻夷如何就撫，謀臣戰士，大小軍功，一一奏來。〔外〕萬歲。

【過曲】【榢木兒】皇仁溥，帝澤弘。雨露殊施及异種。臣有參軍黄損，金陵飽學秀才。臣資其謀略，宣揚聖德，檄諭蠻夷，輸誠歸服。使不着逞戈矛陣上雄威，全虧他運風雷筆下詞鋒。因此上狼心感化輸誠貢，民生免致流離痛。但此生歸去完娶，不知下落。伏望吾皇降旨各省挂榜招求，庶首功得邀上賞，夙學不致沉淪，而國家亦可收得士之效矣。須教他會合風雲一旦通。

其餘軍功次第，臣已本内奏明。伏乞聖鑒。〔二旦〕聖旨道來，苗疆就撫，足見經國弘猷，謀臣戰士，協力同心，朕心嘉悦。大將軍安義，晋封公爵。參軍黄損，准以一等軍功議叙。該部行文天下，挂榜招求，咨送來京引見。餘依議，欽此謝恩。〔外〕萬歲。〔起立介〕〔小生〕臣大學士禮部尚書會場主試楊士奇謹奏。

【前腔】文明啓，魚化龍，筆吐奇花才思湧。摩烏闕萬國賢良，題雁塔五百英雄。微臣謹將新科進士對策，恭呈御覽，欽點狀元。雖則羽儀聖世皆麟鳳，還待當朝選就爲梁棟。少不得御筆親標第一紅。

〔二旦〕聖旨道來，朕覽多士對策，惟金陵監生黄損條奏，博大昌明，言有根柢，自是體用兼優之士，堪爲狀元。但與大將軍所奏議叙參軍，姓名籍貫相同，果否即是一人？其榜眼、探花，以下二甲三甲，悉照大學士所定名次傳臚以畢。即宣狀元黄損上殿見駕，着大將軍上前識認具奏。〔小生〕領旨。〔外暗驚介〕適纔殿上傳臚，第一甲一名狀元及第，竟是金陵監生黄損。難道參軍到京捐入國學，北場聯捷了？且待他上殿見駕，細細識認，便知分曉。〔小生〕傳臚以畢，聖上有旨，宣狀元黄損上殿見駕。〔生冠帶插花上〕〔集句〕天街塵静馬蹄輕，經閣詞林早擅名。誰謂此中難可到，年年長傍紫宸明。下官黄損，虧得金兄弟，到京援入國學，北闈聯捷。今早傳臚，欽點第一甲一名狀元及第，宣入見駕。不免整肅衣冠，竟向金階而進。

【南北雙調】【北新水令】生平壯氣吐長虹，今始覺文章有用。首登龍虎榜，欽點狀元紅。雲路全通。插宫花帽壓，君恩重。

〔外望介〕那上殿來的正是我年侄，果然得中狀元。可喜，可喜！〔生揚塵舞蹈，山呼拜伏介〕新科狀元臣黄損見駕，願吾皇萬歲萬萬歲！〔二旦〕聖上有旨，宣大將軍上殿識認。〔外跪介〕臣啓陛下，新科狀元黄損果即係臣參軍。

【南步步嬌】運籌帷幄曾相共，持一管把苗疆控。只道飄零四海空，似玉泣荆山，難顯出奇才大用。怎知他一舉首登龍，早臚頭高唱承恩重。

〔二旦〕聖旨道來，黄損參幕有功，爲何不待議叙，又復來京中式？奏來。〔生〕萬歲！

【北折桂令】念微臣一介書傭，痛只痛世業凋零，湖海飄蓬。没奈何權親案牘，暫隱囊錐，略贊軍戎。還只爲觀光有志，因此上參幕無終。幸看遍十里花紅，頭角峥嶸，羞答答提甚因人成事附驥論功。

〔小生跪介〕臣觀狀元黄損既抱經濟之學，又兼詞賦之長，今科得此大魁，臣敢爲陛下得人賀。

【南江兒水】這是化育栽培重，山川靈秀鍾。羞他七篇八股言無用，腹隱經綸才堪重。敢歌聖主賢臣頌。伏乞聖主加恩，即將兩重爵秩，并賜一人以彰曠典。喜麟閣鳳池相共，兩道榮封，總教他一身承寵。

〔二旦〕聖旨道，依卿所奏，狀元黄損，以翰林院修撰加封侯爵，將瓊林、太平二宴，總設一處，二卿主席相陪。欽哉謝恩！〔生、小生、外同呼萬歲介〕〔生進跪介〕臣有短表，奏聞陛下。〔二旦〕卿有何事奏來？〔生〕臣本草茅疏賤，驟得進身。原不應彈劾大臣，以傷國體。但既蒙殊恩异數，如有所知，安敢畏罪不言？以上負聖明納諫如流之盛心，且下背耻與佞臣同朝之夙志。臣知冒死言之於前，隨當罷斥於後，只願邀蒙聖鑒，死亦甘心〔二〕。

【北雁兒落帶得勝令】臣祇爲抱區區一點忠，耻與那立當朝僉壬共。因此上冒斧鉞奏九重，那顧得觸雷霆眈怕恐。〔二旦〕卿謂耻與佞臣同朝，所指何人？奏來。〔生〕佞臣乃廣西巡撫單希顏，出入相臣吕用門下，爲其走狗，一歲數遷。自到巡撫之任，倚仗吕用勢焰，殘害生民，貪財好色，惡不勝誅呀。則怪他相狼狽蔽聖聰，一個個擅威福將權弄。數不盡貪財色賄賂通，全不顧遭屠毒生民痛。重瞳。惟只願似當年誅四凶。尸饔。臣怎敢效阿匼自取容？

〔生懷出表進呈介〕二臣劣款，臣本逐細陳明，伏乞聖鑒。〔二旦〕聖旨道，狀元新進之士，輒能不避怨嫌，參劾權幸，所陳撫臣各款，證據昭然。似此直言侃侃有古大臣之風。再賜黄金百兩，彩緞百端，以旌其直。太師吕用，現在告病，着即罷相休致，姑念老臣，免其究問。廣西巡撫單希顏，革職解京，發三法司嚴審，定擬具奏。欽此退班〔三〕。〔生叩首介〕萬歲。〔二旦、末暗下〕〔生揖小生介〕

門生樗櫟庸材，得邀聖天子殊遇之恩，實賴老師相成全之德。〔小生〕狀元甫覲天顔，參劾權幸，可謂才人有膽。但彈章出之袖中，似非一時所爲。莫非平日與他有甚嫌怨？〔生背介〕下官那一種心事，如何好對人説得？老師相，那單希顔貪淫暴横，民怨沸騰。門生久已貫耳，今既僥幸，急思爲民解倒懸之厄，并無私怨。〔小生〕這也難得。

【南僥僥令】羡你才人真人勇，彈論獨持公。纔得一覲天顔未移晷，早凛凛孤忠見素風。〔生揖外介〕小侄感蒙大力提携，竟得軍功首叙。只是當年不别而行，思之未免惶恐。〔外〕賢侄大小登科總在此行而得，到是老夫屈留有罪。

【北收江南】〔生背嘆介〕呀，説甚小登科也在此呵，不由人氣衝衝。到是這大登科，其實虧我這一走。笑嫁衣代做枉勞功，今日呵，倩嫦娥手縫，倩嫦娥手縫。也博得簇新新一領御袍紅。

敢問年伯，瘸老兒今在何處〔四〕？〔外〕我前差人伴他，先到涪江，尋你不着，又同到金陵找尋去了。今聞你登科，一定就進京來的。〔生〕如此費心了。〔小生〕御宴已備，就請同行。

【南園林好】〔小生、外合唱〕你占魁名武功更隆，不枉了殊恩异寵。向瓊林歌太平一統，承御賜飲杯重，承御賜飲杯重。

【北沽美酒帶太平令】〔生〕感天恩湛露濃，任游人争看擁。領仙班金勒雕鞍控玉驄，信幾根傲骨不終窮。真氣概,果豪雄。〔背泪介〕則我那玉娥何處也? 説甚麽榮華享用,問那得同心相共。雖則俺寃仇報把權奸斷送,還仗你貞靈佑把宸衷感動。俺呵,對人前歡容笑容禁不住斷腸悲痛。玉娘,玉娘,這種情問你可夢泉臺芳心自懂?

【南尾聲】〔小生〕文才濟濟笙歌擁,〔外〕更喜車書萬國同。〔生背介〕天呵,還待把五花冠早寄到鴛鴦冢。

〔小生〕萬條紅燭動青天,楊巨源。〔外〕謁帝稱觴登御筵。李白。

〔生〕今日風光君不見,張籍。〔合〕每逢寒食一潸然。趙嘏。

---

評　點:

〔一〕寫中式亦與他本不同。

〔二〕即此數語,足抵一篇短表。立言得體,陳情動聽。

〔三〕結單希顔。

〔四〕若不問瘸老便非情矣,纔見義僕,纔見恩主。

# 第二十七齣　化醫

〔雜扮院子上〕室内妖難去，門前客不來。自家呂府門官降爲院子的便是。俺府中出了一個白毛怪獸，忽隱忽現。任是法官，捉拿禳解，總不能退。一家大小，晝夜不寧。太師着了一驚，染病不起。前又被那新科狀元，彈了一本，將個熱烘烘的宰相，輕輕送吊。虧得聖上寬仁不究，只把他得意門生單希顔，拿解來京治罪。太師因這氣惱，病體益加沉重。可笑京師這些名醫，用藥絶無見效。爲此太師着急，門首張挂榜文，有能降妖治病者，謝以千金。多時并無一人來到。正是福無雙降還難定，禍不單行信是真。〔虚下〕

【南呂引子】【臨江仙】〔末執漁鼓簡版上〕多情即是真仙種。誰云太上無心，無心偏解惜情深。要知真種子，端不爲宣淫。

身是乾坤勿外求，虚靈一點最深幽。自從識得還元妙，六六宫中春不秋。小仙漢鍾離，自與衆仙飛過洞庭滇南游罷，又早三個年頭。那黄生夫婦魔障將完，正好撮合團成，以見仙家妙用。想當時曾將收伏玉獅，轉煩龍女授與玉娥。而今帶入相府，被他興妖作怪，攪得奸相驚憂成病，正在挂榜求醫。因此來到相府門首，且在一邊打坐，口唱道情，待人來問，自有道理。〔打坐介〕道情非是等閑情，正識天機不可輕。先把世情齊放下，後將道理細研精，細研精。未煉還丹先煉性，未修妙藥且修心。修心自然丹性至，性清然後藥材生〔一〕。人生好似無根樹，花向無中早結成。凡花落盡此花在，且唱個無根花樹待君聽。

【道情】無根樹，花正黄。色位中央戊巳方。東家女，西家郎，配合夫妻入洞房。黄婆勸飲醍醐酒，一日掀開醉一場。這仙方，返魂漿，起死回生是藥王〔二〕。

【么】無根樹，花正明。月魄天心逼日魂。金烏髓，玉兔精，二物團來一處烹。陽火陰符分子午，沐浴加臨卯酉門。守黄庭，養谷神，男子懷胎笑殺人。

【么】無根樹，花正香。鉛鼎温温現寶光。金橋上，望曲江，月裏分明見太陽。吞却烏肝并兔髓，换盡塵埃舊肚腸。利名場，恩愛鄉，再不回頭爲爾忙。

【么】無根樹，花正嬌。天應星兮地應潮。屠龍劍，縛虎縧，運轉魁罡斡斗杓。煉一爐真日月，掃盡三千六百條。步月霄，任逍遥，罪垢塵凡一筆消。

【么】無根樹，花正紅。摘盡紅花一樹空。空爲色，色即空，識破真空在色中。了了真空色相法，相法常存不落空。號圓通，祭大雄，九祖超升上九重。

【么】無根樹，花正無。無相無形難畫圖。無名姓，却聽呼，擒入丹田造化爐。運起周天三昧火，鍛煉真空返太虚。謁仙都，受天圖，纔是男兒大丈夫。

【么】無根樹，花正危。樹老將新接嫩枝。梅接柳，桑接梨，傳與修真作樣兒。自古神仙栽接法，人老原來有藥醫。訪名師，問方兒，下手速修猶未遲。

【么】無根樹，花正偏。離了陰陽道不全。金隔水，汞隔鉛，陽寡陰孤各一邊。世上陰陽男配女，生子生孫代代傳。順爲凡，逆爲仙，只在中間顛倒顛。

【么】無根樹，花正佳。日日開時玩月華。金精旺，耀眼花，莫要籠中錯揀瓜。八石五金皆是假，萬草千方總亦差。金蝦蟆，玉老雅，煉的真時是作家。

【么】無根樹，花正新。産在坤方坤是人。摘花蒂，采花心，花蕊層層艷麗春。時人不達花中理，一决天機值萬金。借花名，作花身，句句敲爻説得真。

【么】無根樹，花正丰。認取真鉛正祖宗。精神氣，一鼎烹，女轉男身老變童。欲去西園降那虎，先往東家伏了龍。類相同，好用功，内藥通時外藥通。

【么】無根樹，花正繁。美貌嬌容賽粉團。防猿馬，劣更頑，挂起娘生鐵面顔。提着青龍真寶劍，摘盡墻頭朵朵鮮。趁風光，載滿船，怎肯空行過寶山〔三〕。

〔雜暗上〕這道情唱的到好聽。道人，你是化齋是化錢？〔末〕都不化。〔雜〕不化却怎麽？〔末〕聽俺道來。

【梁州賺】俺煉性明心，愛雲游松餐露飲。〔雜〕可有甚麽本事？〔末〕善識灾祲，便回生起死能耽任〔四〕。〔雜〕原來是個扯空頭掉油嘴的道人。想必你會知醫，如今有個疑難症候，你可醫得麽?〔末〕端詳審,一任你希奇病祲,只須那藥王數品諸邪禁。〔雜〕如果醫得好,那謝儀非輕,俺這引進的,怎樣分肥呢?〔末笑介〕咳,俺不化齋糧不化金,那謝儀呵,送憑君作甚?〔雜〕既如此,你看那門上挂着榜文,俺府内太師有病,要求海内名醫。你今口出大言,何不揭了榜文,待我稟一聲,就請相見。〔末〕説得有理。〔揭榜文介〕

〔末〕妖星當户法尤良,無名氏。〔雜〕輾轉幽憂復自傷。盧綸。

〔末〕我出大言休冷笑,李白。〔合〕却來人世施仙方。王諲。

---

**評　點:**

〔一〕字字修仙妙訣。

〔二〕後天爲首者,先天受生已定;　後天修,則先天無不足之患矣。

〔三〕歸到不動心爲正。

〔四〕一拳打入。

# 第二十八齣　遣祟

【商調引子】【憶秦娥】〔净病容丫鬟扶上〕星辰暗，一朝運退妖氛犯。妖氛犯，神驅法遣，有誰能撼？　無端黄口將人啖，滿腔羞忿心懷憾。心懷憾，膏肓病入有醫難探。

老夫吕用，自府中出了白毛怪獸，隱現無常，人人驚悉。任是法師俱難遣退，老夫驚憂成病。昨又被那新科狀元黄損小畜生，無原無故彈了一本，好不利害。喜得聖主寬仁，不曾究問。只着罷相休致，單將我個得意門生單希顔，拿問定罪。那黄損簇新鼎甲又有軍功議叙，晋封侯爵，皇上十分寵信。老夫切齒冤仇莫能報復，因此益加氣惱。病轉沉疴，服藥無靈，命在旦夕。適纔門官來報，有一道人口出大言，善能醫治。且待他進來，看是如何。〔伏介〕〔雜領末上〕師父這裏來。

【北端正好】〔末〕非是俺做神仙情偏濫，没來由是非閑攬。偶然間游戲神通，胡謎喃算都是精扯淡。

【滚綉球】則爲他節義全於女，痴情守在男。一個個誓他生恨塞冤含，入侯門似投淵坎。誰敢把驪龍頷下珠探，全虧得施幻術早驚破奸雄色膽。穩護持一枝菡萏，叫他春情蕩難得花貪，好好把文姬塞北送歸南。若不同赤神守宅灾難撼，肯一旦將美婢遣去心甘。

〔見介〕貧道稽首。〔净〕你看我病體如何?〔末〕醫家望聞問切,貧道不須問症,望氣便知。太師神昏色黯,必爲虚驚而起,并非風寒暑濕七情六欲之灾,乃係妖孽爲祟,只怕凶多吉少。〔净點頭驚介〕

【叨叨令】則見你神兒色兒,似這般朦朦朧朧的暗。少不得病兒症兒,也則待沉沉重重的勘。使不着方兒藥兒,一味價虚虚謊謊的啖。都是那鬼兒魅兒,守住你朝朝暮暮的闞。兀的不斷送了人也麽哥,兀的不斷送了人也麽哥。早把那棺兒衾兒,安排着端端正正的琀。

〔净慌介〕先生果有神見,但不知係何妖怪?〔末〕大凡物久成精則爲妖,反常則爲怪。此則非妖非怪,乃係鬼魅爲祟,有影無形。〔净〕請問先生係何鬼魅?主何吉凶?〔末〕據貧道看來,宅内陰氣過重,必有婦女不寧,戾氣作祟耳。〔净〕可以知其人否?〔末掐指算介〕其人金命生年,來自西南,現居兑地。兑在府之正西。其色白,其類獸。兑爲少女,爲妾,爲口舌,爲毁折,必時見哭泣之聲,灾損之疾。祟即此人所招,大不利於家主。

【脱布衫】算他那坤毋土生長在西南,現來在兑西方居停處暫,怪則怪喪門白虎惡非凡,正與他少陰命金星相犯[二]。

〔净背驚介〕其人金命生年。我想樓中許多姬妾,只有裴玉娥今年一十八歲,乃係庚申生命,庚申屬金。又自粵西送來，原籍涪州，恰是生長西南之地。現居院之正西，不時疾痛悲啼。豈不句句應在此人身上？且那白毛怪獸，又從他院中跳出，分明祟即此人所招矣。先生，據你所説，果有其人。但那一個弱女子，如何爲害於人，這般利害？〔末〕非干其人之過，乃是宅主星辰所犯，命運所招耳。

【小梁州】那裏要髮似朱砂面帶藍，方認做鬼狰獰怕他吞啖，便是雲容月貌太嬌憨。追魂暗〔二〕，難容你勒馬停驂。

〔净〕先生這祟可能滅除？〔末〕只宜善退，不可惡除。金主干戈，若動殺機，其禍愈速〔三〕。〔净〕何爲善退之法？〔末嘆介〕只是又要害一無辜性命，貧道出家人慈悲爲本，此話如何説得〔四〕？〔净〕現在老夫性命要緊，望先生一言相救，即是慈悲。〔末不言净作急求介〕〔末嘆介〕我觀太師陽壽還不該絶，將來尚有復相之時，貧道便造些小孽〔五〕，也説不得了。乞退左右。〔净〕迴避了。〔丫鬟下〕〔末〕太師豈不聞人留則祟亦俱留，人去則祟亦隨去。太師若要病退身安，除非將此女轉送他人〔六〕。則其禍他人當之，太師可以無恙矣。〔净點頭喜介〕先生之言是也。

【么】〔末〕須將這禍水傾出教他人啖，那時節害着他來便替着俺。這便是移花接木讓你把生貪。但是此女所到之處其人必死，若非太師深仇宿怨，萬不可將他送去，害人性命不是當要〔七〕。可憐他李代桃僵將禍攬，生生的屈死也難諳。

〔净〕領教了。〔末〕貧道告退。〔净〕門官那裏？快取金帛來謝先生。

【煞尾末】俺出家人早把這財物看來淡，不過有緣相遇一傾談，且弄着明月清風返道庵〔八〕。

〔末下〕〔雜上〕世間怪事年年有，不似而今相府多。稟太師，那道人出得門來，化陣清風忽然不見。〔净背驚介〕有這等事？分明是仙家點化。性命要緊，那女子萬不可留。我想深仇宿怨，只有狀元黄損正思報復無門，何不竟將此禍移於此人？明則與他修好，暗則害他性命。不特老夫病退身安，且可出了這口惡氣，豈不快哉？明日一面差人去説，一面就打發那女子起身，送上他門，不怕不即時收下也〔九〕。

〔净〕嫦娥應檢惡姻緣，裴悦。却有傷心在目前。錢起。

〔雜〕直從獅子門前入，花蕊夫人。愁極兼無買酒錢。杜牧〔一〇〕。

〔丫鬟暗上扶净下〕〔雜隨下〕

---

評　點：

〔一〕逼真元人風調。

〔二〕『追魂暗』三字，寫得怕人。

〔三〕先要斷其殺機，此一層玉娥生矣。

〔四〕妙不就説。

〔五〕神仙亦用機械打誑語，即是小孽。原與釋門不同。

〔六〕此一層玉娥去矣。

〔七〕此一層玉娥定歸黄生矣。分幾層説來更易人聽。

〔八〕結得高。

〔九〕妙在迅速，天下事一停留便多轉變。

〔一〇〕反照從前得時受賄妙。

# 第二十九齣　奇圓

【正宫引子】【燕歸梁】〔副净上〕數載奔馳道路忙，今日裏謝穹蒼。主人平地姓名揚，門庭整，紹書香。

俺瘸老兒自往涪州找尋相公不著，又回到金陵。忽見登科録上，相公中了狀元，連忙到京相見。原來虧得遇見金相公，敗子回頭發起財來。替相公捐了監，北場聯捷，大魁天下。又得安老爺保奏，軍功議叙，加封侯爵。一朝榮貴，繼起家聲。只聽説那裴小娘子，被廣西巡撫强娶爲妾，守節不從而死。看來原非娼妓可比，俺相公眼力不差。今把巡撫參了，現在奉旨拿問。連那太師吕用，也革去相位，好不燥脾。但他鍾情太過，竟欲守定前盟，終身不娶。我想不孝有三，無後爲大。喜得金相公被俺老爺認爲親弟，留在府中。連路船家也來到此，俺三人常常商議，等他悲傷少定，大家苦勸一番，必須覓頭姻親，以全宗祀。然後我瘸老兒放懷得下了。道猶未已，那邊陸折半早來到也。

【前腔】〔丑上〕風水生涯事渺茫，新倚托大門墻。襯高靴底帽增長，添三寸，湊來量〔一〕。俺陸折半，自裝了黄老爺、金相公廣西回來，又裝了一船客貨，到洞庭湖裏遭風，壞了船，喜得不曾傷了性命。只是窮困無歸，聽得黄老爺中了狀元，又加封侯爵，因此到京相投。喜得念舊，留住府中，并不以下賤看待。俺夫妻無兒無女，且靠他吃些現成茶飯，却不是好。〔見介〕老哥，今日老爺入朝，還未回來，和你在這門房裏，閑叙閑叙，有何不可。〔副净〕甚好。〔虚下〕

【引子】【七娘子】〔雜上〕一朝柄去威風喪，早分開金釵艷行。便是俺家人也顔面無光。記得古人説得好，賠了夫人又折兵，今俺太師呵，折了兵將，那夫人還待來賠上。好笑俺太師，那裴玉娥樓中第一個絶色，自己不曾受用一夜，忽然要把他送與新狀元，敢是爲那一本參的利害。這裴玉娥是單爺送的，如今單爺拿問，還怕有甚麽沾染。不要管他，奉命且去走遭。來此已是。那個大叔在此？〔副净、丑仝上〕是那個？〔雜背笑介〕好貨，如今又一般行時的來了大叔〔二〕。俺是吕府中來的。俺太師多多拜上狀元，病中不能親賀。特以千金選得美女一名，送上狀元爺侍奉巾櫛，一者謝罪，二來恭喜。〔副〕俺老爺朝中未回，且請少待。〔雜〕這等。狀元回朝，轉煩二位禀聲。那妝奩和美人隨後便到。俺自回太師話去也。〔副〕雖承太師美意，俺老爺收與不收，尚未可定，何必恁忙？〔雜〕太師爺説道特地送來，定要狀元爺收的。那美人已經打點上轎起身了。正是好備香車迎粉黛，安排銀燭照紅妝。〔雜下〕〔副净、丑笑介〕這人是作耍是當真？怎麽話也没説妥，就將那美女和妝奩齊送上門。且先回過二爺，等老爺回府，好作商議。二爺有請。

【梁州令】〔小生上〕承視嚶鳴比雁行，奈他寡鵠無雙。幾番幾諫動情傷，終無意鳳求凰。你二人有何話説？〔副净〕適纔吕府有人到此，奉太師之命，道病中不能親賀，特以千金選得美女一名，送與狀元，一來謝罪，二來恭喜。小人們回説老爺朝中未回，收與不收，尚未可定，叫他少待回信。他説那美人已經打點上轎起身，和妝奩隨後就到，説罷竟自去了。〔小生驚介〕就是好意送來也不應如此急迫。這是甚麽緣故？老爺此時尚不知道，萬一送來，如何是好？你可着人打聽老爺，一下朝來，就請速回商議便了。〔丑〕二爺説得有理。〔小生〕正是背後機關非易測，當前啞謎實難猜。〔仝下〕

【喜遷鶯】〔生帶四雜上〕玉人何往，雖恨雪眉頭，愁牽心上。冷月寒烟，白雲紅樹，看來總是凄凉。富貴無緣相共，金紫何心獨享〔三〕。〔泪介〕妻嗄，拚今世孤衾獨擁，忍負伊行。

〔四雜下〕〔小生見介〕哥哥，可知道今朝有一樁奇事。〔生〕有何奇事？〔小生〕就是那吕太師，忽然差人來説，病中不能親來賀喜，特以千金選得美女一名，奉侍巾櫛。也不等哥哥回朝，收與不收，就説在今日一刻,送上門來。你道此事奇也不奇?〔生驚介〕呀,這厮有何好意?一定有甚美人計,要將我陷害了。

【過曲】【雙鸂鶒】聽説罷教人悒怏,他與俺仇深海樣,定然把么魔詭計,待將吾斷喪。〔小生〕那厮勢利小人,或因哥哥新貴得君,欲來棄怨修好,亦未可知。反覆事任炎凉未可意量。且不須發怒嗔,故將人冲撞。

小弟愚見,且看他來意。如果實心求好,哥哥現在婚姻未定,何不權且收下。暫侍房帷,以延宗祀。不知哥哥意下如何?〔生〕呀,兄弟差矣。我玉娘爲單希顔逼迫亡身。吕用乃單賊座師,借其權勢,方敢横行。是單賊固玉娘之仇,而吕用亦玉娘之仇也〔四〕。我方願終身不娶,以報玉娘此情。怎反與他仇家送來之女,公然成起親來?

【前腔换頭】他之死媿共姜,假饒我别效鸞凰。還逃不過虧心短幸,恐教他怨魄凄惶,怎忍與吴越偕秦晋自圖歡暢。〔哭介〕我那玉娘妻,兀的不醋浤莫解悲泉瀼。

兄弟,可分付把門的,如送親人到,即便打發回去,不許容他進門。正是不入耳言真厭聽,惱人心事總休題。〔泪下〕〔小生隨下〕〔老旦上〕忙將天外飛仙來喜,報與人間得意郎。那太師前爲怪獸,吃了大驚,染成一病。昨又聽説被新科狀元黄損,彈了一本,革去相位,連那巡撫單希顔亦經拿問。原來黄郎到京得中,報了冤仇。女兒好生暗喜,正愁不能通一消息,不意來了一個醫病的道人,不知向太師説些甚麽,他忽將俺女兒,欣然送與狀元。怎奈狀元不知就理,執意推辭。老身恐有中變，只得飛輿前來，與他說明其故。已到狀元府，不免竟入。〔副净、丑同上〕長短憑人論，高低任我行〔五〕。〔丑見老旦驚介〕呀，你是薛阿媽！〔老旦〕原來路家長也在此。〔副净細認點頭介〕我道這媽媽面熟，原來就是薛小娘子令堂，今從何來？〔老旦〕特來與小女送親。〔副净驚介〕你女兒死了，如何又有個女兒來？〔老旦笑介〕俺女兒并不曾死，只怕此話不真。〔丑〕這是我親眼見的，如何不真？〔老旦〕這裏不是說話處，快去報知老爺。〔丑背介〕這又奇了，難道人時運一來，連死了的人又會活轉來的？〔副净〕老爺有請。〔生上〕自憐心内愁思擁，翻怪堂前笑語多。〔副净〕薛阿媽要見。〔生驚介〕可是那裴小娘子的母親？〔副净〕正是。〔生〕呀，他一向在那裏？快請進來。〔副净請介〕〔老旦〕狀元老爺那裏？老身叩頭。〔生急扶起介〕媽媽怎行此禮？可憐我那玉娘妻嗄。〔哭介〕〔老旦急止介〕老爺休傷，俺女兒并不曾死。〔生大驚介〕怎、怎麽說，你、你女兒并不曾死？〔老旦〕俺女兒不但未死，還有天大喜事報知老爺。〔生〕有、有何喜事，快快說來。〔老旦〕聽禀。

【傾杯賞芙蓉】【傾杯序】别後孤帆下岳陽，平白遭魔障。小女呵，似失水鮮鱗，鎩羽羈禽。已拚玉碎樓前，魄葬江鄉。【玉芙蓉】無端感得仙靈相授寶，全貞免喪亡。〔生〕令愛被單賊劫去，禁在岳陽樓，下官已知備細。但說無端感得仙靈相授寶，全貞免喪亡，這是怎麽講？〔老旦〕當日我女兒被禁在岳陽樓上，忽有仙女化作漁婆，將一個玉獅墜兒，授與小女，緊佩在身。說道患難中自有救應，日後夫妻重會，不必傷生。〔生背驚介〕呀，下官的玉墜，當日化做神獅，忽然不見。怎麽這神仙也有一個玉獅墜？　且問後來又怎麼樣了？〔老旦〕那巡撫將小女進與吕太師，派爲一院美人。那日强逼成親，小女廹欲自盡，誰知太師方進院中，忽見一白毛怪獸跳出，將太師登時嚇退，因此性命得全。〔生大驚介〕有這等事，後來？〔老旦〕那怪獸忽隱忽現，吵得他家中日夜不安。太師着了驚，染成一病，又遇着個醫病道士，不知對説甚麼言語，他便將我女兒，欣然送與狀元。所以老身特地先來與狀元説個明白。〔生大喜介〕原來如此。〔老旦〕狀元呵，真意外喜從天降。似當年分開比目得成雙。

〔丑、副净暗上，竊聽點頭鼓掌喜笑介〕〔六〕

【朱奴插芙蓉】【朱奴兒】〔生〕感仙真痴情鑒將，仗神獅威靈默相。去歲下官找尋到岳陽樓，見粉壁上小娘子絶命詞一首，又見江灘上新墳一座，碑碣上刻着玉娘之墓，却是爲何？〔老旦〕那詞實小女所題。聞得巡撫有一愛妾，名唤玉蓮，隨着上任，死於舟中，就埋在岳陽樓下。〔生笑介〕如此説來，下官那一付痛腸血淚豈不乾折了也。笑錯唤真真血淚滂，反向那鬼冤家奠酒陳漿。險誤認鴛冢上化韓馮蝶雙。【玉芙蓉】怎知道人無恙，而今重爇斷頭香。

〔小生上〕人世團圓巧，仙家作合奇。哥哥，恭喜賀喜。兄弟聽得分明，真乃吉人天佑。新人已將到門，快去打點迎親。〔生〕媽媽請進，换了大衣〔七〕。兄弟，可分付家人俱以院君相稱，小心伺候。〔仝下〕〔净扮儐相上贊禮介〕幾年離别恨難磨，淪落英雄事若何。今日畫堂雙鳳合，方知丹桂近嫦娥〔八〕。請狀元榮升。〔生冠帶上立介〕〔净〕烟花雖賤獨留芳，冰比清兮玉比剛。歷盡艱危緣自

合，畫眉今是狀元郎。請新人緩步。〔四雜扮院子執花燈，小旦、丑扮梅香扶旦蓋頭上〕〔交拜介〕

〔净下〕

【普天帶芙蓉】【普天樂】〔衆合〕錦屏開，珠簾敞。仙樂奏，銀燭晃。響珊珊佩下瑶臺，香馥馥春滿華堂。可意種似從天降，何意天台忽把桃花放。恰相逢前度劉郎，笑奸雄計暗傷。【玉芙蓉】那知遇裴航，暗中偷搗舊玄霜。

【尾聲】乍相逢算不了相思帳，少不得效盡於飛樂欲狂，怎能勾一刻千金萬倍長。

最憐貞白重寒芳，盧綸。一旦悲歡見孟光。竇庠。

更若紅顔生羽翼，杜甫。游仙今已遇裴郎。獨孤及。

評　點：

〔一〕趣。

〔二〕不干語，然却爲𤜵子矮子發科。

〔三〕反逼。

〔四〕補出此意，極是。

〔五〕妙對。

〔六〕如此科介，不但省却無限曲白，而傳神入妙，排場更覺生新。

〔七〕結薛鴇。

〔八〕詩語不泛。

## 第三十齣　墜仙

【南吕引子】【三登樂】〔末扮鍾離錦衣上〕塵世三千，都具有靈根非淺。奈寃愆終朝自纏，到不如羽毛中，鱗介内没不了佛性仙緣。便無知木石也待昇同鷄犬〔一〕。爐中水火原非假，身内陰陽自不差。一拂逍遥天外轉，回光返照即吾家。俺漢鍾離，自與黄生、裴玉娥作合姻緣，又拚一夜工夫，去到洞庭湖，將那龍女點化前來。再把這玉獅收入仙山，做一個圓滿功德，却不是好？道猶未了，龍女早來至也。

【引子】【上林春】〔小旦扮龍女羽衣道冠上〕辭别龍宫歸仙院，從人道玄門修煉。脱離异類凡胎，一様水雲消遣。

〔見介〕仙師稽首。〔末〕龍女到來，你看黄生夫婦今夜成親，好不得意也。

【過曲】【綉帶引】【綉帶兒】〔末唱小旦合〕則爲他恁痴情可憐，不由俺仙家的做意周全。那争個鳳倒鸞顛，都則是心同意串纏綿。【太師引】論人世夫妻雖不鮮，但恩愛淫邪須辨。是情真定冰清玉堅[二]。不枉了風流千古名傳。

早已鷄鳴漏盡，那一對新人好出洞房來也。我和你爲他一片苦心，不免顯示一番，使他知道。〔小旦〕仙師之言是也。〔仝下〕〔生携旦手上〕

【懶針綫】【懶畫眉】〔生〕携定春葱并香肩，看他翠黛獨顰倚鏡前[三]。〔代整妝介〕鸞釵斜壓鬢雲偏。【針綫箱】恁嬌羞春透桃花面。〔生袖出帕看介〕背銀燭素羅偷展，似這等海棠枝上紅猶嫩，可知那豆蔻苞中香更妍[四]。〔旦做羞態奪介〕羞答答的還不藏過了。〔生袖藏笑介〕想夫人幼在烟花，生長一十六歲，後爲强暴所脅，陷入權門，竟能保全得千金之體，完然無恙。怎不教下官今日益發生愛起敬也。芳心斂，任蜂狂蝶浪，終無分易把春沾。

〔生〕夫人的箏聲想邇來益發精妙[五]。〔旦〕妾爲郎君知音不在，若不重會誓不再彈，已把那箏來膠住了。〔泪介〕〔生〕原來如此。

【醉宜春】【醉太平】〔旦〕凄然。嘆生來微賤，喜才郎相遇。又誰知運值迍邅。想當日呵，向岳陽樓畔，望滇南目斷晴川。咳，若非玉獅有靈，奴家早已死在九泉，今也不得與郎君相見了。神仙。虧他把玉獅寶墜暗中傳。【宜春令】强留得一絲殘喘。喜今日知音重覯，再把這銀箏柱轉。

〔生〕正要動問夫人,下官也有玉獅墜一枚隨身佩帶。前在漢陽舟中,與夫人相遇,囊乏千金爲聘,思量將他出賣。誰知似夢非夢,忽見一個白獅,向我點頭作別,騰空而去。醒來找尋玉墜,已不見了。怎麽神仙贈與夫人的,也是一個玉獅墜,也是這般靈异。夫人快取來,與下官一看。〔旦〕此墜妾即藏帶胸前,時刻不離,在此請看。〔旦解墜生看驚介〕呀,這就是下官當日失去的玉獅墜,腰間紅絲繫兒尚存。原來被神仙收去,送與夫人。又這般威靈顯應,成就了你我一段姻緣,好不奇怪!〔旦點頭驚嘆介〕原來此墜就是君家之物,今日又隨妾身原歸舊主,此事越發奇异了。

【鎖窗綉】【鎖窗寒】〔生〕只道他無端的棄寒儒,一去無邊。誰知他伴我佳人度歲年。保護的無瑕璧再種藍田,似龍津重會合一雙寶劍。〔旦〕但郎君那時何不明言?〔生〕如此怪异之事,誰肯信以爲真?説出來反要討人笑話了。〔旦〕笑話甚麽?〔生〕須笑道客囊空千金全欠。【綉衣郎】反去打誑言故將人哄騙,打誑言故將人哄騙〔六〕。

〔旦笑介〕這也慮得有理,但今良緣復合,故物重逢。此墜之功不小,理應拜謝他一番。〔生〕夫人説的是。〔取墜設香案,生旦仝拜介〕玉獅請上,受我夫婦一禮。

【大節高】【大勝樂】虧殺你破鏡重圓謝成功真不淺,不枉了將伊寶愛無輕賤。〔内光起介〕

〔末、小旦上高立場,設五色祥雲托定玉墜,化白獅跳舞騰入空中介〕〔生、旦望空驚介〕呀,一霎時,紅光起處結成五色祥雲，那玉墜呈現獅形，騰入半天。早有兩位仙真在上接引，好奇异也。【節節高】〔合〕他踏着祥光焰，騰半天，奇形變。早則羽衣鶴氅雲端現，彩雲亂落香風片。一個赤面長鬚道貌奇，一個玉顏鴉髻儀容艷。

你看兩位仙真和玉獅漸漸隱入雲中，一霎時就不見了。半空飄下一件甚東西？〔末丢簡帖介〕〔隨仝小旦下〕〔生、旦取簡看介〕原來一張簡帖，上面金字數行。〔念介〕由來節義本情真，人爲情痴物亦靈。蓬島鍾離收异獸，洞庭龍女授奇珍。奸雄奪魄希延命，烈女全貞竟保身。欲把禍移尋怨主，誰知連理轉回春。〔旦〕當日漁婆授我玉墜，原説是洞庭龍女，奉鍾離祖師之命而來。〔生〕那吕用醫病的道士，一定就是鍾離。簡帖後二句，分明説吕用因夫人招祟不祥，欲把禍移於下官，以報他被劾之仇。怎知反成全了我們姻緣大事，豈不都是那仙人作合麽〔七〕？待下官請個高手畫師，將仙真龍女和玉獅繪成一軸，供養在畫堂深處，與夫人朝夕禮拜便了。

想那墜兒呵！

【東甌蓮】【東甌令】不是人間寶，今日遇真仙。齊駕雲霞歸洞天，成就俺百年好會同歡忭。借游戲把神通演，偏教他仇家代把赤繩牽。【金蓮子】怎知道愁變喜，禍成祥，惡姻緣原是好姻緣。

〔外捧旨上〕已道喜從天外至，又逢恩向日邊來。聖旨到，跪聽宣讀。詔曰：『節義乃人道之大綱，旌揚實朝廷之大典。爾翰林院修撰加封侯爵，黄損之妻裴氏，撫於娼室，似污泥而出青蓮。脅入權門，如疾風之知勁草。鏡既剖而復合，釵已斷而仍連。會合雖本乎天心，鍾情實由於人事。今敕封爾爲一品夫人。於戲！義夫節婦，久堪末俗儀型，异賁洪恩，惟願民風丕振。欽哉謝恩。』〔生、旦呼萬歲介〕〔外〕年侄恭喜。老夫打聽得吕府送來親事，就是賢侄意中美人。惟恐奸相得知，或生他變，故此奏明聖上請得尊夫人封誥到來。從此安然無事，日可百歲同偕矣。〔生〕年伯大德成全，小侄夫婦何以克當。〔外〕這是天子聖明，就此望闕謝恩便了。

【尾聲】〔合〕洪濛另闢開生面，似恁人物般般盡可傳。還願他花面從今變好顔〔八〕。

百年盟誓泪中全，李涉。靈物多情締好緣。無名氏。
遥見仙人五雲裏，李白。相將白日上青天。李逢吉。

又詩：

今日清詞事不同，楊巨源。要思今古旋成空。薛逢。
漫持白馬先生論，胡宿。别有紅絲月老通。曹唐。
堪笑世情輕似紙，包佶。豈知天道曲如弓。韋莊。
鷄籠山下雲生處，許渾。落日樓臺一笛風。杜牧〔九〕。

## 評點：

〔一〕在唱婆心。

〔二〕至論。

〔三〕人生此景豈可多得。

〔四〕趣極韵極，較之《西厢》偷看更覺可人，以貞淫自有別也。

〔五〕回映箏聲是章法。

〔六〕應前。

〔七〕點得明透。

〔八〕此願更大。

〔九〕結更悠然。

# 附録：　張堅年譜

張堅，字齊元，號漱石，又號洞庭山人，別署三崧先生，江蘇上元(今南京)人，清代康乾時期傳奇作家，有《玉燕堂四種曲》傳世。張堅在當時頗負盛名，爲同時代的戲曲家、評論家所推重。然而，囿於清中葉以後傳奇無可觀的傳統觀念，目前學界對張堅關注甚少。關於張堅的生平經歷，現代學者王永健曾經撰寫過《清代戲曲家張堅生平考略》的文章，大致勾勒了張堅的一生，但是較爲簡略，所述也未出《玉燕堂四種曲》序跋的範圍。現在其基礎上，結合方志、筆記等資料，對張堅的生平經歷加以梳理、考證，形成較爲完整詳盡的張堅年譜。

**一六八一年**(清聖祖康熙二十年辛酉)

一歲，生於江蘇上元縣。《同治上江兩縣志》卷十六：『張堅，字齊元，上元人。少

有才名，受知於鄂西林相國，晚年自號江南秀才。』〔一〕

楊楫（字濟川，號古林）、陳震（字伯謙）約生於本年。

楊楫《夢中緣序》：『余與漱石髫齡交，齒相若也。』〔二〕

陳震《夢中緣序》：『余與漱石齒相若。』〔三〕

按：張堅的家世情況無考，僅從《玉燕堂四種曲》序跋中推斷可知，其父業儒，有兄字晋九，性格蕭疏豪放，有參謀之才，曾入四川龍安郡幕府。據王汝衡《夢中緣序》稱：『庚辰春，余於漢中對南兄署，晤金陵張漱石先生。時年八十，鬚白如銀，而體嚴重矍鑠，精氣流露眉宇。』庚辰即乾隆二十五年（一七六〇），張堅年八十，那麽上推八十年即爲其生年，故知張堅生於康熙二十年辛酉（一六八一）。

---

〔一〕（清）汪士鐸，《同治上江兩縣誌》，《中國地方誌集成·江蘇府縣誌輯》，南京：江蘇古籍出版社，一九九一年，第三六八頁。

〔二〕（清）楊楫：《夢中緣序》，《玉燕堂四种曲》，清乾隆刊本。

〔三〕（清）陳震：《夢中緣序》。

**一六八二年**(康熙二十一年壬戌)

二歲。

唐英(字俊公,號叔子,又號蝸寄老人)生。

**一六八三年**(康熙二十二年癸亥)

三歲。

**一六八四年**(康熙二十三年甲子)

四歲。

**一六八五年**(康熙二十四年乙丑)

五歲。

沈起元(字子大,號敬亭)生。

**一六八六年**（康熙二十五年丙寅）

六歲。與楊楫訂交於本年前後。

楊楫《夢中緣序》：『余與漱石髫齡交。』〔一〕

**一六八七年**（康熙二十六年丁卯）

七歲。

**一六八八年**（康熙二十七年戊辰）

八歲。

洪昇（字昉思，號稗畦）創作完成《長生殿》。

---

〔一〕（清）楊楫：《夢中緣序》。

**一六八九年**(康熙二十八年己巳)

九歲。

**一六九〇年**(康熙二十九年庚午)

十歲。

姜兆錫(字上均,别號素清學者)於本年中舉人。

陳璋(字鐘庭,一字臨湘)於本年中舉人。

**一六九一年**(康熙三十年辛未)

十一歲。

**一六九二年**(康熙三十一年壬申)

十二歲。

曹寅(字子清,號楝亭)任江寧織造。

按：曹寅性嗜戲曲，後張堅以文詞顯，交游廣泛，雖無與之交往的文獻記載，但不排除曾游於曹門的可能。

**一六九三年**（康熙三十二年癸酉）

十三歲。

**一六九四年**（康熙三十三年甲戌）

十四歲。

佟法海（字淵若）於本年中進士。

陳璋於本年中進士，選庶吉士，授翰林院編修。

蔡寅斗（字芳三，號九賓）生。

**一六九五年**（康熙三十四年乙亥）

十五歲。

洪昇《長生殿》刊刻問世。

**一六九六年**（康熙三十五年丙子）

十六歲。

**一六九七年**（康熙三十六年丁醜）

十七歲。

吴中盛演《長生殿》。

**一六九八年**（康熙三十七年戊寅）

十八歲。

**一六九九年**（康熙三十八年己卯）

十九歲。作《夢中緣》傳奇四十六齣。因懼怕父師嗔責，藏之篋底。

張堅《夢中緣》自叙：『己卯仲春，予游南郊，歸憩嘯月齋，隱几假寐，倏若置身巒岫間……欲賦其事，則恐張皇幽渺，蔑瀆仙靈，乃另托人世悲欣離合之故，游戲於碧簫紅牙隊間，以想造情，以情造境，自春徂秋，計填詞四十六齣。』

張堅《玉獅墜自叙》：『憶昔從父師受業時，偷看《西厢》《拜月》諸傳奇，偶一游戲，背作《夢中緣》填詞。懼見嗔責，藏之篋底。』

孔尚任（字季重，號東塘）創作完成《桃花扇》。

徐永宣（字學人，字辛齋，號茶坪）於本年中舉人。

**一七〇〇（康熙三十九年庚辰）**

二十歲。

沈大成（字學子，號沃田）生。

徐永宣於本年中進士，授户部主事，未赴任。居家數十年，致力於詩文，與文人名士談詩論文於『雲溪草堂』。

**一七〇一（康熙四十年辛巳）**

二十一歲。

**一七〇二年**（康熙四十一年壬午）

二十二歲。

**一七〇三年**（康熙四十二年癸未）

二十三歲。

**一七〇四年**（康熙四十三年甲申）

二十四歲。

三月，洪昇應江南提督張雲翼之聘，游松江。曹寅聞之，迎洪昇至江寧，演全本《長生殿》。

金埴《巾箱説》：『曹公（曹寅）素有詩才，明聲律，乃集江南北名士爲高會。獨讓昉思（洪昇）居上座，置《長生殿》本於其席，又自置一本於席。每優人演出一折，公與昉思

讎對其本，以合節奏，凡三晝夜始闋。』〔二〕

**一七〇五年**（康熙四十四年乙酉）

二十五歲。

徐陶璋（字端揆，號達夫，別署蘅圃）於本年中舉人。

**一七〇六年**（康熙四十五年丙戌）

二十六歲。

**一七〇七年**（康熙四十六年丁亥）

二十七歲。

〔二〕《不下帶編·巾箱說》，第一三六頁。

**一七〇八年**（康熙四十七年戊子）

二十八歲。

孔尚任酌定《桃花扇》全文，開始刊刻。

**一七〇九年**（康熙四十八年己丑）

二十九歲。

康熙下令查禁『淫詞小説』，嚴禁滿人演戲、學唱，嚴禁戲女進城演唱〔二〕。

海寧楊中訥出任江南學政。

《清代職官年表》：『楊中訥，康熙四十八年（一七〇九）正月至四十九年（一七一〇）十月任江南學政。』〔三〕

〔二〕程華平：《明清傳奇編年史稿》，濟南：齊魯書社，二〇〇八年，第三七五頁。

〔三〕錢實甫：《清代職官年表》，北京：中華書局，一九八〇年，第二六三三頁。

## 一七一〇年（康熙四十九年庚寅）

三十歲。考取生員資格，進入官學，與徐孝常（字孟端，號東田）、芮嶼（字瀛客，一字仙洲）訂交。將藏之篋底十餘年的《夢中緣》公開示人。

徐孝常《夢中緣序》：『憶昔庚寅歲，余與漱石同受知督學使者海寧楊先生。訂交始，見其所著填詞《夢中緣》。』〔一〕

芮賓王《夢中緣跋》：『先君子諱嶼，字仙洲，與先生幼同學交好，老而彌篤云。』〔二〕

楊潮觀（字閎度，號笠湖）生。

按：徐孝常所謂的『受知督學使者海寧楊先生』，指康熙四十九年（一七一〇）在江南學政楊中訥主持的院試中考取生員資格之事。因此，徐孝常與張堅於康熙四十九年（一七一〇）同時獲得生員資格，成爲秀才。又徐孝常在《夢中緣序》中寫到：『訂交始見其所著填詞《夢中緣》』，與張堅『藏之篋底，十餘年後始出以示人』的説法相吻合，故知

〔一〕（清）徐孝常：《夢中緣序》。
〔二〕（清）芮賓王：《夢中緣跋》。

《夢中緣》於本年公開示人。

## 一七一一年(康熙五十年辛卯)

三十一歲。參加鄉試,落榜。宿錢塘酒家,見《夢中緣》抄本。

張堅《夢中緣偶記》:『《江上女子》: 拾得新詞第一編,携來妝閣晚風前。囊追賀錦才尤麗,筆吐江花句欲仙。自是有情偏有恨,幾多無夢亦無緣。背人愛把丹鉛點,獨自閑吟獨自憐。』『辛卯余宿錢塘酒家,見燈下老嫗夜縫裳,篋内針綫簿一本,丹鉛粲然。取觀之,則鈔余《夢中緣》稿本也。詢其由,云主人有幼女,能讀魯論及毛詩,頗嫻吟咏,愛誦是編。嘗與嫂賭記其詞,輒以手畫空作圈,摇頭若老生狀。年十六,以瘵死,此其遺也。今作策藏針綫矣。視其書已殘缺,内有前詩一首。嫗終不言其姓氏,乃以一金易其本以歸。』〔一〕

戴名世《南山集》案起。

八月,辛卯科鄉試舞弊,江南科場案起。

〔一〕(清)張堅:《夢中緣偶記·江上才女》。

**一七一二年**（康熙五十一年壬辰）

三十二歲。復過錢塘，尋去年酒家與老嫗，俱不復見，賦詩以吊之。張堅《夢中緣偶記》：『明年再過其處，則酒家、老嫗俱無矣。余心感焉，賦一章吊之：　憐才獨爾愛新詞，况是深閨未嫁時。勝讀江東猶取貌，似空冀北尚餘痴。亭園香冷花魂碎，環佩聲銷月影遲。落落知音塵世寡，欲封文冢傍墳堆。』〔二〕

夏慎樞（字用修，號曉堂）於本年中進士，官翰林院編修。

程夢星（字伍喬，一字午橋，號汛江）於本年中進士，選庶吉士。

**一七一三年**（康熙五十二年癸巳）

三十三歲。

葉長揚（字爾翔，號定湖）於本年恩科中舉人。

楊繩武於本年恩科中進士，授翰林院編修。

---

〔二〕（清）張堅：《夢中緣偶記·江上才女》。

正月，江南科場案結，涉案官員及行賄人獲罪。

二月，《南山集》案結，戴名世被淩遲處死，方孝標戮屍。受此案牽連獲罪者甚衆。

**一七一四年**(康熙五十三年甲午)

三十四歲。參加鄉試，再次落榜。

康熙再次下令查禁淫詞小説，毁書銷版，嚴禁滿人演戲、學唱，禁止戲女進城[一]。

**一七一五年**(康熙五十四年乙未)

三十五歲。

徐陶璋於本年中狀元，授翰林院修撰。

傅王露(字晴溪，號玉笥，浙江會稽人)中進士一甲第三名，授翰林院編修。

[一]《明清傳奇編年史稿》，第三八一頁。

**一七一六年**（康熙五十五年丙申）

三十六歲。

袁枚（字子才，號簡齋）生。

程夢星丁母憂，不復出，定居揚州，築筱園和漪南别業，與文人名流以詩酒相往還。

按：在《夢中緣跋》中張堅囑芮賓王對稱賞該劇的文人名士予以感謝，其中就有邗江程午橋（即程夢星）。可見，在程夢星定居揚州後，張堅與其有過交往。

**一七一七年**（康熙五十六年丁酉）

三十七歲。參加鄉試，再次落榜。

陳震考中舉人。芮嶼以國子生候選州同，留京師。

**一七一八年**（康熙五十七年戊戌）

三十八歲。

陳震赴京參加會試，與張堅别於金陵。

陳震《夢中緣序》:『歲戊戌,予計偕入都。』〔一〕

鄒升恒(字泰和,號慎齋,江蘇無錫人)於本年中進士,選庶吉士,館試第一,授翰林院編修。

葉長揚於本年中進士,選庶吉士。

王恪(字愚千)於本年中進士,官知縣。

宋照(字謹涵,號喜墨)於本年中進士,選庶吉士。

**一七一九年**(康熙五十八年己亥)

三十九歲。

朱芔(字草衣,安徽蕪湖人),四十二歲,入贅江寧芮氏。

**一七二〇年**(康熙五十九年庚子)

四十歲。參加鄉試,再次落榜。

〔一〕(清)陳震:《夢中緣序》。

華希閔（字豫原，號劍光，又號芋園）於本年中舉人，授安徽涇縣訓導。
王俊（字叔彦）於本年中舉人。

**一七二一年**（康熙六十年辛醜）

四十一歲。
沈起元於本年中進士，選庶吉士，改吏部主事。

**一七二二年**（康熙六十一年壬寅）

四十二歲。

**一七二三年**（清世宗雍正元年癸卯）

四十三歲。參加鄉試，再次落榜。
徐孝常拔貢，入北京國子監。
鄂爾泰出任江蘇布政使，八月到任，觀風取士，張堅受知於其門。
《鄂爾泰年譜》：『五月，奉特旨授江蘇布政使。時公典試滇中，甫出闈，旋聞節馳驛回京，陛辭請訓，星速南行。』『秋八月，公涖江蘇藩司任。』『舉觀風，以甄多士。下車觀風，例也。公不敢視爲成例，務期甄拔士類，爲國儲才。』〔一〕

芮賓王《夢中緣跋》：『西林相公爲蘇藩時，先生曾受知於其門。』〔二〕

陳祖範（字亦韓，號見複）於本年中舉人。

## 一七二四年（雍正二年甲辰）

四十四歲。鄂爾泰爲延訪真才，以古學諸體試才人士子，張堅作《觀風拔取》全卷，計六十三篇。

《鄂爾泰年譜》：『春正月，延訪真才，以光文治。公以江南爲才人淵藪，同觀風所拔士子，時文優通，實學尚少。乃延訪真才，試以時文之外，其於古學諸體各命一題，務完全卷。』〔三〕

---

〔一〕（清）鄂容安：《鄂爾泰年譜》，北京：中華書局，一九九三年，第九一〇頁。
〔二〕（清）芮賓王：《夢中緣跋》。
〔三〕《鄂爾泰年譜》，第一二一頁。

韓緡《夢中緣序》：『余索讀先生之詩文，則盡出其奚囊中隨帶者，如西林相公爲蘇藩時《觀風拔取》全卷，詩賦文策共六十三篇。』〔二〕

按：這一時期的張堅經歷十餘年的科舉失敗，窮愁潦倒。鄂爾泰的延訪真才給他帶來了仕途上新的希望，他曾在詩中將其喻爲『燕王的黄金臺』，故而積極準備，作《觀風拔取》全卷。

**一七二五年**（雍正三年乙巳）

四十五歲。六月，鄂爾泰舉辦春風亭文會，編刻《南邦黎獻集》。張堅參加此次盛會，三十多篇作品入選《南邦黎獻集》。鄂爾泰對張堅十分賞識，擢爲第三。

《鄂爾泰年譜》：『六月，刊《南邦黎獻集》。《黎獻集》者，公在江南所選群賢之試文也。』〔三〕

---

〔二〕（清）韓緡：《夢中緣序》。

〔三〕《鄂爾泰年譜》，第一六頁。

袁枚《隨園詩話》：『鄂文瑞公爲蘇藩司，選《南邦黎獻集》，擢君第三。』〔一〕楊楫《夢中緣序》：『漱石昔受知於西林相公，作古樂府，選入《南邦黎獻集》，由是知名。』〔二〕

按：春風亭文會聚集了江蘇七郡以及外邦流寓的賢才名士六十多人，吟咏唱和達一個月之久。經過此次文會，張堅接觸了很多文人名士，既有前輩先賢，也有當朝官吏，還有各地的明經茂才，其中有文獻可考者二十九人：王材任（字子重），陳璋（字鐘庭，一字臨湘），姜兆錫（字上均，別號素清學者），佟法海（字淵若），徐永宣（字學人，一字辛齋，號茶坪），徐陶璋（字端揆，號達夫，別署蘅圃），夏慎樞（字用修，號曉堂），楊繩武（字文叔），葉長揚（字爾翔，號定湖），宋照（字謹涵，號喜墨），王恪（字愚千），華希閔（字豫原，號劍光，又號芋園），沈起元（字子大，號敬亭），陳祖範（字亦韓，號見複），趙貴樸（字再白），倪承茂（字稼鹹，號頔塘），楊潮觀（字閎度，號笠湖），沈德潛（字確士，號歸愚），許朝（字光庭，號紅橋），張進（字翼庭），蔡寅斗（字芳三，號九賓），蔡書升（字廷彥），顧

〔一〕《隨園詩話》，第一九一頁。
〔二〕（清）楊楫：《夢中緣序》。

槎)。

我錡(字湘南,號帆川),周易(字在西,號蓮峰),侯銓(字秉衡),胡鳴玉(字廷珮,號吟鷗),鄔希文(字亦範,號松崖),朱霞(字耕方,一作更芳,號初晴),許名侖(字藴源,號訪

**一七二六年**(雍正四年丙午)

四十六歲。參加鄉試,再次落榜,遂焚稿出游。

張堅《玉獅墜自叙》:『余少攻時藝,鄉舉屢薦不售,焚稿出游,轉徙齊、魯、燕、豫間。』〔二〕

徐孝常於本年中舉人。

王洛(字仲涵,號懷坡)於本年中舉人。

王時薰(字對南,號寅庵)生。

按: 從雍正四年(一七二六)出游到乾隆四年(一七三九)重聚北京,張堅與徐孝常等人聯繫中斷了十四年,與徐孝常《夢中緣序》中『試於鄉,幾得復失者屢屢,乃窮困出

〔二〕(清)張堅: 《玉獅墜自叙》。

游,中間不相聞者十餘年』的説法相吻合,因此可以斷定,張堅焚稿出游就在本年。而其第二種傳奇《梅花簪》當創作於本年之前。吴禹洛在《梅花簪序》中記述了該劇搬演時的情景,稱稿始成即被金陵太晟班購去搬演,張堅也在家中搬演該劇,邀僚友觀看,一時轟動。可知,當時張堅還在金陵,所以《梅花簪》的創作不會晚於雍正四年(一七二六)。

**一七二七年**(雍正五年丁未)

四十七歲。

**一七二八年**(雍正六年戊申)

四十八歲。游幕山東、河北一帶。

韓縉(字紳垂)任四川龍安彰明縣令。

韓縉《夢中緣序》:『歲戊申,余以諸生膺保薦歷任四川龍安、彰明縣令』[一]

[一] (清)韓縉:《夢中緣序》。

**一七二九年**（雍正七年己酉）

四十九歲。

**一七三〇年**（雍正八年庚戌）

五十歲。入河南汝寧知府費謙流幕。

費謙流於本年至雍正十年（一七三二）任河南汝寧知府。

**一七三一年**（雍正九年辛亥）

五十一歲。作幕汝寧府。

**一七三二年**（雍正十年壬子）

五十二歲。作幕汝寧府。

王嘉會（字履安，號坦齋）於本年中舉人。

韓縉《夢中緣序》：『昔寶卿家兄自天中歸，語予曰：「金陵有名士張漱石先生，吾

得晤於汝寧郡守費榆香署中。』[一]

**一七三三年**（雍正十一年癸醜）

五十三歲。

鄒升恒任河南學政，爲《夢中緣》撰寫題詞《減字木蘭花》，當在本年或之後。詞曰：『多情天賦，彩筆空題腸斷句。宋艷班香，一種新聲繞畫梁。知音何在？玉茗堂前剛一派。色色空空，堪破塵緣一夢中。』[二]

張若靄（字景采，號晴嵐）於本年中進士，授翰林院編修。

姚孔鈵（字範冶）於本年中進士，授翰林院編修。

王洛於本年中進士。

王嘉會於本年中進士，任四川羅江縣令。

張堅兄晋九同王嘉會入蜀，與韓縉訂交。晋九被龍安郡守李公延請入幕，佐理政務。

---

[一]（清）韩縉：《夢中緣序》。

[二]（清）鄒升恒：《夢中緣題詞》。

韓縉《夢中緣序》：『晋九兄偕其同里羅江令坦齋王寅兄入蜀，一見如故交。……晋九兄尋爲郡守李公延入幕，時龍屬四邑，參謀皆乏人，晋九兄兼理之，裕如也。與余尤親暱。每至彰明必流連多日。』

按：韓縉提到的『坦齋王寅兄』即王嘉會，與張堅之兄晋九交好，曾爲張堅《夢中緣》題詞二首，曰『月窟還憑玉斧修，誰言道學不風流。羨君一曲江南好，消盡千秋萬古愁。』『閑親筆墨爇名香，悟得緣空夢亦涼。曠代逸才人不識，翻從歌袖顯文章。』〔二〕

**一七三四年**（雍正十二年甲寅）

五十四歲。

**一七三五年**（雍正十三年乙卯）

五十五歲。

顧我錡約於本年卒。

---

〔二〕（清）王嘉會：《夢中緣題詞》。

**一七三六年**（清高宗乾隆元年丙辰）

五十六歲。

夏綸（字言絲，號惺齋，浙江錢塘人）舉博學鴻詞科，不就，歸隱著述自娱。

宋照經舉薦入《三禮》館。

華希閔舉博學鴻詞科，不就。

蔡寅豆舉博學鴻詞科，不就。

胡鳴玉舉博學鴻詞科，未用。

鄔希文舉博學鴻詞科，不就。

楊潮觀於本年中舉人，選入實録館供職。

姜兆錫由大學士鄂爾泰舉薦，任《三禮》館纂修官。

**一七三七年**（乾隆二年丁巳）

五十七歲。

## 一七三八年(乾隆三年戊午)

五十八歲。

倪承茂於本年中舉人。

徐陶璋卒。

按: 張堅游歷四方十餘年,無法完成人生理想的失望與苦悶充斥着他的生活,他曾在《玉獅墜自叙》中寫到: 『交游日益廣而窮困如故也。無事則默坐,或强弄絲竹,已而寂寥益甚,愁來思驅以酒,飲少輒醉,醉輒醒,而愁復來。乃思一排遣法,借稗官遺事譜入宫商,代古人開生面。操管凝神,則愁魔遠避而去,得一佳句便自愉悦。』〔二〕可見,在窮愁潦倒的游幕生活中,傳奇創作成爲張堅排遣憂愁,寄托理想的精神支柱,《懷沙記》和《玉獅墜》就是創作於這個時期。

〔二〕(清)張堅: 《玉獅墜自叙》。

## 一七三九年（乾隆四年己未）

五十九歲。由汴入都，作幕宛平署。

徐孝常於本年考中進士，選庶吉士，改户部主事。芮嶼居和親王弘晝府邸，講授經學。幼時好友重聚他鄉，時時歡飲聚談，過從甚密。

徐孝常《夢中緣序》：『己未，余幸舉進士，以庶常散館居稼部。值漱石由汴入都，一見相驚愕，各蒜髮種種矣。是時，好友如芮子仙洲、伍子紹南、龔子茹千咸客京師。暇則歡飲聚談，共道兒時事，痛曦光如過隙，或唏嘘泣下。』

芮賓王《夢中緣跋》：『己未夏，兩賢相遇於都門。先生居宛署，先君子（芮嶼）授經於和邸，詩酒過從五年餘。』〔二〕

許朝於本年中進士，官廣西懷遠知縣。

沈德潛於本年中進士，授翰林院編修。

袁枚於本年中進士。

〔二〕（清）芮賓王：《夢中緣跋》。

陳祖範掌教徐州雲龍書院。

**一七四〇年**(乾隆五年庚申)

六十歲。作幕宛平。

**一七四一年**(乾隆六年辛酉)

六十一歲。作幕宛平。拒入律呂正義館。

本年,乾隆命開律吕正義館。

徐孝常《夢中緣序》:『會天子方重典樂,念清廟明堂,祭饗朝會。諸樂章務盡美善以悦神人聽,而舊辭多不可用,欲重製新聲,設樂部,開音律館,命大臣爲總裁,募海内知音者勷其事。有思薦漱石者,余亦勸其往應召,漱石嘆曰:「吾幼讀先人遺書,不能以科第顯,今老矣,顧乃以伶瞽之事進而希榮利,竊耻爲之。」余亦慨然。』〔二〕

〔二〕(清)徐孝常:《夢中緣序》。

**一七四二年**(乾隆七年壬戌)

六十二歲。作幕宛平。

張進於本年中進士,官翰林院庶吉士。

湯大紳於本年中進士一甲第三名,授翰林院編修。

**一七四三年**(乾隆八年癸亥)

六十三歲。作幕宛平。

**一七四四年**(乾隆九年甲子)

六十四歲。冬,由京返里。

芮嶼急病驟逝。

秋暮,徐孝常告病假返鄉。張堅爲其餞行,宴席上,徐孝常勸張堅謀歸計。張堅欲將《夢中緣》付梓,以備優游娱歲,請徐孝常爲之序,徐就席成文。

徐孝常《夢中緣序》:『甲子秋暮,余以病將告假旋里門。漱石來餞余,飲酣,余亦勸漱石謀歸計。漱石曰：「吾歸恐無以自遣，行將取《夢中緣》傳奇付諸梓人，售書賈，取其值，以供杖頭野飲資，亦可與二三子優游娛歲矣。子曷爲我叙之？」余曰：「可。」乃就席取其書筆之以弁其端，遂黯然而別。』〔一〕

臘月，歸安韓縉爲《夢中緣》作序。

按：張堅客居北京的五年間，除了與幼時好友徐孝常、芮嶼等人過從甚密外，還結識了張若靄（字景采，號晴嵐）、張若澄（字鏡壑，自號款花廬主人）、湯大紳（字孫書，號藥岡）、姚孔鈵（字範冶）、王洛（字仲涵，號懷坡）等翰林院編修、内閣學士等高層官員。姚孔鈵爲《夢中緣》題詞四首，曰：『詞人老去奈春何，醉拍紅牙自按歌。奪得文通夢中管，意花開處比江多。』『幻處歡然幻處愁，全憑慧劍破温柔。便當玉茗筵前奏，未必推他作趙州。』『滴粉搓酥二十年，蘇辛姜柳辨媸妍。興闌拋却諧聲譜，歸去山中片石眠。』『見獵如何喜又生，推敲坐見月三更。簷箏風鬥宫商葉，似代鵝笙象管聲。』〔二〕王洛爲《夢中緣》題詞四首，曰：『秋滿蕭齋葉嘯風，一天霜氣壓征鴻。調聲忽撇寒窗懶，對此如譚釋

〔一〕（清）徐孝常：《夢中緣序》。
〔二〕（清）姚孔鈵：《夢中緣題詞》。

氏空。』『風月方佳漏點催，無憑好夢亦懷開。一雙漢浦仙人佩，解爲狂生繾眷來。』『潦倒詩書士價輕，可憐閨閣獨馳聲。不知何事干天忌，遣入羊腸阪上行。』『桃葉空勞打槳迴，簫聲雅負不凡才。宮商兩部憑揮麈，抵得維摩一笑來。』〔二〕《玉燕堂四種曲》隨着張堅的交游，流傳愈加廣泛。這一時期，《夢中緣》傳至北京梨園，曾被弋腔戲班購去，意欲搬演，但是由於張堅拒絶將其改唱弋腔而未出現在舞臺上。

**一七四五年**（乾隆十年乙丑）

六十五歲。袁枚任江寧縣令，張堅持陳長卿劄求見之。

袁枚《隨園詩話》：『乙丑，余宰江寧。有張漱石堅者，持故人陳長卿劄求見。贈云：他年霖雨知何處，記取烟波有釣徒。』〔三〕

姜兆錫卒。

〔二〕（清）王洛：《夢中緣題詞》。

〔三〕《隨園詩話》：第一九一頁。

## 一七四六年（乾隆十一年丙寅）

六十六歲。居金陵。與吴中文人名士交往密切，主要包括吴禹洛（字書瑞，號漪園），姚瑩（字文潔，號玉亭），朱卉（字草衣），屈景賢（字思齊），白德馨（字上聞，號香山），潘震（字野南，號大川），劉紹庭（字前昭），吴定璋（字友篁），程夢星（字伍喬，一字午橋），金門詔（號東山）等。

吴禹洛《梅花簪序》：『我朝自杜茶村（杜濬）、吴梅村（吴偉業）諸先輩，軼宋追唐，流風未泯，迄今百年，後賢繼起，名作如林。是時，南北兩社，南有姚子玉亭（姚瑩）、朱子草衣（朱卉），屈子思齊（屈景賢）常執牛耳，盛集名流交相唱和；北則古林（楊楫）、樂愚、香山（白德馨）、大川（潘震）十餘士旗鼓相望。余亦竊附其次。漱石（張堅）游於四方，知名益廣，歸來吊臂兩社間，衆共推服。』〔一〕

按：乾隆十年（一七四五）至十三年（一七四八）張堅居金陵，與金陵文人名士交往密切，頗受推重。《玉燕堂四種曲》中頗多金陵文人名士題贈。姚瑩爲《夢中緣》題詞四

〔一〕（清）吴禹洛：《梅花簪序》。

首，曰：『游仙一枕夢初酣，采鳳文鴛得指南。若使菩提真好事，從今彌勒願同龕。』『兩姓婚姻一夢通，隍中蕉鹿雪中鴻。無端漏却春消息，青茗香羅意總同。』『陡起風波易姓名，此中離合費經營。分明一幅天孫錦，幾許心思織得成。』『水中見月原非月，鏡裏看花不是花。識得浮生皆屬夢，終篇只似讀《南華》。』〔二〕劉紹庭爲《夢中緣》題詞五首，曰：『此生生自憐，鍾情曷有極。西方彼美二，可望不可即。』『緣幻因情現，須知同夢奇。自今紅板下，不數杜娘痴。』『一念憐才重，花間誓并頭。無瑕情更永，名教自風流。』『狡獪真可兒，義俠更誰伍？莫以美婢輕，繪入無雙譜。』『崆峒何有山，彌勒本無相。非色亦非空，一笑清魔障。』〔三〕白德馨爲《夢中緣》作長詩一首，曰：『我友江南一秀才，浩氣凌雲才玩世。堪破乾坤一劇中，古今人物俳優戲。真真假假是耶非，蒼狗須臾變白衣。筆可鏤空花幻彩，慣從艷語泄禪機。洞庭才子情痴極，化蝶雙雙春有迹。巫山境渺苦追尋，別岫野雲迷不得。依稀風景似秦淮，彼美同夢還相識。丫鬟巧舌傳心事，一片絞綃柔情織。當前絕色忽有雙，一是傾城一傾國。玉鏡無媒私自憐，茗香夜半浮甌碧。未諧并蒂

〔二〕（清）姚瑩：《夢中緣題詞》。
〔三〕（清）劉紹庭：《夢中緣題詞》。

旋别離，秋宵暗誓兩心期。難將好夢輕説與，婉轉教猜帕上題。東床偷卧胡爲者，一擒一縱如同耍。惟恐誤來假混真，誰知反誤真爲假。良媒易絶可奈何，人事天心反覆多。真從假姓登龍榜，假冒真名陷雉羅。更苦嬌姿悲失路，一身落泊如飄絮。賺入朱門憂變喜，二美相憐不相妒。堪嗟禍福常倚伏，轉换都非真面目。奴全主義險如夷，女代男婚看不出。將假配假亦何憂，真還作假逞風流。少時讀此銷魂久，今尚頤開忘白頭。幻中生幻緣未了，崆峒本是無人道。情至何須問假真，夢長夢短和天老。』〔二〕

## 一七四七年（乾隆十二年丁卯）

六十七歲。與幼時好友陳震重逢於金陵。

陳震由京返里，爲《夢中緣》作序。

陳震《夢中緣序》：『余與漱石齒相若，各以飢驅未由聚首數十年。今年歸，相見已老，漱石案頭《夢中緣》詞猶存，覆讀之。』〔三〕

---

〔二〕（清）白德馨：《夢中緣題詞》。

〔三〕（清）張堅：《玉燕堂四種曲》。

蔡寅斗於本年中舉人,官國子監助教。

**一七四八年**(乾隆十三年戊午)

六十八歲。居金陵。

**一七四九年**(乾隆十四年己巳)

六十九歲。游於浙江,後應九江關監督唐英之邀,作幕潯陽。

唐英《玉燕堂四種曲序》:『知我者或目爲老秀才。余則夙聞有江南一秀才之稱,因張子漱石先生也。喜爲同調,思以禮羅致之。先生挾其經,蕩游於四方,久之不得以求。己巳聞其在浙,遣使往迎,乃欣然來潯。公餘之下,分韵聯吟,殆無虚日。』〔二〕

夏綸《惺齋五種曲》刊刻問世。

徐元夢《惺齋五種曲總序》:『今届衰暮,年已七十矣……爰不揣譾陋,謬加評點,

〔二〕(清)張堅:《玉燕堂四種曲》。

請剞劂以公海内。先生從予言，自春徂冬，幾匝歲，工始告竣。』〔二〕

按：徐元夢序末署『乾隆己巳嘉平穀旦』，嘉平即臘月，因知己巳年末《惺齋五種曲》刊刻完成。

## 一七五〇年（乾隆十五年庚午）

七十歲。秋暮，自潯陽返回金陵。與好友楊楫重逢。籌備刊刻《夢中緣》，請楊楫評點作序，芮賓王校刊作跋。

春暮，唐英調任粤海，邀張堅同往，以道遠婉謝，應九江惠公聘留於此處。唐英欲爲刻印《夢中緣》，然時值調任，僅匆匆爲之序。

唐英《玉燕堂四種曲序》：『而《夢中緣》尤膾炙人口，余俱展轉抄録，未能廣遍，欲代爲開雕，公諸同好，以垂不朽，而會有調任粤海之命，先生以道遠憚於仳往，復應接任九江惠公聘。余匆匆就道，遂不及登梨。然知其書將不久於韞櫝，而青萍結緑之藏，終必騰輝於文明之世也。序而歸之。庚午春暮，蝸寄唐英題於潯陽江琵琶亭舟次。』

〔二〕（清）夏綸：《惺齋五種曲》，清乾隆刊本。

楊楫《夢中緣序》：『庚午秋暮自潯陽歸，執余手嘆曰：「秀才老矣。」余與漱石髫齡交，齒相若也，聞言亦黯然。索觀其著作益富，而填詞四種名流頗多題贈，因勸其梓以問世。漱石以卷帙繁重一時不能盡刊，爰取《夢中緣》一編，囑余點定以先付剞劂。』

芮賓王《夢中緣跋》：『吾黨屢請付剞劂，先生以小技不足以問世。庚午春，同學復固請，九江督榷唐公分清俸助之，乃囑余校魯魚。刊爲上、下本四册，并輯諸名士所錫佳評分列首末，越次年工竣。』〔一〕

## 一七五一年（乾隆十六年辛未）

七十一歲。《夢中緣》刊刻工竣。

同年，寓居浙江錢塘，與夏綸訂交。在吴山十二峰道院，與柴次山相遇。孟冬與嘉定張龍輔同寓西湖，相談甚歡。張龍輔評點《玉獅墜》并序之，當在此時或稍後。

柴次山《梅花簪序》：『漱石，金陵名士，懷其才不遇，乃隱於蓮幕。前年（辛未）來越，余與相遇於吴山十二峰道院，恨訂交之晚。』

---

〔一〕（清）張堅：《玉燕堂四種曲》。

張龍輔《玉獅墜序》：『辛未孟冬，余游浙，與吾宗漱石先生同寓湖上，交甚歡。是時也，余衣裘不足於體，肉食不充於腸，亦良苦矣。而不自苦也，則以得見先生故，則以得見先生而盡讀其生平著作故。』〔二〕

金門詔卒。

華希閔卒。

## 一七五二年（乾隆十七年壬申）

七十二歲。上元節，柴次山踏雪尋訪，擁爐聯韵。張堅囑柴評點《梅花簪》並作序。柴次山《梅花簪序》：『壬申上元，踏雪尋訪，擁爐聯韵，亭前冰花堆樹，梅蕚舒妍，見案頭此種，余笑指謂曰：「梅花冰雪冠絶群芳，詎不信夫？」漱石曰：「子不棄是編，曷序之。」余欣然携歸，閉幃坐讀，不能成寐。』〔三〕

本年春，夏綸撰《花蕚吟》，次年與《惺齋五種曲》合刻爲《新曲六種》。

---

〔二〕（清）張堅：《玉燕堂四種曲》。

〔三〕（清）張堅：《玉燕堂四種曲》。

蔡寅斗卒。

按：據《明清傳奇編年史稿》考證，《花萼吟》有乾隆十八年（一七五三）世光堂刻《新曲六種》本。〔二〕

**一七五三年**（乾隆十八年癸酉）

七十三歲。

**一七五四年**（乾隆十九年甲戌）

七十四歲。春，與雲間沈大成相識於吴山天開圖畫閣附近寓所。不久，前往嘉興就館，沈大成不及相送，作《漱石就館禾中歸送不及輒吟長句》以記之。

沈大成《懷沙記序》：『甲戌春，薄游武林，假館吴山之天開圖畫閣。傅王露、金江聲兩先生過訪，爲道漱石亦寓兹院之北鄰。乘夜叩其扉，執手歡若生平，坐達旦。自是昕

〔二〕《明清傳奇編年史稿》，第四一五頁。

夕，風雨無間，題襟倒笥，都忘逆旅。』[二]

初夏，傅王露爲《懷沙記》題詞，依第一出《述原》元韵作《玉宇瓊樓》詞，曰：『見説雍門，繞梁響遏行雲逐。華筵絲管日紛紛，快意何曾足。六鑿塵根先閼，倏新聲動摇山谷。江南花發，紅豆珍瓏，重翻法曲。莫訝湘累，吟只咏些同巫祝。蓀荃盡譜入紅牙，一洗官衙辱。大似青蓮作計，爲身謀遣人快讀。儘容名士，痛飲淋漓，長歌當哭。』署曰：『甲戌初夏，武林玉笥山人傅王露拜題，時年七十有九。』[三]

蔡書升於本年中進士。

陳祖範卒。

## 一七五五年（乾隆二十年乙亥）

七十五歲。坐館嘉興。

袁枚約於本年前後辭官，於江寧小倉山下築隨園，隱居其中。

---

[二]（清）沈大成：《懷沙記序》。

[三]（清）傅王露：《懷沙記題詞》。

**一七五六年**（乾隆二十一年丙子）

七十六歲。再訪袁枚於隨園，過從甚密。

袁枚《隨園詩話》：『後歲丙子（乾隆二十一年，一七五六），同楊洪序來隨園，年七十餘，喜所居不遠，日下時時過從。』〔二〕

唐英卒。

**一七五七年**（乾隆二十二年丁醜）

七十七歲。

**一七五八年**（乾隆二十三年戊寅）

七十八歲。游關内，作幕荆州。

太倉王俊任荆州同知，對《懷沙記》極爲稱賞，代爲開雕，沈大成爲之序。

〔二〕《隨園詩話》，第一九一頁。

王俊《懷沙記序》：『漱石此作，前無古後無今。……安得諸同好能共解餘橐，亟爲登梨，庶俾世有知音。』[一]

沈大成《懷沙記序》：『兹聞漱石游關内，適太倉王公古巖爲同郡守，見其寫本，嘆爲奇絶，欲付開雕，而來促余叙。』[二]

許朝約於本年卒。

**一七五九年**（乾隆二十四年己卯）

七十九歲。

九月，王時薰任漢中知府。

**一七六〇年**（乾隆二十五年庚辰）

八十歲。作幕陝西漢中府，與洛川王汝衡會晤於漢南署中。其時，《夢》《梅》《懷》

---

[一]（清）王俊：《懷沙記序》。

[二]（清）沈大成：《懷沙記序》。

《玉》四種傳奇全部刊刻問世，張堅將《玉獅墜》稿本贈予王汝衡，王爲之作序。

王汝衡《玉獅墜序》：『庚辰春，余於漢中對南兄署晤金陵張漱石先生，時年八十，鬚白如銀，而體嚴重矍鑠，精氣流露眉宇。……每花晨月夕，過余齋，同坐古漢王臺上，酒酣耳熱，放歌吴騷。余以北人而操南音，先生不余嗤而謂爲可教也，曰：「吾《夢》《梅》《懷》《玉》四種填詞俱付剞劂，板留南省，今搜檢客笥，他無存者，獨《玉獅墜》稿本一卷，請質諸吾子。」』〔一〕

**一七六一年**（乾隆二十六年辛巳）

八十一歲。

**一七六二年**（乾隆二十七年壬午）

八十二歲。

---

〔一〕（清）王汝衡：《玉獅墜序》。

**一七六三年**（乾隆二十八年癸未）

八十三歲。卒於陝中。

袁枚《隨園詩話》：『丙午（乾隆五十一年，一七八六）二月，過洪武街，遇老人，乃其子也。方知先生八十三歲委化陝中。爲黯然者久。』[一]

沈起元卒。

按：另有稱張堅卒於一七七一年以後者，當爲楊恩壽《詞餘叢話》所誤，今辨之。楊恩壽《詞餘叢話》卷二載：『張漱石譜《夢中緣》，當時已風行海内。乾隆辛卯，漱石宿錢塘酒家，見老嫗燈下縫裳，篋内針綫簿一本，丹鉛粲然，則《夢中緣》鈔本也。』[二]乾隆辛卯即一七七一年，若據此推斷，張堅當壽終九十以外。然而，在《夢中緣偶記》中，張堅也曾提及此事。其文曰：『辛卯餘宿錢塘酒家，見燈下老嫗夜縫裳，篋内針綫簿一本，丹鉛粲然。取觀之，則鈔餘《夢中緣》稿本也。』此處僅言辛卯而非『乾隆辛卯』。又張

[一]《隨園詩話》：第一九一頁。

[二]《詞餘叢話》：《中國古典戲曲論著集成（九）》，第二七五頁。

堅《夢中緣》刊刻於乾隆十五年（一七五〇），這在楊楫《夢中緣序》、芮賓王《夢中緣跋》中有明確記載，一七五〇年的刻本中顯然不可能記載一七七一年之事，所以此『辛卯』當爲康熙辛卯（一七一一），而非乾隆辛卯（一七七一）。由此可見，《詞餘叢話》中關於張堅的記載存在訛誤，不能作爲推斷張堅卒年的佐證。